探险途上的情书（上）

徐仁修 著

北京大学出版社
PEKING UNIVERSITY PRESS

图书在版编目(CIP)数据

探险途上的情书：全2册/徐仁修著. —北京：北京大学出版社，2018.9

ISBN 978-7-301-29335-5

Ⅰ.①探… Ⅱ.①徐… Ⅲ.①游记—作品集—中国—当代 Ⅳ.① I267.4

中国版本图书馆CIP数据核字 (2018) 第 036934号

书　　　名	探险途上的情书 TANXIAN TU SHANG DE QINGSHU
著作责任者	徐仁修　著
责 任 编 辑	周志刚　张亚如
标 准 书 号	ISBN 978-7-301-29335-5
出 版 发 行	北京大学出版社
地　　　址	北京市海淀区成府路205号　100871
网　　　址	http://www.pup.cn　　新浪微博:@北京大学出版社
电 子 信 箱	zyl@pup.pku.edu.cn
电　　　话	邮购部 62752015　发行部 62750672　编辑部 62753056
印 刷 者	北京大学印刷厂
经 销 者	新华书店 650毫米×980毫米　16开本　34.5印张　445千字 2018年9月第1版　2018年9月第1次印刷
定　　　价	98.00元（上下册）

未经许可，不得以任何方式复制或抄袭本书之部分或全部内容。
版权所有，侵权必究
举报电话：010-62752024　电子信箱：fd@pup.pku.edu.cn
图书如有印装质量问题，请与出版部联系，电话：010-62756370

目 录

上 册

1 / 序

■ 3 / 月落蛮荒
  5 / 把握热情
  6 / 椰子河屠豹记
  18 / 月落蛮荒
  30 / 关祖父
  41 / 大湖悲歌
  47 / 圣幻河之旅
  73 / 哀鸣的小鹿
  85 / 魔鬼山寻金记
  101 / 火山登顶
  108 / 尼加拉瓜采风录
  123 / 圣卡罗的回忆

■ 131 / 季风穿林
  133 / 蛮荒的呼唤
  134 / 丛林之王
  150 / 最后的莽远人
  172 / 民多罗岛动物志
  188 / 菲律宾趣谈
  209 / 为土地而战
  224 / 寻找矮黑人

■ 233 / 英雄埋名
  235 / 进入伊斯兰教国度
  236 / 丛林中的农场
  240 / 西瓜哇风土记
  248 / 农场人物记
  260 / 蛮荒的故事
  272 / 西瓜哇动物记
  285 / 事件

下　册

- **305 / 赤道无风**
  - 307 / 经历最原始的大自然洗礼
  - 308 / 探险前奏
  - 314 / 雨林边缘
  - 318 / 进入雨林
  - 326 / 雨林生物百态
  - 336 / 探访猩猩家族
  - 351 / 初遇猎人头族
  - 357 / 文明与原始的抉择
  - 366 / 燕窝探秘
  - 371 / 最后的普南族
  - 375 / 出草猎头行
  - 381 / 沧桑华人泪
  - 385 / 寻访伊班友人

- **389 / 探险亚马逊河**
  - 391 / 给安琪儿的情书
  - 393 / 蓄势待发的旅程
  - 397 / 有一位天使让我美梦成真
  - 401 / 北新奥林达镇上空的秃鹰
  - 404 / 食人鱼和"现代梭罗"
  - 408 / 雨林奇妙夜
  - 413 / 误入"死亡之域"
  - 417 / 大胆尝"祭果"
  - 420 / 进入原住民保留区
  - 425 / 蟒蛇湖奇遇记
  - 429 / 蚊子大军猛如虎
  - 434 / 林泽漫游
  - 439 / 刺客毛虫与子弹蚁
  - 443 / 亚马逊女战士
  - 448 / "裘伊斯姑娘号"上的有趣成员
  - 452 / 热情沸腾的毛埃斯镇
  - 456 / 鳄口余生拍树懒
  - 461 / 第二趟走"江湖"
  - 466 / 会发笑的树蛙
  - 470 / 雨林音乐会
  - 474 / 归航归航
  - 479 / 后记

- **481 / 印度寻虎记**
  - 483 / 老虎来了
  - 490 / 虎口余生
  - 494 / 虎式的道别

- **501 / 寻访天堂鸟**
  - 503 / 宁波克蓝泥炭沼泽林
  - 530 / 威吉欧岛

序

徐仁修

2013年，美国《国家地理》杂志颁给我"台湾探险家"的荣衔，当我在那盛大的颁授酒会上，走到讲台中央准备致答谢词时，我突然想起五岁时的夏日黄昏，我站在头前溪高高的堤防上，听见溪的对岸遥遥传来长长的"啵啵……"声，回荡在薄暮时分宽阔的河床上。

我问正在河堤上牵牛吃草的长工叔叔：这是什么动物？叫得好大声！

他轻拍了一下我的头顶说：傻瓜，那是火车！

火车？！长什么样子？我追问着。

他沉思了一会儿，又抓抓头，最后说：把五十辆牛车连接一起就像火车了！

从这天起，看火车成为我最大的渴望。当时溪水汹涌，也没有桥，只有当溪水稍平静时，才有摆渡。但像我这么小的孩子，没有大人陪伴是不准过河的，我试了几次都被拒绝了。直到初秋农闲时，我听说长工叔叔要到对岸去联络收割的工人，他抵不住我的热烈央求，终于带我过河，并把我安置在铁轨附近。

当冒着黑烟、吐着蒸汽、激烈喘着的火车，从山洞中轰轰烈烈冲出时，我又惊又惧又好奇，在火车发出我倾听多时的那种熟悉的蒸汽鸣笛声时，我屏住呼吸，敬畏又兴奋地目送火车驶过……

在回程上我心里想着，我只是渡过了一条河，就看见这么神奇的事物，如果我再翻过一座山，一定会看见更多不可思议的事物。"探险"就这样深埋在我童稚的心中。一甲子之后，我在这大讲台上，从《美国国家》地理杂志执行副总裁的手上接过这奖状，源头就是五岁那一趟渡河之旅。

  我这辈子经历过许多有趣又神奇的旅行与探险,我15~26岁登台湾高山,踏荒野,27岁开始岛外探险之旅,尼加拉瓜,菲律宾,印度尼西亚,泰国,婆罗洲,亚马逊河,巴布亚……这些丰富了也精彩了我的人生,我也记录了这些过程,想分享给新时代的青少年,希望他们从我的经历与人生转折中,看见我这个佃农之子,如何在慈悲、浪漫与热情中过快乐、充实的人生。期待读者诸君,从中得到启发与鼓励,勇敢地踏出人生的探险旅程!

  我把这些文章与照片交给北京大学出版社出版。这几年在出版"写给大自然的情书"专辑中,我们有愉快的合作经验,他们的专业与敬业,让我感佩,也使这些书获得了不少奖项。出版《探险途上的情书》,我们共同的愿望都是希望它能带给读者智慧与快乐!

  祝福读者伙伴们!

月落蛮荒

蛮荒的月落有一种格外神秘的气息,

那是一种令人不安的感觉。

我死去的朋友达尼罗常常唱着:

"啊——我蛮荒的好姑娘,

别为月儿的西沉悲伤,

满月落下去,

也正是旭日东升的时光。"

河流是热带雨林中最佳的高速公路。圣幻河从高大的雨林间静静穿过,最后流入加勒比海。

把握热情

  我年轻时,台湾仍然十分封闭,年轻人被允许出境的机会大概只有留学与应聘工作一途。我在农业研究机构辛勤工作了几年,终于获得去美国留学与应邀前往中美洲工作的机会,但我觉得去品尝人生远比读书有意义得多,所以我参加了驻尼加拉瓜的农业技术团。

  这是我第一次接触台湾之外的山川大地,不同的种族、文化、宗教、生活方式。我以年轻的热情,投入这个热带国家。我或因工作的需要,或利用余暇,几乎踏遍了这个国家的每一个角落,结交男男女女的朋友,体验每一种吸引我的事与物。

  《月落蛮荒》正是记录了我这两年的经历,你将发现它如何丰富了我的人生,也扭转了我整个人生的方向与过程。我相信,年轻人读完之后会有新的反省与体悟,也可能从此改变人生观。天地如此辽阔,年少怎能蹉跎,只有努力习飞,才能遨游四海。

  马齿较长的读者,看完之后必能唤回年轻时的热情。毕竟赤子之情与年龄无关,只要活着,你可以一直年轻、热情地品尝人生。因为,人生开始于每一天,开始于每一念间……

椰子河屠豹记

"徐,快起来,那只豹子又作案了!"窗外传来罗林低沉的声音,把我惊醒了。

我摸索着扭亮床灯,手表正指着清晨五点钟。

罗林是这白牛牧场的场主,身长一米九二,配上九十二公斤的体重,是真正的彪形大汉。他父亲是逃到秘鲁的南斯拉夫人,母亲是秘鲁的西班牙人后裔。秘鲁军人政变,将大农场收归国有后,罗林来到尼加拉瓜,买下了白牛牧场。

我在两个月前应尼加拉瓜农业部的要求来到尼加拉瓜,农技团眭团长派我到这个牧场来做玉米及大豆轮作的试验。这个牧场有五千公顷,其中四千公顷是山区,最北面是一条大河——椰子河,过河就是洪都拉斯的山区了。

罗林和我一见如故,我们经常一起打马球、参加舞会、潜水、开飞机兜风、斗鸡等。而我最大的兴趣是到山区去拍野生动物的照片,因此,山区有任何动物出现,无论大人小孩都不会忘了来通知我。当然,罗林更不会忘记。

"昨夜,豹子又咬走一只小牛,真是大婊子养的儿子!"在驶往山区的吉普车上,罗林气呼呼地说。

"罗林,别生气了,它只不过吃了你三千头牛中的一头小牛而已!"我安慰他。

"五年来它已吃了我四十多头小牛了!"

"罗林,你五年来又吃了多少头小牛呢!"

"大约也是那个数目!"罗林吃吃地笑了起来。

他每天要吃下差不多三磅牛肉。

车子沿着土路进入一个山谷,一个骑马的牧童立刻把门栏打开让车子进入，车子直驶到集畜栏，几个牧工立即围上来。

"被咬走的是那只美国引入的小纯种牛！"年纪四十开外的牧工头子巴布罗向罗林说。

"什么！"罗林嚷起来，"他妈的，大婊子的儿子！"

那是一只罗林花了差不多五千美元买下的新纯种小牛。

我跳下车去，年轻的牧工勿利安立刻指着不远处的一摊一摊的血给我看。

真厉害，要咬走一只一百多磅的小牛，跃过两道六尺多高的栅栏，这只豹子至少在两百磅以上。

"备马，我去追它！"罗林从吉普车上拿下一管大型来福枪，"徐，你要不要猎枪？"

"我有手枪！"我拍拍腰间的左轮。

一大群人就这样在猎狗引导下追入了绵延的森林。

半小时后，狗找到了被豹子吃剩下的小牛残躯，在一棵大树横干上，只剩下前半截，牛被咬断喉咙而死。一群秃鹰正在啄食，牛眼早被啄成一个大洞，肠子掉在地上，几只半张着翅膀的秃鹰在拉拉扯扯，像拔河一样地抢食。

我们又追了两个多小时，豹子突然失去了踪迹。我们在那一带找了一个多小时毫无下落，不得不折回。

五年来，追杀豹子是罗林最大的梦想。这件事几乎占去他大部分的假日，但他一无所获，反而豹子越来越聪明，越来越了解罗林。不管罗林用狗围捕、用陷阱、用毒饵，总归一句，它好像识破了一切诡计。

那天夜里罗林拿了一封信请我翻成英文，那是他用西班牙文写的。

我仔细看了一下，发觉是写给一个很有名的美国猎豹家，大意是要请他去除豹。

"罗林，你一定非置它于死地不可吗？它也是大自然的一分子，有权力在大地上找食物求生存，而你一个人却占了大片土地。那片土地上以前或许可养活几百只豹子呀，而现在却只有一只，更何况它不过只吃了你九条牛中的一根毛而已！"我想说服他，实在是因为美洲豹越来越少，而我一向是提倡保护野生动物的。

"它吃我的牛马，咬死我的狗，这次竟吃了我最宝贝的纯种牛！我再也不能容忍，我要它拿命来偿！"罗林激动地说。

看他如此愤怒，我未再置言。

第二天早饭的时候，我们又谈起此事。

"徐，怎么样了？"

"快好了，晚上给你。但是，罗林，真有这必要吗？"

"我已经下了决心！"

"它不过是一只野兽啊，罗林！同时，跟你一样，它也是上帝创造的啊！诺亚尚且把它救上方舟哩！"我说。

"这是诺亚唯一做错的事！"

"可是，罗林，你可曾想过你自己？"

罗林不解地瞪眼看我。

"你去赌斗鸡，斗死了几百只鸡，输了几千美元；因你占有五千公顷土地，致使数百人无立足之地。你才是他们的豹子哩！"

罗林大笑说："不管如何，我要这只豹！"

晚饭时，我把译好的信交给罗林。

"罗林，你是一个彻底的大失败者，知道吗？"

"什么？"罗林好奇地问。

"你在与豹子的决斗中败下阵来，你追它五年了，它不但没死没逃跑，而且仍然可以突入你的防线，识破你的战术。最后，你承认输了，要请帮手来对付它。"我想了一天，想起罗林一向不服输、倔强，只有这样激他或可说服他。

"徐，我不认为这是比赛，我只要我的牛群安全！"罗林不服气地辩解。

"实际情形你自己比我更清楚，我只是这样觉得，请人来杀死豹子，不会使你更快乐！"我丢下一句话就径自回卧室去了。

次晨，早餐时间未到，罗林就差人来找我。

"徐，你说的有道理，我要自己对付它。"罗林劈头就对我说，"我要它死得服气！"

"好主意！"我暗自高兴。

"还有，昨夜白雪生了一只小公马，我将它送给你，你一向是最疼白雪的。"罗林轻描淡写地说。

"真的？"我不信地问。

"真——"他一面举手要做发誓样。

罗林话没说完，我已跑上通往马厩的小路。

这以后，罗林常常出猎，我也常跟他去。但我从未认真过，我只是去跑马，去照相，且这时我最关心的还是那匹胎毛软密、属于我的小马。它的目光明亮，时常带着好奇及羞怯。看见有人来，它就躲在母马的后面露出一只眼来偷瞄，一副惹人怜爱的表情。我给他取名"顽童"。五个月过去了，小马的头举起来已经快跟我一样高了。罗林仍一无所获，而豹子每两个月却像收租一样地准时取走一只小牛。

顽童五个月大时与母马一起被送到山区的第二马房去，原马厩让给了刚从西班牙引入的跑马。我天天到第二马房，骑着白雪带着顽童去山野遛马。

"徐，快起床，我有重要事情跟你讲。"雨季快过去的一个清晨，罗林突然喊醒我，"你穿好衣服，但你要承受住打击，你得有些心理准备。"

我脑中掠过所有可能的灾祸，但我仍然镇定，微笑着说："请讲吧！"

"白雪昨夜遭豹袭杀，顽童被咬走了。"罗林带着惋惜沉重地说。

我霎时目瞪口呆，简直不敢相信自己听到的。我猛摇着头，希望这是梦而不是真的。前天下午我还带着顽童去遛马，给它拍照哩！

我赶到第二马房，发现白雪脖子被咬断而死，现场一片凌乱。显然，豹子在捕食顽童以前遭到母马的激烈反抗，最后母马被豹子咬死。我知道顽童已死于非命了。罗林率着狗群追去了，我不愿见到秃鹰争食顽童的残躯，我没有去，但我心中燃起了怒火。

"豹子，我曾尽力保护你，你竟如此报答我！牧场上有的是肉牛，你却偏选上我的马，存心向我挑战。好，等着瞧吧，我将用你的方法回报你！"我含泪望着那片顽童曾奔跑过的山野自言自语。

"罗林，我决定要杀那只豹子。"吃晚饭时我说，语气坚定。

"徐，我没听错吧！你不是说美洲豹很少了吗？"罗林乘机反驳，因为以前都是我说他。

"罗林，上次我们去看《谁来晚餐》，那女儿带着黑人男朋友回去遭父亲反对时，女儿问父亲：'爸！你不是一向教训我不要有种族歧视吗？'罗林，你记得做父亲的怎么回答的吗？"

罗林摇摇头。

"父亲说：'是啊！可是我怎么也没有想到这种事会发生在我女儿身上呀！'"我说完，然后看看罗林，"这就是我现在的情形啊！我怎么会想到它会吃我的小马呢？"

罗林开怀大笑。

"罗林，况且白雪及顽童与我有感情，豹子不只是咬死了两只马，而是咬死了我的两个朋友呀！"我振振有词地说。

罗林还是吃吃地笑。

我向罗林要了一份非常详细的农场地图，尽量把豹子每次作案及发现残尸的地点标出来，然后又把罗林追猎的路线尽量画出来。最后，我发现，豹子虽然聪明得会绕道来袭，但每次都往同一个方向逸去，而且每次猎狗追到沼泽一带，豹子就消失了。因此，我判断，豹子是利用涉过沼泽来使自己不留痕迹，而且涉沼泽时并不直接穿过而是绕了很多的沼泽。

第二天，罗林去首都接他父亲，我带着两个有印第安血统的牧工去侦察沼泽及沼泽之外的大片荒地。

果然不错，我们在沼泽北面找到了无数豹子的脚印。到了这里，马都不敢前进，我们频频用马刺才使马勉强走动。到了沼泽就是一大片灌木丛生的荒地，在这里，我们发现了许多野兽的枯骨。牧工说，这些大部分都是被豹子杀死的，有野猪，有鹿，有貘……四十分钟后，我们穿过荒地，到达椰子河。这是一条缓缓的深河，河面有五十米宽，是洪都拉斯与尼加拉瓜的国界。河的那边是长有稀疏大树的小丘，小丘过去就是热带大丛林。我的直觉告诉我，豹子就住在那丛林里。

回去后，我问牧工头子巴布罗："这附近谁比较有猎豹的经验？"

"这里的牧工都没有杀过豹，但我知道离这里八十公里的波多西小村有一个叫多明哥的印第安老人，他一生一直以屠豹为业，直到五十岁时，突然封枪，从此不再狩猎。"

第二天，我开着吉普车与巴布罗到了波多西小村，在村尾的一个小屋里找到了年老而精神极好的多明哥，他正在用泥巴捏一个印第安人的杯子。他脸上有三道深疤，与脸上皱纹交叉，构成奇怪的图案。原来那是豹爪留下的。

巴布罗上前向他说明来意，多明哥突然抬头盯着我说："朋友，如果你是为了要在你客厅里悬一张豹皮而猎豹，或者仅为了刺激或者是炫耀，那你今天就要失望了。"

我觉得这个老人很奇怪，他一定有一套与众不同的看法，因此，我暗示巴布罗暂时不要说我们的理由。

"多明哥先生，你曾是最有名的猎豹家，而现在你又这样告诉我，你一定有什么可启我之窍吧？"我问。

"朋友，"果不出所料，他说，"我三十岁时，豹子咬死了我的妻子，当时她在河边洗衣。过了没两天，它又撕食了我那往河边寻找母亲的幼儿。从那时起，我一直像发疯一样地猎杀美洲豹，我曾用火把把豹从洞中逼出来，曾潜入洞中等候豹子回来，还曾披着豹皮以接近豹子。我追捕愈久，愈了解豹子的特性。到后来，我杀一只豹跟我杀一只鹿没有多大分别。可是有一天，我忽然封枪了，你知道为什么吗？中国朋友！"他脸上有点茫然又神往的表情。

我摇摇头。

"我被豹子感动了！"老人幽幽然，像在回忆一段出神的事。

"感动？！"我吃惊地问，我心中在怀疑这老人是不是在讲新的伊索寓言。

"没错！"他语气短促，然后又接着说，"是这样的，那年我快五十岁了，因多年捕豹，我变得很大胆。在一个月明的晚上，我盯上了一只美洲豹。当时我在下风处很安全，心中突然掀起一个好奇的念头，想看看豹子除了屠杀外还做些什么。于是，我静静伏在石后。这时，银色的月光普照大地，它身上的毛皮反映着一种奇异的金色，块状的花纹，使人看久了有一种晕眩的美感。它孤独地蹲在高石上，头朝着月亮，仿佛也沉醉在月色中。然后，它站起来，跳下高石，慢慢走过草地，突然以极其优美的姿态飞跃上孤树，身体正好遮住了月亮。我看着满月从它背后慢慢上升，月亮剪出它的身影，并且加了金边，美得使我屏息。我心中忽然生起一种奇异的激动，我好像忽然从它身上看到了上帝创造万物的双手……于是我收起了枪在月色中走回去。"

老人停了一下："我回来以后长思了几天，才觉得复仇不能挽回爱妻幼子的生命，杀戮也不能消去我心中的忧伤！反抗大自然，最后遭殃的是自己，不是吗？我已浪费了壮年二十载的光阴，不仅受伤受苦，而且我从未真正享受过家庭生活，大孩子离我而去，朋友也断绝来往。啊，我比豹更像豹呀！"

"我从此不再猎豹，也不把猎豹的方法告诉别人，让别人去破坏上帝创造的大自然的美，这也是我对滥杀豹子的一种补偿。"老人握了一下拳，表示他的决心。

"可是，老先生，我们的情形很特殊。"

我就把有关那只豹子的事一五一十地告诉他。

老人听了后陷入沉思。

"它不只是一只可怕的豹子，它简直是恶魔的化身。"我又补充了一句。

老人没有反应，继续沉思着，他的内心必是很矛盾。

"这是一只可怕的老豹。"老人突然开口，"它聪明而懒惰，又富有经验，深谙家畜味美又知家畜容易捕食。杀一只危险的老豹于人有益，于大自然无损。"

老人说完，站了起来，走进屋内，从壁上取下一个葫芦。那个葫芦没有底，顶端横锯后改用薄牛皮封紧，像鼓一样，皮中间有一根牛筋直垂底口外。

老人由底口把手伸入，手指捏紧牛筋不快不慢地滑下，葫芦立刻发出了一声很大的牛吟声，"哞——"

"在有月亮的晚上，找一个面朝小丘、下风的地方，当豹在丘上出现时，在可凌空之处，用这个把豹诱来射杀。瞄它的眉心，如果它暴露侧面，瞄它的肩胛边。人要少，枪要准。用这个牛鸣葫，一声与另一声的间歇时长时短，前声与后声听起来要如同一只牛所发出，这样豹子易上当。来，你试试看！"

我立刻按照老人的指导进行练习，直到他满意为止。

"去吧！你还有一个礼拜可以选地点，一个礼拜后的月色最合适。如果失败了，再来找我。记住，要有耐心，豹子有伏着半天不动的耐心。"

月将圆的那天下午，我们出发了。两个枪法较好的牧工巴布罗和路易士随行，还带了一个橡皮艇以渡过椰子河。我选椰子河那边为我们埋伏的地点，是因为那里正好面对着小丘，如果豹子从丛林出来必会在丘上出现。那里居高凌空，目标显著，而且距离埋伏地只有八十米左右，以罗林的枪法绝对可以一枪毙命。当我们到达时已日迫西山，罗林和我在一棵靠河的树下布置妥当，又把两个牧工安排在我们左边约二百米的洼处，因为左面有一处低地不易警戒，必须有人在该处。这样，我们左边可以无虑，只要注意正前面与右方的丘上棱线。

热带的黄昏格外神秘，也分外美丽。西空红霞未敛，快圆的月已然出现。椰子河上大鱼不断地跳出水面，大小水禽沿河飞来飞去，河边草丛中虫声幽然初唱，鹦鹉群飞投宿丛林。没有风，一种蛮荒独有的气息笼罩大地。望着明月照黄昏的景色，我有好一会儿忘了我来做什么！有时又会莫名其妙地自问：值得这样冒险吗？

自然录音
丛林夜晚虫交响

不知何时，黄昏已然消逝，月亮突增了光辉，使得那片黑压压隐藏着美洲豹的森林像死神居住的阴城，四周涌起一种死亡的气息。这种气息压迫着我们，使人觉得有点呼吸困难。我的第一声拟牛声传向了荒野，低沉而悠长，像死神呼唤的号声。接着，河边突然暴出一片节奏奇异的青蛙鼓噪声，好像沉重的大鼓。

"徐，你怕不怕？"罗林突然轻声问。

"怕！但我不后悔，也不退缩。"我说。

"我在想，为一只豹子冒这样的危险，还要忍受这种紧张的压迫，是否值得。"罗林轻声说，显得有点恐惧。

"罗林，你如果后悔可随时退却，只是它将令你终身遗憾。"

"不，好歹今晚要见见它。你知道，我与它斗了五年连面都未照过哩!"

我们不再说话。立时,一股死亡的味道又弥漫上来了。

拟牛声沉而远地一声一声传入黑丛林。周遭的空气好像忽然凝结了,我们的双手都汗湿了,衣服也逐渐被汗水浸透。等待实在是最残酷的刑罚之一!

十一点了仍然没有动静,难道豹子看破了我们的计谋?

明月正照,人影缩小。罗林突然由月光下移入树影中,然后指了指前面的丘陵:一个斗大的豹子头在棱线上的浅草中探出来向我们俯瞰,然后又伏了下去。罗林举起枪,由枪上的望远瞄准器看出去。豹子如此出现了四五次,都在罗林瞄准之前伏了下去。"婊子!它根本不是野兽,简直是经过训练的家伙!"罗林双手有点颤抖。

豹子出现几次后又消失了。

"也许它发现我们了!"罗林说。

"耐心点,多明哥说过要耐心地等。"我说。

我们又耐心地等了一个小时,拟牛声仍很长时间响一次,不曾断过。

这时,我忽然感觉到一部分蛙声在众蛙声中突然歇了下来。我转过头去看,平静的银色大河上有一道逐渐散去的斜波纹。那条弄波的鱼一定有一百斤左右,我想。

我伸手弄牛声,满是汗水的手指突然失速而滑得太快,牛鸣葫发出了"哞——"的一声,像一只惊慌的小牛。空气中立刻出现了死尸的臭味。我们心中涌上了不安。

这时,我听见我们当头大树上有水珠滴落在草上发出的声音。我心中忽然悸动着,不是露水滴落,我想。我伸手碰了一下罗林,然后指着头顶上大树的华盖,罗林握着枪,枪口朝上蹲在我左边约一米处。

罗林一抬头,一片黑影立刻从树干向我们斜斜扑罩过来。

"豹——"我只发出半音,豹子已从我头上跃过直扑入罗林胸颈处。

一声豹子震撼山林的怒吼和一声枪响及罗林的惊恐惨叫声,同时打破了月夜的沉寂。罗林仰后倒下,豹子向前直滚,我的手枪朝豹子射击,却卡住了,我连扣扳机,一点用处都没有,一股透心的寒意涌上来。

这时候怪事发生了,滚在一边的豹子没有爬起来,只是抽搐着,然后不动了。

我恍然大悟,豹子中弹了。我倒抽一口冷气,立刻去看罗林,发现罗林昏死在地上。我检查他的头胸发现并没有受伤,于是掏出万金油在他鼻孔上涂抹并且摇着他,喊他的名字。一会儿,他就悠然醒过来。他是受到豹身的碰撞及受到过度的惊吓而昏过去的。醒过来之后,他的脸上立刻罩上了惊恐。

"别怕,罗林,豹子死了。"我指着五米外的豹尸说。

他立刻朝自己的脖子摸去。

"我没有受伤?"他不信地在脖子上、胸上摸来摸去。

我拿起罗林的枪向豹子走去,豹子已然不能动弹,一只眼睛在月光下流露出黯然又悲哀的神色,另一只眼睛好像闭上了。豹子全身湿湿的,豹纹在月色下美丽极了。我想起多明哥讲的"令人晕眩的美感"。

听到枪声的牧工巴布罗和路易士,这时也赶到了。

"剥下它的皮!"罗林疲倦无力地站起来,指着豹子对巴布罗讲。

"咦,怪了!"正在剥豹皮的巴布罗忽然说,"它只有一只眼睛!"

我和罗林拿着电筒走过去。果然,它的右眼受伤不久,肿得很厉害,还有点烂,根本睁不开。

"徐，豹子是如何爬上那棵树的，我左思右想，实在想不通。除了我们背后那条河，三面都在我们的监视之内呀！"罗林在归途上问我。

"很明显，它在我们前面出现后，就迂回渡河到另一边，然后在我们背面再游水过来爬上树。中断的蛙声、河上的水波、滴落的水珠，以及它湿透的毛可以证明。"我回答，"这豹已成精，太可怕了。"

"那一枪我根本是惊恐中乱扣扳机，竟然就这么巧，打中了它的喉咙，不然断的该是我的喉咙了。好险！好险！"罗林说。

第二天我把牛鸣葫送还给多明哥。多明哥听完我的报告后说："上帝保佑，那只母马救了你。"

"你知道，以豹子的天性，它原是扑向你，因为你离它近，但因为它的一只眼睛受伤，因此距离判断不正确，跃过了头而扑向罗林。它的眼睛实际上是被那匹母马踢伤的，如果它扑到你，你们两人都完了。"多明哥感慨地说。

这也许是天意，我想。

牧场终于平静了。

"徐，你周末不要回马那瓜，陪我去河口射鱼好吗？自从豹子死后，我好像失去了什么，假日有不知何去何从的感觉。"三个星期后的一个星期五晚餐上，罗林说。

"你失去了一个玩游戏的对手，一个共度周末的朋友。谁说过，达到了目标也就失去了目标。去吧，罗林！明天我们也许会在河口遇见新的对手，新的朋友——一条大白鲨。"我说。

自然摄影

椰子河屠豹记

月落蛮荒

　　牧工头子巴布罗与我策马涉过小溪进入丛林，一阵使人作呕的腐尸味扑了过来。绕过几棵羊角刺树，立刻就看到了一群人静静地站在上风的一边，聚精会神地注视着三四米外四个穿着白色消毒衣、戴着口罩的军警，他们正围着一个挖开的土穴。

　　我们下了马，加入了围观的人群。他们纷纷与我们打招呼，都是住在邻近牧场的农人及牧工。

　　巴布罗告诉我，有人被谋杀，埋尸在白牛牧场与坡索牧场交界的丛林中。尸体被猎狗扒出来了，猎人去报了案，警方正来挖掘。

　　"不止一个哩！已经挖出来一个。"长工辛比指着下风处一个鼓鼓的大帆布套告诉我。

　　"死者是什么人？"我问。

　　"面部已经烂得无法辨认！"辛比小声说。

　　一个工作人员突然跪下去，两只手向穴里抓去。然后他拖起一双腐烂肿胀的脚，围观的人纷纷划着十字。

　　那尸体慢慢地被拉上来，下肢先出穴，另一个工作人员蹲下去帮忙。当尸身慢慢呈现时，我突然看见死者穿的是一件深蓝色薄夹克，我心中起了一阵悸动。

　　"这件夹克，这件夹克……"我禁不住喃喃地说着，这件夹克我熟极了。

　　当尸体的胸部出穴，露出夹克左边那圆轮状的金黄色图案及绣在图案中间的中国字"中农机"时，我再也压抑不住，难受地呕吐起来。

　　"怎么了？徐！"巴布罗扶住我。

　　"是他……是……"我止不住呕吐，"是……达尼罗！"我吐得直跪下去，涕泗横流。

达尼罗是我来白牛牧场，除了场主罗林外，第一个认识的朋友。我是在一个下着倾盆大雨的夜里抵达牧场的，农业专家黄金增陪我来。一个个子蛮高、身体结实、卷头发、棕皮肤的年轻人过来帮我把行李从吉普车上搬下来。他，就是达尼罗。

自从我们认识以后，达尼罗常来找我聊天、弹吉他，由他口中我了解了白牛牧场的不少事。他从十一岁开始就在白牛牧场当牧工，已经干了十年了。从他口中我第一次听到被穷人敬若神明的吉米·罗培兹。从言谈中我发现达尼罗对他们的政府相当不满，非常推崇古巴的革命。我偶尔跟他辩，但他偏见很深，常常弄得不欢而散，因此我后来不跟他辩了，只借一些书报给他看。他后来言语虽不再如此偏激，但我知道贫穷使他希望改变政府。他这种态度直到发生一件事以后才有所改变。

这件事该从我认识吉米·罗培兹及萨卡利谈起。

"这位是吉米，农业肥料及种子的批发商。"有一天，在庭廊下罗林给我介绍。

"你就是徐先生吧，久仰了。听说你会中国功夫，会弹吉他，还听说你最近办了一个失学儿童夜间补习班非常成功。"他热烈地握着我的手说。

吉米胖胖的，方脸、略矮，脸上时常挂着笑容。他的手刀奇硬而粗糙，指力很重。

"大名如雷贯耳。'找吉米，万事OK！'这句话我来的第一天就听到了呀，吉米！"

吉米常把肥料种子无息贷给穷人。我还从巴布罗那里知道达尼罗是吉米在白牛牧场的代办。

"徐，这位是萨卡利，我的业务经理。"吉米为我介绍他身旁的一个男人。他又高又瘦，戴着墨镜，头发油亮，年约三十多岁。"你们以后常有机会在一起。"

"幸会，徐先生！"他说。

他们走了之后罗林告诉我，吉米热情、富有、见闻广博、交游广阔，无论在上层社会还是下层社会他的名望都很好。他之前由占巴逃出来时身无分文，现在算是白手起家。

萨卡利常来牧场，有时我们一起抬杠，但我发现达尼罗的想法几乎都是由萨卡利灌输过来的，这一点使我感觉很奇怪。萨卡利口才很好，那种具有煽动性的口吻再加上尖酸而刻薄的讽刺，难怪他每次来白牛牧场时，达尼罗等一群年轻人都要围着听他侃。我不大愿意扫他兴，对他这种言论一向置之不理，直到有一天发生了一件事。

白牛牧场每两周发一次工资，每次都是周末下午。12月下旬，圣诞节快要到来的前几天，正是周末发工资的时候，因为这一天不但要发工资，还发不休假奖金，因此这一天现金特别多。罗林有事去邻国哥斯达黎加，他临走时一再拜托我帮忙照顾发钱。

我坐在办公室里，工人在窗外排着长龙，依次从窗口领钱。屋外的空地上摆满了乘机来做生意的小摊贩，工人的家眷也都来了。小孩子等着领到钱的父亲给他们买零食，母亲等着办货过节，一片片叫卖声、呼嚷声，洋溢着节日即将来临的喜气。

在工资发完时，我突然听到了达尼罗大声喊着："各位朋友，请聚过来，萨卡利先生代表吉米要跟诸位说几句话，请聚过来！"

等到我出门时，群众已经聚在一起，约有二百多人。萨卡利正跳上一个临时用两个空的汽油桶及一块厚木板搭建的台上，我迅速混入群众中。

"各位亲爱的乡亲，圣诞节就要到了，每个人都在张罗着准备过一个丰富而又快乐的圣诞。但是，"萨卡利的口吻突然一变，"你们今天领到钱偿了债，又能剩几分钱呢？"萨卡利悲伤而又同情地说。

"可怜的乡亲啊！你们终年辛苦工作，无论太阳多么恶毒，雨落得多么凶狠，你们都得拼命为人工作。但是，摸摸你自己身上穿的破衣服，低下头去瞧瞧你那皮破血流没有鞋穿的双脚吧！你们可曾想过，为什么辛苦的结果会这样惨呢？"萨卡利的声音好像在哭泣般，听众脸上都随着他流露出悲哀的表情。

"再看看那些政客、地主、军官，从不工作，只知剥削你们、欺凌你们。看哪，他们穿得多么高贵呀！英国的料子，巴黎的式样，趾高气扬就像鼓起羽毛的雄火鸡一般地从你们前面走过。"萨卡利装出一副雄火鸡不可一世的姿态说。"你们还得装出一副恭顺的样子，低声下气地说：'先生，您好！夫人，日安！'"萨卡利又扮着可怜样。

"难道你们天生就是孬种，要这样卑下地过日子，就好像一只被丢弃的、长着癞痢的狗？"萨卡利忽然厉声说，"而他们天生是皮毛高贵华丽的美洲虎？"

"不！大家都是生而平等的，有权利分享这地球上的一切。但是我们的政府实行了错误的制度，使得少数的富人达官永远是富人达官，穷人永远是穷人。如果我们实行一种制度，像古巴、苏联实行的那种，那么地主、政客、军人就再不敢对我们吐口水，要富大家都富，要穷大家都穷，谁也没话说，你们说对不对？"萨卡利慷慨激昂地说。

"对！"群众大声地叫着，鼓掌着。

"所以穷人应当联合起来，推翻现行的坏制度，实行完美的新制度，对不对？"

"对！"群众齐声说着，鼓掌着。

萨卡利得意地带着满足的微笑。

"不完全对，萨卡利先生！"我忽然大声冒出了这句话。

我自己也吓了一跳。我本来就不想管这种事，我是外国人，是来看热闹的。大概是因为他那种得意洋洋、自以为煽动成功的表情挑起了我对他的讨厌，使我想挫挫他的锐气，因此我情不自禁地脱口而出。

萨卡利循声看过来。当他看到是我时，他的眼光有一刹那露出了带着毒的光芒及杀气，但他立刻换上一副诡谲的笑容。

"啊！原来是台湾来的徐先生！"他勉强笑着说，"正好，各位乡亲，徐先生来给我做见证了。"

萨卡利说到这里忽然声音变大："好了，今日到此为止，各位还要办年货呐！此外，吉米先生交代，所有欠他的钱，一律送给各位作圣诞礼物！"他极其紧凑而大声地说了这一堆话。"去吧！祝各位圣诞快乐！"

群众立时欢呼起来，"吉米万岁！萨卡利万岁！"大喊场面极为热烈。

"蠢货！"我不禁用西班牙式的口头语骂出来。我迅速地跑到台边，当萨卡利刚跳下时，我就跳上了台子。

"慢着，朋友们！"我拉开了从前服兵役时发口令的大嗓子对着群众下口令。

喧哗着散开的人群立时停步回过头来看我，然后又陆续聚回来。大概他们早已被工头训练得不由自主地听口令。

萨卡利惊愕在人群中，有点不知所措。"各位！没事了，回去吧！"萨卡利突然厉声说，带着恫吓的音调。

"萨卡利先生！你何不干脆说：不回去的人就要被收回圣诞礼物呢！"我大声地讽刺他。

萨卡利脸色非常难看，重重地用鼻子吸着大气，脸上浮起了可怕的横肉，眼中喷着怒火，身子微微地颤动。他低估了我在工人心中的地位。一方面，农场上很多工作都由我安排，另一方面，他们当中有许多人的子弟正在我办的夜间补习班上课。

当农民正转回来时，一辆大型吉普车突然拦住了人群，吉米走了出来。所有的人都立刻向吉米问好,吉米向我招手,我跳下台子走过去。

"徐,你脸色好像不很好,来,我们去兜风。"他笑着说。

我一上车,就把刚才的事告诉了吉米。

"徐,对不起,萨卡利冒犯您了。"吉米客气地说。

"你大概不知道,萨卡利的父亲是政治犯,从萨卡利小时候起就再也没有下落。他相依为命的哥哥又在一场车祸中被里昂的一个农场主撞死了,所以他一直很偏激,你千万不要与他一般见识。"

"吉米,事情过去了,我怎会计较?我们去骑马吧!"我说。

那天晚上达尼罗来找我,起先他什么都没说,拿着我的吉他心不在焉地弹弄着。我知道他有话要说,只是还不知道如何开口。

"你!"他突然用手切住了弦,乐声立刻中断,"你觉得萨卡利今天说得有道理吗?以前我总觉得萨卡利念过大学,他的话都是对的,但是我最近常听你讲,我觉得很多事我得重新考虑!"

"萨卡利人不错,热情,好施,而且关心穷人,只是有些事偏激了一点。"我说。达尼罗又低下头继续弹了一会儿。

"你能为我弹几曲吗?"达尼罗把琴递过来。

"好吧!我弹中国一位叫吕昭弦的吉他演奏家兼作曲家的曲子给你听,曲名叫'杨柳'。"

我接过琴,把第五弦调成G音,然后开始演奏。

当最后一节的仿琵琶音消逝于寂静的夜色中时,达尼罗的脸上现出一种神异的脸色。

"我听到杨柳柔弱的枝条在绵绵细雨中无可奈何地随风轻摇,带着淡淡的哀思。"他感叹地说。他的音感很好,感觉很敏锐。"徐,你能教我吗?"达尼罗忽然热切地问。

"当然,不过教你看五线谱比较实用,以后任何歌曲你都可以自己练。"我说。我想起他不会看五线谱,大部分的尼加拉瓜乐师都靠记忆。

"好哇！真的吗？"

"真的！"我举起右手学习他们发誓的习惯动作。

"但是，达尼罗，你能帮我做一件事吗？"

"只要我能办到！"

"好，一言为定！我想请你每星期一、三、五晚上来教失学孩子的西班牙文，现在的这位老师哈克太懒，常缺课。"我说。

"好！就这样！"他爽快地回答，"我要回去了。"

"我送你一程，我正想去散步！"

我站起来，抓了一件薄夹克披上。

"你这件蓝夹克真好看！有一天看见你穿着它、骑着白马穿过大豆田，所有的牧工羡慕死了。"达尼罗说，"这胸前绣的金色图案真可爱！"

这件夹克是附在中农牌耕耘机内的，夹克太大了，只有我能穿，眭团长就把它给了我。

达尼罗羡慕的神色叫我心动。

"送给你，达尼罗！"我笑着说，"这是给你的圣诞礼物。"

"真的？"他怀疑地问，以为我开玩笑。

"真的！"我举起右手。他眼睛里闪着喜悦的亮光。

自达尼罗来任教后，夜校学生人数骤增，而且孩子们进步得奇快无比。每天下课后我都与达尼罗一起弹吉他、喝咖啡、聊天，我发觉他变得更快乐了，思想也变了。但唯一叫我奇怪的是，他最近不知为什么时常与萨卡利争吵，甚至也与萨卡科的司机古特雷发生冲突。这是以前没有的事。

验尸的结果是，三具尸体都是因髓脑受到重击而死亡，但从外观上完全看不出来。

现场任何蛛丝马迹也没有，我以为命案必会成为无头公案，但出乎意料地，凶手马上就查出来了。这完全该归功于吉米的一句话。他向主办命案而仍毫无头绪的上尉说："要重力一击而命中髓脑，三次都这样准确而狠重，凶手想必是一个力大无穷的拳手。又由达尼罗的生活情形看来，仇杀的成分居多。"

调查工作对准所有曾与达尼罗有过纠纷的、力大的、高头大马的、学过拳击的人。

很快地，他们在日出牧场查到一位体重二百多磅名叫拉蒙的牧工，他的一伙人曾在复活节的庆会上与达尼罗的一伙殴斗，甚至动刀。

但是拉蒙连同两位牧工在案发后不久就不知去向了。相信是畏罪潜逃的，由他们临走留下的一些线索，判断他们是想越界进入洪都拉斯或萨尔瓦多去。许多军人立刻被派到边界去布防。

过了三天，一个少尉带着三具尸体回来，正是警方追缉的三个凶手。

这件事原本就这样过去了，但是许多事又好像造物主在冥冥中早有什么安排似的。

达尼罗下葬后一星期的某个下午，我独坐在一道小溪边那块颇广的草地上想着一些心事，突然，一辆吉普车在不远的土路上停下，萨卡利的司机古特雷跳下车径直向我走来。

"徐，听说你的中国功夫很行，这种功夫我常在电影上看到，尤其是布鲁斯·李（李小龙）及王羽，我特来向你领教。"古特雷走到我面前，很认真地说，"听说你快要离开白牛牧场了。"

"哦，古特雷，我根本不懂中国功夫！你要是听信罗林的吹牛，我就要变成布鲁斯·李的兄弟了。忘了它吧，古特雷！"

"徐，别骗我！上次在加油站，三个人都奈何不了你！"

"不！那三个人喝醉了，连脚都站不稳哩！"我说。

"那三人都是我的朋友，情形我很清楚！"他神色越来越不好地说，"我要试试我自己学了差不多两年空手道的功力。"

"古特雷，这样我更不敢比了，万一我被你砍上一掌或踢到一脚，我怎么受得了？这种会伤人的事算了吧！我们何不改比乒乓球或者网球？"我诚恳地说。

"徐，你真要顾左右而言他，那我要得罪了！"他忽然沉下声来，然后摆起了架势。

他这姿势忽然使我想起有一次他与达尼罗冲突时，他也是这样摆起来唬住了达尼罗。我不由得心头升起一股奇异的冲动，想替达尼罗出一口气，或者替自己出这几天闷在心中的气。我跳了起来，"如何比？"我瞪着他问。

"随你！"他沉声道。

"好！不挖眼，不打后脑，不踢阴部。"

"好！"他应声，摆起了架势，大马步，侧身，左手横腹，右手刀半向前，向着我。

我蹲小马步，微侧着向他。

他突然欺近，以右掌切向我的腰，我用右手去挡，但他用的是虚掌，然后突然改掌为爪刺向我的喉部。我微微偏身，堪堪避过。他左掌直捣我腹部，我用右手将它拍开，并向后退了半步。突然，他的右掌向我的头猛劈下来，我左手斜上，顺势扣住他的右腕。他力量奇大，我虽然接住他的掌，但掌势依然连同我自己的手碰到我的上额，我感到一阵晕眩。但我没有松开他的手，我迅速低转身，以右小臂横击他腹部，他以左手切挡，我乘机猛拉他被扣住的右腕，然后以一个柔道的丢体动作把他摔倒在草地上。

古特雷爬起来，脸红红的，又重新摆出了架势，带着腾腾的杀气。

他立刻又一连串地攻了上来，虎虎生风。我左闪右闪，连挡带拍，避重就轻，仍然挨了两个偏拳。

他突然一个右直拳直捣我心窝。我侧身，左手再度扣住他的右腕。我顺势向门前一引，把他的身子引向我，再用右小臂击中他的鼻部，然后改用拳猛击他的肋边。他"唔"地叫了一声，我随即快速转身以过肩将他摔到地上。然后我以右膝盖抵住他的背，右手臂锁住他的脖子，他半坐在草地上。

"告诉我，你跟谁学的！"

"唔……唔……"他不肯说。

我忽然想起了吉米粗硬的手刀。

"是吉米吗？"我忽然加力把他锁得"呃！呃！"地作响。

"是吗？"

"是……是。"

"吉米几段？"

"二……二段。"

我放开他，看着他蹒跚地走向吉普车，他的鼻血流过唇边。

这次比武原是小事，却不料引出了一个可怕的阴谋，这事是后来办案的上尉告诉我的。

当古特雷受伤回去后，吉米发现了他的伤。逼问之下知道古特雷与我比武，吉米大为光火，尤其知道古特雷招认吉米是空手道高手时，吉米狠狠地殴打古特雷，然后把古特雷关在肥料仓库里。古特雷用肥料一包一包叠在一起，从屋顶钻出逃走，然后跑到警察局去报案，道出了令人胆战的内幕。

"达尼罗是被吉米杀害的。"古特雷在警局招认说。

"吉米是叛军兼尼加拉瓜北部游击头子，他混在难民中来到尼加拉瓜，前年的马那瓜劫案也是他策划的。"

"不久以前,他发现有一个手下有叛变的迹象,他为了杀鸡儆猴,要萨卡利把他全家杀死,但是身为游击队员之一的达尼罗坚决反对,认为不该累及家人,为此事达尼罗与萨卡利起了冲突。虽然后来吉米让步,但在行动时,吉米背信,仍然把那可怜人的全家捆绑后丢入火山口。达尼罗知道后非常生气,认为吉米比地主、比不讲理的军人更可怕,他的口号是美丽动听的,行动却是丑陋残忍的,于是达尼罗带着两个牧工拂袖而去。但吉米一伙人在半路截下他们,用枪把他们押到附近森林里,倔强的达尼罗复与吉米争吵冲突,最后吉米用他练了多年的空手道,戴上特制的手套,以掌重击他们后脑下方,达尼罗等立即死去,并被就地坑埋。

"如果尸体没有被发现,此事就了了,可是后来命案爆发出来,吉米只好立刻派人以重金买通拉蒙等三人,委称要他越界去洪都拉斯私运一批药品,然后吉米透露设计好的线索给警方,拉蒙就在边界被击毙了。

"我怕吉米会对我下毒手,就像对付达尼罗一样,所以我逃了出来。吉米是一只披着羊皮的狼。"

警察赶到吉米的住宅时,吉米已经逃走。

两天后,一个牧工在距洪都拉斯边境不远的森林边缘发现了吉米的尸体,他的眼睛已经被秃鹰啄食成大窟窿,尸体附近的树干、石块上布满了吉米射击的弹痕,吉米仍紧握着他的手枪,全身毫无伤痕。

法医在验尸单上写着:死因不详。

"他因杀人无数而心虚,在逃亡过程中受到幻觉的惊吓而死。"老神父罗贝多这样说。

当吉米的尸体运回经过坟场时,他们将尸体摆在达尼罗的墓前,一群牧工为达尼罗念着经。这个时候已是清晨四点多,衔接在热带地平线上的落月,被达尼罗坟上的十字架划成四片,好像一个被割裂的心。

"安息吧！朋友。"我划了十字，戴上皮帽，走向我的马。当我经过老牧工卡罗士身旁时，我听到他正低唱着达尼罗最爱唱的民谣——《月落蛮荒》中的最后一段：

"啊——我蛮荒的好姑娘，
别为月儿的西沉悲伤。
满月落下去，
也正是旭日升起的时光。"

我跳上马，含着泪，在旭日东升中，疾驰而去，满耳是达尼罗悲怆的歌声……

自然摄影

月落蛮荒

关 祖 父

他是萨伊斯河到帕以瓦士河之间那大片山区里最受尊敬的人。1974年10月,我们农技团在尼加拉瓜中部的雨林山区,但属于尼加拉瓜农业部副部长的牧场山谷里,开辟了差不多五分大的荒地,作为教导山区农民种植蔬菜的示范场。

在开垦期间,我和另两位农业专家黄金增及陈文政就住在牧场里,工作备极艰辛。那块地丛生着荆棘、灌木和杂树。那时又正值雨季,山雨来去不定,时时把我们淋成落汤鸡。而那里的蚊虫之多之凶,就是曾在非洲好几个国家任职多年的黄君和陈君亦未见过。我们用防蚊油,甚至用柴油擦在暴露的皮肤上,但是手掌和头脸依然被叮得肿肿的,又疼又痒。当地人说,半个月也不会消退。尤其是我们的耳朵,肿得真像猪耳朵。

一星期后,我们终于把荒地辟成良田。完工的第二天早上,我按照牧工所指的路线,带着午餐,骑马去雨林里拍照,并欣赏多彩多姿的雨林植物。我一面拍照,一面采下一点标本,放在马背上的袋子里。那时,大树上的野生文心兰怒放着,一串串长达几米的花穗,由树上直垂地面,在微风里就好像一群相互追逐的蝴蝶。

我策马慢慢地走着,一个山又一个山地翻过去。到了中午,我还没有找到牧工告诉我的土路。我断定自己一定走错了方向,就驱马上到一座山的山顶。这时,山雨又开始下了,我瞥见前方远处山谷里,仿佛有炊烟升起。我想那里大概有人家,就策马朝着那边进发。下了那座山,越过一条小溪,沿着溪边一条赶牛的小路,终于到了一个住有四户人家的地方。我正要上前问路,突然一辆吉普车从我的对面驶过来,一直驶到我面前才停下来。

"嘭啦!是中国人吗?"一个白人探出头来问,他微胖,脸圆圆的而红润，头秃秃的，大概四十来岁。

"是的！"我答。

"那一定是在圣塔非的维加牧场那里做示范农业的中国专家了。最近我们这一带的农人、牧工都在谈你们。"他说。

"他们怎么说？"我客气地问。

"他们说，如果你们能在雨林中种出黄瓜来，他们就能从公牛身上挤出奶来。"他笑着说，"以前法国和美国的农业专家也在这里试过，结果都失败了。"

对这种事我只能笑笑。

"你骑马来的吗？怪了，你是怎么来到这里的？"他奇怪地问，"沿着马路骑马来，可要半天才能到这里呀！"

"迷了路，翻那边的山过来的。"我指着我来的方向说。

"稀奇！稀奇！"他大笑着说，露出了双下巴，"那边尽是密林，你能通过可真不简单。来，到我家休息吧！等一下我着人送你回去。对了，我叫安东纽，这一带的牧场是我的。"他随手按了一下喇叭，小屋里立刻走出一个瘦长、戴着牛仔皮帽、留着八字胡的年轻牧工。

"尼洛！"安东纽大声说，"把这位中国农业专家的马送到庄上来。"

"是，先生！"尼洛点头说，然后好奇地看了我一眼。

"上车吧，中国人。"安东纽说，"去喝杯咖啡，淋了雨可是怪冷的。"

"我叫徐！"我一面说，一面下马，尼洛替我抓着马头。

"谢谢你的好意！"我跳上车说。

"不要客气！"他说，同时把车掉转头，沿着来路驶去，二十多分钟后到了一座很豪华、隐在山腰中的大宅院。安东纽把车径直驶入院内。下了车，他引我进入客厅，侍女奉上咖啡，并给客厅的壁炉生了火。这是我在尼加拉瓜第一次看到有壁炉的客厅，我把上衣脱下来烤，一面喝咖啡，一面与安东纽先生聊天。

安东纽是尼加拉瓜相当有名的世家，他的父亲老安东纽，在20世纪30年代的内战中，曾是波阿哥省保卫战的司令，后来失败而亡命西班牙。十年后才回来尼加拉瓜，1970年去世，独子接管了所有的产业，包括一个五千公顷的牧场，一个大贸易公司，一个大锯木厂。

我们谈得很多，从农业经营，谈到台湾的观光业，由中国人的宗教谈到华侨的事业。这时他忽然说："很久以前我就常听我的牧工说，由我这牧场往山里走约二十公里，越过一条叫萨伊斯的河，再前进约五公里的一个小村上，有一个很好、很奇怪的中国老人，他是萨伊靳河到帕以瓦士河之间那大片山区里最受尊敬的人。"

他接着就把他听到的有关这个中国老人的传奇，例如他如何办学校、建仓库、教导主妇改善环境卫生，如何化解纠纷、推动地方建设等一五一十地告诉我。

"哦，有这种事！我倒真想去拜访他。"我说，"从这里去方便吗？"

"不行。现在是雨季，萨伊斯河水流很急，难以通过，必须绕道上游，那里有一座吊桥可以通过，听说那桥也是那个中国老人发起建成的。"

"有多远？"我满怀希望地问。

"太远了，你还是旱季时来我这里度假，然后再从这里骑马去，一天来回，时间很充裕。"他说。

就这样，在次年二月，当山谷的黄瓜、花椰菜、番茄有很好的收成了，而那些要挤公牛牛奶的牧工对我们竖起大拇指的时候，我又来到了安东纽牧场。

第二天，安东纽用车送我到他牧场的最后一个集牛站，那里，牧工早已为我准备了一匹好马。

我骑上马,挥别了安东纽先生,由一个牧工引路。一小时后,我们走出了牧场的后门。在这里我问清了路线,就把牧工遣回去,独个儿前往。

近午时,我到了萨伊斯河边。河水急而不深,我骑的马很勇敢,我只轻抖了一下缰绳,它就跃进了河里。过了河,我顺着一条很明显的马径前进,半小时就到了小村庄。几个脏兮兮、没有穿衣服的小孩子,在一棵结满果实的南美椴梓树下呆望着我,手里抓着犹未成熟的深绿色果子。

这小村大约有七八十户人家,除了右边中间一家比较大、是用木料盖的以外,其余的都是草房子。那栋木房子前门壁上挂有一些广告牌子,像可口可乐、百事可乐等。我想,那个中国老人一定就是住在那里。我听说他开杂货铺。

我骑马径直对着木屋走过去,这时有几家草房子的门口出现了妇人和小孩子,他们都投来好奇的眼光。我下了马,走上木屋的前廊,它和木屋的地板一样,高出地面有一米。在这潮湿的雨林区,把地板筑离地面是必要的。

木屋的门虚掩着,里面却没有人。

"关先生出去了。"突然,我身后响起了女孩子清脆的声音,"您如果要买什么,我可以为您服务。"

我回头看,一个留着长头发、肤色棕黑、眼明齿洁的少女,手里抱着一个小娃娃。

"你知道他什么时候会回来吗?"我问她。

"不知道,他去替人看病,我想大概快回来了吧。今天一大早有一个男人来请他去。"她说。

安东纽说这个中国老人还能替人医病,我当时以为传言有误。

"关先生大概是很好的医生吧?"我试探性地问。

"是啊!"她露出尊敬的眼神说,"我们这一带的人病了都请他看，我们小孩子都称他为关祖父。"

"您也是中国人吗？"她问。

"是的。"我说。

她微笑着，偷偷地瞧我，这时又有几个小孩走进木屋来，好奇地看着我。

"我等他好了。"我说，然后就坐在廊下的摇椅上，跟那位少女聊了一下关先生的情形。不久，我就睡着了。在旱季大热天里，骑了半天的马，很容易就累了。虽然小孩子在附近叽叽喳喳，但我还是睡得很沉。

不知睡了多久，突然脸上一阵热把我惊醒了，原来是偏西的阳光晒上了我的脸。我模模糊糊地看见旁边坐着一位老人，揉揉眼睛，定睛再看，他是中国人。

"你醒啦！"他用广东话问我。

"您就是关老先生吗？"我用半客家话半广东话问。

他笑笑，点点头。关老先生个子不高，清瘦，双目有神，一脸和蔼，看上去六十岁上下，但那少女告诉我他已七十三岁了。

"我姓徐。"我自我介绍，"特地来看您。"

"欢迎！欢迎！"他笑着说，然后朝屋里用手一招，一个小孩子端了一大杯柠檬水走出来，递给我。

"你一定渴了。"老人说。

我喝了一大口，好凉。"这里没有电，哪来的冰箱？"我不解地问。

"是烧煤油的冰柜。"他说，"用来冷藏附近人家的肉食，和一些我的药品。"

"我回来看到你睡得很熟，再看你骑的马烙着安东纽牧场的记号，我想你骑马跑了一大段路，一定累了，所以没有惊醒你。"他微笑着说，"上次听牧工说，我有几个年轻的同胞在圣塔非牧场教人种蔬菜,我想你一定就是那几个人中的一位吧?"

"正是。"我说。

这时,一个胖胖的中年妇人从店里头走出来,她轻声对关先生说:"可以吃饭了。"

"来,徐先生,你一定也饿了,我们随便吃一点东西。"他站起来说。

我的确饿了,也未跟他客气,就随着他进入屋里,穿过陈列着杂货的前房,进入后屋的客厅兼餐厅。一进后房我就发现厅上一边靠着墙的中央,供着一个小佛像,像旁供有一牌位,上面写着:关氏历代祖先神位。

"您依然信佛吗?"我问。

"是,我修净土宗,当我觉得寂寞时,我就念南无阿弥陀佛。"他表情严肃地说,"这句经使我生活愉悦,内心平安。"

这人概是全尼加拉瓜唯一的佛像了,我想。

我突然发现那祖先牌位前供着一团奇形怪状的灰褐色东西。

关先生知道我在注意那东西,就把它取下来,交给我。我摸着,觉得湿软软的,我猜不出是什么宝贝。

"这是我故乡的泥土,"他说,"就在我家后面一条小溪挖的。我小时候常去挖溪岸边的黏土,捏成各种东西。我离家时带了一坨。"

我把黏土捏了几下:"怎么还是湿软的?"我问。

"是啊!我想家时就把玩它。以前较忙,一个月难得把玩一次,现在老了,几乎天天捏它。"他有点不好意思地说,"这就叫返老还童。你知道吗?我带出来时,这块土约有五两重,因为捏玩,被手指黏走不少,现在已经剩不到一半了,哈哈!"他笑了起来。

中国!中国!多少您的子女为您流浪在外⋯⋯

"我们还是吃饭吧!"关先生突然大声地招呼我。

我惊讶于桌上摆着的几道中国菜。

他一定看见了我吃惊的表情,他说:"这个妇人替我煮了十年饭,所以做的菜已经有那么一点中国味了。"

"咦,这是蕹菜?嘿,还有韭菜!"我说。

"都是我自己在后院种的。"他笑着说,"中国人天生是种菜专家。"

"当地人称韭菜叫中国草。"他说。

我们都笑了起来,因为我也遭遇过这种事。

关老先生又拿出一瓶绍兴酒,"这是去年在'辛亥革命纪念日'义卖时买的。"他说,"如果让这些山里的酒虫喝这种酒,简直是糟蹋,就像猪八戒吃人参果一样。"

我们一面吃喝着,一面谈天。老先生非常健谈,谈起了他历尽沧桑的一生。

关先生的名字叫心圣,广东中山人,幼年时上私塾,当过药童,后来习商。他太太姓王,生有一子二女。战后他与家人分散,独自去往香港。彼时香港生活不易,他渡海到巴拿马。不久,他的一位朋友在尼加拉瓜首都马那瓜开餐馆,他应聘到了尼加拉瓜替朋友经营。

"您怎么会来到这么偏僻的荒野呢?"我问。

"是这样的,我负责整个餐馆的管理,工作又忙,时间又长,又想家,加上水土不服,三年以后我就病倒了。医生说如果我不停止工作,不去乡下休养,我很快就可以回老家了。那时我得了肺痨,"老先生回忆着说,"正苦于找不到适当的乡下供我休养。突然,餐馆里的一个年轻跑堂说,只要我肯每个月付他十美元,就可以住到他乡下的家里。我一口答应了,原以为他家就在首都郊外,没考虑就随着他上路了。结果整整坐了一天的车子,骑了半天的马才到达,他的家就在这铺子的对面。"关先生说到这里不禁大笑起来。

"你就这样待了下来?"我一面笑,一面困惑地问。

"不!"他说,"因为我到达时,病好像加重了,我知道不能再跋涉了,就留下来等病好一点再走。几个月过去了,我的病大有起色,可是雨季也来了,交通中断,只好等到旱季再说。"他停了一口气,跟我对喝了一口酒,又继续说:"在雨季,附近有许多人染病,没法就医而死。我小时候学习过好几年的药草,又懂一点针灸,就试着找一些草药给病人服用,再用针。就这样幸运地,居然有许多病人被医好。渐渐地,我在这一带出了名,他们尊敬我,为我建房子,妇女轮流为我煮饭洗衣。到了旱季我离开的时候,有两百多人送我,直送到萨伊斯河。正当我渡河时,一个小孩子忽然昏倒了。那时我突然有一种奇异的感觉,我知道,我走不成了,他们需要我。就这样,我留了下来……这就是命,就是缘啊!"

"您就一直行医?"我问,"这铺子又是怎样呢?"

"开始时,我的确只是行医,也不收费,但他们经常会为我送食物来。而且你知道,这里的植物和广东的植物都不一样,我得花许多时间来试它的药性,要请教本地的老人家。我现在用的处方,还有不少是乡下老头子教的呢!"他说到这里,又举杯与我对饮了一口酒。

"后来我发现这里的人不懂储蓄,农作物收成了,或家畜卖出了,他们就拼命享受,纵酒、赌博,然后到了青黄不接的雨季,就没有钱买种子下种,没有米吃,只好去挖野木薯,滥杀野兽来充饥……"他感慨地说,"看到这种情形,我忽然心生一计,就开了一家店铺,各种东西都卖得很便宜,唯独酒是例外。我从卖酒以及赌博抽头上赚了不少钱,然后在雨季时用这些钱接济那些无米可炊的主妇,贷给需要买种子的人。几年以后,赌博、纵酒的人少多了。"

"难怪这里的人敬您若神明。"我由衷地说。

"我没有孩子在身边,我把他们当作我的子女,他们当我是老家长罢了。"他笑着说,"这个铺子现在不属于我,几年前我把它变成合作社了,我现在只替他们管管账而已。"

"有没有中国朋友来看过您?"我问。

"你是第一个。"他说,"以前我偶尔到首都去时,会找一两个朋友聊聊天,但他们一天到晚忙着赚钱,等到好不容易发了点财,人也老了,然后由那些纵容过度的子孙去乱花。"

"这是许多华侨的通病,"他叹了一口气说,"好多中国侨民一生克勤克俭地赚了不少钱,却不曾走出他们餐馆或店铺的门外,就像我壮年时一样。要不是那一场病,我一定会和他们同一命运。"他说到这里,不觉大笑起来。

他又问起台湾的情形。我很详细地把台湾大致的情形,以及我们农业技术团来尼加拉瓜的事告诉他,他听了频频点头。

我们聊得很愉快。我发觉太阳已经坠得很低了,连忙起身告辞。他要留我盘桓几天,我因明天要赶回首都去,只好婉谢了。我们走出店门,门外已聚集了不少当地人,他们全是要来看年轻的中国人。

当关先生走出店门时,所有的人都脱帽,并向他问候。

忽然,有一个少年人问我:"您会不会中国功夫?"

我摇摇头说:"不会。"

"骗人的老故事,"那少年说,"就和电影上完全一样。会功夫的都假装不会。"

功夫电影使得尼加拉瓜人认为,所有瘦的中国人都会功夫,都深藏不露。记得有一次在一个宴会上,一个当地人忽然问我会不会飞。我说我没翅膀怎么飞,他说在电影上,中国人几乎都会飞。这种事常把我弄得啼笑皆非。

"关祖父,可以请他表演一下吗?"另一个褐发少年指着我向关先生请求。

"下次吧。"关先生和蔼地说,"徐先生要赶回安东纽牧场呢!"

我正要告辞,关老先生却说:"我送你过萨伊斯河,那里你不熟,夜里渡河容易出事。"

关老先生骑了一匹骡,我们在夕阳西下时出了村子。我心中突然袭来一丝感慨:"这位中国老人不也是一位圣者,一位东方的史怀哲吗?"

我们默默地并骑前进,关老先生也变得沉默起来。到了萨伊斯河,他又坚持送我过河,我只好恭敬不如从命,随着他的骡后,在黄昏中渡过了萨伊斯河。

道别的时候,我发现他脸上有泪水,不禁鼻子为之一酸。

"子曰:有朋友自远方来,不亦乐乎。"我说,"关老先生,您不高兴吗?"

"高兴啊!"他说,"这就是喜极而泣呀!"

"但你的光临,却使我想起我的家人,我的同胞,我的故乡,我的国家。"他幽然神伤地说。

"为什么不回去呢?"我问。

"几年前我回去过呀,但一切都变了,我伤心地又再回到这里。"

"不,我是说回台湾岛去!"我说。

"喔!我回台湾能为台湾做什么呢?我回去了是废物,还要人家养我;在这里,我是蜀中的廖化,还大有用处啊!"他喟叹着说,"再会了,徐先生,但愿我们有缘再见!"他说着,把骡拉转头。

"珍重了,关先生,我们后会有期!"我说。

我注视着他慢慢地渡过夜色渐浓、宽广的异国河流,想起了荆轲渡易水那种壮士一去不复还的悲壮……

当我目送着他模模糊糊的身影上了对岸,并回头向我招手时,我忽然禁不住大声地说:"关先生,中国人以您为荣,欢迎您回去!"

"我迟早会回去!"他的声音越河而来。

"何时?"我大声问。

"生时不归,死了也会回去……因为——我是中国人——"苍老而悲壮的声音在夜色朦胧的萨伊斯河回荡着……

关祖父

我心中涌起一阵激动,双腿猛夹,坐骑立刻半人立起来,然后向安东纽牧场那边冲去。在飞快的马蹄声与风声中,我的耳中一直回响着关老先生那句"我是中国人"。

大湖悲歌

雨季刚结束时,我奉农技团眭团长之命,到蛮荒的巴罗斯拉罗斯农场去帮台湾水稻专家邱倚星做试验工作。在工作全部完成后的周末,小邱与我驾了一艘小汽艇到尼加拉瓜湖北岸总统的牧场莫里柚去度假。

这个牧场有一万五千公顷,有平原、丘陵、沼泽、森林,但如此广大的牧场仅仅住着几十户人家,且大部分集中在湖边。水路是最重要的对外交通,此外还有一个小飞机场。

我们到达时正是黄昏过后,月虽然未圆,但非常明亮,船到码头外,早已有人用三只强力手电筒照着让我们靠岸,名叫以旺的工头来接我们。以旺将近四十岁,身体高瘦而结实,脸瘦长,有一个鹰钩鼻,头上戴着皮制的旧牛仔帽。

上了岸,绕过一个小丘,立刻出现了几户人家,坐落在小丘的另一面。一阵伴着吉他与击掌的歌声传来。接近小屋时,我发现屋前廊下的灯光,完全笼罩在烟雾里。待近前一看,发现竟然是无数的蜉蝣围着灯光飞绕,构成一个奇怪的大雾球,把小屋占了一半。我们一到小屋,立刻有几个粗犷的牧人走出来大叫"邱——",并且把小邱抱起来,直拍着他的背。小邱一一为我介绍。有牧人、船夫、猎人、教师,有年轻的,有老的……

"来,我们要为中国朋友唱一曲,你们也为我们唱一曲中国歌,以庆祝今天相逢的快乐!"

大家在廊下的摇椅坐下,他们就开始演唱一首名叫"吉萨"的民谣,由那位带着草帽的老人伴奏。这个老人肤色黝黑,含有很浓的印第安血统,带着忧郁的表情。我一面欣赏,一面望着蜉蝣围着路灯形成的蒙蒙的雾光,直到他们唱完我还不觉,听到小邱鼓掌我才紧跟着鼓掌。

他们唱得很高兴,我立刻要求再唱一首,他们欣然答应。我还是望着那些蜉蝣,想起美国博物学家约翰·缪尔在他的夏日记趣中谈到的蜉蝣岛。

他们把吉他交给我,我接过来,和小邱商量一下,两个人就唱起了《踏雪寻梅》,他们礼貌地鼓掌并要求再唱一首,我以乘船疲倦婉拒了。

在我们到达之前,苏慕萨总统的私人农业经理玻罗已经用无线电交代过莫里柚牧场的经理,我们受到很周到的招待。我们住进了总统的私人别墅,别墅紧依着小山临着大湖。管理别墅的是胖子荷瑟,他在我们安顿之后,引导我们参观别墅。这是一栋完全以完整的不锯开的树干叠筑成的房子,室内充满了木头的香气。客厅内布置很优雅,出乎意料的是,客厅壁上挂着六箱我们农技团送给总统的水稻昆虫标本箱。在遥远的地方看到了中文,我心中涌起欲哭的感动。胖子又引我们参观苏慕萨总统的卧室,室内有两张床,床边小桌上放着总统先父——贾西亚·苏慕萨的照片及一本圣经,墙上挂着两把长剑。总统每年旱季都来此度一段假期。

我们睡在总统侍卫睡的卧房。因为乘了五个小时的船有点累,很早就睡了。在半夜里,我渴醒了,起来喝水。突然,我听到有歌声传来。一种苍老而悲怆的声音,伴着吉他唱着很哀怨的情歌,在这夜半听来格外感人。我忽然兴起去探看是谁在半夜唱歌的念头,于是穿上牛仔装走出去;小邱仍在呼呼大睡。

半圆的上弦月已然偏西,凉风习习吹来。我倾听着,歌声似乎从湖边传来。我沿着小路走下去,果然有一个模糊的影子在湖边的岩石上。我听着他动人的歌声,直到他停下来休息。

"朋友,我是中国人,我可以过去听您唱歌吗?"我怕吓着歌者,所以我远远地就打招呼。

"哦，欢迎之至！您是邱吗？"是一个老人的声音。

"不，我是徐！"我慢慢走上去。

老人戴着宽边皮帽，抱着一把吉他。"喝酒吗？"他举起一瓶酒，是一小瓶的金标蔗花牌酒，尼加拉瓜最流行的烈酒之一。

"谢谢，我不喝酒。我被您动听的歌声引来，只想听您唱。我也好奇为什么您在半夜里唱，而且唱那么幽怨的歌！"我说。

"唉！"他长叹一声，把脸转向湖边，月光照在他脸上，虽然脸上皱纹甚多，但可以看出他年轻时一定很英俊。他的眼睛迷茫地看着大湖远处说："那是一首永远唱不完的情歌。"

"你年轻时一定有过动人的罗曼史，对吧？先生，我忘了请教尊姓大名。"我说。

"罗贝多·华京。"他喃喃说，"罗贝多·华京……以前他们唤我美洲虎，是的，美洲虎、俊美、迅捷、力大无穷、猎无不获。现在他们都叫我醉老人，叫我老猫。"

"虎就是虎，永远不会变成猫。听您的歌声，我就知道在这大湖区，没有一个人能唱得比您好！"

他眼睛倏然一亮，"真的吗？"他注视着我问。

"千真万确，上帝为证。"我举起右手说，"你的歌声充满了动人的真情，不是一般歌者做得到的。"

"唉，年轻人，我在这湖边唱了四十多年了，你是第一个听众。"他似感伤又似高兴。

"你刚才唱的歌，我从未听过，是如此的美，又如此悲伤，是您自己作的词吗？"我问。

"不！它是印第安莫斯基多族的旋律，有一个乡野诗人为它作了词，我稍微改动了几句词而已。五六十年前，在大湖一带的人都唱过，如今再也没人唱了，除了我。现在年轻人所喜欢的情歌都是一些热情得荒唐做作的，他们嫌这首歌节拍太慢，旋律变化不大，不能唱出心中的热情及歌者的才华。"他带着疑惑不解的语气说。

"唔，也许那首歌特别能唤起您的一些回忆！"我说。

"岂止一些，我后半生几乎生活在这首歌中。"他说。

"那时我才十八岁，"他灌了一口酒说，"是这一地区骑术与枪法最好的年轻人。那时在萨巴得拉岛上有一个大湖区公认最美的姑娘，名叫卡洛琳纳。在众多的追求者中，我独获青睐。我们常在月明的晚上在这湖边约会。我住在离湖八公里的森林中，常在黄昏时骑马到湖边来等她，她独个儿划一条印第安独木舟前来。那段光阴是我一生中最快乐的时光。我十九岁生日的前一天，正是一月中旬，山羊星座出现的时候，那晚新月虽不很明亮，但卡洛琳纳一定要来为我暖寿。[1]于是我们约好那晚见面。但是我怀着兴奋的心情，从初晚一直等到深夜，始终看不见她的倩影。不祥的感觉越来越浓。后来我不顾一切，驾了牧场主人古特雷·璜停在湖边的小舟，划到萨巴得拉岛去。卡洛琳纳的家就住在湖边，我在湖边找不到她平常划的小舟。我感到一阵晕眩与恐惧，于是冲到她家去。"

"卡洛琳纳！卡洛琳纳！"我有点失去控制地大叫着。

"谁？"应门的是卡洛琳纳的母亲，"罗贝多，是你！卡洛琳纳不是与你约会去了吗？"她母亲说到这里，脸上突然露出了惊恐的表情，"卡洛琳纳，她不会……"

"不要惊慌！"看到她母亲紧张，我反而变得镇静起来，"她可能迷途了，今夜有薄雾。"

"快喊醒男人们，点起火把分头去湖上找。"我说。

"四艘小舟分头出发，直至天亮我才在小岛与这湖边的途中找到了翻覆的小舟。卡洛琳纳已失踪了，只在附近找到了一些她的破碎衣服和断发。她，她就这样丧生在淡水鲨鱼口中……"

---

[1] 山羊星座在中国大陆被称为"摩羯座"。旧俗于寿诞之前一日置酒食祝贺为"暖寿"。

罗贝多讲到这里已经泣不成声了。约莫过了五分钟,他又继续说了下去:

"卡洛琳纳死去的第二天,我才从小岛回来。想不到,牧场主人古特雷·璜,竟然以盗窃罪将我捕送官府。他是替他儿子泄愤,因为他儿子是追求卡洛琳纳最热烈的人之一。我在坐牢的时候逃到哥斯达黎加去,直到我25岁那年尼加拉瓜发生内乱时我才回来。那时,古特雷·璜因为参加内战失败而死,牧场也被没收了。

"我回到这里后,总爱在月明的周末晚上,骑马来到这里,也就是从前我与卡洛琳纳约会的地方,即使在我结婚生子后依然如此。前几年有一次,我在这里喝醉了,在回去的路上坠马,断了一条腿,我的儿子再也不肯让我骑马来……

"老了,我老了,但卡洛琳纳依然如此生动地活在我的心中。我来到此处就情不自禁地要为她,为我自己唱这首永远唱不完的情歌……"

他说到这里,怀中的吉他忽地幽然响起,轻轻的分弦伴奏,好像一去不回头的流水。而那略沙哑、低沉而又成熟的歌声,有如一江春水注入,汇成一首永远唱不完的哀怨情歌。他一遍又一遍反复地唱着,皱脸上汩汩的泪水映照着月光。我记下了他的歌词:

爱,今夜你何在,
我守候着你前来。
月夜的萨巴得拉岛啊,
依偎着热带温暖的湖浪。
是情郎怀中的姑娘,
时有酒涡荡漾。
在那荫深的小岛的另一旁,
椰林啊,使我惆怅,

我看不见火光。

爱，今夜你安在，
我苦守着你再来。
月夜的尼加拉瓜湖啊，
轻漾着热带温暖的微浪。
是情人婀娜的玉臂，
频频招手相唤。
在那遥远的湖水的另一边，
薄雾啊，使我惆怅，
我看不见小船。

他喝完最后一滴酒，望望天色，站起来说："我儿子就要来接我了。"在破晓中，他挟起吉他，蹒跚地走下岩石，然后回过头来对我说："自古红颜多薄命，由来英雄最痴情。"

他回过头去，颠跛着上路，这时候我听到了他长叹一声，自言自语地说："命运！你休要多作弄，我要报仇，如果我能。"

我看着他慢慢远去，走上了小丘，两个骑马的人出现，应是他的儿子来接他……

这时我发现自己眼角湿湿的，不知是感动的泪水，还是……

自然摄影
大湖悲歌

圣幻河之旅

船上偶遇

3月底，我又如往常的假日一样单独地踏上旅途，前往格兰纳达，它在首都东南方47公里，坐落在尼加拉瓜大湖的西岸，是尼国第三大城，也是最美丽、最富有、最古老的城市。前年12月我曾应朋友之邀来参加建城450周年的庆祝会，而在街上骑马游行过、跳舞过。

下午三点钟到达格兰纳达城，汽车终点站离码头尚有一段距离。我包了一辆古色古香的马车到达码头。码头上挤满了嘈杂的人群、叫卖食物饮料的小贩、搬运货物的工人，以及话别的旅客。我上了一艘旅客较少的轮船，租了一张吊床，在靠船舷的地方挂上，舒服地躺下来欣赏这个熙熙攘攘而又与自己毫无关联的世界。

在人群中有一位身材很美的小姐跨上船来和一位老妇人谈话，我觉得她很面善，她偶尔也把视线抛过来。她忽然与老妇人一起笑了，露出一颗金牙齿。我想起来了，走了过去。

"你是露丝·玛琳纳小姐吗？"

她笑了。

"果然是你，Silencio。"她笑着说。

（我的名字与西班牙文Silencio发音差不多，意思是沉默，因此尼国朋友都叫我Silencio，而说英文的朋友就叫我Silence。）

她靠近我，与我亲脸为礼。

"我以为永远见不到你了！"她拉着我的手说。

差不多两年前我到巴罗斯拉罗斯总统农场帮忙小邱时，曾利用星期日的时间乘小艇到过圣卡罗镇。虽然只停留半天，却认识镇上一半以上的人。

露丝·玛琳纳是该镇上一位富人的女儿,那时她还是顽皮的小姑娘,现在已经亭亭玉立了。她半年前转来格兰纳达城读书,今天来送姨妈回圣卡罗镇。

"圣卡罗镇的小孩子至今还怀念您。"她说,"他们经常玩你教的游戏。"

我想起了那些戴着面具在街上跳舞的小孩们。那天,正是一个热闹的节庆日,当那些穿着花花绿绿戴着面具的孩子看见我后,舞也不跳了,跟着我到处走,问东问西,要我教他们中国功夫。我却带着这一大群孩童在教堂前面的草地上玩团体游戏。

露丝·玛琳纳留下她的住址后,又从手上剥下一个不锈钢的雕花手镯递给我说:"请记住一个圣卡罗镇的小女孩子,曾偷偷地喜欢你,祝福你。"

我赶忙从衣服上摘下一个红色的纪念徽章佩戴在她的白衣上,"这是我常佩戴的。当你看到它时,别忘了你的中国朋友也永远祝福你。"

"好美,我好喜欢!"她低头看着胸前的纪念章,然后忽然拥抱我,亲了一下我的脸。

在露丝·玛琳纳的挥手送别下,船驶离了码头,正是下午四点十分。

圣卡罗小镇

风浪非常大,船摇得很厉害,吊床晃来晃去,我用爬山绳连人带床绑在船舷上。我原来想拍摄湖上的落日,现在只要站起来,立刻全身出冷汗,头晕欲作呕。船上除了水手偶尔走动外,所有的旅客都东倒西歪。

到了夜里,风浪加大,呕吐的声音好像有传染性般地互相传染着。我躺着丝毫不敢动,即使翻身,也立刻觉得胃部一阵难受,感觉有东西要呕出来,而全身骨头就好像要散裂一般难受。老天!要到第二天早上六点船才靠岸哩!

近圣卡罗镇时天已破晓,旅客纷纷收拾行李。这时,我才发觉我那顶在巴拿马花了五美元买的白色绿边的圆缘帽丢了。我告诉一个水手,一会儿,船长来了,是一个三十多岁身强力壮、面貌看起来很聪明的当地人。

"赶快检查看看是否有其他东西丢了!"他说得很快,"船上经常有小偷浑水摸鱼,特别是风浪大的时候,有的甚至连充当枕头的衣服都被偷走了呢!"

我打开背包,照相机、摄影机都还在,这才舒了一口气。小东西丢了,只好自认倒霉。

船靠岸后,码头立刻热闹起来。我很疲倦,背着背包就径直走到镇上唯一的客栈。这个客栈之差只有用那位邻房,一个美国年轻工程师的"荒谬"可以说明。木造的楼房,有人走过,整栋房子就咯咯作响。房顶是铝皮的,在早上太阳出来不久,吸热的铝皮逐渐膨胀而哗哗剥剥地大声响上一阵,傍晚太阳落下去,空气逐渐凉爽,它又要像早晨那样响上一阵。早上十点以后,下午五点以前,房间里是不能待人的。那种热气就像烤肉一般。房间是由与人一般高的薄木片隔开,房间里除了一张帆布床、一条被单和一只枕头,外无他物。木板墙上到处写满了、画满了厕所文学及一些讽刺地方军人的标语。最令人难过的还是那张床,一翻身就吱吱作响,好像床要解体一般。

原想好好睡一觉,但客栈吵得很厉害,只好背起照相机到街上走走,这才发现街上好热闹。原来每个星期二是船队从格兰纳达城到达圣卡罗镇的日子,也正是小镇赶集的日子。

这时候主街靠近码头的一段挤满了人,街道两旁摆满了各种商品出售,都是刚从船上卸下的。

"中国人，你好！""帽子找到了吗？"街上许多人与我打着招呼。这些人都是同船而来的乘客，他们现在不但换了较好的衣服，而且有的人全身挂满了廉价的太阳镜、皮带，或者其他像小刀、指甲刀、梳子等东西在街上叫卖着，使得街上格外多彩多姿。

赶集一直要到中午才收摊，因为船队在下午二点返航，这些小贩也随船而去，到沿湖的山美给利多小镇贩卖半天，再回格兰纳达城，然后乘船到萨巴得拉、欧眉得贝岛去。他们终年就在湖上这样漂泊，日子过得何其艰辛。他们是一群伟大的凡人，就像"等待的戈多"，他们只仰望着一个晴美的明天，忍耐着黑夜的风浪。

圣卡罗镇是里约圣幻省的省会，也是该省最大的镇，然而也只有三百多户人家。小镇坐落在圣幻河河口的坡地上，扼着大河的出入，是兵家必争之地。四百多年前，西班牙人在此建立了要塞，那些古炮至今仍放在临河的高地炮台上。镇上有一户中国人，姓吴，开杂货店，相当富有，是印第安古董的收藏家。那天下午生意较淡时，我去拜访他，他很热情，谈起他们移民的辛酸奋斗历史，又引我参观他收藏的印第安古物。他是中学的校董，在地方上深得人望，这是身为中国人的骄傲。

中午时，我到码头去打听是否有船到北圣幻村（圣幻河出加勒比海海口的小村），大家都摇头说："难得有船下去！"

近午饭时，客栈老板告诉我，有一个叫里克的，最近可能会去北圣幻。

好不容易在酒吧间找到了热心的胖里克，他不定期地运货到北圣幻去卖，再买回一些那边的土货，如兽皮之类。

"星期五下午两点！"里克啜着啤酒热心地说，"我那艘船是红黄二色相间，上面写着：'小木瓜，我很高兴有伴同行！'"

"好，一言为定，星期五见！"我替里克付了一瓶酒钱。今天才星期一，足足还有三天，但这是唯一的机会。

下午在街上遇到许多仍然认识我的小孩子，于是又在教堂前玩起团体游戏。

那天晚上，全里约圣幻省唯一的电影院正上演一部中国片，是金汉与董力演的《一个没有勇气的男人》。我请了十来个小孩子去看，每个小孩子的入场券的花费相当于十一元台币，条件是第二天带我去拍野生动物的照片。

这是一部中文原声的拳击片，片子非常旧，西文字幕常看不清楚，因此，观众常为片中主角的意图产生争论。

"他是故意败给他的！"一位观众说。

"胡说！他明明就打不过他！"另一位观众说。

"哪里！"

"胡说！""乱吹！"

"不要吵了，我们何不问问Silencio！他是中国人呀！"

"对呀！Silencio，您说，谁对？"

后来片子断了，全场一片漆黑。

"荷瑟，你的老相好来了吗？"

全场观众在黑暗中哈哈大笑。

荷瑟是电影放映师，全镇人都认识他。

"他妈的，小舅子，别打扰好吗？"荷瑟在放映室大叫。

剧院中又是一场大笑。

观众中有人大声说："荷瑟，你不能等到散场吗？"

过了两三分钟，当片子接好、又开始继续放映时，又有观众大声说："荷瑟，怎么这样快！"

哄堂大笑立刻盖过了电影上的对话。

从电影院回来，我就带着乘船的余倦进入梦乡。半夜里，突然被一阵震动及歌唱声惊醒。我仔细一听，是那位美国佬酒醉唱着歌回来了。他每踩一步，阁楼就震动一下，他用"喔！苏珊娜！"的调子唱

着自编的歌词。他真该做诗人,他的词编得真有意思:

> 我搭乘一艘荒谬的破火轮,
> 到达了一个荒谬的小破村,
> 住进一间荒谬的木造破客栈,
> 荒谬的破床和有臭虫的硬枕。
> 喔,苏珊娜,给我一个甜吻!
> 我正流浪做个荒谬的异乡人,
> 隔房住着一个奇怪的中国人,
> 不知为何也来到这个小破村,
> 我约他同去酒吧喝酒找女人,
> 他一口便回绝无非嫌娘儿蠢。
> 喔,苏珊娜,给我一个甜吻!
> 我遇见了一个荒谬的中国人。

林中一日

我在一群孩子的呼唤声中醒来,天已大亮,孩子们在客栈前面齐声喊我的名字。

我赶忙爬起来,背起我的背包跑出去。有一个孩子带着黄头秧鸡,另一个较大的孩子带着两只绑住嘴巴的蜥蜴,要送给我。为他们分别照完相后,我才发觉年轻的跛子探险家罗兰多已经到了。他是我在昨晚电影散场时认识的,我们谈得非常投机,于是他应我的要求陪我去林中拍摄野生动物。

罗兰多的右脚天生有毛病,小时候不能与同伴奔跑,使得他能够细心地观察一切,因而成为最好的野外观察家,后来成为大河区最优秀的捕兽人。他设的陷阱很少落空。

罗兰多对大自然的观察非常细微，在途中我鼓励他讲他的经验。他因为有外国人欣赏他的经历，因此尽量把他知道的都告诉我，使我得到好多宝贵的资料。

"看，徐先生！"罗兰多突然停步，指着路右边几百米外的一个密林，"看那棵大树顶上面有几个黑黑的东西。"

我照他的话看过去，果然，有许多黑团分布在高高的树枝尾端，好像鸟巢一样。

"那是什么？"我问。

"黑吼猴！"罗兰多有些得意地回答。

"能接近照相吗？"

"跟我来！"

罗兰多拨开高草走进去，我紧跟着他踩出来的路，后面的小鬼安静地跟上来。显然，这一些小孩子常随着罗兰多到野外，何时可以讲话，何时该安静，他们都非常清楚。

"这些猴子并不怕人，但听到奇怪的声音它们会躲起来。"罗兰多一面走一面说。

在热带高草中拨草前进是很难受的一件事，闷热，成群的蚊虫缠着满是汗水的脸，还得小心脚下的毒蛇。

一进入森林，立刻有凉气拂来。我一停下来喘气，罗兰多必然朝树上指指点点。我以为他发现了猴子，但我努力看着树上，看不出有什么动物。我用疑问的眼光看着罗兰多，他走过来，指着大树上弯曲的枝条，轻声说："在那枝条尾部有一只大嘴鸟。"

那是一只有保护色的绿大嘴鸟，嘴大得不成比例。喙上散乱地分布着鲜艳的红斑、黄斑、蓝斑、绿斑，就好像油漆匠或顽皮的孩子随意涂上去的，但又极为好看。它头一摆一摆地看着我们。可惜是正逆光，再加上有一小枝条横挡着鸟嘴，以致很难照相。当我正试着各种角度时，它飞走了。

罗兰多领着我们向密林里走,他一面走一面指着地上的洞,告诉我:"这种被挖出来的土,成长条状的是犰狳的洞,成较宽放射状的是负鼠的洞。犰狳是很好吃的野味,这几天有许多人抓这种动物去卖,因为在复活节前的星期五是不能食温血动物的,于是犰狳、大蜥蜴、大龟都成了当天的肉食代替品。如果你想照这些动物,明早你到码头附近去转一圈,一定有人兜售。"

我们没走几步,就看到一只小犰狳像一具玩具鼠那样跑开,样子滑稽得很。

"我抓过的最大的犰狳有五十多磅重。"罗兰多说,"这是里约圣幻省至今抓到的最大的一只。"

"我想我们已经靠近猴群了。"罗兰多轻声说。

这是一个阔叶树与棕榈树混生的密林,我们时常需要拨开棕榈叶才能看见高枝,我们散开来慢慢前进。

当我拨开两片浓密的大棕榈叶时,一只黑吼猴就在离我面孔不到二米的低枝上一动不动而又好奇地注视我。大概它看我越看越不像它的样子,显出疑虑不解的表情,仿佛在疑惑这只突然出现的猴子怎么这样大。我着实吓了一大跳,我的双手仍然抓着被我分开的叶子,屏息不动。它看着我,我看着它,足足有两分钟之久,猴子才慢慢往高枝爬去,而且还时时回过头来看,好像在肯定或者要确认什么似的。

我们在林中找寻好久,始终没有找到主猴群,只偶尔发现一两只分散的。一直到下午四点时,我们终于发现了,大概有三四十只,在一棵巨树上,安静地抓着虱子。其中有几只母猴正在喂奶。对于我们的出现,它们好像一点也不在意,只有偶尔低下头来注视。

"不会被猎人猎杀吗?"我小声问罗兰多。

"不会,我们不吃猴子,它们太像人了。"他说,"有一次我出去打猎,那时我还小,打了一天均无所获。在归途上我遇见了一只猴子,就朝它开了一枪。那只猴子掉下来,在地上滚叫,那声音真像小孩子的哭喊，我赶快再朝它补了一枪，以后再也不敢打猴子了。"

"罗兰多，我想拍大一点的动物，你能安排吗？"在回圣卡罗途上我问。

"你指哪些动物？"他反问。

"如美洲虎、鳄鱼、蟒蛇等。"

"你不怕？"罗兰多惊奇地问我。

"有危险才刺激，才珍贵啊！"我说，"我跑到这蛮荒来，如果只看到小犰狳、小猴子，不是很遗憾吗？"

"美洲虎可不好惹，而且很少了；鳄鱼离此地也要三天路程，在印第安河那边才有大鳄鱼；蟒蛇，我知道离此不很远的沼泽山一带有，而且相当大。"他接着又说，"如果你真不怕，明天我带你去。"

"徐先生，最好不要去，上次圣尼古拉斯牧场的年轻牧工莫里诺就在那沼泽失踪的，听说就是被蟒蛇吞了。"小孩子中比较大、皮肤黝黑、名叫林哥的说。

"没人亲眼看到，别胡说！"罗兰多说。

"大家都这样讲。"林哥不服地说。

"大家说，你要相信大家说，你就不是你父亲生的了。"罗兰多教训林哥，"那条蟒蛇固然不小，却还吞不下一个大男人。"

"那么，罗兰多，明天我们去。"我说。

沼泽山探蟒记

那天，天还没全亮，我们就出发了。罗兰多驾了一条加了引擎的印第安独木舟，他没有携猎枪，腰间配挂点二二英寸的小手枪，还带了两把微弯的长刀。这是拉丁美洲乡下人不离身的工具，名叫马恰得。它可砍树，也可除草（像锄头除的那样好），是最好的防身武器。他还带了食物，以及一只不大不小的活雄鸡。

"配挂一把马恰得长刀吧，在密林中它比枪还管用，特别是对付蛇。"上船时，罗兰多把刀子递给我，刀身足足有八十厘米长，薄而锋利，挥起来很便捷。

在天色微明中，独木舟朝着微微反光的水面前进，不时地有大鱼被小舟惊起跳出水面老高。我们先沿着圣幻河顺水而下，四十分钟后左转进入较小而平静的美丘拉河。河上满布大浮萍和布袋莲，河的两边不是丛生的芦苇和野天堂鸟花，就是密密夹河的大树。朝阳普照河面时，水禽纷纷飞起，展开了觅食活动。蛇颈鸭三三两两地立在枯枝上，张开湿翼，晒着太阳。这是一种潜水捕鱼的鸟，学名叫蛇鹈，它那弯曲而细长的颈就像蛇一样。当地人称它为猪鸭，因为它的叫声好像猪叫。

舟行约有一个小时，罗兰多在一棵多根的大树下靠岸。

"到了。这里我们称作沼泽山，因为小山多、树林多、沼泽多，很容易迷路。不久前，有一个自称为探险家的美国人，在夜里迷了路，困了一星期，才被我找到。大约一个月前，有一个美国和平工作团的年轻人，在印第安河迷失了，后来美国政府从美国派了搜索队来帮忙，他被救时已经奄奄一息了。那地方有点像这里。"罗兰多系好小舟，边搬下行李边说。

罗兰多一拐一拐地走在前面，快得令我不敢相信。走了半个小时，罗兰多在一棵树下停下来。

"你看过的最大的蟒蛇有多大？"休息时我好奇地问。

"中间最粗的地方，我张开双臂合抱，手指刚好可以相触，蛇身长十来米。那是三年多以前，"罗兰多回忆着说，仍禁不住神采飞扬！"当时我第一次去探魔鬼山，我和好友米盖去了一趟。我们在一棵大树下发现了一条巨蟒，我们着实紧张了一阵子，因为我们从未见过这样巨大的蟒蛇。后来我注意到它的腹部朝上，才知道它死了，死了不足一天，还不曾发臭。它死于美洲虎的利齿，在中美洲再没有其他野兽可以致大蟒蛇于死地，它的头及颈都被咬裂，附近高草东倒西歪,一片狼藉,显然经过一场恶斗。"

说完后,我们又走了几分钟,涉过一片浅浅的沼泽,沼泽中有许多鱼被我们惊动得向四处逃窜,留下一股一股交错的泥水。

"雨季时,这里要有小船才能通过,现在旱季水浅多了。"罗兰多说。

过了浅沼泽后我们爬上一座小丘,丘上有一小木屋。那是典型的印第安小屋,地板离地面很高,好像一个瞭望塔一般。如此可以隔绝湿气及防止野兽侵袭。

"这是猎寮,不知建于何时,是用黑硬木建的,所以虽经数十年甚至数百年,木头都不会烂。"罗兰多拍拍木柱子说。

这种树木坚硬如石,沉重如铁,一般刀斧砍上去,就像砍到石头上一样,这种木材埋在地下几十年不蛀不烂,尼加拉瓜人都称它为黑硬木。

罗兰多顺着一个木造小梯子爬上去,房子里头空空的,木造地板还很结实,罗兰多用干草清扫了一下,我把塑胶布铺了上去。

"把东西整理好后,我们提早吃午餐,然后就去找蟒蛇的踪迹。"

"然后呢?"我问。

"把鸡放置在笼子里,诱蟒蛇晚上前来吃鸡,明晨我们就能追踪上它。"罗兰多兴奋地说,"当然它吃不到鸡,它只能在笼子四周欣赏欣赏,看看菜单而已。"

我们离开小屋时才十一点多,不久就进入了热带雨林。我立刻为雨林中的各种植物所吸引,整个雨林就好像东方的杂货店或土市场一样,难以数计的各种野生植物像百货一样充斥其间。高大的林木就像窗橱般,在它的枝干上横陈竖列着各种奇形怪状的植物——蕨、羊齿、兰花、椒草、爬树的仙人掌、大大小小缠满大树干的天南星科爬藤,以及挂在枝上、摆在树干上,好像各色灯笼或花篮的凤梨科植物。凤梨科植物的种类多达百种,是热带美洲储水最多的植物,最大的有八仙桌一般大,可储水好几加仑,因此不少水生植物居住其中。还有很多动物也是其中的"住客",比如青蛙、蜻蜓、蚊虫、苍蝇、甲虫、蠕虫,甚至还有人抓到过小螃蟹。这些美丽的凤梨科植物,往往把树林装饰得好像豪华的宫殿或多彩多姿的庙宇。悬在高枝上随风飘动的老人须,好像彩带一样。在林中偶有阳光可渗进之处,就长着叶片大如雨伞或叶形奇异的山芋类植物。

热带雨林中,步步奇景,万物滋生,一切都叫人感动。我出神地瞧着雨林中的一切,忘了自己所为何来,也未觉出罗兰多的走远。好久之后,他在老远呼唤我,我才惊醒。

罗兰多在林中找了三个多小时仍无着落。我们斜穿出雨林,走上附近长着草的小丘。罗兰多立刻发现了有蟒蛇爬过的痕迹,他跟踪着走下小丘的左面,那边短草和乱石丛生,小丘的前面不远就是大沼泽。

"我们就把鸡放在这小丘上。"罗兰多说,"你去锯三段手臂粗、六英尺长的树枝来做支架,我来挖洞。"

太阳偏西时,罗兰多做好了一个三角架。支架下端深埋入土中,上端交会在一起,用绳子扎牢,就像三支枪架在一起。罗兰多把粗铁丝制成的鸡笼挂在支架的交叉点,又拔了一把鸡毛,把它一根根丢在小丘下面。

"今晚这里会很热闹,就好像圣卡罗镇的赶集一样哩!"罗兰多撒着鸡毛说。

他又把三个生鸡蛋打破,搅拌之后洒在小丘下。

"蟒蛇嗅到鸡蛋味、鸡血味,会像毒瘾发作的人闻到吗啡一样。"罗兰多有点得意地笑着说,好像他做了一个很成功的恶作剧一样。

回到木屋时已经天黑了,罗兰多烧了两杯黑咖啡,晚餐是玉米饼夹牛肉干。

夜里，罗兰多讲述了他从小到大，那辛酸而又快乐的生活。他当过小厮、小贩、农人、水手、向导、寻金者、猎人等，他的经历就是一部最好的蛮荒探险小说。

"我叔父一直要我去格兰纳达城为他管店铺。"罗兰多说，"但你知道，嗅惯蛮荒气息的人，再也不能习惯市声城味。"

"睡吧，明晨我们还要早起！"他说，"不然，我们要错过许多好镜头。"

天未破晓，罗兰多就把我叫醒。

"来！喝一杯热咖啡我们就出发。"罗兰多递来一杯黑咖啡，"穿上你的雨裤，露水很重，在草中走要不了几分钟裤子就会全湿透。"

我喝着咖啡，他用割开的装肥料的塑胶制大袋子围住下半身，好像穿着长裙一般。

我们出发时，天刚破晓。没有风，没有云，没有鸟兽的声音，大地寂静得可怕。在这蛮荒的清晨，好像一切都凝结了。一切生物都在一夜间死了，只有我们踩在草上的跫音，传得远远的……

罗兰多一拐一拐地走得奇快，长刀一晃一晃地提在左手。

"唉，奇怪！"罗兰多突然停步，我差一点撞上他。"我们竖的架子不见了！"他惊疑地说。

果然，前面小丘上除了乱草，空空荡荡。

"可能有大野兽出现！"他目注小丘，把长刀交到右手，然后左手抽出了手枪，"你在这里不要动，用你的手枪替我掩护，同时注意我的手势。"他说着就蹲低了身子，在挂满浓浓露珠的草中缓缓前进。

空气中立刻浮起了危险的气氛，一种步步杀机的感觉涌了上来。我把长刀插在地上，把相机挂在灌木上，抽出左轮枪，目送着罗兰多慢慢接近小丘。我发现他的腿此时竟然一点也不跛,这使我想起白牛牧场的青年跛子——哈克,他在有姑娘出现的时候就不跛了。

罗兰多极缓慢地矮着身子开始往丘上去,他每移动一步,就停止一会儿。我举着手枪瞄着他附近,我的手有点发抖,我真担心,一枪射死的不是野兽,而是……

罗兰多在快到达丘上时,捡了一块石头丢了上去,丘上毫无动静。我松了一口气,放下枪,手犹自颤抖着,紧张的汗水湿透了衣裳。

我正要伸手去取照相机,突然瞥见罗兰多舞着长刀在丘上东跳西跳,长刀在他身前划着小圈。他跳动着,跳动着,偶尔向前面砍出一刀。这时我才看见他的前面有一条大花蟒,花蟒举着头,头随着罗兰多跳动的身子转动。

我看呆了,不知要去帮忙罗兰多,还是拿起照相机拍照。这时候罗兰多又挥出一刀,看不清是否砍中了。一会儿那条蟒蛇忽然把身子往丘下一甩,消失在草丛中。罗兰多只追了几步就停住了,然后他回过头来招呼我。

我走上小丘时,罗兰多正在检视着倒下的木架。丘上鸡毛遍布,鸡笼子扁扁的。中间被扒开一个大空格,鸡早就被吃掉了,鸡血染在草上、石上。

"蟒蛇有多大?"我迫不及待地问。

"不大,比大腿粗一点。它逃得很快,下面又是长草乱石,我追不上!"罗兰多仔细地看着木架说。

"是山狮!"罗兰多突然指着倒下的木架及旁边留下的爪痕说,"我就知道蟒蛇没能耐扒开鸡笼,弄倒木架!"

"我们猎人不大喜欢猎山狮,它的皮不如美洲虎或豹那样值钱,但危险却差不多。"罗兰多站起来说,"这只山狮还不大,由脚掌看来,它只有一百五十磅左右,而且山狮不嗜杀,胆子也较小,我们不会有危险。"

"我想蟒蛇绝不止一条,我们往沼泽方向找去!"他说。

听到山狮,我早就把蟒蛇忘了。不过罗兰多一说到蟒蛇,我的兴趣又来了。

"罗兰多,你刚才对付蟒蛇时,为什么像打拳一样地跳跃着?"下丘时,我走在罗兰多后面问。

"哎呀,你原来还不知道怎样对付蟒蛇!"罗兰多回过头来讶异地说,"蟒蛇常在你静止时发动攻击,所以跳跃和移动身子就是对付大蟒蛇的方法,同时……"

他还没说完,突然用力推开我。说时迟那时快,他已双手握住一条蟒蛇的颈部,猛力地把蛇首左右甩动。每当蛇身往他移来时,罗兰多的身子就迅速地移动着,不让蛇身接近来缠住他。

我愣了一下,立刻又爬起来,正要捡起长刀,蟒蛇的尾腹正好扫过来打中我的臀部,我被打得向前翻了一个筋斗。我害怕地回过头来,正好看见罗兰多突然放开右手,猛然一掌劈在蛇头上。蟒蛇上半身立刻像触电一样弹了开去,然后落在草丛中。我突然热血沸腾地拾起长刀追上去想给它一刀,罗兰多拦住我。

"别杀它!"他说。

"可是刚才我们多危险呀!"我不平地说。

"是我们吓着它了。"罗兰多说,"这一条就是刚才我在丘上想抓的那一条。"

我们走到沼泽边,罗兰多瞧了一会儿后立刻做了一个决定。"你沿沼泽往那边去,我往这边去。"他说。

"如发现蟒蛇不要惊动它,用口哨跟我打招呼,蛇是聋子。"他又说,"只要地势方便,我一定能用绳子套住它。"罗兰多显得很有自信。

我右手抄起长刀,左手握着手枪,慢慢拨草前进。与生俱来的恐蛇症使得我心惊肉跳,每跨出一步以前总要把附近看个清楚。

我走不多远，罗兰多已走出五十米开外。

我正注视着一堆浓草深处时，一只蜥蜴从我身旁跑开，吓了我一跳。就在此时，我突然听到罗兰多"哇"的一声大叫。我回头一看，瞥见如树耸立的大蟒蛇，昂首在长草上，罗兰多挥着刀子在它前面跳动着。我一时看呆了，不知要怎么办。这样大的蛇简直是巨龙了！

罗兰多跳动着，身子突然失去平衡往后倒入长草中不见了。就在这时候，蟒蛇的头忽然也矮入长草中，同时传来一声罗兰多惊恐的惨叫声。

"完了！"我想。我发疯一样地向着罗兰多狂奔过去。

"罗兰多——"我一面跑一面大叫着。

我举着长刀不顾一切地冲进罗兰多倒下的长草丛。

"不要慌，徐！"罗兰多有气无力地说，"我在这里。"

"受伤没有？！"我喘着大气问。

"小伤！"他说。

"被蛇咬着了？"我问。

"不！被石头绊倒下去时，屁股坐在刺堆上了。"他两手拍着石头说，"阴沟里翻船。"

我再也忍不住，哈哈大笑起来。

"蛇呢？"我问。

"往沼泽里去了。"他说。

"我还以为是龙呢。"我笑着说。

"你怎么知道不是龙？"他问。

"我明明看见是蛇的样子。"

"你看见它的颜色吗？"他说，"可不是你我以前见过的深咖啡色大花斑，而是浅黄色底，上有小褐圆斑，我从未见过的一种。"

"我以为我不死也要受重伤了。"罗兰多叹息着说，"这蟒蛇比我的腰还粗。"

"它要不是刚吃过火鸡大餐，就是刚交配完。"罗兰多终于恢复了原来的气色。

我把他从石缝里拉起来，又花了好些时候，像他昨天拔鸡毛一样，把刺从他屁股上拔出来，他也像那只雄鸡一样呱呱地叫着。

圣幻河上

从沼泽山回到圣卡罗已经黄昏了。一回到圣卡罗立刻有两个中学老师来找我，请我晚上去为学生讲一点有关中国的事。他们最感兴趣的是中国功夫，这一晚的演讲和示范，使我这趟旅行倍增姿彩。

第二天早上，胖子里克来告诉我，他的货物未到，不能依时前往北圣幻，我只好改变行程到圣幻河中游的要塞村去。

我搭乘的是一条破旧的小火轮，船舷两边各有一排长木条凳子。整条船盖了一层平顶木棚用来防雨防晒，同时棚顶也可放置货物。我为了照相，就爬到棚顶。在闷热的午后阳光下，船吃力而缓慢地驶离圣卡罗镇，顺水东下。火轮后拖着一艘加了引擎的印第安独木舟，它专供接送旅客上下船。

水流甚缓，河道曲折而宽广，两岸有的被开辟成牧场，有的仍为原始森林。在河边的原始森林偶有一家原住民的草房，总有两三个赤身的小孩子静静地望着火轮驶过。我总觉得，这参天古木、野兽出没的原始森林与悠悠流水、鱼虾充斥的大河之间的地方，才是文明人梦中的故乡。这些原住民捕兽网鱼为食，伐木筑屋，凿树成舟，日出而作，日入而息，远离金钱与名誉，那么生活与生命对他们又有什么意义呢？当我看见一对原住民夫妻带着一个小儿子在河上钓鱼时，我忽然领悟到了，于是在小日记本中写下：

生活

　有不同的意义

在不同的环境
　生命
　　　在顺其自然中
　　　找寻愉悦的小径
　而爱情
　　　使一切生活生动
　　　并赋予生命以永恒

　　在其他河流注入圣幻河的交汇点常有旅客上下船。此时，火轮并不停泊，仍以同样的速度前进，而那艘拖在火轮后装引擎的独木舟，此时就开过来，靠到船舷边，下船的旅客就跨过去，由独木舟送上岸，然后独木舟再载要乘船的旅客，追上火轮。如果有货物要上下船，那就需要靠边停泊装货卸货，这样往往要耽搁好一阵子。

　　船开过大河与弓木河交汇口不久，一艘快艇追了上来。一个头戴西部草帽、肩背猎枪、扛着背包的年轻人跳上火轮。他个子不高，瘦瘦的，蓄着大八字胡和山羊须，年纪有三十岁左右，是西班牙人的后裔，样子很像从前的西班牙大公。上船不久他也爬上棚顶来，我们打了招呼，聊了起来，聊得非常投机。

　　他名叫路易士，是从美国伊利诺尹大学工学院毕业的，现在在马那瓜一家公司任工程师，晚上在中美洲大学兼课。他虽学的是工程，但是对尼加拉瓜的历史和地理非常有兴趣，他正利用假期来圣幻河探访古迹。他的家族是尼加拉瓜贵族，父亲是参议员，叔父是将军，伯父干过劳工部长，但是他也有亲戚好友去参加了游击队。

　　路易士后来下去休息，我独自在船棚上欣赏河上绮丽的风光，不觉黄昏的降临。暮色渐渐合来，一股乡愁轻轻涌上，离家快两年了，在这异乡的河上夜行，觉得格外孤独和寂寞。

河上砍鱼

晚上八点多才到达要塞村，此村有八十来户人家，房子是沿着河边建的。一下船，路易士就打听客栈，我们扛着行李，顺着两排木造房子夹着的村街直走到村尾唯一的客栈。这家客栈比圣卡罗的好，它有天花板、窗，显得很清洁，因为这地区湿气较高，房子的木造地板都离开地面有两米左右。我正走上台阶时，看见有父子二人，拿着长刀——马恰得、木桨及长手电筒走过，小孩约为十岁，父亲约四十岁。我看木桨是干的，我猜他们可能正要驶舟入河，就随口问："朋友，晚安，上哪里去？"

"砍鱼去！"做父亲的回答。

"我能跟你们一道去吗？"我的好奇心又来了。

"欢迎！"

"请等我三分钟！"我跑了进去，"路易士！你帮我选一个房间，我要去砍鱼！"

他们的独木舟就停在客栈斜前方的河边。

父亲在小舟后面操桨，孩子举着手电筒在小舟前，我坐在中间，父亲名叫大卫，儿子叫胡立欧。

"你会游泳吗？"大卫问我。

"会！"我答。

"要塞前这一段河，是整条河最湍急的地方，一不小心小舟就会翻！"大卫说。

小舟驶过河中央时摇摆得非常厉害，当舟摇摆得很斜的刹那，不少湍急的河水从舟边冲越进来，舟打了两转才控制住，然后驶到岸边。大卫使舟沿着河边往下游，十几分钟后到了一个河水非常平静而宽阔的地方。

"就在这里！"大卫收起桨说，"这把长刀给你，徐！"

"胡立欧,你把灯光打好!"大卫对他儿子说。

灯光照在河面上,但是河水略显黄色,看起来并不深。

"怎能看到鱼呢?"我怀疑地问。

"是这样,这种鱼叫加斯巴,它会贴着水面游。如果你看到呈灰黑色的鱼背,你就朝着头或颈部或背部用力给它一刀!"

"被砍中的鱼不是会沉下去吗?你怎能捞起来?"我问。

"鱼被砍中时并不立即死亡,通常会挣扎一会儿。但因为它受了致命的伤,身体会翻过来在水面上转小圈子,我们就把它捞起来。"胡立欧解释说。

"第一条鱼给你试刀,徐。"约过十几分钟,大卫突然打破了寂静:"来了,徐!准备!"

我站起来,两脚摆开,身体向着舟边,双手把长刀举高至头顶,就像要行刑的刽子手。

"来了,来了,准备……"大卫好像读秒一般喃喃念着。

我看见一条黑影从舟后沿舟边游近我。"我的妈呀,这么大!"它姿态极为优美地游着,一定有一米半长。我心中突然涌起不忍的心情。

"现在!"大卫大声喊。

我仍高高举着刀,不忍下手。鱼游过我时,轻摇着尾巴,好像在跟我打招呼。

"徐,你怎么了?"大卫不解地问我。

"大卫,对不起,我舍不得下手,这鱼好像认识我。"我笑着说。

"天!我们不是来敦亲睦邻呀!"大卫说。

"好!好!下一条较小的鱼再给我好了!"我又兴起想体验一下砍鱼的念头。

"来,这一尾小一点。"胡立欧在舟首说,灯光直照在鱼上。

所谓小一点,也差不多一米长,我又摆起了刽子手行刑的姿势,注视着大鱼游来。我心中却在想,如果此时鱼知道就要被处死,它会不会也说:"二十年后又是一条好汉!"

"现在!"大卫大叫着。

我闭上眼用力砍了下去。我用力很猛,希望鱼一刀就死,免得受伤而拖长痛苦的时间。

我一刀猛力砍下去,身子立即失去平衡。我不敢去抓舟舷,恐舟翻覆,只好任自己一头栽入河中,然后赶忙游近舟边。

"怎么,砍鱼不过瘾,跳下去抓比较过瘾?"大卫吃吃地笑着。

"你敢笑!"我抓着小舟猛摇,"你也下来抓几条。"

"不敢笑!不敢笑!"大卫嘴里说不敢,还是忍不住吃吃地笑着。

我爬上小舟脱下湿上衣,胡立欧用灯照着舟底说:"看,还不小。一刀两段,只找到下半段,上半段沉了。"

"其实,你不用栽下河。你抓着舟舷,舟也不会翻。你看我父亲早就把桨在你栽入的一边横贴水面,而且我们的重心也都移到小舟这边了。"胡立欧又说,也笑了起来。原来这父子二人等我栽下去等好久了。

"徐,我来教你怎么砍!"大卫站了起来,举起了刀,"刀子砍下去完全是用手臂挥动的力,不可用身体的。用身体的力就会影响身体的重心,尤其在没有砍中时。砍时也不要用力太猛,刀势未用尽时,立刻改为拖,也就是拖切。如此一来,鱼的脊椎骨被切断,而鱼身又不会断为两截,同时鱼又不致立即死去而下沉。"

"来了!爸!"胡立欧照在河上的灯光慢慢照向舟尾,只听"啪"的一声,大卫立刻弃刀于舟上,伸手抄起一条大约三十磅的鱼——这条嘴巴长、身体略圆的加斯巴鱼,还在颤动着。

回到城堡村与大卫分手时,胡立欧忽然问我:"想不想钓大鱼？"

"想呀！"我说。

"好！明早我来叫醒你！"

回到客栈，路易士已经睡着了。

第二天，胡立欧还没来叫，我已经冷醒了。我走出客栈，走到河边，河面笼罩着沉雾。在朦胧中我瞥见在靠边的浅水中有少女和衣洗澡，我赶快回头走，虽然大部分的尼加拉瓜乡下人都是早晨成群地在河中洗澡，她们不大在乎。我有时候为了早晨洗澡好还是晚上洗澡好而与尼加拉瓜人争得面红耳赤。

"早晨起床淋个浴，精神充足，一天愉快。"尼加拉瓜人说．

"晚上不洗澡身体脏兮兮如何睡得着，睡不着白天何来精神愉快？"我问。

这种事最后都以笑声结束。

胡立欧手中拿着桨、长刀，肩上扛着一大捆尾指一般粗的麻绳。

"早，我正要去叫醒你，徐先生。"胡立欧打着招呼说。

"早！胡立欧，你那麻绳要干什么用？"我问。

"钓鱼啊！"

"这么粗？！"

"这还算细的呢！我父亲还有更粗的，是用来钓锯鱼、鲨鱼的。"胡立欧说。

尼加拉瓜湖及其通往加勒比海的圣幻河是世界上最著名的出产淡水鲨的区域，这种鲨鱼叫公牛鲨（Bull Shark），此外还产锯鱼（Saw Fish），其体重可达千磅。

胡立欧仍把小舟划往昨晚砍鱼的地方。他首先用小钩，以牛肉为饵，不到五分钟已经钓起四条野吴郭鱼。其中一条约有一斤半，太大不适合做饵，他又丢回河中，然后把一条不到半斤重的吴郭鱼挂在大钩上，开始下钓。

晨雾已散去,朝阳照着悠悠的河水,仿佛以画来表现一首优美的旋律。

"看那棵高树上!"胡立欧忽然打破寂静,"树枝上挂着无数的鸟巢,那是叫朱黄鹂(Oropendola)的鸟。"

"你注意看树上!""啊——啊——"胡立欧突然发出吼声,树上的鸟巢中立刻飞出无数褐红色身子、黄嘴巴、黄尾羽的大鸟,在树梢间怪叫着飞来飞去,真是一种奇观。一会儿树上又渐趋平静。

一个小时过去了,鱼钩毫无动静。

"我看你钓吴郭鱼那样容易,这河中一定是鱼虾充斥。"我说。

"多得不得了,所以我们不太喜欢吃鱼,有时实在运气欠佳捕不到野兽才来弄鱼吃。"胡立欧说,"你要是傍晚到码头附近,用三向钩,把饵扎牢,丢到水中去,然后急速而用力地往上拉,总可钩上一两条鱼。上星期我半小时钩到十六条鱼,其中只有两条鱼钩到嘴巴,其他的都是钩到尾巴啦、肚子啦!"

"徐先生,你到过鳕鱼河吗?那里的鱼多得叫你心痒!"胡立欧笑着说,"那里因为偏僻,居民少,以前人们常常在横江离水面很近的横树干上方便。当有人方便时,树下的鱼群就跳跃争食落下的粪便。常常有人被跃起抢食的大鳕鱼连人带粪便撞入河里,因此那条河被称作鳕鱼河。"

"有了!"胡立欧笑容乍敛,钓绳被拉出去,绞钓绳的辘辘吱吱作响。"你操桨,我来拉!"胡立欧急声说。

我挥动着桨往下游去,胡立欧吃力地拉着,时拉紧时放松。

"我们要超越鱼,然后逼它往上游,这样它一会儿就累了!"

我迅速地划着,胡立欧收着钓绳,十几分钟后鱼开始往上游。胡立欧又时拉紧时放松,他拉紧时,小舟几乎要翻了。

"把舟控好,舟要是打横,一不小心就会被拉翻!"胡立欧才说完,我的舟已经横过来,胡立欧一下子掉到水里,手里仍然拉着绳子。我接过绳子,赶忙把绳子放松一点。胡立欧随即爬了上来,大鱼仍继续往上游。

大鱼在靠边较湍急之处挣扎了一会儿后又回头向下，胡立欧把它强拉近舟来。我终于看见鱼了，差不多有两米长，当它挣扎时，身体有时翻了过来，雪白的。

"它累了！"胡立欧紧拉着绳子说。大鱼横过来横过去，速度渐慢。如此过了五分钟，胡立欧就把鱼拉到舟尾，然后把钓绳绑在舟上，再抄起长刀，只轻轻一刺，就刺进鱼脑，大鱼一会儿就不再挣扎了。

"这是鳕鱼，"胡立欧说，"是这条河上很容易上钩的一种。"

回到要塞村，胡立欧的父亲来帮忙把鱼抬上岸。"差不多有八十磅！"大卫说。

"你钓过的最大的鱼有多大，大卫？"我问。

"大概两百磅，三米长，八十厘米宽，足足花了两个小时才把它拖近船边。"大卫说，"有一次我和客栈老板尼洛在他的运牛小火轮上钓鱼，钓了半天都没有动静，我就睡着了。尼洛跟我恶作剧，把钓绳偷偷套在我的脚上，然后鱼上钩时，你不用多想也知道后果，我就像滑水一样被拖着走，喝了一肚子水。"

这时路易士嚷着跑了过来，"我以为你失踪了，入睡时你没回来，起床时又找不到人。"

"我正要找你去要塞看古迹！"路易士走近来说，"哟，好大一条鱼！你钓的吗？"

"是胡立欧下河抓起来的，"我说，"你看他的湿衣服。"路易士半信半疑地看着胡立欧，胡立欧神秘地笑笑。

"徐昨晚也下水捕了半条大鱼。"大卫插嘴说。

胡立欧斜眼看着我，我忍俊不住，两个人突然都哈哈笑起来。大卫也跟着笑起来，路易士莫名其妙地看着我们三人。

老要塞村

要塞筑在圣幻河大转弯点的小丘顶上,正好控制了河上船只的通过。路易士告诉我,四百年前,英国海军大将纳尔逊曾率舰队来到此地,与要塞中的西班牙守卒发生炮战,纳尔逊最后被迫撤退。

"看,右边的小丘顶有一栋破草房,名字就叫纳尔逊屋,西班牙人用来表示纳尔逊曾到过这里,并且曾被击退。"路易士指着不远处的小丘说。

路易士又说:"这个要塞有一个可歌可泣的故事。"他说,有一次,英国舰队猛攻此要塞,守要塞的司令及几名军官不幸中炮死亡。正在士卒大乱时,司令的年轻女儿挺身而出指挥守卒继续作战。虽然她在指挥中受了伤,但她毫无怯意,因此军心大振,终把来犯击退。

"徐,客栈饭厅挂着一幅油画,有一个美丽女郎举着火把,正在指挥炮兵作战,就是描写这个故事的。"路易士说。

路易士领着我走入要塞,它是由石头砌成的,由两道石墙组成。外墙上有炮位,有步枪射击孔,目标都指向大河的下游。

"路易士,这个要塞易守难攻,大概要不了几个守兵吧?"我问。

"有时候二十来个,战争时曾驻进一百五十多个。这个要塞虽然坚固,但也曾被英国人攻占过。"路易士说。

"是怎么占领的?"我感到惊奇。

"英国舰队在这个要塞炮打不到的地方停泊,然后登岸,由隘路迂回到要塞的后面。那正好是炮的死角,没有步枪眼,因此一举被英军攻入。"

路易士率先爬上要塞的最高点,那是一个圆形阵地。

"英国人被击退后,西班牙人在要塞顶上建了一个圆形阵地,炮管可以做三百六十度的转动。"路易士在阵地上绕着圈子说。

"徐,要不要刻一个名字留念?"路易士指着一个大石板说,石板上刻了许多游客的名字。

"要塞在时光洪流里都已差不多快消失了,刻一个名字就想证明我的存在吗?算了吧,在时光洪流中除非做出不朽的事,不然刻再大的名字也无济于事。"我说。

"对,留名要留在历史上,而不是石头上。"路易士丢下手中的小石头说。

从要塞下来,小村中正进行着热闹的赶集,许多山地居民都摇着独木舟来这里买卖东西。我突然发现了一个奇怪的现象。

"路易士,看到那些人的手臂没有?"我问,"怎么不成比例地如此粗大?"

路易士看了一会儿说:"此地没有陆路,一切交通都靠小舟。小孩子从四五岁就开始划舟了,因此手臂特别发达。就好像在中部的山区,小孩子从小就骑马,他们走路时就有点弯腿曲脚。"

吃午饭时路易士与一个船主接洽,租了一艘小快艇送我们回圣卡罗小镇。回到圣卡罗才下午四点,立刻有两个青年学生到客栈来找我们。

"今晚学校举办筹募基金舞会,全体学生一致邀您参加,所有的女学生都愿做您的舞伴,任您挑选。"那个较高的、自称是学生会主席的年轻人热情地说。

"我们会去!"路易士说,"几点?"

"八点,我们来接您。"

他们走后,路易士眉开眼笑地说:"今晚,今晚,会令你终生难忘!"

可是那晚正当大家舞酣耳热之际,我却从舞场溜到湖边。为什么呢?因为,最热闹的时候,也正是异乡人最想家的一刻。

第二天路易士在圣卡罗与我分手,他随着昨晚认识的女朋友去牧场了。这个可爱的年轻人正是那种典型的、可以为爱放下一切的拉丁人。

自然摄影

圣幻河之旅

哀鸣的小鹿

鹿河（Rio Venado）只是一条寂寂无闻的小河。在偌大的尼加拉瓜地图上怎么也找不着它，它静静地流过尼加拉瓜湖东北边的荒野，然后注入提背纳瓜沙巴河（Rio Tepenaquasapa）的上游。如果我不是在圣幻河之旅的回程上，在大湖东岸唯一的小镇圣卡罗错过每周一趟的船期，而改走陆路回首都马那瓜，我就永远也不会听说鹿河，更不会跟着猎人到鹿河去猎红鹿。

我成了一辆破旧小货车上唯一的"黄鱼"，清晨从圣卡罗出发，沿着旱季临时修的便道前进。这个便道在旱季中可以通到邻省的省会，而接上往首都的国家公路。

近午时分，车到山美给利多村。这个濒尼加拉瓜湖的小村，我曾在一年多前随农技团的水稻专家小邱来过，为的是参加朋友的舞会。小货车一进村里，我就看见两个人在村子中央的场子上扭打，旁边围着一大群人在观看，竟然没有一个人去劝阻。车停后，我也和司机跑过去，正好那个较高大年轻的把较矮的对手按倒在离我很近的地上。我忽然看清那个被按倒的正是以前小邱和我拜访过的朋友，舞会的主人——贝得罗。

我一个箭步跳过去，把那个大个儿架开。他看都不看一眼，一个左勾拳就朝我右脸挥来。我一矮身，躲过他的勾拳，同时用右脚扫他的左脚盘。他的身体立刻失去平衡，一屁股倒坐地上，然后傻愣愣地看着我。

"有话好说，何必动武，先生！"我客气地说。

那人仍呆坐在地上注视着我，他是一个留大胡子的年轻人。他忽然开口说："您是中国人？！刚才用的是中国功夫吧？"然后爬了起来，又说："对不起，师父！"

他走过来主动与我握手，然后走开了。

我走过去扶起贝得罗说："嗨，贝得罗！还认识我吗？"他脸上受了一点擦伤。

"是你——徐！"贝得罗叫了起来，"想不到，想不到！"

"发生了什么事，贝得罗？你都快五十岁了，怎么还打架？"我问他。

"唉，徐！回家再谈吧！此事一言难尽。"他说。

我回过头去问小货车的司机何时启程，他说要明天清晨，因为他要等货物。我就随贝得罗去了他那濒湖而建的房子。

贝得罗太太和两个十来岁的女儿高兴地叫着我的西班牙名字，迎上来与我亲脸为礼。女仆立即奉上尼加拉瓜人最喜欢的冷饮。那是一杯鲜紫红色的果汁，看起来美丽诱人，是用一种仙人掌的果实加糖和柠檬制成的。

"咦！贝得罗，你怎么啦？！"贝太太突然紧张地问他丈夫，"全身是泥灰，脸也擦伤了，又是从马上摔下来了？！"

"不是！"贝得罗有点不好意思地说，"是跟侯尔黑角力。"

"老头子呀！"贝太太抱怨地说，"你怎么又跟他惹上了，真是的。"

"你们不是打架？"我插嘴问。

"也可以说是。"贝得罗叹口气说，"事情是这样的，"他喝了一口冷饮，"从这里往北走二十多公里，有一条小河名叫鹿河。它之所以叫鹿河，不只是因为那一带盛产美洲红鹿，而且是因为在旱季中，当其他的河流都干涸时，它却仍保有部分河水，因此在旱季中它吸引了大群的红鹿来这条河一带的荒野栖息，印第安人就称它叫鹿河。"贝得罗的眼光从窗口投到遥远的地方，继续说："许多许多年以前，印第安人常在旱季时到达鹿河一带围猎。印第安人有一个很严的纪律，那就是禁杀母鹿，因此多少年下来，鹿群不曾减少，而印第安人始终可以丰衣足食。可是……"他说到这里突然长叹了一声,又慢慢饮他的冷饮,紫红色的汁液留在他的嘴角上。

"可是——怎么样了?"我听得非常有兴趣,忍不住催他讲下去。

他看我一眼,又喝了一口冷饮才说下去:"可是自这个小村建村以后,愈来愈多的猎人来了。他们没有印第安人的美德,也没有印第安人的远见。他们用新式的猎枪,不分公母、不分大小地屠杀。过不了几年,鹿河一带就像它的流水一样寂静,再难听到鹿鸣呦呦之声。"贝得罗的语气由愤恨变成有点悲伤:"这样过了好多年以后,鹿河一带才又慢慢出现了鹿迹,于是又有少数的猎人来了。但是鹿儿再也不像往日那样多得成群漫游,而且鹿儿也变得聪明,猎人很难捕获。这时候,有一个猎人发现把幼鹿缚在荒野中使其鸣叫,可以把任何听到小鹿哀鸣的母鹿诱到小鹿附近,然后加以射杀。后来这些猎人发现利用一种特制的小笛发出的声音,可以模仿小鹿的鸣叫而把母鹿诱来射杀。用这种不人道的方法所猎获的都是母鹿,可想而知,鹿河一带要不了多久又将变成寂静的荒野。"贝得罗声音哀伤又沉痛,我也跟着难过起来。

"于是我带头呼吁大家,不要用这样残忍的方法来猎鹿。几经奔走劝诱,终于得到大家的同意。"他的声音变得高扬而得意,"可是有一个年轻人却不声不响地继续这样去行猎,他就是那个与我角力的年轻人——侯尔黑。"他的声音变得愤怒。

"每次我好言劝他不要再用鹿鸣笛,他都不肯听,而且总是不屑地说:'贝得罗,你关心鹿种的生存却不关心人类的生存,我可不愿饿死呀。如果你一定要我停止猎母鹿,可以,只要你角力能胜过我。'然后他就弯起胳臂,显示他粗壮的手臂。"贝得罗停了一下,咬了一下牙说,"今天他又奚落我,我就冲了上去。"

"可是,这不是办法啊,贝得罗!"我说。

"我也无计可施了。"他无可奈何地说。说到这里,女主人已来请我们进午餐。用过丰盛的午餐之后,我在房子朝湖廊下的吊床上昏昏午睡,凉爽的湖风习习吹来。忽然,一辆破旧无漆的吉普车停在我身边。

"嗨,中国人。"司机探出头来与我打招呼。正是与贝得罗角力的侯尔黑,他戴了一顶草帽。

"嗨,午安,侯尔黑。"我回答。

"你就是徐吧!"他大声说,"你的中国功夫真棒啊!"

"哪里!"我耸耸肩说,"你的体格才真棒啊!"

"嘿嘿,谢谢!"他得意地说。

"去打鹿吗?"我随便问。

"正是!"他答道。

"何时可以回来?"我再问。

"黄昏。"他毫不思考地答道。

"我可以跟你一道去见识见识吗?"我好奇地问,但心里暗想他是不会答应的。

"好啊!欢迎之至!"他爽快地回答,大出我意料之外。

就这样,我跳上吉普车。他驾车进入灌木丛生的荒野,朝着鹿河前进。

"我这种猎法很不人道,是吧?"他一面开车一面问我,他当然猜得到贝得罗会把一切告诉我。

"是你自己这样说,我可没说。"我答道。

他笑了起来,然后说:"打猎在字典上的解释是'追捕或射杀野生动物'。可没有注明,要人道地追捕或射杀。"

我没吭声,让他多讲一点我才能说些有用的话。

"徐,你知道怎样当一个好猎人吗?"他飞快地沿着一条不太明显的土路,熟练地绕来绕去,与此同时,侧过头来大声问我。

旧吉普的引擎声很大,加上没有消音器,而他又开得飞快,声音非常吵人。

"不知道!"我大声说,双手紧抓着座前的扶手,两眼紧盯着前面,心中慌乱紧张。有一次我搭白牛牧场场主罗林的吉普车就这样被抛落车下。

他把车速减低,然后说:"首先你要决定猎何种动物,然后你要去多观察,去了解它的一切习性。例如它吃哪一种食物,这种食物何处有,它何时进食,在何时、何处饮水,对何种颜色、声音、气味敏感,什么季节发情,发情时有什么行动与平常不一样,还有它在何处栖息,出入的路线、时间……"他一面开车,一面空出一只手来做手势。

"然后在这些特性当中找到它的弱点加以利用,它就成了你的囊中物。你看,就是这么简单。你对猎物了解越多,捕获机会就越多。"他得意地说。

"所以你发现母鹿听到幼鹿的哀鸣会自动前来受死。"我讽刺地回答,"利用母鹿有母爱这个弱点,就是你做'好'猎人的秘诀。"

他干笑了两声说:"徐,我可不管是公鹿还是母鹿,我只要猎到鹿就行了。生活可不易呀,我有两个女人要吃饭哩!"他又干笑了起来。

"是啊!侯尔黑,只要你自己能生活好,管他人死活干嘛!当然更不必去管他妈的什么正义、公理、人道、博爱这类没有用的东西。不,我说错了!我是说,你会认为这些东西是人类的弱点,可以加以利用来讨得便宜。"我不客气地说。

"哎呀!徐——,你比到哪里去了。"他声音变得不悦,"我只说打猎这件事啊!"

"你这样猎鹿可真是杀鸡取卵的做法啊!"我和颜地说。

"徐,你可曾有面对猎物的经验?"他忽然这样问我。

"有！"我说，"我面对过豹。"

"当时你可曾去想那只豹是公的或母的？"

"没有。"我说。

"所以嘛！"他得意地笑着说，认为我中了他的圈套。

"可是，侯尔黑呀！你在事先明明知道用你的方法所猎得的一定是母鹿啊！"我不以为然地说。

"徐，要做猎人讨生活，就不能有'妇人之仁'啊！"他叹气地说，"好啦，干嘛为这些婆婆妈妈的事吵呢？"他猛踩油门，车子跳将起来。

半个小时以后，侯尔黑把车子停在密密的矮林里。

"车子不能过去了。"他跳下车说，同时从座椅后面取出一管有望远瞄准器的猎枪、一条枪带、一个水壶和一个可以用双肩背的网袋。

侯尔黑领头钻进灌木密生的林里，顺着一条小径走去。小径的前面有许多大蜥蜴和斑鸠被惊起，纷纷向两旁的灌木丛逃窜或飞去。

正值酷暑的旱季四月，树叶早已枯落，野草一片焦黄，大地显得沉寂而憔悴。虽然快四点半了，但热带的太阳依然炙热，土壤滚烫，热气如蒸，我们没走几分钟已经汗如雨下。

步行十五分钟时，我们抵达鹿河。那是一条宽约十米的小河，河道非常弯曲，河水浅清，看起来没有流动的样子，成群的野吴郭鱼在水里游来游去。我们一走动，在有树荫的水边，成群的青蛙纷纷跳入河中，还有碗口大的蟾蜍笨笨地跳着。

"有鳄鱼吗？"我看着浅水中令人心痒的鱼群问。

"有！"侯尔黑，"但要往下游一点，有深潭的地方才有大鳄。"

"你怎么不猎鳄鱼呢？"我问他。

"太费时间，而且很危险。"他有点严肃地回答。我们涉过小河，河水只有膝盖深。过了河就是无路的灌木林，前进非常困难，首先必须用双手分开灌木，脚再跨过去，我们前进得吃力而缓慢。

奋力走了十几分钟，到了一株高大、仍然绿意盎然的野棕榈树荫下。"到了！"侯尔黑喘着气说，衣服全被汗水湿透。

我们啜了几口水，休息了几分钟。然后，侯尔黑从上衣口袋掏出一个短短的、用木头削成的小笛子。

"这就是鹿鸣笛吗？"我问。

"是。"他答道。

"让我看看好吗？"我有点急切地问。

"当然！"他就递了过来。

那鹿鸣笛差不多有拇指一般粗，中指一般长，中间有一个通孔上下贯穿，下孔口用一种特制的极薄的皮膜封住。我把它含入口中吹，但一点声音也没有。

"来，我教你。"侯尔黑把鹿鸣笛拿过去，然后放入口中，笛子立刻发出一种近似"咪咪——"的小鹿鸣声。

"不要用吹。"他把鹿鸣笛交给我说，"你只要喉咙发出呜呜或喔喔的声音，这种声音经过鹿鸣笛的修饰，传出去就成了近似小鹿咪咪的声音。"

我按法去做，果然成功。

"很好！"他说，"我们开始猎鹿了，你要吹笛还是射鹿？"

我考虑了一下，心中暗暗有了主意说："我来射好了。"

他接过我手中的鹿笛，同时把枪交给我，问我："射得准吗？"

"放心！"

他把鹿鸣笛放入口中，立刻有小鹿的哀鸣传入荒野。那声音非常悲伤，像一头失群或迷途的小鹿在哭泣，在呼唤母鹿。

他吹了几分钟后停了下来。

"注意这边！"侯尔黑指着我的左前面说，"母鹿会从那里出现，其他方向灌木太密，不适合鹿的奔跑。鹿是非常细心又胆小的动物。"

"当鹿距离五六十米左右你就射杀它。"他又说。

我点点头，他又继续发出鹿鸣声。

如此过了十几分钟，侯尔黑突然用手碰了我一下，然后用左食指朝左前面的远处指点着。我看到了一头像小牛一样的棕红色母鹿，静静地站在那里。它的颜色跟周遭落叶的灌木枝很相近，相当不易辨认。侯尔黑的确不简单。

母鹿朝着我们走了几步，又停了下来，一会儿又小步前进几步，这样地慢慢接近六十米。它停在距离我们五十多米的地方，把头举得高高的，鼻子不停地朝着我的方向嗅着，两只大耳朵也转向我们这边。

我注视着母鹿，全身热血沸腾起来。虽然我平常高唱着保护野生动物，可是一旦真正面对野兽时，我就立刻露出了我渔猎时期的远祖遗传下来的本性。我从枪上的望远瞄准镜看出去，看见母鹿的右耳外侧缺了一个口，它显然受过伤。我瞄准了母鹿的眉心，屏住了呼吸。扣在扳机上的食指慢慢地加力……

就在这时，我在瞄准镜中看到母鹿清澈的眼睛，流露出一种关心、慈祥的眼神。我忽然觉得自己面对的是一个充满慈爱的母亲，而不是一头野鹿。我为刚才的冲动感到心惊，也暗自庆幸我没有扣下扳机。这时候我想起先前打好的主意。

我把枪口略微提高，然后再扣扳机。"砰！"的一声爆响，母鹿立刻像箭一样消失在灌木后面。

"哎呀，没有打中！"侯尔黑叫了起来，"徐，你怎么搞的？"侯尔黑不悦且失望地说。

"喔！对不起，侯尔黑！"我抱歉地说，"我太热、太紧张了，汗水在我扣扳机时流入我的眼睛和瞄准镜上，因此有点偏了。"

他把枪拿过去，眼睛贴近瞄准器看出去。他当然会看到镜上的汗水，那是我做的手脚。他拿出一块绒布来擦，同时说："只有生手才会发生这些奇怪的事。"

"换个地方吧！"他肩起枪，绷着脸说，"时间还早。"

我们又冒暑走了二十分钟的路，到了一个较开阔的地方后，便蹲在一棵常绿的牛角刺树荫下。

"你来吹笛，我来射。"侯尔黑说，"我就是不信邪！"

我把鹿鸣笛含在口中，开始发出声音，侯尔黑指导我几次。不一会儿我就可以发出令侯尔黑满意的声音，可是半个小时过去了仍无动静。

太阳冉冉西靠，已经不再那样炎热。

"快六点了！"我取下鹿鸣笛说，"我们回去吧！"

"不！再吹一会儿！"他说，"黄昏长得很，要八点才会天黑。"

我又吹了差不多半个小时，侯尔黑突然举枪向右前方瞄准。我顺着枪口指的方向看过去，看到了一头红鹿静静地站在一棵无叶的美洲葫芦树下。红鹿紧盯着我们这边，鼻子在空中嗅个不停，两只耳朵竖得高高的。我突然发现它的右耳外侧缺了口，竟然就是刚才被我吓走的那只母鹿。

"笨家伙！"我心中暗骂着，却不能停吹鹿鸣笛，眼睁睁地看着母鹿慢慢走入射程内。

我斜眼看着侯尔黑在瞄准，汗水从他下巴流到肩胸上。我看着他的右食指稳定地、慢慢地扣扳机，我突然灵机一动……

"哈啾！"我打了一个大喷嚏，同时爆出了一声"砰！"的枪响。

"没有打中！"我暗叫一声。母鹿安然地飞逃而去，我心中生起欣慰的快感。

"猪！"侯尔黑暴跳起来骂我，"成事不足，败事有余。"

"对不起，侯尔黑。小虫子钻进鼻子里。"我向他解释，并装着掏鼻子。

"浪费了大半天和两颗子弹，煮熟的鸭子竟然飞了。"他像泄了气的皮球。"我好几天没有收入了。"他哭丧着脸说。

"猎获一头鹿你可以赚多少钱？"我问。

"差不多一百柯多瓦。"一百柯多瓦合新台币五百五十元。

"不要难过！侯尔黑！"我抽出一张一百元的尼加拉瓜币塞在他手中说，"就算我买了你的鹿好了。"

他拿着钱，犹豫着，不知该收起来好，还是还给我好。我看得出他心里很矛盾。

"侯尔黑！"我说，"收起来吧！对我来说，今天下午的经验值得两百元，所以，咱们各赚一百元。"

"谢谢你，徐。"他说着站了起来，把水壶交给我说，"喝完水，我们就回去吧！"他恢复了气色。

在归途上侯尔黑一直都没有说话，直到我们到了停车处，上了车时，他突然问我："徐，今天母鹿两次逃掉都是你做的手脚，是吗？"

我见他问得很诚恳而又没有责备的意味，便回答说："是的！侯尔黑，起先我看到鹿也是冲动地想射杀它，但后来我看到它那充满母爱的眼睛，我狠不下心来。"我沉痛地说，"这样猎杀母鹿是违反自然的，这也就是为什么鹿河一带现在红鹿越来越少了。"

"如果你想长期猎鹿，你就应该猎公鹿、老鹿，这样鹿群的数目才不会减少，甚至会增加。"我语重心长地说，"你可能会一时猎获不丰，但用你在来路上说的打猎法则，我相信以你的技巧、聪明和良好的体格，你必会成为猎无不获的猎人。"

他默默地开车。太阳已经落下去，美丽的热带黄昏天空，反映着奇异的颜色。到了村口,他停车让我下车。

"徐,谢谢你,谢谢今天的一切。"侯尔黑在我下车时说,"我发誓,我不再如此猎鹿,如果我……"

"侯尔黑!"我制止他说下去,"你想做就做。如果做不到,发誓也做不到。"他点点头。

"好了,侯尔黑,祝你好运,我们后会有期。"说完我就跟他分手了。

我回到首都两星期后不久,贝得罗捎了一封信给我。他用愉快的笔调说侯尔黑向他发誓不再猎鹿了,而且和他成了好朋友。

这事我也逐渐淡忘了。当我要离开尼加拉瓜回台湾的前两天,突然又收到了贝得罗的信。这封信使我难过了好久好久……信是这样写的:

亲爱的徐:

算算日子,你该快要启程回中国去了。村子里的小孩子、年轻人常会问:"徐和邱何时会再来?"

徐,你信神吗?无论什么神祇。侯尔黑上次在我的面前对神发誓说:"如果我再猎母鹿,神就让我陈尸荒野吧!"昨天,我们真的发现他陈尸在鹿河的荒野里。

自你走后,侯尔黑的确不曾再猎母鹿。他有时来我牧场上打几天工,有时去猎鳄。可是最近我的牧场也清闲了,而他的猎运也不好,好久皆无所获。前天早上他终于又去猎母鹿了,然后他一夜未归。昨晨我们出动去找他,最后发现他已死了。

我判断,他的鹿鸣声把酷嗜红鹿的美洲虎引来了。可怜的侯尔黑就死在虎爪下,但老虎也死在他的枪下。

亲爱的徐,你不要为侯尔黑的死难过。死亡在我们这样蛮荒的地区是一件很平常的事,一点小病、一点小伤,往往就会要了我们的命。但我们从不埋怨，因为死就像生一样地重要。在荒野里，一个生命的继续常要靠另一个生命的结束来维持。鹿的死亡养活了美洲虎和侯尔黑，而虎和侯尔黑的死也使得红鹿得生。

本来不想告诉你这件事，我知道它会引起"文明人无谓的感伤"，但我在侯尔黑身上找到了一张一百元纸币，侯尔黑在上面写着："这是会中国功夫的徐给我的，我要记住他今天说的：'以你的技巧、聪明和良好的体格，你必能成为猎无不获的猎人。'是的，我将是。"

我把那一百元给了侯尔黑的女人，相信你必会满意我的处置。

再见了，亲爱的徐，但愿有一天你又突然出现在我们的小村，我又再听到小孩子在村中喊着："中国人来了，徐来了。"

你诚恳的朋友　贝得罗

自然摄影

哀鸣的小鹿

我看完信，泪水涌了出来。我望向那雨季初临的大片黑云，想起了侯尔黑。我深信他是去猎美洲虎了，而且他猎获了两只：一只在鹿河，一只在他心中。

魔鬼山寻金记

1975年的年初,一艘破旧逾龄的火轮——白鸭号,满载着旅客和货物,吃力地从加勒比海溯圣幻河逆流而上。这条火轮仅在每年的圣诞节和复活节前夕,各做一趟圣幻河的特别航行,从河的起点——尼加拉瓜大湖东岸的圣卡罗镇,顺河东下,航行210公里到达濒加勒比海的北圣幻村,然后在假期结束以后再驶回圣卡罗。这次的航行,一如往年,船上的旅客大部分是回家度完年假,又再度出外谋生的男人。

经过一长夜的航行,早醒的旅客纷纷爬到木棚顶上,有的在吸烟,有的在瞭望河上的景色。当火轮渐驶近巴托罗河注入圣幻河的交汇口时,棚顶上一个年轻的混血黑人,突然看到前面有一条狭长的印第安独木舟在河的中央,横着漂下来。

"难道船上没有人吗?"他暗忖着,"独木舟怎么横着漂呢?"他把头探出棚外,朝下喊:"小心!前面有小舟!"

"看到了。"大个儿的舵手大声回答,然后把船慢慢向右偏了一点,同时把船速减慢,以免小船被火轮所掀起的浪打翻。

当火轮逐渐靠近独木舟时,船棚上的人突然发现小舟里躺着一个浑身血迹斑斑的人。火轮上立时起了一阵骚动,所有的旅客都伸出头来探视。

火轮靠上小舟时,一个年轻水手伸手扳住独木舟,又用绳子把独木舟系在火轮的船舷上,然后两个水手在全船鸦雀无声的注视下,将那伤者抬上火轮。

那人遍体鳞伤,衣衫破碎,已然奄奄一息。那是一个年约五十岁的印第安人,他虽然昏迷不醒,口中却一直反复不停地念着:"金子,金子……魔鬼山,金子,魔鬼山……"

那印第安人不久就死在那艘火轮上,而魔鬼山发现金子的消息,随着火轮驶过的地方,像热病一样快速地传开。不到一周的工夫,尼加拉瓜大湖沿省有野心的人都染上寻金热,纷纷组队驶舟朝着神秘、蛮荒的魔鬼山而去。可是过了半个月,这批寻金人大都还未到达魔鬼山就失败而还。有的受了伤,有的感染了怪病,有的失踪,有的死在蛮荒,竟然没有一个人深入魔鬼山而又生还归来。

魔鬼山这个名字是四百年前,由印第安人告诉当时入侵的西班牙人的。那时西班牙人到处寻找黄金,有一队探险队不顾印第安人的警告,往魔鬼山去寻金,结果一去不返。后来第二队又冒险前往,从此也下落不明。魔鬼山从那时起,就正式以西班牙文Monte Diablo在地图上命名。

这一阵寻金热仍如四百年前那次一样神秘地结束了,可是住在圣卡罗的两个猎人——我的朋友跛子罗兰多和米盖,却悄悄地完成了他们往魔鬼山探秘的准备。他们除了曾详细地访问过每一个探险失败回经圣卡罗的人,也访问了白鸭号火轮上的水手。

我在一月下旬接到了他们的探险邀请信,正好我有一位尼加拉瓜空军飞行员的朋友哈克,要替银行送钱去圣卡罗镇,答应载我同行。那时正值旱季,我在白牛农场的试验工作刚告完成。我利用这段农闲请了补休的年假,打了黄热病疫苗,就于二月三日早晨九点半飞到了圣卡罗镇。罗兰多和米盖把一切装备都弄妥了,只等我一到就可启程。

十点半,由罗兰多掌舵,我们乘坐装有引擎推进器的印第安独木舟从圣卡罗出发,顺着圣幻河东下。舟行甚速,下午一点钟就到达了离圣卡罗八十公里的老要塞村。在这里补充了耗去的汽油,吃了午饭,又再启程,两点半到了巴托罗河口,从这里左转驶入巴托罗河,逆流而上。

巴托罗河并不很宽,河面只有十几米,水很深,水流慢,在河转弯处，静水的一边长满了布袋莲、大浮萍，河岸上的树常有成群的野猴嬉戏。独木舟驶过时，受惊的鱼在舟后高高跳出水面。到了黄昏时，各种大小水禽在河面上繁忙地穿梭着，正是夜禽昼鸟交班的时刻。快天黑时，罗兰多把独木舟停在水边，我们上岸过夜，米盖帮我把我从台湾带来的尼龙营帐搭起来，罗兰多忙着做晚饭。

天刚亮，我们就启程继续往上游驶去。不久我们发现了鳄鱼，愈往上游愈多。六点半钟，水浅得不能再使用引擎推进器了，罗兰多把它拆下，将它和汽油桶藏到一棵做了记号的大树下面，改用木桨划着前进。九点钟，独木舟触底了，我们靠了右岸。下了船就发现有一道新近才砍踏出来的小路，以前的探险队都走这条小路。

"嘿，徐！你看，就是这条歧路害死了不少人。"罗兰多指着小路说，"人类总有这种惰性，明明知道这小路最后通到有大鳄鱼、没有舟就不能通过的死神潭，可是就没有人另外再寻辟新的小径。"

"这就是他们失败的原因。"我说。

因为河浅，我们不能乘船，米盖首先涉入河中，把独木舟前系着的绳子挂在肩上，然后开始拉着舟往上游走，罗兰多和我在后面推。我们慢慢走了三个多小时，终于到了死神潭。

"涉河而上虽然比走小路耗时，但是我们却有舟可以渡潭，不必浪费体力和时间来砍树造木筏。"罗兰多说。

我累得只能点点头，在水深及膝的河中溯河步行相当吃力。

死神潭约有七十米宽，超过五百米长，潭的前端隐在山崖的那一边。潭边满是水生植物，潭上漂着浮木，其中杂有与浮木很难分辨的鳄鱼。

我们划舟驶入死神潭，绕过山崖后不久就到了进水处，再去就不能行舟了。我们卸下装备，合力把独木舟拖上岸，藏在草丛里。

用了午饭后，我们换上了及膝的长靴子，背起了装备，踏上了另一段征程。

罗兰多举着中南美乡下人难得离身的长刀——"马恰得"走在前面,他一面走一面把树枝野藤砍开。我走在中间,也举着长刀沿途做记号,米盖端着来福枪走在后面。

我们并不沿着以前探险队溯河的路径,而是从河左边的参天密林里爬到山岭,然后沿着岭线前进。罗兰多说,溯河容易迷路和遇到断崖。

不久岭线降到一道小溪,我们越溪,又沿另一岭线到达一个山顶。这时已经黄昏了,我们就找了一个避风的平地,准备过夜。我们合力清除了杂草,罗兰多又到附近割了一些类似香茅草的干草,把它散置在我们要扎营的地上,然后点火把它烧了。这些草燃烧时,发出一种异香。

"有了这种有香味的草木灰,"罗兰多说,"就可以防止毒蛇、蝎子和蚂蚁的侵入。"

"你怎么知道这种草的用处?"我好奇地问。

"是微阳河上游的印第安人教的。"米盖替他回答。

虽然夜里营地附近有野兽咆哮,但因为我们在营地前燃了一堆火,所以一夜没有受到惊扰,但我心中仍然有点紧张。睡得舒服是探险成功与否的关键之一,睡不好会使人体力不支,情绪不好,遇到危险时容易惊慌失措,判断错误,或者自暴自弃,最厉害时会造成精神错乱。罗兰多和米盖是很有经验的猎人和探险家,对于荒野,他们进出如家,他们了解它,亲近它。这也是我敢于随他们去魔鬼山探秘的原因。

天亮后,我们冒着浓重的露水出发,沿着山岭下降,再越过小河,然后攀登一座较高大而灌木密生的山,这种山最难爬了,燠热,密生着带刺的灌木,以及可怕的毒草Chichicate。这种地方不但前进困难,而且一不小心,就会被满身毒毛的毒草所伤。这种伤令人痛楚难当,冒冷汗,厉害时能使人痛昏过去,而且要数周才会痊愈。我的手腕被刺了一下,那种痛较之黄蜂螫到有过之而无不及,连续疼痛了半个小时才稍缓。

我们爬到山腰时,米盖在一处草地上发现了一具散置的人骨。罗兰多判断他是走失的寻金人。尸肉在腐烂以前就被秃鹰吃光了,我们合力挖了一个土穴,把余骨埋了,又用树枝做了一个十字架,插在坟上。

十点,我们到达了山顶。大而不高的魔鬼山赫然就在对面,隔着一个宽阔的山谷遥遥相对。

我们走在山顶上研究着魔鬼山。

"下面宽阔的谷地就是沼泽,"罗兰多指着山谷说,"而且是那种不易通过的泥沼。"

"我们走岭线走对了。我们从死神潭到沼泽只要一天半,其他的探险队都花了差不多四天的时间才到达那里哩!"米盖继续说,"不但费时费力,危险,而且有人迷失之后走到其他山谷去了。"

"我们渡过沼泽不能直上。"罗兰多说,"正前方山腰有几段峭壁,我们必须从左边绕道背面上去,再从右边下来。"

"万一需要,例如有金子在峭壁上,别忘了我们还有绳索可以下降。"米盖注视着魔鬼山说。

"我希望不是真的有金子。"我说,"不然,不知道多少罪恶就会接踵而来。"

过了山顶,坡变得很缓,树木也愈高大。这是典型的热带森林,林下长着一簇一簇的羊齿,林中一片幽静,静得有点可怕。走了一大段路,忽然,林中一团绿光闪闪从树干间掠过。我定睛一看,竟是一只背部金绿、腹部鲜红、头带绒冠的大鸟,拖着差不多一米长、发着金绿光芒的尾巴。我们都看得目瞪口呆。

"凤头咬鹃!"罗兰多吐了一口气说,"徐,你看过这种鸟吗?"

"不曾!"我说。

"我也好多年未见过了。"罗兰多说,"这种鸟被捕获后,就会不顾一切地挣扎,直到死去,所以危地马拉人把它当作国鸟,表示不自由毋宁死的精神。"

"我还以为是什么吉光瑞羽,或者是神话中那种会带人去找宝藏的奇鸟呢!"我说。

"说不定就是!"米盖笑着说。

我们继续前进,但大家都不期然地放松了脚步,深恐破坏了林中神圣的寂静。

三点多我们抵达山谷。果如罗兰多所说,谷里是一大片泥沼,各种水生植物成簇生长,白色的野睡莲花到处开着,许多秧鸡、涉水鸟、鹭鸶,以及巨大的白鹳在泥沼上走来跳去地觅食。

"问题来啦!"罗兰多说,"如何渡过这泥沼呢?唯一抵达泥沼的探险家,也是在这里被迫折回的。"

"你是说雇用阿累克西当向导的那一队?"米盖说,"我们可比他们好多了,他们由右边过来,要渡过差不多八百米,我们是从正面,只有二百米左右。"

"可是,如果过不了,十米或八米,结果都是一样。"我说,"阿累克西他们怎样失败的?"

"他们造了一个木筏,可是沼泽里水生植物太多,划不动。他们困在这里几天后,有一个人掉进沼泽里,结果竟被恶名昭彰的尼加拉瓜沼泽食人植物吃掉了,而且又有人染上黄热病,只好退回去。"罗兰多说。

"这里竟有这种食人植物?"我说,"我在书上读到过,也听人说过,那到底是怎样的一种植物?"

"这种植物只有大沼泽里有。它在水底下长有很多强有力的缠绕根,而且根上有毒。人类和动物只要一触它的根,所有的根就立刻缠绕过去,就像蜘蛛将猎获物捆起来。"罗兰多用手比着说,"如此,要不了多久，动物就会淹死或毒死，然后它的根分泌一种强酸来消化动物的尸体……"

"你能认出这种植物吗？"我说。

"我不知道，因为我没有遇到过。"罗兰多说，"我告诉你的都是印第安人告诉我的。他们说，这种植物的叶子很小，成簇生长在沼泽中，很不显眼。"

"那我们如何通过这沼泽？"我再问。

"总有法子可想的。"罗兰多说，"我们还是先扎营吧！"

"离开沼泽远一点扎营。"米盖说，"免得像上次在印第安河一样，蟒蛇溜进来与我们睡了一晚。"

"嘿，我敢打赌那条蟒蛇一定是母的。"我说。

他们两个哈哈大笑起来。

我们退到离沼泽几百米以外的山坡树林里扎营。

"晚上得设些陷阱，捉些野味来充粮了。"罗兰多说，"米盖，你煮咖啡，顺便烧晚饭。我去设陷阱。徐，你架营帐吧！"罗兰多拿着一束绳子走了。

"喂，罗兰多！"米盖大声说，"不要蜥蜴！不要犰狳！"

"好的！"远处传来罗兰多的回答，"你只配吃癞蛤蟆。"

为了减轻行囊，我们只带了五天的粮食，所以必须捕捉猎物补充。

月夜里，风静露浓，星斗满天，沼泽里一片蛙噪虫鸣，好生热闹。时有青蛙遭蛇噬的悲鸣传过，带来几许恐怖。算算日子，也快过农历新年了，我心中升起一股乡愁……

自然录音

虫鸣蛙叫

"徐！你睡了吗？"罗兰多轻声问。

"还没。"我轻声答，"我们要什么工具才能渡沼泽？"

"独木舟！"他答，"我们大概要多花几天时间来学学印第安人的办法。"

"你是说，烧木成舟？！"米盖突然问。我还以为他睡着了。

罗兰多点点头。

"怎么烧？"我好奇又不解地问。

"烧木成舟是印第安人造独木舟的秘法，"罗兰多说，"从大树干底部凿一个通到树心的洞，然后在洞里生火。火在树心慢慢燃烧，可以把树干烧成中空，然后剖开就成了独木舟。"

"山腰上有巴尔沙树林，用这种树，只要两天两夜就可造好。"米盖说。

这种巴尔沙树是热带美洲独产的一种非常轻的树木。人类学家索尔·里耶达为了证明南太平洋的波利尼西亚人是从秘鲁乘木筏横渡几千海里的太平洋而移过去的，于是利用这种巴尔沙树造了一个命名为"太阳神"（Kon-Tiki）的木筏，成功地由秘鲁驶到大溪地，并因此闻名于世。

"真丢脸！"米盖说，"我们号称文明人，可是一到荒野，处处都要向印第安人学习。"他迷惑地摇摇头。

"因为他们比我们生活得更深入大自然呀！"罗兰多回答说，"从前我们的祖先跟印第安人一样有经验，只是文明进步以后，就把过去荒野生活的经验丢掉了，结果我们得回头来向印第安人学习。"

"嘿！说到印第安人，"我说，"我们怎么忘了那个被白鸭号船救上去的垂死印第安人！"

"有什么关系？"罗兰多问。

"他既然是从魔鬼山回来，那么他用什么方法渡过这个泥沼呢？"我问。

"是呀！我怎么没想到这点，真该死！"罗兰多说，"他能又进又出，我们只要学他就可以呀！"

"明晨我们到沼泽边去找找看，"罗兰多拍了一下大腿说，"必能看出那个印第安人怎样渡泥沼！"

因为想到了这点,我们都兴奋得很,一直聊得很晚才睡着……

天刚亮,我们就爬起来,立即去检视前一晚设置的陷阱,发现捕到了一只小野猪和一只栗色天竺鼠。

"徐,你和米盖去看看左边山脚的陷阱,我放了较粗的绳阱。"罗兰多说。

米盖和我朝左边走去。到了山脚,我们立刻看见作为拉起陷阱绳子以敷吊猎物的大树枝被扯断了,捕获的猎物被吃得只剩头和断肢。

"黑吃黑!"米盖看了一会儿说,"陷阱捕到了一头野猪,却被美洲豹吃了。"

"我们得小心了,这个野东西有点邪门。"米盖说,"印第安人对它畏如鬼神。"

米盖吹一声口哨,罗兰多一会儿就一拐一拐地来了。

"要命!是美洲豹!"罗兰多说,"这家伙不是肚子饿才杀生,它杀生常是为了好玩!"

"还有没收的陷阱吗?"米盖问。

"还有一个,"罗兰多说,"就在沼泽旁边。"

我们下到沼泽边,找了一会儿,就看到了一条小腿一般粗的蟒蛇正在陷阱旁边挣扎。

"又是黑吃黑!"罗兰多有点生气地说。

那条蟒蛇吞食了被陷阱绳子套住的小猎物,绳子一端也跟着吞到肚里。可是绳子的另一端却仍在灌木上,因此就像钓到了一条大鳗鱼。

"滚吧!"罗兰多把绳子割断说,"要是遇到别人,你准没命了。"

那蟒蛇立刻钻进沼泽里去。

我们吃过早餐以后,就沿着沼泽找寻那印第安人渡沼泽可能留下的踪迹。不久,我们发现了一条翻覆在沼泽的独木舟,离岸边有七八米。我们都不敢贸然下去把舟拖到岸边,只好去砍了长树枝,做一个钩子,把小舟钩到岸边。这时,我们才发现覆舟之处的水草上有两顶染有血迹的皮帽和一顶布帽。在岸上,罗兰多发现了一双鹿皮皮鞋和一些零零碎碎的东西。我们仔细地检查这些东西。

"你看这是怎么一回事?"米盖有点紧张地问,"好像一共有三个人。"

"问题在于独木舟怎么会翻覆?"罗兰多说,"会是大蟒蛇?大鳄鱼?不对。这些印第安人都是最好的猎人,这点不太可能,但是为什么会翻呢?"罗兰多自问自答地喃喃说着,然后又陷入沉思。

"我想大概是这样,"我像侦探一样推理道,"那三个印第安人找到了金子,然后在舟上发生争执,比如其中有人要独吞,他们动起武来,因此独木舟就翻了。其中一个死里逃生,却受了重伤。你们说对吗?要不然那垂死的印第安人怎么身上会没有金子,口里却直念着金子,我想金子一定在覆舟时沉了。"

"很可能是这样!"罗兰多说。米盖也点头称是。

那翻覆的独木舟果如罗兰多说的,是用巴尔沙树烧制而成。我们把装备搬上舟,又把刚才用来钩船的长木条锯成两支撑。米盖坐在舟首,用木条拨开水生植物,使它让出一道不明显的水路。罗兰多坐在尾艄,把木条插入沼泽底,吃力地撑着独木舟缓慢前进。有时独木舟冲上水草堆里陷住了,我们又得费九牛二虎之力如陆地行舟般地越行而过。我们花了两个半小时,终于抵达一个长满细草的岸边。米盖首先跳了上去,只听他叫了一声"哎哟",整个人就陷了下去而消失了。

"糟了,是新浮洲!"罗兰多叫了起来,立刻把木条顺着米盖陷下去的地方插下去。一会儿米盖就抓住了木条被拖出来,全身裹着黑色的烂泥。

"米盖,把脚张开!平躺在浮洲上,不要动,不要张开眼睛,不要说话。"罗兰多非常大声地喊道,"徐要倒水洗你的眼睛!"

米盖依言慢慢躺下,我把水壶里的水倒在他脸上,替他洗去眼睛、鼻子和嘴唇的污泥,又用卫生纸为他擦干。米盖这时的样子就像一个戴了面具的黑人。

"上来吧,黑鬼!"罗兰多说,"徐!你身体斜出一边以平衡独木舟。"

米盖上了舟后,我们极其吃力地把独木舟撑着穿过长满野草的浮洲,简直是陆地行舟。

一刻钟后,终于到达了有岩石的地方。米盖跳了上去,立刻朝着一处积水奔过去。

罗兰多和我把装备搬下来,随后就生火做午餐。

"我现在才明白,为什么这里叫魔鬼山,为什么许多探险队都在这里栽了。"米盖脱得光光地大声说,"鳄鱼、大蟒、毒蛇、美洲豹、热病、疟疾、死神潭、大沼泽,还有这他妈会坑人的浮洲。"

"还有呢!"罗兰多也大声说,"如果真有金子,我们还要火并一场哩!"

"去你的!"米盖大声回答。

午餐后,我们朝着左前方进发。在巨大的参天密林中,光线幽暗,空气潮湿而带着腐臭味,周遭的气氛充满了一种神秘的压迫感。

"有人。"走在前面的米盖突然止步,惊奇地指着前面斜上方说。

我看见五六个非常高大的巨人,静静地站在黯淡的林中,有的站着,有的斜靠着,有的好像坐着,依稀可以看见他们都戴着奇异的大帽子,身体至少有我们常人的两倍大……

我们凝视着,心脏暴跳起来,呼吸也逐渐变得困难,一股寒意自我脚底升起……

"啊!他们朝我们走来了!"罗兰多突然害怕地大声嚷了起来,

同时朝后退着。

气氛立刻变得恐怖起来,我和米盖都有点不由自主地发起抖来。

罗兰多看着我们,忽然噗哧地笑了起来说:"吓你们的。胆小鬼,那几个巨人是印第安人用石头雕的神像。"

米盖擦擦手,看看那神像,然后瞪了一下罗兰多愤愤地说道:"人家说跛子多狡猾,现在我可相信了。"

罗兰多还是吃吃地笑个不停。

我们走了上去,发现约有二十几座石雕的神像:大部分都已倒下,有的长满苔藓,有的被半埋入土中,几只蜥蜴在神像底下探出头来凝视。

"看来这里曾是印第安人的部落。"米盖说。

"再上去我们一定会发现更多遗迹。"罗兰多说,"走吧!"

一路上未再发现遗迹,直到抵达背面山腰那一片稍平坦的地方,那里有不少的大小石像,有些石像尚未完成,还有几个刻满奇奇怪怪图案的石碑。罗兰多又在那片高地后面的山壁下发现了十几个相当深的洞,洞内有许多陶器石器散置各处。

"好像是鬼洞!"米盖朝着洞内说。他刚说完,几只尺来长的大蝙蝠自洞内飞出。

"吸血蝙蝠!"罗兰多吃惊地说,"被这些恶魔吸上一顿,不但要损失一些血,还可能感染怪病。"

"这个洞大概是印第安人的坟穴吧!"米盖说。

"不是!"罗兰多说,"古印第安人大部分用火葬,何用墓穴?看这些器皿,我相信是他们居住的地方。"

罗兰多往四周看了看又说:"看那些尚未完成就停工的神像吧!我想这个部落可能忽然罹患了某种很厉害的瘟疫,没有死的人就慌慌张张地逃走了,这大概就是此山被印第安人称为魔鬼山的原因。"

"哟!你什么时候变得好像很聪明的样子。"米盖故意装模作样地说。

"我是腿跛脑不跛,你是脑跛腿不跛。"罗兰多不服气地说。

"准备过夜吧!"我说。这两人有时一斗嘴就斗不停,跟一般尼加拉瓜人一样。果然,米盖又开口了:"你不但腿跛,嘴也跛,从来讲不出好话。"

我赶紧插嘴说:"你们看,这些洞穴都是朝东,明早日出的光线可以把洞内照得一清二楚,到时候我们再来仔细勘查,怎么样?"

他们看看方向,然后点点头。

这一夜,我们在那片平地上过了一个可怕的夜晚。吸血蝙蝠整夜都在防蚊帐门上扑打着,还有那几个洞,一直发出呜呜的怪声,山腰下的树林里,猿猴凄厉地哀号着。

半夜里,我突然被冰冷的触摸惊醒了。"是鬼,还是蟒蛇?"我思忖着。后来,我发现原来是下雨了,雨水从帐窗泻进来。这是旱季中的地形雨,要不了十分钟雨就停了,天空马上又是满天星斗。

早晨五点钟,热带的太阳就出现了,我们早饭未吃就去探洞。这些洞穴相当深,而且洞与洞之间都相通,洞里尽是一些陶器、石器,还有兽骨,洞里也有许多生物,像蜘蛛、蝙蝠、蜈蚣、蟾蜍、蛇、蝎子、蜥蜴、负鼠等。

半个小时后,我们从最后一个洞走出来,没有发现金子。我捡了一个印第安妇女挂的陶制大项链和一个石斧作纪念。我们又在附近仔细地找了找,也没有发现金子。

吃过早餐后,我们朝着山顶往上走。当我们接近山顶那块草地时,米盖突然发现,一个动物的尸体高高地卡在离我们只有几十米的一棵大树的树干上。我们轻轻走近去看,罗兰多说:"是美洲獏!"那动物只剩前半部分的躯体。

"至少有两百磅!"米盖说,"又是美洲豹干的!"

"怎么知道不是山狮干的?"我问。

"只有美洲豹才会把吃剩的藏在树上！"米盖解释说。

"大家小心一点！"罗兰多说，"说不定美洲豹正躲在附近，要向我们下手。"

我们终于登上山顶，顶处有一座很高大的石雕像，脸朝东方，石像的双眼很生动地凝视着东边的小山。

从山顶可以远眺四方，我看见东南边有许多河流弯弯曲曲，纵横交错，其中有一道非常靠近魔鬼山。我觉得，如果沿着那条河来登魔鬼山可以避开这个大泥沼。于是，我指着河问："罗兰多，我们为什么不从那条河来？"

"你有所不知，那些河都是印第安河的上游，分支非常多，很容易迷路，而且我们必须出圣幻河到加勒比海，然后再转到印第安河口逆河而上，航程来回多出五百多公里。"罗兰多说："1972年时，我和米盖就是走那条路，结果迷路了，到了一个绝谷，又被一条巨蟒吓坏了，最后败兴而归。"

我们在石像旁休息了一阵子。

"我们以山顶为中心，向四周去寻找。"罗兰多站起来说，"特别注意是否有其他山洞。"

"把装备放在这里好了，背着背包行动不易。"米盖说，"如果晚了，干脆就在山顶过夜。"

"好吧！"罗兰多说，"只带水壶、绳子、刀子和枪。"

我们以螺旋路线往山腰寻去，中途用绳子横过一次绝壁，可是直到下午六点多回到山顶时，我们仍一无所获。

我疲倦地靠着山顶的石像，面东坐下休息。这时，夕阳正要沉落，我顺着石像双眼凝视的地方看去，突然发现东面近处的小山峰接近峰顶的地方闪耀着一大片金色的光泽。

"你们快看，那是什么？"我指着前面，兴奋地大声说。

"黄金！"他们两人同时大声叫了起来。

"哇！这么多！"米盖说，他的呼吸变得急促起来。

我们惊奇地注视时，突然那金色渐敛，前后大概只有十分钟，这时夕阳也西落下去了。

良久，我们仍怔怔地望着那小山。

"明天一早再去一探究竟。"我打破沉默说，"现在还是先行准备过夜吧！"

"嗯！"罗兰多咽了一下口水。

整夜里他们两个人一直兴奋地谈着黄金，不过我本人此行的目的完全在探秘而不在寻金，所以我不久就沉沉入睡了。

一大早，我就被他们吵架的声音惊醒，原来他们已经为了如何运用那些尚未得手的黄金吵了起来。

我听到米盖大声地说："你喜欢做什么事都好，却无权要求别人同你一样。我取我的三分之一，我爱怎么用是我的事，你要把金子送给世界野生动物保护协会是你的事……"

"你们天还没亮就开始高声叫，"我大声说着从营帐走出来，"是公鸡吗？清晨就开始叫个不停……"

"金子还没有得手就吵起来，那么得手了，你们准会像那几个覆舟的印第安人一样。"我生气地说，"你们去找吧，我不参加了。找到了你们尽管平分好了，我一厘也不要！"

"啊！徐，对不起。"罗兰多说，"我们并非真的为金子而争吵，只是在辩清一种观念而已。"

吃过早餐以后，我坚持拒绝与他们一道去那座小山，罗兰多后来也决定不去了，最后米盖一个人走了。米盖走了以后，我劝罗兰多随后去接应，免生意外。最后罗兰多也去了，我一个人爬到魔鬼山的山顶去眺望蛮荒景色。

中午时，米盖垂头丧气地回来，原来我们看到的闪光竟然只是一大片乳白色半透明的岩壁反鉴着夕阳的光芒而已。这片岩石面下部向内倾，只有夕阳西下时才照得到那岩面，所以也仅在那个时刻才会发生反鉴金光的现象。这情形也常在冰封的雪山发生，登埃佛勒斯山的登山队就拍到过这种照片。

米盖带回一片岩石给我看。这种石头据说是普通石头在极高温的条件下变成的，有点像玛瑙，在火山遍布的中美洲颇为普遍。

下午我们休息了一大阵子后就踏上归途。当我们的独木舟越过泥沼时，正是夕阳西下之际，我回头去看魔鬼山，正好看见了那一片金色，而那山顶的石像这时显得格外清楚。这石像必是印第安人用来守护那梦幻黄金的神。这时独木舟的位置正好到达之前印第安人覆舟的地方，我忽然猜测到覆舟的真正原因——他们乍然回首发现金光，在兴奋忘形之下，舟失去平衡而翻覆，不幸正好落在食人植物群中，其中一个挣脱而逃脱，但也受了重伤。

当我们快回抵圣卡罗镇时，罗兰多对我说："徐，请你原谅我一件事。我们回去后，我将告诉人，我们迷路了，并没有到达魔鬼山，并且在历尽艰险之后，才得平安归来。我和米盖会假装去教堂感谢天主佑我等平安脱险，这样他们更会相信，因为我和米盖从不上教堂。也请你不要告诉任何人我们到过魔鬼山。"

"为什么要这样骗人？"我奇怪地问。

"没有人会相信你从魔鬼山回来而不带着金子，那么麻烦就来了。也唯有这样，那里的野兽才不会遭到文明人的屠杀，巴尔沙树林才不会遭到木材商的砍伐。唯有让那里保持神秘，那里的蛮荒才能不被破坏。"他沉痛地说，眼神里有着悲哀与智慧。

我点点头，用感动与称赞的眼光望着他。他虽然受教育不多，却有高瞻远瞩的眼光，和对大自然真正的挚爱。

火山登顶

　　复活节的假期在信奉天主教、基督教的国家是比任何其他假期都来得重要，其受重视的程度实在不是我们的同胞所能想象的。下面是流行在尼加拉瓜的一个小故事。

　　在复活节假期中，一位没有出去度假的中年家长逮到一个"光临"他家的小偷。这真是大出小偷意料之外，小偷的表情由吃惊转到不以为然，再转到不屑，最后他把脸一侧，冷冷地说：

　　"这是我行盗十年来，碰到的第一个没有去度假的家庭。"小偷说完还哼了一声。

　　这位主人尴尬得要死，就对小偷说："这样好了，我不把你送交警察，但你得答应我，不向别人说我在复活节假期中没有出去度假的事！"

　　"这我太吃亏了！"小偷说，"我被抓是常事，没有出外度复活节假倒很稀罕，除非你把那个手提收音机让我带走，否则免谈！"

　　为了避免损失收音机，农技团决定去海滩度两天假。

　　当我们六条大汉在海滨出现时，几乎所有的人都奇怪地注视着我们，因为全海滩只有我们是外国人，只有我们没有携女伴。照老陈的说法，我们是来欣赏那些秀色可餐、穿比基尼装的美女，现在倒成了被人欣赏的对象。再仔细看看那些躺在沙滩上的、泡在水中的无不是双双对对、亲亲热热的，我们看了真不是滋味。

　　"我们还是去爬山吧！"我悄声说，"山上一个人也没有！"尼国人度假只是到海滩湖滨，绝不上山。

　　"爬哪个山呢，老徐？"他们都茫然地问。

　　"还用问吗？当然是尼加拉瓜最有名的火山——莫莫通博（Momotombo）啰！"

我之选莫莫通博火山是有缘由的：第一，它是尼加拉瓜最优美最陡峭的山峰。第二，据附近的居民说，到现在为止只有两个探勘地热的美国人成功地登顶过。第三，在它方圆百公里内，从任何角度都可以望见那峻峭、吐着白烟的山峰，奇特、孤独地从群山、从大湖边倏然拔起。它是尼加拉瓜童话中诸神居住的灵山，令人觉得可望而不可即。这对喜欢爬山的人实在是一种强烈的诱惑与挑战。

两年来，无论在赴工作的旅途上，还是在休息的时候，我总忍不住对它凝望，感觉到它的召唤，感觉到内心的冲动，愈注视它愈感到它的迷人，它的高傲不凡，它的神秘。我用望远镜头拍过它不下几十张各个角度的照片。我之所以迟迟没有去，没有伴是最大的原因，因为除了火山本身危险外，那一带是响尾蛇的老巢，是美洲豹的家，更是毒草遍生的蛮荒。

4月16日清晨五点，黄樋（大黄）、黄金增（小黄）、林清江、向水松与我开了一部吉普车由马那瓜出发，经旧里昂（364年前被大地震毁了，现在成了古迹）到达距离首都70公里的莫莫通博隘口。从这里开始是禁区（正在开发地热），有军队驻防，因为我事前已与陆军总监荷瑟·苏慕萨将军的儿子胡立欧·苏慕萨打过招呼，因此驻军的班长布朗哥要亲自做向导。

布朗哥年纪33岁，但外表看来却像四十多，棕黑的皮肤，矮矮胖胖的，有一个不小的啤酒肚，大饼脸，眉毛粗短，脸有横肉，穿着皱皱的军装，挂着破旧的子弹袋，肩背一支M10步枪，看起来很像游击队员。他有3个老婆，16个孩子。这并不多，我有一个士官朋友，他有5个老婆，31个孩子，而且还在继续增加。布朗哥行动缓慢，一点不像班长，倒像一位将军，因此我们封他为将军，他也高兴地接受。

吉普车沿着马那瓜湖湖边的土路，由西北面转到莫莫通博火山西南面小山的山脚。路尽后下车徒步，按将军的指点沿着一条很不明显的猎径，在无叶的枯林里，踩着落叶厚铺的小路前进。不到十分钟，我们的将军就气喘如牛逐渐落后，不久，他就将"军人的第一生命"——步枪交给老向。他背不动了。

我拿着四百厘米的望远照相机走在前面，小黄拿着点二二口径的猎枪紧跟在我身后。老林是第一次爬山，好奇得像土猎狗一样，钻来钻去，一下子消失在路旁，一下子又在前面的小路出现。当然，将军是走在最后面指挥，只是太后面了，我们回头老是看不到他。

在这草枯树干的季节，视野良好，大蜥蜴在我们前面跑来跑去，满覆毒毛的毒草散生，一路上随眼可见。一种名叫黑硬木的树，正开满一树金色的大花球，它在朝阳照射下，在蔚蓝天空的衬托下，灿烂辉煌。树林间时有悬扇鸟（Eumomnta superciosa）飞过，它全身呈翠绿，喙有短髭，背部有朱色新月斑，下腹部亦是朱色，翅后半是蓝色夹着白纹，尾部蓝绿相间，其中有两根尾羽特长，形如长柄芭蕉扇，它在晨光下飞过，艳丽无比。有冠毛的大蓝鹊（Calocitta formosa）在树枝上高唱着，蓝蜂鸟（Cyanerpes cyaneus）在花上表演着魔术般的空中直退、空中原处停留的飞行，林中时时传来啄木鸟敲击枯树的急鼓声。

刚走出树林就闻到一股硫磺味，一大片寸草不生冒着白烟的地热带立刻横在前面。小心地穿过，爬上急坡就到了第一个小山岭。忽然，左下方的近处树林里吼声大作，树枝摇动。大家吓了一跳，原来有二十几只白面长尾猴摇着树枝吓唬我们这群不速之客。小黄抓起猎枪就要射，我立即制止他。

"它们活着比死掉好看多了，小黄！"

这时候，这群猢猴一个个往山谷的大树飞纵而去。我们正欣赏着空中特技，忽然，一只很大的鸟被猴群惊起。我们立刻为它的美丽而撼动，它全身是璀璨的朱色，间着少许的艳红、金黄与湛蓝，拖飘着一大把长达一米的尾羽，姿态轻盈优美地慢滑而下，消失在晨光未至的山谷中。很久之后，大家才从惊愕与感动中恢复。

"果有凤凰，此鸟不远矣！"老林喟叹着。

此鸟是中美洲的名鸟——七彩鹦鹉。

突然，那些白面长尾猴又在长吼。

"老徐，鸟你不让我打，猴子也不能打，到底我可以打什么？"小黄注视着猴子不快地问。

"豹，蟒蛇，不然就打大蜥蜴呀！"

略事休息，我们沿着山岭前进。但山岭中有高过人头数尺的干草，密密麻麻，极难通过，无风，炙热，我们吸进自己踩扬的尘土，难过极了，只有稀疏的野棕榈下是唯一可以暂时歇脚的地方。

后来我们走上一道兽径，那是鹿群走出来的，径上留有清晰的大小脚印以及散布各处的鹿粪。小黄说："在晚上，你只要放低姿势就可以与鹿一同散步，再蹲低一点就可以喝鹿奶！"

有半个多小时，我们在这样的荒草中行进，等到一钻出高草，莫莫通博火山就像突然出现的巨人，高高地站在前面，气势凌人，使人油然生畏。

我们的将军再也走不动了，就此将他的"司令部"设在棕榈树下，坐镇指挥。

从这里就转入莫莫通博火山山腰。往上再没有树木，只有乱石与短草铺在莫莫通博火山那超过六十度的陡坡上。

许久以前我就研究过攀登莫莫通博火山的可能路线，我发现从西南面开始，然后慢慢偏东，到达火山帽时正好是东南东的方向，再由该处直登峰顶。这是唯一可能的路线，其他方向有的是峭壁，有的滚石太多。

老向太过相信他自己的眼睛，不顾我的劝告，要由西南直上峰顶。后来他困在山肩上，费了好多时间与气力才得下山，因而失去了登顶的机会。老林注视山峰太久而生了畏怯，打了退堂鼓，只有大黄、小黄跟着我走。

从山腰到山顶差不多有八百米的高度都很陡峭，上面覆着大大小小松松的乱石，脚一踩，大石小石就哗啦哗啦地滚下去，爬起来又吃力又危险，而大黄小黄都穿着平底工作鞋，因此速度奇慢。到了十点半，我们才爬高二百米。以这种速度，就是顺利登到峰顶也要到下午一两点。我们的饮水、食物都不容我们拖得太久，否则会有危险。因此，我和他们两个商量后，决定他们留在此处等我，我独自马不停蹄地往上爬。

十一点，我已登高六百米到达火山帽下。从这里开始，不但坡更陡，而且都覆着极松的石砾，脚无法着力，我试了几次都滑下来。我心里很急，深恐功亏一篑，以后再没有机会重登了，因为下个月我就要离开尼加拉瓜了。但心里越急越爬不上，而且也累了，我就坐下来，一面休息一面动动脑筋。忽然，一只蜥蜴以很快的速度往斜上方跑开，身后掀落不断的滚石。看着它上去，我灵机一动：何不学蜥蜴？如果我利用之字形上爬，并利用快跑来抵消滑下的速度，在我脚踩下去要滑下以前已经换脚，如此或可上去，不然除非用钉桩。我看好路线，找好可以落脚喘一口气的地方，然后开始之字形地快跑而上。石砾在我身后像冰雪一样滚下去，就这样，我通过了一百多米最难爬的地带，但我微感大腿有抽筋的现象。还好再往上是岩浆流出来的凝岩，虽然陡，却好爬多了，而且已经很靠近顶峰了。只是硫磺味很浓。我顺着一道道岩浆急泻而成的沟隙上爬，不一会就到了各处石缝冒着烟的地带，那种满含的硫磺味（可能还有一氧化碳）使我呼吸困难，愈往上，烟愈浓，呛得我喉咙发痛，眼泪直流。

我三番两次想回头了，因我深恐万一吸入太多此种气体而昏倒，那就危险了，而且我看不见峰顶，说不定那里更危险。但是等了多少时间，费了多少辛苦才爬到这里，只差区区最后几尺就此回头，实在心有不甘。想着想着，我把心一横，用很快的速度沿着一裂沟边直扑向顶峰。突然，我的右脚陷入软泥石中，摔了一跤。我的双手触到地面,好烫。我赶忙爬起来,才发现这里有许多地方都是松软的会陷入的松泥石。我不敢再大意,强忍着硫磺烟,放慢了速度。突然,一阵强风扑来,我眼前一亮,好舒服的空气,但是我的草帽却像断线风筝一样地飘下万丈深谷。我还答应我走时送给黄桶的哩。草帽消失后我往上一看,峰巅就在数米之上,我迎着强风慢慢爬上去,向右一探,吓了一跳,原来刚才我爬上来的正是万丈绝壁的边缘。

这个火山只有半边火山口,另一半完全塌陷形成一个向山壁内凹的半碗形,岩浆从坑底经缺口泻下山脚,形成一块数平方公里赤黑色的凝岩,非常壮观。而火山口的绝壁上结着一大块一大块深黄、淡黄、白色、褐色的硫磺片,四处冒着一股一股的白烟,令人有到了地狱的感觉。

我坐在小如凳子的尖峰上欣赏着秃鹰、苍鹰利用火山的热空气盘旋上升至好高好高。再眺望四周,马那瓜湖尽在眼底,河流反射着银色的光芒,弯弯曲曲地划过枯黄的大地。北面的几座火山,如黑火山、墓穴火山、黑背火山等火山口清晰地陈列在较低处,我真的会相信,要是顶尖高尔夫选手吕良焕或谢敏男从这尖峰上挥竿,利用顺风可以一竿进洞地把球击入那边火山口。

坐在尖峰上,我想起了那些以前常在一起登台湾高山的好友。

孤坐着的我思潮如涌,几乎忘了拍照。举着照相机小心翼翼地从各角度拍照后我就开始下山,过了冒烟带就看见大黄小黄在火山帽下方坐着痴痴地往上看。他们一看到我就对我摇摇手,表示无法上来了。真可惜,只差二百米不到就是顶峰了。

要下火山比上火山更难,尤其是我用跑步上来的那一段,我试了好几次都差点掉下去,后来我干脆用滑,就像滑雪那样站着与斜坡互成直角地滑下去,要不了几分钟我就安全地滑到小黄的位置。他们看我这样滑下来,看得心惊胆战。下一段也不好走,尤其我们都累了,时时摔得四脚朝天。

回程因大家都累了，由将军在前引路，结果路引错了，把我们引到绝谷里去。

这个绝谷闷热无比，没有树阴，没有风，而我们的食水早就空了，大家热得头发昏，渴得口发苦，饿得无气力，累得脚软。在这种上下不得的绝谷里，真叫人泄气极了。幸而我和老林左冲右闯在乱林中打开一条草缝，把大家引下山来。下山后，已经没有一个人能开口说话了。就在这时候，发生了最气人的事——将军丢了。

我们在那炙阳下等了一个多小时，他才从高草中钻出来，面如猪肝，眼光呆滞，他的左裤管整个爆开来，露出可以用来做投降旗子的白内裤……

他在回程的车上一句话也讲不出来。直到我塞了一个小小的礼包到他的口袋，他才勉强挤出一刹那的浅笑。

将军不易当，我们仍送他回去当他的班长。分手时，大黄说："将军，明年此时再来一次如何？"

将军摸摸他的破裤口说："他妈的，我可不愿三个女人变成寡妇！"

但当他的手触到"礼包"时，眼睛倏然一亮："为什么不呢？明年要吃饭的孩子将增加到十八个哩！"

他咧嘴一笑，脸上的横肉在汗水中浮了上来……

自然摄影

火山登顶

尼加拉瓜采风录

尼加拉瓜人

尼加拉瓜的人口组成相当复杂,几乎任何人种都有——印第安人、黑人、白人(以西班牙人居多)、黄种人……但最多的还是西班牙人与印第安人混血的后裔。这种混血族裔在十五至二十岁时,男人都英俊,女人都标致。可是过了这阶段,他们就老得很快了,而且十有八九变成胖子。

自古以来,一般的尼加拉瓜人就过着平静而贫穷的日子,但这无损于他们的快乐。他们不嫉妒、不自卑,只是认为他们发财的运气还没到罢了!他们说:"我们一点也不穷,只是钱少一点。"

一杯劣酒,可以使尼人高歌终夜,随便一个简单的家宴,可以使宾客热舞至天明。他们有个笑话说:"一杯酒可以使哑巴开口说话,一瓶酒可以使哑巴唱歌。"

"每次喝醉时,"一位年轻时曾浪迹天涯的老人说,"我都觉得自己——套句你们中国老话——腰缠万贯。"

只要几个尼加拉瓜人聚在一起,话匣子一开,就难再叫他们关闭。每个黄昏之后,都可以在许多院子里看见成群高谈阔论的人,他们总要谈到夜深才会散去,反正在尼加拉瓜是没有人早起的。

尼国人认为爱情就是他们的生命,为了得到爱,他们可以省下吃饭钱来买礼物送给女朋友,年轻人最大的家当就是一两套用来会女朋友穿的漂亮衣服。我有一位工人,他每天晚上都打扮得油头粉面的去约会,谁也想不到他是一个没有内裤、家徒三壁的穷小子(另一边的墙壁倒塌了)。

年轻男士常在半夜里到女朋友家的窗前去唱情歌,公然求爱对他们来说是天经地义，无需觉得不好意思。他告诉你他要去找女人，就像告诉你他要去打一场网球一般自然。他们虽笃信天主教，但对性的观念又相当开放，尤其是年轻的一代，他们常说："我们为什么不用最快乐的方式在一起？"

据估计，尼国男女的比例约在一比三至四之间，因此男人变得宝贵，不负责任。他们这里与人同居，那边与人私姘。有时同居人怀了孕，男的就拍拍屁股逃之夭夭，这个被抛弃的女人不得不赶快另起炉灶再找其他男人，不然生活就会陷入绝境。过一两年，这个新的男人又跑了，她又得另寻对象。男人不断地来去，而她的子女越来越多，遂造成尼加拉瓜低层社会为母性社会。

有一次在树荫下我随口问白牛农场替我扫房间的妇人的两个读小学的儿子说：

"哪一个是你们的父亲，我怎没见过？"

"父亲？我们有很多父亲。"哥哥说，"在日出牧场当驯马师的是我大姐的父亲，在糖厂当警卫的是我二姐的父亲，我三姐的父亲不知去向，四姐的父亲当采棉花工人，我的父亲跑到哥斯达黎加去了，我弟弟的父亲是罗林的司机。"

我叹了一口气，"你们到底有多少兄弟姊妹？"我问。

"十五个。十一个女的，四个男的。"弟弟开口说。

这时候，他们的母亲正好从旁边走过，我问她："莉斯白，你几岁生下第一胎？"

"十三岁半！"她的胖脸上展开了笑容。

我吐吐舌头！难怪尼加拉瓜人听说我三十岁还不曾结婚，都说我——盖仙[1]。

"你有过多少个男人？"

---

[1] 盖仙，台湾方言词，意指爱吹牛皮的人。

"比一打多一个，哈哈！"莉斯白大笑说。

由于这种女多男少的情形，性关系变得相当随便。我到尼加拉瓜不久后，有尼国朋友找我去玩女人，我拒绝，我说我从来不玩女人。

"徐，你要不是身体有毛病，就是你说谎。""哪有男人不玩女人？"他们又惊奇又怀疑地注视着我说："你是神父还是圣人？"

自那次以后，我学乖了。要是首都的朋友找我去玩女人，我就说我在白牛牧场玩厌了，如果白牛牧场的朋友找我去，我就说在首都玩腻了，他们都会投来会心又带一点钦佩的目光。

在白牛牧场的一个傍晚，一位妇人带着一个年轻的女人来找我，妇人先开口说话：

"徐先生，您能帮我女儿吗？"她指着年轻的女人说。

"有什么事？"我感到奇怪。

"请您帮她生一个中国娃娃。"妇人一本正经地说。年轻女人投来热切的眼光。

"什么？"我吓了一大跳，不敢相信自己听到的。

"你们中国人比较聪明，而且手脚上没有长毛，比我们这里的女孩子都要好看！"妇人解释。"而且，我的女儿只生过两个孩子，还很新鲜。"

"你要我当公鸡？"我突然情不自禁地冒出这句话。

母女二人都笑起来了。

"您只要帮忙一下就好了嘛！"当我拒绝时，老妇人几乎是恳求着说。

"我以后替你介绍一个身体很棒、长得很好看的中国人好了！就是上次与我一道来白牛牧场的那位，他是猪的人工授精专家。"我讲完又禁不住地哈哈笑了起来。

后来我跟我的同事开玩笑说，我们农技团猪的人工授精专家可以以人为对象，弄得大家啼笑半天。

结婚这个名词对拉丁美洲的穷苦女人来说比天堂更遥远，她们直到老年，还常梦想着有一天，与她同居的男人会带她去教堂正式结成夫妻。

"你们中国的妇女，是世界上最幸福的妇女。"她们总是这样无限羡慕地说，"白头偕老，永远不必担心他明天就一去不回头。"

经常冒烟的国家

尼加拉瓜为中美洲第一大国，是典型的热带地区。它地广人稀，人口只有五百多万，面积却有台湾的四倍，好多地区仍为未开发的蛮荒之地，有火山，有雨林，有热带丛林，有莽原，有沼泽，有大河，还有两大湖——尼加拉瓜湖和马那瓜湖，其面积几为台湾之半。

尼国共有16座活火山纵贯南北全境，这些火山还经常冒着烟，除了为尼国带来震灾，也带来几分神秘。地震一般都发生在雨季过后不久，总在12月里发生，马那瓜两次大地震就发生在12月底。两次都把整个马那瓜城毁了，特别是第二次，全城尽成废墟，死了一万七千多人，所以每年到了12月，许多尼国人都会变得有点神经质。

火山同时带来沃土和丰富的水源，马那瓜的自来水就是完全来自一个火山口形成的深湖。湖水澄清，冷冽又甘美，也取之不尽。火山也为尼国增添了无限壮丽的景色，像介于马那瓜与马萨亚城间的圣地亚哥火山，筑有道路，吉普车可直达火山边缘，游客可登临此地欣赏火山的壮丽、惊险，那火红滚动的岩浆，也常为游客带来难以忘怀的经验。

由于雨量丰富，尼国除了两大湖外，东半部纵横着无数的河流，因为地势平坦，水流深缓，可以行舟，其中有七大河可以行驶百吨，甚至千吨的船只。这些河流渔产极丰富，可惜的是尼国人民不喜欢食鱼，只有找不到其他食物的人才会捕鱼充饥。我有一次在尼加拉瓜东北边苏慕萨总统的牧场度假，一天在湖边野餐时，想烧椰汁鱼，就打算等到椰汁下了锅才下钩钓鱼。结果椰汁未开，我就钓起两条超过一斤的吴郭鱼，其中一条还是尾巴被钩住而钓上来的。尼加拉瓜湖出产的淡水公牛鲨和大锯鱼也闻名于世，此外，重达一百多磅的鳕鱼也吸引很多远道而来的美国钓翁。八、九月时，各大河里常有一种长一两米，重几十磅，名叫加斯巴的大鱼在水面产卵受精，这时当地人常常驾着小舟，以长刀砍鱼，将所获之鱼喂猪。

尼加拉瓜的棉花、咖啡、牛肉是他们最重要的外销品，此外，它也出产金子。20世纪四五十年代时，开矿的矿工几乎都是中国人，现在尼国比较有钱的华侨大部分就是从前秀楠矿区的矿工，他们一直工作到积蓄了一点钱之后，才到各城市做小生意，而后做成大生意。与尼国的老华侨谈起他们的奋斗史，往往是一篇上佳的传奇小说，现在他们辛苦创立的事业，又因为内乱而付之一炬，这就是大部分海外中国人最常遭遇，也最痛心疾首的事。

公共汽车

尼加拉瓜的公共汽车样式的千奇百怪正如她的人种一样复杂，除了大、中、小型巴士客车外，还有许许多多用中、小型货车改装的，即在货车台上两边加上木板座位，上面加木板顶，外面漆得花花绿绿而成。也有用旧的面包车去改装的，还有用大型吉普车改装的，但无论它是什么形状，它们都有一个共同的特点——不舒服。

就拿巴士型客车来说吧，在台湾公路局的客车一边只乘坐二人，但此地就得挤上三人，因此其中一人只能浅坐，更不用说靠背。而当旅客多时，司机还会在中间走道上架一块横木板，以便多挤一两个旅客，因此一排座位挤上七八个人是常事，而且前排与后一排座位距离又这样窄，两个膝盖总是紧紧地顶着前座椅背，毫无回旋余地，旅客就像古时的罪犯一样牢牢地卡在囚车上。更可叹的是，这一排七八个旅客中又往往有五六个是尼加拉瓜最常见的人——胖子。巴士型如此，其他改装的客运车就更可想而知了。

乡下的汽车经常满载，而长途车没有站立的乘客，所有的行李都放在车顶上面的货架也是特色之一，但最大的特色该是车掌[1]先生——还未曾有过车掌小姐。

车掌先生通常都是二十岁左右的小伙子，他站在车门口，一只手紧抓着门边把手，然后整个身子探到外面，在那疾行的车上大声喊叫目的地的地名，并用一只手向路边的人做着问讯的手势。如果有路人招呼，他就一边大声叫着"有旅客！"，一边就很灵巧地从仍在很快行驶的车上跳下来，跑着去帮旅客提行李，口中直叫着"快哟！快哟！"。这时，在前方才煞住的车也赶忙倒车回来。旅客上了车，车掌也扛着行李上了车顶，车子很快又开动了，整个过程要不了几秒钟。

当车行正疾时，常常地，车门外会突然悬下两条长腿，那是车掌先生由车顶大胆而有技巧地翻身入车内。他一进入车内就好像空中飞人回到地面一样，带着得意的微笑看看旅客，好像在等候观众报以掌声。而经常地，他又这样忽然地从门口消失，爬到车顶上检视行李是否妥当。整个旅程上他都这样上上下下地表演他的特技，他不但要替旅客搬运行李，扶老弱妇孺上下车，为旅客找或铺座位，还有一个任务——缴过路费。

在尼加拉瓜，只要有车子，有驾照，缴过行驶路线的营业税就可以营运，但是在进入任何一个市镇时都得向路边的警察哨站缴纳过路费。所以车子一接近哨站并减速时，车掌就迅速地跳下向哨站冲过去。因为这些客运车有点像台湾的"野鸡车"，都在争取时间抢载途中的旅客，因此常常为了争取时间，车掌刚缴完钱才回头，车子已经开动了。这时候车掌要快跑追赶车子，同时要配合着车速很巧妙地跳上车。往往他上车时，车子已经开得很快了，这情形就像接力赛跑接棒的情形。经常车掌一面追着车子一面大声地叫着："快哟！男人，

---

[1] 车掌，客运车的随车服务员。

我们走吧！"这时旅客都会很注意地看他，好像在欣赏一场惊险的表演。但有一次在里昂路上，一位车掌因为司机把车子开得太快没有赶上车而丢失了。还有一次是车掌快要追上车子时，绊了一跤，跌了个狗吃屎，不但受到旅客笑话，还被司机骂了一顿，最糟的是他断了门牙又不敢吭气。

客运车没有固定的站，在任何地点都可以上下车，因此，经常可以听到旅客大声地叫着，例如：

"在四十五公里过一点的三株椰子树那里下车！"

"老河桥过去第二个岔路口下车！"

"白牛牧场过后我叫停的地方下车！"

有一次在近波阿哥镇时，一位坐在中间座的中年妇人向司机说："请在坟场最后那个墓那里停车！"

"是你家前面吗？"司机开玩笑地问。

"是我丈夫的家！"妇女正经地答。

旅客被她的回答吓了一跳，然后才知道她是寡妇，丈夫安眠在那里。

"太太，对不起！"司机赶忙道歉，还画着十字。

在下车时常有许多趣事发生。有一次，客满了，一个坐在最后面的年轻人要在中途下车，如果从车门下车势必会打扰所有坐在走道横木板条上的旅客，而且最糟的是会耽搁很多时间。这时候司机开口了："年轻人，你会打棒球吗？"

在尼加拉瓜，棒球是最流行的运动，一个年轻人不会打棒球就像台湾年轻人没有上过学一样稀罕，一样觉得脸上无光。

"当然会！我是游击手，并且是第三棒！"年轻人骄傲地大声说。

"那么，第三棒，盗垒，从窗口盗上马路！"司机像教练那样下令。

那年轻人毫不犹豫地从窗口跳到马路上，一副盗垒成功的神情，尽管他在跳窗时头撞到框，脑门上肿了一个大包。

后来这种情形又发生，司机想如法炮制。

"会打棒球吗？"司机大声问。

"不会！"年轻人嬉皮笑脸地答，显然这个学乖了。

"会骑马吗？"

"不会！"

"会跳每个年轻人都喜欢的功夫舞吗？"

"不会！"

"他妈的！"司机大吼一声，"就像在你女友房间被她老子发现那样，从窗子跳出去！不然就把你扣留到终点站。"

那年轻人赶忙从窗子爬出去。

在客运车必停的地方，像哨所、中途休息站或旅客上下多的路口、终点站，甚至红绿灯路口，总有一大群比乘客还多的小贩捧着、顶着、举着、抓着各种点心食物，像苍蝇一般向客车飞拥而来，十之八九是老妇人、小孩子。他们褴褛的衣裳大大地减低了旅客的购买欲，有时车上没有一位旅客购买，也不知他们如何赚钱过日，看到叫人一阵心酸。

尼加拉瓜的客运车大部分都很陈旧，黑烟像工厂的烟囱，没有门窗，喇叭不响全身响，都不足惊奇，但最好不要搭上那种要旅客推车才会发动的客运车。不过，你永远也不会听到那些推车的旅客口出怨言，他们一面推，一面有说有笑。

总而言之，尼加拉瓜的客运车正如这个国家，虽然不舒服却蛮有趣味，虽然陋旧，最后还是差不多依时到站。

喷火之舞

我第一次参加尼加拉瓜人的舞会时，几乎窘惨了。我的舞伴是一个年轻貌美、体格丰满的女郎，当音乐开始，她邀我一起跳，我就一板一眼地跳舞，但我老发觉她用一种奇怪的眼光看着我，然后她轻轻问我:"您讨厌我吗?"

那时我刚到尼加拉瓜不久,我根本听不懂西班牙语,于是把朋友拉来替我翻译。

"不,你很可爱!"我用英文告诉翻译。

"那么您跳舞时为什么这样把我推得远远地跳?"她问。

"不然要怎样跳?"我有点紧张地问。我以为跳错了,或者舞步与她合不来。

"您看看其他人的手和身体和您的不一样。"她轻声说。

翻译的家伙自作主张地接着说:"你要抱紧她,不然她认为你不喜欢她!"

我的天!他们是怎样跳慢舞你知道吗?女孩子两只手搂着男的颈,脸孔互相贴着,男的两只手则抱着女孩子的腰,两个人全身都紧贴在一起,比三贴舞还多一贴,故我戏称它为"体贴舞"。也难怪常有人一首音乐都奏完了,他的脚还不曾移动一下。

最好玩的一次是我和白牛牧场的场主罗林去参加一个大地主的舞会,正当耳酣脸热之际,突然电灯失明,场内一片漆黑。主人立刻着人去修。约过了三分钟后,黑暗中传来主人幽默的言词:"各位贵宾,请准备一下,灯光就要在我倒数至零的时候恢复。十、九、八……"

另外他们也有快的舞,像恰恰恰、共比雅等,他们尤喜共比雅,当这种节奏明快的乐声一响,不管男女老幼都自个儿跳起来。这时候我最爱看胖男女跳了,他们一手捧肚,一手弯曲,小臂直竖在侧胸上,大肚与大臀随着节拍摆动,有一种特别而说不出的美感。

谜样地址

尼加拉瓜的城市街道大部分都没有名字。也许起先有,但人们不用，以致后来就被人淡忘了，因此给朋友留地址要靠聪明才智，按址找朋友要有推断能力。有一次，一位朋友留了住址给我，要我去找他，他的住址是这样写：

"格兰纳达城，医院前朝大湖方向的马路往前走，到了第四个十字路口，往右转，左边第一个巷子进去，约六十英尺的右手边的房子。"

于是在一个假日早晨我去拜访他，我搭车由首都到格城。下了车，问了路人，先找到了医院，在医院前按着说明一看，医院前赫然有两条向着湖的马路，我不知该选哪一条，因为两条路口离医院门口距离都一样。既然"坐在上帝右边的好像比较大"，我就选了右边的马路。走到第四个十字路口，一看，正是我刚才下车的地方。真气人！天气这样热，又多走了一趟冤枉路！找到左边第一巷，然后用脚步来量六十英尺的地方，正好看到一个妇人坐在摇椅上，我把地址给她看，她说应该再往前走五家才是六十英尺。我走到那一家，敲了门，一个小姐来应门，她看了地址后，认为我走过头了，还要退回去五六家。我退了回去，告诉摇椅上的妇人这一回事。妇人叫我试试前面几家。就这样退退进进地问路，最后有一个年轻人要我到医院前另一条路去试试看，我只好又冒着大太阳走到另一个十字路口。重新开始右转左边第一个巷子，前进六十英尺。正有两个中学生在六十英尺的前门打陀螺，我把地址给他们看，他们又把我支来使去地进进退退一番，最后他们要我回到刚才我找过的那个巷子再试试。就在我们高声说来问去的时候，我的朋友在门口出现了。令人生气的是那个学生还是他弟弟，气人不？哥哥写的自家住址，弟弟也不知。也许你会问，既然他们是兄弟，多少在脸型上看得出来，但对不起，他们是同母异父，这在尼加拉瓜是非常平常的事。

国花国鸟

有一次,几个朋友由海滨玩水回来,顺道来看我。其中有一个女孩子罗莎,在路上采了一束花送我。

"徐,这是尼加拉瓜的国花,代表我们的真心友谊。"她递给我时说。

那是一束缅栀子,俗名叫鸡蛋花,有白色的、蛋黄色的和淡紫色的。

罗莎和我是知己一样的朋友,我们常会互相开玩笑,因此我就借此幽她一默。

"罗莎,你说花代表真心的友谊,可是你可注意到此花没有心(花蕊)?"我说。

"真的?!"她说。

立刻几个朋友都抢上来看花。

"哟!真的是没有心。"他们叫了起来,"老天!我们的国花是没有心的花。"

"不过它的确又香又美。"我安慰他们说。

"有什么用,它不会结子。"罗莎说。

"这不是很安全吗?罗莎。"男孩子阿多佛幽默地说。

顿时一阵哄堂大笑。

"尼加拉瓜的国鸟才绝呢!"我说。

"你说喇叭鸟?"阿都鲁说。

"是啊!"我说,"就是那全身漆黑,叫声刺耳,专门危害农作物的。"

"这样说来我们的国鸟是害鸟啰。"罗莎说。

"难说!"我答道,"从人类经济利益来说可能是害鸟,但从大自然角度看,根本无所谓益鸟害鸟。"

"不过我觉得奇怪,尼加拉瓜有的是美丽的鸟,像悬扇鸟、蓝鹊、朱黄鹂、蜂鸟,为什么偏偏选上黑色的喇叭鸟?"我说。

"这就是尼加拉瓜伟大的地方。"一直没有开口的弗兰西斯哥突然说,"就是说,我们这里是真正生而平等,不重肤色。而且这种鸟多,也表示尼加拉瓜粮食丰富,不在乎它吃。"

每个尼加拉瓜人都是盖仙,由此可见一斑。

警察

尼加拉瓜的警察实际上都是军人,他们挂的是军阶,只有裤管两边多了长边,好像体育裤子上的一样。这些军人都是招募来的,一般水准都不高,甚至有不识字的。他们告发车辆违规时,从不真的告发,只是向违规者要一点小钱而已。此事我本来不知道,直到我违规为止。

圣诞节前不久有一次我闯入了单行道,发现情形不对赶快要掉转车头时,一个警察得意万分地走过来,好像他的陷阱抓到野兽一般。

"请把驾驶执照给我,你违规了,先生。"他笑着说。

我把执照递给他。

他看了一会儿,掏出一张印好的纸,假装要写。

他一面装着要写,一面又看看我。他看我毫无反应,就在纸上抄我的驾照。

"你可以现在就缴罚款。"他又停下来抬头对我说。

"对不起,我没有带钱。"我说。

他又低下头去写,写不到一个字,他猛然抬头,一脸怒气,吓我一跳。

"他妈的!"他大声说,"你连给我喝汽水的十块钱也没有吗?"

"我只有美金,没有尼加拉瓜币。"我解释说。

"我替你去换好了!拿来!"他向我伸手。

我只好拿了十块钱美金给他。他走入对面店里,一会儿走出来,交给我六十块尼币,另外十块尼币他收了。

他回头走开时,随手把刚才抄的纸单撕下丢掉。我顺手把它捡起来,看看他写的,上面赫然歪歪地写着:圣诞快乐。他大概只会写这几个字,我想。

后来我就把这事告诉我的尼加拉瓜朋友。他们说:"五块钱就够了,当他向你要执照时,你付他五块钱就了事了。"

"有一次最妙了。"我的朋友西蒙说,"我从侧道上要上主道时超车转弯,被抓了,我付了十块钱,那个警察立刻把主道上两边来往的车子都挡下来,让我从侧道上大大方方地走上主道。"

这使我想起哥斯达黎加首都的警察,他们难得携枪,通常只带一支螺丝起子,这完全是为了对付违规停车,他们通常就用这起子把车牌卸下来,留一张单子,叫你到那里去缴罚款,领回牌照。

斗鸡

斗鸡在尼加拉瓜是相当重要的娱乐之一,特别在乡下,是假日不可少的节目。

斗鸡场在亭房里,四周较高的是观众席,中间约有七八坪[1]椭圆形空地,是战场。很少有纯观众,去看的人就是去赌的人。如果自己带着鸡去就不必买门票,不然每张票约为二十五台币。

鸡主们在角落互相挑战,挑上了就谈条件,例如鸡脚绑一英寸的或二英寸的刀子,赌金多少等。当一切都谈好了,鸡主就捧着各自的鸡给观众过目,好让观众决定给哪一只鸡下注。鸡场里的人员于是开

---

[1] 土地或房屋面积单位,1坪约3.3平方米,用于台湾地区。

始大声催观众下赌注。一切都妥当之后,裁判把两个捧着鸡的鸡主叫到中间,先让鸡靠近互啄几下,以激怒彼此,然后把脚上的刀鞘退出,露出绑在脚距上弯月般的利刀。开始时,两只鸡各放在两端的白线上,当裁判一声令下,双方同时松手,两只鸡立刻就相互冲杀在一起,用刀踢,用翅打,用嘴啄,一直打到其中一只死去为止。这时候观众各自为自己下注的鸡大叫大喊,胜负一分立刻鼓掌的鼓掌,叹息的叹息。

白牛牧场的场主罗林很喜欢斗鸡,常常要我陪他去,但他总是输得很惨。后来罗林自己亲自调教了六只斗鸡要去翻本,他找我一起去,正好我感冒不能陪他前往,他兴冲冲地走了。到了傍晚,我听到罗林在厨房怒气冲冲地大声说:

"阿曼姐,把这六只鸡给我煮得烂烂的!"

节庆日的节目

尼国除了星期六、星期日不上班外,还有许许多多节日,其中重要的有圣诞节、新年,复活节,8月1日、10日的圣周迎神节,9月14日的独立纪念日,10月12日的团圆节。在这些日子里,他们有各种庆祝节目,诸如骑牛、马舞、花车及化装游行。

骑牛表演是在一个类似小型斗牛场的地方举行,场四周的两面有看台,两面是用栅栏围着,看台是卖票的,而栅栏外观看则无需买票。每有节目,观众都挤得水泄不通。当号角高鸣后,一个栅门突然开启,一条生龙活虎的猛牛就冲入场来。这时,场子里有几个持红巾的牛仔兜着牛奔冲,一阵子后,牛通常就安静下来。这时候几个骑着马、手握套绳的牛仔出场,大家先后挥绳由各角度将牛套住,并把牛拖拉到角落,将牛紧紧地缚在预设的柱子上,这样总要半个小时以上才能使牛头靠着柱子不能动弹,然后在靠近前肩的躯干上围绑一条粗绳，作骑牛者双手着力免被抛摔之用。牛缚紧后，一阵号角高鸣，一位骑士打扮的年轻人出场，全场立刻爆起一阵掌声。他轻巧地跳到牛背上，两只手紧紧地抓住粗绳。这时号角停了，全场鸦雀无声。骑牛者一点头，旁边的牛仔立即松开绑在柱子上的绳子，牛立刻脱缰而出，乱奔乱跳，见人就撞。这时候，骑在牛背上就全靠技术以维持不坠，如果牛跳得凶，而骑者不坠，那骑者就会得到极大的喝彩及奖品。骑牛结束后乐声大作，此时，另一个骑士骑着一匹全身挂着鲜艳彩带的骏马出场。这匹骏马在场中央随着音乐的节奏就跳起舞来，马脚举得高高的、弯弯的，停一下才踩下来，如此四肢交互地举上踩下，马头也随着节奏深点着，美妙极了。那阵子流行的马舞大概就仿此吧！一曲过后，下一头牛也要出场了。在这一连串的节目中最精彩的莫过于猛牛冲出场外。七月底在波阿哥镇（Boaco）的骑牛会上，一条牛冲断栏杆跑到场外追逐"没有票的观众"，一时喧声震天，人群像潮水一样逃开，然后十几个骑马的牛仔在牛后追逐，并纷纷使出百步套牛的看家本领。九月一日在马那瓜有一条大黑牛把骑士抛出几米外，又将两个人撞昏之后从两米高的栅栏跳出去逃之夭夭，直到那天散场还没有抓回。

　　节庆日的游行是热闹的高潮，因为每个人都是主角，花花绿绿的花车上坐满了花枝招展的小姐，一半的人骑着打扮得漂漂亮亮的骏马参加游行，还有的化装成原始的印第安人。不管是骑马的、走路的，整条街都随着花车上播出的舞曲跳起舞来，大街顿时好像变成一条狂奔的河流。

圣卡罗的回忆

尼加拉瓜

　　1999年5月下旬,我千里迢迢从台湾飞往中美洲,历经17个小时的飞行到达巴拿马,再飞两个半小时到尼加拉瓜。

　　这趟旅行对我个人意义相当特别,1974—1976年间我曾在尼加拉瓜担任农业技术团技师。由于工作的关系以及我爱探险的个性,我的足迹几乎踏遍尼加拉瓜各个角落,结交了许许多多朋友,从名门贵族到船夫猎户,从部长到游击队员,我曾将这些青春少壮的经历记录在我的探险集《月落蛮荒》中。在我离开后的23年间,尼加拉瓜历经了多年的内战、飓风水患……

　　我不知道我的朋友们是否无恙?我深爱的蛮荒丛林是否依然?而我年已半百,两鬓渐现霜白,体力能否如少壮足以深入蛮荒?我身上对丛林黄热病的抗体许久以前就消失了。这次和我前来的是太鲁阁自然保护区解说课课长游登良,我想,这趟进入蛮荒雨林的经验必能对他从事自然保护的工作大有帮助。

难兄难弟异乡重聚

　　飞机在夕阳斜晖中开始降低高度,我从机窗望见了苍茫中的尼加拉瓜大湖,我开始变得有些忐忑不安。这个约台湾四分之一大的淡水湖,湖中的许多小岛以及沿湖的许多小村,曾留下很多我年轻时的足迹……

　　转眸之间,我瞥见了马沙雅火山喷出的白烟柱在暮色中热情地跟我招手。是的,尼加拉瓜首都马那瓜到了!我回来了。

　　入境时,我开始担心要如何让海关了解我们所携带的摄影器材、录音器材以及近两百卷的底片，完全是为了采访用而非商业。我正发愁时，瞧见了同班同学邱倚星已在入境关口内接我。

小邱是我在屏东农专的同班同学，也是当时的室友，后来我们又在驻尼加拉瓜农技团并肩工作。工作结束后我回台湾，他留在尼加拉瓜经营大农场，因逢战乱而改做贸易。现在他的贸易公司在中南美八个国家都设有分公司，总公司在台湾，但他大半时间留在尼加拉瓜及美国。

23年前小邱和我在尼加拉瓜分手后，走上不同的途径，现在他已是富甲一方，往来多是权贵、资本家及企业家，出入尼国总统府有如走"灶下"。而我，也是富甲一方，内心富足，往来尽是野生动物植物，出入山野林莽有如"回家"。

记得1974年，同样是5月底黄昏，我初抵尼加拉瓜，小邱和一群农技团的同事来接我，现在隔了二十几年重回尼加拉瓜，来接我的仍是小邱。我们是这辈子的难兄难弟！

别样的旅程

我们背着沉重的摄影与录音器材，穿过拥挤闷热又有汗臭味的马那瓜国内机场候机楼，准备搭乘小飞机到尼加拉瓜湖对岸的圣卡罗去，那里是我们此趟圣幻河热带雨林之旅的起点与终点。

登机前，乘客都要带着随身行李过磅，以计算飞机能否负荷。听一位来自圣卡罗的旅客说，那是因为小飞机太老旧了。我看见几位乘客脸现忧愁，而且有一些犹豫，但我毫不考虑就站上磅秤。如果我也像他们这样忧东忧西，就不会千里迢迢来到这里了。

小飞机真的够老旧，刚刚滑行就杂音四起。当滑过几架庞大的俄制战斗直升机时，我突然有点担心起来。我担心的是这架小飞机会不会是俄制的？会不会像那些直升机一样，因为缺少零件而飞不起来？

或者零件是用坏飞机上拆下来的替代品硬拼上去的？

正胡思乱想着，小飞机竟在几番摇摇摆摆中脱地飞起。机上坐满了11位客人，而且大多是肥胖的生意人，难怪搭机前要过磅了。

记得23年前我在尼加拉瓜工作时，每次要到圣卡罗去，都得搭火轮从格兰纳达夜航，航行十几个小时横渡大湖，现在乘坐飞机一个小时就开始下降了。

还记得我们这群小孩吗

小飞机在碎石子跑道的尽头煞住，扬起一阵灰尘，有乘客互相击掌欢庆平安，有的则画着十字感谢上帝，好像这样的平顺下降不是常有的情况。我回头看看飞机跑道，只看到前面一段，远方的一段因为路面倾斜，以致看不到了，不禁抽了一口凉气。我还来不及庆幸，接我们的人已经到了，一位颇年轻时髦的男士迎了上来，还夹着一股古龙水的味道。

同伴小邱立刻上前去打招呼，并侧身要为我介绍，但这位男士却向前一跨步抓住我的手，笑着说："师父，还记得我们这群圣卡罗的小孩吗？"

"师父"，二十几年前许多尼加拉瓜的少年都是这样称呼我的。他这一声呼唤，让我一下子跌入当年在圣卡罗旅行时的情景——在教堂前的广场上，一群少年与儿童跟着我学"功夫"、玩游戏。

现在眼前的这位男士，正是当年跟着我在圣卡罗街道上闲逛的顽童之一。很高兴他仍然认得我，表示我的相貌或身材并没有很大的改变。不过这位顽童的改变就多了，不但长得英俊，并且贵为圣卡罗的县长，他的名字叫西尔比欧。

乘坐县长的吉普车走在起伏的街道上，我发现圣卡罗的房舍、街景、老教堂都是老样子，只是居民及建筑物的数目比以前多了，几条主要街道也都铺上了水泥砖。

其实,圣卡罗在近几百年以来始终都没有多大的改变,因为它位于尼加拉瓜湖与圣幻河、冷河的交会口,湖水流入加勒比海的唯一出口即是圣幻河,所以圣卡罗从西班牙殖民时代开始就是军事要冲,岸边高地筑有要塞炮台,藉以防备在加勒比海肆虐的海盗船溯圣幻河进入湖区劫掠。

来到县长的办公室,我和西尔比欧聊起圣卡罗的变化以及我认识的几个老朋友,才知道他们大多在战乱中或死或失踪。像跛子罗兰多以及大嘴米盖,我们曾一起去魔鬼山探险。西尔比欧说,罗兰多在战争中不知去了哪里,没有人再见过他;而米盖则加入了游击队,在进攻省城时阵亡了……

我的脑海突然闪过当时在这小镇认识的小姑娘——鲁思玛琳娜,我就问起她的下落。县长的秘书说,圣卡罗有好多鲁思玛琳娜,除非知道她的姓氏。但我只见过她两次,一次在圣卡罗,一次在格兰纳达的码头,根本不知道她姓什么。

"除非有更详细一点的资料!否则只有把镇上所有名叫鲁思玛琳娜的人都集合起来,让你来认了。"秘书半认真半开玩笑地说。

"她现在大概近四十岁了,"我想了一下说,"后来去格兰纳达念高中!"

西尔比欧突然站起来说:"跟我来,我大概知道哪一个了!能去格兰纳达念高中的女孩子不多。"

我们又坐上了吉普车,车子在一条靠近湖边的街道上停下。西尔比欧下车后径自推开一道木门进入街边的一户人家,随即听见他说:"还记得中国人——徐吗?"

"记得啊!"一个妇人的声音回答道,"他不是死了吗?"

"啊!他会中国功夫,要死还不太容易呢!"西尔比欧一面笑着一面大声说,随即从门里走出来,我同时也下了车。

一位中年妇人随着西尔比欧从门内走了出来，她抬眼看了我一会说："哇！真的是你，Silencio，我以为你死了！"

23年不见，又音信全无，在一个战乱的国家通常总会被认为"死了"。对此，我毫不以为意，对于人世沧桑与生死无常，我已有看穿其表相的一点智慧。我为她仍然无恙感到庆幸，虽然岁月在她脸上诉说着光阴的旅程，也在她的言谈举止间展露了智慧与风度。鲁思玛琳娜——我记忆中镶有金齿的小姑娘，现在已经徐娘半老，而且是三个孩子的妈妈。

外孙女都可以嫁人了

重逢总是令人悲欢交加，当年一起照相留影的人泰半已不知所终，而照片上的笑容，却仍然如此依稀……抵达圣卡罗的前几日，我重访玛达加尔巴省的山中小村圣拉蒙（位于尼加拉瓜中部高地）。当年我曾在那山谷中工作了几个月，常常在黄昏时和当地的男女青年一起在教堂广场上弹吉他、唱歌、跳舞。每个周末的舞会、周日下午的排球比赛，我们中没有人会缺席。村中有一个巴拉朽家族是我最熟的，他的儿女常邀请我去山中的牧场度假。我要离开的那一天，他们全家请我吃晚饭为我饯行，餐后，巴拉朽妈妈当众开玩笑地说："Silencio你快去快回，回来的时候，你可以在我的三个女儿当中挑一个……我的女儿可都是远近有名的美女哟！"

后来，当我离开跨出大门时，突然门边闪出了她那十五岁的二女儿。在我耳边说："记住，你一定要挑我！"

如今我再度出现在巴拉朽妈妈眼前时，她叫了我的名字，泪水就跟着涌出来了。我抱着她，在她耳边说："我践约来挑你的女儿……"

"你现在才来！"她含着泪却笑了起来说："我女儿的女儿都可以嫁人了！"

巴拉朽妈妈有六个子女,有的在内战时逃离,有的在革命阵线建立政权后远走他乡。巴拉朽家的牧场也被政府没收公允,如今竟然没有一个子女留在她身边。

她幽幽地回忆着说:"当年你们像一群小鸟一样在教堂广场上嬉戏,而内战,就仿佛一颗炸弹落在鸟群中,'砰'的一声,死的死,逃的逃……"

由于这一次与巴拉朽妈妈的见面,知道圣卡罗曾经受过战争的洗礼,就可以理解为什么鲁思玛琳纳会以为我死了。由于我当天下午就要去圣幻河下游,没有多少时间和她叙旧,只能先约定在我回程经过圣卡罗时请她全家吃饭,随即我又跳上吉普车。西尔比欧安排了载我们去圣幻河的快艇,同时他还要带我们去看台湾援助圣卡罗的卫生计划,有净水厂、卫厕等。

下午三点钟,我们搭乘铝制的小快艇离开圣卡罗,顺着圣幻河飞驶东去。河上来往的船只比昔日多了,每天还行驶六个航次的客运长船,当年我来此旅行时,每天仅有一个航次的客货共享火轮。

河边大片的高大雨林消失了,现在是空荡荡的牧场,那五六十米高的立体大自然,以及里头栖息着的千万物种,现在全被毁灭了,变成平面、高不过一米的单调草场。只偶尔在紧靠河岸或小丘顶,能见到几株留下来让牛只遮阴的大树。它们高高地矗立着,那是这片热带雨林被埋葬的活墓碑。

有时,牧场上空会有一群秃鹰在上升的热气流中盘旋,这也是热带雨林消失后才会出现的景象。河边偶尔会有一个简单的木造码头,这是牧场的出入口。码头附近总会有几栋简陋的高脚屋。码头靠近岸边的树荫下,随时都有妇女浣衣,衣衫褴褛的孩子在树下玩耍,瘦小的村狗无意识地对着驶过的船只随意吠叫几声,它的吠声仿佛只是要证明自己依然活着,仍旧存在。

吃水不深的快艇以每小时五六十公里的高速前进,迎面的强风让我无法戴紧帽子，只得像阿拉伯人一般用头巾围束起来。快艇穿越绵绵的河浪，兴起频率甚高的震动，使皮肤有麻麻的感觉，特别是头皮与脸部。

离开圣卡罗愈远，牧场愈少，热带雨林也增加了。"开发"像是一颗炸弹，爆炸的中心成为都市，随着向外扩展，愈远的地方，爆炸的威力愈小，所以愈靠近圣卡罗的威力愈大，几至一树不留，而到了这距离圣卡罗约50公里的地方，威力变小，留下的树木比较多，大片雨林也逐渐地出现了。

鸟类也增加了，树上晾翅的鸬鹚群，好像乡间路旁冬日晒太阳的老太婆。被快艇惊起的大白鹭，挥动着大翅膀，口中"嘎嘎"地叫着，仿佛正骂着三字经。黑头斑翡翠从近船的树枝上匆匆振翅起飞，同时在身后投下一长串的白色粪弹。河流的上空有三三两两的绿色鹦鹉，它们急速地挥着短翅膀消失在雨林顶上，留下刺耳的嘈杂鸣声。

所有的恩怨都消失了

夕阳西下时，我们抵达了巴托罗河注入圣幻河的河口，那里有一处属于尼加拉瓜中美洲大学的雨林研究站，我们将在那里过夜。

雨林研究站的木造屋舍虽然相当简陋，却收拾得很干净，一座仿印第安人式的圆形大凉亭就是这里的活动中心，沿着亭缘的柱间张挂着吊床。

我躺坐在吊床上望着周遭的一切，感觉既陌生又熟悉。当年我来过这里，那时没有研究站，只有参天大树，当时我和跛子罗兰多、大嘴米盖就是从这里转入巴托罗河，溯河去魔鬼山探险。一转眼，23年过去了，我再临巴托罗河，当年同行的两个朋友已不在了……

圣幻河打研究站前流过，自西向东，离我不过三五十米，河面宽达400米左右，它是热带雨林的"高速公路"。近几百年来，独木舟、帆船、火轮、海盗船、战舰、快艇都驶过这里，但全部都是"船过水无痕"。这条河上发生过的所有恩怨，最后都消失了，就像从来不曾发生过一样。

我望着悠悠东去的圣幻河水,在日记本上写下了对它的感受:

宽广深沉
水流丰沛的圣幻河
无声地穿过高大茂密的热带雨林
如此寂静,令人难以置信
仿佛它没有流动
好像是冰川
又似梦里的江流
静谧得有如冬夜的银河
神秘,浩瀚
令人敬畏
只有偶尔浮在水面
漂向下游的凤眼莲
标示出水流的速度
这时我才警觉
圣幻河悄悄地赶着路

自然摄影
圣卡罗的回忆

自然摄影
圣幻河热带雨林

季风穿林

大希米山的山峰,

有如食肉兽的尖利牙齿,

从热带丛林中露出锋利的锯齿来。

山脚下,

我种的玉米和高粱正欣欣向荣。

蛮荒的呼唤

从尼加拉瓜的蛮荒回到台湾后，我无时无刻不感觉到蛮荒的呼唤，于是我毅然放弃了台湾的工作，决心投入菲律宾的热带丛林。敢于抛弃，也足见富有，就是这一小观点也能使我欣然离职他往，更何况我时常这样想：当你还能走时，为什么不多走些路？

在菲律宾民多罗岛上，我不但与当地人亲密地往来，也多次深入丛林，与隐居于丛林中的半原始人成了好朋友，像莽远族、巴答干族、伊拉亚族、阿兰干族、恼悍族……在那里，我经历了不少丛林生活，也听到了许多传奇的故事，更从原始人那里学到了许多比文明人更高级的人生观。

在菲岛将近两年中，我抽空到过民答那峨岛西南部，那里伊斯兰教徒正在闹革命而游击队时常出没；此外，我也到过闻名世界的海盗窝——苏禄群岛，去那里旅行。但不管是在北吕宋的山区，或战火下的苏禄，我都遇到了冒险犯难的华侨。这是令人非常感动的一件事，因为由此足见中国人原是非常富于冒险精神的民族，可是在台湾地区新生的一代，似乎失去了不少这种可贵的勇气。在中南美洲的旅途上，在菲律宾的小岛上，在印尼的山上，我常遇见一些近似浪人般的美国、日本及欧洲等国的年轻人，有男，也有女，他们背着背包，口袋里没有几块钱，但是他们竟然能够这样旅行了半个以上的地球。

有很多看过我书的年轻人来信表示羡慕我这种有点传奇的生活，但我所能给他们的建议仅仅是："想飞吗？那么就从现在起练习飞行，为了进入更广阔的世界，你该努力充实自己。唯有超越习飞痛苦的人，才能自由飞翔。日月常新，即刻行动，你永远来得及。"

丛林之王

　　一行一行长得整整齐齐而又欣欣向荣的高粱，遥遥地伸展到对面的山边，我站在这边小丘上，俯望这旱季枯黄大地中的一片嫩绿，脸上不期然地浮起欣慰的笑容。

　　我一来到这大希米山谷中的农场，立刻引起当地人的注意和兴趣，一则因为我是中国人，二则我一反当地农人不在旱季种植的传统。似乎每个农人都在等着瞧我失败，他们认为违反传统，就已注定了失败的命运。而我却满怀希望，只要农场成功，当地人会起而效法我以前任职尼加拉瓜农技团时在干旱地种植的新技术——选种所有农作物中最耐旱的高粱，又选其中最快熟的品种，并用枯草或稻草厚厚地覆盖地面，以保持土壤湿度和控制杂草。我的第一批高粱就这样长得肥肥绿绿，接着第二批高粱也下种了，每天都有好多的当地农人来参观这一片绿色奇迹。

　　一天清晨，我和往常一样与工头路易士一起去巡视高粱，当我抵达时，我发现许许多多的高粱都倒了下去，有的折断，有的连根拔起。

　　"怎么一回事？"我大感不解地问路易士。

　　"野猪！"路易士瞧了两眼后皱着眉说，"麻烦来了！"

　　当天我立刻找来工人罗哈士和奥亨纽。他们以前是猎人，农场开办以后就当起了农场的工人。

　　"明天开始，你们轮流去驱除山谷里的野猪。"我说，"除了工资加倍，每猎获一只我再赏十元。过几天我喷过农药后，也要出猎。"

　　"先生，你那几只狗可是很好的猎猪狗，以前农场的主人携它们出猎经常满载而归。"奥亨纽说，"特别是那只领头狗。"

"看来是！"我说，"希望它们能保得住高粱。"

第二天下午，出猎的罗哈士受了不轻的伤回来，带去的狗也有五只受了伤。

"徐先生啊，我没办法了！"罗哈士一见到我劈头就说，"那群野猪的领头正是丛林之王！"罗哈士的脸上依然有受惊的表情。

"丛林之王！丛林之王！"我喃喃念着。我曾听说过丛林之王，那是一只身躯几乎比平常野猪大出一倍的雄野猪。它壮硕勇猛，行动迅捷，獠牙特长。在没有老虎、豹子、熊等猛兽的菲律宾岛，一只具有长獠牙，而体躯又超大型的凶猛野猪，的确是丛林中的百兽之王。当地人就称这种野猪为丛林之王。它天生是猎人猎犬的克星。可能是遗传上的突变种，据原住民说，这种野猪往往几十年才会出现一只。

"罗哈士遇上的那一只，一定是两三年前，我和几个猎友在大希米山那一边，靠近山地莽远族部落那里遇上的那一只。那次我们损失了四只狗。"奥亨纽神情有点激动地说，"自那次以后，我们都不敢，也不愿去那边打猎，这回可是它第一次在大希米山谷里出现。"

"旱季里野外食物少，一定是这里肥美的高粱把它引来了。"路易士肯定地说。

"罗哈士！请你把出猎情形大略地告诉我。"我说。

"是！"罗哈士回答，"早上我从山谷外段，也就是高粱地附近开始追踪，结果在山谷中段芒草坡追上了。那时，丛林之王就殿后与群狗纠缠，让其他的野猪逃脱。然后，它慢慢把狗引到丛林里。在丛林里，猎狗受树木的影响不能互相支援，那野猪就施展它的杀手锏……"

"你是怎么受伤的？"我皱了一下眉问。

"当丛林之王接近密林时，我赶上去想救一只狗，它却突然掉头向我冲过来。我就用通常对付山猪冲刺的办法，站稳脚步，双手紧握标枪，标尖对着它的喉部。可是就在它的喉咙要冲触上标尖的一刹那，它突然来一个令我措手不及的三百六十度旋身，我的标尖被它回旋的臀部碰开了，丛林之王立刻顺势冲近我，用它那至少有七寸长的獠牙刺入我的大腿。要不是我的几只狗奋不顾身地扑向它，我就完了……"他说到这里，脸上依然有惊悸之情。

隔日一早，我独自骑马去高粱地，我发现野猪群在前一夜又光顾了一次。我咬着牙，策马往小丘上慢慢行去，脑中苦思着如何对付丛林之王的方法。当马刚转入山腰时，马儿骤然停了下来，马头甩来甩去，马嘴里呼噜噜地响着，两只前脚在地面交互顿打着。

我定神一看，前面小径上正屹立着一只我从未见过的壮硕野猪，挺着一对七八寸长的大獠牙，獠牙后方一双细长的猪眼，正以悍然无惧的眼光盯着我。它的体格和勇气教我吃惊，而那带点邪气而又慑人的眼光，更教我打从心底涌起一股寒意。我感觉到了它的可怕。

它和我互相瞪视着，足有一分钟之久，然后它慢慢没入小径旁的长草中。目视着它的消失，我心中悸动着，不禁脱口说："丛林之王！"

在回程上，我想到那些受伤的猎狗，突然灵机一动："这些狗受伤的部位都是在腹部和胫部，如果我用什么东西把这两个最脆弱的部位保护起来，这些狗就安全多了，而且也更有攻击力。"我想到了妙计，不自觉地策马快跑起来。

我利用旧轮胎削制了一副护腹盔，用皮带绑在狗的腰腹上，又削制了护胫套，套在狗四肢的胫部。我让工人按照我的样品，替农场的猎狗各制一副。

起先，这些狗非常不习惯，在地上滚着、叫着、咬着，好像第一次套上狗圈的小狗一般。但几天以后，它们就接受了。只有那只名叫队长的领头狗，一直反抗这种盔甲，后来我只好把它解除。它是一只短毛、黄色的土种猎犬，结实强壮，能征惯战，能在暑天里长时奔跑，是一只不可多得的领头狗。

一周后，我带一群穿着护盔的猎狗，在工头路易士及猎人奥亨纽的陪同下，做首次的出猎。我此行的目的是观察丛林之王拼斗的习性。

我们每个人都握了一只狩猎用的长标枪。自1972年菲律宾实施军事统治以后，所有的枪械都被收缴，猎野猪又用起了标枪。

我们刚过高粱地附近的第二座小丘，群狗立刻嗅到野猪的气息而激动起来。

"徐先生！"奥亨纽说，"我们将在这里放狗。猪群很可能在前面的山坳里，你如果要就近观察丛林之王，可以在右前方山腰的密林前等候。我想，丛林之王会把狗引到那边去……"

"好，就这样！"我点点头说，"半个小时后放狗，那时我和路易士也差不多到达那边了。"

半个小时后，奥亨纽把狗群放开，它们立刻就像着了魔一般，跟着领头狗冲入山坡的一片杂草里。

我刚抵达山腰，就听见狗群一面奔跑一面狂叫着。我用望远镜向山墩里望去，看见一群野猪，约有八九只，鼠窜般地向大希米山谷那边逃去，猪群的最后一只，正是硕大无比、目标显著的丛林之王，它殿后，慢慢地跑着……一会儿，丛林之王的身后出现了飞奔的领头狗，它狂叫着，笔直地朝丛林之王扑去。丛林之王依然头也不回地慢跑着，等领头狗差不多扑上它时，它才突然回身，低头仰牙，对准领头狗一个回身突击。

那领头狗反应极快，以奇好的腰力，把身子向横里弹开一丈多远，刚好躲过了丛林之王的奇袭。

丛林之王一击落空，立刻又转身再次冲到，领头狗又闪了开去，这时三只着护盔的猎犬赶到了。一只是名叫水手的白公狗，一只是叫阿花的黄白花母狗，另一只叫大耳的黑公狗。三只狗一起从丛林之王身后冲过去，那丛林之王突然回身，水手首当其冲，它虽力图跃开，却已不及，腹部被丛林之王撩撞个正着，身子飞起数尺，落在草丛中。丛林之王继续朝水手冲去。就在这时，大耳从横里扑上丛林之王的背部猛啃，同时阿花斜里冲上去，咬住它的耳朵猛撕。丛林之王不得不停下来对付身上的两只狗，水手终于逃过一劫。水手虽然受了重击，因有护腹盔，所以伤得不重，只是昏过去一会儿。不久，它又可以加入战圈。

丛林之王的身子连续地急速回转，把大耳和阿花甩了开去，但立即有随后赶到的几只猎犬围攻而上。

丛林之王用它那大过猎狗数倍的身躯，像坦克车般横冲直撞，或者突然回身及改变方向，把许多猎犬都撩撞得东倒西歪，哀嚎起来。它一面与群狗拼斗，一面朝山腰密林的方向跑去。

当丛林之王奔近密林时，我正好看见一只我很喜欢的灰白色猛狗被丛林之王的獠牙插入喉部。我提起标枪，冲了过去，想刺丛林之王，但我找不到出手的机会。除了丛林之王的动作快以外，蜂拥而上的猎狗也正好替它挡去了暴露的部位。在这样混战的情形下，就是使用猎枪，也很难有机会射击。

我终于在它的臀部刺了一枪，我觉得好像刺在树干上似的，又因出枪太匆促，以致力道有点偏。当丛林之王往前一跃时，我的身体就失去平衡，脚下又受到野草的缠绊，结果我扑倒在地。我迅速地跪起，但丛林之王的獠牙已经冲到胸前，我极力地朝左闪避，但跪着的身子避得不够远，虽然躲过胸部要害，但左肋仍被撩出一道血槽。那丛林之王在刺中我的一刹那，又顺势一个横身，千斤般的冲撞力打在我腰腹上。我整个人被打离地面，摔落坡下的灌木丛中，昏了过去……

半个月后，在我受伤将愈的一天，一辆军用吉普车驶进了山谷，一个中尉和一个军士带了一群德国猎犬和两支步枪来。

"听很多人说，这里出现了很凶猛的大野猪，不但猎人束手无策,听说还伤了一个会中国功夫的中国人!"我听见中尉在门口大声地和路易士说,"我特地从省会马不老市来猎它。"

"你如能杀死它,这里的每一个人都会感谢你!"路易士说,"但这只大野猪可是丛林之王,不但体重超过550磅,而且它有一套专门对付猎人、猎狗的本领,被它伤亡的狗至少在两打以上。我看你那几只宝贵的德国猎犬,用来对付丛林之王可能太可惜了。"

"不,这几只猎犬非比寻常,它们曾跟中尉去猎过菲律宾野牛。"军士很骄傲地说,"这位正是神射手马尼中尉!"

第二天清晨,中尉就出猎了。临行前,我向中尉说:"如有任何事需要我们帮忙,不妨开枪传讯。例如要抬大野猪回来啦,请你在前面那个山头朝空中连射三枪,如果需要多几个人手,就连射五枪。"

马尼中尉得意地点着头,笑着上路去了。

当天中午,我们快用完午餐时,突然山头传来连续五声枪声。

"中尉猎获丛林之王了!"路易士站起来,兴奋地说。

"不!正好相反,我看是有人受伤了。"我肯定地说,"枪声很密集,放枪的人心里一定很急。走!大家都去,把马和狗也带去。"

当我们赶到山头时,军士正神色张皇地等待着。他一见来人,劈头就说:"中尉受了重伤!还有几只狗也受了不轻的伤。"

"怎么一回事?"我问军士。

"那只野猪简直庞然如牛,不消它几回撩撞,那几只德国猎犬就七零八落,尤其是进入丛林之后,一只一只被那对大獠牙撩得肚破肠流。中尉为了救狗,情急开枪,结果误伤了自己的狗。最后中尉在一气之下,竟冲向前去想贴身开枪,但在紧张混战中,中尉被狗儿绊倒,刚爬起一半,臀部就被一双大獠牙穿刺进去,人也飞了起来,一头撞在树干上……"

在回农场的小径上,躺在担架上处于半昏迷状态中的马尼中尉一直喃喃地说:"那不是野猪,是野牛化身来报复我用手榴弹屠杀它们……我亲眼瞧见它的獠牙变成了野牛前仰的一对尖角……"

送走中尉不到几天,我就再度出猎。这一次,我把猎狗分成两组,从两个不同的地点起猎。这样,如果有一组被丛林之王引开,另一组可以去追脱逃的野猪群。

我自领一组狗,路易士领一组。路易士那一组狗先发现了野猪群,结果被丛林之王引到密林里去了。而我自领的这一组狗后来遭遇到逃跑的野猪群,几经追猎,最后狗困住了一只差不多150磅重的公野猪。等到我赶到时,那只野猪退到一片山崖下,背着一处凹入的山壁死守,猎狗在它前面不远处猛吠着,却奈何不了它。

我喝住了狗,然后举起标枪,慢慢地朝野猪逼近。

那只野猪喘息着,唾沫在嘴角滴着,前脚跪在地上不时地扒着土,差不多五寸长的獠牙正对准我,嘴里不断地呜噜噜、呜噜噜地叫着。

我用双手紧握着标枪,同时把标柄贴在右臂间,标尖直对着野猪。我一小步一小步地朝野猪逼近,野猪突然停止了叫声。我知道野猪要拼命了,标尖也不禁微微颤抖起来,空气似乎被死亡的气息凝结了,人和猪的距离越来越近。突然,野猪像箭脱弦般射出,我立刻降低身体重心,两脚前弓后箭,标尖直对着那冲过来的野猪的喉咙。刹那间,野猪已经冲近我,正好冲上标尖,标尖深深地刺入它的喉部。几乎在同一时间里,我往左侧一闪,并顺势拔出标枪。野猪几乎没有减速地擦我身而过,喉部一道鲜血喷射而出,冲不到30米就跪倒地上,狗群蜂拥般扑落……

就在我们烤食野猪的晚上,丛林之王也正领着野猪群蹂躏着余下的高粱。

隔天早晨,我望着那一片狼藉的高粱,忧心忡忡地对路易士和罗哈士说:"这样下去,这一季就休想有收成了。我们该想个一劳永逸的办法!"

"我想只要解决丛林之王,问题就迎刃而解了。"路易士说。

"用毒饵试试看。"罗哈士说。

"不行!"我摇摇头说,"毒饵可能先伤到农场的牲畜。"

"在标尖上浸眼镜蛇的毒液。"罗哈士又建议说。

"野猪不怕蛇毒!"我说,"也违反我做事的原则。"

"唉呀!我们只要能杀它,或赶走它,难道还要用什么君子或人道的方法吗?"罗哈士不以为然地说。

"在以前我也许会用毒对付它以保护高粱,但在我受伤以后就不同了。"我表情严肃地说,"这变成它跟我之间的一种挑战,或者是我觉得这是对自己意志、体力、耐力、勇气、智力以及猎技的一种考验。"

"你不会是逞匹夫之勇吧!"罗哈士郑重地说,"猎人虽然经常历险犯难,可是冒不该冒的险可是大忌!"

"谢谢你,罗哈士!暴虎冯河之勇我不干!"我笑着说,"知己朋友不易交,旗鼓相当的敌人也难遇。一个可以激发生命潜力的敌人,是值得珍惜的,不然会跟损失一个知己一样可惜。"

"这也许是你们中国人的想法。在我们来说,达到目的才是最重要的,不管用什么手段。"罗哈士轻摇着头笑着说,"你能杀死丛林之王你就是英雄,从此你的名字将受到民多罗岛人们的称赞和敬重。我们这个时代正盲目地崇拜成功的人,不管这成功是偷来、抢来、骗来的。悲剧英雄反而只博得轻蔑、嘲笑。"

"成为英雄固然诱人,但我宁做凡人,也不愿做像马尼中尉那种心虚的假英雄。"我说,"能充实生命,使生命更有意义,使生活富有新经验的事,就是我要做的,也是我做事的原则之一。"

谈完话以后,我由路易士陪同去观察整个山谷及其附近的地形,以便选择一个有利的地点来捕杀丛林之王。

我们顺着山谷往内走。山谷很长,但越往里越狭窄,最后变成一道峡谷，峡谷尽处是峭壁。我又由峡谷外一道极陡而荒废了许久的小猎径攀上大希米山的山岭上，在那里，我看到更深处的一个山腰上，有许多隐隐约约的草房子。

"那是什么地方？"我问站在旁边的路易士。

"那是半开化的莽远族的村落。"路易士回答说。

"走！我们去看看，顺便要一点水喝。"我说。

当我们走进那由芭蕉和木棉树掩映的村庄，里头却是空荡荡的没有一个人影，甚至空无鸡犬之声。

"好像是一座被弃的村庄，"我说，"可是房子还是完好的。"

"在这旱季里，莽远族人都举家到山野各处挖取野生薯蓣，作为雨季时的粮食。他们要到雨季来临前几天或几周，当食物都晒得又干又轻时，才会回来。"路易士东张西望以后，恍然大悟地说。

我忽然瞥见一棵大木棉树下，坐着一个白发披肩，全身差不多全裸的瘦老人。他满脸皱纹，皮肤干干的，闭着一双眼，像在打盹。

"那边大树下有一个老人。"我轻声说，"我们去问问他，哪里能找到饮水。"

我朝老人走去。那老人突然睁开眼睛，投给我两道冷冽的眼光。

"你是日本人？！"那老人用低沉、苍老又冷然的声音似问非问地说。

"我是中国人。"我平和地回答。

"你脸上有一股杀气，有点像三十多年前日本鬼子侵入本村时一样，"那老人的声音突然变得祥和，"所以我以为你是日本人。请勿介意。"

"一点也不！"我客气地回答。

"你气色不佳，似乎大病或受伤初愈，为何还冒着酷暑走这么远的山路来这么偏僻的地方？"老人家两眼灼灼地打量着我。

"为了丛林之王！"我答道。

那老人听了，全身轻震了一下，然后沉吟了良久才徐徐说："为了名或利？"

"就算是为了仇吧！"我也徐徐回答，"也为我山谷中的田园。"

"你原来是被丛林之王所伤。"老人突然似有所悟地说，"是在大希米山外？"

"是的！"我回答。

老人用枯干的手抚弄着挂在胸前的一对很长的野猪獠牙，同时注视我良久，然后默然闭起眼睛，脸上有着一丝悲哀的神情。

"老人家，"路易士突然开口说，"我们很渴，你能告诉我们哪里能找到饮水吗？"

那老人突然又睁开眼，悲哀的神情刹那间一扫而空。

"我可以给你们甘甜又冰凉的泉水，但我对这位中国朋友有一个小小的请求。"老人微笑着说。

自然录音

翡翠树蛙声与泉水声

"好！只要我做得到而又不违背我的原则。"我很干脆地回答。

"在提出我的请求之前，我先请你们听一段真实的故事。"老人一面说，一面伸手到身旁的地面，拨开盖在地面上的香蕉叶，显露出一个直径约有一尺半的洞，老人从中拉起一根相当长的绳子，绳子末端系着两节盛满泉水的大竹筒。

我们啜饮着泉水。老人眼睛眯得小小的，望着远山，以苍老的声音说："六十多年前，这一带山区，突然出现了一只可怕的丛林之王，使得我们庄稼与狩猎全无所获，全部落的生活都受到威胁。那时的老酋长宣告将酋长之位禅让给能杀死丛林之王的人。当时部落中的青壮年人都热烈地参与，经过差不多两年的追猎，最后有一位智勇双全的年轻人，利用火攻将丛林之王烧死在绝谷里，但他自己也死在丛林之王的最后一击之下。那人正是我的胞兄。在漫长的两年追逐过程中，有许多男人或受重伤，或死亡。其中有一位年轻人，在最后逼丛林之王进入布满干草柴火的绝谷时，被丛林之王撞破腹部，肠子都流出来了,但他却被本族的巫师救活,巫师认为这奇迹正是神的预示,显示该青年将继承酋长之位。十年后,那老酋长死了,那年轻人就成了本部落的酋长。那年轻人正是我。"

老人说到这里,稍停顿了一下,但并没有收回投向远处的眼光,然后又说了下去:"在当年,当丛林之王出现的时候,我们每个人都跟你们现在一样,有的为了名,有的为了利,有的为了仇,狂热地追杀它。当然,最基本的原因还是它威胁了我们的生活。可是六十多年后的今天,我们对丛林之王再度出现的反应却与以前完全相反,我们不但不再追捕它,反而要保护它!"老人停了下来,把投在远处的眼光移到我脸上,似乎要看我吃惊的表情。

我的确吃了一惊,但我的表情只淡淡地动了一下。"一定有很好的理由。"我说。

老人脸上的皱纹轻轻动了一下说:"三十多年前,正是第二次世界大战期间,我们发现一种遍地生长的野生毒薯蓣,经过处理以后可以作为主食,从此我们就很少再种五谷了。但近十年来,越来越多的平地人侵入我们的山区,砍去丛林,开辟荒野,种下五谷,因而毁去了我们的野生食物,逼走了野兽,使我们的日子过得越来越艰辛……"老人说到这里,脸上出现悲愤的神情。

"三年前,丛林之王再度出现,它毁了平地人的农作物,伤了侵入本区的猎人,平地人拿它没辙而逐渐离去。于是,疏林复密,山野再荒,我们的野生食物又略微丰收,野兽开始兴旺,日子又渐好转……"老人的表情有着欣慰的微笑。

"你现在有很多理由要除去丛林之王,但如果你真的只是为仇,为保护田园而不是为了美名,我请求你伤它,赶走它,但留下它的命。在过去与丛林之王的拼斗中,我得到了许多经验,也许可以帮助你们。"老人略思索了一下,又说:"丛林之王如果在某地受到挫折性的伤害,它会永远离开那里,或者它被某人重伤,它就不会进入有那人气息存在的地方,所以我请求你,伤它,赶走它,但尽可能留它一命。"

我听完了故事,内心陷入矛盾中。遍地狼藉的高粱田、哀嚎的猎狗、自己肋下的伤,都使我欲置丛林之王于死地,但老人的请求又令我同情……

我沉默了许久,然后豁然站起来说:"老酋长,谢谢你的水和故事。我会试着去做,但我不能保证什么。丛林之王不是一般的野猪,在相搏的时候,彼此都会用上全力。就像它伤我一样,只要有机会,我也会毫不犹豫地全力伤它,甚至杀死它。但只要有那么一点余地,我会试着尽可能留它一命。"

我在归途上,一直沉浸在老人的故事里。我仿佛看见莽远族的人正在猎杀丛林之王,忽然,我觉得有什么在脑海中一闪。蓦地,我跳了起来叫道:"原来老人已暗授我制服丛林之王的妙计!"

当我们回程爬越大希米山时,我们站在山巅上望着西沉的夕阳,我感慨地对路易士说:"只是一道山岭的差别,这一边的人视丛林之王为恶煞,而那一边的人却视它为守护神。正如我们所面对的落日,此时却被地球那边的人称为旭日,可是太阳依旧是太阳,既不升起,亦不沉沦。"

从山里回来后,我积极地准备着与丛林之王做最后的决战。我从猎人海曼、罗哈士以及奥亨纽处共借了十七只猎犬。决战那一天,我一共动用了二十三只狗。我把它们分成五组,每一组由一个人带领。我自己带领最后一组,共有五只我最信赖的狗。

八点半,各组都到达了指定位置埋伏。第一组七只狗散开去追踪,五点半钟它们发现了野猪。地点虽然比我预料的偏了许多,但当猎狗一追,野猪立刻朝山谷里跑,因为山里野草长而密,并有野猪熟悉的路径。

十点钟,猎狗终于和丛林之王拼上了。丛林之王重施故技,一面拼斗，一面朝山谷右边山腰上的丛林退去。可是，在那密林里埋伏的三只猎犬，在听到山谷里的狗吠声后，也狂吠起来；同时，埋伏的人立刻用木棒猛敲铁筒，使之发出震耳的声音。丛林之王在听到这些声音后又折回山谷，然后它朝山谷左边山腰一带的密林且战且走。但那里也有人与狗埋伏着，以巨大的声音恐吓它。这样来回数次左冲右折，最后它向山谷内退去。

中午时分，丛林之王退至山谷中段。那里有五只嘴巴被套住而不能吠的猎狗被解开束缚，这群狗曾眼睁睁地看着一大群野猪由这里往右边的山脉逃走。这一组狗替下疲倦的第一组狗，继续缠斗着丛林之王。

山谷由中段以后逐渐向内窄收，两边的山也逐渐地陡峭，山上的林木亦渐疏落。丛林之王除了退往山谷，已经很难由两边的山脉脱身。

午后两点钟，我那一组猎犬接下第二组。当我见到丛林之王时，我吓了一跳。因为照我的估计，经过数小时的奔斗，它应该疲态渐露，但事实上，它似乎越战越勇，在群狗如群蜂狂螫中，它的冲刺和急回身，依然那样迅捷凶猛。

三点半钟，丛林之王终于退入峡谷。我喝住了猎犬，因为在狭窄的峡谷里，猎犬既不能群攻，又无处闪躲，要不了丛林之王两回冲刺，全部都会死伤。

我把狗拴好，这时路易士等人也已来到。我吩咐大家也都把狗拴好。

"我要进入峡谷去会丛林之王，我请求各位一件事。"我严肃地说，"在我进入峡谷以后，如果丛林之王能够脱身冲出峡谷，敬请诸位高抬贵手，由它自去。事过以后，我再向诸位说明，这件事对我有何神圣的意义。各位务必成全。"

除了路易士，其他的人心里都暗奇，但都不期然地点头答应。

"我跟你一起进去！"路易士说。

"不！谢谢你，"我摇一下头说，"峡谷不利群战。"

我右手拿起那支只有一米长的特制短标枪，左手提起一件用塑胶布包扎、约有一米长的圆物体——这是我的秘密武器——然后慢慢走入峡谷。

峡谷已经罩在山壁的阴影里，我仰头看着裂缝般的天空，如此湛蓝。我想起一位早逝的好友，他曾在病床上望着窗外的天空说："假使让我有一整日健健康康地徜徉在蓝天之下大地之上，我就死而无憾！"可是好友还是遗憾地去了！我想着，心中有些怅然。

突然，前面的草丛倏忽响了一声，我吓了一跳，迅速地往后跳了一步，同时蹲好马步。我定神一看，只是一只窜走的蜥蜴。

我集中精神，标尖向前，缓缓地曲线前进，眼睛来回地扫视着。前进一百多米，转了一个小弯，我终于看见了丛林之王，它正在峡谷尽处舔着山壁滴落的水珠解渴。

这时，丛林之王也嗅到了我。它回过头来，把头举高，对着我瞧，同时鼻子耸动着嗅个不停，然后嘴里呼噜噜地咆哮起来。

我立刻装得若无其事地看往别处。绝不使眼光与丛林之王相对，只用斜眼偷偷瞧着它的行动。我隐藏起杀气，把标枪遮藏在手臂后。我不希望丛林之王这时就冲上来，这样我就没有机会使用秘密武器。果然，那丛林之王除了依然注视我之外，并没有继续大声咆哮。

当我接近到五十米左右时，我停步慢慢地蹲下去，把左肋夹着的东西轻轻放下，打开包扎的塑胶布，露出一个手腕般粗的竹筒，筒的前端用一大团破布塞着，破布大半露在外面。我站起来，把标枪夹在右肋，右手从口袋里掏出打火机，继续前行。

这时，丛林之王又开始咆哮。我越接近，它的咆哮声越大，同时两只前脚交互地扒着地上的土，头慢慢地低了下去，獠牙直对着我。

我的打火机一闪，竹筒前端的破布立刻冒出淡蓝色的火焰，这是一把浸满酒精、能发高热的火把。易挥发的酒精，竹筒内有限的燃料，是我必须尽量接近它的原因。

丛林之王倏然冲了出来，像一个被射出的炮弹般朝我射来，我立刻左脚在前，右脚在后，以侧面小马步迎向它。

丛林之王冲到我身前约二米处正欲旋身时，我很快地向左前欺身半步，以火把代标枪，刺向丛林之王最敏感的嘴鼻部——鼻镜。丛林之王被烧得呜噜大叫一声，但它身体的回旋依然继续。与此同时，我朝后一跳，避开它身体的冲撞。当丛林之王空回一转，我的火把又准确地刺中它的鼻吻部，丛林之王又呜噜地大号一声，巨大的身体朝后弹开，并迅速地退到峡谷尽处。它把鼻子插到山壁下略湿的土壤中，眼光死盯着慢慢前进的我，喉中喔噜喔噜地怒吼着。突然，它又低头仰牙，朝我冲去。第一次的情景重演了。经过四次的冲刺和一再被烧伤，丛林之王退到峡谷尽处，不敢再冲出来，只一味地呜噜呜噜地叫着。

我缓缓接近它，火把指着丛林之王。

"王，起来吧！"我慢慢前进，心中却想着："你永远是丛林之王，没有一只猎犬、没有一个猎人能胜过你。但因为你从未败过，你不曾改进你的战术，所以，今天你绊倒在自己的窠臼里，翻覆在自己越踩越深的足迹中……"

我小心翼翼地走到距它二米不到的地方，我左手的火把作势地虚扬着，试探它的反应。

每当火把虚袭过去，丛林之王就张嘴去咬，同时喔喔地嘶吼着。

我虚攻着，心中继续想着："王！知道吗？挫败才显出成功的可贵。但不管结果如何，我们都尽了力，也都享受到拼斗过程中的紧张与刺激，就像高潮迭起的球赛一般。"我虚攻的动作加大着。我突然出声说："王，在拼斗中，我们都学到不少啊！"

我快速用火把袭击丛林之王的头顶，同时单脚跪下。当丛林之王仰头去咬火把时,它暴露了野猪最脆弱的喉部。我右手的短标枪已经举起,当我看见那对高举的獠牙时,忽然那个胸前挂着一对野猪獠牙的莽远族老酋长的影子在我脑中一闪而过,我把刺向丛林之王喉部的短标枪向左偏了一点,刺入它的肩颈相接处,标入半刀。几乎同时,我又把标拔出,人侧跨出半步,左手顺势把火把刺在丛林之王的尾阴部,并大声喝道:"回到需要你的地方去吧!"

丛林之王怒吼一声,身体一弓,獠牙往横里一甩,正好刺中我握标枪的右小臂,然后朝峡谷外冲去。

"你死了也许对我有一点好处,但你活着对众多的莽远族人有大利!"我目送着丛林之王像风一般掠出去。"保重了,王!"我忍不住朝着峡谷外大声说。

我站起来,丢下逐渐熄去的火把,朝峡谷外走去,右小臂的创口流着鲜血,流经我的指尖慢慢滴下,正落在丛林之王留下的一道血迹旁……

我走出峡谷时,对面山上的丛林正沐在血红色的晚霞中,我听见莽远族人的歌声遥遥地从丛林传来,正唱着他们千百年相传下来的丛林之歌……

自然摄影

丛林之王

最后的莽远人

丛林中的流浪民族

漫长的菲律宾雨季似乎结束了,这三天来风向由西南转为北北东[1],风中带着些许凉意,天空剔透、空气干爽。

我在夕阳西下时,来到榄仁舅的树下,躺在我新张挂的藤吊床上。我看见工头养的几只土鸡,纷纷飞到农场仓库旁一棵五六米高的大花紫薇树上过夜,就知道明天又是一个万里无云的大晴天。要是鸡只躲入寮房内过夜,不是今夜会下雨,就是明晨有大雨。

我喜欢热带的黄昏。这时暑气渐消,晚风怡人,远处大伞般的热带阿卡夏树剪影在橙红的西天里,无数的蝙蝠在渐昏黄的天空中交织飞翔,一种宁静安详的气息弥漫着整片原野。我常这样悠闲地躺在吊床上,或沿着农场的小路,迎着落日散步。今天白日里,我忙着带领工人收割高粱,觉得有些倦意,所以叫工头把我在雨季时收起来的吊床重新挂在树下。我要躺着享受这可爱的黄昏。

在暮色苍茫中,我突然看见农场北侧一条沿大希米山流过的小溪边,有一堆火光摇曳。我赶忙把养牛组的工头海曼找来,要他派人过去看看。我担心那是野火,如不小心会把大片的熟高粱全烧毁。

"那不是野火,"海曼瞧了一眼说,"是莽远人在那边过夜!"

莽远人是住在丛林里的少数民族,我曾经在路上遇过一次。他们简单的装束以及害羞沉默的样子,给我留下很深的印象,也让我产生了非常大的好奇心。

"陪我过去拜访他们好吗?我很想跟他们聊聊!"我对海曼说。

---

1 北北东,地质学术语,指的是东北偏北的方向。

我们在暮色低垂时到达火堆边,但附近空无一人,只有一堆营火由熊熊的火焰渐渐转趋微弱。可以看出烧火的人在我们远远出现时,已经离开了火堆。

"我们是农场的人。"海曼大声地以莽远话对着逐渐漆黑的树林喊道,"我们过来看看你们需要什么。"

海曼原是猎人,与莽远族有所来往。他上山打猎,有时会与莽远族合作,所以他也会说莽远话。

海曼的声音消失在林中,但隔了好几分钟仍无回音,海曼又重说了一遍。

突然我听到身后有些微的声响,我回过头去看,三个鬼魅一般的野人就站在我身后两三米的地方。一个长发披肩、右耳有一白色耳环,另外两个则长发扎在脑后,全身赤裸黝黑,只有一块巴掌大小的遮羞布挂在下体的前面,腰上插了一把长刀,在火光下实在吓人。

"你们要去哪里?"海曼问他们。

"旱季到了,我们来看看大希米山一带的野生植物长得怎样。"其中一个年纪看来稍长的回答,但我无法判断他们的年纪。他虽然回答海曼的问话,但眼睛却一直注意着我,显然对我保持着某种害怕与警戒,正如此时我的情况一样。

我早已听海曼说过莽远人,他们是丛林里的流浪民族。在旱季时,他们到各处寻找野生的食物,把多余的粮食晒干,运回部落去贮存,以备雨季时食用。当雨季来临时,他们就纷纷回到部落,大家一起度过漫长又无聊的时光。

"海曼,问他们是否吃晚饭了。"我说。

回答是:吃了烤野香蕉和野木薯;因为雨季刚过,野香蕉还未长得够大,所以做了陷阱,想捕几条山鼠来吃,但山鼠都躲在高粱地里。他们又说,今年这里的山鼠特别肥大,他们从溪边的脚印看得出来,都是偷吃高粱长大的。

我问起他们的名字,一个叫丛林野公鸡,一个叫长藤,一个叫猫头鹰。海曼说,莽远人从不把真名告诉陌生人,总以绰号相告。他们认为,一旦真名让人知道,就很容易被念咒而中邪或生病,甚至会被丛林的恶鬼迷惑而死在丛林里。

临走时,我说很想去他们部落拜访,他们听了并没有立即回答。三个人不断低声交谈,好似在商量什么,最后有一个慎重地回答说可以,但我不能带那些平地人去,除了海曼或农场的工人。

他所指的平地人是指一般的菲律宾人,以大戛洛人居多。

"但是我怎么找到你们的部落呢?"我通过海曼问。

"海曼知道,"其中一个说,"他来过。我们就住在这条溪源头的树林里。"

在回农场的路上,我问海曼:"他们显然认识你,但你好像不认识他们。"

"他们的外表看起来都差不多一样。"海曼笑着说,"我可以分辨大希米山一带每一只大野猪,却无法分辨莽远人!"

回到农场,我请海曼送一盆饭给莽远人。我知道,对莽远人来说,最珍贵的食物是米饭,它比一般兽肉更受莽远人喜爱。

海曼回来说,莽远人商量了半天,才迟疑地收下我的好意,他们还请求我允许他们在高粱收割之后捕捉地里的山鼠。海曼知道我一定会答应,所以代替我允准了。

奔鹿一家人

天气越来越热,强劲的季风也不再凉爽,山溪里的水流变细了。山林的树木竹丛日渐憔悴,农场的田土开始龟裂。对我来说,农闲的时候来了。

这是新年过后的不久。我偕海曼与另一位农场的工人罗哈士，一同出发去探访莽远族的部落。

我们沿着一条不是很明显的丛林小路行去，这里的丛林属于热带季风林，树木并不十分高大，只约二十米左右，但林中却非常的闭塞，因为树枝以及一些藤蔓在林中纠缠着。幸好现在是旱季，有些树已经落叶，阳光因此可以从这些"破洞"落下来。

地上也积了一层干燥的落叶，鞋子踩过发出细碎窸窣的声音，常常惊飞躲在枯叶间的蚱蜢，或吓走蜥蜴。

近午时，罗哈士发现离小路几米的树下，有一个用野棕榈叶编的背箩筐，里头放着半箩筐的野薯蓣。后来，又在那棵树后面，找到好几个箩筐。

"有莽远人在这里挖野薯蓣。"罗哈士看着这些东西说，"他们听到我们的声音，全躲起来了。"

我朝四周仔细地瞧，想看看他们到底躲在哪里，因为这里的树比较稀疏，应该很容易察觉出来。可是事实不然，我看不出任何踪迹，海曼也说不必白费力气，因为这些野人如果可让我们找到也就不是野人了。

海曼喊了半天话全无回音，最后他念了一大串莽远人的名字（应该是绰号），说他是这些人的朋友，但也徒劳。

我们等了许久不见任何动静，只好继续前进。

中午时，我们越过了小溪，在溪边煮了午饭。我在溪里发现了很多野薯蓣片，分别泡在用树皮做的槽里。海曼说，这是莽远人给野薯蓣去毒的办法。这种野薯蓣含有一种毒，人吃了会昏昏欲睡。但如果削成片，泡在水里，毒就会溶入水中。

午餐后，我们又上路了，希望在天黑前能赶到部落。

"你们看！"罗哈士突然停步，指着路边一根插在地上的枝条说，"莽远人已经把我们进入丛林、往部落行进的消息传入山里了。"

这是一根直径约一寸、长约三尺的枝条,尾端刻有两道横纹,一道向下斜的长纹,而在稍下方的地方系了一圈茅草的长叶片。

"这是莽远族传递消息或留信息的方法。"海曼说,"这表示有三个陌生人来了,两个是附近的平地人,一个是外地人。"

"他们怎么这么快就把消息传上来了?"我问道,"是不是有人抄小径走得比我们快?"

"谁知道。"海曼说,"他们会利用各种声音互通消息,例如鸟的叫声,反正我们外人很难知道。如果靠近村庄时,他们的通讯是靠敲击短木发出的节奏来传递!"

"这枝条插在这里的时间,不会超过半小时。"罗哈士看着那枝条被削断的切口说。他可以从伤口流出的汁液判断它被砍的时间。

我们加快了脚步赶路。不久,嗅到了有淡淡烤野香蕉的味道。

罗哈士很快就找到了香源,那是在一棵涩叶榕后面一堆刚熄去火的红烬,旁边丢了一堆烤得黑黑的香蕉皮。

看来莽远人刚刚还在这里吃东西,而现在他们都藏了起来。

海曼又开始朝四周喊话,他重新把他认识的莽远人的绰号大声念了一遍,最后他加了一句:"我是你们叫'追猪人'的平地人!"

海曼说,莽远人猎野猪都采用陷阱捕捉。有一次,莽远的酋长看到他竟然是率狗去追捕,就送了一个名字给他,叫他"追猪人"。

我仍然往四周极目搜索躲在附近的莽远人,但是四际全无动静。突然,我身旁大约五六米外一丛灌木中缓缓站起一个人。我吃了一惊,因为我注意那丛灌木许久了,不认为那里藏得住人。

这个莽远人上身穿着一件破旧的蓝色长袖运动衫,衣上印着大字:美国纽约。下身只有一小块遮羞布,长发在后脑勺上扎了一个发髻,嘴唇赤红,好似擦了胭脂。

他沉着中带一点严肃,却又不是那种拒人于千里之外的冷漠,身上的"现代"运动衫一点也无损于他原始的自然。

"这位是伊苏曼农场的酋长。"海曼指着我说,"他想见你们的酋长!"

"大部分的人都离开部落去找食物了。"他瞧着我说,"今年的纳米(野薯蓣)长得很好……"

"只有你一个人在这里吗?"我请海曼问。

"我们一家人都在!"他回答。

"可以请他们出来吗?"我说,"我很想拍几张照片。"

他犹豫了一下,随即转过头,发出一串极似鹰鹃的鸣声。声音刚刚停止,突然三面都有人出现,有妇女、有小孩。这真像变魔术一般,一下子变出这么多的人出来。我真的很好奇,他们是怎么把自己隐藏起来的。

自然录音

鹰鹃的鸣声

出现的一共有八个人,一个年约四五十岁的妇人(年纪很难判断,因为她们老得快)以及七个孩子,年纪最大的约十二三岁,最小的约四五岁。他们都表现出一些怯意与好奇的表情。

我赶忙从背包里拿出糖果发给他们,但他们迟疑着,看看糖果,又看看大人,而大人也以一种奇特的眼光看看我又看看海曼。

"是一种吃起来甜甜的东西,像野蔗子或蜂蜜的味道!"海曼说。

大人脸上露出了笑意,孩子们一一从我手上取了一颗糖,没有一个人多拿一颗。

海曼教他们把外层的纸剥开吃。糖一进嘴,孩子们的脸上立刻出现了一种惊奇的表情,随即转为高兴的笑容。我猜想,他们都不曾吃过糖果。

我把手掌上剩下的几颗全给了大人。他拿了一颗给妇人,自己也拿了一颗,然后把剩下的四颗放在他那专用来放置槟榔的小藤包里。他和妇人的嘴唇都如此红赤,是因为嚼食槟榔的缘故。

"我的名字叫奔鹿。"男人一面剥糖果纸,一面说。显然他已经开始把我当朋友了。

我很想了解他们的生活,所以透过海曼请求奔鹿让我们在他们的管地过夜,那莽远人也豪爽地答应了。但他说,因为天色尚早,他们必须再挖一些薯蓣。

我说极好,我也愿意帮他们挖。

莽远人称这种野薯蓣为纳米,是一种藤本的植物,它会在基部结一块球茎,像芋头一样。纳米的球茎在雨季末期开始成熟,一到旱季,它的藤蔓就干枯了,所以很不容易找到。但旱季开始不久,常会发生野火,并把许多草木烧去了干枯的部分,接着纳米的块茎就开始发芽,长出嫩绿的新藤,这时人们就非常容易找到。

这一天,他们挖了不少,直到每一个人的背箩满了为止。除了最小的两个孩子,其余的都背了大小不同的箩筐。

他们的营地就在河边不远。到了之后,他们立刻开始用刀把纳米的皮削去,然后把它切成一片一片,放在一个孔目比较密的箩筐中,再浸入溪水里。

浸水的时间大约三天,然后把它晒干,即可食用了。

他们的营地非常简陋,只是在几棵树下,用野竹子拼了几张床而已,头上可全无遮盖,只有大人睡的那一张加了简陋的斜顶,这是用来防止从树间照进来的炎阳。

我们把营地设在他们下方的河床上,因为只有那里比较平坦。我们割了干草作为床褥,再铺上一层床单就成了。

黄昏时,我们就烧好了米饭,烤了咸鱼。我送了特别大的一碗米饭给奔鹿一家人,然后我看见他们每一个人用一张香蕉叶片从大人手中分得一小团饭,随即坐在树下吃了起来。

他们吃饭的情形倒真教我开了眼界,因为他们是用手指将米饭一粒一粒地捡到嘴里,我可以看出他们是多么珍视米饭。我想,如果他们知道都市人怎样浪费、糟蹋食物,一定会认为我们是没有明天,正在吃最后一餐饭的可怜人。

吃饱之后,我发现了一件怪事,因为他们根本没有煮晚餐。于是我又通过海曼,问他们天已经黑了,时间也快晚上八点了,为什么不见他们煮晚餐吃。

"我们很想吃的时候才煮。"这是奔鹿的回答。意思是很饿的时候才吃饭。

"你们一天吃几餐?"我问。

"有时吃一餐,有时两餐。"他说,"我们是为肚子吃饭,不像平地人为时间吃饭。而且肚子越饥饿,食物越好吃!"

奔鹿的话正击中了大部分文明人的要害,因为我们似乎一到了"用餐时间",就非吃不可,也不管肚子饿不饿。我们已经被时间控制住了,我们是依照时间来过生活,而不是依照需要。

晚上我请奔鹿一家人过来聊天,喝咸鱼煮的汤。这是罗哈士的主意,他说莽远人视盐为贵重珍品,有一点咸味的东西,都被当作佳肴。

我问奔鹿他为什么会有那么多孩子,他听了好久没有回答我,而且脸上也现出一种淡淡忧伤的表情。

"这些孩子中只有两个是我自己的孩子,"他缓慢地说,显得有些迟顿,"其他的孩子来自两个家庭。有三个孩子的双亲在雨季时死了,另外两个孩子的父亲在前年雨季被大水冲走,留下了他的老婆。"奔鹿指着坐在孩子后面的妇人说。

"你的老婆呢?"我问。

"去年难产死了……"他面无表情地说,"今年雨季里,我又损失了两个小孩……"

"食物越来越少,平地人一直往山里移垦,"奔鹿继续说,"木材商又一直砍森林,工人或拐或抢我们的女人……我们部落的人口一年比一年少,部落也不得不往更高、更深的山上迁移……这几年来,季风一年比一年更深入丛林。"

奔鹿的话使我不知要如何接口。全世界的少数民族都遇到相同的困境,面对外头越来越发展的物质文明,他们不是被平地化,就是注定要灭种……

下弦月升上来时,肚子装满咸鱼汤的莽远人回到营地去睡觉了。我看了表,时间是九点差一刻。

夜里的虫声很吵,尤其是一种大型骚蟖,嘈杂刺耳的鸣声在溪边的草中嘶鸣不停,直到深夜才静止。

今天的遭遇,以及莽远人的悲剧,一直冲击着我的心……深夜里,我听见有野猪咆哮。海曼从它的声音判断,它至少是一百公斤以上的公猪。这只野公猪使得我们的"追猪人"难以再入眠。

我醒来时天已大亮,奔鹿一家人正在用手抓着食物进食。我请海曼过去要一点煮好的纳米。我尝了尝,觉得相当难以下咽,口感好似一种很硬、很差的芋头。我勉强吃了一口,第二口就真的有吞不下去的感觉。而这竟是莽远人的主食……

奔鹿吃饱后,什么话也没说,就带着一家大小往树林里走,而孩子们则一直回头看我,眼中有着依依不舍与友善的目光。

他们很快地消失在丛林里,使我有一种失落、一种被冷淡的感觉。因为我总是会用我们世俗的一些观念来看待他们,也期待他们用这样的态度对待我。这是非常大的错误……

不久,丛林中传来了童稚的合唱声。海曼说,他们唱的歌词是这样的:

不要道别啊!
因为你是我还想再见到的人。
道别只对逝去的亡魂,
还有我们讨厌的死神。

我们很少朋友，

也认不得几张脸孔，

你将是我们怀念的人。

你的慷慨，

你的关怀，

还有那温柔的眼神，

像满月一样啊，

直入——我心。

不要道别啊！

因为，

你是我还想再见到的人！

丛林野公鸡

　　离开奔鹿一家人的营地时，我内心深处升起了一股非常复杂的情绪，是一种欢喜与悲伤交织的感觉，而且久久不能释然。我想，我不是一个好探险家，也不会是好记者，因为我总是不够冷静，总会让眼前的各种情况来影响我的情怀。我太容易介入，就像我始终无法成为好猎人，因为我总不忍刺下致命的最后一标而让猎物脱逃……

　　随着太阳的升高，气温也逐渐攀升。在林荫中还不觉难熬，一旦走进杂草灌木地带，那燠热可真要命，就好像走进了蒸汽浴室的烤箱，汗如雨下。

　　我们走得很慢，到中午休息时，才越过两座小山。我们在山间的小溪边烧水煮饭，我在溪里泡了凉快的澡，然后在林中睡了午觉。海曼和罗哈士则到附近去观察野兽出没的情形，他们从脚迹、植物被啃食的状态以及动物的粪便，可以窥知附近野兽活动的状况。

我被热醒过来时,他们仍未回来。泡得湿湿的衣服也干了,我又再度连衣带裤地泡入溪水中。现在,溪水也不再像方才那样凉快了。

海曼回来时,我仍然泡在溪里。他笑着说:"如果莽远人发现你这样爱泡水,一定会送你'达马劳'的封号!"

达马劳是世界上身材最小的一种野水牛,只产在我现在住的这个民多罗岛上,它们常泡在泥泞或水中。

我们越过溪,顺着一条极不明显的路径,上到了小山顶。在那里,我们又看到了一根传递消息的树枝,直直地插在两条小路交汇的旁边。

这次莽远人所留的记号与昨天的略有不同。上方仍然是两条横刻,下方原来的斜刻现在改成垂直的刻线,直线底接了一条绕着枝条一圈的刻纹。

"这又是什么意义?"我问道。

"两个平地人和一个朋友,往部落继续前进。"海曼说,"莽远人把你当朋友来看待了,大概因为你是'酋长'的缘故!"

海曼的话里有一点醋意。虽然"追猪人"许多莽远人都听过,却不曾被莽远人当作朋友来看,反而我这"外国人"被接受了。我想,这是莽远人长期受到平地人的压迫,而很难对平地人产生友谊吧!

我们走下山丘,进入山丘底下一片平坦的树林里。走在前面的海曼突然停步,小声说:"在前面的大树下有一个莽远人!"

那是一个长发后披、头上绑着带子、身着红横条纹破运动衫的莽远男人,下半身仍是标准的一片遮羞布。

他安详地站在树荫下看着我们。我忽然发现他右耳上挂有一串白色的耳环,正是上次在我农场边过夜的三个莽远人之一,自称是丛林野公鸡的那位。

"丛林野公鸡!"我笑着叫了他一声。

这一呼唤,把他的笑容也唤了起来。

"徐先生,你好厉害!"海曼佩服地说,"你只在火光下见过一次,就能分辨出他是哪一个。"

"海曼!问问他,他住在哪里,晚上我们住在他营地附近可以吗?"我说。

丛林野公鸡看了我一眼,然后把眼光转到海曼和罗哈士身上,大概是对他们两个平地人有点迟疑吧!

"海曼,告诉他,我们不会打扰他们。"我说,"我只想看看他们怎样生活。"

丛林野公鸡听了之后,想了一会儿,才迟顿地说:"跟我来!"

十几分钟就到了他的营地,但营地空无一人,只有一些器具挂在小树干上,一堆小火仍在冒着烟。

他对着树林呼唤了一长声,一会儿,大树后走出几个人来:两个老妇人,一个怀里抱着娃娃的妈妈,两个十岁左右的男童女童。妇人都穿着旧衣,两个童子只有一小块遮羞布。女童躲在老妇人身后,只探出头来,两只黑白分明的大眼睛,骨碌骨碌地看着我们。

这一家除了娃娃之外,都是可以工作的人,显然生活得比较"好"一点,拥有几只鸡和一只小猪。再看看丛林野公鸡的箩筐内,并没有纳米,有比较好吃的野木薯、野香蕉等食物,此外还有半小瓶野蜂蜜。

当我取出糖果时,我发现那男童眼睛一下子亮了起来,同时可以听见他吞口水的声音。我知道他必定曾吃过糖。

我抓了一把交给丛林野公鸡,由他分给他的家人。他示意海曼,在营地过去一点,有一块较平的地方可以过夜。

这晚我多煮了一些饭与丛林野公鸡分享,他则回赠了四只烤得香香的大蛴螬(鸡母虫)。

下弦月升起时,丛林野公鸡过来聊天。我对他的名字卡马诺克

（丛林野公鸡）很好奇，请他说说这绰号的由来。

他说他十三岁时，哥哥忽然去世，他就娶了嫂嫂，也就是我下午所见到的老妇人中脸比较大、白一点的那个。但是直到他十八岁，嫂嫂一直没有为他生孩子，所以他又娶了一个。本来以他的状况来说，要再娶是不太容易，因为娶第二个，人家要的聘金很贵，通常至少要两只小猪，或一只大一点的猪。但他很会编藤篮，所以他编了好多，拿到平地去跟人家换了两只小乳猪，才把她娶回来。她生了三个孩子后，就去世了。三个孩子中只有一个男孩长大，就是我见到的那个十一岁的男童。

因为嫂嫂老了，所以三年前他又娶了现在这个年轻的老婆，半年前才刚生下一个男婴。由于他娶了三次，两次是最贵的女人，所以他们就叫他"卡马诺克"——一夫多妻、老少咸宜的丛林野公鸡。

我又问他，怎样的老婆聘金最贵？

"年轻、体格壮的、最能生育的最贵，通常要两只猪，但先决条件是那女人喜欢你。"卡马诺克以很缓慢、很轻的语气说："瘦弱的一般只要三颗槟榔。"

如果照这个标准来看，文明世界的许多"美女"，可能不值一只小猪，而高瘦的模特儿大概只值几颗槟榔。

我问他另一位老妇人又是谁，卡马诺克回答说是他现在的岳母。海曼要我猜她的年纪，我从外貌判断她大约六十岁，结果卡马诺克说她才四十九雨（莽远人以过一个雨季算一岁）。丛林艰辛的生活，不断地生育孩子，而孩子却不断地夭折，使得大部分的莽远人看起来都有点未老先衰。

"那个女童是你女儿吗？"我又问。

"是已过门，却还未配对（圆房）的儿媳妇。"卡马诺克有点得意地说。

逐渐走上灭绝的少数民族都有越来越早婚的现象，这是一种生物界的残存现象。在越恶劣的环境中,生物都有提早生殖,以及增加生殖的现象,这也是现今第三世界最大的问题:粮食已明显不足,人口反而更快速地增加。

莽远人的孩子夭折率高(由于营养差),孩子能长大成人并娶得媳妇是为人父母最大的成就与快乐,难怪卡马诺克会得意。想起奔鹿那一群可爱的孩子,下次在丛林相见时,是否还都健在?我心中涌起一阵难过,那可爱的歌声将成为我永远的怀念……

我问卡马诺克,为什么他没有挖纳米。他说这一带纳米比较少,明天他就要离开,到小溪下游的山脚。还好他家人手多,尚来得及制纳米干,否则到了雨季就会缺粮。

这时,那边营地突然传来婴儿的哭声,随即又响起老少合唱的歌声,非常地柔美,又带着一点忧伤。我请卡马诺克把歌词的意义透过海曼告诉我:

乖乖地睡,
天神赐的小宝贝。
乖乖睡才会长得高又魁,
好猎野猪捕野牛,
妈妈的油罐已见底许久。

乖乖地睡,
爸妈的小宝贝。
你安详的睡容,
比椰酒还令爸爸发醉。
你的笑容,
使妈妈永远貌美。
你的哭声,

> 会令全家人心碎。
> 乖乖地睡吧,
> 你是我们的依靠,
> 你是全家的宝贝。

歌声中止后,也不再听见婴儿的哭声,丛林又恢复了寂静,只有猫头鹰的咕咕声偶尔遥遥传来,带来几许神秘。迟升的下弦月,把丛林变得更深不可测。

旧部落

早上我们收拾好准备出发时,卡马诺克一家人也正好拔营。我看见他的大老婆把一只鸡塞到胸口的衣服里,只露出尾巴和两只腿,而岳母则紧抱着一只很小的猪,好像抱着她的宝贝孙子一样。每个人背上都背着箩筐,里面大多是野生食物。这就是卡马诺克所有的财产了。在我们看来,他们连乞丐都不如,但是他却是莽远族里家境较好的。

也因为他们家当少,累赘也少,想到哪里随时都可以出发。他们不需要一个房子把自己关起来,也不需要篱笆来隐藏文明人的自私和丑陋。前门就在山脚,小溪就是篱笆,后门在山巅,每一棵大树都是高级套房。只要身心健康,自己也肯动手的客人,都会受到欢迎与妥善的照顾,大自然也会供应一切。

我们在小溪边分手,我拼命地拍照,希望留下他们的身影面貌。我知道,他们一走开,我们大概就再也不会相见了。

除了两个好奇的童子偶尔回首投来好奇的眼神,卡马诺克一家人头也不回地越过小溪,然后消失在海一般壮阔的大丛林里。

他们没入林海中,可是我还望着他们在溪岸大石上留下的水迹而有些怅然。炙人的热带太阳一下子就把水迹烤干,我猛然醒过来,在大自然里讨生活,是不可能婆婆妈妈的……

丛林好似永远走不完,一山又一山地连绵不断。直到中午时,丛林突然到了尽头,前面出现了大片阳光和绿野,香蕉树、槟榔树、细小的甘蔗,还有几棵果树——有野莲雾、木瓜、菠萝蜜等,散布在一片荒烟蔓草的小平台上。中央有几栋长长的、以茅草搭盖的高脚屋,房子看来很旧了,已经有点倾斜。屋脚早没入高草中。

"看来莽远人已经迁移了,"走在前面的罗哈士说,"他们很少在一个地点停留五年以上!"

"为什么?"我不解地问,"这地点不错啊!"

"一方面是土地变贫瘠不堪种植,"海曼走到莲雾树下,摘下草帽当扇子来扇说,"另一方面,房子住久了,病虫就开始多了起来,卫生变不好……"

"你们多久以前来过?"我问。

"两年前,"海曼说,"当时这里有一百多人。"

"他们会迁到很远的地方吗?"我再问。没有见到莽远人,觉得有些失望。

"不会太远!"海曼答道,"最多是两三个小时的路程。"

这时我发现每个高脚屋旁都有一栋很矮的草房子,我估计墙壁高度只有三尺左右,我问海曼那是什么房子。

"冬屋。"海曼回答说,"雨季后期,山上的夜会很冷,这些不穿衣服的野人也会冻得受不了,大家就挤到这比较密闭的冬屋来过夜。"

我听海曼这样说,就想钻进冬屋去看看,但海曼一下子拉住我说:"且慢,里面大概有一大堆两年未曾吸过血的喝血跳蚤等着你!"

我赶忙止步。跳蚤真的是难缠的东西,一旦跳一只上身,那可就请神容易送神难,除非把全身的衣服脱下煮过,或者在水中泡个半天以上,否则不到它产卵的时候,打死也不肯离开大自然中最美的美味。

从高脚屋与冬屋间的空隙看过去,那边靠近丛林的地方有一间半倾的草屋。我请海曼跟我过去看看,海曼却退了一步猛摇起头来。

"那是莽远人的'待死屋'。最好不要靠近,"海曼严肃地说,"里头住了一大群恶灵!"

"什么是待死屋?!"我故意睁大了眼睛问。

"莽远人非常忌讳有人死在部落里。"海曼说,"万一有人死在部落里,那么就要赶快放弃部落,否则部落就会陆续地有人死去,直到死光为止。所以一旦有人病得很厉害快死了,就要赶快把他移到待死屋去。"

"在缺粮的雨季,"罗哈士突然接口道,"有些老人家为了节省粮食、成全孩子,自己也会到待死屋去饿死自己……"

我想,这种在恶劣环境中牺牲自己而让种族得以生存下去的情操,应该是人类的天性吧!只是现代人生活得太好,早就失落了这种天性。

我在平台上绕了一圈(稍微避开了待死屋,以免那两个平地人以后一直躲开我),仔细地查看平台上的植物,这样我大概可以推测出他们种植的东西。我发现有陆稻、小玉米(玉米穗只有拇指一般大)、绿豆、木薯、牛角蕉(必须煮了才能吃)、地瓜等,但都长得不好,从叶片上可以看出是缺少氮肥。

罗哈士和"追猪人"则在荒草中钻来钻去观察兽迹。他们说,从许多植物的根被刨食的情况来看,这里常有野猪群出没。人类无法住的地方,现在成了野生动物的天堂。

酋长

离开旧部落,我们沿着一条相当明显的小径前进。海曼从路况判断莽远人还是时常回到旧部落,大概是来照顾或采收水果。

小路不久又伸进丛林里,一路起伏不大,中途又看到一次传递信息的树枝。大约走了一个多小时,小路缓缓地弯进一个山谷。从这里开始,小路明显地变宽了许多。

忽然,我听见有一种近似敲钟或打鼓的声音,很有节奏地传来。而我们也走进了一片香蕉园里,园间参差种有木薯,看来都长得极好。

在园子边有几棵全无枝叶的树,我注意那些枝条在尾部被人用利刀切掉,因为末端枝子很细,一个人要爬上去工作,这些枝条可撑不住。我很好奇,莽远人是怎样做到的?答案却很简单,因为莽远人大多很矮小,身高大都只到我的肩膀,大约一百二十多厘米,体重也只有四十公斤左右,所以对他们并非难事。

把枝叶切掉是为了不让树挡住阳光而妨碍农作物生长,不过我不懂为什么不干脆把它锯掉。后来才知道,他们没有锯子。

我们继续顺着田园中的小路前进,突然有说话的声音,走在前面的罗哈士立刻停住了脚步。

那声音又传过来了,是一种蛮苍老的声音,而且似乎距离很近。可是,四周除了稀疏的灌木以及收获过的豆子以外,却空无一人。海曼说,那声音问我们要去哪里。

"伊苏曼农场部落的酋长想来拜访你们的酋长。"这是海曼的回答。

海曼用手比着我,表示我就是酋长,好像那说话的人就站在他前面似地:"请你带我们进去好吗?"

海曼的话结束后,怪事突然发生了:就在我身旁几米外的一棵灌木,突然升高起来,灌木的枝叶下是一个布满皱纹的莽远老人。他的出现使我吓了一跳!伪装得真是好,他的古铜色皮肤和附近的干草搭配得天衣无缝,就是他们两个猎人也为之折服。

他手上撑着一大束灌木,像雨伞一般遮在头顶上,不但有掩蔽的效果,也有遮阳光的妙用,真是一举两得。

"酋长在吗?"海曼问道。

"他已经知道你们来了。"老莽远人说,"你一直往前走,就可以看见房子。"

我们谢了他,朝部落走去。他动也不动地站在那里,真像一棵树。

我看见了一栋脚好高好高的高脚屋,海曼说那是莽远人放粮食的仓库。建这样高既可以防鼠,又可以防潮,食物能保存比较久。

再过去一点,我又发现了一栋建在高树上的小房子。海曼说那也是粮食仓库。

"这是一种树皮滑得老鼠也爬不上的树,"罗哈士说,"莽远人上下都要靠藤梯!"

再前进一会儿,我们看见几座高脚屋分散在疏林中,其中只有两栋相近的住着人,一位老妇人和一个少年人正在屋前空地的石头间煮东西。

我们走上去打招呼,高脚屋的阴影里传来了老人的话声:"追猪人没有带标,显然不是追猪来的!"

我们朝声音看去,才发现一个莽远老人坐在高脚屋里,我发现他的耳上有金属银光。

"啊,大酋长!"海曼说,"这是我们的酋长,特地来拜访你!"海曼同时用手指着我。我向老人鞠了躬,献上一包香烟、两盒火柴、一包盐及一块布。

老人则用槟榔回敬我。

他的高脚屋非常奇怪,只有一面墙,里头的屋柱上挂了几只藤袋,此外什么也没有。对文明人来说,"家徒四壁"的是一个赤贫的人,而这家徒一壁就不知是如何贫穷了。

老人请我上到高脚屋里。这是一种殊荣,表示他把我当酋长来接待。而海曼则只能在高脚屋的楼梯或边缘坐下。

等我适应里头幽暗的光线后,我发觉里头还有一个抱着孩子的年轻妇人。通过翻译才知,她是老酋长去年新娶的第四个老婆,烧饭的是大老婆,二老婆很久以前改嫁给依拉雅部落的酋长,三老婆去年跟一位巴达岸那边的男人走了。有趣的是,这些事全不勉强,皆经彼此同意。我想这种事如果发生在所谓的文明人身上,大概非要打得鸡飞狗跳,拼个你死我活不可。由此看来,我们文明人的行径,有时是比野蛮人还要野蛮。而他们却往往表现得比我们还要文明。"谁是野蛮人?"这是我常怀疑的!

太阳偏西时陆续有梆子声遥遥传来,这表示有人回来了。到了黄昏,部落里逐渐多了人声,酋长把我安排在另一栋高脚屋里歇宿,而一些小孩子则不时好奇地张望。

妇女在场子上忙着准备晚餐。她们都穿着非常简陋的衣裳,硕大饱满的胸部表示她们正在哺乳,看来都很年轻,有些大约只有十四五岁吧!

男人们则围在一起谈天说笑,有的抱着新生儿走来走去,有的逗弄着欲哭的娃娃。几只饥饿的土狗,守在锅子附近……

柴火的烟雾把部落罩在一股安详、生动的气氛中,使四周的大丛林呈现出更黑更幽的深邃。

晚饭时,我请酋长过来一道进餐。他带来一盘莽远人视为山珍的蜂虫,以及用竹节筒盛装的野棕榈酒。

蜂虫我还勉强可以尝尝,野棕榈酒我就不太敢领教,我觉得味道很像发酸的馊水。但那两个猎人却如获至宝,比我看见他们喝啤酒时还陶醉。

席间,我问酋长,这些人为何没有到远地去寻找食物。酋长说,他们的部落是分组活动,有的找野生植物,有的专门设陷阱捕猎,有的专事在部落的田园种植作物,有的则去寻找新的地点烧垦新地,等雨季来时可以种植。当然,还是以挖野生食物的人最多,到底纳米还是他们最重要的主食。

这天晚上,莽远人在场子上围着营火唱歌、跳舞、演剧。可惜那两个"平地人"都不胜酒力,醉倒在"野人的烈酒"里了,而无法为我翻译莽远人的歌或莽远人演的剧。我只能从其他观众的脸上捕捉一点点的含义。

第二天一早,我发现大部分人已离开部落出发去工作了。"追猪人"一直等到太阳升上来时,才略为清醒。

临走时,酋长邀我旱季结束时再来部落参加他们的"满月祭"。那时,所有的部落成员都会回来,准备度过漫漫雨季。那时,我也许可以见到奔鹿的一群小孩,如果他们没有夭折的话……

在离开部落的路上,一串串很有节奏的梆子声从部落传出,然后丛林中也跟着响起另一种节奏的梆子声。这两种声音在我耳中变成了一种动人心弦的节奏,还带有神秘的色彩。

在村口送我们的,仍然是那棵突然出现的小"老树"。他虽然没有什么表情,但我可以从他的眼神中读出友善、祝福的诚意。

走上通往旧部落的小路不久,我又听见那熟悉的歌——奔鹿的孩子们曾为我唱的,现在我不需那仍有一对迷糊眼神的"追猪人"翻译了……

不要道别啊!
因为你是我还想再见到的人。
道别只对逝去的亡魂,

还有我们讨厌的死神。

我们很少朋友,
也认不得几张脸孔,
你将是我们怀念的人。
你的慷慨,
你的关怀,
还有那温柔的眼神,
像满月一样啊,
直入——我心。

不要道别啊!
因为,
你是我还想再见到的人。

听到这样动人的歌声,我原本应该非常的欢喜,可是我不知道为什么,竟然轻易地让泪水弄混了我的视觉。而浩瀚、神秘的丛林,更像一片汪洋绿海……

自然摄影

最后的莽远人

民多罗岛动物志

民多罗岛的名字是从西班牙文Mina De Oro音译而来,原意为金矿之岛,但我喜欢把它直译为民多猡,不只是因为岛上多野猪,而且当地人养的猪猡也像狗一样到处游荡,形成一多猡之岛。就像我把菲律宾南部最大岛Mindanao(一般译为民答那峨)译成民大闹,因为那里的人民正在闹革命。

民多罗岛在菲国吕宋岛西部,濒临南中国海,是一个典型的热带岛屿。穷困落后,地多荒野,野生动物出没,民性闲散,饿来觅食,临溪解渴,为一有趣之岛。

斗鸡·野鸡

在民多罗岛的第一个黎明,我在四面八方的鸡鸣声中醒来。那时我乍然被无数鸡声唤醒,不禁怀疑起自己的耳朵,不然就是我梦游到了雄鸡之国。那远远近近的雄鸡拍翅和长鸣之声此起彼落,好像它们在叫着彼此的名字。我起床,从窗口望出去,正好看到两个农场的警卫,各自抓着一只雄鸡的尾巴,让那只鸡在空中猛拍着翅膀。一阵子之后,他们又各点了一根烟,然后猛吸一口烟,对着鸡身缓缓地吐出烟雾。一会儿,他们又抱起鸡来,仔细地抚梳着鸡的羽毛、修剪脚趾。我的室友告诉我,他们正在训练斗鸡,这是民岛大部分男人的早课。这时我才知道,我的确到了斗鸡之国。

斗鸡是民岛男人日常生活中最重大、最刺激的节目,男孩子从十岁开始就要养自己的斗鸡,男人聚在一起,话题十之八九是斗鸡,譬如:谁的鸡爆出黑马,在十秒钟内割断那只常胜鸡的颈子,谁在斗鸡中输了几千、赢了几百等。这种话题,从西班牙占领菲岛三百年、美国统治四十多年,以至于独立后的今天,一直谈不完。

在民岛路上,随时可以见到男人怀中抱着他心爱的斗鸡,而不是他的儿子。在他看来,斗鸡远比儿子重要,生儿子可容易了,一年一个,有时两个,可是一只好的斗鸡却是可遇不可求。他们经常会这样想:如果命运之神照顾了他,使他养了一只常胜鸡,他就可能捞到一笔财富。虽然这件事从未在地球上发生过,但大多数人还是这样强烈地希冀着、等待着,就像这世上还没有活人上过天堂,却有一大群一大群的人一生都在张罗着进天堂。在还没有涉遍各宗教的圣经、没有学得辨认真理的智慧以前,就去深信一种宗教,我真害怕他们又要信上另一形式的鸭蛋教。

我的一位工人陪林,短小精悍,嗜斗鸡如命,可是他也是每个星期日上教堂的教徒。有一天他输光了工资,无精打采地坐在树下。

"陪林,你不能不赌斗鸡吗?"我问他。

"除了斗鸡以外,我还能有些什么消遣呢?"他说。

"像阅读、沉思等。"我说,因为他平常说起来满口奇怪的哲学,并且自称曾在输光他父亲的遗产后隐居在山中达"十天"之久,所以我故意高抬他。

"我是在阅读呀!我读斗鸡的杂志。可是,你读到新知识,总要拿出来用,不然不是白读了吗?可是,书本上的东西往往是无用的垃圾。我输了几次以后,就把阅读抛到身后,就像我把斗死的鸡抛到厨房一样。"

"那你说说沉思吧!"我说。

"如果你的沉思是指想的话,"他愉快地说,"我可是经常在沉思呀!"

"沉思什么?"我好奇地问。

"白天沉思斗鸡,晚上沉思杂货店那个丰满的女店员。"他神秘地说。

"唉呀，不是这种胡思乱想。"我急忙说，"我的沉思是指，譬如你在教堂时沉思有关上帝存在这件事，或者有关生命意义这件事。"

"原来这样，那我可称为思想家了。"他毫无愧色地说。

"好，就告诉我你在教堂想什么好了。"我说。

"想天堂呀，傻瓜。"他理直气壮地大声说。

"你是为了上天堂才上教堂？"我拉长脸问。

"难说，如果有选择的话，我不会选天堂。"他沉声说。

"你想下地狱？"我惊奇地问。

"胡说。"他轻松地回答。

"那是炼狱啰！"我以为我这回必定猜对了。

"不是。"他依然轻松地回答。

"那还有哪里？月亮！？火星！？"我有点生气地说。

"人间——地球。"他得意地大声说，"你看，人人都怕死，足见人间比天上好。我们人类大部分都是傻瓜，在人间不好好地活，却一味地想到死后上天堂这种浮不可靠的事上。"

"如果真有天堂，它也不见得对每一个人有好处。"陪林真挚地说，"譬如我，我的好朋友绝对上不了天堂，必是地狱的主客，所以我宁去地狱，在那里我才不会孤独。在天堂可是禁止斗鸡，罗陪士神父这样说过。一个不能斗鸡的地方还能称为天堂吗？"

"那你上教堂干吗？"我不解地问。

"祈祷及告解[1]。"他答。

"为了什么事？"我仍是不解。

"为了斗鸡呀。如果我不祈祷上帝赐我灵感，我怎能赢呢？一个人老是成为输家，他还有希望吗？人可是靠希望活得愉快的。"他煞

---

[1] 告解，天主教仪式。信徒在神职人员面前忏悔自己的罪过，以求得上帝的宽恕。

有其事地说。

"你每星期日都告解吗?"我问。

"当然!"他说。"告解就像洗澡一样,把一星期来所积的罪秽都洗去。这样,当你再犯罪时,感觉上就轻得多。因为我明知这些罪,可是会一犯再犯。"

"那你干脆像一个小男孩那样办告解好了。"我说。

"'神父,我偷了邻居树上的六个芒果,求天主原谅我。'小男孩认真地悔过说。

'你很坦白,天主原谅你,并罚你念天主经六篇作为补赎。'神父说。

'神父!'小男孩轻声说,'你还是罚我念十篇吧!'

'为什么?'神父不解地问。

'因为树上还有四个芒果呀!'小男孩理直气壮地说。"

陪林听了大笑说:"我说过,告解就像洗澡一样,把心灵上的污垢洗净。但你不能因为洗一个长达五小时的澡,就保证一个月的干净呀!"

"你犯的都是哪一些罪?"我好奇地问。

"大部分是欺诈罪。"他说。

"怎么来着的?"我疑惑地问。

"就是在斗鸡身上动手脚,但可别问我如何做手脚,这可是我在教堂沉思得来的,泄密可要招忌。"他说。

"这样,我知道了,陪林!"我恍然大悟地说,"你上教堂,先请求神父宽恕你的欺诈罪,然后祈求上帝保佑你的欺诈不要露马脚,对吗?"

"对呀!徐先生,你总得在教堂做些什么呀!"陪林一本正经地说。

我的司机傅雷，有一天请我准他一天假，好去找回他那出走的妻子。我嘱他找到时，把她带来见我，我要知道为什么，因为那个妇人我见过，可是挺内向的。

第二天，那个可怜兮兮的妇人向我诉苦说："傅雷从来没有像疼他的鸡那样疼我。他可以一个早上与他的鸡在一起嘀咕，却常常好几天没有话跟我讲。他说梦话，叫的是他的鸡的名字。前天傍晚，我终于听见他喊我的名字——用吼的——因为我忘了买鸡饲料。"

岛上斗鸡固多，野鸡也不少。自从1972年菲国实施军事统治管制枪械以后，各种野生动物大量增加。野鸡是其中之一，野外常可遇见，少年人经常用弹弓来猎野鸡。我有一位军人朋友，马林中尉，他常常带着他的枪出猎。有时他经过农场会进来喝咖啡，或吃一顿午餐，也常留下一两只野鸡。有一天，他多带了一支猎枪来邀我一起去森林猎野鸡。

"野鸡和家鸡怎么分呀？"在进入森林前我问他，"在我看起来它们差不多一样。"

"那容易！"马林说，"野鸡稍小，羽毛丰美，看到人会飞。"

我们分开约一百米，朝同一方向前进。他发现第一只野鸡，开了两枪把它射下来。我一直没有发现，正觉得不耐，顺手把一截枯枝掷入草丛，立刻一只鸡飞窜起来。我一抬枪，就把它从空中射下来。我心中可真得意自己的眼明手快。马林遥遥朝我竖起大拇指。就在这当儿，一声晴天霹雳："你是贼还是什么？光天化日之下射杀我的鸡。"一个中年妇人来势汹汹地说。

"唉呀！太太别误会。"我说，"我是射野鸡。"

"这一只可是我养的鸡！"她气愤地说。

我捡起地上的鸡，仔细地看，怎么也看不出来它到底是野鸡还是家鸡。

这时马林走过来，瞥了死鸡一眼，轻声说："赔她十元。"

我只好依言而行。那妇人拿着钱悻然离去，走了几步又停下来回头朝我说："要吃鸡，先生，还是用买的吧！"

"马林！"等那妇人走远之后我说，"这到底是怎么一回事？会飞的就是野鸡，可是你说的。"

"啊！徐！"马林耸肩说，"那只鸡可是被你吓着了。所谓'吓得鸡飞狗跳'，就是这样啊！"

"可是家鸡与野鸡总该有所分别吧！"我说。

"嗨！傻瓜！"马林说，"野鸡被抓回来饲养久了就变成家鸡，家鸡跑到山上去久了就变成山鸡，跑到野外就成为野鸡。至于其中分别，只是一种感觉，就像你们中国人和日本人一样，我们可以分出来，可是却说不上其中之分别。"

我把枪抛还马林。"那妇人说得对，我还是到市场去猎的好。"我说，"而且我的舌头感觉较灵，一尝就知道是家鸡还是山鸡。"

水牛

一踏上这个人烟不稠的岛屿，我首先注意到的是处处水牛：在草原上三五成群地觅食、徜徉，在热带阿卡夏大树浓荫里打盹、反刍，在小溪、沼泽中翻滚；小孩子骑着水牛在小径上出入，大人们赶着那拖着无轮木架牛车的水牛，在石子路上吱吱地前进；田野上水牛拖着犁翻土。每一个农家都饲养着大大小小的水牛，这是他们工作的机器、家的原动力，更是交通工具。在雨季时，再没有比水牛更好的交通工具了。男女老幼骑着牛通过泥淖深陷的土路，妇女可以在宽广的牛背上打起伞来，一面向着教堂或市场前进，一面喂奶给她怀中的孩子。男人抱着他宝贝的斗鸡赶着去斗鸡场，他一面用手抚摸斗鸡，一面用脚猛踢牛腹催它前进。这令我惊讶于一只庞然水牛竟比不上一只斗鸡宝贵。也许只有等到那牛忽然死了或失踪了，农人必须自己来拖犁时,他才会发觉水牛是如何重要。可是等到他找到了他的牛,不过一刻钟,他又忘了这个教训。在我们生活上,不也到处充满着牛鸡颠倒之事吗?

一天傍晚,一个农人朋友来农场问我可曾看见他走失了的水牛。

"有一边角锯短了的就是我的牛。"他说。

"如何走失的?"我问。

"好久以前,我把它用很长的绳子拴在沼泽边,这样它饿了可吃旁边的草,渴了可以饮沼中的水,热了也可以泡水。"他说,"可是今天下午我想把它牵回来,以备明日可以犁田种豆时,发现它不在了。"

"如果找不到牛,我有一个好主意。"我说,"把你那十四只斗鸡连在一起去拖犁。"

"什么!"他叫了起来,"我宁可自己去拖犁。"

"如果你愿自己拖犁,"我正色道,"我非常愿意借一条水牛去替你把犁。既然鸡牛可以颠倒,为什么不偶尔也人牛颠倒一下呢?"

他倏然睁大了他那迷糊的眼睛来看我,看我是不是清醒着说这些话。

平常我们见到的水牛都是黑色的,但在这岛上居然有为数不少的白色水牛。这当然要令一些没有见过的人大为惊奇。其实,自然界里什么奇妙的事都可能发生,而我们的眼光却是有限的。这种白色水牛依我看是遗传上的突变,俗称天老儿或白化种(Albino),就是在遗传过程中,色素遗传因子被遗失了,所以后代丧失了色素而成了白色。这种情形在人类中也会发生。但这里的居民却一口咬定,白色水牛是被美国人杂到的。他们说的那样肯定,好像他们亲眼瞧见事情的发生和经过。他们说:"你要是不信,看看美国人在越南、高棉干的好事吧!你就会相信美国佬幼稚得什么事都做得出来。"

记得在中美洲时,一个金发的美国青年,在一个农庄的野宴上大言不惭地对着一群有西班牙血统的小姐，指着忙来忙去的印第安少年说："由动物进化上来看，白种人是要比有色人种在生理上、头脑上进化得多。"当时我正好在旁边，一些朋友都用不自然的眼光看我，怕我受羞。

"也许吧！"我说，"但在遗传上看来，白种人却应该是一种白化种。"

那金发人一听，气得跳起来，好像要找我决斗。但一看到我是中国人，他的怒容变成一副苦笑的脸。他一定看过太多那种专演中国人打白种人的功夫片，我想。

狗拿耗子猫捉鸟

民岛居民几乎每一家都要养上几只狗。令我惊异的是，这些在房舍附近徘徊的土狗都是相当肥壮，完全不像它那住在屋舍中干巴巴的主人。它们的主人如此瘦也的确有好处，当一家子栖在一间不比鸽子笼更大、更结实的竹笼里时，一点也没有不安稳的感觉。

有一次我指着几只狗问我农场的工头："海曼，你们人都吃不饱，哪来余粮把狗喂得这么肥壮？"

"什么？喂狗！"他听了大惊失色地说，"野鸡、野鸭不都肥肥壮壮，谁来喂它们？只有住在都市的怪人才为了狗食上市场，有的人还把狗打扮成像煞它们主人那样的妖怪哩！"

"可是，狗总要吃东西呀！"我说。

"我也没说它们不吃东西呀！"他说。

"哪来的食物呢？"我问。

"自个儿去找！"

"我知道了，海曼！"我说，"它们饿了，就自个儿去打猎。"

"对！就这样简单。"他说。

"那民多罗岛一定到处充斥着野生动物,像兔子、狐狸之类的可供狗食。"

"不是这些。"他神秘地回答。

"野鹿、山羊?"

"不对!"

"到底是什么,海曼!"我有点生气地说。

"老——鼠,哈哈!"他大笑着答道。

"什么,狗抓耗子?"我半信半疑。

"没错,你慢慢就会知道民多罗老鼠有多少。我们养狗主要也是为了对付老鼠。"

"为什么不养猫?"

"我们以前也养猫,可是猫只能对付家里的老鼠啊!徐先生,看我们的竹房子吧!"他说着,指着前面一栋房子,"除了蛀虫,没有一种东西能在竹片上挖开一个洞并住进去。没有家鼠,猫就只好到田野去捕鼠。可是猫到了野外,就成了虎落平阳,被成群结党的鼠辈吓得躲到树上去了。正应了俗语说的:'逃无路,爬上树。'这些树上的可怜猫儿,肚子饿了也不敢下来,只好在树上觅食。最后,它们发现树上有一种白天会飞、晚上不会飞的动物,正好供它们晚餐,于是我们的猫成了捕鸟的,也许以后它们会变成另一种猫头鹰。至于狗,它们有的是办法。来,我叫两只狗来表演一下吧!"

他带了两只狗到了土堤上。两只狗把鼻子探进堤上,每一个洞中嗅一嗅,突然一只狗用脚把洞扒开一点,然后把鼻子深深插入,并且用力地对着洞内吐着气,另一只狗就站在堤下监视着。一会儿,一只总有半斤重的老鼠从旁边另外一个洞中蹿出来,立刻被监视的狗咬死,前后只有五分钟。

"海曼!"我说,"下次你的母狗分娩时,留两只小狗给我吧!我想这是我第一次养得起两只狗。"

老鼠既然这么多，我也该提到它，不然可就失敬了。老鼠之能名列十二生肖之首，绝非侥幸。不管科学如何发达，它始终是我们农业的大敌，全世界每年因鼠害而损失的粮食总在千万吨以上，这种情形在热带地区尤为厉害。这些老鼠不只是在农作物成熟时为害，甚至在你刚播下种，它就来把种下去的种子挖起来吃掉，吃不完的还搬回去贮藏。在热带旱季草原干枯时节，饥饿的老鼠四处掠食，连果树的树皮都不能幸免。

为了对付老鼠，人类合成了杀鼠烈性毒药，拌在饵里诱杀老鼠。可是要不了多久，鼠辈就学聪明了，只要发现突然出现了好吃的食物，以及鼠亲鼠友中有鼠忽然暴毙，那就再没有第二只老鼠肯去动鼠饵了。于是人类又合成了一种慢性毒药，必须吃下好多次，经过许久以后才会慢慢中毒而死，这样老鼠才不会怀疑到鼠饵上。初期此计颇为有效，可是不久，科学家发现，老鼠中产生了一种新种老鼠，它能抗拒这种慢性毒药，它们吃了这种慢性毒药非但不死，而且吃得肥肥壮壮，繁殖加快。最近人类发现老鼠喜欢用唇舌来清洁毛发，就把一种强烈的毒药混在废机油里，把油撒在田野四周的草上，只要老鼠经过，毛发沾上油，再用唇舌去清洁，那它准死无疑。鼠害严重的热带地区，人们都种植一种硬种甘蔗，它硬得连老鼠都咬不开。

夏元瑜老前辈曾著"以螳螂为师"，我倒觉得老鼠更可以为师。老鼠不只能适应任何恶劣的环境，它们还很会用头脑。就像荒岛上的老鼠会用尾巴钓起虾蟹充饥，家鼠会抱起鸡蛋，由另一只鼠来把它和蛋一起拖回去。

我来到民多罗岛的第一天，许多人就告诉我：小心老鼠。当时我心想，人类常有夸大的倾向，所以未很在意。可是不久，拖拉机在农场犁一小块地，竟然翻起一百多只大老鼠，我就有点惊讶了。再等到我去图书室里翻寻杀鼠手册，发现那本手册竟然被老鼠咬得稀烂时，我不再只是小心老鼠,我简直害怕得要像当地人对妖怪一样,用三牲来向它顶礼膜拜了。

蟒蛇

菲律宾民多罗岛的蟒蛇相当闻名,菲语称之为"萨哇"。据当地人说,"二战"期间,有许多藏觅在深山中的日本残兵,就是死在蟒蛇口里。民多罗岛上较未开化的山地人对蟒蛇特别惧怕,如果有一两家的狗、小猪或小羊无故地失踪,那么全部落就会立刻骚动起来,因为那多半是大蟒蛇侵入了,说不定此时蟒蛇就在某一家的梁上或竹地板下,或在房子旁边的大树上,正吐着信,用那双使人晕眩的眼睛,冷冷地盯着人畜……

一个七十八岁的山地老人告诉我说:"小时候,有一次黄昏,我的一位童伴奉母命向我母亲借一点盐巴,走上小山路朝几百米外的家归去。可是他从此没有回到家,也没有人见过他。大人都说他被蟒蛇吞食了。"

"即使是现在,"一个年轻的山地人说,"虽然大蟒蛇少了,但在雨季,我们绝不单独往密林或沼泽边去。就是在旱季,那些阴湿隐秘之处,我们都远远避开,因为那往往是蟒蛇藏身的地方。"

他们说得越恐怖,我越对蟒蛇有兴趣,可是我去了大丛林里三次,除了几条小的,就是一直没有见过大一点的蟒蛇。

八月下旬,我在红山山谷中种植的大片高粱成熟了。此时正是大雨季中十天左右的晴朗日子,我必须在这十来天里把高粱抢收下来,不然过了这些日子,大雨又要日夜地下个不停,我的收成就要报销了。我雇了几十个工人去收割,并且亲自去指挥。在工作进行的第二天早上,约十点多,正当工人挥着大汗收割时,突然有四五个工人大声惊叫着:"萨哇!萨哇!"立刻所有的工人像看见鬼一般拼命地朝着停在路边的卡车跑来，那时我正坐在卡车顶上。

所有的工人都面带惊惧地爬上卡车，这时我才知道，他们遇见了蟒蛇。

"它就横陈在我的前面！"一个个子瘦小、约四十多岁的工人说，"好长哟！我看不见它的头和尾。"

"我只看到它的一段！"另一个皮肤黝黑的年轻工人说。

"有多粗？"我问。

"像小腿一般！"那个瘦小的工人回答说。

"不！"那个年轻工人说，"几乎有大腿一般粗。"

"比小腿粗一点而已！"另一个矮壮的中年工人说。

他们说的都对，因为他们各自看见了蛇身的不同部分。

"把你的长刀给我！"我对工头路易士说，"我去看看！"

路易士拔出他的长番刀递给我，我拨开齐胸的高粱慢慢前进，路易士在我后面随行，我们一直找到中午，不见蟒蛇的踪影。

那天下午，许多工人都拒绝在靠近蟒蛇出现的那片田地附近工作，他们相信蟒蛇依然在那附近。我只好安排他们在远离的地方收割，而整个下午，我带了四只猎狗和三个胆量较好的工人去找蟒蛇。

找了许久始终没有踪影。下午四点左右，突然狗群在那靠近灌木林的高粱地里狂吠起来。我赶了过去，四只狗正绕着盘成一堆的蟒蛇猛吠。那蟒蛇盘成圆状，好像一个横倒地上的卡车轮胎，蛇头在中央，昂得高高的，不住地吐着信。没有一只狗敢冲上前去，只是不停地绕着蟒蛇跑着、吠着。

看着猎狗的行动，我想起以前在尼加拉瓜随跛子探险家罗兰多去沼泽山探蟒时，他这样说过："蟒蛇常在猎物静止时发动攻击，所以跳、跳，不断地移动身子，就是对付大蟒蛇的方法……"这些猎狗就是这样对付着大蛇。

蟒蛇的动作相当缓慢，它很少追逐猎物，只静静地躺在草里，或挂在树上，等待猎物走近，然后以迅雷不及掩耳的速度以口攫住猎物。所以蟒蛇那一攻击相当可怕，但如果猎物不断迅速地变换位置，那么蟒蛇就没有机会发动那可怕的攻击。

由于我有一些对付蟒蛇的经验，所以并不很畏惧蟒蛇。我站在距离那蛇约有五六米之处观察它，它称不上是大蟒，但也不小了，约有四米长吧！

"先生！"路易士说，"我把长刀绑在竹棍上斩蛇的头，你认为怎样？"

"不！"我坚定地说，"我要活的。"

我不轻易杀生，即使是毒蛇，因为蛇也是大自然的一分子，也扮演着一个颇为重要的角色。许多人怕蛇，是因为不了解蛇或误解蛇。

我看好附近的地势，判断蛇如果要逃走，必会向灌木林那边去。这时正好有微风从高粱地吹向灌木林那边，如果我在那边等候蟒蛇游过，它不会嗅到我……

我先交代工头叱退猎狗，然后用长枝子去扰弄那蛇，让它游动，我就到灌木林边等待着。

蟒蛇果然缓慢地朝我这边游来。我正隐在一丛草后，当它伸直前半身而头靠近草丛的时候，我单脚跪地，一探手，就抓住了它的脖子。如果我在蟒蛇前半身弓曲时去抓它，它会很容易躲开，并且立刻能反咬，但当它前半身伸直，此时其势已尽，所以无力躲开。

我双手紧握住蛇头，同时用力地左右甩动着，使它的身子不能向前弓缩着向我卷来。每次它的身子由侧边弯过来，我就朝侧后跳开一步，但我的双手始终紧抓住蛇头。

这时同来的三个人都已跑过来。两个人拉住蛇尾，工头立刻打开一个大麻布袋，从尾部将蛇身套入。最后我将蛇头压入袋中，迅速用双手将蛇头往下一掷，并把袋口一缩，蟒蛇遂成囊中之物。

我用工头养斗鸡的笼子改装成蛇笼子，把那蟒蛇养在里面。这真是一条漂亮的蛇，全身花纹斑驳而灿烂，有金黄、深蓝、赤红、碧绿和咖啡等颜色，这些颜色还带有金属般的光泽。这时我才恍然大悟，为什么最怕蛇的女人依然深爱蛇皮制的皮包。

正当我得意地和工人们一起欣赏蟒蛇的时候，老工人李瓦士却说："这是一条公蟒，我敢赌一百披索，还有一条更大的母蟒在那高粱地附近。"

李瓦士从前是很出色的猎人，他对野生动物有丰富的知识和经验。他现在老了，在农场里打杂。他的话每个人都相信，他这一说，又使得许多工人畏缩起来。

"你们不要怕！"我向工人说，"你们收割时，我和狗会走前面。如果有蟒蛇，我和狗是它的第一个目标。"

如此工人才稍微心安。

我把蛇笼子摆在牛房旁边贮放干草的草房里，那里离工人住的宿舍很远，以防万一蟒蛇跑出来吓着人。

接下去四天，收割工作都很平安顺利。可是在第四天的深夜里，牛房里的牛突然骚动起来，冲出牛房跑到外面去了。幸好外面有一道木栏围着，牛才不致散失。牧工去查看，但查不出牛骚动的原因。

天亮后，我和李瓦士发现那只大公牛的背脊上有一片双掌大的伤口，他仔细地看着伤口后说："母蟒干的！"

"可能吗？"我问。其实那种大片而不很深的伤口，只有蟒蛇才可能，但我想知道李瓦士如何判断。

"那蟒蛇沿横梁进来，震惊了牛群。那头大公牛就冲过去想顶撞蟒蛇，那蛇正好从梁上朝下咬它一口……"

"你看那蟒蛇现在会藏在哪里？"我有点担心地问。

"在贮草的房里！"李瓦士肯定地说，"我想它正在找丈夫。"

"我不信蟒蛇会寻找丈夫。"我不以为然地说．

"啊！先生，不要只相信你眼睛看到的。"他严肃地说，"我们人类的眼光有限，而自然界却是无限的啊！"

"可是，这件事不是太拟人化了吗？"我说。

"不是拟人化。这段雨季中的晴天是蟒蛇交尾的季节，"他说，"一条发情的母蛇找它的公蛇而已。这也是那天我敢说必有一条蟒蛇在附近的原因。"

"我们去草房看看！"我说。

我们小心翼翼地进入光线黯淡、贮满干牧草的房里，蛇笼里的公蟒立刻嘶嘶作声地恫吓着，我们谨慎地慢慢找，没有母蟒出现，倒是李瓦士看到了梁上许多灰尘曾被扫落。

"该怎么办？"我问李瓦士。

"用烟把它熏出来！"他答道。

"好！"我说，"这事交给你和路易士去办，但先派人把蛇笼移到那边大树林旁。"

那天，整整熏了半日的烟，但毫无蟒蛇的踪影。

那个晚上，除了野猪闯入农场外，一切尚属平静。

天刚亮，我穿上长筒雨鞋去树林看那条公蟒。那树林由高大的热带大树形成，林叶茂盛，枝干上到处盘旋着、垂悬着弯弯曲曲的粗藤。在我靠近蛇笼的时候，突然我的眼睛似乎瞥见有那么一条靠近我的粗藤，在初阳中发亮，当我略向右上方仰首细看时，突然一片椭圆、肉红色，上下颌张成一百八十度的大蛇嘴闪电般地由右上方向我的脸咬来。我条件反射地将脸一偏、一低，同时右手一挥，以掌朝蛇嘴一拍，正好拍中蛇嘴上下颌相接处，靠腕处的掌也正好被蛇牙割破一道两寸长的伤口，我满掌都是鲜血。

蟒蛇被我的掌拍中后，略为荡开，接着整条蟒蛇从树上坠了下来，后半段打中我的肩，使我向外倾跌。这时一道危险的讯号闪过我的脑海，我不顾地上的泥泞，立刻一个鲤鱼跃水，朝外纵跃，然后一个翻身，再次鱼跃，然后连爬带跑向牛房的方向跑去。跑了几十步后，我停了下来，我知道自己已脱离险境。

那时如果我被咬中，蛇身就会飞落、卷住我，那么我就凶多吉少了。蟒蛇的攻击是先开口咬住猎物，然后立即用身子卷上去，将猎物勒毙。所以当蛇落下来，如果我不及时跃开，就会遭到它的第二次攻击。

我停步在离蛇笼三十来米的地方，回头看去，那母蟒正缓缓地向林中游去。这时我的两脚兀自发软，双手颤抖着，冷汗直冒，全身沾满泥巴。这是我第一次感觉到蟒蛇的可怕。

我没有把这事告诉任何人，我只说我不小心滑倒了，只有李瓦士用奇怪的眼睛瞧着我。

"我建议您把公蟒杀掉！"在没有旁人时，李瓦士对我说，"那样，母蟒自然会远离。"

"不！那公蟒实在是一个美丽的动物，对一个爱美、爱大自然的人，说什么也舍不得下手。何况它除了吓着工人外，并没有损害农场什么。它们倒还帮着我们捕食地里的野鼠和来破坏的野猪。"我耸耸肩说，"我倒想把它放回地里去哩！"

"如果您真的要放它，"李瓦士带着神秘的微笑说，"我建议您把它放在大树林那一边的河里，也就是拉巴冈河。"

那天工人上工以后，李瓦士、路易士和我三个人把蛇笼轮流抬着，沿着小径穿过大树林。到了拉巴冈河边，我们把蛇笼放下后，李瓦士就抽开了竹门。不一会儿，蟒蛇就探出头来，朝四周吐着信，然后身子逐渐伸长，像挤牙膏一般，等它的身子三分之二都探到笼门外，它的头才低下，然后砰的一声，整条蛇都落到略混浊的河水里。只一个波纹，蟒蛇就消失了。

那天中午李瓦士对工人说，两条蛇都被我杀死了，大家尽可以放心收割。不过对我而言，事情并没有结束。一连多少夜，我时时梦见那张成一百八十度的大蟒蛇嘴向我咬来而惊醒，而当我走过树林时，往往对粗藤有点神经过敏，但想起那璀璨的蛇皮，又会使我想再去欣赏蟒蛇。

自然摄影

民多罗岛动物记

菲律宾趣谈

大搬家

11月初,菲律宾的雨季刚刚结束不久,河水就变得清且浅。就在靠近我们农场的那段河岸上,有一天,突然冒出了两栋草房子来,就像雨后悄悄出土生长的蘑菇似的。我心想,菲律宾人建房子的速度可真惊人,三五天一栋房子就矗立起来。

然而,在我的工作室对面山丘上的那栋草房子却突然一下子失踪了。它是我整个雨季中放眼可及的最远目标,是雨季前不久才建好的。看样子现在它似乎倒了,我心中不禁涌起那种"眼看他起房子,眼看他宴宾客,眼看他楼垮了"的感慨。

过了几天我背着相机去丛林拍摄莽远人迁徙的情形。在回程上,我顺道要去拜访一位住在丛林边缘的朋友,整个雨季里我们都未曾见过面。可是我在丛林边缘找来找去就是找不到那栋高脚房子。在那房前我与那位朋友曾经不少次一起烘烤着我们猎获的野鸡和山猪,我不禁狐疑自己的记性了。难道只过了一个雨季我就忘记了那草房子的位置了?也许吧,经过五六个月无所事事的雨季,莫说记性可能发霉,连脚也可能长青苔。

不久后的一天,一个菲律宾友人来通知我,他在下一个星期日要搬家,请我那天早上十点钟左右去他新搬的地方,他要请我吃汤圆。我对菲律宾原住民的风俗习惯非常好奇,于是欣然答应,他也就很详细地把那个地方的位置告诉我,还画了草图。

星期日早晨,我九点五十分就到了朋友指定的地点。可是那个地方一栋房子也没有,我怀疑走错了地方,便拿出他画的图仔细查对,发现的的确确是他说的地点,左边两棵不分叉的阿卡夏树,右边是一株星苹果,后面有一排香蕉树,前面一道小渠。这一切都对呀,可是为什么这里一栋房子都没有呢?我正想走到半公里以外的一家农舍去问,突然我听到一阵混乱的声音,然后我看见一个不可思议的现象——一栋草房子在人声嘶喊中缓缓浮出香蕉园。我还以为自己眼花了,可是那栋草房子在香蕉树间载浮载沉一会儿之后,就向我这边慢慢漂来,或者说草房子长了脚朝我走来,因为我看见草房子底下有无数的小脚,就像一条墨鱼或百足虫一般,也可以说像是一只移动中的大蜗牛。这现象叫我大吃一惊,因为它完全超出我的经验之外,简直叫我看呆了。直到我定下神来才发现,原来房子正被底下的四五十人扛了起来,朝我这边"漂"来。

房子到了我站立的位置前,一个老人指挥着众人,把草房子的六个高脚朝预先挖好的小洞一放,立刻平地上霍然就多出了一栋高脚草房。此时,先前那些突然出现及忽然消失的房子的疑问也就全解开了。

房子摆好之后,妇女们取来汤圆当点心慰劳扛房子的男人们,因为搬房子都是附近来帮忙而不收工资的亲友。汤圆是甜的,大小与闽南人惯吃的一般。据说这也是闽南华侨传到菲律宾的,表示功德圆满之意。

"这种搬家法我是闻所未闻、见所未见,教我吃惊不小!"我告诉我的朋友。

"那么你们台湾人怎么搬家啊?"朋友问我说。

"把家具家当,搬到其他房子就是搬家呀!"我答道。

"你们称为搬家的,其实只是搬家具罢了,哪能算搬家?!"我的朋友得意地说:"我们这样才够称为搬家!"

有一次,我和两个朋友一道开车去北吕宋玩。那时我们正赶着要在中午以前抵达伊莎贝拉省（Isabela）的首府——伊拉甘市（Ilagan）去，所以我把车子开到将近一百公里的时速。

当车子绕过一个大弯后，我突然发现，这条国家公路居然笔直地通到一户人家的房子里，也就是公路的尽头赫然是一栋菲律宾的大草房子。这情景简直把我吓呆了，这种根本不可能的事居然活生生地在热带的大太阳下发生了。我吃惊得都忘了踩刹车，还是我的两位朋友猛叫着"煞车！煞车！"，我才大梦初醒似的去踩刹车。最后，车子在一阵摩擦声中正好赶在草房子前面停下来。这时我才发现草房子底下起码有七十个人坐在公路上休息，原来他们正在搬家途中。

后来我在杜给加劳市附近又遇到一辆仿佛是"灵车"的十轮大卡车，车上载着一栋很新的小草房子，它缓缓地沿着公路与我错车而过。

"这个草房子的主人若不是在躲债主，就是在躲仇人；更可能是在躲会给他带来麻烦的情人。"我的朋友这样告诉我。

这可以说是世界上最干干净净的"大逃亡"或"大搬家"。我也很担心台湾闯空门的贼儿哪天瞧见这菲律宾式的大搬家后，来个如法炮制。如果真有那样的一天，台北火车站突然一夜失了踪，我也不会吃惊了。

在菲律宾住久了之后，我发现他们还能利用搬家这玩意来向银行骗取贷款。

他们是这样骗的：几个朋友分别到银行，在一项国家贷款给农民及工人建房计划下申请建房贷款。

银行要保证这笔款子确确实实用来建房子，所以通常是在申请贷款手续批准下来之后，住民就先动手建房子，房子建好之后再去请银行的人来检验，验后就可以领到贷款。反正一栋房子要不了一个月就建好了。

可是几个朋友合起来却只建造了一栋草房而已。等这栋房子检验后，就立即雇人把它搬到乙地，再由丙去贷款。如此一栋草房子就可以借出好几笔贷款。

到了后来，甚至有人专门出租这种小草房子给要骗取贷款的人。最后，这项贷款计划不得不被迫取消了。

菲律宾这种草房子造价很便宜，小一点的只要一两万元，如果你愿意自己动手，那几乎不用花什么钱，所以菲律宾人拥有自家房子的比例可比咱们这经济起飞的台湾高。虽然房子是简陋了些，但你出门时不会有大房东二房东拦着你，你也不必为了付买房子的分期付款，过那种春蚕到死丝难尽的伤脑筋日子。如果你看腻了一处风景，或风水转了，或厌烦了邻居的千里眼、顺风耳、长舌头，听烦了隔壁的麻将、夫妻吵架、孩子哭闹的现代交响乐，那么你只要雇些人来个大搬家，一切又可以重新开始。

篮球王国

说起篮球王国，我想所有的读者都会一致认为是美国，因为美国不但是篮球起源的地方，也是篮球实力最强的国家，从1936年被正式列入柏林奥运会以来，除了1972年慕尼黑奥运会被苏联以一分之微击败（对最后的一秒钟有所争执）外，美国一向都是包办了冠军。可是，如果用篮球人口的比例来论，对篮球真正到了疯狂程度的篮球王国则应属菲律宾。

菲律宾全国人口约在四千五百万人左右，其中属于篮球迷的约有两千万人，而常打、喜打、精打篮球的人不少于一千万。它同时是除美国之外仅有的一个拥有职业篮球队的国家，拥有一座足以傲视他国的篮球体育馆——有空调设备，可容纳四万观众的阿尔内达篮球馆。

当然，上述都是从资料上间接得来的。但如果你进一步生活在菲律宾，那种篮球王国的感觉将更强烈。因为我喜欢打篮球，来到菲国后又加入他们的一个地方性球队，因而深入其中。在此特将所见记之，以飨读者。

在菲律宾，任何一个小小的村落，不管是山区或海滨渔村，总有一座标准的篮球场。但因为玩球的人多，所以除非是高手，否则没有资格在这样的球场打球。因此，简陋的球场就到处都是，最多的是利用马路（泥地）的平地做场子，在马路边竖起一个篮球架；次多的是利用屋前或屋后的小空地，立一个简单的球架供家里的小孩子玩；也有的是几个家庭的年轻人联合起来，将较大的空地铲成小平地做球场；也有利用坟场的空地、菜场散市后的空地。更有的在椰子树干上，或在阿卡夏大树干上，装一个篮框而成。甚至我的一位司机朋友，把球框装在他那有棚的大卡车货架上，他常常在下班后，带着他的孩子，把车开到空地上打篮球。以上这些光怪陆离的篮球场在菲律宾的乡村随处可见。

每个村落里或村落间常有篮球比赛，而比较重要的比赛大都安排在晚上进行，因为菲律宾地处热带，白天非常炎热，而晚上不但凉快，观众也踊跃。通常晚上举行的比赛都卖票，票价皆低，只是借此筹一点电费及场地维护费。在没有电的乡村，只有冠亚军决赛才在晚上举行，我参加过一次在没有电供应的地区进行的夜间比赛，那真是一次愉快的经验。

那球场是在一个小教堂前面的广场上，球场的四周挂了十盏气化式煤油灯，是主办方的村长从附近几个村庄借来的。这种灯每隔十几分钟拿下来加压才能保持光亮，因此每盏灯都有一个人负责打气。很巧的是，比赛快结束时，十盏中居然有七盏同时取下来打气，比赛因而停止了差不多五分钟。那时因为双方平手，时间又快结束，球员、观众都非常紧张。遇此情景，全场为之哗然大笑，紧张之气也松懈不少。

球场虽有十盏气灯，但能见度仍不佳。主办单位早知此事，事先就把篮网染成白色，采用白色的球，又要求一支球队用白色球衣，另一支球队用鲜黄色球衣，所以球赛进行中，球员并没有因光线而影响球技的发挥。

篮球运动不但可以联络感情，也可以消除因社会地位不同而产生的隔阂。在菲律宾，即使是一个没有地位的穷光蛋，只要篮球打得不错，他也绝不会自卑，在球场上他照样指责失误的有钱人；一个低级职员，在球场上他也不会卖高级职员的账。在球场上球打得好的人常受人另眼相看，所以往往越没有社会地位的人，越埋头于勤练篮球。这是菲律宾很普遍的现象。像我参加的球队，队员组成复杂得令人咋舌，有警察、批发商人、菜贩、加油工人、货车司机、小学老师、三轮车夫、银行高级职员、修车工人、镇公所职员、农人、店员和戏院的守门人等。所以平常在街上遇见的其貌不扬之人，往往可能就是篮球高手。我队上那个三轮车夫，收入很低，穿着破旧，可是却是我们队上最好的射手。

菲律宾球员的赖皮和粗野是非常出名的，所以球场上打架可说是司空见惯。在比赛进行中，往往忽然间球员就群打群殴成一团，故菲人戏称篮球（Basket Ball）为拳击球（Boxing Ball）。他们也很流行一句笑话："打篮球要练中国功夫。"有一次亚洲杯篮球赛，菲律宾队就先后与韩国队、马来西亚队、印尼队、泰国队在球场上大演"铁公鸡"，由此可见菲律宾队的粗野。这也是为什么以前中国台湾队遇到菲律宾队总输多胜少，因为心理已先怕了三分，演出当然就大受影响了。

菲律宾球队都靠球员单打独斗，进攻时没有系统，但个人动作很扎实，因此很适合打混战。在防守上，一贯贴身防卫，小动作奇多，所以常可听到台湾篮球老前辈们诉说菲律宾球员如何用针刺人，如何拔人腿毛。这些都是他们百技中的小技而已，这种球队碰上蛮硬的韩国队、泰国队就注定要插演一场拳击大赛了。

球迷风度虽然不好,不过他们对篮球的知识却很深广。有一次,我在圣荷西镇观赏一场篮球赛,旁边坐着几位四五十岁的妇人和几个十来岁的孩子,这些妇人不但对各球员的动作有所评赞,也对教练的调度颇多意见,甚至有一次裁判还受到她们高喊"三秒钟"的影响而吹了三秒的判决。而那群孩子却在研究球员的动作,以供模仿与学习。

自从职业篮球在菲兴起之后,菲国的国家代表队即不若从前的威风,因为一有比较出色的球员,立刻就被职业队网罗去了,所以国家队实力大减。但是,菲国的青年代表队(由十八岁以下队员组成)仍然称霸亚洲。菲国篮球人才鼎盛,而一般球员皆以参加职业队为目标,出名的职业队球星不但年薪极高,又有"英雄"的地位,全国各处都可以看到这些出色球员的大型彩色海报广告,许多报纸杂志也都以他们为报道中心。

菲国一共有九支职业篮球队,卖座情形非常不错,职业队的实力亦强。1980年得到世界杯冠军的南斯拉夫队,犹败在菲国丰田职业队手里。虽然南斯拉夫队的身材较高大,但丰田队的球技却略高一筹。

从篮球运动中,可以看出菲律宾的民族性:浓厚的个人主义及英雄主义,狂热偏激,善缠能斗,绝不服输。

选美

在大部分国家里,如果有一个人的亲戚或朋友参加选美,这个人多少会有"与有荣焉"的感觉。但是如在菲律宾的话,这个人就要退避三舍了。

我到菲国后不久,一位朋友的女儿报名参加选美,我还特地向友人道贺,并预祝他女儿当选。不久麻烦来了,那位准美人匆匆送给我一个印有她姓名的空信封。我不知就里，她走后我问同事们到底是怎么一回事。当然，他们都大笑起来，原来他们也都收到同样的信封。

"这是请你慷慨解囊，助她当选。"同事毕松卡说。

"她长得不美，就是我捐再多钱她也不能当选呀！"我不解地问。

"不然，"同事马立欧回我说，"菲律宾地方性的选美是依据候选人募款的多少来决定谁当选。"

"那怎么能称为选美？岂不叫选钱！"我说。

"赚钱原来就是举办选美的真正目的。"马立欧振振有词地回答，"再说，美是很主观、很抽象的。你认为美的，别人不一定认为美，因此我们就可以用候选人募款的能力来决定。因为一个真正的美人必须外貌美、举止高雅、谈吐动人，这样才能赢得选民的慷慨解囊呀！"

这是我第一次听到这样怪的选美论调，所以我决定在选美那天去开开眼界。以前我对选美的印象恶劣得很，我总觉得这种活动难免做作了些，那些场面很像商业"花展"。

进行选美的那天晚上，同事毕松卡和甘马周陪我去，会场是在一处露天篮球场，没有电灯，只有气化煤油灯，场子的四周摆着椅子、凳子，场子里的右角是乐队。入场是免费的，但男士如果跳舞，就得购一张两元菲币的舞牌挂在胸前，舞伴则要用自己的本领临时邀请。所以乐队一开始演奏，场子就混乱起来。因为男士们纷纷找舞伴，运气好的找到了，运气不好的就要碰钉子。但碰钉子的男士绝不会愤怒或不好意思，这一点颇教人佩服。等下一曲时，他又大方地去试邀其他对象。一般邀得动的小姐多是名花无主或当晚没有护花使者，而菲国女孩子是出名的好舞，所以即使貌不出众的男士，只要多试邀几个对象总很少落空。

在场地中央，设有一个木箱，是让观众把内装现金、上面印有某候选人的信封投入木箱，如同选举时的票箱一样。

观众跳过几支舞以后，候选人按抽签顺序出场。第一个候选人走到场子中央，由司仪介绍给观众，然后由观众出价钱标购与这位准美人跳舞的权利。乐队开始奏出曲子时，一个年轻人出价三元，于是他就出场去与准美人共舞。可是才转了两圈，又有另一个年轻人出价五元，于是他替下第一个男士。这样下去，价钱就节节上升，一直到没有人再出价为止。然后这个最后出价最高的得标人就得付出他开价的钱，然后他可以光荣地与准美人共舞一曲。通常这种标舞，候选人都在事前托了人或安排了人暗中助阵，免得标价过低而失了面子。

等所有的候选人都标舞过，司仪又搬出了每一个候选人准备的一份礼物来标售。这些礼物都包装得非常华丽，但你不知道里面是什么。标售礼品正是那些对候选人有意的年轻人大献殷勤的机会，正如标舞一样，这些人士中出价最高的，往往也最能赢得美人芳心。我的一位庄姓华侨同事，年已六十开外，在选美会上不惜千金助一位候选人当选，过了不久那位感恩不尽的选美皇后就与他成婚了。

礼品标售后，开始统计各候选人所获的钱额，乃木箱信封里的募款、标舞和标售礼品所得的总和，最多的即为皇后，次多的为公主。通常每个候选人可获得她募集所得的款项的十分之一，余下的即归于地方，用作以后的节庆花费，像节庆布置、雇乐队等，所以这种菲律宾地方式的选美可以说是假选美之名为地方筹经费的花招而已。

庆典

菲律宾在1898年以前受西班牙统治三百多年，所以是传统的天主教国家，好多的地名也采用西班牙文的名字，其中以天主教里某位圣人的名字为地方的名字最多。传统上每一个村镇都有一个属于地方性的节目，称为村庆（Barrio Fiesta）及镇庆（Town Fiesta），村庆或镇庆的日子也都定于那位圣人生日当天，其他的则取与这个地方历史有关的某一天。

去年我参加了圣荷西镇的镇庆。在所安排的节目中,有几个颇具特色:像歌唱大会是由一个能言善道的歌星主持,外加一班乐队,歌者是临时从观众中应召上台。菲人酷爱歌唱,特别是住在乡村的人,几乎男女老少都可以登台演唱。那晚登台唱歌的人中,有一位是七十六岁的老太婆,她要唱一首西班牙时代的老歌,但是年轻人组成的乐队不会伴奏,结果有一位七十多岁的老头子上台,借了一把吉他为她伴奏。由此可见,菲人之喜爱音乐,颇似中国20世纪五六十年代的客家人,男女老幼都会唱山歌。

在镇庆中,最有趣而又最不伦不类的节目就要属耍牛了。因为美国于1898年接西班牙统治菲国,所以菲律宾受美国的影响甚巨,这次镇庆中也出现了类似美国西部那种牧民比赛本领的节目,但学得有些"四不像"。

首先是以绳索套牛比赛,牧民是步行而非骑马,把牛套住后再把绳子的一端固定在桩子上就算完毕,以所花时间多少来决定胜负。可是这种胜负往往不是靠套绳的技巧,而是靠运气。因为有的牛一出场看到那么多观众,一下就呆住了,那时牧民只要走上去,就近一套就了事;另外有的牛一出场蛮性大发,朝着牧民直追撞过去,这时牧民往往得弃绳跳到栅栏上去避难。

在骑牛比赛时,更是笑话百出。主办当局怕闹出伤亡事件,所选的都是比较小、性子也比较温驯的牛。所以当栅门打开,一个高头大马的牧民骑着一头瘦小的牛冲出来时,不到一秒钟那只牛就趴倒在地上。不管那个仍骑在牛身上的牧民如何拳打脚踢,它就是一副大丈夫不起来就是不起来地赖在那里,结果那牧民得了零分。另外有一个瘦小的牧民骑了一只瘦牛冲出来,在场子里奔跳着,正在观众大声喝彩时,那牛突然在场中央站定不动,全场观众随之静下来,屏息注目,等待着瞧这牛要搞什么把戏。只见那只牛静静地站了一会儿,然后尾巴慢慢地平举，忽然哗哩巴拉地在万千观众注目下拉起大便来。

东方人一向比较含蓄、温文，由节庆节目看菲律宾人，实在难以令人相信它是一个东方民族啊！

星空下的毕业典礼

距离我在民多罗岛工作的农场三公里的地方，有一所名叫圣奥古斯汀的国民小学，学校的校长瓦尔得士先生是我的朋友。每次他的学校有什么校外活动，像参加露营、运动会等，他都来向我借车子。因为这个偏远的地方，一天只有一部吉普客车来载一趟乘客。

三月下旬的一个下午，瓦尔得士校长骑着脚踏车来访，送给我一张邀请信，邀我参加次日他们学校的毕业典礼。

"啊！对不起，我明天早上的工作很多，恐怕抽不出时间去参加盛典。"我以非常抱歉的口吻说。

"徐！别紧张好吗？"他忽然哈哈大笑地说，"看清楚请帖呀，是晚上八点，不是早上八点。"

"什么？毕业典礼在晚上举行？"我惊奇不已地问。

"是呀，有什么好大惊小怪？"他推推眼镜说，"菲律宾所有的乡间学校都如此。"

我细想了一下，这也的确有道理。菲律宾乡间小学本就没有礼堂，而在菲律宾全年这最干热的三月下旬里，如果毕业典礼在白天举行，那真会把人烤焦了。

"好！"我回答，"我准时参加。"

星空下的毕业典礼实在值得一看。

次日，我在傍晚出发，到达学校已经天黑了。这时，这个电力不及的学校里到处都是人。我想附近几个村落的人都到齐了，因为这是一年中仅次于村庆的日子。

学校运动场的正面，临时用木板与竹子搭了一个司令台，台前点着四盏那种可以发强光的煤油灯，司令台对面的运动场外的草地上，排了一排点着黯淡的煤油灯做生意的小贩。

典礼开始时，衣着洁白整齐的毕业班同学，从黑暗中持烛火走入会场。在校生以自制的野鲜花缀成的花环，为各毕业生挂在脖子上，然后毕业生就座于司令台前。在校生则坐在毕业生的两侧草地上，来宾坐于毕业生后面的凳子上，看热闹的群众则以半弧形坐在外围草地上。

典礼的进行亦庄亦谐，因为在每一个仪式之后就有一个歌舞节目。这些节目有的是在校生提供的，有的是村里的男女提供的。

似乎所有的菲律宾人都是天生的演讲人才。这些来宾致起辞来，个个是长篇大论。虽然校长在事前已经私下一再交代来宾，演讲不要超过五分钟，可是他们仿佛有表演狂似的，上了台则不轻易下台。这时校长就会示意他的工作人员，在气化煤油灯转暗时，也不要充气。其中有一个来宾致辞，一直熬到气化灯熄了，只剩下那边草地上小贩的小灯。这时，这位来宾犹在黑暗的台上说："我保证，你们的前途是光明的……"

另外有一个督学，正在他口沫横飞的时候，突然司令台附近传来一阵狗吠，杂着猪号，然后一只硕大的母猪尖叫着冲过司令台前，后面追着两只吠叫的土狗。台下立刻激起一阵哄堂大笑。

菲律宾居民养猪像养狗一样，任其在野外觅食，最多用一条绳子系在树荫下，想不到这时候也来凑热闹。

有一回一群小学生正在台上跳土风舞时，突然观礼人群中传来一阵叫骂，接着群众就骚动起来。原来是两个酒鬼为了一瓶酒打起架来，也没有人去劝架，显然观众比较欣赏拳击比赛。群众中更有人喊着："二元比一元，赌那个高个子的赢！"充分显示了菲律宾人好赌的天性。

后来，校长要我上台去谈谈我第一次参加星空下毕业典礼的感想。我上了台去，然后请校长把所有的灯火熄去。

"各位请看仙特拉镇那边。"我说。

所有的人都转脸去看，那边仙特拉镇的灯火遥遥可见。

"我今晚终于了解了前途光明的真义。"我说。

台下爆出一片如潮般的笑声和掌声。

我永远不会忘记这个别开生面的毕业典礼。

大雨四十天

菲律宾除了南部的民答那峨岛以外，其他的各岛气候皆明显地分为雨季和旱季。从5月到11月是雨季，11月以后渐转为滴雨难得的旱季。在民多罗岛的7月中旬至10月下旬里，几乎台风连连不绝，大雨有时一下四十天并不稀奇，因此雨季里江河时时泛滥、处处沼泽。这时候，农民什么农事都停下来了。可是，泛滥的河水却带来了大量的河鱼和到处滋生的野空心菜，因此农村的男女老幼都动员去捕鱼和采摘野空心菜。男人们有的成天背着渔网到处撒网，有的背着竹制的捕鱼笼去野外设陷阱捕鱼，老人、女人、小孩子则人手一竿，在大沟小渠，在水淹的田里、沼泽里垂钓，有时他们还得分出一些时间来采摘水面上到处蔓生的野空心菜作为蔬食。

通常捕获的鱼类以黄鳝鱼（土虱、塘虱）、野吴郭鱼、鲶、土鲫鱼为最多，此外亦有鳗。这些鱼与台湾野生的鱼完全一样，倒是台湾最多的泥鳅这里完全没有，颇令我奇怪。此外也没有甲鱼、鳝、毛蟹等。

菲岛的野生空心菜是一种蔓性的水生植物，茎长而多，叶少，微涩，味道远不如台湾的栽培种。

我有一位老年朋友，常送我他捕获的鱼。有一次，他感慨地对我说："民多罗岛越来越贫瘠了！"

"为什么呢?"我问,"它不是依然供养着越来越多的人口吗?"

"啊,徐!你看看我捕的鱼,"他打开篮盖,不满地说,"一年比一年小,一年比一年少。要是在当年,这样的鱼真是俯仰皆是,没有人要。"

"那以前是什么样的情景呢?"

"那是乐园啊!"他眼睛发亮地说,"野牛成群地在稻田附近徘徊,山猪和野鹿夜里来菜园啃食,大蜥蜴在门前的大树上追来逐去,野鸡在灌木丛中筑巢,野鸭成群地在草原上产卵,蟒蛇有时误入房里,在梁上盘睡,河里鳄鱼这里那里地浮着。我们必须养一群猎狗来保护庄稼。雨季水患时,大鱼处处弄波,路上集水处、河边草丛中经常可以抢拾到大鳗鱼,撒一次网可以吃上几天……"他出神地回忆着,我也沉醉在他所描述的世界里。

"可是,现在你看看!"他神情严肃说,"一大群一大群的移民来了,野牛、野鹿、野鸭、鳄鱼成群地被屠杀,死里逃生的野猪、野鸡往深山里逃。在雨季里,有许多山区村庄因为存粮不足,滥杀野兽,大小鱼通吃,最后还把从前用来打猎、现在用来看家捉田鼠的狗都杀来充饥,更遑论做种用的公鸡、母鸡了。所以现在许多村庄到了雨季末期简直鸡宁狗静……我不懂,这样的村庄还能叫村庄吗?"

"老人家啊!"我说,"这种现象岂止是菲律宾如此,你还得高兴哩!比起其他许多国家,菲律宾的野生动物还算多哩!"

"有什么用!二十元固然比十元多,可是依然是小数目。"他摇摇头说。

"这是人类的悲剧,一个不可饶恕的人为悲剧。"我的一位摄影朋友说,"菲律宾有世界上体躯最小的野牛(Tamaraw)[1],有世界上

---

[1] 即民多罗倭水牛(Mindoro dwarf buffalo),菲律宾特有种。

最大的鹰——展翼达八尺宽的食猴鹰,这些都差不多要绝种了……可是,为政的没有人去关心,政客们却一天到晚利用自由的名义惹事生非,以谋取政权。当政的则一天到晚头疼医头、脚痛医脚地要保住政权,这正是你们孔子说的:'未得之,患得之。既得之,患失之。'"

"可是你们现在的政府这方面还办得不错啊!"我说,"像立法保护仅剩二十七个石器时代的塔沙台族人,以及巴拉弯岛的穴居人,还有禁伐森林、成立野生动物保护区等……"

"这是我们失去一部分自由换来的。1972年马科斯实施军事统治,政府不必花太多精力去应付政客。虽然我厌恶军事统治,但在许多被滥用自由的地方,人民唯有牺牲一部分自由,政府才能真正做出一些事来。"他说,"我不喜欢现在的政府,可是它却是战后最有为的一个政府。"

大自然的创伤不是几年内可以复原的,但小树若善加照顾,总有一天能成为大树。

公墓奇观

厚葬死人固为孝道的表现,但也是人类畏惧死亡、盼望复生的行为。除了无神论者以外,差不多所有的人都认为(或者希望)死亡是一种暂时的状态。这观念可说是一切宗教的基本信念。

法老死了,他吩咐把自己的尸体做成肉身不坏的木乃伊,这样在复活日来临时,他才有肉身可以活过来。为了当他复活时有人来侍候,有物质可以享受,有珍宝可以装饰,所以墓中要有大量的食物、珠宝、金银和活人陪葬。

天主教、基督教认为世界末日时,人类都会"复活"过来接受天主(上帝)的最后审判。

伊斯兰教徒也有复活日，所以中亚的伊斯兰教徒临死时都交代要把尸首葬在圣人之墓的附近，为的是在复活日好携着那位圣人的手同上天堂。

佛教把死亡看得比较开，干脆一把火将尸首烧成灰，或把尸体切开喂鹰和狗（西藏风俗），但佛教的六道轮回依然指出生的延续。

中国人是慎终追远的民族，也是对鬼神敬而远之的民族。中国人一方面怕死去的人会作弄活着的人，另一方面又盼死去的人来庇佑家人，所以中国成为世界上最厚葬死人的民族之一——不但要选良辰出殡，要择吉地下葬，有时葬后数十年还有子孙为他迁葬在另一吉地，因为"十年风水轮流转"，当初下葬之吉地，这时已经像轮盘的指针一样转到别处了。此外，死者的坟墓更是讲究，所费不赀，甚至远比他活着时所住的豪华。这种豪华的墓就私墓而论，当然以埃及的金字塔、中国帝王的陵寝为最有名。但如果以公墓而言，就要以菲律宾首都马尼拉的华人公墓为最有名。

马尼拉华人公墓位于马尼拉最热闹地区之一的古抱区（Cubao），这个公墓占地颇大，四周以高墙围着。由外面看进去，但见碧瓦红墙，飞檐参差，俨然中国王城。入内观之，更教外国人猜不透此地是何处。

我在菲律宾时有一位不识中文的洋朋友到菲律宾来玩，不知怎样闲逛而进入华人公墓，后来他见到我时说："你们中国人住的公寓真是美丽豪华！"

"你到哪里去了？"我说，"就我所知，马尼拉还没有华人聚居在一区的高级住宅区。"

"在古抱区呀！"他说，"那可能是一个新社区，有的房子还在建筑中，房子可真讲究，大理石地板、五彩色窗……只是奇怪，房子那么多，街道上竟然阒无人声。"

"当然阒无人声！"我说，"只是鬼声啾啾，尤其是晚上。"

"什么？"他不解地问，"鬼声？"

"当然啰！因为那是华人公墓啊！"我大笑着回答。

他听了霎时变得目瞪口呆，嘴巴张得大大的，好像一头张着巨嘴的河马。

菲律宾的中国人称这座公墓为华人义山。这里头到处是亭台楼阁，各类宗教的标帜高高耸立着，有天主教、基督教、佛教、道教等。大富人家把墓建成教堂式或宫殿式，而次有钱的人则建成公寓式的，一栋接一栋地列成一排一排，两排之间的马路铺着水泥，两旁路灯林立，俨然是高级公寓。而有些墓简直是栋别墅，里面有冰箱、电视机，甚至空调设备，有的还请专人住在里面管理。

当11月1日，菲律宾国定亡人纪念日时，华人义山各墓各堂，开办流水宴席，招待来看热闹的菲律宾人，场面之盛有若北港妈祖生日。

从义山墓之大小与建筑，可以看出马尼拉中国人在华人团体中的社会地位和财富的排名，因为马尼拉虽有中国城，但是，事实上华人遍布在大马尼拉各处。更由于省籍、行业、宗教、姓氏，使得华人分成许许多多团体。其中有许多团体终生不相往来，可是大家都有一个共同的习俗——死了葬在义山。终于，这些生时难得互相往来的人，死后同在义山聚首了。于是各人的后代，为了比家势、比面子，纷纷把墓园建得富丽堂皇。他们这样做，名之为孝道、为光宗耀祖，真正的原因却在"展览家势"罢了！

许多菲律宾人对华侨义山的豪华颇多指责。在人家的土地上挥霍而不知收敛，我引以为忧。历史上菲人四次排华，屠杀华人超过十万以上，菲华人士应多加戒惕。

马尼拉还有一处公墓比之华人义山尤为出名，那就是"二战"期间美军在菲律宾阵亡的将士之墓。它的墓虽然没有义山的豪华，可是它的开阔、它的清幽，以及它在历史上的意义却比义山更吸引游客。

这里埋葬了一万多名"二战"期间在菲律宾阵亡的美国将士，是全世界少数几个埋葬着平均年龄最轻的亡者的公墓之一。徜徉在那一排排、无止无尽的白十字架之间，令人深深地感觉到战争的可怕。这些白十字架下躺着的，百分之九十五以上都是二十几岁年轻力壮的小伙子。这正是一个人的黄金年华，正该有所作为的时候，只因为几个日本政客和军人的野心而战死了，有的抛下高年的父母，有的放下了妻女，有的离开了恋人……当然，死的人又岂止这些呢？中国死了更多无辜的百姓！

皇帝国王、公侯将相之墓固然堂皇，但一般庶民之墓也绝不含糊，像菲律宾人，即使穷人也要造一个水泥墓。所以有些人一死，立即为他的后代带来一笔不小的债务，无论在中南美洲的山区，或在菲律宾的荒岛，死人住的也都比活人住的美丽。这样说来，文明越进步，人越注重死，也越怕死，也可以说对于死越看不开，或者说用越多的时间去想到死。反而原始的民族把死当成一件极其自然的事，像一片黄叶落下那样轻松自然。所以爱斯基摩人的老人在极缺少食物的严冬里，会走到雪地里去自杀（冻死），而没有感到一丝害怕或悲伤；印第安战士受到追杀而面临死亡时，不会失声惊叫，还能唱起歌来。

人类对许多科学问题都渐渐揭开答案，唯有对于死，反而有越来越无知的迷惘……

奇妙的交通工具

到一个落后地区去旅游，通常令你吃惊的第一件事，大概就是他们那些因陋就简、因地制宜的交通工具了。从这些具有特色的交通工具，你可以看出当地人民的特性。

在菲律宾，从你出机场开始，到小城、小镇、小村，各色各样奇怪的交通工具就出现在你眼前，从多彩多姿如花车般的大巴士、吉普尼车（Jeepney），到花花绿绿穿梭在小巷的三轮车，从小汽车、并驾齐驱的马车，到农村家家皆备的无轮木架牛车，每一种交通工具都教你叹为观止，大开眼界。

在菲律宾乡野，骑牛代步可以说是最普遍了，不管男女老幼，大家都会骑牛。在田野里，在小径上，到处是骑着水牛出入的人们。在雨季到处泛水时，水牛更是不可或缺的交通工具，它可以轻易地走过泥泞不堪的村路，可以平安地渡过水深及胸的小溪。

为了载运东西或家人，农人常常让水牛挽一台木架车。细说起来，它不能称为车，因为它根本没有轮子，只是一个木架，挂在牛后，像牛拖犁一样拉着前进，每个架子底有四根向后斜的木脚代替轮子。它看起来就像玩具一般简陋，可是它却非常实用——第一，它省了一笔买车轮的钱，第二，在泥泞的路上它不会像车轮那样陷住。

当然，它也有缺点，如不能载运太重的货物、震动大等。不过在菲律宾的乡下，根本没有柏油路，而雨季又是到处积水和泥泞，这种无轮木牛车就显出了它的实用性。

有一次我将照相机镜头对准一辆这种无轮木架牛车时，坐在牛背上的一个年轻人对我说："不坏吧，免汽油，不故障，无车祸，到时候还替我产下一头小牛……"

在大城市的小街小巷，在小市镇的街道，三轮机车是最普遍的短程载客运货的交通工具了。这种三轮机车只是在一般机车右边添加一个顶篷和侧轮，以便多出一些座位。

这种三轮机车行驶在小巷小路上颇为方便，一般可以载运三个客人，但是在乡下经常搭上五六个人，在学生上下课时间，甚至有搭上十个的。这时，大部分的乘客是"挂"在三轮车的两旁和后面。因为它总是超载，所以行车速度极缓，遇到上坡或泥泞的地方，这些挂客就要下来推车了。

洋人看了台湾的机车载三四人就要大伸舌头，我看了菲律宾人的三轮机车也禁不住大吐舌头。菲律宾最南部的行省是苏禄群岛，苏禄的首府叫赫洛，这城里的三轮车还是人力三轮车，他们的样式跟我们台湾以前的三轮车不同。

当我在赫洛的清真寺前，正把照相机镜头对准一辆载着一位大胖子乘客而慢吞吞前进的人力三轮车时，那个瘦车夫喘着气对我说："当你很久没有肉吃时，你也不会在乎肥肉了。"

我以为那个胖乘客一定会发火，可是没想到他竟然也冒出一句很幽默的话。他说："我看你也不会在乎狗屎了，更不会在乎几个肥肉耳光饼了。"

在菲律宾，许多城市里仍然有不少马车，最多的地方就是马尼拉的中国城了。这些古色古香的马车一方面吸引了观光客，另一方面它的尿骚味也吓走了观光客。

菲律宾最主要的载客交通工具是集尼车，首次看到这种车子的人一定会以为是花车或广告车。因为它的车子浑身不但漆有鲜艳的颜色，并配上各种图案，或流行的口号；车子前后还竖有许多天线般细长的铁竿，其上缀着一束一束各种颜色的丝线，当车子走动时，铁竿摇动着，丝线飘着。车顶的前端亦常装饰着牛角、银色小铁马等金属饰物，车前的引擎盖上则竖着好多铁铸的小马和圆形镜子，有时小马多达五匹、十匹，镜子多达十几、二十面。到了晚上，所有的吉普尼车均亮起各种色灯，车内播着西洋歌曲，当它们成排停在市区时，真像是路边咖啡馆。

这种吉普尼车非常像菲律宾人只注重外表的天性。他们宁愿把钱花在吉普尼车的装饰上，却不愿花在改善那极不舒服的座位，和更换性能不佳的机件上，就像大部分的菲律宾年轻人一样，穿得漂漂亮亮、油头粉面，外人怎么也想不到这个穿着体面的人竟然是一个家徒四壁、三餐不继、买不起内裤的穷小子！

在大都市里，有的大巴士的装饰，其华丽也不亚于吉普尼车，浑身上下漆得花花绿绿，饰件叮当作响；就是连司机前面的挡风玻璃也贴满各种图案，只留下一个小小的视窗口。第一次看到这种巴士的人都会以为这是什么怪物而大吃一惊。

小村与小镇间的交通除了吉普尼车外，还有"二战"期间美军留下的那种中型军车。这种车的底盘高，四轮带动，能够驶越泥泞的土路而不会陷住，所以在雨季吉普尼车不堪使用时，它就成了天之骄子了。

这种车经常一天只跑一趟，所以旅客和货物总挤得满满的，往往车顶上面也坐满了乘客，车后车旁也挂着旅客，甚至引擎盖上不会挡住司机正前方视线的一边，也搭了两三个人。司机旁的座位每每乘客挤得紧紧的，司机经常被挤得歪倒一边去，而必须歪着身子驾驶。这种满载客货的车辆，总教人想起一块沾满密密麻麻蚂蚁的水果糖。

自然摄影

菲律宾趣谈

为土地而战

我在民多罗岛伊苏曼山谷中种的一百公顷高粱和玉米成熟了,一向多愁悲观的农场经理贝尼多也不禁笑逐颜开,成天在充满成熟香味的田间走来走去,摸摸硕大的、金黄色的玉米穗,握握大串丰满的、咖啡色的高粱穗,估计着要多少工人来采收,要跑多少趟卡车才能运到镇上。从犁地、播种到作物黄熟,贝尼多到田里的时间全部加起来,也没有这最近两三天多。这个农场五年来换过三个经理和两个农业技术顾问,最后都因亏本而辞职。贝尼多和我是新上任的,这难怪贝尼多要悲观了。不过现在高粱、玉米即将收获,贝尼多的愁容也一扫而空,忙着派人分头去招募工人。

收获的那天早上六点钟,收割的工人就出发去了地里,贝尼多和我在办公室讨论出售的价格。

六点半钟左右,忽然一个工人匆匆忙忙跑进办公室报告说地里发生了事情,那里有几个手持扫刀、标枪和弓箭的男子,禁止工人下地采收。

贝尼多要我留在办公室坐镇。我是外国人,他不要我介入任何纠纷,而他则飞奔赶往高粱地去了。

八点钟,贝尼多带着二十几个工人回来,脸色铁青,口中骂着脏话。

"怎么一回事?"我问他。

贝尼多又重重地骂了一句脏话才说:"记得养牛组那边的工头海曼吗?"

"记得啊!"我答道,"上次他还带我到莽远人的部落去。"

"海曼和开曳引机的欧斯卡,伙同附近的几个工人,宣称土路左边,也就是靠近溪边那块三十多公顷的土地是他们的,他们现在要收回，不准我们的工人下地采收。他邀了十几个朋友，各持武器，护守在那块地上。"贝尼多愤恨地说，"农场养了这些人五年，现在他们却在这节骨眼上捣蛋！"

"这到底是怎么一回事？"我说，"前几天，海曼还好好的嘛，他送了一块山猪肉给我哩！"

"前天，"贝尼多说，"我发现一头牛不知何时被人盗杀了。我去追查，海曼还想瞒我，我就把负责的牧工开除了，又减了海曼的奖金。海曼因而怀恨在心，因为那个牧工是他的妻舅！"

"你现在怎么办？"我问。

"我即刻到地区军部去报案。"贝尼多说，"我要让海曼和欧斯卡为他们的蠢行付出代价，不然难出我胸中的恶气！"

"为什么是向军部报案而不是向警局呢？"我问。

"你忘了，现在仍是戒严时期啊！"贝尼多答道，"警察局配属在军部下！"

贝尼多匆匆坐上吉普车走了，他一直没有回来，到了晚上我正要就寝时，他回来了，唱着菲律宾正流行的那首名叫"儿女"的歌。（这首歌也被翻译成闽南语，名叫"你的影子"，已完全失去原意。）

我走出门去，想问问他事情办得怎么样。贝尼多一靠近，一股浓浓的酒气扑了过来。他摇摇晃晃地下了车，大声地唱着歌。

"兴致这么好啊！"我带着微微的挖苦语气说，贝尼多平常很少喝酒的。

"请……请军部的头子，维克多上校吃……饭……喝酒……还给他找了一个女……女人过夜……"贝尼多带着酒气，苦笑着、慢吞吞地说："要不然……要不然，无利可图的事……他才……懒得管……这些人……通通是……坏胚！"

第二天，上校答应派来的武装军人并没有来。贝尼多又去找上校，上校说他已交代少校了，贝尼多只好又带着洋烟洋酒去找少校。第三天，一位荷枪的军人才姗姗来到农场，可是农场却找不到工人，原先的工人没有人敢来蹚这混水。

这时候又接连下了好几天大雨，许多高粱开始在穗上发芽了。贝尼多脸色就跟下雨的天空一样阴沉，不但收获不能进行，还得侍候那个武装军人。最后，无聊的军人在雨停后回到军营去了。

雨停的当天，贝尼多派人到海边去招募了一大批工人来，准备次日抢收。但是次日一早，工人才走近地间，就被七八个持刀的男人赶回来。贝尼多亲自带着工人去，可是那些持刀的男人就恐吓那些收获的工人，结果没有一个工人敢下地去。贝尼多气得像一只鼓气的癞蛤蟆一般地回到办公室，他吩咐司机备车，他要到军部去。

"何不直接找海曼谈判？"我说，"你找军部的人帮忙，不但要额外花交际费，又要耽搁不少时间。这样三拖四拉，高粱就会全部报销了！"

"跟这些蠢货谈判，我这经理面子往那里摆？"贝尼多喊了起来说，"以后每一个工人都可以这样威胁我，我还能做什么！？"

"我们的目的是先把玉米、高粱收获起来，"我解释道，"至于土地问题再慢慢解决。不要太注重面子，它对做事没有什么好处。"

贝尼多最后还是不听我的建议进城去了，下午他像斗败的公鸡一般，垂头丧气地回来。

"怎么了，坏消息？"我小声谨慎地问，怕我的话会使他火上添油。

"上校到马尼拉开会去了。"贝尼多泄气、无力地说，"少校说，没有上校的命令，他不敢派武装士兵出去……"

"你现在要怎么办？"我问。

"丰收报销了。"他像生大病似的，带着哀伤的语气说，"等着公司要我滚蛋的命令……"

"这又不是你的错！"我不服气地说。

"大老板才不问你理由，"贝尼多哭丧着说，"他只要赚钱，不管你用骗、用偷、用抢……亏本就得滚蛋……可恶的海曼……"

看着贝尼多陷入极端的坏情绪里，我不禁心生同情。虽然他当经理当得太神气了一点，对工人常颐指气使，但总归一句话，他也是受大老板压迫的一个小人物，受到一些教训后总会改过来的，我想。

我走出办公室，请我的司机柏辛陪我一道出去。我要去找海曼，直接面对面谈一谈。柏辛是我的司机兼保镖，他曾是拳击手，也练过空手道，满脸大胡子，表情又冷漠，大部分人看到他都会不寒而栗。他对我忠心尽职，我则待他如兄弟。

我们走了半小时的泥泞路，来到海曼他们几个人住的小小聚落，都是茅草盖的高脚屋。

我们初出现时，海曼相当紧张，远远可以瞧见屋前、树后都有剑拔弩张的男人。等到我们渐渐走近时，海曼看清是我和柏辛时，他就撤去了那些戒备的人。

"徐先生！什么风把您吹来了啊？"海曼微笑着，客气地又带一点挖苦的语气说，"不会又是要我陪您到莽远族的部落去吧？"

"海曼！"我若无其事地说，"陪我去莽远部落的事，你是推不掉的，只有你能替我翻译啊！"

"如果是这件事，我海曼随时可以放下手头的工作随您去。"海曼诚恳地说，"如果是土地的事，请原谅，我只有抱歉了，因为土地跟您没有关系，却跟我们这些人的生存有关。"

"我压根儿不在乎你要不要土地。"我仍然若无其事地说，"你们要回那些土地，我还可以少种些农作物，乐得省下些时间好上山拍照或随你打猎去！"

海曼点点头，开心又满意地笑着。

"不过,你不准工人采收高粱,就使我大惑不解。"我正色地说,"你自己不敢收,又不准农场收,徒让满地的高粱熟落变成废物,这种暴殄天物的做法,天主也不能原谅你!"

他开心的笑容变成了苦笑。

"而且这些高粱是我种的,我必须向老板有所交代。"我严肃地说,"等我收完高粱,土地是你跟公司、跟贝尼多的事,我不过问。但现在请你不要阻止我派工人去收获,我已经因为你们的阻挠而损失了不少收成!"

他默默地看看我,又回头去看屋里的人。我不必探头去看,也知道屋里的人是开曳引机的欧斯卡。他有点羞于见我。他不久之前生了一场病,请求公司给他出医药费而遭贝尼多打了回票,我曾私下送了一些钱给他。他是为了报复贝尼多而与海曼采取联合行动。

海曼似乎得到屋里人的同意,他回过头来朝我点点头说:"对不起,我们没有想到会妨碍到您。现在尽管去收割,但以后的事,徐先生您千万不要替贝尼多、替公司出面,拜托了!"

"好!谢谢你,海曼!"我诚恳地谢谢他说,"祝你们成功!"

在高粱顺利收获后,贝尼多不顾我的劝告,立刻命令新来的曳引机操作手去犁田整地,准备继续种植高粱,可是曳引机立刻被海曼的大石块阻止了去路,操作手也受到了武力恐吓。

这次贝尼多正式向军事法庭递状,控告海曼和欧斯卡恐吓、侵占土地,同时又向马尼拉的总公司求援。总公司派了他们的名誉人事经理奥得佳来帮忙处理。

奥得佳是一位少将退役的军人,以前任过马尼拉卫戍司令,退伍后被这家华人开设的福牧斯特公司网罗。公司利用他在军界的关系以打通某些关节和方便公司行事。现在公司派他到民多罗岛来,要他跟当地的军头维克多疏通。维克多曾是他的部下。

另一方面,海曼也请"争取土地耕作互助会"的协助,由会里帮他们答辩。

第一次开庭的时候,公司提出了菲律宾国家土地管理局开给福牧斯特农场的承租收据,但这个农场是由另一家公司转让给福牧斯特公司的,原先那家公司曾欠缴最后一年的租金。海曼则提出村长的报告书,却证明这块地在很早以前就是海曼他们在那里种植玉米和陆稻的。

现在法庭要知道的是,为什么海曼宣称他一直在耕种的土地,却在最近几年由福牧公司来耕种。

于是,双方又各自回去收集有利的证据。但庭上谕知,在审理期间,双方应避免使用该土地。但海曼提出抗告,同时私下在该争执的土地上种下了玉米。后来贝尼多也向法庭抗告,法院调海曼去问,海曼答道:"我不用那土地我就要饿肚子,因为我为了土地之事已被公司开除。公司不用那块土地并不受影响,他们还有很多其他的土地可以种植,我却没有。"

法庭对这事大伤脑筋,最后一直拖到海曼的玉米收获了,还未裁定。玉米收获后,海曼又想再种,但贝尼多却在一个深夜里,偷偷派人在那块土地上撒下许多民多罗岛最便宜的特产——盐,使得该土地一时无法种植。

我为此事去责问贝尼多,贝尼多说是总公司的命令,公司的目的是要把海曼他们逼得无钱无粮、走投无路,然后向公司投降。但撒盐的行动也惹火了海曼他们,他们也采取撒盐报复,在公司曳引机的引擎里、油箱里,也在卡车的油箱里。同时,他们也把牧场的篱笆破坏,使公司的牛逃入丛林里。不过,海曼他们的日子的确越来越不好过了,因为粮食已逐渐地短缺。

以前,"争取土地耕作权互助会"的几个负责人经常驾临海曼及欧斯卡的家。他们到那里去,表面上是商讨出庭事宜,而事实上,不过是来吃一顿饭、喝几盅海曼自酿的棕榈酒。半年过去了,海曼他们由于长期缺少收入，米粮已罄，家畜家禽也被互助会的人吃光了。之后这些互助会的人再也不来了。

有一天，我到山上拍照，归途上路遇海曼的家。我看见他一个人低着头靠坐在出入高脚屋的木梯上，满脸愁容，也瘦了许多。他没有注意到我的走近。

"海曼！"我喊了他一声，"好久不见，最近好吗？"

他无力地侧脸看了我一眼，认出是我，他立刻站了起来，勉强挤了一个悽惨的笑容。

"徐先生！"他有些腼腆地说，"还……还好，只是孩子似乎病得很厉害了！"

"什么病啊？"我问，"严重吗？"

"不知道！"海曼答道，"最近瘦得很厉害！"

"我看看！"我说。

"请里面坐！"

"罗莎，"海曼朝里喊道，"把孩子抱出来给徐先生看看！"

隔了几分钟，一位憔悴的少妇，抱着一个婴孩出来。罗莎原来颇为健美丰满，现在瘦得很厉害，衣服也变得宽大，她怀里的孩子模样颇吓人，头大大的，眼眶深陷，肚子大大的，手脚细瘦得只剩皮包骨，样子很像蜘蛛。

"孩子只是营养太差了！"我说，"并没有什么病。罗莎，孩子需要多喝牛奶或肉汁！"

"我们连米都没得吃了……"罗莎说着就哭了起来。

罗莎从前常常坐在农场办公室外面的树下喂奶。她像许多菲律宾乡下人一样，对于露乳房喂孩子一点也不觉有何不妥。那时她的乳房丰满，工人常常戏说那是海曼的木瓜，现在罗莎的胸部却像泄了气的气球。

"三个多月前，我们就开始吃海曼从山上挖回来的野生纳米了……"

纳米是薯蓣科植物，在地下结有球状的块根，是丛林人莽远族的主食之一，味道不太好，我吃过几次，颇难下咽。

"这样下去，你们怎么办？"我关心地问海曼。

"没有办法，"他答道，"就是饿死也得支撑下去，不然我们就会失去土地。"

"总要想办法才行啊！"我说。

"最后万不得已的办法，就是加入新人民军上山打游击去！"海曼说，"马内和莫里斯在半外月前已经去了……这些账总有一天要算的……迟早……"

这些被逼上山打游击的情形是第三世界很普通的现象，我在尼加拉瓜就眼见着他们这样啊！最后苏慕萨政府就是垮在这些农民手里。

"我倒很想知道，海曼，"我说，"这土地既然原先是你们在耕作，为何又会让公司拿去种高粱呢？"

"以前那个公司到山谷里开办牧场时，雇了这附近的人去当工人，"海曼解释说，"当时我被雇为工头之一。那时的经理见我们在那块土地上或种玉米或放牧水牛，就商量我们把耕地租给公司，以免我们的牛把病传染给牧场的牛。就这样，我们以极低的代价，把那块地租给了公司。当这公司的牧场转让给福牧斯特公司时，并没有将此情形交代下去，我们就与当时的第一任经理争取。那经理就说，把租金合并到薪水里好了。也在这样的情形下，我们的租金没有了，而薪水提高了。直到贝尼多来担任经理后，我们发现，如果那样继续下去，我们的土地耕作权会就此失去。因此我们与贝尼多商量，要求他恢复租金、减低我们的薪水。但贝尼多不承认有租地之事，我们这样争吵了半年多而不得要领。而且贝尼多也开始故意整我们，常借故扣减我们的薪津，甚至开除工人。我们只好采取争回土地的行动，不然我们迟早会失去一切……"

离去时，我塞了两百披索菲币给罗莎。"买点奶粉给孩子吃吧！"我说。两百披索数目虽不大，但却是当地工人一个月的工资。

海曼迟疑着，想拒绝，但罗莎含泪把钱收下了。

"海曼！你放心，我还不至于想用这比落叶还轻的小恩来妨碍你想做的事。"我拍拍他的肩膀说，"不过，下次我去莽远部落时，我还需要你的帮忙。"

海曼点点头，笑了起来。

离我见过海曼的第三天早上，经理贝尼多突然找我去。我走进他的办公室，发现他的脸色不太好。

"早！什么事啊？"我往客椅上坐，故作轻松状地笑笑说。

"密斯特……徐！"贝尼多有点吞吞吐吐，语气又有些不善地问，"你这两天曾去过海曼家？"

"是啊！"我若无其事地说，"只是路过，刚好看见他坐在自家的门前……有什么不对吗？"

"你好像很同情他！"贝尼多语气变得冷峻起来．

"我不懂你的意思！"我暗想，他会知道我送钱给海曼吗？但我仍竭力装作若无其事。

"你该知道海曼差不多断炊了。"他眼睛冷冷地盯着我说，"也就是说，他差不多要投降了！"

"也就是说，你的诡计差不多要成功了！？"我也冷冷地回刺他道。

"好吧！我不跟你拐弯抹角。"贝尼多正色、不悦地说，"我得到报告，你送两百披索给海曼！"

"他的孩子快饿死了！"我义正词严地答道。

"我不管他的孩子死或不死！"贝尼多生气地说，"你支助他们，就是与公司为敌！"

"站在我的立场，你是支助他！"他用近似嚷叫的声音说，

"我拜托你不要管他们,也不要管我的事,再不然我就得向总公司报告了!"

"你想报告就报告吧!"我丢下一句话说,"公司要的是土地,可没叫你要人家的命。而且这种仇恨,人家会把它记在你身上而不是公司身上!"我说完头也不回地走出了办公室。

其实,这些日子我已非常看不惯贝尼多所采取的手段。他不但买通军方、买通土地管理分处的承办人,甚至买通了"争取土地耕作权互助会"的主席。

有一天,我无意中在办公室听到一个军方的尉官用英语和达加乐语说:"我们打算在海曼的房子里放一把枪,然后再去搜出来,把海曼以非法持有枪械罪关起来,这样一切都结束了!"

第二天,我托人约了海曼,在丛林边缘一棵当地人常常用来偷赌斗鸡的阿卡夏树下见了面。

"你最好防备一下,"我小声告诉海曼说,"万一有人在你家偷偷放一把枪,然后又被军方抄出来……"

"还有!海曼,你最好别把此事告诉任何人。"我说,"上次我送了一点点钱给你,贝尼多居然立刻就接到了报告,我怀疑你的一伙人中有人被贝尼多收买了!"

"真的!?"他半信半疑地答道,"我会查查看!"

"对了!"我临走又补了一句,"你也最好别指望那个'争取土地耕作权互助会'的主席。他是条蚂蟥,哪边有血往哪边爬。"

在我见过海曼不久,贝尼多突然邀我一道晚餐。我直觉这是一个会无好会、宴无好宴的聚餐。

我们在海边一家很有情调的海鲜餐厅里,占坐其中一座竹亭下的圆桌。只有我和贝尼多。习习海风吹走了白天的热气,电子琴奏出的音乐夹着阵阵潮声传来,别有一番热带的浪漫情调。

"徐!"贝尼多故示亲切地称呼我说,"这段日子里,公司用了颇多软硬兼施的手段对付斯郭特尔[1]。我想你一定会奇怪,对付区区几个当地人为什么要动牛刀呢?"

"嗯……"我只是笑笑,并未答腔,我还不清楚他说这话的目的何在。

"你当知道,民多罗岛出产的烟叶,百分之九十是由我们公司收购,是公司重要收益的一部分。"贝尼多解释说,"就像你的薪水,也是从烟叶收入中支出的。如果依靠农场这几年的收获,我们根本养不起你这样高级的专家,除非我们每年的农作物都长得像今年这样好。今年要不是斯郭特尔,我们农场就能赚一笔,我也可以分到奖金。话说回来,我们公司到现在一直还是靠烟叶获利。如果现在海曼他们几个斯郭特尔吃定我们公司的话,我们的烟叶独占也会受到挑战。烟农一旦联合起来,我们就再也无法压低烟叶价格,那么我们的红利也就全部完蛋,而你也得滚蛋了……"

"如果依法来对付海曼他们,我不反对。"我说,"如果用不正常的手段,例如栽赃等来对付他们,那是黑手党、下三滥的小人,我可要站在天主的一边去反对!"我乘机指桑骂槐,出出胸中一口不平之气。

"我们公司只出钱请军方设法摆平。"贝尼多笑笑说,"至于军方用什么方法对付他们,那是军方的事了。军方的事也最好不要管,管了只有倒霉。例如,万一栽赃栽到你头上,你不是也得吃不完兜着走吗?"

我终于感受到一个大企业的霸道,和一个小国民的无助与无奈。

"贝尼多,谢谢你的暗示。"我装着不在乎地说,"只是我不懂,如果那块地不是海曼的,他们怎么敢冒着失去工作的危险,与大公司对抗呢?这不是虎口拔牙,以鸡蛋碰石头吗?"

---

[1] 斯郭特尔,英文为Squatter,意为在未经允许的土地上居住或耕种的侵占者。

"是这样的！"贝尼多调整了一下姿势说，"这块地是国家的，海曼他们是侵入这块地居住的农人，偶尔放牧牛只，并于雨季在这块地上种些玉米。后来一家名叫阿玛豆的公司向国家租下山谷来当牧场，当然也包括那块地。海曼就成为这家的工头之一。他征得那家公司的同意，在雨季继续在那块当时仍是高低不平的土地上胡乱种些玉米。后来我们公司接管山谷之后，我们仍继续雇用了海曼他们。我们为了规划农场，不准海曼他们继续种玉米，但答应他们增加一点薪水补偿他们的损失。于是，我们用堆土机把那块地堆平成了良田。海曼他们看了眼也红了，再加上'争取土地耕作权互助会'那些唯恐天下不乱的家伙们唆使，于是海曼他们开始怠工和破坏。我不得不惩罚他们，最后他们就采取武力霸占了！"

我们谈了一个多小时，菜也吃得差不多了，这时乐队的乐声奏起了流行的舞曲，舞池中出现了一对对拥抱得紧紧的舞客。

"徐！"贝尼多望着幽暗的舞池说，"还是跳跳舞轻松轻松吧！我给你找一个漂亮热情的菲律宾Chick，准教你消受不了！"Chick原意为小鸡，菲律宾人用它代表女朋友，或妞儿。

"吃不完兜着走吗？"我学着贝尼多的语气，带着讽刺的口吻说，"那我宁愿去Cook Fighting（斗鸡）。"

这时，刚好有几个银行的人走进来。贝尼多过去与他们寒暄聊天，我就借机先行告退了。

虽然贝尼多活动得相当积极，但军事法庭的法官对于这桩土地纠纷却迟迟不肯判决。实在是他们对于土地法的纠纠葛葛知道得有限，而最重要的是，这案悬着对法官本人大有好处——有吃有喝——公司供应的。

有一天，我在一位猎人朋友家分享他猎获的野猪时，海曼突然从后门走进来。他专程来告诉我一件事：他已查出通风报信的人，是他的邻居，也是他们一伙的，已被贝尼多收买了；不过他还有一点良心,当军方的人要他将一把手枪藏在海曼的床下时,他始终没有按照他的吩咐去做。海曼了解钱财对穷人的诱惑,也就原谅了那位邻居。

一天,贝尼多跟我在农场里谈天,我就问:"这土地既然是属于国家的,公司何苦花那么多钱和精神去跟斯郭特尔拼命呢?"

"我们完全是为了烟草的利益而表演给烟农看的。"贝尼多说。

"这不是公司的私有土地,怎能拿来警惕烟农呢?"我强调说,"这好像是砍树儆猴,不实际。"

"但是如果我们让海曼他们得逞,"贝尼多解释说,"那么民多罗岛的所有斯郭特尔都会像闻到死亡味道的秃鹰一样飞集过来,我们的农场就要整个被霸占了。"

"可是事实上,我们不必直接跟这些侵入者对抗。"我把我的想法告诉他说,"你只要把情形报告国有土地管理局,由他们去处理。"

"这样我们就可能失去农场。"他用狐疑的眼光瞪着我说,"失去了农场,我就会失去这个职位!"

"我想,国有土地管理局不会随便放弃土地的,"我说,"不然国有土地早就被侵占一空了。他们比我们更有义务、更有经验处理这种事啊!"

"由他们处理总没有自己处理来得积极啊!"贝尼多说,"案件往往一拖就是五年十年,我们就要损失不少!"

"我觉得,为解决这块土地所花的应酬费才算是大大的损失哩!"我以不屑的语气说。

贝尼多一时无话可答,隔了一会儿他才说:"应酬费一点也不会损失,它使我们收购烟草更顺利。我们应酬过的这些人都会帮忙的,我们可以捞获更大的一笔利益哩!"

"压低价格?请他们把烟农中的活动分子拘禁起来?"我问。

"嗯!"贝尼多答道,"不这样,我们公司生产的香烟怎能打倒其他厂牌？怎能独占菲律宾广大的香烟市场百分之七十以上份额呢？"

"这样岂不是把财富建筑在烟农的贫穷上吗？"我不悦地反问道。

"这是生意啊！"贝尼多理直气壮地说，"生意就是赚钱，谁还管赚谁的钱？"

"可是公司的行径已经是压榨与剥削，而不是做生意了！"我反驳说。

"密斯特——徐——"贝尼多慢吞吞、大声地说："这世界上没有人会去追究你怎么有钱，他们只会问你有没有钱！"

半个月之后，海曼和欧斯卡终于双双被军方逮捕，罪名是恐吓以及扰乱治安。这时候，我对我服务的公司感到恶心与厌恶——这公司像邪魔一样压榨穷人的劳力，制造出有碍健康的香烟，然后用甜蜜的广告诱惑大众去吸食。当我看见十岁左右的孩童也在吸烟时，我的厌恶变成了愤怒。我觉得是离开的时候了。

行前，我去看了海曼的妻子，把我随身用品以外的东西全留给她。她现在的生活还过得去，附近几个村庄的农民在海曼被捕后，一致伸出援手，有的送米，有的送菜，也有的送钱。

在飞机起飞前两个小时，我顺便到离机场不远的军营拘留所去探望海曼和欧斯卡。

"你们怎么办？"我问。

"坐牢早在我们预料中。"海曼说。

"我们也有了安排！"欧斯卡以不太流利的英语夹着达加乐语说，"剩下的人会继续对抗福牧斯特公司的……我们会尽一切力量不让公司得逞。"

"万一最后还是输了呢？"我又问。

"上山啊。"海曼说，"马内已有口信来，要我们一旦没有办法就上山！"

"在牢里好吗？"我不知如何回应他们的话，随口问问。

"还不错！"欧斯卡说，"军方的人对我们蛮优待的。他们偷偷告诉我，他们实在是被马尼拉方面的命令逼得不得不这样做。"

"徐先生，你不必挂虑我们。"海曼笑着说，"能有机会为土地而战是幸运的，它使我觉得活得很有意义。这种意义只有穷人、只有投身战斗的人才能体会……"

"我祝福你们成功！"我说，"我要离开菲律宾了，也许今生今世我们不会再见面了！"

他们上前拥抱住我，久久才说："你是我们真正的朋友，我们永远不会忘记你……"

我离开军营时遇到了少校，我顺便跟他道别。他呆了一下，然后握住我的手说："你要回台湾了，让我说一句真心话：你妨碍了我们对斯郭特尔的办案，虽不为我们所喜欢，但我们私下很尊敬你。虽然你也是华人，却没有站在你那华人大公司的一边……我们是……不得已的……"

少校的话使我的归台旅途变得格外愉快。

自然摄影

为土地而战

寻找矮黑人

台湾很早就有矮黑人或小黑人的传说,例如赛夏族的矮灵祭或高雄琉球乡的乌鬼洞传说,以及分布在满洲乡山中的矮石板屋遗迹,也一直被怀疑是矮黑人居住的部落。只是这些台湾的矮黑人后来绝迹了,也许是被后来的民族消灭了,或者他们被迫迁移到邻近的菲律宾去了,因为今天在菲律宾诸岛还可以在偏远的山区或海岛丛林中找到他们。

事实上,在距今七千年至两千五百年前,矮黑人遍布在西太平洋诸岛,后来因其他文化的民族移入而急速减少。1972年在菲律宾哥打巴托(Cotabato)省诗卜湖附近的密林山中,发现了27名原始的纯种矮黑人,他们仍过着石器时代的生活。我旅居菲律宾的两年中,到过很多偏荒地区探访过不少矮黑人,可以与读者分享。

依据人类学家刘芝田与凌纯声教授的研究,这些矮黑人,如果根据中国史志中"诸蕃志",实渊源于中国大陆东南部,在旧石器时代之前就被迫南迁入海,居于西太平洋诸岛与马来群岛。而最接近中国大陆东南部的台湾地区,当然是他们不会错过的重要岛屿。

黑人,西班牙文称之为"Nagro",西班牙人占领菲律宾之后看见了这群矮小的黑人,遂依西文的习惯称之为"Negrito",而人类学也以Negrito来专指现存于菲律宾诸岛的矮黑人(或称小黑人)。

纯种矮黑人发卷肤黑,身高平均大约只有140厘米,但因与其他族混血,有的身高相对地提高。事实上,我们在菲岛也曾发现黄肤直发矮小种族,以及另一种近似巴布亚人矮小人种。据此,菲律宾大学将矮黑人分为下列三类:一为纯种小黑人(Ture Negrito),卷发黑肤倭身。二为原马来人(Prote-Malayan),直发黄肤,有较浓的蒙古系血统。三为古澳型倭奴(Australoid Ainu),介于原始澳大利亚人与日本爱奴人（现居日本北海道）的混血种，亦有称其为矮黑人（Australoid）。

抱持着"矮黑人可能曾于台湾存在过"的怀疑，我参考学者的研究并且四处打听，好不容易找到了菲律宾五个深山中的矮黑人部落，分别是：山巴利斯（Zambales）、达拉克（Tarlac）、英凡达（Infanta）、巴拉湾岛（Palawan）及民多罗岛（Mindoro），试图追索那些属于矮黑人的传说。

山巴利斯：长枪与牛仔盛装迎接

已故画家刘其伟于1972年从菲律宾探访回来后，曾整理有《菲律宾原始民族文化与艺术》一文。我从中第一次读到有关矮黑人的资料，引发了我很大的兴趣。

1987年10月下旬，我在向导的引领下，到菲律宾最大岛——吕宋岛中西部的山巴利斯山区，寻找矮黑人的部落。我们搭乘菲律宾特有的吉普车上山。这车真是一大奇观，不但车内、车顶挤得满满的，就连车头的引擎盖上也挤满了人，远看像似一颗掉在地上、沾满了蚂蚁的水果糖。

幸好此时旱季初临，山溪水浅，经过多方打听，在荒凉山区打转，我们最后终于到达一个较开阔的山间盆地。这里几十户茅草屋、竹舍比邻而建，遗世独立有如世外桃源。

我似乎早就处在他们的监视之下，因为才抵达村外的小径，我就发现树干、土堆后，有持长枪的男人警戒着。

我停步在村口，让向导进村去联系与接洽。等了一阵子，向导伴随一位个头相当矮小的人走出来。向导说，他就是酋长。酋长为了迎接我，特地换穿盛装——一套牛仔服，我也即刻献上打火机、香烟、小刀及一包糖果作为见面礼。他迎接我进入一间草房，不一会儿，鱼贯走进几位持枪的矮黑人。酋长向他们说明我的来意，并表明欢迎之意。忽然置身于矮黑人群中，让我感觉自己竟是"巨人"而有些顾盼自雄的飘飘然。他们的身高，最高的才刚超过我的肩，其他的则未及我的肩高。之后我被允许随意在村中走动、拍照，一下子看见许多矮黑人妇女、孩子相继出现，仿佛自己正置身于非洲。

这个部落已懂得农耕，也有数头水牛协助耕作，但因土壤贫瘠，食物总是不足。他们以未熟的绿香蕉作为主食，烤过或煮过之后，味道有点像马铃薯。

过去这一族因被政府视为好战，而遭驱赶至深山中的保留区，任其自生自灭。后来新人民军叛乱打游击，于是政府军一方面拉拢他们，一方面送派火力不错的枪支供他们自卫。

这个部落，是这座山区方圆百里内最后的矮黑人部落……

达拉克：被文明遗落的天地

我从山巴利斯回到马尼拉后，又在朋友的帮忙和多方打听下，知道在吕宋岛中部的达拉克山区有另一个矮黑人部落，于是，我与向导辗转搭乘当地的交通工具，最后乘坐一辆每天开往山区的吉普车入山。

这地区的风景荒凉而有些诡异，沿途有些破烂贫穷的小村，他们都是在平地无法立足而往山区讨生活的吕宋人。过了最后一个村子后，只剩下我跟向导两名乘客，我们只好包下车子，让司机送我们驶往更深的山区。

穿过野草凋黄的荒野，越过流水初干的河床，最后终于看见一片有绿色树木掩映的部落坐落在没有树木的荒山间。这是一片被文明世界抛弃与遗忘的天地，让我看着，心中隐隐作疼。

酋长是一位身小面善的矮黑人，他曾受雇担任美军丛林作战的教官。该部落非常擅长于丛林埋伏、潜行、追踪与设置陷阱。

这个部落与战争似乎特别有缘，他们在"二战"期间也与日本山下奉文辖下的军人交手过，如今在部落的树下仍然可以看见日军的破钢盔与旧铁枪。

这里的矮黑人与山巴利斯的矮黑人并不相同。他们显然混了一些黄肤系的原马来矮人的血统，虽然仍具有卷发特征，但肤色比较淡，眼睛也比较小。

这个部落也懂得耕种，但狩猎、野外采集至今仍是生活中最重要的一部分。

我离开部落的那天早上，他们跳传统的雄鸡之舞欢送我，我也受邀下场与几位小小朋友共舞。看着这些天真善良的小小脸孔，我心中充满着忧伤，我知道这些矮黑人迟早会像台湾的矮黑人一样，消失得无影无踪……

仍是谜团

矮黑人是否曾存在于台湾？学术界仍存有争议。台湾史前文化博物馆馆长臧振华表示，台湾的矮黑人仅限于传说，至今尚缺乏考古的证据。不过矮黑人在南岛的渊源由来已久，距今约四万年前，澳大利亚开始出现南方的海洋黑种人（Australo Melanesian）。据分析，他们跟东南亚的矮黑人（Negrito）属于同一人种；然而由于环境自然选择的结果，东南亚的矮黑人呈现出肤黑、矮小的特征。矮黑人与南岛民族经过长时间的交流、融合，使得矮黑人在遗传基因乃至语言、文化各方面都呈现出南岛化的现象。

英凡达：赖以维生的丛林，变成资本家的椰园

1987年11月初，我从菲律宾首都马尼拉市搭长途夜行巴士，往吕

宋岛的东海岸出发，经过一夜颠簸，终于在天色渐亮中抵达了奎松省的省会——英凡达，该镇的警察局两天前才遭菲律宾游击队新人民军（N.P.A.）袭击，镇上仍处于紧张的气氛中，一批批荷枪的民兵在街上巡逻。

向导迅速安排摩托车将我接往海边，上了一艘客、货、渔三用的小船，沿着海岸北行。两个小时后进入一个海湾靠岸，早有几个健壮的男人上来帮忙搬运行李。我们步行40分钟前往矮黑人族部落。向导悄悄告诉我，我们已进入新人民军的势力范围，这些人都与新人民军有关，我来这里之前，他已知会过新人民军；所幸对于我这种从事摄影与写作的人，新人民军是相当欢迎的。

我被安排住在一幢两层茅草屋的二楼。男主人是一个留有小胡子、约三十来岁的达加洛人（菲国最大的民族），女主人曾当过老师，英文甚佳，我在这里受到他们很好的接待。下午，我随着向导进入椰子树蔚成的林海，其间散布着数户矮黑人的小小茅草房子，我们一一去拜访。

房子的简陋矮小令我吃惊，每一户都只有妇孺在家，男人都外出觅食去了。我原以为他们有这样多的椰子林，生活应该不错，但情况却是如此之糟，原来这些椰子树完全不属于他们。这里原本是一大片丛林，可供他们狩猎与采集，后来私人公司进驻，砍走了大树，烧去杂木，种了椰子树，他们从此食物不足，要靠潜水射鱼维生，风季则要走一天以上的路，进入更远的丛林去狩猎，采集野生食物。

第二天，除了向导之外，所有的平地汉子都不见了，我则前往更北边的酋长的住所。路上我听见阵阵枪声，向导说是警察前来讨回面子。他们总是一阵乱枪朝空屋扫射，最后烧掉一幢破屋子后"凯旋"而去。

我终于到达了酋长住的地方，附近大约有十户左右的族人相邻而居。酋长看起来斯文而聪明，身高约近150厘米，明显地混有他族的血统。他的族人中有的像澳洲原住民，有的是矮黑人，更多的是混血的中间型，身高介于130厘米至145厘米之间。

酋长说他们很想下海射鱼来招待我，但因天逢风季，浪大水浊无法下水，只能用他们传统的歌舞来欢迎我。

他们单调的歌声与舞姿，留在我心深处很难忘怀。那是一个民族的挽歌……在台湾，矮黑人却什么也没留下就消失了……

巴拉湾岛：既不贪心，也不为明天担心的极简生活

我从马尼拉搭上螺旋桨的客机，飞往伸入南中国海东线的巴拉湾岛，经过一小时又二十分钟的飞行，降落在首府太子港市。此时已是渔船归港之后，港边的渔市人声鼎沸。我透过向导拜访了几个常在山区收购土产的当地生意人，探寻矮黑人（当地称之为巴达克族）的下落。

他们建议我到该岛的西南边，因为此时雨季刚过，矮黑人可能已离开部落而散入丛林游猎去了。有时他们找到特殊的东西会拿到那里的市集出售，再买些盐巴、花布、砍刀等物品回去。

于是我搭上破旧的长途巴士南下，再改乘拥挤的吉普车，在赶集正热之时抵达。虽然看见好几种从山上或滨海来的民族，但都属于马来系统的，并没有见到矮黑人。

来到巴拉湾后的第五天，我终于在两位挑夫、两位向导、一位醉眼惺忪的军士保镖下，以及一头水牛与拖架的支持下，溯溪进入中北部的丛林中。

很幸运地，我们傍晚遇见了一个移出部落，来到森林边缘的矮黑人家族，有一对夫妻、三个儿子、一个女儿、一个媳妇及一位小孙子。

他们以绿香蕉、芭蕉为主食，木薯、地瓜为副食。我们到的时

候,婆婆与媳妇正在钓溪鱼,鱼的样子类似台湾的"溪哥"。他们只钓了七条小鱼就收工了,因为全家每个人都可分到一条鱼,足够了。既不贪心,也不为明天担心,这绝非贪婪的资本主义社会所能理解,就像大多数汉人无法理解原住民的想法一样。

老妇人与媳妇都裸着上身。说实在的,在闷热的热带丛林,不穿上衣或仅着丁字裤是最舒服的穿着。老妇人身上有很多饰品,藤制的、塑料的、锡的,还有猎物毛皮等。

大儿子曾在小城当过几年工人,讲起话来颇为精明的样子,老是跟我要这要那。我走的时候,手表、西药、食物、水壶……都给了他们。小女儿还很有纯矮黑人的样貌,卷发、黑肤、大眼;媳妇矮小却清秀,显然混过其他血统。

他们部落的状况,非常令我担心:原始森林不断地缩小,加上愈来愈多平地人进入山区,女人嫁入平地导致部落男人娶不到老婆……这种种危机,使得巴拉湾岛的矮黑人面临消失的命运。

民多罗岛:活跃森林、神出鬼没的矮人精灵

民多罗岛是介于吕宋岛与巴拉湾岛之间的海岛,岛中央是高山,将岛分成东、西两半,东边因为靠近马尼拉,因此住了很多平地人,西边则有许多原住民住在山地。我在这里旅居近两年,与莽远族、巴达岸族等原住民族有很多互动。

在莽远族里有一些身材非常矮小的家族,男人不超过140厘米,妇女只有120厘米左右,他们住在莽远部落的边缘,彼此并不排斥,而且在装束、生活方式、语言等方面则完全一样。

旱季,他们以家为单位在林中游猎、采集。由于早年曾有外来的垦民有组织地入山强掳妇女,一些流放在岛上服役并受监管的重刑犯也曾多次强暴他们的妇女,所以这些矮黑人(他们的外形为直发黄肤

的矮人，但也泛称为矮黑人）在森林中行动隐秘，躲藏技术尤其高明。我曾在林中远远遇见一个家族，可是他们一下子就在我眼前消失了，只留下男主人与我们见面寒暄。我明知他的家人就隐匿在附近，但我用尽眼力搜寻，就是找不到他们的踪影。最后我请求男主人唤出家人让我拍照。他一声鸟鸣，即刻有好多个小朋友与一位妇人在我四周的灌丛、倒木间现身，令我目瞪口呆。那个卧在倒木间的小男孩离我不过三四米，我竟然没有察觉，简直匪夷所思。

民多罗岛的矮黑人属于黄肤直发的原马来系矮人（或称先马来人，以别于今日的马来系）。由于原马来系矮人除了身材矮小外，外观上与后马来系移民非常近似，所以很容易被同化、混血而消失，这也是为什么我在菲律宾群岛一直没有找到直发黄肤的原马来系矮人部落的原因。从上述情形来推测，台湾有些矮黑人融入后来移入台湾的马来系平埔族人里，可能性也是蛮大的，我曾见过身材不到145厘米的平埔族人，我猜他们血液中可能流有相当成分的矮黑人血统。

后记：如果有一天，菲律宾的矮黑人灭绝了……

菲律宾吕宋岛与台湾岛仅隔着巴士海峡，相距约320公里，真的是一衣带水。一万年来，面对几度相同的移民，即使到了今天，岛上民族的分布也非常类似：吕宋岛高山上住有伊夫高等族，台湾则有泰雅、布农、排湾、鲁凯等族；至于最早的矮黑人，今天在菲律宾群岛仍然残存，在台湾则因缺乏考古的证据而仅限于传说。探访菲律宾的矮黑人部落，也许可以让我们更进一步了解台湾岛的民族史。

1902年，美国人种学教授艾伯特·珍克斯（Albert Jenks）夫妇在菲律宾吕宋岛山地省进行田野调查，他的妻子亲眼目睹伊伐洛族（Igorot）出草猎取矮黑人的杀戮行动。这情形也可能同样发生在台湾岛的早期历史里，赛夏族的矮灵祭以及其传说都多少透露出台湾矮

自然摄影
寻找矮黑人

自然摄影
季风穿林—
更多故事

黑人所遭遇的情形,而这种情形也迟早会让菲律宾群岛的矮黑人渐渐灭绝,这将会是人类的一大损失。

  人种与文化的多样性,正如生物多样性之于大自然的重要一样,一旦消失就永远失去了。我们这些经济、政治强势的民族不但要对原住民、少数民族伸出援手,也该更尊重他们的地位,并且要在西方资本主义世界一元化的洪流中,协助他们保存人类珍贵的遗产。只有这样,这个世界才会永远丰富、精彩。

英雄埋名

巫师红色的眼睛,

一身黑色的衣服,

长而弯曲的指甲,

以及奇怪的手镯,

再加上腰间的利刀,

令人不寒而栗。

一只水鹿小心翼翼地从丛林中走出来。

进入伊斯兰教国度

我怎么会答应印尼棕东·卡鹿农业公司而到那鸟不拉屎、鸡不生蛋的西爪哇农场去工作,我自己也有些糊涂,事先我只知道那里很落后,也许就是这一点打动了我那爱探险的天性。能跟安拉的子民生活在一起可是一种全新的生活经验。虽然后来我在暴动中"落荒而逃",不过我还是觉得那一年多的生活非常值得,给我的人生增加了不少精彩的故事。

丛林中的农场

1980年9月10日，我飞抵印尼首都雅加达，应聘棕东·卡鹿农业公司的农场经理，签了两年的合同。

我工作的农场位于西瓜哇靠印度洋的一边，面积有八千多公顷，比台湾一个的乡镇还大。由于山势起伏，路径弯曲，从农场的前门到后门，吉普车要走两个多小时才能穿越。农场跨越五座朝印度洋延伸的山系，而与印度洋相接，靠陆的三面则与热带原始丛林接壤。正因为与丛林如此接近，农场里偶尔会有爪哇虎、金钱豹出现，更不乏大蟒蛇、长臂猿、猕猴、山猪、水鹿、大犀鸟、孔雀等野生动物。这些动物使我的西瓜哇生活倍增情趣。

这个农场的开发历史充满了血和泪。20世纪20年代，英国一家农业公司向当时的殖民政府——荷印政府的总督承租了这片广阔的原始丛林，预定将它开辟成橡胶园。那时，从卡鹿到农场的150公里路程只有小径连络。当时的总经理就从卡鹿雇了一顶轿，带着一箱一箱的钱和两把枪，走了五天才到达这片蛮荒中的丛林，然后在这大片丛林的中心附近选择了一块略缓的山坡作为农场的办公室、仓库、工厂及住地。当地人把这里称为齐大雾弯村，也就是我现在住的地方。

英国人从外面雇来了上千工人，辟草莱，启山林。那时，猛虎噬人时有所闻，夜晚警钟频响，男人刀棍齐出，驱虎、赶豹、逐蟒蛇、剿野狗。就这样，人类的双手将农场一块一块地开垦出来。

另外，荷印政府也相对地拓宽了由卡鹿到斑猛布的道路以利行车、载运物品。这条路对于荷印政府的国防也至为重要。

1930年，橡胶造林终于成功，橡胶原料源源出产，农场的工人也纷纷在农场落户，共形成了21个村庄。但是，工人依然不足。于是当橡胶盛产时，英国人向荷印政府租借数百名重刑犯来充当工人。此事遂为农场以后的暴乱埋下了祸根。

1942年，太平洋战争爆发，日军挥兵南下，轻易地占领了印尼。农场的英国人在战事逼近印尼时，撤回英国去了。直到1945年日本投降后，荷兰人再度回到印尼，英国人才又回到了农场。

1946年，印尼爆发了驱逐荷兰人的独立战争，同为白种人的英国佬也遭池鱼之殃，不但农场受到破坏，生命也受到威胁，后来不得不离开了。

印尼在1949年正式独立以后，英国人与苏加诺政府几经交涉，最后苏加诺政府同意将农场交由英国人继续经营，于是橡胶又开始出产。

1960年，苏加诺政府经济崩溃，民不聊生，西瓜哇反政府军与政府军作战，欲成立印度尼西亚伊斯兰教国家。后来，西瓜哇反政府军虽被打败，成员却散入民间，变成游击队与恐怖分子。那时，游击队的大本营就在农场一带，从前那些从荷印政府借来的犯人，现在都成了游击队的主要成员。他们把反政府的目标降低，改为驱逐英国人。当时英国人住的房子，也就是我现在住的这座房子，就曾经遭到三次火焚。而农场的工人也遭到游击队的威胁，不允许替英国人工作，不听话的就要遭到暗杀。在密密的橡胶林中，时常有割橡胶的工人被砍去头颅，那时从农场运出的橡胶总混着工人的鲜血。起初印尼政府曾派过军人驻守，但后来苏加诺政府自顾不暇，军人遂撤出，农场立刻陷入了那段黑暗时期。据说那时候农场的工人死了50人以上。

最后发生的一件惨案，结束了英国人的滞留。总经理18岁的女儿从英国来看父亲，在去农场的路上，被恐怖分子枪杀了。伤心的总经理终于率领身心俱疲的英国农业技术人员离开了农场，而把农场委托给一个中国人照管。

英国人走了，经费也减少了，橡胶树长得又高又密，大自然逐渐恢复了它原始的面貌，居民只好勉强开辟一点点余地种稻维生。有些工人则加入了游击队干起打家劫舍的勾当，西爪哇山区一带真正成了印度尼西亚的梁山。那时，由卡鹿到这里，一路上人行绝迹，商旅裹足。那时，每天上午，商旅必须聚集一处，由军警护送通过这段山路，不然不是遭到洗劫，就是吃冷枪。

1967年，苏哈托就任印尼总统，不久就挥兵进剿西爪哇，所有涉及游击队的人，不分轻重，抓到一律就地枪毙。当时这一带的河川流了数月的红水，这样才使得西爪哇表面安定下来。

西爪哇安定之后，农场居民的生活却陷入更糟的境地。我到来的时候，英国人完全放弃了农场，经费断了，林园渐荒，橡胶树也老化得流不出胶汁。居民完全失业了，不得不全力开垦英国人弃垦的山坡地来种植农作物。但这样的地也太少了，大部分的地都是参天的大橡胶树。居民只有原始工具，对这种大树只能望树兴叹。如此三餐难继的日子一直到1975年农场转手给新公司之后，才有了转机。

新的公司就是棕东·卡鹿农业公司，这个公司的大老板有两个：一个是华人林保欣，一个是印尼当时的总统苏哈托。

林先生是一个不会讲华语的华裔印尼人，印尼名叫扬尼哈利扬多，他是苏哈托年轻时的朋友。据说，在印尼独立战争时，他曾替苏哈托筹募粮饷，并向外国购买武器，使得苏哈托终能在日惹战役中打败荷兰人而夺取日惹城。在1965年印尼内战时，据说他曾以私人关系向外国订购众多军火卖给陆军，终使苏哈托登上总统宝座。林先生也因而致富，并在靠近中爪哇的苏卡蹦米地方买了一个大农场，专门从事丁香与茶的生产。此外，他又与总统家族合作，同马来西亚的华人公司合资，在苏门答腊南部开辟了一个五万公顷的蔗糖农场及制糖厂。1975年，他又与总统合股，以棕东·卡鹿之名接下这个原由英国人承租的农场，并向香港汇丰银行贷款，从事油棕、橡胶、可可、丁香、柑橘之生产，居民也从这时起才有了固定的收入。

林保欣先生不但在印尼有很大的事业，在中国香港、美国、肯尼亚也有极大的投资，尤其在肯尼亚，他拥有肯尼亚航空公司的一半股权，另外还拥有两万多公顷的大农场。两万多公顷到底有多大呢？差不多等于一个台中县的全部耕地面积。

在南洋，像林先生这样富有，及对政府高阶层有影响力的华人大有人在，可惜的是他们都把影响力困在争取及保护个人财富及私人利益上，很少为华人或为当地人尽点心力。由此，多少可以看出华人在南洋受歧视及压迫，往往也是由华人的自私与短视引起的，这是非常令人心痛的一件事。

西爪哇风土记

善门难开

　　西爪哇靠印度洋这边全是山区，而人口又如此之多，因此，人民极为穷困，工作机会也不多。而人民生性也比较闲散，只要可以糊口，就是家徒四壁也不在乎。工人一般一天工资不过合台币二三十元，一公斤下等米就合台币十三元，以此地平均每对夫妻有五个以上的孩子来算，家长的收入刚好够买米而已。可是，那当家长的宁可让住家附近的庭院长草，也不愿多花点力气去种植一些蔬菜瓜果。每天下班以后，我在我的院子里忙着栽植瓜果和中国蔬菜，我的芳邻一家大小却蹲坐在树荫下观看，等到我的蔬果成熟时，他们却常常隔着篱笆要这菜要那瓜，好像我现在之所以有此收成，完全是他们替我加油的缘故。他们有时更令我啼笑皆非。有一天，我的芳邻在接受我给的茄子时说："徐先生，您送蔬菜的量要送得恰到好处，千万不要送成'做一顿吃太多，做两顿吃又太少'，这可令我伤脑筋！"

　　他们接受东西从来不会觉得不好意思，我那位快成圣人的邻居说："您要施舍给人，如果那人接受了，您还得向他说谢谢，因为他让您积功德。"

　　"既然如此，"我说，"那么您也送些东西给我，我好让您也积一些功德。"

　　"好吧，一言为定。"他说，"我就送几个孩子给您！"

　　我听了转头逃开。

　　他们因为太穷了，遂认为有机会偷而不偷那简直是暴殄天物。这里真的是所谓"顺手牵羊不算偷"的地方。

　　起先，我养了一只当地的狗来防小偷，因为我晾晒的衣物、门外的拖鞋、放在院子的工具、院子的灯泡经常失窃。可是不久,我发现狗链子被偷了。又不久,狗脖子上的狗项圈也丢了。吓得我赶快去买了一只狼狗。要是老虎会看家,我也会找一只回来。

农场里的果子根本等不到成熟就被偷光了,因为他们有很多佐料可以用来拌未熟的生果吃。在没有水果出产的季节里,比较幼小的果树他们也可以连根拔走,送到市镇去卖,特别是像丁香、橘子之类的。因此,在雨季里农场请了不少守夜的人。但是偷窃依然经常发生,只是规模小一点罢了。

最近,农场一个抽水站的大柴油引擎连同大抽水泵一起被偷。我判断这群小偷至少在十人以上,因为当初安装时一共动用了十七个工人。这群小偷将赃物抬到橡胶园时,大概刚好天亮了,就把机器藏在草丛中。刚好那天有工人去砍草,这才被找到。后来,我禁止工人张扬出去,派了一群警卫守在那里,以便来个守株待兔,瓮中捉鳖。果然,小偷晚上又回来运赃物。他们一共只有七个人,就把十七个工人才抬得动的机器抬起来。

这里的人向人伸手要东西简直好像要债一般地名正言顺。他们经常向我要香烟,因为我不抽烟,所以我就回说:"没有烟。"他们就接着说:"钱一定有吧!就给我二百盾,让我自己去买好了。"

如果他们发现我的衣物有被钩破或者有脱线的地方,甚或扣子掉了,他们就大大方方地走上来说:"徐先生!您的衣服破了,这衣服已不合您的身份,送给我吧!"或者说:"您这衣服旧了,有损您的地位,就送我吧!"

有一位年轻警卫经常在我前面说中国功夫比不上他们孙达人的武术,然后就在我前面比手划脚要我看他的孙达武术。有一次我火了,一个扫堂腿把他扫得四脚朝天,他半躺在地上抚着屁股哀哀叫痛。忽然他停止了哀叫,双眼发亮,有点激动地指着我的脚说:"您的鞋跟掉了,就把这皮鞋送给我吧!"我这才发觉当我用脚扫他时,皮鞋的后跟擦碰到地面而松脱了。

我初到此地时，觉得当地人实在太穷了，为了表示关心、同情与赢得他们的友谊，就送了一点东西给几位朋友。可是不久，此事就带给我极大的烦恼，几乎每个人遇见我都向我要东西。如果我不给他，他就指责我吝啬、坏心、偏心。如果我给了他，他接着就替他的兄弟、他的亲戚们要。如果我不给，那么刚才给他的东西就等于白给，一切人情一笔勾销。

此后，我送东西给朋友时，一定要请他们守密，但还是会有许多人知道。原来我那些无所事事的邻居太太小姐们，整天监视着我房子人员的出入，什么人买什么东西进来，什么人带什么东西出去。现在我学乖了，一切出入的东西都包装稳妥，并且放在车子里，不然就会像上次一样——我的邻居太太跟我要可口可乐，我说没有，她非常不高兴地说："今天我看见您的女佣买了一箱可口可乐回来，还有一篮的红毛丹，我尚未开口要哩！"

我差不多每天早上从住宅开车到农场的一边去工作。有时，我看见路上的人满头大汗地赶路，于是好心让他们搭便车。可是不久，这些家伙一步路也不走了，就坐在村口等我的车子，有时带着鸡鸭，甚至牵着羊。后来要搭便车的人数越来越多，挤不进车的人就爬到车顶上去，到了后来怕挤不进车的人干脆守到我的大门外。有时候我的工作在别的地方而不必去我惯常去的地方，那些人竟然责怪我故意跟他们过不去，说我是存心误他们的事。他们认为，至少我应先把他们送到他们要去的地方后，再去我要去的地方。

羽球王国

印度尼西亚的羽毛球能称霸世界绝非偶然。只要看看各村落里羽毛球球场之多，就知道羽毛球运动受印尼人喜爱之程度。平均十几户人家就有一座球场，每个村落至少有一两座有夜间照明的球场，即使像西瓜哇这样大部分村落没有电力的也不例外，他们在球场中线的两旁各设立一根三米至三米半高的木柱，在上面各挂上两盏煤气灯，在这样亮度下是勉强可以进行球赛的。他们通常在清晨打、傍晚打，只有高手才能在晚上打。我初来不久，他们就来邀我打羽毛球。当第一场开始时，他们派出打得最好的年轻人——雅雅来跟我比赛，雅雅几乎矮我一个头，因此我想至少可跟他一拼。哪知道矮子多心思，他长杀短吊地把我打得落花流水——十五比三，还把我的鼻子打肿了。我看着不是他的对手，就想至少找一个人来让我打败，好挽回一点面子。我左看右看，只有我的一位工人我觉得有机会取胜，这工人平常非常懒，无论工作、走路都是慢吞吞的，一副要死不活的样子。可是等到他一下球场，却完全不是他工作的样子，移动又快，跳得又高。当然，比赛很快就结束了。我只好再次试着找一位我估计可以打败的人。看来看去，几乎每个人都叫我害怕，最后我找上那个看来有点土头土脑、行动迟缓的司机——阿曼，他年已四十，身材矮小，有四个老婆。由他开车的情形来看，我想无论体力、反应我都比他好得多，胜他似无问题，于是我就把他拖下场。他将拖鞋往球场外一踢，赤脚入赛。球赛一开始，我就发现这家伙变得又奸诈又灵活，吊球吊得非常巧妙，使我疲于奔命。最后我精疲力竭，败下阵来，而那位又恢复土头土脑、行动迟缓的司机还没出汗呢！

  不过让我稍觉安慰的是，虽然印尼羽毛球世界第一，但印尼国手十有八九都是华人，像称霸世界十年之久的羽毛球王梁海量、新崛起的球王林水镜等都是华人，即使替中国扬名羽球界的人，也都是1965年印尼排华时跑回中国大陆去的华侨。

  后来，我常常在晚上打羽毛球。按照我那位教练的估计，如果我这样苦练下去，我可以在九十岁时称霸世界，但愿上天让我活过那个岁数以享受称霸全球的荣誉！

阿莲树

印尼的爪哇和苏门答腊地区,有一种高大、葱绿的棕榈树,名叫阿莲树(Arenga pinnata)。阿莲树在西爪哇一带还有一个特别的称呼,叫作"妹妹的眼泪"树。为什么这样称呼呢?它背后有一则脍炙人口的故事。

有一对兄妹,是富家子弟,手上本来拥有父母留下来的一份丰厚遗产,但因为哥哥交友不慎,沉迷赌博,不久就把家产输得精光。更悲惨的是,他为了翻本,竟用美丽的妹妹作典押,分别向两个商人借赌本。

最后,借来的赌本当然又输得精光。两位商人同时到他家里来抢着要人时,蒙在鼓里的妹妹才知道真相。

妹妹只有一个,债主却有两个。怎么办?这时,妹妹说她有私房钱可以偿还,转身走进房间,自杀了。

妹妹虽然死了,眼泪却仍然流个不停。更奇怪的是,在她坟旁长出了高大的棕榈树,树抽穗开花以后,花梗处会自行断裂,流出甜甜的汁液。有人说,这汁液就是妹妹的泪水变的。故事的结局是:哥哥把这些汁液收集起来,熬成红糖出售,不久就还清了债款,并且慢慢恢复了往日的富有。当然,他再也不赌博了。

阿莲树流出的汁液就叫阿莲汁,但阿莲树不只汁液可以熬红糖,它从上到下、从里到外,无一处不可用。自古以来,阿莲树一直在当地居民的生活当中扮演着相当重要的角色。

阿莲树从幼苗长到开第一穗花,大约需要七八年的时间。此后,花穗就不断从叶梗上方抽出,树干也不断长高,最后高度可达十五米上下,而树龄则在七十年左右。

阿莲树在抽穗开花以后,才能采集到阿莲汁。采集阿莲汁得利用一根长竹竿做成的竹梯上树,这根长竹竿,每隔五六十厘米有一个砍出来的缺口，大小刚好可让脚拇指伸进去。把竹竿斜架在树干上，采集者就可以一级一级踩着缺口，爬到树梢。他们先从花梗末端把花穗切掉，再把背上来的竹筒套在切口上，接取流出来的阿莲汁。这种汁液本是阿莲树结果所需的营养液，味道甘甜，可供生饮，当地人称之为"尼拉水"。

每棵阿莲树每天可采集四五公升的阿莲汁。通常每隔三四天，阿莲汁的产量就会减少。这时，采集者就会使劲地把花梗摇上两三分钟，再用木槌打鼓般地敲打两三分钟。阿莲树经过这种"笞刑"似的刺激后，每天又可以有四公升左右的产量。

到采收后期，"笞刑"也不管用时，采集者便改用"火刑"，就是用火把来烧炙花梗。如此一来，阿莲汁的产量又可以恢复一段时间。

就这样，每天固定采集阿莲汁，直到不论用摇、打、烧都挤不出汁液为止，为期约两个月的采收期才宣告结束。通常这时候，这棵阿莲树上的另一个花穗，也差不多可以割取汁液了。

如果把阿莲汁放置三天，任其发酵，就成了阿莲酒。略微摇动阿莲酒，会不断冒出泡沫，像啤酒一样，它的酒精含量大约在百分之五到百分之八。

阿莲酒放两三个星期后，又可成为上好的醋。印尼人做酸辣汤、酸醋鱼等菜肴时，这是不可少的佐料。

阿莲树开花时如果不采集阿莲汁，就会结出成串的阿莲子。熟了以后摘来吃，有甘甜味。再经过加工的话，就可以制成美味可口的阿莲蜜饯。

至于用阿莲汁熬糖的方法，是把石膏粉加进阿莲汁，用适当的文火熬，直到成为浓稠的糖浆，再倒入模型中冷却，便可以结成棕红色的糖块，这就是俗称的红糖，也叫阿莲糖。通常四公升的阿莲汁，可熬成一公斤的阿莲糖。

在印尼市场上卖的阿莲糖为圆块状，每八块叠成一个圆筒形，再包上干的香蕉叶或棕榈叶出售。

阿莲糖除了是孩子喜欢的甜食外，煮绿豆、番薯、香蕉、芋头、椰糕、糯米糕时，加阿莲糖也比加白糖更可口，香味更浓。

阿莲树的树干髓心还含有丰富的淀粉，可以制成阿莲粉（印尼人称为Onggok）。阿莲粉通常用来制糕、饼或当饭吃，它煮过后，味道很像西谷米（Sago），是当地人的主食之一。

阿莲树长得越高，就越不容易采集阿莲汁。这时就可以把树干砍倒，掏取里面的淀粉。掏洗之前，树干必须先锯成一段一段，并劈成若干长片，用机器把髓部挖出来捣碎，然后浸入池中用脚去踩，使淀粉与纤维分离。最后，收集那些沉淀在水中的淀粉，加以过滤、漂白、晒干、揉细，就可得到洁白的阿莲粉。

一棵十米高的阿莲树，大约可以淘洗出80到150公斤的淀粉，差不多是一个男人一年的主食。在印尼某些不适于水稻种植的岛屿，至今仍有许多原住民民族以阿莲粉为主食。

除了以上的用途，阿莲树可供利用的地方还很多。老树干可以铺桥、造水渠、架屋。成熟的树叶可以编织成实用方便的箩筐、提篮，还可以编为长蛇形，叠盖成耐用的屋顶。较嫩的叶子则能编制美丽的吊花篮，是爪哇人喜庆节日不可少的装饰；有些穷人甚至把嫩叶当作烟草的代用品。此外，叶梗也能作为厨房中的串叉、引火物，捆扎起来也能当刷子和扫帚用；叶梗烧成灰后，更是原住民常用的创伤药。而裹在树干上的黑色纤维，不但可做脚垫、床垫，也能用来织布。阿莲树的根部也有用处，不但可制染料，而且是治痢疾的药；以前的穷人家还用它来做牙刷。

在爪哇和苏门答腊，从海拔100米到1500米的荒地，原先都遍生阿莲树。但爪哇的人口增加太快，荒地都开垦成稻田，而苏门答腊的荒地也相继被大企业开辟出来，种植甘蔗、油棕、橡胶等经济作物。

阿莲树一棵棵被砍倒，数目越来越少了。

印尼的农业官员开始担忧，这种用途良多的阿莲树会日渐绝迹。为了避免发生这种结局，他们开始研究人工栽培的方法，并且希望阿莲树仍会像昔日一样，在人类未来的生活中扮演重要的角色。

自然摄影

西爪哇风土记

农场人物记

英雄埋名

初到西爪哇不久,有一天,我送一组出了毛病的动力喷雾器到农场的农机修护厂去,请技工修理。那时我刚学印尼文,根本无法表达我的意思。正在我伤脑筋而技工在一旁大笑时,突然,身旁响起了一个略苍老而又低宏的声音,用英文说:"有什么我可以帮得上忙的吗?"我转过脸去看说话的人,在这一带有能说英文的当地人,简直不太可能。

他是一个瘦而高、年约五十多岁的男人,卷曲的头发,整整齐齐、服服帖帖地朝后梳,身着洁净的蓝色旧工装,手上拿着一支烟斗,风度翩翩地向我点头致意。

我看过那么多的印尼人,特别是孙达人,从未看到像他这般有绅士风度和高雅举止的人,不禁特别注意他的面貌——长长的脸,鼻子比一般印尼人高,眼珠微蓝,眼神深沉而坚毅。我想,他一定是个欧印混血种。他就是修护组组长,名叫阿布巴卡,后来我跟他成了熟朋友之后,就称他为阿布先生。

阿布有一个19岁的儿子,一个4岁的女儿,和一个28岁的老婆。由年龄也可以猜到,这个妻子一定不是原配。阿布夫人是村里业余孙达戏剧团的主唱者,但是每次她演出的时候,阿布就上山去狩猎。阿布夫人的歌声高亢嘹亮,她在村子的广场台子上演唱时,我坐在我的书房都可以清晰听到。

阿布先生虽然是修护组长,但他的修护技术远不如他狩猎的功夫闻名。山区一带的猎人,对他简直佩服得五体投地。

我跟阿布先生一起出猎了好几次。我发现，每次出猎，一拿起猎枪，他的表情就严肃起来，与平时慈祥的面容判若两人；等到进入丛林之后，他更变得像是一个正在执行任务的战士，浑身透着一种奇异的劲道和腾腾的杀气。

他从不用猎狗，因为他本身就是猎狗。他在山区轻悄地逆风前进，眼观四面，耳听八方，猎物的任何踪迹和声响都逃不过他，他对猎物的性格习性摸得一清二楚。他的潜行功夫堪称一绝，往往潜行至伸手可触猎物的距离内，而猎物仍未有所发觉。

他最奇特，也最令我不解的一点是，明明他只要一扣扳机就可以猎获动物，他却迟迟不肯动手，就像猫弄老鼠似的，直到他觉得玩过瘾了，他才现身把猎物吓得飞奔逃去。这时候，他会露出一种平常从他脸上绝对看不到的满足笑容。

我曾问他为什么这样，他轻松地笑笑说："我们出猎难道不是用来满足我们祖先遗传在我们身体里那种爱好渔猎游戏的天性吗？我们不必杀死猎物就能满足渔猎天性，对于野生动物，对于我们，对于大自然，不是皆大欢喜吗？没有必要拿别种生命来满足我们的快乐，生命是珍贵的！"

有一次，阿布先生做了一个不可思议的游戏。他用简单的绳套陷阱，活捉了一只大野公猪；它常常来偷吃我栽种的大豆，使我头疼不已，我吩咐猎人耿多去捕杀它，许久都没有成功。阿布知道了，主动来帮我，他只花了两天就捉到了。阿布抓到它后并没有杀它，只用白油漆把野猪的臀部漆成白色，然后就把它放了。从此，那头野猪再也不敢到大豆田来。不过它成了一头很有名的野猪，村人称他为"阿布的白屁股"。

阿布的薪水很低，一个月不过台币两千元，生活过得很拮据，吃得更是简单。有一次，我路过他住的小木屋，顺便去看他，他一家正在吃饭，桌上只有一盘木薯叶煮辣椒。我就问他，为什么不去猎一点野味来丰富他那贫乏的菜单呢。

他摇摇头说:"这一带山区的动物,像野鹿、穿山甲、孔雀、犀鸟、水獭等,在野外已经够稀少了,如果我再加以猎杀,这些动物就要绝种了。原野上没有这些野生动物,大自然还有什么可爱,还有什么吸引力?这样,我宁愿自己苦一点,吃木薯叶过日子……"

此后,我常常送青菜、水果给他,他就以他丰富的见闻故事回报我。

有一天,农场出了一只很凶猛的花豹,把村民养的羊咬死不少,也使工人遭受到生命的威胁,农场派出所有的猎人去围杀那只豹子。可是,第一次出猎,就有两个猎人被豹子抓伤,接下去的几次出猎,则是猎犬纷纷受伤或死亡。最后,猎人队的队长耿多只好亲自拜托阿布先生出马,阿布猎豹的唯一条件是他可以随意处置那只豹子。

阿布放下他的机械修护工作,天天上山入林去追踪豹子。十天之后,他猎获了花豹,还是活跳跳的。他把花豹运到山倡国家野生动物保护区去放了,原本可以轻轻松松一枪就把豹子打死,但他却辛苦地布置了陷阱,用小山猪把豹子引入陷阱笼子活捉了它。

我以为他想抓活的是因为活的价格高,或者他不愿损坏皮毛,而影响豹皮的价值,因为一张好的花豹皮,起码也可以卖到印尼币十几万盾,相当于阿布半年的薪水。可是他却一点也不犹豫,一点也不觉遗憾地把豹子放了,他只笑笑,对我说:"豹子很少很少了,杀了这一只,也许就此绝种了……"

阿布跟村人说:"我抓活的是想卖给动物园或马戏团,可以卖个好价钱,但运到半路上,它破笼逃掉了……"这些贫穷得无三两银的西爪哇人也完全相信了。如果他们知道阿布把一笔不少的钱财白白放走,他们就会怀疑阿布一定得了可怕的精神病。

阿布把豹子放走的那天晚上,我请他来家里吃饭。饭后,我们坐在屋廊下聊天，他喝威士忌，我喝咖啡。到了晚上十点多，他已微有醉意。这个钟点，村里的人早就睡了，整个山谷沉沉静静，只有我们两人醒着。大概是酒把他心中的堤防冲溃了，他说了我和其他人从未晓得的传奇故事。

"阿布先生！"我问道，"为什么每次你一拿起枪，或者你一走入丛林，你就完全变成了另一个人，简直像一个战士，像一个突击敢死队的队员？"

"徐先生！"他用他惯有的祥和声音说："你有所不知，我本来就是一个伟大的战士……"

"怎么说？"我接口问。

"我出生在印尼，生长在印尼。"他慢条斯理地说，酒使得他的话变慢了，"我的父亲是荷兰派到印尼来的殖民地官员，我的母亲是美丽的荷印混血儿……"

他的话解开了他的面貌带给我的疑问。

"第二次世界大战时，日本侵占了印尼，荷兰人有的被俘，有的被逐回欧洲，我那时才18岁，与一批军人逃入苏门答腊的丛林里，成立了游击队。我在那里接受了极为严格的突击和丛林作战的训练，"阿布说到这里，脸上呈现出得意的笑容说，"我的战技，就是教官也佩服不已……大战末期，我经常率领游击队突击日军，我最拿手的就是潜行接近敌人，然后不声不响地把敌人格杀，我还因此得到了女王勋章……"

"你这位大英雄，战后为什么不回荷兰享受你应得的荣耀呢？"我好奇地追问。

"徐先生啊！……您别急……"他慢吞吞地答道，"故事才……才开始……"

"战后……荷兰人又回到了印尼。"他停下来，对我举杯，啜了一口酒，然后把头仰了起来，好让烈酒慢慢地流下喉咙。他的眼睛闭了起来,好像在享受着美酒,也像在重温过去的梦,又像在努力回忆昔日的情节。

"荷兰人回到印尼后,发现一切都与战前不同了。"他睁开眼睛说,"印尼人已经组织了武力,要求脱离荷兰而独立,于是战争爆发了。当然,初期印尼独立军不是我们的对手,他们就改用游击战。但是在国际上,由于时势所趋,支持印尼独立的国家很多,我们在外交、贸易和补给上,都受到重大打击。慢慢地,形势开始逆转,印尼独立联盟的军力越来越大,全印尼都响应了他们。"

阿布先生说到这里,又啜了一口酒,脸上一片愁容,大概是在咀嚼当年失败的痛苦。他闭着眼睛说:"我又奉命组成了突击队,专门突击印尼独立联盟在各地的指挥部。当年,现在的印尼总统苏哈托,在日惹起义,他的总部就被我突击过,他的重要干部有好几名都被我抓进了牢里……"他缓缓睁开眼,带着悲哀的眼神,继续说,"但是,时代的浪潮是无法阻挡的。经过五年的战斗,印尼还是独立了,最欣赏我的荷印总司令史普尔将军自杀身亡。我在悲愤之余,与维斯德林上尉率领一批旧军人,进攻印尼第四大城万隆市。但印尼援军源源开抵,我们因寡不敌众而失败。我潜入山区躲了起来,最后偷渡到苏门答腊,躲到丛林里……"

阿布先生的眼睛带着醉意,停留在院子外面的几棵深黯的大树上,继续他的故事。他近乎自言自语地说:"我和原始的威克族人住在一起,我教他们种咖啡,他们教我打猎,又把最美丽的女人送给我做老婆。我在丛林里整整住了12年,直到一场疾病夺走了我的妻子和唯一的女儿。我伤心地走出丛林,到达巨港,化名阿布巴卡,做一点生意,收购山区的咖啡,运到巨港出售。我的生意渐渐有了起色,我也在巨港结了婚,是一个中国人与当地人的混血后裔,生了我现在这个儿子。"阿布说到这里,脸上泛起微微甜蜜的笑意。

"1965年，"阿布先生的声音呈现了不愉快的音调，"我进入山区收购咖啡时，因雨季突然提早了一个月，洪水泛滥，我被困山区。外面的咖啡价格大跌，我却毫无所悉，结果我用高价收购来三货船的咖啡，一下子使我血本无归。接着，又发生了印尼内乱，我那个可爱的妻子不明不白地被暴徒一枪打死了。我带着儿女，回到我熟悉的万隆市，在一家机械厂工作。可是不久，军方的密探就开始对我展开调查，我又带着儿女悄悄溜到西爪哇最偏远的这个农场来工作。他们绝对想不到，他昔日最怕最痛恨的敌人，就躲在他的私人农场里。哈！哈！"

他大笑起来，眼泪也涌了出来。我为自己倒一小杯酒，举杯对他说："阿布先生，容我向你这个埋名的英雄致敬！"

我们举杯一干而尽，强烈的威士忌也把我的眼泪烧出来了。

"三十年来，第一次向人吐出心中的秘密，"他含着泪说，"心中有一股快感，也有一股惧意。希望你能为我保密，我已老了，不想再逃亡……"

"凭真主的圣名，"我举起右手说，"在印尼国境内，我一定守密。"

阿布先生在六年前又结了婚，娶了孙达族的姑娘。这使阿布也变成了孙达族人，更不易被发觉。阿布的儿子长大了，长得非常英俊，运动和音乐才能极为杰出，只可惜初中毕业就没有继续升学。

八月里的一天，阿布的一个朋友从万隆来找他，带着一封从荷兰寄来的信。阿布看了之后，热泪盈眶，把全家人都吓呆了。阿布的眼中还在冒泪，却笑了起来，原来他收到了他弟弟自荷兰来的回信。之前，阿布怕被人识破，利用他朋友的地址和姓名，写信到荷兰的退伍军人协会，协会把信转到了他弟弟手上。阿布的弟弟在信上说荷兰政府以为阿布早就战死了，现在荷兰政府要接阿布回祖国去，阿布也可以领到一笔退休金。

九月初，阿布的两个弟弟到印尼来看哥哥。当他们在万隆的饭店见面时，大家拥成一团，泣不成声。弟弟印象中的英雄哥哥现在垂垂老矣，而阿布记忆里的顽童弟弟，现在也已是发福的中年人……

由于从七月底以来，农场的工人不断地暴动，由纯薪水事件演变成了有政治意味的事件，我旋即决定要在十月初离开农场，打道回国。

这个决定，我只透露给阿布知道。临走前几天，阿布邀我一道做临别的狩猎，目标是那只硕大的白屁股野公猪。

那天下午两点钟，我们两个人先进入枝叶蔽天的橡胶林里。阿布走在前面，慢慢而又轻悄地前进。每走一小段路，他就停下来，先用耳朵仔细倾听，再用眼睛搜寻。

走了差不多一个小时后，阿布听了一会儿，要我也仔细听，并指指右前方。我听见有种像人咬脆花生的声响传来。

"野猪群正在吃橡胶树上掉落的橡胶子！"阿布笑着，轻轻地在我耳边说。

我们极缓慢地前进，不能弄出些微声响。野猪不只鼻子灵敏，耳朵也极灵敏。

几分钟之后，我们从橡胶树隙间看到了那群正在进餐的野猪，一只大公猪，一只母猪，六只有褐色条纹的美丽小猪。

阿布朝我摊摊手，表示不是白屁股野猪。在我观赏了一阵之后，阿布率先转身离去，我们没有惊动那群野猪的进餐。

我们在那大片的橡胶林里另外又遇见了两群野猪，但都不是白屁股野猪。我们又转到可可园中，见到了三只初长大的野猪，但仍没有白屁股野猪的踪影。

黄昏时，我们来到了果园。阿布突然指指左前方，我仔细听了一会儿，听到了野猪惯有的喔鸣声，那是招呼小野猪的声音，我们躲在草后，沿着一畦新翻犁过的土畦前进。这土畦没有草木，土质松软，比较不会弄出声响。

终于,我们看到了正在翻食草根的白屁股野猪,白白的臀部在绿色的草中显得格外清晰,它正带着三只母猪和一群乳猪在那里觅食。

这头白屁股野猪似乎长得更大了,脖子上的鬃毛更粗了,獠牙也更长了,褐黄的獠牙高高弯弯地往后仰起。它时不时抬起头来四处瞧着,又用鼻子嗅着,耳朵也竖得高高地转来转去,好像雷达一样。

阿布观看了一会儿之后,就举枪瞄准,但我心中突然涌起一种舍不得白屁股野猪的念头。我阻止了阿布的射击,阿布用疑问的眼光看我。

"阿布先生,"我说,"还是留着它的白屁股,来见证你的猎技吧!也用来纪念我们两个今天似无所获,却又是丰收的狩猎!"

我说话的时候,那只白屁股野公猪已经发觉到我们了,它大声地喔鸣作声,向众猪示警,其他的野猪立刻飞奔窜入灌木林中去了。等到所有的野猪都已完全逃走,这头公猪才慢慢转身进入林中。我们注视它的白屁股慢慢消失在昏暗的树林里,然后哈哈大笑,互相握手,结束了我们最后一次的共同出猎。

我离开农场的时候,阿布一家人来送我。他高兴地告诉我,他刚收到荷兰驻万隆领事馆的公文,要他去办理护照和回国手续。最后,我们互相祝福着分别了。

大老板下乡时

我工作的大农场——棕东·卡鹿的大老板扬尼·哈里扬多·林,一年中大概只有三四个月的时间在印尼,其他时间都在非洲、美国、香港等地照顾他在国外的企业。印尼的各种企业都派亲信代表来执行，负责棕东农业公司的是黑搭地。此人相貌不坏，极有小聪明，好大喜功，算得上少年得志。他一直生活在富裕的环境中，很难体会穷人那种吃了晚餐却不知明天早餐在哪里的滋味，结果他的许多所谓照顾工人的措施，反而变成了一厢情愿的理想主义，徒劳无益。

黑搭地先生每个月从肯郡来西爪哇农场一次，来的时候，一辆运食物和厨师的专车先到达，几个小时之后他才来到。随行车辆中有三四部车坐着他的随员，他们住进一栋美轮美奂的招待所，黑搭地先生住在其中一间豪华如皇宫的房间里，可是行宫之外几十米的地方，却是一簇一簇又挤又脏又破陋的工人房子。

每次他来，都要我上招待所吃晚餐，这是我最怕的一件事，正餐往往到九点才上桌，吃完之后还得听他一个人吹牛，讲不知重复了多少次的笑话。有时候，他还把杂志上读到的意见拿来当作他个人的创见发表，与餐的人员都要一起笑或鼓掌。他这一开讲，不到十一二点不罢休，中途没有一个人敢离席。我在听过几次他"臭盖"之后，就常先行告退，他虽然不说什么，但我可以从他的眼光中感觉到对我的不悦。但我认为，他是请我来经营农场的，可不是来听吹牛、侍候他高兴的。由于这革命性的壮举，那个白人总经理菲力普对我非常佩服，不久，他就与我同进退了。

大老板扬尼·哈里扬多·林差不多一年才来一次，他之驾临，简直有如国王出巡。一两天前就派出警卫来到农场布哨，招待所的厨房后面早已采购了一群鸡和羊，还有整卡车从万隆买来的老板爱吃的食物。他一年只住三四天的专用房间，几个星期前就打开来，擦抹得一尘不染，还天天洒香水。他的各种活动与菜单，也都经过黑搭地先生和他随员的精心设计。

大老板来的那天，一清早直升机先送来大老板的专用厨师和两个重要的随员。十点钟左右，直升机接来了大老板夫妇，这时停机坪旁已有十几部车、四五十人等候着了，电视录影机左旋右转，十几台照相机咔嚓咔嚓响个不停，拍下"历史"的镜头。这当然是该拍的，因为说不定明年公司就倒了，也说不定明年政权就易手，大老板再也回不了印尼。这种事在落后的地区是随时可能发生的。以前我在尼加拉瓜时，就曾眼见昨日的权贵，旦夕之间变成过街老鼠，而那些原来在山区里打游击或关在牢里的，却突然摇身一变，顿成新贵。

老板们来时，几乎所有有照相机的人都把相机对准老板们，没有相机的就想办法去借，倒是我这平时经常携带相机的人却在这时把相机收了起来。不过，我现在想起来倒真的很后悔，因为现在写这些老板们，竟然一张照片也找不出来，只怪自己总不愿让同事或老板们误以为自己有巴结的举动。其实，这只证明了我自己的肤浅而已，只要自问并没有这种妄念，又何必在乎别人怎么想？况且，还有为自己的报道配插图的大目标。

再回头说说我的大老板扬尼吧！扬尼虽然不谙华语，却笃信佛教（当然，他的信仰里也夹杂有道教的成分），他出门要法师选日子，建房子要法师看风水，就连门向、床位等细节，也不敢轻举妄动，无不请示法师。两年前他初次来农场，带了两个法师同来，在招待所四周空地插上一圈香，又在招待所的院子里设坛祭拜鬼神。据法师说，这个招待所杀气甚重。此言倒也不差，这个招待所曾被游击队放火烧过三次。

扬尼来农场最精彩的节目就是狩猎，目标当然是农场经理所讨厌的野猪了。

通常，扬尼都是在一个特别建造的竹台子上，舒舒服服地坐在籐椅里等着，旁边两个猎人端着昂贵的猎枪静候吩咐。扬尼头戴白色草帽，手戴白色手套，一面享受冷饮，一面用望远镜四处观察。身后一个警卫手持对讲机与远处正在赶野猪的猎人联络，猎人率领一大群猎狗,把野猪从灌木林中驱出,朝扬尼这边赶来。

当野猪进入望远镜视程,大老板接过性能极为优越、简直可以打下飞机的猎枪。

野猪群进入射程。枪声响了,目标较清楚的大野猪先倒下。越接近竹台,倒下的越多。可是猪群还是继续向前奔,像极了电影上扑向机枪阵地的敢死队,最后总有一半左右要躺下来。

猎人把打死的野猪都集中在竹台前时,其中赫然有一条死狗。大概是大老板一时眼花打错了,活该这只争功的狗倒霉,谁叫它跑得那么快,那么靠前。这就是好出风头与巴结者的下场。

扬尼站在他的战利品中间摄影留念,然后又命猎人把"敌人"的尸首运回去展览。那只被他误杀的狗早被丢到远远的草丛里了,真不值得啊!

狩猎结束了,大老板玩得很痛快,他取下他的草帽、钢笔、圆珠笔、打火机,甚至手表,当作纪念品分赠给猎人。一场"屠杀"方告平息。

农场的二老板是现任印尼总统的苏哈托。他本人未曾来过,但每年都派他的女婿英得拉代表他来巡视一趟农场。驸马爷是一个长得很英俊的花花公子,喜欢自己开飞机。他来农场的时候,虽然排场没有扬尼大,但警卫人员之多则有过之而无不及,省区的军方指挥官早派了一大群军人前来保护并听候差遣。驸马爷是孙达人,正是苏哈托"和番"手段之下的产品(苏哈托本人是中爪哇人)。

驸马爷虽然留学英国,但在非正式餐会里仍保留印尼人进食的习惯——用手抓饭吃。他也喜欢打猎,不过不是用大老板的方法,通常是由我的一个猎人朋友做向导,在黄昏时分,等候在野猪出没或必经之处的附近,等野猪出现就举枪射杀。猎人朋友告诉我,有一次,一群野猪突然出现在三十米外,驸马爷满头大汗地努力瞄准,扳机一扣,猎枪竟然没有声息。后来才发现枪里没有装子弹,赶忙探手猎衣口袋。这一掏把驸马爷急死了,一颗子弹也没带来,于是赶忙差遣这位猎人朋友急步跑回招待所去取子弹,害他差一点像那个马拉松的始祖一样——累死掉。

蛮荒的故事

蛮荒电影日

对于住在寂寞又偏僻的西爪哇山区居民来说,每两个月一次的流动电影到村子来放映的日子,是他们平淡生活中的大日子,对于我这个外国人来讲,更是新鲜的经验。

每次电影的海报在放映前三四天张贴出来之后,全村就酝酿着一股兴奋的情绪。我的女佣最敏感了,几乎就在海报贴妥的刹那就开始坐立不安,两个人就像彼此吐气的番鸭一样,各自把几年来看过的电影再在嘴上演一遍。女佣的朋友也来了,隔着篱笆频频交头接耳,很像正在进行革命活动的秘密党人。农场的工人也变得无心工作,只要工头一转身走开,他们立刻像苍蝇一样迅速地飞聚在一堆,谈的都是与电影有关的事。平常晚上八点钟就已寂静的村庄,现在少年人都迟迟不肯上床,三五成群地坐在电影海报附近。

到了演电影的那天,大家都起得特别早,全村洋溢着像我们儿时过年那样兴奋的情绪。在路上,我可以毫无困难地依据行人脸上的表情一一指出哪些人是还未筹足买电影票的钱,哪些人已经有了。

只要我早上起床看见大门外站着一大堆人,我就知道这天是电影日。这些天未亮就伫立在我大门外的人,都携带着各种奇奇怪怪的东西要来卖给我,好换取买票钱。有手握两个鸡蛋的孩子,有捧着各种水果的,有带着小蛇、小麝香猫、穿山甲、蜥蜴、小鸟、孔雀羽的,也有拉着小野猪、抱着小鸡的,反正带着一切他们认为我可能会购买的东西。交易额最大的一次是两个少年拾来的一条蟒蛇,我将它买来放生了。电影日这天早上的我家,正是如假包换的"门庭若市"。

这一天仍未找到东西可以出售的少年们，一早就张皇地各自分头忙着去筹钱。有的到溪里去捕鱼虾，有的去海边捡风螺，有的去丛林里找野香菇、野竹笋，这些东西最后大概都拿到我家来卖。只要是孩子们自己真正花了气力去找来的，不管好坏我都不叫他们失望。那些没有找到东西的孩子就来跟我要差事做，以换取票钱，像洗车啦、拔草啦，替小孔雀找白蚁啦，喂小动物吃东西等。其实我有司机、园丁、女佣等替我做这些事，但我知道电影对孩子们实在太重要了，他们的心情，我在童年时都尝过了，所以我一定会分派一些小工作让他们"自食其力"地赚到票钱，那些像乞丐一样来讨的就会被我赶走。一张成人的电影票是三百到三百五十盾，约折合台币二十元。二十元虽然不多，却是当地一个工人一天的工资。

电影日的下午，约在三四点，当大声播着音乐的电影车缓缓驶进村庄时，全村的人立刻好像患了热病似的，一起冲出家门。孩子们鱼群般在车子后面追逐着，土狗似乎也感染了这种狂热，在这群孩子间奔跳吠叫。整个村庄顿时呈现出一种沸腾的状态，就是耶稣当年进入耶路撒冷城时所受到的欢迎也比不上这辆电影车。

我的两个女佣往往在听到电影车音乐的同时，变得歇斯底里，抛下手上的一切工作，也不管快烧熟的饭、正在大哭的孩子，反正那音乐就像来自天国的呼唤，她们怀着神圣的使命飞奔而去。等到村庄的热度略为下降时，我的房子里已经充满了米饭烧焦的味道。

"徐先生！"当我下班回来，一脚踩进家门时，两个女佣满面巴结地笑着迎上来，轻声轻语地说，"爸（印尼话对男人的尊称），我们今晚想去看电影，能向您预支三百盾去买票吗？"

等我把钱给她们时，她们往往就接着替自己的兄弟或姐妹或者朋友向我借钱。这就是电影日我回家会遇见的第一件事。第二件事就是，女佣要求我提早两个小时吃晚饭，以便她们有充分的时间去打扮。这样，她们才能在电影上演前一个小时赶到广场，去参加上演前的活动——打情骂俏大会,这个大会往往跟电影一样重要。

太阳还没有落下去,广场上已一片热闹。音乐震天响着,口袋里已有票钱的孩子都在场子上嬉戏追逐,口袋空空的孩子则黯然欲泣地站在一旁,其中不乏眼睛哭得红红的。

太阳才落下去,打扮得漂漂亮亮的年轻男女纷纷结伴而至,这些最早到达的年轻人大部分是从别的村庄赶来的,来到这里总得徒步在山路上走上二三个小时。

天色稍暗,场子上聚集的人也越来越多。人们各自走动着,寻找许久不见的朋友。年轻人则利用这机会暗自挑选自己中意的对象,秋波在场子上飞来投去。

随着天色的转暗,广场上的灯光放出了光亮,照在兴奋的观众脸上,显得分外灿烂。孩子们早已排成队缴钱进场,这时,那些已经结婚生子或年纪大一点的村人才陆续到达。

七点半左右,大部分的观众都进了电影场。场子是用竹片编成的板子围起来的,里头没有椅子,观众大都席地而坐。只有我,或者农场的副总经理也来看电影时才特别为我们摆上藤椅。

有意中人的年轻人都是双双并坐,没有的则男女各成一堆一堆的。不过,这些"聚落"却都各自坐成斜斜相对的角度,以便彼此不必扭头转脸就可以把秋波射到对方那里。

电影场外仍然围着一大群买不起票的观众,全都眼巴巴地朝仅容一人通过的进场窄门观望,他们都祈求着意外的惊喜从天而降,使他们进得场里去,也许是某位亲友大发慈悲,或者围墙突然倒塌,或者守门员突然昏倒……

电影总要拖到八点钟才开演,当灯光熄去的刹那,全场立刻肃静下来。

电影开演后,守门员把门一关,开始巡逻他的柏林围墙,因为那些没有钱进场的少年仔身上都带有利器,例如小刀、小锯等,他们个个都想在围墙上挖个洞,锯个窗,好把眼球露进场子里去。这时,守门员就要来回追逐这些"偷窥狂"少年,以保全他的围墙,不然他的围墙就会变成网状的了。有一次,一群少年仔为了争夺一个小洞,最后把整扇围墙挤倒了,"难民"一拥而入……

电影开演二三十分钟以后,那些钱不足的观众就开始找守门员谈生意了,票价立刻减半;如果电影开演在一个小时以上,只要观众表示一点点的敬意,只要十几二十盾,加上一些巴结的句子,守门员也就放行了。这种方便门对这些观众来说是非常值得的,因为电影往往是一个晚上演二三部,又因为影片老旧,时时断片,所以电影很少在十二点以前结束。最长的纪录是凌晨三点,它的后遗症是农场第二天没有工人。

蛇人

到达农场的第二天,我正吃着早餐,突然瞥见餐厅通后院的门下有一个奇怪的黑色东西,从那没有关紧的门缝伸进来。那东西越伸越长。终于,我看清楚是一条黑色的眼镜蛇。接着好几个晚上,我都在招待所的院子里发现有眼镜蛇的踪迹。

"这里怎么这么多眼镜蛇?"有一天,我问正在院子里拔草的老园丁。

"以前很少的,"老园丁说,"这两年来突然多得不得了。"

"你们怕眼镜蛇吗?"我又问。

"当然怕!"老园丁答道。

"有没有听说谁被咬过?"我问。

"没有!"

几天之后的一个星期日早上,总经理菲力普和我一道去招待所后面的游泳池晨泳。我正要跳下水,突然发现水中有一条差不多一米多长的黑蛇正在游来游去,想爬出游泳池。我仔细看,又是眼镜蛇。

我拿起那清洁泳池用的长木杆,想打死它。这么危险的东西老是出现在住屋的附近,游泳池距我住的房间只有十米而已。

"不要打它,徐!"菲力普突然制止我说。

"可是多危险啊!"我说。

菲力普左右张望了一下之后说:"别漏了风声!这些蛇可是我们买来的,还不便宜呢!"

"买这么毒的蛇干啥呀?"我不解地问。

"它可是老鼠的克星!"菲力普说,"眼镜蛇比其他种类的蛇更善于捕鼠!"

"农场的人不知道我们买蛇来放吗?"我问。

"不知道!"菲力普说,"如果他们知道了,那么他们就找到了一个更堂皇的理由来反对农场!"

"他们为什么要反对农场呢?"我不解其中缘故。

"这里的许多人都是从前荷兰殖民时代在这里充当劳工的重犯,在荷兰人走了之后留下来的人或者他们的后裔。他们都恨不得找到借口来把外人赶走,然后他们就可以接收农场!"菲力普说。

有一个晚上,菲力普跟我坐在他住家的廊下聊天。忽然,一部我未曾见过的小货车驶过来,停在招待所的车库里。

"有客人来吗?"我问菲力普。

菲力普站起来看了几眼,然后说:"是蛇人(Snake Man)来了!"

"你是说捕蛇的人?"我问。

小货车运来一袋袋的眼镜蛇,利用黑夜,悄悄地放到农场里。

"是放蛇的人!"菲力普笑着说,"他在别的地方捕蛇,然后拿到这里来放!"过一会儿,那辆车上走下一个妇人,直接就朝菲力普走来。

"晚安,菲力普!"那妇人远远地就打招呼说,"我们来了!"

"晚安!好久不见了!"菲力普说,"大概有两三个月了。"

"八十天了!"妇人答道。

"带了多少条来?"菲力普问。

"五百二十条。"妇人答道。

"眼镜蛇多吗?"菲力普又问道。

"四百零二条!"妇人说,"杂蛇一百二十条。"

"好,你先去休息!"菲力普说,"我们十一点出发。"

妇人闻言走了。

"徐,有没有兴趣去看看蛇人放蛇?"菲力普问。

"好啊!"我答道。

十一点,我们准时出发了。我和菲力普坐一部吉普车在前领路,车子在山路上转了半个小时后停了下来。

"从这里的左边开始吧!"菲力普大声说。

那妇人把小货车的后门打开,里面放着几十个纸箱,纸箱里是一个一个袋口绑得紧紧的小布袋。妇人取出一箱放在地上,袋子立刻蠕动起来,有的发出喷气的声音,煞是吓人。

妇人抓起十几个袋子走进油棕园里,我跟在她身后可以听见袋内的嘶嘶喷气声不断地传来。

她现在每走上十几二十步路就打开一个袋子,把袋内的蛇抖出来。如果蛇比较大时,她会拉出蛇,然后提着蛇的尾巴。这时眼镜蛇会鼓起脖子半身竖立起来,那样子非常像那妇人拿着一个萨克斯风。

蛇一放到地上,就立刻钻进草里面去了。现在,蛇都放了,我们走原路回车上时,这些原先放走的蛇就成了一种威胁。可是那妇人一点也不怕,我就紧紧跟在她身后,免得误踩蛇身。

当所有的蛇都放完时,已经差不多凌晨一点了。农场的人好梦方甜,却不知道这个农场在这个晚上又多了五百多条蛇。

后来,我在炼油工厂那里看到一个年轻人正用一把扫把在戏弄一条手臂一般粗的眼镜蛇。那眼镜蛇脖子胀得像一把大胡琴,头抬得高达一个大人的腰部。突然,那蛇身形轻摇,拉着身形一矮又一扬,同时发出咳嗽般的声音,从口中喷出液点,正好射中年轻人的眼睛。他们都说那液体有毒,如不赶紧冲洗,眼睛会瞎掉。不过我甚为怀疑,因为,蛇毒必须与伤口接触才会发生作用,这眼镜蛇即使喷的是毒液,对眼睛也不会发生作用,除非眼睛有伤口。

后来有一次,一条小眼镜蛇跑进我的客厅来,我拿棍子要赶它出去,它却生气地朝我吐口水。因为蛇还小吐得不高,吐中了我的手臂。我为了试试看这液体到底有没有毒,就不把它洗掉,过了一个小时它就干了,我的皮肤也没怎样。那条蛇最后终于被我"驱逐出境"。

不过后来,我在书中读到非洲的一种眼镜蛇,真的对敌人喷毒液,其中含有酸,可让眼睛灼痛而暂时失明。

丛林拍照记

棕东·卡鹿农场的后面是一大片绵延的热带原始丛林,这是我最喜欢去的地方。

丛林是一个神秘而又丰富的地区。在中美尼加拉瓜的雨林里,在菲律宾的丛林里,我出出入入,也在丛林里头生活过不少的日子,但是丛林的面貌永远使我弄不清。它太广、太深、太密了,里头有永远认不完的植物,以及无法预料的动物。

我有一个猎人朋友,名叫耿多,他常常陪我到丛林里去拍动物。丛林里最多的动物就是猿猴了。当我们在丛林里慢慢前进时,大树上常常会突然一阵骚动,接着整个丛林都天摇地动起来。这就是成群的猿猴逃走的景象，常常会把胆子小的人吓得发抖。

丛林通常极为幽暗，阳光难以穿透密林，非常不利于拍照，因此我不知错过了多少难得的镜头，例如挂在树干上伪装成葛藤的蟒蛇，正逮到了粗心的猴子或林鸟；云豹凌空跃扑攫住正飞起的野鸡……不过无论如何，走在那幽密寂静的丛林里，每一次都有不同的体验和享受。

在我农场附近的丛林里最容易遇上的是猿猴，一共有三种。第一种是长臂猿，当地人叫作欧尔。它没有尾巴，在树上行动都靠双臂抓着树枝，像人吊单杠那样前进，通常混在其他猴群中。这种猿很像人，会直立走路，智慧相当高。据当地人说，如从小驯养，可以教它做很多事。这种猿现在很稀少了，印尼政府已立法保护它们。

第二种猴子当地人称为鲁洞，是一种黑色的大型猴子，尾巴很长。我养过两只，煞是好玩，这种猴子喜欢吃嫩叶和花，过的是群居生活。

第三种猴子当地人称为猛涅，是一种土黄色的小型猕猴。这种猴子最温驯，当地人很喜欢饲养。我也养过一只，后来它成了一只很有名的猴子，此事留待以后来细说。

在丛林里也常可遇见爪哇孔雀，它的美丽实在叫人感动。我的猎友猎获过一只，把尾羽送给了我，那羽毛足有一米半长。你可以想象当它把尾部展成一个扇形时会有多美，如果那时它是迎着阳光站在大树的横干上，更会叫人激动起来。

我去了这么多丛林，只有两次比较惊险。第一次是去拍摄花豹。我的猎人朋友耿多告诉我，他知道有一只豹每天黄昏时要打丛林某个地方经过。我就许他很多东西，要他引我去拍摄花豹。起先他执意不肯，说实在很危险。我又许他更多东西，他变得犹豫不决。最后，他实在经不起许多礼物的诱惑，就答应了。

我们在下午四点多就到达了他说的那片丛林，那是在一片陡坡上。我在下方一个坡度稍缓的地方,架好了三脚架和照相机,距离花豹惯常出现的地方约有五六十米远。我把快门和距离都调好,只要花豹一出现,按下快门,就可以立刻转身朝坡下逃去。

我们静静地等待着,太阳冉冉西坠,斜斜的光线射入林中,我伸手把照相机的光圈调下了半级。突然,我发现不知何时一只花豹静静地站在三十米远的地方瞪着眼看我,我慢慢伸手要去调相机的焦距。就在这时,我那宝贝猎友也看见了花豹,叫了一声"妈咪!逃哟",就一溜烟像蜥蜴一般从陡坡上又滑又滚地逃下了山涧。

我很紧张,想跟着跑,但又舍不得放弃这千载难逢的机会。于是,左手轻轻地转动着焦距,心中默念着:阿弥陀佛。右手正要按下快门,豹子突然张嘴咆哮了一声。我紧急按下快门,回头就学那位猎友的逃遁术——滑滚而下,相机也不敢拿了。

我下了坡,飞纵过山涧,然后奔跃上对面的山坡,速度奇快,简直好像忽然会轻功一样,不一会儿就追上了那个喘着气、满头大汗地以四肢爬跑而上的耿多。他的裤子已经破碎不堪,我从后面看他,他的臀部从大破洞中露出来,很像一只大狒狒。后来我赔了他一条牛仔裤。

第二天,几个猎人陪我去取回照相机。猎人在观察了一阵脚印之后说,那只豹子在照相机附近徘徊过,似乎它还喜欢照相。

第二次惊险的经历是猎人耿多带我去丛林拍爪哇虎。我们运气不好,起先几次都没有看见老虎。后来有一个下午,我们两个人守在山壁上,隔着狭谷监视着对面丛林一处林木较稀疏之处。忽然,一群犀鸟自林中飞出,紧接着一群黑叶猴飞纵而去。

"注意!"耿多倒抽了一口气说,"不是豹子,就是老虎出来了!"

我举起有望远镜的相机,屏息以待。忽然,镜头中有一片橙黄色在稀疏的枝条后面移动,我的镜头跟着它移动。霍然,那片橙黄移入斜阳照入的空地上。

"是一只巨虎!"我叫道,兴奋得全身都颤抖起来,汗水像雨一样流下,急急按下快门。这时,老虎已经隐身树林。

良久,我仍沉浸在刚才的兴奋里,在丛林里欣赏活生生的野老虎实在叫人感动,叫人热血沸腾……

丛林是一个可怕又可爱的地方,其可怕与可爱都源于它的不可知、惊险及充满情趣。充实的人生也是这样啊!

行医

我在来印尼之前就知道我工作的农场离医院在五小时的车程以外,而农场的医药设备也不好,所以我随身携带了很多的药,也带了不少医药方面的参考书。我曾经念过三年的兽医,对于普通疾病的诊治,以及突发性或意外伤害的救护还可对付。当然,如果有医生,我不会这样自找麻烦。

在工作时,我常常会碰上工人临时生病或发生意外的事,这些通常都由我给他们诊治。他们大部分都是患扁桃体炎、气管炎、下痢或生疔疮等病,所以都很容易医治。有时比较厉害时,我就偶尔给病人服用抗生素,他们通常很少服用这种药剂,所以药效极佳。

在我这个农场的工人,几乎每家都死过一两个孩子,大部分都是因为医药卫生太落后的缘故。

慢慢地,我的医药出了名。有时,远处的人在紧急时也会来拜托我去看看。当然,如果我不敢十分确定病因,绝不胡乱给药,但是这些穷人既无力送医,也无力买成药,大都吃吃巫师的草药或某人的秘方,因此往往一发生比较严重的疾病就会死亡。有一次,我的一个工头病得很厉害,高烧断断续续,数日不退,吃了几帖那个赤脚医生的药,不但毫无起色,反而更沉重了。按照当地人的看法也可以说是大限已至。他的老婆哭哭啼啼来找我,我就去看看他,他已差不多不省人事。我向她问了工头的病情之后,判断他先得了气管炎,再转成肺炎,于是就给了他八颗抗生素,要他每六小时服一次。结果,第二天我路过再去看他时,他已经坐在屋檐下给他的小孩子削制玩具了。他看到我马上跪了下去,连声称我是他的救命恩人。

董事长派了一个雅加达大学毕业的女孩来跟我学习柑橘管理技术。一个星期一的早上,她病了没有来上班,我一直到中午时才去看她。我另外一个助理正在照顾她,她脸色白如纸,双唇干白,头昏,全身瘫软,没有尿意却膀胱刺痛。那个赤脚医生认为是很厉害的妇科病,最好送到大医院去就医,但刚好那天没有车子可以送她去医院,她只好在床上等。起先我认为她得了膀胱炎,但后来我去翻医学参考书,发现膀胱炎不只下腹会刺痛,而且会频频想如厕,但不会造成全身瘫软的状态。我一直在想,还有什么病会发生这样的症状呢?当我抬头时,刚好看到墙上的日历仍停留在星期日,我心里突然动了一下,就去问她,昨天她是否去了哪里。她说,她和男朋友去爬山远足。终于,我诊出了她的病——日射痛。

我派工人去采了几个嫩椰子来,要她尽量地喝。二十分钟不到,她就开始上厕所了。过了一个多小时,她膀胱刺痛消失了,双唇也不再那样干白。等到晚上我去看她时,她已经跟人吵架了。

当然,也有我诊断不出的病。像有一位经理患了不轻的病,那位赤脚医生将他当作重感冒医治。第四天我去看他时,他还在发烧,又喊右腹疼痛,病症是有点像重感冒,但是发烧的形态却不同。我无法确定他的病,又看病情似乎颇为严重,就叫人用我的车子送他到万隆的医院去,结果是急性肝炎。

还有一次,一位同事的太太病得很厉害,我也没有诊断出来,把她送到医院以后才知道是伤寒。

我不只医人,也医狗,这就回到我兽医的老本行了。高农时我读的兽医一直未曾用上,却在这蛮荒丛林里派上用场了。经常地,猎人抬着他们被山猪撞伤、咬伤的狗来。最厉害的一次是,有一只狗的腹部被野猪獠牙撞裂,肠子都掉出来了,我替它动了手术,居然把它救活了。

自然摄影

蛮荒的故事

西爪哇动物记

三脚豹

  豹子天性嗜杀,不像其他肉食动物如老虎、狮子等,只在饥饿时才捕杀动物充饥。豹子是不论大小动物,只要走入它的视界里,它都有很强烈的要将之杀死的欲望,所以豹子可以说是丛林中最可怕的魔鬼。有时,它潜入村庄去,那些专吃羊肉的村民就倒霉了,他们养的羊群会在一会儿的工夫里全部被咬死。

  有一天,一位老头子赶着一群羊在我管理的橘子园旁靠丛林的地方放牧。突然,一只豹子纵入羊群,只见豹子利爪一挥,一只羊就倒下了,一扑,又是一只羊倒下了。转瞬间,活羊已寥寥无几。这位老人一看自己赖以为生的羊遭此巨变,痛不欲生,举起他赶羊的棍子不顾一切地对着豹头击去。只见豹子巨爪一挥就挥中老人的棍子,老人一下失去重心,连人带棍滚下山坡昏了过去。后来,村人把老人救回去,他竟然毫发无损。于是全村的人都跪下来感谢真主安拉,因为豹爪之下从无活口,这位老人却得到了真主的眷顾。可是当村人告诉那老人他的羊儿无一幸免时,他老人家却倏然双眼一瞪,两腿一伸,就此倒地,气绝身亡。

  在我农场中流传着一则非常脍炙人口的豹蟒大战的故事。此事发生在几年前,很遗憾我未能躬逢盛会,因此,我把几位目击此事的猎人找来,要他们把豹蟒大战再在他们口中打一遍。

  话说农场里有一个靠近丛林的村庄,村民种植的庄稼每每在晚上被大群的野猪捣毁,因此村民邀来猎人、猎狗欲将山猪清剿。正当猎狗分散去搜寻山猪时,忽然大雨倾盆而至,猎人相继奔至丛林边的一棵大树下躲雨。大雨下了半个小时后停了，猎人们正想回去，忽然瞥见千古难遇的大战就要展开：一只花豹慢慢地走出丛林，而在它前面却是一条头朝下挂在树干上的巨蟒。当豹子走到树下时，蟒蛇张着一百八十度的大嘴突然朝豹子的颈咬下去，豹子在巨蟒咬到的刹那往前纵去，结果大蟒蛇咬到豹子的右后脚，此时蟒蛇全身从树上落下卷向豹子，豹子亦知蟒蛇的厉害，闪避着向它卷来的蛇身，但因为后腿被蟒蛇紧紧咬住不能脱身，遂在树下扯跳着躲避。一阵之后，豹子的后腿已鲜血直流。最后大概是蛇头被豹子的左后腿在蹦跳中踢伤，蛇口随之一松，豹子这才脱离蟒蛇的巨口。蟒蛇在松开豹子后，即刻朝树上爬去。当它爬到一半而蛇尾仍在地上时，那豹子忽然冲上前去，咬住巨蟒的尾部，拼命往下拉。于是，双方展开一场拔河大赛。最后，蟒蛇大概熬不住尾部被咬拉的剧痛而从树上落下来。

蟒蛇一落下来，立刻卷起身子把头埋在身体中，因为头部、颈部正是蛇最脆弱的地方，而豹子似乎也知道此点似的，它绕着蛇堆走动找寻蛇首。但豹子也有所顾忌，它怕蛇头会忽然从某个地方伸出来突击。豹子转了几圈之后开始用利爪挥击蟒蛇的身体。渐渐地，蟒蛇身上伤口斑斑。最后，蟒蛇忍不住伤痛，趁着豹子攻击身体时，头部从另一边悄悄地朝不远处的沼泽逃去。等到豹子发现蟒蛇只剩下一段尾部时，蟒蛇的头部已经到了沼泽。豹子立刻飞纵扑向蛇头，结果双双落入水中。水中非常不利于豹子的跳跃行动，豹子几番差一点"阴沟里翻船"。

经过几番挣扎与奋战，豹子最后咬住了蟒蛇的颈部，后退着把蟒蛇拖出沼泽来。只见蟒蛇遍体鳞伤，身体逐渐瘫软，最后只剩下尾部能拍动和蠕动。

豹子此时才松开一点利齿，直等到蛇身不再移动时，它才完全松开，然后跛着后腿，蹒跚地走入丛林。

过了几个月，有人看见那只豹子的左后腿残废了，走起路来一跳一跳的。据猎人们说,那只豹子仍然在丛林里,它偶尔走出丛林,人们可以从湿地上看见它留下的三朵一组的足迹。

那条蟒蛇被猎人们剥了皮。据他们说皮长二十七尺,中间最宽处有五尺宽。依此,我估计那条蟒蛇大概重达一百二十公斤以上。

蛇鼠恩仇

不管科学如何地发达,老鼠至今仍是我们农业最大的敌人之一,全世界每年因鼠害而损失的粮食总在千万吨以上。这种情形在热带地区尤为厉害,它不止从仓库中偷吃米粮,还直接啃食田里生长中的农作物。甚至在农人刚播下种时,它就偷偷把种子挖起来吃掉。吃不完的还搬回鼠洞里去贮藏。在热带,当旱季草原干枯的时候,饥饿的老鼠四处掠食,连果树的树皮都不能幸免。

我工作的农场,在初种油棕(一种棕榈树,果实可以榨油)时,半年里油棕苗就被野鼠毁损了一千公顷以上。油棕苗通常要培植一年才能移植到田里去,一旦被野鼠损毁,不但在金钱上损失无数,宝贵的时间也浪费了。我们农场立刻全面施放拌有强烈毒药的诱饵诱杀老鼠。初期还可见成效,可是过不了多久,鼠辈们就学乖了,它们只要发现田野里突然出现了好吃的食物,以及鼠亲鼠友中有鼠忽然暴毙,那就再没有第二只会上当了。

后来,农场改用一种慢性毒药来拌鼠饵,这种鼠饵必须吃下好多次,经过许久,药性慢慢累积后,老鼠才会中毒,这样老鼠就不会怀疑到鼠饵上。此计初期颇为有效,可是过了不久,农场里产生了一种新变种老鼠,它能抗拒这种慢性毒药。它们吃了这种鼠饵后非但不死,反而变得肥肥壮壮、繁殖更快,使得农场遭到第二度的严重威胁。

最后不得已,从英国请来灭鼠专家。这位老鼠的克星在了解一切之后，建议用大自然的办法——生态平衡法。从那时起，农场到各地去搜购眼镜蛇，将蛇放在园地里去吃老鼠，前后大约放入了一万条眼镜蛇。果然，自那时起，鼠害降到百分之零点五以下。

读者听完后一定要大吃一惊，那么多的眼镜蛇不是要泛滥成灾了吗？别愁！当眼镜蛇渐多时，蛇的克星——老鹰也多了，它们整天在空中飞着寻找眼镜蛇大餐。这样，逐渐地，鼠、蛇、鹰的数量保持在一个自然平衡状态下。依专家的估计，一公顷的油棕园若保持有三条眼镜蛇以上，即可使鼠口降至最低而不造成农害，所以我们这个八千公顷的农场据估计现在有二万条以上的眼镜蛇。当然了，这么多的毒蛇是不是对人畜造成很大的威胁呢？下面试作解答。

蛇大概是所有动物中最令人类厌恶也是让人误解最深的动物了。这固然是因为它们当中有几种具有致命的毒液，同时也是因为它面貌丑陋，体形较长，并蠕动前行，它们冰冷的皮肤也叫人见了就打从心中有寒意。其实，大部分的蛇都是无害的，甚至是有益的，毒蛇在蛇类中总数不到百分之十。但一般毒蛇是极少极少会主动攻击人的，即使是恶名昭彰的响尾蛇，也是只在其他动物侵入它的小领地时，才会生气起来，而且也不是不声不响地攻击，通常它会先摇动它的尾铃吓走敌人，只有在敌人仍不撤退时，它才发动攻击。至于眼镜蛇，更是畏惧人畜，稍有风吹草动，总是三十六计走为上策，在逃不掉时，才会举起头、鼓起脖子吓唬敌人，甚至口喷唾液。五年来，农场的死亡记录如下：一个孩子死于蝎子；一个老人死于豹惊；二人死于溺水；十一人死于交通事故；二十二人是死于自己的"大口"——因为乱吃东西患了霍乱和赤痢而死；死于"蛇口"的人数是零。

农场的工人知道我喜欢饲养野生动物，所以他们常常会送给我野生动物，像穿山甲、爪哇狝猴、长尾黑叶猴、小麝香猫、白鼻心、孔雀、小山猪、小蜥蜴、变色龙等。但有一次，我对他们送来的东西就敬谢心领了。一天早晨，有三个工人合力抬来一条重达百斤的大蟒蛇，把我养的各种动物吓得有翅膀的乱飞，有脚的乱跳。这是我唯一拒绝的一次。

山猪乐园

我们农场种植油棕时，估计有五百公顷左右油棕被山猪损害。农场不得已，提了一大笔钱作为鼓励大家去猎杀山猪的奖金，任何人只要交来一条山猪尾即可得印币五千盾，合新台币三百元。五年来，一共交来了七千多条山猪尾，所以我常跟老板开玩笑，把"我们的农场"说成"我们的养猪场"。

印尼山猪之多亦可由一份当地中文报纸的头条新闻得知："萌菇鲁省省长邀爪哇企业家在该省兴办罐头山猪肉厂。"因为该省平均每晚打死不下五十只山猪。

由于山猪为害农场甚烈，猎山猪成了我很重要的娱乐兼工作。猎山猪一共有三种方法。第一种叫群打群殴法。就是放一群猎狗去把野猪从林里赶出来，再由一群持标枪的猎人将山猪围刺至死。这是又刺激又危险的游戏，当猎狗发现山猪踪迹而吠叫时，猎人立刻热血沸腾起来，先前的疲倦和惧意瞿然消失，个个越草跳涧地冲了上去。大的山猪一般相当凶猛，尤其是在养育小山猪时，不但用獠牙俯冲，还会用口咬，猎狗经常被冲撞得"牵肠挂肚"，偶尔也有人被咬得遍体鳞伤。

第二种是伏击法。在下午三四点钟时，带一管猎枪，找一个山猪常出没或觅食的地方，躲在它的下风处或一个较佳射击位置。五点钟左右，山猪就会三五成群地出来觅食。这时你只要瞄准你挑中的一只，扳机一扣，山猪即应声倒下。这种方法缺少用狗围猎的刺激和趣味，只有在我的冰箱猪肉存量少时，我才用猎枪去挑一只二十公斤以下的山猪，因为这种山猪肉最鲜嫩可口。

第三种方法是夜猎。这种方法是专门陪城里来的那些大腹便便的软脚大爷、大官时用的。持枪的大爷坐在沿山路行走的吉普车上,然后用强力灯光照射路两旁的野草。灯光照到山猪时,它的眼睛会呈现微红色的两盏反光。这时,坐在吉普车上的大爷只要朝山猪的两眼之间瞄准扣扳机,那山猪就难逃一死。一般而言,灯光照在其他动物上例如鹿、豹等,它们眼睛的反光是淡蓝的星光色,只有山猪呈浅红色。

爪哇虎

19世纪时,博物学家华莱士在他的旅行笔记中曾提及爪哇虎又多又凶,可是时隔一百多年,爪哇虎差不多快绝种了。不过,直到今天,在爪哇岛上住在森林边缘的人仍然谈虎色变。

我工作的大农场正位于原始丛林的旁边,这丛林里仍藏有爪哇虎。据猎人说,只有一只而已。由于历史文化的原因,印尼人民不吃猪肉,因此野猪成群结队地出没,这正好是供应老虎的猪排大餐。由于食物丰富,那只老虎很少走出丛林,偶尔它走出丛林到村庄附近走动走动,也大概是由于寂寞。

有一天,我的一个工头骑着摩托车到森林边缘的橡胶树林去巡视。忽然,他看见一只金色庞然大虎就蹲坐在小路上,他吓得来不及刹车就跳了下来回头狂奔,一口气跑到村庄去。几个猎人一听,扛枪的扛枪,拉狗的拉狗,打算去追虎。等他们赶到摩托车倒地之处时,只发现了老虎的几个大脚印和几根虎毛。这些猎人纷纷提议要追入林中,似乎不如此就不能显示他们的勇气。这时,那几头平常用来猎山猪的土猎犬在老虎留下的脚印上嗅了几下,倏然,群狗毛骨悚然,尾巴一夹,回头惊叫着往山下逃去。这些勇敢的猎人看在眼里,都认为老虎一定就在附近。大家眼睛里露出了惧意,彼此你看我我看你地传布着恐惧,然后突然地,大家一起拔腿就跑,狼狈一如他们的狗。

就在年尾的一个星期日里,我的两位工人穷极思变,相偕到丛林里去挖野竹笋出售。正当他们在丛林里慢慢前进时,忽然一群长尾黑叶猴惊叫着逐树窜去,两个工人不知就里,打算往前去看个究竟。他们很巧地看见,一只花豹偷偷而迅捷地从大树上跳下来突袭一只大老虎,老虎反应亦快,一侧身,避开咽喉要害,不过腰背上留下一道伤痕。老虎立刻回头朝花豹扑去,花豹却像影子一样跟住老虎的臀部,从后面攻击老虎。因为花豹的身材较小,动作亦比老虎迅捷,因此,在团团转的缠斗中老虎居然吃了小亏。不过时间久了,花豹的战术已被老虎洞悉,而且花豹眼见久战不下亦思脱身。突然,花豹朝旁边纵身欲逃,可是老虎似早有准备,横里一窜,铁爪一击,将花豹从半空里截了下来,接着又一大爪击中花豹的腹部,花豹的腹部立刻膛开血溅,只挣扎几下就倒毙在自己的血泊中。

那老虎在花豹周围踱步一会儿方才扬长而去,我那两个"穷极不怕虎"的工人随即上前剥下花豹的皮。他们在回家的半路上遇见了那位工头,工头用两万盾买下花豹的皮。工头回到村庄正好遇见城里来收购土产的商人,豹皮又以三万盾被商人购去。第二天我知道此事,把工头骂了一顿,我说莫道三万盾,就是十万盾我亦乐于购买。十万盾不过新台币六千元而已,工头亦为之懊悔不已。不过这小子总算还有一点点小聪明,立即从口袋中掏出两只豹爪给我。

自此事发生后,经常有一些穷得不要命的人在丛林附近徘徊,亟思改变他们的命运。直到发生另一件豹伤人的惨案后,这些穷人才知道他们等待的财神爷竟然是戴着财神面具的索命鬼。

我的动物朋友

我到达西爪哇山区农场的第二个月,外面忽然纷纷传来许多不好的消息，像离农场最近的小镇斑猛布的警察局被突击、警察被暗杀、卡鹿市的银行被抢劫等，这些消息暗示着从前西爪哇政府的共和军游击队又开始活动了。如果这是真的，我们这个属于印尼总统苏哈托和华人林保欣共同拥有的大农场，就自然而然地成为游击队的第一个大目标，而既是外国技术人员、又是华人的我就成了目标中的红心了。

我平常大部分时间都是开着吉普车在农场的山路上来来去去，除了看看工人的工作情形，也要走路到农场的各角落去仔细巡视农作物生长的情形。因此，有人要攻击的话，机会很多。再加上家里的东西经常失窃，于是，我就从万隆城里买了一条德国种狼犬来养。如果单独外出到农场的角落去，这只狼狗就随时跟在我身边。

以前晾晒在院子的衣物，放在窗台上的东西，门外的鞋子，院子里路灯的灯泡经常失窃，自从有了这只狼狗，我家就很少丢东西了。不过却经常有一大群儿童，老是趴在篱笆上看狼狗，顽皮一点的就去逗弄，惹得狼狗脾气变得十分暴躁。有一天下午，又有一群小孩子在篱笆的矮门外朝狼狗掷石子，狼狗早已习惯，并未发怒。刚好这时一个刚从河里浴罢归家的少妇路过，也靠近矮铁门凑热闹，她见孩子们玩得起劲，狼狗又似乎很乖，就顺手将盆里的水泼向狼狗。狼狗被激怒了，吠叫着冲了过去。由于有齐胸高的铁门，平常狼狗只是冲到门前就停下，可是这次不知哪位顽童伸手把门扣扳开，狼狗冲过来，前脚搭上铁门，门就荡开了。顽童早就有准备，一溜烟奔逃一空。结果这个上身仅着胸衣，下身仅围纱笼布的少妇倒霉了。狼狗追上去，一口咬住纱笼的下方，而少妇又奋力往前跑，结果纱笼一下就被狼狗扯了下来，露出她一丝不挂的下半身。

少妇一急，左手挽着盆子，右手拉着纱笼的一端，就与狼狗争夺起来，一场精彩的拔河游戏就展开了。旁边一群没有买票的观众鼓掌喝彩，却没有一个人上去帮忙。那时我还没有下班，等到我那个行动迟缓的胖女佣听到声音出来制止时，比赛刚好结束：人狗平分秋色——纱笼裂成两半。

最后,我赔了一条新纱笼给那少妇。

有一天,一位工人奉命,到我家院子修剪妨碍电线的树枝。进来时,狼狗正在后院里睡大觉,他就爬上树去砍枝条。等砍好枝条要下来时,他才发觉树底下有一只大狼狗正等着他。就这样,他和狗僵持不下,一直被困到我下班回来才得以解围。

后来发生暴动,我家因为有狼狗保护,暴徒不敢冲进屋来,我的损失比别人少得多。

加入我家行列的第二只动物是一只小黑叶猴,是一位同事卖给我的。成交之后,女佣和其他同事才充好心地告诉我,这只猴子太小不易养活。这猴子给我带来不少麻烦,不但要喂牛奶、穿衣服,最烦的是还要人抱。大概是给猴妈妈抱惯了,这猴子到了我家,只要见到人,就冲过来死命地抱住不放,来访的宾客常常被这突如其来的热情拥抱吓得大叫。因此,我试着把它单独关在车库里,但它竟然整日整夜地厉声尖叫,好不凄惨。关了一天,我只好又放它回屋里去拥抱"不小心"的人。

后来它长大了一点,我想放它回山上去,就把它送到山谷的大树上。可是那天晚上,我刚要就寝,它就在卧室外尖叫了。此后,我不再绑它,它就在房子的窗上、院子的树上到处游来荡去。一看我走出门外,它就跟在身后,与那条狼狗一般。如果不注意看,还以为我身后跟着的是两条狗哩!

这只黑猴子最可爱的一点是我喊它的名字——吉斯,它就立刻从树上跳下来投入我的怀里,那时我就飘飘然地自以为是人猿泰山。

有一次,从雅加达总办公室来到农场检查业务的小姐突然驾临,她是老板的亲信,所以非常嚣张,农场里的职员个个对她敢怒不敢言。她虽然不敢对我不敬,但总会在有意无意间露出狂态,常常拿着鸡毛当令箭，跟我要这要那。这次她又来了，穿着高跟鞋，很神气地走进大门来。突然，她惊叫着："救命！救命！"因为她的脖子被一团毛茸茸的东西从后抱住，无论怎么拉扯，就是拉不下来。她一面拉，脖子上的怪物就在她耳边厉声尖叫，跟她喊救命的声音混在一起，竟成一种可怕的惨叫。被她惊醒的狼狗冲了出来，她转身就逃。等我从午睡中惊醒，穿好衣服出来，什么也没有看见，只看到院子里散落的两只粉红色高跟鞋。

这次猴子惹的祸却由我养的五只小野猪付出宝贵的生命作为抵偿。事情是这样的，我们农场山猪为害，损失甚大，因此农场奖励农场里的居民，只要打死一只山猪，无论大小都赏印尼币五千盾。有一天，工人在橘子园里捉到五只很小的野乳猪，他们拿到办公室领奖。我发现小野猪仍然活生生的，长得非常可爱，就跟主办人商量，想把它们要过来养。主办人一再叮咛绝不可将野猪放生，就是将来宰了也要把猪尾缴回去报销。从那时起，我当了猪保姆，每天用牛奶喂小野猪。一个月后，只要吹一声特殊旋律的口哨，五只野猪都会一拥而来，对我呜咿呜咿地亲热起来。那时我可真神气，我把当地人最讨厌的猪变成了可爱的宠物，许多认为"摸到猪会生病"的当地人也会来逗弄小野猪取乐，送地瓜来给小猪吃。

就在小野猪越来越好玩的一天，那位发赏金的主办人突然带了两个警卫来，出示一份老板发的电报命令，说要立即处死野猪，不准私养。

就这样，我眼睁睁地看着小野猪一只一只地被警卫用西爪哇男人经常佩挂的大砍刀砍死。从那时起，我对老板的尊敬就只剩下一点点了。后来，总办公室的职员告诉我，这事完全是那位老板的亲信小姐做的好事，用来报复她被我家猴子欺侮的往事。

过了三个月之后，我就为小野猪们报了一箭之仇。有一天，这个恃宠而骄的女职员到我负责的橘子园来，我刚好到农场的可可园去了。她擅自下达命令,叫工头替她采橘子。她指了指一棵果子结得非常多而大的橘子树。

工头向她解释说,那一棵是我留下来用作观察的种树,以后要用来采取接穗的母树,现在还不能采果,要等我测过甜度、量过重量之后才能吃。

她仍然厉声喝令工头去采,不然就要解雇他。工头只好去采。最后她带了一篮橘子走了。半个小时后,工头赶来可可园向我报告。我脑筋一转,计上心来,立刻驱车去找那个正在招待所大吃橘子的女职员。

"快停止!快不要吃!"我故作惊慌状冲进招待所喊道,"这些橘子前两天刚喷过农药!"

她听了,呆了半晌,然后把塞满口中的橘子一下子全吐出来了。

我偷偷瞧了瞧旁边的垃圾筒,里头已经堆了不少橘子皮。

"我希望你吃得不多,不然就危险了!"我说。

"太糟了!"她满脸恐惧,眼泪一下子就涌了出来,哭叫着,"怎么办?我吃了好多!妈呀,我怎么办!"

我拿起一个橘子,指着橘皮上清晰可见的淡黄色粉末说:"这就是农药,你看!"

其实,那是一周前喷的石灰硫磺液,是用来催色的,根本没有毒。

"怎么办?怎么办?"她泪水横流。

当然应该害怕,医院在五个小时车程以外的地方。

"快去医务室看看有没有阿托品!"我说。阿托品是一种解毒剂。

"医务室的药两个月前就用光了!"她叫着答道。

她当然清楚。医务室的药品都是她负责采购的。

"公司早该采购补充了!"我佯装不知道是她负责采购的,"农场的工人没有药不打紧,却连累你这么重要的人!"

"经费没有啊！"她哭着辩解说。

这些雅加达总办公室来的人根本不在乎农场工人的死活，农场在三四个月前就以无线电对讲机频频催促补充医务室的药品，他们就是慢慢吞吞，爱理不理地拖到现在。

"这样看来，"我冷笑着说，"你只好等死了！"

"哇……"她号啕大哭起来。

"一定是真主安拉惩罚我没有尽到采购医药的责任……"她呜咽着说。

"我也许可以救你！"我仍然态度冷漠地说。

"真的吗？"她眼中闪出希望之光，乞求着说，"救救我吧，徐先生！过去我或有礼貌不周之处，请您大人不记小人过，救救我吧！"

"好吧！你赶快自己动手把胃里的东西吐出来，我去拿药！"

她一头钻进洗手间，一会儿就传出呕吐的声音。这是害死五只小野猪她该付出的代价。

我弄了五百毫升的开水，加了一点胃散进去，要她服用。她赶忙喝进去，胃口真不小哩！

"这样就好了吗？"她感激的眼光里有一点怀疑。

"差不多了，"我说，"下午大概会有一阵肚子疼，然后拉一拉就好了。"

那天晚上她来谢我救命之恩。她告诉我，下午肚子的确疼了一阵子，然后拉了肚子。这时我终于了解了所谓巫师的法术。

本地有一种麝香猫，我看它像猫也像獐，是一种颇为凶猛的野生动物。它以水果为主食，但也喜欢吃鸡。有一天，一个小孩子带着一只尚在吃奶的小麝香猫来跟我换两张电影票。起初，它很凶，动不动就竖毛露齿。后来，我喂它牛奶，它慢慢变得温驯如猫。它以我的书房为家，以我的皮鞋为巢，每晚我看书或写东西，它就睡

自然摄影

西爪哇动物记

在桌灯下取暖,睡厌了就来逗我玩,用小脚够我的笔。我就跟它在桌面上玩猫捉老鼠的游戏。不过,很不幸,有一次它跑出书房,竟被我新收养的一只土猎狗一口咬死。我把它葬在房子旁边的大菠萝蜜树下,那里还埋着一只黑猴子,以及五只小野猪。

事　　件

杀童祭魔

  在世界上，有很多地方的人依然迷信地认为，兴建任何大工程，像大桥梁、隧道、堤防、运河、工厂等，都要拿一个人的生命，最好是小孩子来祭魔，这样工程才能平安。不然它一定会出差错，譬如桥梁断落，或为洪水冲走，堤防决堤造成水灾等。这种杀童祭魔的迷信在落后的西爪哇尤其厉害。

  我们农场因为种有五千公顷的油棕，必须建一座规模颇大的油厂以榨油及炼油。当我们那位唤做菲力普的白人总经理行过油厂的破土礼之后，谣言就像野火一样蔓延开来。谣言说，总经理正在物色一个儿童来为工厂奠基。

  此后，每当总经理走过时，居民就开始用怀疑戒惧的眼光来代替往日的笑容，特别是村妇村婆。孩子们则面色凝重地指指点点。儿童哭闹的时候，家长或兄姐就搬出一句话："菲力普来了！"哭闹中的孩子无不立刻噤若寒蝉。

  不久，工厂的基础打好了，农场内外谣传说，奠基的小孩子是菲力普远从山那边的村子偷抓来的，另外还传出有三个建筑工人因违抗菲力普要他们杀小孩子的命令而遭到开除。听说，最后总经理亲自动手杀了那惨叫的孩子，并传说此事绝对真实，因为那三个工人亲眼所见。

  工厂兴建到一半时，有一天，鹰架倒塌重伤了三个工人。农厂里的居民都说是因为祭恶魔的孩子数目不够，恶魔开始出来作祟，像这么大的工厂应该要用五个以上的孩子来祭才能安抚住恶魔。因此，现在菲力普正加紧物色用来祭魔的儿童。

这时候，无论菲力普走到哪里，孩子们一看到他就惊叫着跑开，然后用孙达话大声喊着："蓝眼魔鬼来了，快逃！抓小孩子的鬼来了！快逃！"接着，那些落在后面的孩子就惊恐地喊着爹娘哥姐狂哭起来，连滚带爬往反方向逃去，把身高一米九五的菲力普弄得满头雾水不知所措，变成真正的丈二金刚摸不着头脑。

"徐啊，到底是怎么一回事？"一天菲力普问我，"为什么孩子们看到你就猛朝你挥手打招呼，看到我就哭喊着逃去，就像我是什么吃人的魔鬼一样！"

"一点也不错，"我笑着用郑重的语气答道，"他们的确认为他们见到食人魔了！"

我就一五一十地把我听到的故事告诉他。

菲力普听了又好气又好笑。然后，不断地摇着头叹着气道："荒谬！荒谬！疯子！"除此之外，菲力普亦无计可施。

此后，非到必要，菲力普甚少出来。

不久，工厂的工程又出了意外，两个工人从高处跌落，一死一重伤。次日，建筑承包商潜逃无踪，而且放出风声说该工地有恶鬼，他们不敢再建下去，工程因而被迫停顿。隔了一个多月，公司才从马来西亚请来"不知有厉鬼在此"的承包商继续营建。

这时候谣言又说，菲力普从远方抓了五个村童来，在一个月黑风高的晚上，命不知情的马来西亚工人将五个儿童悉数杀了祭鬼。还说，那工人在杀儿童时一面哭着，一面喃喃念着："不是我要杀你呀！是菲力普要我杀的，不然菲力普不放我回马来西亚去！"

谣言传到外村时，菲力普已变成杀了25个孩童的凶手。现在，所有的村庄都处在风声鹤唳中，进入任何一个村庄的陌生人都会被村人当作替菲力普拐抓儿童的走狗，搞不好会被村妇泼水或以乱棒赶出。

菲力普住的房子附近，常常有人丢入断头裂身的木偶，木偶身上写着菲力普的名字,还有菲力普的出生年月日。按照孙达人的巫术传说,这样,菲力普就会中巫死亡。也有人从巫师那里弄了一些药灰,在深夜偷偷吹入菲力普的房间,希望用巫术弄死或赶走菲力普。可是菲力普不但没死,还得天天跑步减肥。村人们传言说,这是菲力普花了很多钱,雇有很高明的巫师暗中保护他。

一天中午,村中一个儿童忽然失踪,一直到晚上,孩子仍未找到。害怕又情急的父亲,率了十几个手持大砍刀的男人冲到菲力普的家去要人。这时,我不得不挺身而出帮助菲力普,我知道我无法使村人们相信菲力普并不信工程需要人命来祭祀,也不需要杀童祭魔,我只能缓和一下当时村人们冲动的情绪。

"各位不可冲动!先弄清事实要紧!"我说,"如果真的证明菲力普掳了孩子或杀了孩子,我将是第一个动手杀菲力普的人,现在还是分头去找要紧,也许他在橡胶林中迷了路,或误入丛林里出不来了……"

村人最后在咒骂声中散去。整个晚上,村人分批持火把到各山去寻找。村狗呜呜吠着,村中人心惶惶。

夜晚在紧张与不安中过去,当曙光再现时,村人又议论纷纷要再度前往菲力普家去要人。就在这时,失踪的孩子回来了,由他的外婆带回来,高高兴兴的。他不过是跑到海边的外婆家去,然后随着外婆到一个浅湾里去捡海螺罢了,可是家里人由于长期存在的谣言,一看孩子不在了,就尽往坏事上去想。

工厂终于建好了,孩子们的笑容又出现了,可是村民的迷信并没有因这件事而减少一点点……

巫师

越落后的地区巫术越是横行,巫师的地位也越高,也越令人敬畏。西爪哇偏远的山区正是这样的地方,在20世纪60年代,印尼政府的势力还没有深入这个地区,巫师俨然成了统治阶级。据当地的朋友告诉我,这些巫师都有使别人致病或致死的法力,连当时出没无定的游击队都怕巫师三分。后来,印尼政府军挥兵进剿西爪哇山区的游击队时,就借这个战事把那些有案底的巫师悄悄杀了,使得巫术从此秘密潜行。

巫师的法力似乎全世界都差不多,例如利用木偶来咒人,或利用某种灰烬来蛊人,或利用奇奇怪怪的东西来治病。我有一次亲眼瞧见巫师的特殊治病法而大开眼界。当时,有一位从马来西亚到我农场来营建炼油厂的年轻华人王先生,他有一个两岁的儿子,一天忽然全身皮肤发红疹。他送孩子去卡鹿市看了医生,打了针也拿药回来服用,但到了第四天,不但未见好转,反而有变得更厉害的迹象。王先生的工头建议让巫师看看,他就抱着姑且一试的心理,从巫师那里取来了一杯脏兮兮的水给他的孩子喝。他当时担心死了,怕孩子的疹病还没治好就先染病拉肚子。可是红疹却在几个小时之后开始消失,到了第二天竟完全好了。后来,这孩子又再患了一次同样的病,也是喝了巫师那脏兮兮的巫水治好的。

我第一次见到巫师也是在王先生住的地方。那时候是晚上,我们正在聊天,忽然,我无意间瞥见大门口不知何时站着一个很可怕的人,全身黑衣黑裤,头上扎着黑巾,肤色黝黑,两眼通红,大拇指的指甲长长的,足有二寸长,手腕上挂着一种形状奇怪的黑色手镯,腰上插着一把长刀,脸上冷漠如石像,两道眼光却如闪电。

"这地区最可怕的巫师来了!"王先生轻声说,"又是来要钱的!"

王先生请巫师进屋,巫师进来直朝我看,我也不甘示弱地与他对看起来。我们足足这样对看了十几秒之久,才被王先生的介绍词打破了僵局。

他的名字叫南当·苏利亚，据当地人传说是一个刀箭不入的厉害巫师。

王先生告诉过我，以前他放在工地的建材经常被宵小盗走，损失不赀。后来，他一个月花十美元请这个巫师保护他的建材，从此，连一根铁钉也没有遗失过。

王先生也告诉我，这个巫师是这一带恶势力的头子，他手下有一批流氓，专门欺压乡民。

在我见过这个巫师后的第二个月，这个巫师牵涉好几件命案，遭到省级军警的追捕（地方军警不敢惹他），他这才潜入地下，从此再未露面。倒是后来，他那最得意的徒弟却成了我的朋友，也使得我在西爪哇的生活更多彩多姿。在这里，我要先讲讲我领略到的一种巫术。

西爪哇颇盛行打排球，农场里也每隔几个月都要办一次排球比赛。我到达农场不久后刚好遇上一次奖品很丰盛的大赛。胜队除了可以得到一笔奖金，还可以得到一只肥大的羊。我参加了办公室的职员队，经过数星期的缠战，我这队打入了最后的冠亚军决赛。对手来自农场最偏僻的村庄，他们这队因为抽签运气好，分在同一组的都是弱队，而强队都在我们那一组。因此，最后的决赛没有人看好他们，场外的打赌是十比一赌我们胜。

决赛那天真是人山人海，啦啦队也是一面倒地为我们加油。第一场我们以十五比三的压倒之势获胜，第二局我们很快地领先到了十四比三。可是就在此时，出现了奇怪的现象：我们这队的选手突然都觉得全身筋疲力竭，力不从心，不但跳不起来，头也觉得昏眩起来。就这样，第二局我们以十四比十六败了。第三局，我们更以零比十五败得凄惨无比。我们输得心不甘口不服。后来，有一个老人跟我讲，我们着了人家的道了（被人做了巫术）。我当然不信。不过，后来又有一次比赛，我们在预赛里就遇到了该队，结果我们轻松地直落两局击败他们,这使得我对那老人家的话有点半信半疑。

通常在西爪哇,九月上旬旱季差不多就结束了。从这时开始,常会有雷雨出现。可是今年雨水似乎来得很慢,九月滴雨未落,到了十月下旬仍然干得很。种田的农人开始不安了,他们的看天田根本无法下种插秧。十月的最后一天傍晚,天色已昏暗而未全黑。突然,一个老巫师爬上一棵非常高大的阿卡夏树的树顶上,站在那里呼喊一些奇奇怪怪的咒语,然后在树顶上撒了一泡尿。我的工头告诉我,他正在呼风唤雨。那天晚上真的下了一场雨。我当然不相信老巫师真能呼风唤雨,他只是凭经验抓到某种能预示这一场雨的征兆罢了,更可能是他的老风湿把他逼上树去。我倒是奇怪,他是怎样爬上那棵高大而下头又无分枝的阿卡夏树的。

有一天下午,我正与几个年轻同事一起打羽毛球。突然,一个全身穿黑衣服、表情冷漠的男人静静地站在一旁观看。后来我休息的时候,他走了上来,要求与我比武。他说他会孙达武术,想跟我的中国功夫比个高下。

"很抱歉!"我说,"我根本不会中国功夫!"

"不用骗我!"他不悦地说,"我知道你会。"

他的表情很冷漠,全身的黑衣,腰上的长刀,腕上的黑色怪镯,红红的双眼,高而壮的身材,让任何人见了都会不寒而栗。

"对不起!"我仍然很客气地答道,"不要把电影里看到的当真!"

"我的师父一眼就看出你练过功夫!"他很冷也很坚定地表示。

"你师父是谁?"我问。

"大名鼎鼎的南当·苏利亚!"

就是那个在王先生家与我对瞧的巫师。那晚的对眼真给我惹来了麻烦。

"你师父看走了眼!"我说。

"你敢侮辱我师父？！"他带着怒气说。

"言重了！"我答道，然后我不再理他，径自走开。

那次以后，我仍然数次遭到他的挑战。不过，我都没有理他。后来有一次却被他逮到机会——村中一个小孩子失踪，村人都认为是那个白人总经理把他杀掉祭了炼油厂的魔鬼，于是群情激愤要去找菲力普算账。我赶去阻止，但难以奏效。就在这时，这个巫师出现在我身旁。

"答应我的要求。"巫师冷冷地说。不过，可以看出他眼中有一丝阴险的笑意。

"我只要一句话，就可以叫所有的人退去！"他闪着狡黠的眼光说。

"……"我不知道要如何回答他，他是有叫众人退去的能力。

"菲力普是你的好朋友，不想看他受伤吧？！"他的嘴角第一次露出掩藏不住的得意。

"好吧！"我无可奈何地答应。

"今天傍晚，村人晚祷的时候，我们在直升机停机坪见面！"他冷然对我说，好像他说的事跟他一点关系都没有似的。

他说了一个好时间和一个好地点，晚祷时大家都祈祷去了，没有人会见到。如果我输了算不得什么，我只是一个外来人，有强龙不压地头蛇的遁词；如果他输了，可对他的地位有损。

那天傍晚，暮光返照的天空，红如鲜血。山顶上的停机坪凉风习习，伊斯兰教徒的晚祷声遥遥传来，我们就在停机坪旁长有短草的空地上展开了一场小小的比武。

巫师的孙达武术煞是可观，他那比武前的热身就叫人心寒。全身的黑衣劲装，加上腰上的长刀，口中发出的喝声，在那血红的天空衬托下使我有点发毛，暗恨自己怎么会这样糊里糊涂地答应比武这件事。我摸摸藏在肋下的双节棍，心中稍觉安宁。

在向晚中，他如黑影一般走近我，黝黑的脸孔好像他背后的大片原始热带丛林一样高深莫测。

"我们就徒手比吧！"他的声音好像晚风一样冷，"谁倒地谁就输一局，或者谁认输，比赛就可以结束！"

"几回合？"我也学他那种冷冷的语气，不过实在不太像。

"三战两胜！"

"好！"

他身形一矮，摆出了架势——右手天王托塔，左手斜横在胸颈之间。

我摆小马步，微侧身朝他，左手朝前半屈护住上半身，右手童子拜佛。

说老实话，我并没有多少功夫。上小学和初中都在盛行国术的乡下长大，只跟一个家里开国术馆的同学学了几招。高中练了一年柔道，加上酷爱运动，练出了灵敏反应而已。

至于孙达武术我倒相当熟悉。我经常在一旁观看农场警卫们练习这种武术，对于这种武术的优缺点都相当了解。这对我非常有利。

巫师喝了一声，那做天王托塔状的右手突然从斜横在胸颈前的左手下方，如毒蛇出洞般袭向我心窝。我轻轻向左快速移动身形，闪了开去。他一招落空，打出去的右手不缩回就横里朝我腰部扫来。我略略向后退了一步，又躲开了他的攻击。就这样，我靠着打篮球闪人的脚步，连连闪过他的孙达武术。

孙达武术的手部动作极为可观，但是双脚的移动却嫌笨重，因此，腰部以下常常会露出空门破绽，遇到像我这样爱用脚攻击的对手时，我就成了他的克星了。

在巫师攻击了一阵未曾得手后，他停下来喘了一会儿气，然后又攻了上来。这次，我只在他向前移动脚步时，突然以一记柔道中的扫腿，扫在他那即将踩到地面的脚盘上，他一下就斜倒在地上。

他尴尬地爬了起来,拍拍屁股上的土。他脸上出现了困惑的表情,他一定不知道刚刚自己是怎么倒下去的。

"你赢了第一回合!"他沉着气说,口气已经没有先前那样盛气凌人。

第二回合,他不再像第一回合那样抢攻,我则在暗暗盘算如何让他扳回一局。

终于,我等到他将横扫千军再度使了出来。我故意用手掌去挡,然后假装挡不住,连连后退,一屁股坐在地上。

"你胜了第二回合。"我慢慢站起来说。

他的力道踹得很猛重,如果身体被扫中,势必会内伤。

第三回合里,我踢了他的臀部和腰部好几腿。但我都没有用力,只有一次我用左右假动作之后的回旋踢,因为收势不住而踢得重一点,使他差一点跌倒。这使他心中有数,他是打不过我的。他的实战经验太少了,脚步移动太大又不灵敏。

"够了吧!"我笑笑说,"再打下去,我们也无法分出胜负!"

他听了也笑了起来,伸出他的大手,我们就这样握手成了朋友。

后来,他的确帮了我不少忙,尤其在最后的排华暴动中。这是后话了。

有一次,我问他有关巫术之事。他坦诚地告诉我是有一点,但不像一般人传闻中那般厉害,许多厉害的巫师都需要预作安排,即使是他的师父南当·苏利亚的巫术,虽然不坏,但也是常常在事先制造一番气氛。

"听说你有能力利用巫术令某人生病,令某人听命行事,是真的吗?"有一次我问他,"让我领教一下你的法力吧?就让我肚子疼一会儿怎样?"

"别人可以,你,我就办不到。"他笑着说,"这种作弄人的巫术灵验的前提是对方必须完全相信巫术的威力。所以,像你,还有菲力普，我们的巫术就没有什么效力了。对于半信半疑的人，我们就要制造一些气氛，让他信心动摇，这样就灵了……"

"听说你师父刀枪不入，是真的吗？"我问。

"谁知道？"他神秘地笑笑说，"谁敢试他？"

说的也是，对于相信巫术的人，巫师说什么他们都全相信，哪敢去试呢？

暴动

我工作的棕东·卡鹿农场里，共有三千多名工人。其中三分之二强的工人是属于包工，也就是依工作大小以契约的方式包给某人，再由某人去招募工人来完成工作。这种契约是农场老板钻劳工法的漏洞，因此，这两千多名工人虽然靠着在农场做工维生，却得不到任何保障。

七月中旬，斋戒月刚进行了一半，每个工人都在盘算着如何多挣些钱来度过伊斯兰教一年里最盛大的节日——开斋节。这时，农场的执行董事长黑搭地·魏先生突然做了一个非常奇怪而又不合情理的决定——停止一切包工的契约。顿时，农场二千多个工人在最需要钱的时候突然没有了收入。农场立刻激荡着一股愤恨不满的情绪。我们把这情形用无线电对讲机告知魏先生，并建议他，如果一定要停止契约，何不延到下个月。魏先生回电让我们不要过问他的决策。

农场的气氛越来越不好。生气的工人把箭头指向三个人——农场总经理菲力普、副总经理当穆南和我。无论我们走到哪里，人们总是指指点点，隐隐约约还可以听到他们的咒骂。

到了开斋节前六天的晚上，十二点多时，我养的狼狗和土狗突然凶猛地吠叫起来。接着我听到墙上有碰击声，到了差不多一点钟，我书房窗户的玻璃突然碎裂。我起床去查视，以为这旧房子的木窗架遭到轻微地震而受不了，以致压破了玻璃，所以，当时我并没有在意。第二天早上上班时，我发现大小职员正在议论纷纷。秘书告诉我，昨天晚上工人开始暴动了，菲力普卧室的落地窗被人用铅球一般大的石头击毁，石头就落在菲力普的床上，刚好菲力普到首都去了，躲过了一场灾难。

另外，副总经理当穆南也得到了相同的待遇。不过，他当时正在别处的房子行善事——"照顾别人的女人，免她沦为娼妓"——所以也没有受到伤害。

这时，我才想起我房子玻璃破碎和墙上有撞击声这件事，我赶忙回去重新检查。这一查直叫我冷汗直冒，我卧房前伸出屋外的短廊矮墙，被四五个碗大的石头打得坑坑洞洞。我朝他们打来的方向一看，大吃一惊：院子的竹篱笆被拆下一大段，篱笆外的高草一片东倒西歪。这时，我的狼狗跟在我身旁，我发现它的脚跛了。我蹲下来看它的脚，它的前脚膝部肿得大大的。我恍然明白昨夜的事了：几个暴徒被分派到我家来攻击，目标当然是卧室和里头的人。他们在篱笆外面用石头掷击，卧室外刚好有短廊的屋顶和矮墙护住，石头无法直接命中卧室的窗门。在他们投了四五个石头打中矮墙后，他们就动手拆篱笆的竹片，准备进入院子，靠近房子来攻击。就在他们忙着拆篱笆时，狼狗和土狗冲了上去。暴徒一面攻击狗，一面逃跑了。

后来，这些人觉得攻击失败，回去难以交差，就绕到正门外，远远地用较小的石头攻击，打破了我书房窗户的玻璃。

我们用无线电对讲机把农场发生的事告知魏先生，但魏先生一句话也没有回，就连一句最简单的慰问词也没有。

第二个晚上，暴徒继续出动，烧掉了魏先生在对面山岗上的饮酒厅，并在办公室的墙上写着反华反农场的标语。次晨，我又告知了魏先生，可仍然没有得到任何回音。

中午，菲力普回来了，带着一皮箱的现金，宣布恢复所有的工作契约。

原本以为这样就可消弭暴动，可是农场的工人在尝到暴动的力量之后，岂肯轻易放下武器，甚至好像要把这些年来所受到的压迫一下子反击回去。暴动反而变本加厉，那些平常假老板之名逞威风的印尼人也遭到了打击。

菲力普很痛苦地告诉我，魏先生的决定一错再错，先是停止契约没有征求他这个农场总经理的意见，接着又向工人的暴力屈服，让工人觉得暴力可以得到他们所要的。现在，所有工人，包括领薪水的工人，不断地提出新的要求，并配合他们夜间不断的攻击。工人要求仿效其他农场，发开斋节奖金，发给制服，提高工资，缩短工作时间等。

到了开斋节的前两天夜里，攻击行动转趋激烈，不但攻击办公室、招待所、福利社，还放火烧农场的油棕园。深夜警钟响个不停，整个农场陷入了一种兵荒马乱的状态中，暴徒却一个也抓不到。

这晚深夜，我家再度遭到攻击。鹅卵石不断地落在铁皮的屋顶上，发出轰然之声。我怒从心起，穿上我的军用夹克，拿起双节棍，把室内室外的灯火熄去。我准备跳出窗外，利用夜色，以及院子里的树木，偷偷接近暴徒，然后出其不意地反击暴徒。但是，当我正要跳窗时，菲力普打来的电话响起了。

"你打了他们，或者抓到他们，你明天就得离开这里，不然你会遭到他们更可怕的报复。"菲力普沉声说，"而且，这些暴徒对你也没有多大的恶意，不然他们大可攻击门窗，而不只是屋顶了。"

这才打消了我出去反击的念头。

二十分钟后，许多警卫都赶到我家来。可是这样正好中了暴徒的调虎离山计，他们放火烧了魏先生的凉亭。原来，工人利用我来作为调虎离山之饵。

菲力普把情形通知了魏先生，并建议那天原本要从雅加达总办公厅来农场的人暂时不要来，以免发生危险。魏先生却没有采纳，他那个不会讲华语的年轻华裔亲信安迪依然来到了农场。农场里立刻传出要修理安迪的消息，墙上也出现了骂安迪是走狗的标语。

安迪起先还半信半疑，脸上仍是那种高高在上的表情。可是，当他刚刚走入他下榻的招待所的房间时，他房间的门窗玻璃立刻就被石块击破，吓得他躲到床下去。等石块响过好一阵之后，他才脸色发青地爬了出来，全身发着抖，跳上他的汽车，一溜烟地逃向雅加达去了。

开斋节前一天，受到节日临近的影响，工人们的情绪变得狂烈起来，没有一个工人上班，福利社、办公室、医务室的墙壁上都写着反华、反魏、反苏哈托的标语。明年印尼要改选总统的气氛现在已经嗅到了，直升机停机坪被人用红油漆写了几个大字：黑塔地·魏坠机死在这里。

非力普用无线电报告魏先生农场的情形，并请示是否可以向当地警局和驻军请求支援。魏先生的回电只有一句："不准！"

早上十点钟，我的巫师朋友来找我。他听说我家又被丢了石子而特地赶来。

"徐，我建议你暂时到城里避一避。"巫师很沉重地告诉我说，"局势已经不是单纯的工人对抗农场了，现在已混入了政治因素，旧仇似乎又重燃了！"

"有这么严重吗？"我说。

"我知道你个人并不害怕，"巫师说，"可是万一暴徒放火，你这木造房子在刹那间就会变成火球。这些暴徒中有很多是你的朋友，但群众一旦行动起来，谁也控制不住。你去避几天，我去与这些工人接头。等你回来以后，我保证你不会有任何危险！"

十点半菲力普来看我。

"徐，你去万隆住几天吧，这里的情势越来越恶化！"菲力普表情凝重地说,"魏先生不准我们请军警支援,我们自己的警卫根本无济于事,他们也站在暴徒的一边。"

"我看我也差不多是站在工人的一边了!"我笑着说,"你再不把我弄走,今晚我也要去参加他们的暴动了!"

"别开玩笑了。"菲力普也笑着说,"你要是去参加,我也只好跟着去放火了!"

"魏先生为什么不准你向军方求援?"我耸耸肩问。

"魏这个人有私心。他怕农场的情形上报纸,那么他就可能要下台,或者受到大老板汤尼的指责。"菲力普生气地说,"他不管我们死活,只管他自己的利害关系!"

当初我跟魏签约的时候,我曾询问魏有关安全的问题,因为我也风闻这一带山区是恶名昭彰之处。他当时信誓旦旦地说:"农场只要有任何风吹草动,我们立即会派遣军警利用直升机飞抵农场坐镇,并首先把你接到安全的地方去。"

结果现在证明,魏的保证是废话。

十一点,我们随着五部车一起结队驶出农场,其他的四部车也坐着农场的高级干部。就这样,我到了万隆城,在那里过开斋节,三天后才回到农场。

回到农场,第一个来看我的是巫师。

"一切都OK了。"他笑着说,"但是如果晚上有人敲门,最好不要开门,怕万一有居心不良的人利用这混乱的机会趁火打劫,或者嫁祸。"

开斋节后,一切似乎恢复平静了。一个星期后的一个中午,我看见魏先生的专用厨师出现在招待所,就问厨师是不是魏先生要来。她用手指竖在唇上,嘘了一声。

"不要张扬出去,魏先生下午要来!"她很得意地说,"魏先生再三叮咛,要保密。"

我心想，专用厨师的出现不是"此地无银三百两"吗？

近五点钟，魏先生来到农场，五部车十二名随员浩浩荡荡地像王爷出巡一般驾到。

下午六点钟，魏先生差人来唤我去。我到了魏的办公室外，听见魏正和菲力普在里头争论。魏很不满菲力普送我到万隆，他认为这是小题大做。

"这么小的事情，你就穷紧张，怎么能做大事？"魏先生斥责说。

"你不在场，无法体会当时的危急。"菲力普争辩说，"我认为把徐先生送走是对的。你不要忘了，1967年，农场外几个镇上的二十几户华人都被血洗了！"

"别故意拿这事去吓徐先生。"魏生气地说，"现在情况完全不同！"

不久，菲力普脸红红地走出来，看见我之后朝我眨眨眼睛，唤我进去了。

"吓着了吗？"魏先生望我一眼，吐出浓浓一道烟柱。

"还好！"我答道。

"这只是小事件，实在不必大惊小怪！"魏先生故作轻松状说。

"事件的大小应该由身历其境的人来认定。"我说，"暴徒在墙上写着排华的时候，我是方圆几百里中唯一的华人，也成了唯一的目标！"

农场的工人反华，其实就是反魏先生和他的一批华裔亲信。他们都不敢来农场，结果我就变成了暴徒反华的象征性目标。

"那只是口号而已！"魏先生冷笑着说，"工人暴动的目的是反对菲力普。他由于私生活不检点，失去了做一个领导人的权威！"

魏先生把所有的罪过推给菲力普，完全不提他那一错再错的决策，以及农场对工人的苛待。

"仁修,不要害怕,像我们在印尼,经常遇见暴动、排华,早已习以为常。遇事要冷静,绝对不会错的!"他侃侃而谈,"前阵子我刚好很忙,不然我一定亲自来坐镇。"

刚好忙得真巧,马后炮放得真响,我心想。

"我们都是不怕死的!"魏先生坐正身子说,"这次我就是故意乘车子来农场让大家看看,我不在乎暴动,我要在这里住几天。不然我大可乘直升机来,当天就回雅加达去,甚至我根本可以不来农场。"

这个傍晚,魏先生对我放的许多马后炮,到了晚上真的大响特响了。晚上十一点左右,我正在书房看书。突然,一阵炮声般的响声打破了宁静,我跑到屋外去看到底发生了什么事。又是一阵轰然之声,正是从离我七八十米远、坐落在山坡上的招待所传来的。那炮声般的声音,把全村的人都吵醒了。村里每一家的人都走出门来倾听与观看——暴徒在太岁头上动土了,他们正在攻击魏先生下榻的招待所。

铁皮屋顶被拳头大的石头打得声震数里,落地窗当当作响,裂成碎片。十分钟后,一切才恢复了寂静。

又过了十几分钟,那些躲在床下的随员,才有一两个探头出来东张西望。警卫们也相继从黑暗的角落中走出来。大伙这才一起去敲魏先生的房门。半天,魏先生终于开门了,原本红润的脸变成了青灰色,原本流利的口舌,突然口吃起来,那戴着两个名贵宝石戒子的手指也抖个不停……

魏先生的一个随员拿出一把猎枪,朝空放了一枪。枪声犹在回荡,招待所的屋顶突然又轰然大响,落下一群石炮。众人立刻恢复抱头鼠窜的状态,"不怕死"的魏先生一头缩回他的房间去,好像乌龟一样。

凌晨一点钟,来了十个军人,是魏先生打电话请来的。而当初情况比今晚更激烈十倍的时候,他却不准我们寻求支援。

此时，魏先生哪里还睡得着，叫厨子做了些菜，与军人一道宵夜。等到天色微明，他就率着大队人马，拔营逃回雅加达去了，离他到达农场不过十二小时，离他告诉我他要住几天也不过十个小时。

天亮后，办公室的墙上多了一张标语："夹尾逃走，黑搭地狗。"

老板的逃走，使得工人更嚣张了，动不动就使用暴力。现在，他们行动之前都会有人来通知我。例如，有一天下午，一位小工头来跟我说，旱季里农场很容易起火，请示我是不是把橘子园四周的干草枯枝清除掉。我说就照办吧！四天之后，这些枯草干枝刚清除完毕的那个晚上，柑橘园附近的油棕园被人放火烧了。我们事先清除了易燃的草树，柑橘园丝毫没有遭到池鱼之殃。这就是他们通知我的方式之一。如果有人说："徐先生，晚上早点睡吧！"那么当晚准有事情发生，这也是他们的通知。

从前那些趾高气扬从雅加达来的老板亲信，现在偶尔奉命来农场也都显得畏畏缩缩。他们尽可能在当天离去，如果非得住在农场，他们也是狡兔三窟，不知所宿，不然一定会"祸从天降"。

八月下旬的一个晚上，菲力普夫妇请我吃饭，饭后他出示了一封信给我："你看，我被开除了。"

我取出信来看，是魏先生写的措辞很不礼貌的信。他这样写："按照我们的契约，我现在通知你，我们不再需要你，请在接信后一个月内尽早离开。"

"这个无情的人！"菲力普含泪说，"棕东·卡鹿农场的前三年，搞得乱七八糟，濒临解散。我临危授命，把农场建成今日的规模。今天，他要我代他背罪，竟然连一句礼貌的话也不肯说！"

"我来农场三年多，去了多少趟雅加达，魏和他的亲信没有请我吃过一顿饭。魏先生路过我在马来西亚的家数次，他没有一次进去看我家妻小！"菲力普愤恨不平地说，"我有许多华人朋友，他们都有令人难以忘怀的人情味,唯有这批华人……无情也无义……"

"我看是我们离去的时候了,菲力普!"我沉重地说,"魏没有给我滚蛋的信,我自己却想走了。我觉得不值得为这样的人多做一分钟,我们赶快乘机走远一点,让魏自己来吃他造的恶果吧!"

回家

暴动断断续续进行了一个多月仍没有停止的迹象。日子一天一天过去,越来越接近我可以返台休假的日子。九月十日就是我来到印尼整整一年的日子,按照契约,我可以回台湾休假三星期。可是到了九月初,雅加达方面仍然没有替我办妥出境手续,只好延期一个月了。由于暴动的关系,我心里开始盘算回去以后是否要再来印尼这个问题。许多当地的朋友都劝我不要再来,因为明年五月就是印尼大选的时候(改选国会议员及总统),上次1978年大选时,好多地方都发生暴动以及排华事件,按目前的情况来看,明年大选时,我们农场绝不会平静。

虽然许多朋友劝我不要再来印尼工作,但我心里还是很矛盾。一方面,我与魏先生签了两年的契约,中途毁约是不负责任的;再者,我管理的柑橘、可可即将有大量收获,我也很想完成这工作再离开……最后我衡量一切,觉得是该放弃了!

但我不敢事先征求魏先生的意见,他这一年来给我的印象实在欠佳,如果弄不好,我很可能会无法出境。这种情形我看得太多了,随便举个例子:有一个朋友,与一位菲律宾华侨合作生产化工用品。华侨出资本,朋友出技术,合开一家工厂,利润均分。朋友在菲律宾辛苦地工作了两年,把工厂建起来,产品也上市了,并且极受欢迎,利润源源而进。一天,那个华侨提议他回台湾把太太和孩子一起接来菲律宾共享。于是,这个不疑有他的朋友就准备打道回台,衣锦返乡了。行前，这个热情的华侨送了很多礼物给他带回去。他怀着无限的感激，欢欢喜喜地进入了机场。但是在出关验行李时，他却被接获密报的海关关员从行李中查到了违禁品。那违禁品正是该华侨送的，同时，此事也是他所密告。结果，我的朋友被罚了款然后被遣送出境，并被永久禁止进入菲律宾。就这样，该华侨一脚踢开了他创业的伙伴，独享了全部的利益。

在菲国首都马尼拉，我遇见了更妙的事。有三个台湾的技术人员应华侨罗勃·杨之聘到菲国从事生产鲍鱼菇和冬粉。他们到达以后，就被安置在偏僻的乡村工作。这个华侨更以办理菲国居留为由取走他们的护照。他们工作了将近一年，不但拿不到薪水，护照还要不回来。像这种案例为数不少，我怕魏先生也来这一招，所以我的行动必须非常小心，稍有差池，可能不只走不了，说不定还会惹来牢狱之灾。

这一年来，我添购了不少东西。这些东西都陆陆续续地偷偷送给了当地朋友，几乎所有的衣物都送掉了，要带回去的东西都是纪念品和书籍。即使如此，也装了五大箱。收养的动物有的送人，有的送回丛林放生了。

10月5日，我离开了齐玛丽村。除了好朋友阿布巴卡之外，没有人知道我不再来了。到了雅加达总办公室，许多职员知道我要回台湾休假，纷纷厚颜无耻地要我回台湾时买这个购那个，作为送给他们的礼物。

10月8日，我搭上新加坡班机飞离雅加达。

自然摄影

事件

自然摄影

英雄埋名—更多故事

探险途上的情书（下）

徐仁修 著

目 录

下 册

■ 305 / 赤道无风
  307 / 经历最原始的大自然洗礼
  308 / 探险前奏
  314 / 雨林边缘
  318 / 进入雨林
  326 / 雨林生物百态
  336 / 探访猩猩家族
  351 / 初遇猎人头族
  357 / 文明与原始的抉择
  366 / 燕窝探秘
  371 / 最后的普南族
  375 / 出草猎头行
  381 / 沧桑华人泪
  385 / 寻访伊班友人

■ 389 / 探险亚马逊河
  391 / 给安琪儿的情书
  393 / 蓄势待发的旅程
  397 / 有一位天使让我美梦成真
  401 / 北新奥林达镇上空的秃鹰
  404 / 食人鱼和"现代梭罗"
  408 / 雨林奇妙夜
  413 / 误入"死亡之域"
  417 / 大胆尝"祭果"
  420 / 进入原住民保留区
  425 / 蟒蛇湖奇遇记

429 / 蚊子大军猛如虎
434 / 林泽漫游
439 / 刺客毛虫与子弹蚁
443 / 亚马逊女战士
448 / "裘伊斯姑娘号"上的
　　　有趣成员
452 / 热情沸腾的毛埃斯镇
456 / 鳄口余生拍树懒
461 / 第二趟走"江湖"
466 / 会发笑的树蛙
470 / 雨林音乐会

474 / 归航归航
479 / 后记

■ 481 / **印度寻虎记**
483 / 老虎来了
490 / 虎口余生
494 / 虎式的道别

■ 501 / **寻访天堂鸟**
503 / 宁波克蓝泥炭沼泽林
530 / 威吉欧岛

赤道无风

青竹标的大眼睛为金黄色,

非常的迷人,

带状的黑色瞳孔,

使它看起来好像电影中带眼罩的神秘游侠。

顽皮的小红毛猩猩正抓着树藤。小猩猩头发稀疏、眼大明亮、阔嘴塌鼻、脸上无毛,看起来非常像人类,脸部的表情常显出忧郁寂寞的样子。

经历最原始的大自然洗礼

  婆罗洲岛是世界三大热带雨林之一，它的浩瀚仅次于亚马逊河流域。在亚马逊河热带雨林遭受开发的摧残时，这号称地球两大肺之一的婆罗洲雨林也格外受到关切。而事实上，它所受的破坏也一样严重。

  婆罗洲岛也是地球上少数仍居住着许多原始民族的地区，它的猎人头习俗、长屋文化、丛林游猎都非常出名，也是很多人类学家想进入研究的地区，更是很多探险家丧命的地方。

  我多年在热带地区探险，但仅有两次机会深入热带雨林。在这郁郁苍苍的赤道无风带上，我经历了最原始的大自然的洗礼以及最蛮荒的原始民族给我的友情，我用笔和相机留下了一点痕迹，希望分享给热爱人生、热爱大自然的朋友！

探险前奏

亚庇三日记

1985年冬天,我像避寒的候鸟一般,搭上马来西亚航空的飞机,飞离正被第一波寒流肆虐的台湾,抵达了位于赤道附近的马来西亚沙巴州的首府亚庇。

此行的目的有二: 一是拍摄热带雨林里的各种生物,尤其是红毛猩猩;二是探访婆罗洲的长屋民族。

亚庇的天气正如它的马来名字——火——一样,用火热来形容绝不为过,我手挽着一堆一路脱下的冬衣,额上汗水直滴。

来接我的是林瀚,他是我在1980年初访沙巴时认识的朋友。他是一个很特别的人,亦正亦邪,恩怨分明⋯⋯

我背着大背包,手上提着一只大纸箱走出了机场门,林瀚已经迎了上来。

"久违了。你还认得我,不错嘛!"我笑着说。

"你就是变成骨头了,我也认得出。"他眯着眼,笑着打量我说,"别忘了我是干什么行业的!"

林瀚主要的职业是替华人捡骨造风水。但他还有很多奇奇怪怪的副业,好事坏事都有。

我在亚庇停留三天,一方面采购进入雨林的一些装备,另一方面等待林瀚替我物色的向导。这三天,我一面享受热带南洋的悠闲生活,一面观察林瀚这个神秘、正邪难分的人物。

每天早上醒来,先"冲凉",也就是淋浴,然后上茶室吃早餐,以排骨茶、汤面或粄条为主,餐后是喝茶、聊天。这种茶室生意极好,坐满了久居南洋的华人,以客家人为主。

虽然是聊天，事实上很多是谈生意，而卖彩票的则穿梭餐桌间。这时，总有一些奇奇怪怪的人趋前来跟林瀚寒暄，或附在他耳边耳语一阵。林瀚则有时笑，有时皱眉，有时会骂出一句客家"三字经"，随后交代一番，来人随即匆匆离去。

这些来人，三教九流都有，不过以怪模怪样的居多，有华人，也有原住民。

到了十一点以后，茶室里的客人开始用中餐，以米饭佐中国菜为主。这些人在用过餐后随即纷纷离去，进来了纯吃中餐的散客。到了十二点半以后，客人渐少，街上行人也渐稀，这时正是热带的子民睡午觉的时间。

炎炎的赤道太阳，把大地晒得热气腾腾、草木憔悴。总要等到下午三点以后，街上走动的人才渐渐增加，而茶客又开始忙碌起来，喝茶的、喝咖啡的，而年轻的则都点了冷饮……

这时林瀚会去拜访他造风水的客户，或与客户商量许多有关风水的细节。他同时也与一些混混谈谈彩票的事。市场也热络起来了，渔船送来新鲜的海产，河川上游来的山产也到了。热带都市的许多重要活动，常常是在太阳西斜之后。

初晚时分，林瀚开车到海滨一个连接海水浴场的小公园边。我看他一直朝四周探视，后来他在靠近沙滩的地方发现了一个人。从渐暗的天空剪影中，我辨出那是一个年轻男人。

林瀚吩咐我留在车上，他径自走向那人。只听他们对谈了一会儿，林瀚突然挥拳揍他，那人回头就跑。可是林瀚比他跑得快，从后揪住他腰带，一脚踢他的膝盖，那人就跪了下去……我看见那人一直朝林瀚拜，最后我听见林瀚用一半马来话一半英文说："再有下次，我就不必教训你了！"意思是有人会宰了他。

当林瀚往回走时，码头那边突然有一群人朝他冲去。林瀚飞快地往回跑，我赶快移坐到驾驶位，发动引擎。他一跳上车，我立刻加足马力朝马路开去。后面飞来的石块在车子旁边落了下来……

我开着快车上路,可是险象环生,因为在这里,汽车是靠左边行驶,我却靠右前进。吓得林瀚大叫说:"没被人打死,也会被你撞死!"

脱险后林瀚告诉我,那个人是他一个道上姊妹的男朋友,最近拿白粉(毒品)给这位姊妹吸食,然后再叫她去卖白粉。

她的男朋友是一个从苏禄来的菲律宾人与华人的混血儿。夜里,我在一栋破旧的公寓顶楼的一个小房间里,看到了那个长得相当秀气且身材不错的姑娘,很年轻,是华人和原住民的混血后裔,脸色苍白憔悴。林瀚见到她就厉声说:"他会害死你,也会害死我们!"

那姑娘只是含着泪,对林瀚的警告没多少反应。依我在金三角探险的经验,我知道她正忍受着毒瘾发作的痛苦。我把林瀚请出门外,要他去找医生,林瀚吩咐了看门的人就偕我走了。

经过这一场追逐,林瀚对我也不再保留那么多了,我才知道这家伙是出生在沙捞越的客家人,年轻时当过混混,后来在20世纪60年代沙捞越欲摆脱大马而独立时,加入了游击队,在丛林里与长屋民族来往亲密,后来在一场围攻中突围后,潜逃到沙巴,改名换姓,混迹江湖。

他非常遗憾当年沙捞越的华人缺乏眼光、不够团结,以致沙捞越不能独立。不然以华人居多数的优势,势必能掌控沙捞越,不会像现在这样处处受马来人欺凌。

第三天的中午,我的向导到了。是一个卡达山族人,会一些英文、马来文,还会一点客家话;名叫阿贡,个子矮小、皮肤黝黑,年纪虽然不到四十,但看来颇苍老,赤道的太阳在他脸上展现了威力。

寡妇山与拉闹镇

12月8日,我们搭乘一辆出租的旧吉普车从亚庇出发,朝另一城市山打根而去。这是一段漫长的旅途，如果不休息，也得行驶一整天。

一路上，那座东亚第一高山——海拔4100米的中国寡妇山始终矗立前头，云雾在它的山头飘来飘去，好似罩着面纱。

山的名字——中国寡妇山本身就很令人好奇。向导阿贡告诉我，依照卡达山族的传说，中国明朝初年，大明皇帝派遣使者到南洋，有一天使者率船团抵达沙巴。使者的一位部下与卡达山酋长的女儿一见钟情，旋即结了秦晋之好。后来这位驸马爷害起了思乡病，公主只好答应让郎君回中国探亲。

半年之后，约定归来的日子过了，仍不见驸马爷的踪影。于是公主每天登上沙巴最高的山顶，遥望南海的船影。而事实上驸马爷回到故乡后不久就病死了，而公主成了寡妇仍不自知。

一天一天，一月一月地过去，最后公主在绝望中死于山巅上，化成了凝望着北方的岩石。从此，这山被卡达山族人称为中国寡妇山。

中国寡妇山由于海拔高、地形奇特壮观、气候千变万化，动植物种类繁多，现在已被划为国家公园。

中午时分抵达国家公园管理处，在游客中心略事参观休息，并在野餐区煮了简单的午餐，又随即上路，下午四点抵达了山城拉闹镇。

虽然地处热带，海拔两千余米高的拉闹镇却相当冷凉。我们住进一家华人开的旅店，其设备甚差，除了必须使用公共卫浴，也没有热水供应，最令人气愤的是竟然要价奇高：一间破房间，两张行军床及两床硬毛毯，要价相当于新台币九百元。最奇怪的是，竟然客满。

打听之下，才知拉闹镇是亚庇通往山打根的中途站，一般的旅客都在这里过夜，镇里有其他原住民开的旅店，要价虽然低一点，但因为卫生较差，并常有跳蚤、臭虫，所以非万不得已，不会有人去住。

傍晚时，我在小镇的街上随意闲逛，看见一家小店，摆了一些像古董的文物。走进去细看，出来招呼的老板是华人。打听之下，是梅县移来的客家人，专门收集一些卡达山族人的饰品以及从前中国运售南洋的陶瓷器皿。临走时，他一定要送我一片马来熊的利爪，我回赠他从台湾带来的三种硬币。

我走出门不远，老板又追了上来，告诉我，明天是拉闹赶集的日子，大概可以让我猎取一些镜头。

这晚气温下降到十八摄氏度，阿贡冷得直发抖。对这位一直在热带丛林打猎为生的热带人，寒冷真是一大酷刑。我带来的夹克正好派上用场，只是穿在阿贡身上，变成了大衣。

第二天的赶集主要以卡达山族人为主，他们带着自己山上生产的东西来交易，从口嚼烟草、水果、蔬菜到土鸡、藤篮等。另外也有一些跑单帮的华商在这里摆地摊，从成衣、布匹到五金杂货，样样都有。

因为我心在雨林，所以只快速逛了一圈这一月一次的大赶集。

出发时，拉闹盆地正沐浴在朵朵云雾中，美如世外桃源。

过了拉闹后，山路一路弯曲下降，经过一些小小的寂静村庄，与世无争的卡达山人纷纷露出天真的笑容，一些年纪稍大的男女，嘴角常咬着一球黑色的嚼烟，就好像台湾人嚼槟榔一样。

不过他们年轻的一代，在接触现代文明之后，已经放弃了这古老的嗜好，反而我们的许多年轻人学会了嚼槟榔……

中午时分，我们右转离开了公路，沿一条运材道路而去。我们得时时停车让路给运木材的大卡车，这些木材全是又大又直的雨林树木。木材被运到河边，再沿河漂到河口，装上大船运到日本。

不久，车子左转进入更小的山路，路两边全是雨林被砍后的迹地[1]，许多较不值钱的树木自然横竖陈列在丘陵上，令人触目心惊。

半个小时后，车路到了尽头，我们将从这里开始徒步。

---

[1] 迹地，林业上指采伐之后还没重新种树的土地。

阿贡计划引我走入雨林保留区最深远、最原始的地方,在那里也许我可以拍到一些较为罕见的生物,预计的时间大约是十天。最后我们会穿过保留区,从它的东边出来,那里离山打根市只剩下约二三十公里。吉普车将在山打根的一家旅店等我。

自然摄影

探险前奏

雨林边缘

不长眼睛的蛇

吉普车卸下我们的装备,随即调头离去。司机是阿贡的朋友,他知道阿贡跟他相约的地方。

看着吉普车远去,我的心变得忐忑不安。前头丘陵那边,如山壁一般高、实难以穿越的雨林就矗立在眼前,一旦进入,就不知道还要多久才能再见天日。

既来之,则安之。人生很短,能有机会体验这多彩多姿的地球的形形色色,不也是一种有意义的人生经历吗?就是不幸长眠其中,也算死得其所。人生终不免要走到终站,只是或迟或早,在最有意义的地点下车,也许比熬到终点还要精彩、值得。

我背起了装备启程,阿贡拿着一把长刀走在前头。我首先要越过一片被林商砍过的林地。路径相当曲折,因为时时要绕过一些倒了的大树,这些大树大多由于材质欠佳而被弃置原地。

这片原是密不透风的原始雨林,在林商伐木之后,成了一片可怕的开阔废墟,只剩灌木、藤蔓开始它们的新生。如果运气好,天公也作美,几百年后,这里也许还会成为森林……

走在前面的阿贡突然停下脚步,用他的长刀指着一丛有青藤攀绕的灌木说:"蛇!"

我朝他指的地方看去,并没有看到蛇,除了一条条似蛇的青藤。

"右边第二条藤蔓,就是它!"阿贡的刀尖又趋前指着说。

我终于看见一条"装藤"的翠绿色蛇,蛇头虽大,却是一种无毒的青蛇类。它的眼睛金黄色、水汪汪的,非常迷人,眼球的中央瞳孔,由于强烈的阳光而眯成横带形,看来很像电影中带眼罩的神秘游侠。

它动也不动地挂在那里,无论我靠它多近拍照,它都视若无睹,怎么也不动一下。这就是它求生的技巧，因为"青藤"一动就会露出马脚而现出原形。它的敌人可不少，从爱吃蛇的鹰类，到专吃蛇类的蛇。在大自然里可不能有任何闪失，这是一个以命相搏的生存环境。

很多人只要看见蛇，都会置它于死地，不管它有毒或无毒。这当然是因为恐惧与无知，其实有毒的蛇，在蛇类中占的比例并不高。即使像阿贡这样有经验的猎人，也常常是看见蛇，不管三七二十一，先打死再说。不过我事先跟他有约定，要弄死任何野生动物，都要经我同意。

阿贡把长刀举起，然后问我："可以杀吗？"

我摇摇头，他颓然垂下长刀。我故意把手指伸到蛇头上，轻轻抚摸它，然后说："快！跟阿贡说谢谢！"

阿贡看得大惊失色。我的大胆，以及蛇不咬我这件事使他对我大为佩服，也成为后来他津津乐道的故事。

不久，一道狭长的沼泽横在小径的前头阻住了去路。幸好有一棵笔直的倒木，像独木桥一般架在沼泽上。

过桥时，我看见沼泽边的烂泥上有一条粗而短的蛇正在蠕动，它的背上土灰色，肚底微红，名叫红腹水蛇。

当我从枯木上跳到陆地时，它感受到地面的震动，立刻钻入泥中消失了。

阿贡说这种蛇没有眼睛，因为他曾经吃过这种蛇。我相信阿贡说的，因为千万年来，它一直生活在泥沼中，眼睛派不上用场而逐渐退化了。它靠灵敏的味觉以及皮肤对各种震动的感觉来捕食烂泥中的鱼类为生。

太阳已偏西，阿贡决定在离沼泽不远的疏林中过夜，我们挂起了吊床，又生了一堆火。阿贡从沼泽中取了看来不甚干净的浊水，我取出一颗老探险家刘其伟先生送我的"生水消毒药片"，投入水中，这样我就可以放心喝了。不过在可能的情况下，我还是会把水煮开。

吉兆

废林地的夜晚相当寂静，只有一些虫声以及点点的萤光伴我入眠，还有一次是被前来偷吃剩饭的山鼠吵醒。

天还没亮，阿贡已经起来煮饭。日出时，饭菜都弄好了。阿贡烧菜的手艺在"野外求生"看来是相当出色，只是热带人都爱吃辣，把我辣得泪水都涌了出来。

我们刚上路不久，阿贡指着前头飞过的两只九官鸟说："看！它们从左边飞过小路！"他兴奋地说："这是好兆头！"

按照卡达山族巫师的说法，出发时看到的第一种鸟，如果从左边飞过小路，就是诸事大吉，如果从右边飞到左边，则主凶险，或一事无成。

"你相信这种说法吗？"我问阿贡。

"信其对自己有利的部分！"阿贡笑着答道，"毕竟占了吉卦，让我们旅途更愉快！"

疏林的树木慢慢增多了，我们前进的速度也慢了下来。随着树木被砍倒下来而落地的藤蔓像蛇一样四处延伸，寻找可以攀爬的树木，这些韧性极强的藤蔓时时缠住我的脚，甚至使我扑倒，阿贡就得用长刀砍断，来解开藤蔓的纠缠。

随着中午的接近，空气也变得湿热难受，我前进的速度也越来越慢，对于卡达山人的占卜结果也越来越怀疑。不过走在前头的阿贡，看来却轻松愉快，也许吉卦只对卡达山人有效吧！

下午两点，我们终于爬上一座山岭，迎面而来的凉风，使我舒服极了。我们脱下被汗水湿透的衣服，尽情享受这无价的清风。我想起台湾多少人在追逐着无止无尽的物质享受，而陷入一种周而复始的苦恼。其实人生中的所谓享受是随时随地存在着的，完全视你的心态而定，就像此刻，一阵凉风就让阿贡与我两人心满意足，可是无数的人正在吹着冷气而埋怨。

在这山岭的下方,正是一大片一望无际的原始雨林,好像一片绿色的大海,延伸到苍茫的天边。这也是我们将要穿过的丛林。

我们在山岭的树下沉沉睡去。不知睡了多久,阿贡突然叫醒我说:"天气变了,大雨就要来了!"

我张开眼睛,发现乌云已经占据了一半的天空,原来迎面的凉风也不知何时停了。

我立刻在小空地上搭小营帐,阿贡则在营帐四周挖排水沟。

这时的空气变得格外湿黏闷热,令人身心不爽。乌云越集越厚,逐渐遮满了天空。在奇怪的寂静中,一阵狂烈的疾风由远而近,吹得树摇叶飞,粗大的雨滴夹在疾风中稀疏打下。

疾风扫过之后,石砾似的雨滴逐渐紧密地掷落,然后逐渐变成倾盆而下。隐隐的雷声也随之而来,突然闪电就在附近炸开,爆裂的雷声在四周回荡、震人心弦。岭下的林海也已消失在大雨中,老天正在向我展示热带暴雨的威力。

在滂沱大雨中,我们无助地闷缩在小营帐里。我问阿贡,还信那占卦的"鸟事"吗?

他苦笑着,点点头说:"至少今晚我们有很干净的水煮饭!"

是的,我很欣赏阿贡这种看事物看两面的态度。可是我敢打赌,百分之九十九的所谓文明人,没有这位被视为"落后民族"的人有智慧、满足与快乐。

大雨持续不过约半个小时,雨势就倏然停止。大地一下子静了下来,仿佛什么事也没发生过。只有叶尖上的水滴以及地面上的积水,可以证明刚刚那一场倏来乍去、令人难以置信的大雨。

进入雨林

未知的丛林

在赤道太阳东升中,我怀着又兴奋又戒惧的心,终于走进了这世界三大雨林之一的婆罗洲原始雨林。

从光亮的林外一下子走进幽黯的林中,我一时像走进下午场的电影院,足足好几分钟才能看清林中的情景:四周是一棵棵笔直、高可参天的大树,浓密的树冠枝叶层层遮住阳光的渗入,只有少数幸运的底层植物能享受到几道光线。

昨天下午的一场大雨,把地面泡得湿哒哒的。树叶落下来,第二天就开始腐烂,所以在这古老的森林底下只有薄薄的一层落叶。这与温带寒带的森林底下积着厚厚的落叶全然不同。

这层正在腐烂的枯枝落叶,在登山鞋踩下时,褐色的汁液立刻溢了出来,空气中飘散着一股腐叶的霉臭味道。

自然录音
盔冠犀鸟鸣声

林中一片幽静,只有偶尔传来一两声奇怪的鸟鸣声,有时传来一声犀鸟粗粝的叫声,总把紧绷情绪的我吓一跳。

我大气也不敢喘一下地随着阿贡慢慢前进,眼睛和耳朵却像电影里的侦探一般,眼观四面,耳听八方。我总觉得在那些阴森的大树后面,在那林荫深处,藏着可怕的野兽——也许是尖牙利齿又嗜杀的豹子,也许是力大无穷的月熊[1],也许是从高树上悄悄下来的红毛大猩猩,也许是张着血盆大口、两眼冷冷盯着猎物的大蟒蛇,也许是……

反观阿贡,他倒轻轻松松。但他在轻松间却随时能掌握周遭的状况——他可以听到我根本听不到的远处的鸟声、水声、虫声,他可以从附近传来的声音判断出状况。

---

[1] 月熊,学名亚洲黑熊,因胸前长有新月形状的金色毛发而得名。

我因为时时注意头上浓密的树叶层,以致常常被脚底下的树根、坑洞、断枝绊倒。进入丛林不过几个小时,我已经变得筋疲力尽。

林中非常潮湿、闷热,一点最轻微的风也没有,简直像是蒸笼,而这正是自然学家所称的"大自然的温室"。它蒸得我汗如雨下,衣衫尽为汗水湿透,也使我大量地丧失体内的水分。我不得不每隔十几二十分钟,就得喝上一大口水。

阿贡在我跌倒时,总会立刻回头,投来同情与一种忍不住要笑的眼光。到了晌午,阿贡看到我的狼狈样子,于是决定找一处适当的地点扎营。

下午我休息够了之后,在附近拍照,而阿贡则远离营地去找寻猩猩的踪迹。

整个下午,总有几只墨蓝发亮的小飞蝇在我眼睛四周飞舞,一逮到机会就扑入眼睛里,使我备受困扰。不过没有恼人的蚊子,倒出我意料之外。我每天都要吃一颗预防疟疾的药丸。这种中国从前称为瘴疠的可怕疾病,依然是热带地区的杀手。此外,登革热、黄热病也都是经由蚊虫传染。这两种病也是热带地区令人闻之色变的疾病。九年前,我在中美洲尼加拉瓜时,曾为了到魔鬼山去探险,接种过黄热病预防疫苗。这种疫苗有十年的效力,所以此刻我身上仍有对黄热病免疫的能力。

林海深深

这天下午我脱鞋准备睡午觉时,发现脚上沾满了鲜血。我逮到了三条早已吸血吸得"脑满肠肥"的蚂蟥。这小东西我一路上早已打过几次照面,我原以为我的裤管、鞋袜都扎得紧紧的,不想它还是有本事进来。

这种小东西平常的身材不过像一根火柴,缩起来也只有黄豆般大小。可是一旦吸饱血液之后,身躯就骤然暴涨十倍以上,有如食指一般粗长。

通常蚂蟥都埋伏在草叶上,尾端的吸盘附在叶片,然后把身体拉得细细长长,全身在叶上像灵敏的天线般四面八方地转动着,以探测四周是否有动物经过。

一旦嗅到有动物靠近,它会立刻攀附在动物身上,用带有麻醉剂的利齿,切开动物的表皮,吸取血液。

它们吸过血的伤口,仍然要继续流血许久,因为蚂蟥在吸血时,也同时在伤口注入抗凝血素,使血液不致凝结而妨碍它的进餐。因此,当它"酒足饭饱"离席之后,动物伤口不但还会继续流出许多鲜血,又因当初它切开皮肉时注入的麻醉剂逐渐失效,这时伤口就会开始感觉到疼痛起来。

因为脚被吸了血,我赶快脱上衣检查身体。我一掀开衣服,肩窝上一条正离席的蚂蟥立刻身体一卷,变成圆圆的一团,像龙眼般滚落到阴暗的地面。我想报仇,可惜再也找不到它了。

这种墨绿色的蚂蟥,也常守候在较高的枝叶上,一嗅到动物从底下经过时所散发的味道,便立刻从树上落下来。有一次我蹲下来拍地面的昆虫,我感觉到雨滴不断落在我身上,后来有一滴打在脖子上,并往下流动。我用手指想把它擦干,竟然发现是一条蚂蟥。这时我才知道,那一阵雨滴全是朝我落下来的蚂蟥。

即使它们被我抖、弹、拍、打落地面,它们仍死命地攀爬上我的鞋子、裤管。它们的固执与一心一意,令我敬畏。

最初几天,我被这种小吸血鬼弄得杯弓蛇影,疑神疑鬼。几天后我才麻痹下来,自我安慰地想:"反正它们吃饱了就走……"

傍晚时,阿贡回到营地,带了一堆野蕈子以及几根野棕榈的嫩心。这道菜成为我日后念念不忘的珍肴。

阿贡发现了猩猩的踪迹,他说两天前曾有猩猩在前头活动。这消息使我兴奋起来，也忘了今天的辛苦与狼狈。

阿贡非常慎重地选择过夜的地点，因为攸关生死。这表面看来深沉宁静的丛林，却往往有突如其来的杀手——大风、暴风及旋风。它常吹断树枝枯干，从几十米高的地方落下，往往造成致命的伤害。

阿贡说，他曾亲眼目睹一棵参天大枯木在一阵暴风中轰然倒下，压垮了旁边十几棵略小于它的大树，造成如小飞机跑道般笔直的空地。所以阿贡寻找过夜地点除了注意水源、河流（怕河水暴涨），还得检查附近有没有枯木。

最后阿贡选在一棵有大板根的树下，在板根间挂起了吊床——他不喜欢营帐，因为太闷热。他用雨布以及蒲葵叶、棕榈叶搭了一面可以遮雨的单斜面屋顶。

到了初晚，雨林突然热闹起来。各种虫声四际响起，其中有一种蝉鸣，声如锯琴，听来满含悲切；远处长臂猿的叫声有如人的惨叫；吠羌似犬的吠声，遥遥传来；几只萤火虫在我们四周飞来飘去；大树的树干以及攀缠其上的粗藤，在摇曳的篝火中，扭动着，忽明又忽暗。我想起了昔日在中美洲蛮荒之地的探险，在菲律宾丛林的探险。那些经验又回到了我此刻的脑海，有助于我很快地熟悉婆罗洲雨林的探险。

自然录音

长臂猿与蝉

利用漫长的夜晚，我请阿贡讲丛林的故事，讲卡达山族的传说，同时我也记录一些卡达山族常用的语言。

夜里下了一阵大雨，篝火为雨浇熄，四周一片漆黑。在这幽静的林海夜晚，雨声变得十分响亮，间或还传来一声树枝的断裂声，落地声也随即响起，总好像就在我头上或身旁发生似的，使我一直心惊肉跳。幸好这地形雨相当短暂。雨后，阿贡又重新燃起篝火，我看他在火堆前或站或蹲或行走，我觉得这个在平地看起来矮小的卡达山人，一旦进入他们熟悉的雨林，似乎一下子变得高人一等，而我这"文明人"却变得矮他一截。

头两天，我在雨林中相当地痛苦，闷、热、黏、受困般的难受，无止无尽、不见天日的沉沉压迫感，令人有行将窒息的难过。寂静、幽黯、阴影重重，总会令我东张西望、精神紧张。有时头上倏然传来一声枯枝的断裂刺耳声，或者周遭一阵虫声骤响，林鸟破空飞起，都让人头皮发麻，而时时入侵的蚂蟥，也让我有防不胜防的恐惧。

幸好过去多年的热带探险经验，使我很快在心理方面适应下来，而且人类在演化成两腿直立行走前，就是住在热带雨林的树上。我想，在现代人类遗传基因中，多少还隐藏着对雨林适应的天性。即使在今天，灵长目仍然是所有哺乳类动物中最能适应雨林、最繁荣的一个族群。

所以，我内心深处似乎重拾了老祖先遗传给我的雨林适应性，而逐渐有回到古老家园那种温馨熟悉的感觉。到了第三天，我已能安之若素并全身心地投入，开始欣赏与享受令人目不暇给、引人入胜的雨林世界了。

温室·战场·宝库

我一面拍照一面慢慢前进。我已渐适应雨林的环境，也调整了情绪，怀着随遇而安、逆来顺受甚至甘之若饴的心情，去品尝雨林中的一切酸甜苦辣。我知道，深入热带雨林的机会不多，在雨林里的日子也不长，我应好好珍惜。

报纸杂志上常说：热带雨林是地球氧气的主要供应者，是地球上最复杂、巧妙的自然生态体系，是……但到底什么是热带雨林呢？我想稍加介绍，好让读者更易跟我一起享受雨林探险。

热带雨林指的是一种生长在热带低地，年平均温度保持在二十五摄氏度，全年雨量多而又相当均匀的原始雨林。它的年雨量平均在二千毫米以上，甚至达到一万二千毫米。

所以，热带雨林可以说是一个恒温恒湿，有如温室一般安定的环境。再加上热带丰富的阳光，热带雨林给植物提供了生长繁殖最佳的场所，也是许多动物最好的栖息之处。

在热带雨林的大温室里，物种间的生存竞争，已达到极为复杂而又巧妙的关系。由于数千万年来环境保持不变，动植物有充裕的时间，毫无障碍地演化成种种形态，使得雨林的每一角落，只要是生态学结构可能容许存在的空间，都长满了形形色色的生物品种。雨林不仅保存了最原始的物种，也不断出现新演变的品种，因此热带雨林比地球上任何其他地区都拥有更多的生物物种。

例如，在不列颠群岛，据估计约有一千四百五十种维管束植物，包括乔木、灌木、草本植物，但是在南美哥伦比亚科克省的热带雨林里，在一片四平方公里不到的小区里，植物学家艾文·金特利博士一个人就找出了一千一百种。如果纯以乔木来说，全英伦三岛约只有四十几种土生的固有种，但英国皇家地理学会在调查婆罗洲一块十公顷的雨林样区时，便已鉴定出八百多种树种。

又根据生物学家的估计，地球上一千万种生物中约有三分之二的生物生存在热带，且有三分之一仅仅生存在热带雨林。由以上我们就可以略知热带雨林中生物种类的丰富了。

现在矗立在我四周的乔木，每棵都全无例外地生长得高耸入云，仰望树冠不只使我脖子酸疼，也令我身体失去平衡而仰倒。这些树干皆挺直而分枝少，这是生存竞争的结果。它们从小就得拼命往上生长，以争取阳光，毫无余力分枝，只有尽快长到雨林的华盖层争得一席阳光，才有机会生存下去。

在外行人看来，这些大树彼此之间没有多少差异，树皮白中透点微绿，也许还有一些斑纹，树皮薄得只用小刀就可轻易割开，叶片、树形也都十分相似。但有经验的雨林学者却可以一一指出每一棵之间的不同。阿贡有一位以采集雨林药材为业的好友，单靠嗅觉和味觉，就可以区分上百种外貌相近的树木。

虽然雨林植物学家可以在一公顷土地里轻易辨识两百种以上的树种，但很难在这片范围里找到第二棵相同的树种。例如，在这片雨林里，要每隔好几公顷，阿贡才能找到一棵那种野蜜蜂最爱筑巢的达邦树，而在非洲的雨林里，则至少要隔六公顷才能找到一棵桃花心木。

同种的树木彼此相隔这么远，所以一旦雨林遭破坏或被砍伐，其中有很多树种就从此绝迹。而雨林要重新长成，更需要经过数千年、数万年，甚至数百万年，同时还得天公作美。

大树固然令人难以仰望，而热带雨林中高度发展的藤本植物，也会令人留下深刻的印象：当它蟠在林中或缠绕大树时，就像一条伺机攻击的大蟒蛇。这些快速生长的巨藤，沿着大树干上升，从树冠上抢夺大树的阳光，有时把整个树冠盖住，常导致一棵大树因为长久没有接触阳光而活活饿死。也有大树因为巨藤勒得太紧而被勒死。

有些大树为了摆脱树藤的纠缠，发展出一套巧妙的"金蝉脱壳"的功夫：它每隔一段时间，会剥落整层树皮，让攀爬它的树藤滑落地面，而摆脱纠缠。

就像巨藤与大树间的生死决斗，事实上在这看起来一片和平宁静的雨林中，攻防处处进行着。但雨林植物在各自发展攻防功夫的同时也进行着彼此的合作。例如某一棵树遭到大量毛虫的啃食时，它会释放出一种化学物质，向周围的植物通风报信。而附近收到讯息的树木会立刻在叶片中合成毒素或丹宁酸等物质，毒素可以让贪吃的毛虫中毒，丹宁酸可以使树叶苦涩得难以下咽。

即使动物与植物之间，也有许多微妙的攻防关系。例如，有些树会分泌一种树蜜作为一种凶蚁的食物，而这种凶蚁则会保护树木不受甲虫或毛虫的侵袭。

各种不同的生物借自己的防御系统以及与他种生物结盟而得以共存，因此热带雨林中，没有一种植物能独霸。有很多相当脆弱的植物，竟然也能生存在竞争如此剧烈的环境中。就是靠这种微妙的平衡，这些植物一旦离开雨林而单独栽植，反而不易存活下去。

雨林里丰富的植物种类中，有许许多多是人类治病的妙药，除了为人熟知的金鸡纳树、肉桂等，现在经科学家从雨林原生树研究出来的新药物，在治疗霍奇金巴瘤、高血压、风湿关节炎上都很有效，还有些用来制造性荷尔蒙以及避孕药。

科学家研究发现，从雨林中一种树里提炼出来的药物，在对付白血病上已有初步的喜讯。美国癌症研究所的研究员也发现，东马来西亚雨林中的一种树木，可以提炼出有效治疗"第一型艾滋病毒"的药物，但可惜的是，这种原本就不多的树，似乎已经全被砍光了……

自然摄影

进入雨林

雨林生物百态

千奇百怪的生命世界

有一天上午,当我忙着拍大树上的野蕈子时,突然,阿贡用压抑却又清晰的声音叫道:"徐先生,快看!"

我转头朝他指的树看去,正好看见一条带子般的东西,一面扭动,一面斜斜滑飘到另一棵矮一点的树上,并消失在枝叶间。

"那是什么?"我想不出这是什么东西。飞行的绳索吗?还是空中飘落的缎带?怎么会出现在雨林的大树上?

"飞蛇!"阿贡答道。

原来是赫赫有名的飞蛇!它的拿手绝活就在当它要从这棵大树移到另一棵大树时,是用飘浮的办法:把身体尽量张成宽扁的薄片状,增加身体的面积,然后不断摆动以增加浮力,再加上离树时的冲力,这样它就可以飘滑到较低的邻树去。

飞蛇的这种功夫,也是千万年来,为了适应热带雨林的生活而发展出来的。因为树实在太高了,如果到邻树去,它必须先下降几十米高,然后从地上爬到邻树的树头。往上爬升几十米,不只费时费力,下地时还充满被敌人袭击的危险。因此,它发展出蛇族中绝无仅有的"轻功"。

这种从原来不可能而发展出的功夫,也存在于许多其他雨林动物的身上。例如飞蜥,它就是在腹部延伸出一片薄薄的皮肤,连在前后肢之间,就像我们所知的飞鼠一样,利用这种特有装备飘滑至他树去。

还有一种飞蛙,也是仅见于热带雨林的动物。它的办法更绝,是利用脚趾间的蹼,只是这蹼比一般的蛙大得多。当它飘滑时,四肢的蹼全都张得大大的，就好像踩着四个小降落伞似的。

有一个夜晚，阿贡指着高处树枝上一堆微微发亮的萤光给我看。他说，那是飞蛇。原来飞蛇鳞片上含有萤光，夜间时会发亮。生物学家迄今还不知道它为什么需要萤光，而我个人猜测，是为了寻找伴侣。因为在这浩瀚又幽暗的雨林中，利用发光来吸引"心上蛇"，不失为一个好办法。

阿贡把大部分的注意力用在找寻猩猩上，除了往树梢上细瞧外，他也常常低头往地上看。有时他捡起掉在地上的叶片或一粒野果，有时抓起一根断枝，仔细地研究。猩猩通常吃嫩叶和果实，它们在采食的时候，常会折断一些树枝，或遗落一些树叶、果皮、果核或幼果等。由这些落物的新鲜程度，以及散落的情形，有经验的猎人就可以判断出猩猩活动的距离和方向。

阿贡也时常凝神倾听，他常说："在雨林里，耳朵常比眼睛管用，也可以知道得更远、更细！"

也的确，在幽黯如晦的林中，视觉大打折扣，视线又总被树干、枝叶挡住，而有经验的耳朵，却可以听到远处细微的声响，由此也可以辨知动物的活动。

雨林中的各种声音，在阿贡耳里各有不同的意义。我的野外经验虽然算得上丰富，但毕竟对热带雨林很陌生，所以必须在阿贡指出声音的状况之后，才能领略借声音侦知动物的奥妙。

到婆罗洲雨林我最想拍摄的是猩猩，但是等到我进入雨林后，注意力很快地为周遭充斥的千奇百怪的植物所深深吸引着，例如各种植物生长的位置、所占据的空间就让我叹为观止。

热带雨林由于植物各据空间、高低不同，呈现了一种垂直的分布现象，因此研究雨林的生物学家按照植物的生长及生物的活动，将热带雨林分为五层，来描述雨林的形态。

接近地面的是幽暗的草木层，是雨林的最下层。这一层由蕨类、草本植物及树苗组成，是昆虫活动最多的场所。这一层只有上层渗漏的些微阳光照下来，因此大白天里也黯然有如清晨或薄暮。据估计，照射雨林的阳光只有百分之一二到达这一层。虽然阳光如此少，但这一层的草本植物往往能开出美丽的花朵。唯其如此，才能吸引传布花粉的昆虫来到。

草木层之上为灌木层，在地面一米到七米之间，这一层以灌木、乔木的幼木，以及一些棕榈科植物为主。

灌木层之上离地七到十三米之间称为下木层，正是我从底下一抬头可见的一层，这一层由小乔木组成，枝叶颇茂密，阻挡我往上看的大部分视线，有许多种小鸟在这一层活动。

再往上一层是林冠层，又称顶层或华盖。这一层是雨林的表面层，由大部分乔木的树冠相连成约略等高的绵延林表，其高度略在三十至六十米。这一层是鸟类和猿猴的天下。

顶层之上叫作外露层，这层是指少数特别高的树，从林冠钻出头来，像鹤立鸡群一般，有些竟可高达九十米。这孤立突兀的高个子是雨林中变化最多的部分。由于此层有充足的阳光、风、雨，因此很多动物活动在外露层，最佳的代表就是鹰类。

雨林的参天大树固然令人敬畏，附着在大树上的附生植物也大为可观，像各色各样的蕨类、开着鲜艳花朵的兰花、有特殊辛香味的胡椒科植物、能储藏大量水分的多肉植物、大大小小善攀能爬的天南星科植物。

一个稍具植物辨识能力的人，可以在雨林大树上找出四五十种附生植物来。有些较大的树上，附生植物的总重量有时可达数吨之多。

蘑菇（野蕈子）是雨林常见的小精灵，也是雨林有机物质循环的重要角色。一棵雨林树木死亡，蕈类是第一种来分解木质的生物，密密麻麻的菌丝长入木头里，弄松木材，分解组织，吸收许多有机质。等蕈子长出又死亡后，有机质重新入土，为其他的树木所吸收。

雨林的蘑菇种类极为繁多，有的小如扣子，有的大如脸盆；有的鲜艳，有的黯淡，有的味美爽口，有的恶臭，更有的含有剧毒。有几种蘑菇更能迷幻人的神经，使人产生幻觉。从前中美洲的玛雅族印第安人在举行宗教祭礼时，就服用一种会引起幻觉的蘑菇。

阿贡常常采集各种可食的野蘑菇回来丰富我们的雨林菜单，有的香味四溢，有的鲜如鸡汤，有的味如嚼蜡，还吃过一次好像吃鞋底一般……

阿贡的最怕

有一天早上，我在行进中突然嗅到一股难闻的尸臭味。我判断附近可能有死去的野生动物正在腐烂，可是阿贡却说那是一种花的气味。

"要说是花香也没错！"阿贡以幽默的语气说。

"什么？！你没搞错或者鼻塞吧？！"我怀疑他这次的判断。我想，这么熏人的尸臭，我还不至于没经验。

"你不相信？"阿贡露出一副要捉弄外行人的笑容说，"如果我找到那朵超级'香花'，你只要能放在鼻前嗅十分钟，就算我输给你！"

"好！一言为定。"我信心十足地答应。我不相信一朵花的味道能让我如此受不了。

只一会儿，阿贡就找到了。

在一棵小树下，花从土里直接冒出来，没有叶片也没有茎，只有一簇鲜艳盛开的红花，花上还有白粉。

阿贡站得远远的，掩着鼻子说："你自己靠上去嗅吧！"

我满怀信心地大步走去，可是腐臭味越来越浓，我简直像正在走近一条正腐烂、发着浓浓恶臭的死老鼠。我的大步子变成小步子,然后在花前面一米多的地方刹住脚步,最后我实在忍不住,掩鼻而退。

  这种花其实是一种寄生在树木根部的植物,靠吸取树根的营养而长大,所以它无须枝叶即能直接从土里伸出花朵。它的臭味虽可以驱退人,却也可以在这幽黯、视觉不良的林中吸引苍蝇等逐臭的昆虫,前来替它传粉受精,而此刻正有蝇类停在花上吮食。

  一个万籁俱寂的夜晚,我们早早就上了吊床,在幽幽闪动的光火下,在晃动的树影中,我们聊着各自的野外经验。我问阿贡,在婆罗洲雨林里,他最怕的是什么。他说有两种,一种是动物,另一种是植物,并要我猜猜看。

  "植物就是那种臭花对吗?"我说。

  "不是,它只是臭,对人无害!"阿贡答道。

  "风倒木、抓痒树、发疯蕈、喷涕花……"我念了一串他路上告诉我要小心的植物。他都说不是。

  "还是我自己说吧!"他从吊床上坐了起来,把吊床弄得摇摇晃晃,火光把他的背影照在两棵大树干上,来回移动着。

  "一种名叫烫卵树的植物。"他说,"这种树掉在地上的枯枝,如果你踩到,你的两个卵就会肿得大大的,并且疼痛难忍,无法行走……"

  "如果妇女踩到呢?"我好奇地追问。

  "会被妇女烧掉!"阿贡一本正经地说,"免得不小心被她的男人踩到。"

  接着我们又谈起最怕的动物,他还是要我猜。不过我猜他的血型是B型倒先猜对了。

  "毒蛇!?"

  他摇摇头说:"可知可防,不可怕!"

  "花豹!?"

"不是!"

接着我猜了一串动物的名字,如野象、蟒蛇、野蜂、蚂蟥等,他都说不是。最后我有点恼火了,我说:"我最怕的动物就是故作神秘的猿人,因为他总是故弄玄虚,令人忐忑难安!"我指的是阿贡。

"好吧,哈哈!"他吃吃地笑着说出了令我无法相信的答案,"子弹蚁!"

我嗤之以鼻,认为阿贡这种吊人胃口的行径,正是他典型的B型血个性的流露。但我这种想法不到天亮前就完全改观了。

我在清晨醒来,发现篝火熄了,只剩一堆红烬,就翻身下来添柴。我用一根较细的柴棍拨开红烬,突然手指上传来一下被针刺的感觉,接着又有数下针刺从手指连续传来,我赶紧丢掉枯枝,可是太迟了,那几点小痛点现在转为剧烈的彻骨之痛。

阿贡听到我的叫声,跳了起来,在手电筒照射下,我看到手指上有四五个小肿包。阿贡又把手电筒照向我刚拿过的柴棍,上面正有许多黑色的子弹蚁迅速来回奔跑。

我手指上的疼痛不断地加剧,冷汗也开始冒了出来。

"赶快!"阿贡急叫道,"尿尿!把尿液涂在肿包上,你被子弹蚁叮上了!"

我随即依言行事,几分钟后,疼痛就渐缓和以至消失。

"还好,只咬到手而已。"阿贡大笑着说,"要是在身体上多咬几个不同的部位,你只好跳到厕所里了!"

阿贡说,他有一次砍树,一堆子弹蚁掉到他身上,他永远不会忘记他痛得在地上打滚的经验。他说:"子弹蚁的可怕是防不胜防,我在雨林里看见它们一字排开时,总是赶快把路让给它们。"

难怪每次我们在大树的板根间扎营前,他一定详细检查有没有子弹蚁。如果他看见一只,他一定用火来烧,再用烟来熏。如果子弹蚁多时,阿贡会毫不逞强地放弃那棵树。

飞狐与蟒蛇

一向以方向感、时间感而自豪的我,一进到这光线昏暗、视线蔽塞的林海深处,一下子变得错乱起来,必得时常看表,才能知道时间,也得常借助指北针,才晓得东西南北。

有一个上午,因为躲避一场短暂的地形雨,我靠着树干睡着了。醒来时,竟然不知是上午还是下午。阿贡说我不过睡着片刻而已,我却觉得好似一场长觉。

我常在刚看过指北针不久,只不过绕过几棵巨树,我的方向判断就开始移位了。相反地,阿贡没有指北针,却可以随时告诉我正确的方向。后来,我的指北针丢了,每次我想知道方向就问阿贡:"山打根市在哪边?"阿贡会立刻指出正确的方向来。

我也越来越依靠听觉与嗅觉,也越来越灵敏。我从阿贡那里学到如何分辨大片雨林中常听到的声响,像林枭、猴面枭、红头啄木鸟、绿林鸽、夜鹰、长尾鹦鹉、黑头鹦鹉、大犀鸟、吠羌、山猪、猕猴、长臂猿、丛林螽斯、塞耳蝉……

自然录音
长臂猿和盔冠犀鸟

我也可以从细微的流水声来判别它的方向、大致距离,以及河的大小。

有一天,我突然嗅到一股淡淡的怪味——不是腐尸味,也不是霉味,而是一种尿骚味。我请阿贡注意。

自然录音
密林鸟声和魔蝉鸣声

阿贡鼓着鼻翼,朝空中嗅了嗅,脱口说道:"好耶!"

阿贡不由分说,随即像猎狗一样,由他的鼻子引领着,朝着尿骚味飘来的方向前进,而我则成了随在他身后、鼻子稍差的第二条新猎犬。

慢慢地,尿骚味转浓了,变得有些刺鼻。片刻后我首先忍不住,用挂在脖子上的毛巾捂住鼻子。那条"老狗"挡不了多久,也掩鼻而行。

骚臭味愈来愈呛，树下的一些小草灌木叶片是斑斑焦赤，有些甚至整株枯焦而死。

突然，阿贡停下脚步，他朝上观望了一会儿，然后指着树梢要我抬头看。我顺着他的手势仰望，看见大树的树枝间挂满了一个个如柚子般的咖啡色水果，为数上百成千。再看看附近的每一棵树，也是如此。

因为太高了，我辨别不出到底是何种果子。我问阿贡，阿贡竟回说是一种会飞的"水果"，还可以吃。

我想起路边酸梨的故事，想这种水果也不会好吃，否则猩猩、猿猴、鹦鹉不早就把它吃光了！

我从背包中取出望远镜，当焦距调妥时，出现在我眼中的竟是一只只缩成一团、倒挂在树枝上的狐蝠！

狐蝠是一种超级大蝙蝠，又叫飞狐。以前台湾的绿岛和兰屿都有这类动物，但近年来似乎绝种了。已经好多年没有人在这两地的野外看见这种热带动物。

"等太阳西斜后，这些大蝙蝠全会飞起来。那蔽天遮日的情景，会让许多初入雨林的人，误以为是乌云罩天、即将下雨，而急着寻找避雨的地方！"阿贡小声说，他现在不捏鼻子了，显然已经适应尿骚味了。

"它们为了寻找野果，常常可以飞上好几十公里，甚至上百公里去大吃一顿，然后在天亮以前回来。"阿贡继续轻声说。

"为什么不住在那有野果的地方附近？"我问道，"何苦来回飞这么远？"

"一则许多大蝙蝠都有孩子留在'家'树上，再则因为它们聚在一起的数目越多，防护的'臭味'越能臭走敌人。"

利用臭味自保的动物其实也不少，从著名的鼬鼠、臭青公蛇到椿象都是以臭出名。

当我一手拿望远镜观察,一手抽取水壶准备喝水时,水壶不慎掉落打在石块上,发出"锵"的一声"巨响",声音惊动了许多狐蝠。它们一下子飞了起来,展翅之后竟一只只像飞鹰一般大,约有一米宽吧,难怪当全数飞起就要遮天蔽日了。

那些飞起的狐蝠在绕飞了一阵后,又停回原来的枝上,继续倒看天地,挂着做白日梦,雨林也恢复了原来的沉寂。

"小心!"阿贡忽然想起什么,四处瞧来瞧去说,"狐蝠栖居的附近常常有蟒蛇出没!蟒蛇喜欢吃狐蝠,"他继续小声地说,"那些老的、病的、弱的、警觉性差的,都会被蟒蛇吞食。"

这正是生态平衡的最佳例子,蟒蛇使狐蝠不会繁殖过度,而导致食物不足,反过来可能造成狐蝠的灾难。所以,在大自然里,许多生物之间,看似存在生死斗争,可是事实上却对彼此的物种延续有利。所以弱肉强食只是个体间呈现的现象,可是在族群的生存上来说,彼此间却存在一种共生共荣的关系。

狐蝠飞到远处去吃野果,而野果的种子也随着狐蝠的粪便落到他处,因而可以把种子散布到遥远的地方去。这也是大自然彼此合作的另外一例。

阿贡为了证明蟒蛇的存在,举着他的长刀,东张西望,小心翼翼地前进,因为蟒蛇有时挂在低枝上,装成巨藤的样子。当那些不小心的动物从它底下或旁边经过,它就会迅雷不及掩耳地以它那可以张成一百八十度的大口,一口咬住对方。如果是比较大的动物,它会整个身子把对方缠住,并将之勒死再吞食。

有时蟒蛇也埋伏在树下,身上的花色与斑纹会让它看起来像落叶一般。

阿贡告诉我,他看过一幕精彩的片断:一条在树上装藤的巨蟒,被一群猕猴识破,有几只大胆顽皮的小猴子,竟然气愤地去拉扯巨蟒的尾巴。

巨蟒也将计就计，逐渐把尾巴摆到躲在树干分叉处的蛇头旁边。一只得意忘形的猴子仍然顽皮地拉扯蛇尾巴，却没有注意到蛇的嘴巴就在旁边，最后一口被蟒蛇吞掉了。

接着蟒蛇将头从树干上垂下，另一只想替猴兄泄恨的小猴子又要过来拉。但情急之下，错把蛇头当尾拉，结果当然完蛋了！

阿贡慢慢地前进，他可不想成为那顽皮大意的猴子。阿贡的谨慎也把气氛弄得紧张起来，一时之间，我也杯弓蛇影，好像四周都有大蟒蛇一样。

后来阿贡在一处突起的石灰岩中找到了。那蟒蛇不是最大的，大概像我的大腿一般粗，正在地下岩穴内盘成圆桌一般，动也不动地睡着大觉。

我把相机伸进穴缝，用闪光灯拍了一张。那巨蟒被强光惊醒，立刻开始蠕动起来。我连忙道声"对不起"，转身逃开。

探访猩猩家族

初见猩猩

头几天，阿贡找到猩猩留下的踪迹，都是两三天以前的。然后慢慢地，猩猩留下的叶片、碎果越来越新鲜。

虽然我也想帮阿贡找断枝落果，但是我的注意力总被地面上各种奇奇怪怪的昆虫、节肢动物吸引，例如踽踽独行、长达一寸的巨蚁，活化石般的古老百足虫，长达二三十厘米的红马陆，身体卷起来像龙眼一般大的鼠妇（台湾的只有绿豆一般大）……

一天下午，正当我沉醉在千奇百怪的雨林动植物中，阿贡突然兴奋地跑近我，手上拿着一段树枝。

"猩猩！"阿贡指着手上拇指般粗细的树枝说，"这是今天一早猩猩折的！"

"何以见得是猩猩折的？"我想知道阿贡是怎么研判的，"说不定是长臂猿，或许是猕猴！"

"它们折不断这么粗的树枝。"阿贡信心十足地说，"你看这个断口，还连着长长的树皮，表示折断后树皮却没断，后来才撕扯下来。这只有猩猩才能办得到，而且尖端的嫩叶全被吃掉了……"

"只有这一段树枝吗？"

"多了！"阿贡说，"这附近到处都是今天早上才掉落的叶片和断枝，可见这只猩猩离这里不会很远。"

这些证据令我热血上冲，我千里迢迢而来最想拍摄的猩猩终于要出现了！

如果是在五十万年前，我就不必跑这样远来找猩猩，因为那个时候，猩猩在亚洲大陆是相当普遍的，这从出土的化石可以证明。当时的猩猩在体型上远比现在的猩猩大，而且是生活在地面上。

距今不过十万年前开始的冰河时代，驱使猩猩从中国大陆向南迁徙至南方的热带森林区。到了冰河时代末期，这片热带森林区因为地壳变动，而与亚洲大陆分离，形成了今天的婆罗洲、苏门答腊和爪哇诸岛，也使猩猩为了适应新环境，脱离了原来在大陆环境中的演化路线。

根据动物学家的推测，猩猩南迁之后，在生态行为上做了许多更改。因为在森林中，树上是最安全的庇护所，树上的食物远比树下丰富，果实、嫩叶、树皮、昆虫、鸟蛋、雏鸟等都是现成食物。于是，逐渐地，猩猩成为树栖性的动物，而不再生活于地面。

粗重巨大的体型并不适于树栖，于是猩猩开始朝适于树栖习性演化，一代一代地演变，体型逐渐变小，以致到了今天，猩猩比它们生活在亚洲大陆时的祖先，大约小了一半。

我听到远处似乎有树枝轻轻摇动的声响。

"这是猩猩利用树枝的弹性，荡到另一枝条去，树枝再弹回时发出的声音。"阿贡靠近我轻声说。

我们蹑手蹑脚地循声而去。不到十分钟，阿贡找到了一只猩猩，它正在大约三四十米高的林梢采食嫩叶。

我终于从枝叶间看到了野猩猩，它扁扁的脸也正俯视我，使我心跳猛然加速。这种与大型野生动物在野地对视所激起的热血沸腾绝不是逛动物园的人所能感受到的。

这只猩猩动也不动地盯视着我，我立刻移转视线。因为直视往往激起野生动物的警觉或敌意，甚至使它心生恐惧而逃走。

"视若无睹""旁若无兽""迂回前进""动作缓慢"是我多年接近野生动物时所获得的可贵经验。

后来我在另一棵树上也找到了一只猩猩，体型小一点，接着阿贡又在附近找到一只。"都是小猩猩。"阿贡说，"最大的差不多五岁，最小的才三岁多。"

"有小猩猩，一定有母猩猩啰！？"我小声问。

阿贡点点头，随即隐没在树干间。他继续去找母猩猩。

我等了许久，不见阿贡回来，于是取出装着望远镜头的相机开始拍照。但是猩猩一直在好几十米高的枝叶间活动，林中光线又暗，根本拍不到满意的照片。

"母猩猩躲起来了。"阿贡不知何时来到我身后，使我略吃了一惊。

"阿贡，有没有办法让猩猩下来一点，这样我才能拍照。"我向阿贡求助。

"也许可以，如果运气好的话。"阿贡说，"但是得花不少时间和耐心。你能等吗？"

"那当然，"我说，"我为了拍猩猩不远千里而来，现在猩猩就在头顶上，能不等吗？"

"好，"阿贡说，"天色不早了，先找一个好地点过夜。"

"猩猩不会远离吗？"我问。

"它们动作缓慢，总是停下来采食，"阿贡说，"黄昏时就留在附近睡觉，因此不用担心它们会跑远！"

这天夜晚，因为第一次在雨林里见到野猩猩，兴奋得难以入睡，于是我请阿贡谈谈猩猩的故事。

他说，以前猩猩很多，常常会溜到果园，甚至住家附近的榴梿树上偷吃水果。每当榴梿快熟时，还得有人看守，否则大部分的水果都会报销。

猩猩体型颇大，全身红毛，来去静悄悄，所以卡达山的妇女常用它来吓唬不乖的孩子。她们常说："晚上不可以哭，否则大猩猩听到会来把爱哭爱闹的孩子抱到森林里去养，长大了就会变成猩猩。"

"可是现在猩猩非常少了。"阿贡以一种忧伤又惋惜的语气说，"有一天，我这样吓唬我那四岁的小儿子时，我那十岁的二儿子竟说：'骗人，哪里有猩猩，我们从来没看过！'"

猩猩的减少，其实与欧洲殖民主义关系很大。猩猩开始为外界所广知，是1718年，当时到达婆罗洲的欧洲人在报刊上加以描述。猩猩拟人化的动作，和酷似人类的长相，使当时的欧洲人对猩猩产生浓厚的兴趣。不过，婆罗洲险恶的自然环境，有效地延缓、阻挡了当时欧洲探险家的脚步。

到了19世纪，著名的博物学家华莱士，首先对猩猩做了一些记录性的观察，同时也收集了不少猩猩标本。由于他当时主要是猎制标本，因此对猩猩的生态习性所知甚少。而当时其他的欧洲探险家对猩猩的兴趣只在捕猎，并彼此竞赛谁捕杀的猩猩最大，于是猩猩的数量开始减少了。

进入20世纪之后，动物园、马戏团以及一些爱将珍奇动物饲养为宠物的人，造成对活猩猩的需求日殷，价格也跟着飞涨，使得捕猎的风气更盛。

猎人往往为了获得小猩猩而射杀母猩猩。这些离开原始森林的小猩猩又往往夭折率高达百分之八九十。再加上当地政府出于经济的考量，大肆砍伐原始雨林，终使猩猩濒于绝种的边缘。

据专家估计，现在的猩猩不会多于五千只。因此，在现存的原始热带雨林中，已不容易发现猩猩的踪影，只有在保护区里，经验加上耐心，才有机会看见野猩猩。

我躺在吊床上回味着下午初见猩猩的情景，遗憾未能看清它们的面貌。高树、逆光，使它们成为剪影，但这已足够让我兴奋得失眠。令我很惊讶的是，仅三只小猩猩在树上活动，却让我深深感觉到它们使森林活动起来，也生动起来。每每想到小猩猩今晚就住在这附近，我就怦然心动。我想，所有经过这一幕的孩子，此后大概不敢在晚上哭闹。

原本我以为睡着的阿贡，突然勾起脖子问道："你今天没有问我拔掉几条蚂蟥！"

从身上拔蚂蟥原是我们每晚睡前代替洗澡的活动，而"有几条？"也代替了"晚安！"。但今晚由于我的情绪一直处于兴奋状态，根本忘了检查身体。我赶忙翻落吊床，做一次彻底的"沐浴"，第一次觉得蚂蟥没有前几晚那样令我痛恨。

深夜里，虫声忽然静了下来，一会儿大雨就落了下来。阿贡睡前已预知会有一场短暂的大雨，因为初晚时空气非常湿闷，锯蝉鸣叫得分外刺耳。

雨滴打在树冠层的声音，与扫过树梢的树涛声，在这深深的雨林底下，听来好像整个大地在吟哦、叹息。偶尔有一声似闷雷般的轻吼声遥遥传来，阿贡说那是一只年轻的雄猩猩。

果如阿贡所预测的，大雨不过二十分钟就停了。

"这是雨季初期，往后下雨时间会越来越长，越来越多。"阿贡说，"但雨林并没有真正的旱季，只是雨量会少得多而已！"

雨停止后不久，阿贡就睡着了。水珠从几十米高的树上滴落在地面或灌木上发出的滴答声，在这寂静的夜晚，变得有些刺耳。萤火虫的萤光在林中开始流动，虫声也幽幽响起，从树上、地面上传来，好似一首协奏曲，然后加入的乐器越来越多，越来越响亮热闹，逐渐成为一首雨林交响乐。虽然因为没有指挥而显得有些纷沓，却别有一种撼动人心的效果。不久，林袅古怪的乐器也上场了，好似低音大喇叭似的，时时短促地吹奏着，还好它离得最远。雨林螽斯发着定音鼓般的声响，有潮声的效果，也幸好它们都在树冠层上。我吊床下的两只丛林蟋蟀一再重复的旋律，终于把我催入伊甸园的美梦里……多少人在苦苦找寻天堂乐园，可是天堂本来就在地球上，就在我们的身边。只可惜大部分人有眼无珠、近庙欺神，苦苦求佛，而佛就近在咫尺之遥……不知珍惜天堂所赖以屹立的美丽大地，却妄想去遥不可及的净土……

守候小猩猩

在黑暗中，我被阿贡劈柴的声音吵醒。几乎每天我都是天还没亮就被他吵醒。早睡早起是丛林民族的天性，夜生活对他们来说简直不可思议。他们认为，过多了夜生活，人不久就会变成蝙蝠。

我看了手表，发现才四点。我想，今天阿贡的生理时钟一定搞错了，所以我就开玩笑说："你以为你是丛林野鸡？非得在黎明前大吵一场，太阳才升得起来吗？"

"你不是要把猩猩从树上请下来吗？"阿贡含笑的声音在劈柴声中传来，"你以为寄一张请帖，然后睡在床上等，它就会按请帖上的地点与时间前来拜访你吗？"

"莫不成你要趁着天还黑，爬上树去把它抓下来？"我也笑着回答。

"不不！这不是待客之道。"阿贡说，"真正的文明人是摆好宴席请它们下来。真心诚意的邀请，它们才会不忍拒绝啊！"

我终于明白阿贡要干啥了。原来他要在树下摆猩猩爱吃的东西，让忍不住食物诱惑的老饕猩猩下树来。

"你的菜单呢？"我问。

"奶粉、鸡蛋、香蕉。"阿贡答说，"既然是盛宴，当然是少不了一点酒的。够意思吧！？"

加一点水果酒，可以使猩猩爱吃的这些食物有加倍的诱惑力。我曾在一本旧的故事书上读到一段婆罗洲人抓猩猩的故事。

婆罗洲的猎人把许多酒放在大树下，然后躲在附近。猩猩在人离去之后，被水果酒的香味引诱，下树来畅饮，不久就醉倒在树下而被猎人活捉。

我问阿贡这个故事的真实性,他说有可能,不过最后的结局会不一样,猎人抓到的会是猴子而不是猩猩,因为猩猩胆子较小,而猴子胆大又好奇。

阿贡独自出发去了,留下我守着一堆摇曳的篝火,以及火光外无止无尽的雨林黑暗。突然我想起阿贡所说的故事结局,那么这个结局不也会发生在阿贡现在正在进行的事上吗?但阿贡一定也想过了,可是他仍然去做,道理何在呢?我百思不得其解。

阿贡回来时,已经日上三竿。我也煮好了早餐交换他的答案。

"我昨天已经注意了,这一带最近没有猕猴活动,倒有长臂猿。但它比猩猩还胆怯,所以不可能下树来。"阿贡胸有成竹地说。

"既然猩猩也胆小,它也不会下树来吃东西啊!"我质疑他的推测。

"这片雨林是属于施比洛克猩猩保护区。"阿贡吃了一口他放置诱饵所剩下的煮蛋说,"这保护区内有许多的猩猩是在别处砍伐雨林时救回的小猩猩,或从偷猎者追回的小猩猩,经过人工抚育到能独立时才分别放到这保护区里。这样的猩猩都曾被喂养过我今天摆的食物,只要闻到这些食物的味道,迟早会馋意难抑下树来!"

"如果是道地的野猩猩呢?"我又问。

"很难说。"阿贡吃了另一半蛋,含糊地答道,"现在是雨季末期,雨林的各种果实大多在一个多月前落光了,而少数几种则未成熟,食物比较缺乏。"

"今天我们要怎样行动?"我问。

"休息,或到别处去拍照。"阿贡说,"只要猩猩吃到我们放置的食物,它们就会接近我们!"

这一天我们在放置食饵一公里以外的地区活动,阿贡找到了好几个猩猩巢。阿贡告诉我,猩猩每天下午会寻找适当的树干做建巢的地点，然后折下许多枝叶，造成一个颇大的巢作当晚过夜的地方。第二天一早，它就离弃这个巢，到森林其他的地方，一面前进，一面觅食。到了下午，它又重新折枝造巢，所以猩猩是一个标准的森林流浪汉。

"有时白天里，猩猩也会造简单的巢午睡。"阿贡指着一个很高却很简陋的巢说，"如果下大雨，或雨季盛行时，猩猩还会做有盖顶的巢，或者以枝叶盖住身体，以躲避热带地区短暂的倾盆大雨。"

看来猩猩不只是"游牧民族"，也是"有巢氏"。

为什么猩猩要在森林里流浪呢？阿贡认为，猩猩基本上是素食动物，最喜爱吃水果，尤其是榴梿、杜果、榕果等。由于这些果树是稀疏地散生在热带雨林中，因此猩猩往往要"长途跋涉"才能找到美味的果实，这种"逐水果而巢"的生活方式，也造成它们成为流浪汉！

热带雨林中，大多数的果实在4月至11月间成熟，这期间相当于我们的夏天和秋天。果实一个个成熟，使雨林里充满了各类野果。过了这几个月份，雨季就来临了，果实就越来越少，所以猩猩总趁野果多时，能吃下多少就吃多少，以积蓄身体所需的营养，作为食物匮乏季节的准备。过了丰收期，猩猩就只能以嫩叶片、树皮或草木茎部等果腹。一般动物性食物，如昆虫、蜥蜴、鸟蛋等，也是猩猩的食物，只是数量少，可遇不可求。

第一天，阿贡放的食物原封不动，除了牛奶引来一大堆蚂蚁外。当天傍晚，我们又追上了这群小猩猩。

第二天仍然没有动静。

第三天下午，一只大约五岁的雄猩猩，终于小心翼翼地，顺着一条巨藤，慢慢下到近地面处，把阿贡倒在巨叶上的牛奶舔食了，然后又爬回树上去。

阿贡肯定地表示，这猩猩幼小时必定是人类喂养过的，它会很快接近我们。

阿贡在原地添了一些食物,又加了两条香蕉,不久后猩猩真的又下来吃了。或许食物太少,它意犹未尽,吃完后仍然在藤干矮处逗留许久。我终于拍到了稍微令人满意的照片。

我发现,这只猩猩的脸长得非常像人类,稀疏的头发,大而明亮的眼睛,大嘴塌鼻,脸上无毛,静下来的时候,脸部的表情常显出有些忧郁寂寞的样子,有时又好像一副若有所思的神情,看人时又表现出一脸无辜的模样。可是它一活动起来,又露出一副顽皮不拘的猴样。

因为太像人了,难怪岛上的马来人、印尼人会唤猩猩为"森林人"。

这天夜里,我又兴奋得不想睡觉,但阿贡却说:"轻松点,精彩的还在后头呢!"

次晨,我们又追上了这三只小猩猩。它们一看见我们,立刻从树冠层下降到下木层来,然后两只坐在树枝的分叉处,一只吊挂在树枝间,注视着我们的一举一动。

阿贡把食物摆在比较方便我拍照的地方。阿贡刚离开食饵几步,树上的小猩猩们就开始行动了。我发现,它们下降时大多利用树藤。大概树藤较树干细得多,容易抓握,还可以利用藤的弹性,荡到邻藤上去。

这些吃了食饵却意犹未足的猩猩,在底层张望一阵子后,又从树藤回到下木层。

我把食饵摆在离我大约四五米的地方,这样我可以拍更近一点的照片。但小猩猩们见我不离开,迟迟不敢下来,一直逗留在下木层稍下方,犹豫地看着食物,看着我们。

这一天,我就跟小猩猩玩这种你来我往的游戏。我要让小猩猩知道,食物是我放的,我对它们友善,没有敌意。

这天下午,小猩猩们虽然逐渐接近我,但还是保持了一段距离。我不敢因为要它们下来,而一直投以食饵,毕竟我们带的食物非常有限,否则正应了俗话说的:"给多了,你来我就无。"

这晚我们睡的地方很靠近一个小沼泽,这个沼泽虽然有许多落叶枯枝,但水相当澄清,我们省得用雨布接雨水煮饭。阿贡却说它会有另一种坏处。后来我才知道他说的坏处是热带金线蛙的鸣声,短促的高频率鸣叫,会吵得人难以入睡。幸好它们不会像泽蛙那样一起合音,否则我们就要搬家了。

自然录音

魔蝉、泽蛙合奏

热带金线蛙此起彼落地鸣叫,很像互相叫着彼此的名字,它们仿佛正在玩一种乐此不疲的游戏。而在那一场短暂的地形雨后,它们玩得更炽烈疯狂起来。只有偶尔其中一只发出较长又哀凄的声音,大家才停下来静默一会儿。阿贡说,那是其中一只金线蛙被蛇或夜行沼鸟捕食了。过了几分钟,较大胆的、玩兴较高的又开始发动游戏。不一会儿,众蛙又纷纷投入这场游戏中。

因为靠近沼泽,今夜萤火虫特别多,好像又回到我童年时流萤满天遍野的夏夜。那些一起出没的童伴,竟然在这千里之外的丛林里,一一出现在我的脑海,而现在他们又在哪里?我还认得长大后的他们吗?那些故乡的萤火虫在好多年前随着我的童年一起消逝了。一股浓浓的乡愁幽幽自内心深处升起。

深夜里,无数的萤火虫从沼泽中朝一个方向飞去,在墨黑的雨林中形成了一条光流,神秘又壮观。蛙声也渐歇了,沼泽的晚会就此散场。只有一只夜蝉嘶鸣着略带哀伤的曲调,好像离歌一般,偶尔一声金线蛙跳水的声音,披露了表演者也已退场。

阿贡告诉我,他曾在雨林的溪流边,两次看到萤火虫不可思议的景象。"成千成万的萤火虫,聚集在河边一棵树上。"阿贡的声音自黑暗中传来,"后来发生了一个奇怪的现象:所有的萤光节奏一致地闪烁,就好像圣诞节时,教堂前面的那棵挂满圣诞灯的树一样!"

我不想思考这些萤光一致闪烁的原因，这留待生物学家去研究。不过我真希望有机会亲眼目睹这大自然奇妙的一景。全世界的热带雨林正急速地减少，多少尚未被人发现的奇妙自然景象与奇异的生物，就此被人类毁了……

与小猩猩接触三天之后，我们和这群顽童般的猩猩慢慢混熟了，我可以一面拍照，一面观察它们在树上的活动。我发现它们不能像猕猴那样纵身跳跃。它们能在树林间穿梭自如，主要是靠着强劲的手臂、粗大有力的手指，以及脚掌可以像手掌一样灵敏而有力的抓握，正是这几个特点使它们善于攀缘飞荡。

它们虽然善于爬树，但是动作却相当谨慎与缓慢，在转换树枝时，它们会先试探一下树枝是否能承受它的重量。阿贡说，当猎人靠近时，猩猩一旦被发现，就难逃被射杀的命运。

阿贡又说，成年的雄猩猩，由于体型太过庞大，在树枝较密的地方就难以穿越，因此往往在换树时，必须先溜下树到地面，再攀缘另一蔓藤，才能到另一棵大树去。

贪得无厌的小猩猩就在离我们头顶不远的地方等着我们喂食物。等不到食物就开始抓着藤荡近我们的身边。然后越来越放肆，开始伸手抢我身上的毛巾、帽子、照相机。一旦东西到了它们的手上，就不容易要回来，除非赶快放一点食物在另一边，它才会丢下东西去取食物。

一次，阿贡把食物放在空地上，小猩猩非得下到地面走过去，不然就拿不到食物。令人好笑的是，这些在树上灵活、矫健的动物，一旦到了地面，都变得笨手笨脚。

由于猩猩上肢特别长，而下肢短小，腿肌肉又不发达，因此走路时必须靠手指弯曲、四肢着地来分摊身体的重量以及保持重心，身体就得向前倾斜，看来很像一个弯腰驼背、拄着拐杖走路的老人。在下坡时更妙了，常由于身体过度向前倾，导致重心前移，往往就以翻筋斗的方式滚下坡去。

有一回,我为了摆脱纠缠,径往坡下跑去。我回头没有看见猩猩,以为它没跟来,正想舒一口气,忽然脚边滚来一大团毛球,竟然就是那只阴魂不散的小猩猩。

有一次,一只小猩猩抓到了阿贡毛巾的一端,而阿贡抓着另一段,双方就此展开了拔河比赛。阿贡用另一只手轻打小猩猩,要它放手,但它把头一低,任阿贡怎么打也不肯放手。阿贡只好投降,最后用食物换回毛巾,但是毛巾已被扯破。

每天下午都有一场短暂的定时大雨。那天雨后,我们挥别了小猩猩,踩着吱吱作响的湿腐叶,朝山打根的方向前进。

大猩猩现身

现在已是进入雨林的第九天了,我颇有些身心俱疲之感——闷热湿黏,不见天日,拔不完的蚂蟥,让我开始想念外面的世界——干爽的床单、热腾腾的排骨茶、痛快的冲凉……对雨林里受困般的生活,我已有些厌倦,我渴望看到蓝天白云,晒到阳光……

我低落的情绪因一只大雌猩猩的出现而重新昂扬起来。

阿贡发现它的时候,它正在河边的一片小草地上。阿贡说,这片草地是去年山洪冲出来的,再过一两年就会被灌木与藤蔓占领。

那只大猩猩正专心地在地上掏东西,阿贡说是掏倒木中的白蚁来吃。

"一般猩猩很少到地面上来,除非它发现地面有它爱吃的东西。"阿贡盯着猩猩说。

"你怎么看它是雌猩猩?"我问道。

"看它的奶,垂得长长的。"阿贡笑着说,"这是哺过乳的,看它的状况,它不可能单独在这里。通常,成年的母猩猩会跟着一窝三只不同年龄的小猩猩,而成年的雄猩猩都是独来独往。"

阿贡说着就开始寻找小猩猩。果然,就在一棵靠近河岸的小乔木上,一只小猩猩正在拉着树叶吃。

突然,我发现空地过去一点的一棵爬满蔓藤的浓荫中,一团黑影一动也不动地躲在那里。我用望远镜看,发现是一只大猩猩,比草地上的雌猩猩还要大。

"是成年的雄猩猩。"阿贡透过望远镜对着它说,"看来这只雌猩猩正在发情,把雄猩猩吸引来了。我们得小心,这时候的雄猩猩具有攻击性!"

不久,那只雄猩猩悄悄地下树来,然后摇摇摆摆地走近雌猩猩。雌猩猩只回头望了一眼,然后又继续挖它的食物,而雄猩猩乖乖地站在那里,好像一尊蜡像似的。

这时,小乔木上突然传来吱吱的叫声,我、阿贡还有母猩猩都一起转头过去。原来有两只小猩猩在一条树藤上扭打成一堆。

雌猩猩随即朝着小猩猩那边,好似瘸子走路那样,跌跌跄跄地走去,不一会儿就消失在林中。

我们不敢追踪过去,因为那只雄猩猩仍在原地静静地瞧着母猩猩的背影,脸上一副沉思的样子,好像正在考虑它要采取什么行动。

出乎我们意料之外,雄猩猩并没有跟着雌猩猩去,反而回到它刚才藏身的地方,并且就一直蹲在那里。我们只好呆呆地"陪"着它,不敢离开原地。

后来,每天下午的定时大雨落了下来,我们躲在雨布下避雨,雨后它已不知去向。阿贡说,这只猩猩大约十岁,它的脸颊尚未胀大,但喉囊正开始下垂,这喉囊可以使它的吼叫更洪亮。

这天傍晚,我正在煮饭,阿贡去溪里提水。突然,一声有如闷雷的吼声遥遥传来,震破了雨林的幽静。那声音虽响亮骇人,但听来却总有点悲凉的感觉。

阿贡不久回到营地，他上气不接下气地喘个不停，显然是急奔回来的。

"我……我在提水时，遇见了……遇见了老猩猩。"阿贡喘着说，"它就在小溪对岸的树上，突然对我大吼一声，把我吓了一跳……它看起来好壮、脸好大、毛好长……好像鬼一样！"

"它的吼声怎么听起来有点悲伤？"我问道。

阿贡于是讲了一个沙捞越达雅克族（亦称伊班族）的传说给我听。

森林中有一只年老的雄猩猩，它年轻时曾经收养了一个村落迷失在森林里的小女孩。它用野果喂她，女孩子就在森林里慢慢长大了。后来，大猩猩使这女孩受孕而生下一个一半像人一半像猩猩的孩子。

有一天，女孩子乘猩猩去采集野果时，带着孩子逃离她住的地方，并往河边跑去。

发觉此情况的雄猩猩则在后面急速地追赶。女孩接近河边时，雄猩猩也差不多追上了。这时河上刚好有行船的达雅克人在那里泊舟，见此情景，遂大声叫她丢下孩子跑。女孩子依言行事，终于没有被逮到，跳到船上而获救了。

这只愤怒的雄猩猩，一气之下，抓起地上啼哭的婴孩，用巨掌一下子将他撕为两半，把像人类的那一半丢向船那边，而像猩猩的那一半则丢入森林里。

从此以后，心碎的雄猩猩常常在森林的树上，愤怒又悲伤地吼叫。从此以后，雄猩猩的吼声总是带有悲凉的味道。

走出雨林

早上出发时，我的情绪好极了，因为阿贡说，傍晚我们可以走出雨林，抵达保留区外的一个村庄。

这是进雨林十天以来，我第一次走在前面。粮食吃光了，阿贡帮我背一些摄影装备，我的背包变轻了，更重要的是心情也变轻松了。

我用长刀砍断阻路的枝条和藤蔓，拨去蜘蛛网，用刀背扫开叶片上向我们索讨捐血的蚂蟥……我已学会应付雨林中的各种状况。

突然，我听见右边的大树后面，有一种沉重的沙沙声。我慢慢沿着树干绕过去，想看看是什么东西。当我伸出头去看时，正好看见一个棕黑的大怪物回头看我，最后我认出来是一只成年的大雄猩猩。它的脸颊向两边胀大，好像戴着面具似的，它的身体非常魁梧，全身棕色的长毛，使它看起来像一个穿着蓑衣的大汉。

我赶快回头向阿贡做了一个手势，迅速逃开。也许那猩猩也被我吓了一跳，等我们跑了老远之后，才听见它发出凄恻的吼声。这悲凉的声音，在我听来倒像是一种对人类的抗议：幼猩猩被捕猎，雌猩猩被大量射杀，原始雨林在电锯的快速转动中，大片大片地急速倒下、消失，逼得它走投无路而发出悲愤的怒吼……

在第十一日的那场滂沱大雨后，我们走出了雨林，浑身发着怪味，衣服上长着霉点以及点点初发芽的青苔，皮肤上留下被蚂蟥吸过的斑斑血痕。

对着雨后湛蓝的天空，我忍不住长长地吐出胸中被闷压许久的气，全身软绵绵地坐下来，心想："雨林虽然引人入胜，却不宜久住，还好人类已经历演化，走出雨林了……"

抵达村庄时，我才发现一个卡达山族的欢迎舞会在等着我，一群身着卡达山族盛装的少女在高脚屋进进出出。出人意料之外的是，林瀚也在那里，最后我才知道这正是阿贡的家……

这晚在卡达山人的乐声中，我和盛装的少女跳着"飞鹰之舞"。这舞非常适合从雨林钻出来的心情：想展翅高飞，无拘无束。

自然摄影

探访黑猩猩家族

初遇猎人头族

巴兰河是一条黄滚滚的大河,发源于婆罗洲中央山脉,一路汇集各支流的溪水,迤逦北流,弯弯曲曲地在沙捞越境内流了四百多公里,注入南中国海。它的下游流域大都已被辟为橡胶树林和油棕园,而中上游流域则仍被覆在热带原始雨林里,林中住有许多著名的婆罗洲猎人头族,像伊班、卡扬、肯雅等。

12月22日,我拍完沙巴内陆的猩猩,23日从沙巴飞到沙捞越的米里市,但从米里飞巴兰河中游马陆地镇的小飞机机票早卖光了,如果改搭长船,就来不及到长屋过圣诞节了。正在我无计可施的时候,一位中年华人知道我是台湾来的探险者,他解决了我的难题。原来他包了一架小飞机,24日早上要飞到马陆地镇去运檀香。就这样,我搭上了顺风机。

从小飞机上看出去,下面是浩瀚如海的热带雨林——世界三大原始雨林之一,与亚马逊河雨林齐名的婆罗洲雨林。雨林虽然如此大,但人类为了追求所谓的经济成长,正以每年20万公顷的速度砍倒原始雨林。也就是说,每天要砍掉生长在550万平方米土地上的参天大树。

五分钟后,我望见了泥黄色蜿蜒的巴兰河,像极了在林海中间曲动的巨蟒。

小飞机只飞了15分钟,就降落在巴兰河边的马陆地小镇旁。从米里到这里,航空距离不过五十几公里,但是走弯曲的巴兰河道就变成了160公里,最快的长舟需费时四个多小时才能到达。

马陆地镇是巴兰河中游唯一的市镇,人口大约有两千,百分之九十五是华人,全是做买卖的,街上的招牌都写着中文,甚至有一家旅馆叫阿里山旅店。还好,它不像在沙巴首府亚庇有一家叫台北理发厅的，是以台北来的按摩女郎为号召，使我看了脸红。

十一点，我搭上了长船。这种船很长，大约有十几米，但宽只有三米，船舱内约可以载客一百人，船篷上可载行李和少量的货。

佳节在即，要回上游的旅客非常多，船舱爆满。我爬到船篷上去，上面已经坐了不少旅客，大多是年轻人。

长船延迟到十二点才驶离马陆地镇，船舱内也上演了香港的中国功夫录影带，以解除旅客的寂寞。我坐在船篷上，颈上挂着两台相机，沿途拍摄河上风光。

这里近赤道，阳光非常炎热，幸好长船驶得飞快，迎面生风，也就不觉得怎么暑热。

天空湛蓝如漆，偶尔飘过的白云变得异常刺眼。两岸尽是密不透风的树林，有的是橡胶树林，有的是原始雨林，景色单调，催客入眠。船篷上，一个年轻人吹着口琴，琴声在风中幽幽如泣，其他的年轻人则用衣服蒙住脸斜靠着行李睡觉。我心中勾起了1976年在尼加拉瓜圣幻河上的航行，那次旅行遇到的游击队，革命成功之后，都成了尼加拉瓜新贵，而那位人人讨厌的原圣幻河军区司令古特雷上校却被当地一群居民射杀了。物换星移如此之速，颇令我兴起沧海桑田的无奈之叹。

在长船飞驶中，我发现身旁坐着一个表情奇怪的中年人。他个子很小，皮肤黝黑，头上戴一顶蓝色运动帽，上身穿一件红横纹运动衫，灰长裤皱皱的，没有系皮带，后面裤头与衣衫间露出一截裸腰，腰间系着一条麻绳，绳上挂着一把腰刀，背上背着小水桶般大的藤袋，袋上有犬文的图案，手臂上有鸟形的刺青，引人注目。

他一直用一种天真好奇的眼神看着我，看着照相机。我朝他微微一笑，他也向我咧嘴一笑，露出了两颗金牙齿。

"去哪里？"我用马来话问他。

他笑着，天真的眼神直视我的眼睛，然后笑笑摇摇头。

"你要去哪里？"我重复了问话。

他又直视着我，带着稚气的笑容，轻轻左右摇了几下。

我知道我遇见的是一个不会讲马来话的婆罗洲内陆原住民。

"卡扬？"我问，我的意思是问他是不是卡扬族人。

他仍然带着稚气笑着，并很快地左右摆了两下头。这种稚气的笑容，简直要让我认为他是一个憨子。

"伊班？"我又问。

这回他终于咧大了嘴巴，高兴地点着头笑了起来，不再是那种天真又神秘的笑容。

我终于遇到了婆罗洲最有名的猎人头族了！伊班族又称海达雅克族，以猎人头和纹身而闻名，即使在今日，有些偏僻的伊班长屋仍在屋廊下挂着人头骨。

我拿起照相机想拍下他那稚气的笑容，可是我的相机才靠近眼睛，他的表情早已变成一副正经八百的严肃脸孔。他把这种神貌僵住，以等我按下快门，一直到我等他的笑容等得不耐烦而放下相机为止。等我一放下相机，他那可爱的笑容一下子又浮了上来。我立刻迅速地再拿起相机，可是他那专门用来照相的表情总比我更快一步。这种躲猫猫的游戏我们来回了不下七八趟，最后我只好放弃了。

我把脖子上挂的一台相机交给他，请他帮助我拿着，他双手接住之后，离眼睛远远的，小心翼翼地端详着。

我教他从相机的观景窗看出去，他就是不敢将相机拿近眼睛。最后他鼓起勇气，学我闭起一个眼睛，把相机举到与眼睛等高，但是眼睛离相机仍在一尺之遥。

我递了一片口香糖给他，我自己也放了一片在口里嚼，他也嚼了起来。我忽然想到，他或许没有吃过口香糖，就要他注意我，他奇怪地盯着我，我就把嘴里的口香糖吐到手上，并伸手给他看，表示这东西是要吐出来而不能吞下去。但是当我伸手给他看时，他却突然很快地一伸手,把我手上吃过的口香糖捡了过去,并顺手丢进他的嘴里。

我知道他误会了我的意思,我大叫:"No！No！"他却丈二金刚摸不着头脑地盯着我,然后大口大口地嚼得津津有味。我一看来不及了,索性伸手到他嘴上去想掏出那片我吃过的口香糖,可是他一看我竟然动起手,说时迟那时快,他把口香糖吞了进去,连同他原来的那一片⋯⋯

我看他吞了下去,赶快拿起挂在腰上的水壶给他,要他多喝水。他接过去,打开瓶口嗅了几下,摇摇头,笑笑把水壶还给我。然后他从背上的藤袋中取出一短截竹筒,打开竹筒上的塞子,一股酒香立刻扑了过来。

他仰头灌了一大口,然后递给我,嘴里酒气喷人,同时叽里咕噜地说着伊班话。我猜他是要请我喝。

我尝了一口,差一点喷了出来,味道跟发了酸的米汁没有两样。这就是所谓的椰花酒,又称棕榈酒,我在菲律宾和印尼时领教过它的味道。这种酒的酿造非常简单,只要在椰树抽花时切断花穗,立刻会有汁液从切口流出,再用竹筒套住切口,让汁液流入竹筒内。这种液体只要一两天就可以流满一筒,这时液体在暑热的气温下也已发酵成酒。这种椰花酒是东南亚原住民最重要的酒源之一。

他见我不喝,自己又连喝了几口,这才小心地把竹筒收回藤袋中。

我取出一小包牛奶糖和两个台湾的一元旧硬币送他,他用一种感激的眼神望着我,好一会儿才把东西收下。

我们像两个哑巴好友一样,有时比手划脚,有时相视而笑。

当他知道我喜拍动物照片时,他变得兴奋极了,头转来转去,眼中露出了狩猎的机警眼神。从此时开始,河上任何风吹草动都逃不过他那略眯而又犀利的眼睛,他会立刻指给我看,例如一只鱼狗掠过河面,一只雨燕从林中穿出,一只逸去的猿猴,甚至一只我根本看不见的高飞苍鹰。

他的脸孔表情不多，但有点滑稽可爱，使我联想到那部电影——《上帝也疯狂》中那位布希族人。

巴兰河岸上有时会出现小小的高脚屋村落，大概总会有一两个旅客下船，长船就会靠岸一下。这时那些椰子树干后面或热带果树下，总有几对好奇的童子眼睛露出来。

长船上的水手、驾驶员都是年轻的华人，以客家人居多，大都也能说台湾话。他们有时打我身边过时，会开玩笑地对我说："小心，这人可是会砍人头的生番啊！"

船行两个半小时之后，我的伊班族"哑友"突然把相机交返我，眼神忧愁地对我指指前面，表示他要下船了。

我也难过地点点头，我们用眼睛表达彼此的心情。

当船速渐渐慢下来时，前面右岸上出现了一道椰树半掩的长屋，这里就是这位伊班友人的村庄了。

突然，他转身，正面对着我，用双手抓住我的双肩，眼神戚戚地看着我。当他的眼睛望向我的脖子时，我突然想起了一个可怕的故事来，这是我在沙巴时向导说的：

"住在伊班人的长屋，而又与伊班人结成好朋友时，你要离开前一天千万不要告诉伊班友人。不然他晚上想到明天你就要走了，他会越想越舍不得，越想越难过。他会喝上几大杯椰花酒，等酒意涌上来，随即抽出长刀，把朋友的头砍下，挂在屋廊下，这样就不必跟朋友说再见了……"

这时我看这位伊班人望着我的脖子，我不禁想挪远一点，但他的双手像熊掌一样攫住我，眼神里充满了忧伤，口中喃喃地像自言自语，又像跟我说话。一直到船靠了岸，他才放下我转身离去。

他最后一个下船，当他站上衔接岸上的浮木时，长船已缓缓驶离。我们的眼睛又对望在一起，他露出了那稚气且带着神秘的微笑，那笑容教我永远忘不了。我很想举起相机拍下那笑容,但又怕他换上一副正经八百的照相面孔……

当船速渐快,旁边一个年轻人,突然拿开蒙在脸上的衣服用马来话说:"你知道刚才那个伊班人最后说些什么吗?"

"不知道!"我答道。

"他说,真希望你永远留在长屋里!你是他一生中所遇见的最好、最讨他喜欢的一位朋友!"年轻人神秘地笑着说,然后又把衣服蒙在脸上。

"永远留在长屋里……"我不禁伸手摸了一下脖子,然后回头去瞧那远去的长屋,那伊班人仍站在那根大浮木上……

文明与原始的抉择

卡扬族的迷失

  长船飞快地逆流而上,船两侧溅起高高的两排白色水幕,偶尔同一型制的长船自上游迎面飞来,就像是一枝箭破空射来。

  两岸的景色依然是单调的密林,刺眼的白云大朵大朵地飘过蓝蓝的天空,土黄的河水浓得像泥浆一样,令人不爽。吹口琴的年轻人早已沉沉入睡在引擎与风的交响中。

  船舱里,旅客睡得东倒西歪,激烈的功夫打斗片抵不过赤道炎炎骄阳所带来的浓浓睡意。只有长船停靠时偶尔传来的震动会把旅客微微惊醒,他们张着惺忪的睡眼,望望岸上的小村,随即又合上眼帘。只有那些将在下一个村落下船的人站起来,并开始收拾行李。

  在每一座长屋附近的河边,总有男女老幼在洗衣浴身。妇女罩着纱笼洗澡,可是仅仅在十几二十年前,这里的妇女仍然裸着上半身。商业侵入之后,年轻的女人把健康饱满的美丽胸部,用辛苦工作一月所得之钱换来的一片比树叶兽皮还糟的人造纤维胸罩紧紧地包了起来。

  我很遗憾,一路上竟然看不到一个年轻健美的妇女自然又自信地袒胸在这酷暑的赤道地区,除了那些无法适应束缚的老奶奶们。

  可别误会我寡人有疾,我曾有许多岁月与几乎全裸的原始民族生活在一起。我发现,衣服裹得越紧的地方,色情越泛滥。法律对性越严之处,邪淫之心越狂。就是那些规定女人必须把脸孔罩起来的地区,性犯罪率一样偏高,反而我在菲律宾原始民族莽远族区两年中,这种事闻所未闻。

  长船经过四个多小时的航行,终于到达了终点站——隆·拉玛。

这是巴兰河中游以上唯一的小镇,镇上有几十户店家,也都是华人经营,整个巴兰河上游地区的产物都在此处吞吐。

从这里往更上游地区就不再有定期行驶的交通船了。我上岸去接洽船只,准备当晚赶到上游一个叫隆·拉玛的长屋去过夜。

我走到隆·拉玛唯一的短街上,街道一边临河,一边靠着商店。这里的每一家商店店面虽然不大,但纵深很长,内部货品又杂又多。因为已临圣诞前夕,商店中顾客稀少,倒是有许多出外回来度假的年轻人在街边的面包果树下三三两两地聊天。其中有一位与我同船的年轻人过来问我有什么他可以帮得上忙的,我告以我正在找船去上游,于是他带我下到河边停靠小船的浮木码头去。他问了几个船夫,正是从我想去的那个长屋来的。说好我付汽油费就可以了,这位老船夫真是我的圣诞老人,我只花了平常租船费的五分之一价钱而已。

老人的小长舟相当破旧,他一只手操舵,一只手掏舟中的渗水。河中时有小长舟迎面驶来,彼此激起的波浪,总要使小长舟各自摇摆震动一番。

太阳已偏西,可是晒到脖子上仍然炙热烫人,看看时间,竟然已经快下午六点钟了。

舟行一个多小时,到达一处河边停满小长舟的地方。小长舟靠着岸边的浮木停泊,取了行李,船夫带引我走上岸坡,穿过一排椰子树,就进入卡扬族的村庄了。

首先看到的是一小栋一小栋有防鼠设施的高脚屋谷仓。作为屋脚的每一根木柱上,都装有一片圆形的铁片防止老鼠循木柱爬到谷仓中。

走过谷仓,再过去是两排互成直角的长屋。每一排长屋大概在三百米长,看起来很像我们的学校。这长屋隔成一间一间,每一间是一户人家。这大概是我们公寓的雏形了。

我被带到长屋的中央部分,一个有廊楼的楼下。船夫进入屋里,我在廊下等待。一会儿，船夫随同一位矮壮的、年约五十的男人走出来。这个中年男人的头发理得像戴瓜皮帽似的，只在后脑勺上留一束长发，很像中国清朝时代的人。他上身穿着一件敞胸的花衣服，胸上悬着一条十字架的金项链，十分耀眼。下身围着有暗花纹的纱笼，脸上红光满面，笑起来略有横肉，看上去还算和气。他就是这个长屋的大头目——酋长。

他用马来话欢迎我来长屋过圣诞节，于是我赶忙献上礼物——酒、香烟、电子表和硬币。送香烟和酒使我内心惭愧，因为这是有害人体的东西啊！但是隆·拉玛商店的华人老板一再坚定地劝告我，这两种东西可以使我受到欢迎。我内心实在担心这些少数民族会步上一些台湾山地同胞酗酒的下场。我在矛盾中送上了烟酒，事后却懊悔不已，觉得自己太自私了，只为自己一时的方便，不顾别人的后果。

酋长的妻子也走出来欢迎我。她的出现使我吓了一跳，因为她的双耳长垂至胸，如果按中国相书说的，岂非帝王之相？接着一位老妇人裸着上身走出来，也是耳垂至胸——这位是酋长的母亲。她们上前与我握手，我赫然发现她们的手自手肘以下仿佛戴着深色长手套，后来我才看清楚是刺青。这种长耳及纹手是以前卡扬族和肯雅族贵族妇女特有的。

在以前，卡扬族贵族的女儿，从小就要戴很重的耳环，随着年龄的增加，耳环越戴越重，耳朵也越拉越长，终至垂及胸上。她们最重的耳环，一对可达半公斤以上。

后来我看见年轻的妇女已不再有长耳朵的现象。不过我发现，有些妇女的耳朵是经过外科手术恢复了原形，但留下了疤痕。最有趣的是，我认识一位中年妇人，她的耳朵一长一短，我问她为什么会这样，她笑着说："我积蓄了数年的钱去做耳朵改短手术，但我的钱只够做一边，另一边只好再过几年，等我积够了钱之后再去做了！"

放下行李，我得到酋长的允许，在黄昏渐黯中，顺着长屋的长廊到处参观。我看见许多年轻人在草地上踢着藤球,是一种用脚不用手的排球玩法,这在东南亚是相当流行的一种球类运动。球是用藤皮编成,比排球略小,比垒球又大一些。

长廊下,卡扬人来来往往,有的提着水桶,有的端着脸盆,湿淋淋,全是浴罢归来。少女们顶着脸盆和衣物,湿湿的纱笼紧贴着健美的身子,年老的妇人裸着上半身慢慢走过。

"圣诞快乐!"忽然我身后传来一个操英文的男人声音。

"圣诞快乐!"我随口回答,然后回头一看,是一个年近三十、挂着眼镜的男人,看起来像是一个温文儒雅的华人。

"请问,你是从哪里来的?"他笑着问。

"台湾!"我答道,"请问你是……"

"我是这里天主教堂的牧师!"他推推眼镜答道,"台湾是个很富有的地方啊!我去过台北,车子多得像几列挂着无数车厢的火车一样,使我根本不敢横过街道!"

"你会说华语吗?"我问。我猜他可能是华人。

"啊!不会。"他笑着说,"我是这长屋出生的。我父亲是前任酋长,他去世了;现在的酋长是我叔父。"

原来他是道地的卡扬人。在继续的聊天中,我知道他还去过菲律宾以及罗马,再过三年,他就可以晋升为神父了。

对于他将成为第一个卡扬族神父我倒不觉得意外,教我吃惊的是卡扬族已经有百分之九十改信了天主教和基督教,现在连昔日卡扬人最重要的节日——丰收祭,也由原来的6月改到12月25日耶稣诞生这一天了。

晚上应教会的邀请,我参加了他们的圣诞晚会。节目倒尽了我的胃口。传统的乐器被吉他取代,相传的民谣被马来流行歌占据,古老的舞蹈消逝了,"踢死狗"震得长屋摇摇晃晃。从日常生活中已经很难找到卡扬人古老的光彩与骄傲了,猎人头战士的儿子,如今在伐木场像牛一样卑屈地拖着木头……

这天夜里,我睡在酋长专用来招待贵宾的海绵床上翻来覆去,又热又不舒服,怎么也睡不着,最后只好睡在木地板上。这时我才发现,酋长命人把那传统的凉快藤席卷起来藏在床下,换上了"时髦"的海绵垫。

第二天一早,我雇了一条小型独木舟往上游一个叫逊崖杜亚的长屋,正好看见年轻人在玩一种古老的认人游戏——十几个少女用花布把全身上下蒙起来,排成一列,领队的怀中抱着录音机,少女随着播出的传统舞曲,踏着古老的舞步,绕着长屋走一圈,最后由大家来猜,那个是谁,这个又是谁。全猜对的人可以得到长屋酋长准备的奖品,奖品从前是首饰或一把长刀,现在却是一打啤酒,或一打可乐,或一支口红。

据酋长说,从前女孩子都光着脚走路,比较不好认,现在因为穿了鞋子,大家都认鞋子不认其他的特征。不过现在已不像昔日生活那样亲密,就是鞋子也认不出几双。酋长又说,已经三年没有人拿到大奖了,以前从来没发生过这种情形。

商业文明的入侵,使卡扬人不只认不出同族的亲戚和友伴,最后可能连自己也认不出来了……

肯雅族的迷惑

我随天主教牧师离开逊崖杜亚长屋,乘小长舟往上游支流一座肯雅族的长屋去拜访。随着牧师,行动真是方便极了。肯雅族受到宗教与商业的破坏也差不多,这种破坏就像厉疫一样,早已污染了整条河系,只是越往上游,污染越轻而已。

在现代文明急剧入侵下,最难以适应的是老年人。他们当中有许多仍是当年猎过人头的英雄,可是这些昔日沾过敌人鲜血而为族里女人所爱慕的英雄，今天却被那些女人所生下的后裔嘲笑，并引以为耻。当年，这些年轻人的母亲和祖母曾那样兴奋地接受猎人头英雄抚摸头发，她们深信，头发必须经由沾过敌人鲜血的手抚摸过，才会长得又黑又长。

熬不住赤道雨林区的闷热，我蹲坐在长廊下乘凉，远远望见一位老人——一位过气的英雄，穿着传统的丁字裤，吹弄着肯雅族古老的葫芦笙，蹒跚地行着。那些打他身边来来往往、穿着牛仔裤的年轻人，很少有人多瞧他一眼，就是有，也是轻蔑的眼光。

过气的猎人头英雄，穿着出草[1]时的丁字裤，用古老的乐器，吹出即将失传的老战歌。在逐渐现代化的长屋廊下，四周是穿着现代服装的年轻人，显得他像一个怪物，更显得他是如此寂寞和孤独。我看了不禁为之心酸。他心里一定这样想：这是怎么一回事？我到底哪里错了？

我猜他至死也想不通，就像他想不通，为什么这些年轻人不再狩猎，不再捕鱼，更不再种稻，而宁愿在伐木场、锯木场、矿场以及内河船上做工，口中操的是马来语，甚至夹着英语，唯恐被人认出他是肯雅族人。

下午三点多，酋长请我们吃点心和饮料。我满怀希望能吃到肯雅人的传统食物，但是端上桌来的竟是饼干和可乐。没有冰过或加冰块的可乐简直跟药水差不多，我就向酋长要求一颗嫩椰子，因为我看到长屋前有一长排结实累累的椰树。酋长吃了一惊，他不敢相信这位远道而来的客人竟然这样土包子，摒弃珍贵的可乐，而想喝当地没有人爱喝的椰子水。

近黄昏时，我在长屋前的草地上与酋长一家人聊天。酋长已出嫁的女儿正用奶瓶喂她出生不到一个月的婴儿，而她那半裸露、饱满、

---

[1] 出草，猎人头习俗的别称。就是攻击他人，将该人之头颅割下。这种残酷的行为曾存在于世界各大洲的原住民族中。

丰大的乳房却不断涌出奶汁，任其浸湿了胸前。

"你为什么不喂自己的奶水给孩子呢？"我看不过这种本末倒置的事，就用马来话问她，"你有那么多芳香、温暖、干净、方便、便宜而又营养的母乳啊！"

"什么？"她吃惊地看了我一眼，一副惊疑的眼光，她说，"她们现在都喂奶粉了啊！"

当她说"她们"时，脸上有着祈祷般虔诚敬畏的表情，好像"她们"是上帝一般。

"她们是谁？"我情不自禁地追问。

"电视上的人，以及城里的人！"她像引用圣经一般权威地回答我。

她说的电视上的人正是广告，城里的人则是时髦的代表。

我原想好好劝她用自己的奶水喂婴儿，因为她既不上班，也不是奶水不够，但是我回头想，我的同胞们，至少也上过中学，她们尚且想不通，我怎么可能说服这位蛮荒丛林中没读过什么书的少妇呢？再说，我更不敢去碰威力惊人的"广告"。

这时通往河边的小路上出现了一小群人。他们远远地就开始打招呼，等走近了我发现是从隆·拉玛来贺节的华商，他们带着礼物送给酋长。酋长立刻请客人住入铺着藤席的廊厅，酋长的弟弟、夫人、弟媳，另外有两个长老都来陪客人。一会儿，每个人手中都有了一大杯自制的米酒，长屋几位主人开始合唱着古老的迎宾曲，男主人们主唱，女主人们则应着，旋律非常独特，其大意如下：

奉献贵客以米酒，
这是我们最珍贵的天赐之水，
奉上最高的崇敬，
如事我们的双亲。

双亲拥抱着我们,
你和我们如此接近。
你不辞远路来到我们的长屋,
又如此慷慨,
我们无以回报,
除了米酒和歌唱。
我们好比奴隶,
贫穷又困顿,
住在难以到达的急江。
可是你,父亲,
无视一切的危险,
只把我们放在你的心上。
你是这样的伟大啊!
好比一所长屋在山巅,
好比一扇高高的石墙。
不要匆匆地来,
又匆匆地去啊!
我要尽情歌唱,
将你赞美。
所爱的!
我们尽情干这一杯,
不要把它浇在火里,
不要把它洒在地里,
如果不能饮尽,
就将它送回到河流,
而把情意留在心中,
藏入骨髓。

歌唱完了，他们拿出煤灰调制的黑浆，用黑浆在彼此的脸上涂画。最后大家都成了花脸，这表示我们大家都是花脸族，不再分彼此地成为一家了。

接着开始喝酒，从前是米酒、棕榈酒，现在以啤酒居多。

长屋的人劝酒甚殷，但不会像台湾那样仇人相见分外眼红地要对方醉倒出丑，倒往往是主人先被摆平了。这些直爽的民族怎能跟心机深沉的汉民族比呢？汉民族中的许多人，连喝酒这么痛快的事都常使诈哩！

自然摄影

文明与原始的抉择

燕窝探秘

12月26日的晚上,在隆·萨长屋里与八十来岁的已退休大酋长巴·阿荡(巴是马来语的尊称)聊天。在谈话中我问他,隆·萨长屋建得如此漂亮是靠什么收入?

他笑笑,对着他儿子、现任的酋长阿铁说:"给他看看吧!"

阿铁打开身边的一个木箱,取出一束白色如海绵的东西,传到我手上。

"就是这种宝贝东西!"老酋长说,"只有你们中国人才会喜欢吃的东西。"

它轻轻的,由几十个杓形物叠在一起。我认不出这些东西是什么,我只能肯定这东西我以前没有见过,但我脑中立刻开始搜索那些中国人认为是珍贵补品而又出产在南洋的,突然想起之后,我不禁脱口叫道:"燕窝!"

12月27日清晨,我随着卡扬族的采燕窝队伍离开了长屋。虽然圣诞节的气息仍浓,甚至还有些人宿酒未醒,但每年的12月至1月是全年中最佳的采燕窝时期,错过了这时期,燕窝就变成不值钱的老窝了。因此,虽然佳节才过,卡扬人随即展开采燕窝的工作。

一行十人,静悄悄地沿着小路前进,小路在大树参天的原始雨林底下蜿蜒起伏。林中沉雾笼罩,露水滴答落下,树影幢幢,树间藤蔓蟠踞,景象迷离。偶尔,林梢传来几声犀鸟粗粝的叫声,打破了雨林的静默。

一行人走在高大的树林中,有如一队渺小的蚂蚁彳亍而行。我身上除了挂在腰间的水壶、手电筒,以及藏在口袋里的一台小相机外,身无一物。卡扬人忌讳在采燕窝时有人照相,我也乐得有借口把沉重的照相装备搁下,轻轻松松地远足一天。

步行大约一个小时后,山雾逐渐淡散,太阳也斜射入林中,成为一丝丝的光芒。又走了半个小时,来到一座小山,转过山的另一边是一面山壁,面对着一条长长的山谷,山谷中有无数的燕子穿梭飞翔,谷底下有一条溪流,掩映在树林间,隐隐约约可见黄黄的流水。山壁中间有道颇大的裂缝,正有许多燕子飞进飞出。这些燕子专门制造中国人视为珍馐的燕窝,这燕子的名字叫作金丝燕。

金丝燕为了避开它的天敌,例如老鼠、鼬、獐、狸、猫、蛇、蜥蜴等的危害,而把窝筑在形势险恶的岩洞壁上或洞顶。在中国人的想象中,最珍贵的东西都是出产在最险恶最难得手之处,像金丝燕窝这种产在南海海域中,煮起来像精液一样稠黏的东西,想当然地具有强精壮阳的神效,在中国古籍的秘方中,就记载了这道妙药佳肴。

爬上一段山壁,跟着卡扬人走进山洞,立刻有一股热气,夹着尿骚腐臭扑上身来,我的头为之一晕。再深入几步,光线变得幽黯,我站立一会儿,让眼睛慢慢适应光线的改变。我取出手电筒照照,发现脚底下是一层黑色的、厚厚松软的地层。酋长告诉我:这是成千上万的燕子和蝙蝠的排泄物形成的粪层。

我小心翼翼地沿着一条被人踩硬的小路往里走,但好奇心又不断驱使我照射洞内的四周,想看清洞内的情景。突然,我的脚踩入粪堆层中,粪土盖踝,我用手电筒照在自己立足的地方,不由得大吃一惊:脚边以及粪土中尽是爬动、蠕动、钻洞的各种昆虫!有大小甲虫、蟑螂、马陆、鼠妇、蜈蚣以及它们的幼虫,再踢开另一处较突出的土堆,里头有一条蛇往旁边的土穴逃去,几只蝎子举着尾钩不动。据酋长说,这些都是靠燕子和蝙蝠维生的动物,小昆虫吃燕子和蝙蝠的排泄物,大昆虫则捕食小昆虫,蛇则吞噬不小心坠下的雏鸟幼蝠,或者病死、受伤落地的燕子和蝙蝠。

这个洞宽大约有五十米,其间疏疏落落地垂立着几根用三段木柱衔接的柱子直通洞顶,洞顶离地大约二十至三十米不等。这些柱子就是采燕窝的人上下洞顶的"天梯"。

一行人慢慢往洞深处前进，光线越来越暗，山洞变得极为深邃恐怖，转了个小弯之后，洞完全黑了下来。再走一会儿，到了一处突起的平台，卡扬人把带来的东西放在平台上，就开始工作，几个卡扬人分别像猴子一样爬上了木柱，然后利用架在洞顶的洞隙间的竹梁木架，寻找筑在隙间或岩壁上适合采取的燕窝，用小铲子铲刮起来，然后放入背上的小藤袋里。

这些卡扬人在如此高、复杂、幽暗、不便的洞顶工作，身手依然矫健敏捷。当然，也会有失足的时候，一旦出事，失足者大概都是要丢掉老命的。所以，市上出售的燕窝是掺着血与汗的。

洞顶的竹梁木架每年都要更新，但也保留一些旧的、老朽的，这是用来让那些盗采燕窝者自食恶果。

"叭"的一声，一个东西从洞顶掉落在我的脚边。我拾起来瞧，正是一个像一片橡胶般有弹性、半杯形的乳白色燕窝，其中杂着燕子的羽毛。一定是洞顶的工人滑落的。酋长看到我在端详燕窝，于是顺便告诉我燕窝的知识和故事。

燕窝完全是由雄金丝燕独立筑成的。大概在每年的11月到翌年1月，金丝燕处在求偶期，这时雄燕的唾腺会膨胀起来，并分泌一种胶状分泌物。雄鸟利用甩头动作，把胶状分泌物吐甩在岩壁上，这些成丝线的胶状物干燥之后，就紧紧黏附在洞顶的隙间或岩壁上。之后，雄鸟每天继续吐出胶状分泌物，最后就形成了杓形的燕窝。

所以中国人爱吃的燕窝，事实上只是雄金丝燕唾腺分泌物而已。这种分泌物也存在于人类的唾液和鼻腔分泌物中，而它的主要成分只是胶原蛋白而已。

燕窝筑成之后，母鸟便在窝中产卵、孵卵、哺育雏燕。从造窝到雏鸟习飞，大概要三个多月的时间。

在手电筒照射下，我发现金丝燕竟然可以在完全黑暗的洞中高速飞行。这种不可思议的黑暗中飞行,据我所知,只有利用超声波飞行的蝙蝠才办得到。后来,我在麦德威爵士留下的文献中得到证实,金丝燕的确可以像蝙蝠一样发出一种频率很高的声波,再用耳朵收集、分析声波折回的情形而知道前面的情况,因此才能在暗无天日又曲折不平的深洞中高速飞行。此外,金丝燕还能依靠声呐辨认其他种不同的金丝燕。在麦德威爵士的记载中还说:金丝燕能够迎着强劲的海风急速向前飞行,甚至乘着朔风的风翼如鱼得水地交配,动作优雅如羊。

我坐在平台上静静看着洞顶移动的小灯,卡扬人在绝顶上专心谨慎地收集燕窝。洞中又热又闷又臭,我觉得难过极了,最后独自走出洞外,贪婪地大口呼吸着新鲜甜美的空气,同时让视线在宽阔无阻的山峦远处任意变更方向。我可以想象那些洞顶的卡扬人,此时一定是汗如雨水,全身沾满粪尘毛屑⋯⋯

下午两点钟,卡扬人终于列队走出洞外,正如我所预料的,一个个灰头土脸,狼狈不堪,小藤袋中装着新采的、看起来肮肮脏脏的燕窝。我怎么也不敢相信,这些不起眼的东西到了市场上竟然贵如黄金。

这些燕窝还要经过去羽毛、刷净、晒干,而成为一片片雪白的燕窝。巴兰河上游的燕窝,是著名的雪白色上等货,在这里一公斤卖一千八百到两千美元左右。可是,经过商人层层转手,最后在香港出名的餐馆中,每公斤竟然高达令人咋舌的八九千美元,和黄金的价格已非常接近了。

一公斤燕窝大约有一百个,一个人一次喝上一碗燕窝汤约得费去一个。这种价格换算下来,我们这些中低收入者去喝不被活活呛死才怪哩!

当然,你也可以在一些小餐馆中吃到便宜的燕窝。这些低级品都是在不宜采集燕窝时采下来的老窝或旧窝,吃起来味道全失,必须靠浓浓的佐料来压它的怪味。

从1950年起，沙捞越的金丝燕就受到不错的保护。因为过度采集燕窝，鸟儿就会大量减少，甚至绝种，现在的法律规定每年可以采收两季，也就是每年12月至翌年1月的产卵期前，以及5月到6月间雏燕离巢后。

小鸟离巢后的燕窝品质就变得很差了，但如果不去采集，明年那些生性懒散的雄燕，就会潦草地修补一下没有被采走的旧窝，凑合着使用，这样就不再有新的、珍贵的燕窝可以采集。

我和卡扬人坐在大树下的倒木上吃着从长屋带来的中餐，里头有一小堆像炸小鱼干似的东西，那是用长在山猪熏肉上的蛆煎成的。我在长屋看见过老人生吃这些犹在钻动的活蛆，我曾试吃了一条，但我忍受不了蛆在唇舌间的蠕动，现在这些煎过的蛆我倒可以吃得津津有味。它的味道很像蜜蜂的幼虫，咬起来又比蜂虫韧实得多。我认为这种蛆比燕窝有营养得多，不相信的话来看看一位潜心研究燕窝的中国学者王熙学的试验吧：他以燕窝代替蛋白质来饲养白鼠，结果所有的白鼠都罹患了营养不良——佝偻症。

最后的普南族

我们正在燕洞外的大树底下用中餐,突然依稀有人说话的声音自树林里传来。酋长倾听了一会,随即一声令下,众人立刻躲了起来。酋长怀疑是其他长屋的人想利用圣诞欢乐的日子来偷采燕窝——燕窝丰富的燕洞,常被其他长屋的人觊觎。

隔了几分钟,小路上出现了七八个人,大部分都裸露着上半身。我看他们的样子,绝不是卡扬族人,也不是肯雅族人,更不是伊班族人。

酋长看清来人之后,从大树后走了出来,他在我耳边轻声说:"普南人永远不会偷别人的东西!"

这是我第一次看到普南人,听说他们仍然过着丛林游猎生活。这一族的人数非常少了,据估计只剩下四千人左右,分布在拉壤河与巴兰河上游的原始丛林里。

这一群普南人被突然现身的卡扬人吓住了,都怔怔地呆在原地注视着树下的卡扬人。小孩子立刻害怕地躲到大人的背后去,两头瘦小的黄色土狗迟疑地停在普南人前面,喉里轻声发着怪音,不敢大声吠叫。

酋长用我不懂的话说了几句,普南人紧张的神情才舒缓下来,也在树荫底放下他们藤制的背篮,坐下来休息。

酋长跟普南族的男人聊了起来,这普南族男人的头发留得很长,盖到了颈背上,前额的头发则削得很短很齐。他上身赤裸、下半身围着丁字裤,腰上挂着一把长刀和装着吹箭箭针的竹筒,手上握着一枝长而直的黑色木制吹筒,大约有六七尺长,吹筒的前端绑着一把尖锐的镖刀,这是普南人打猎的工具。箭针上蘸有毒液,动物被射中之后,在几分钟内就会心脏麻痹而死,即使大型的动物如猩猩、鹿、熊,也不能抵挡吹箭的毒剂。

"这群普南人是一家人。"酋长告诉我说,"这一族人完全靠采集野生食物,以及狩猎为生,他们不懂得耕种!"

"他们住在哪里?"我问。

酋长将我的话问普南人,普南人指着山谷,叽里咕噜一阵,同时伸出八个手指。

"他们八天前从南边的山上下来,住在山谷里。"酋长说道,"他们说这一带食物出奇地少,飞禽走兽也很罕见,他们过几天要回到上游的丛林去!"

我听了觉得好悲伤,高等文明到达的地方,飞禽野兽都会绝灭,普南人只有往更深的丛林里退去,最后无处可退时,也是普南人消失的日子……

我走到普南人的藤篮前,看看他们采集的食物。我看到里面有野薯、野香蕉、几只青蛙、一只斑鸠,和一些我没见过或我不认识的各色大小野果。

"普南人住什么样的屋子?"我问。

"他们没有永久的房屋,"酋长答道,"以家庭为单位散住在广大的丛林里。通常他们到达一个新地方之后,会搭建一个非常简陋、仅能避雨的草寮,然后以草寮为中心,在方圆路程半日以内的范围里,采集野生食物以及打猎。等到一两个月之后,野生食物、猎物渐少时,他们就迁徙,另觅新地方。"

"他们的刀子是哪里来的?"我指着普南人挂在腰上的长刀问。

"主要是跟华人换的!"酋长答道。

"到隆·拉玛小镇去换吗?没有船的普南人不是要走上十天半月才到得了吗?"我问。

"华人会到上游去啊!有利可图的地方就会有华人。"酋长笑着说,"从前猎人头时代,也只有华商敢到中上游来做生意!"

"可是普南人不是散布在广大的丛林里吗？"我怀疑地问道，"华人怎能找到他们？"

"最早华商就通过肯雅人与普南人相互约定一个日子，这个日子由华商以结绳为记，普南人每过一日就解开一个绳结，等所有的结都解开的那一天就是市日，到了这一天，大家就聚集到一个约好的地点从事交易。"酋长说，"另外也有些华商临时想去上游做买卖，也可以在十天前派一艘小舟上去，在上游沿河敲响大锣。那些听到锣声的普南人就会靠近来，然后再由这些普南人把华商要来的日子和地点传布出去。到了那一天，得知消息而又需要交易的普南人会聚集在指定的地点等候交易！"

"普南人最需要哪些东西？"我再问道。

"火柴、盐巴、糖、刀斧、锯子、布以及小首饰。"酋长说，"偶尔普南人也会要一点米。米是普南人最珍贵的食物，一年能吃上一两顿米饭是他们最大的享受。"

这使我想起儿时吃地瓜的情形，那时一锅饭中有三分之二以上是地瓜。小学一年级时，一次老师问我长大有什么愿望，我答道，只要有纯白米饭吃，于愿足矣。可是到了今天，台湾人在食物上的奢侈与浪费已到了该被雷劈或下地狱的程度，因为世界上还有那么多人挨饿，那么多人活活饿死！

我把手上还未吃完的竹筒饭送给普南族的小孩子，但是他不敢接受，只是猛吞着口水，一下子看看我，一下子看竹筒饭，一下子望望他的妈妈。他的妈妈则看看小孩，又看看他的男人。

最后我把饭交给男人，男人迟疑了一会儿才接过去。显然，他们对文明人颇有戒心。我想，他们大概不知吃过多少文明人的亏！就像我以前在菲律宾民多罗岛时，丛林里的原始民族莽远人就不敢接受平地人的好意，因为他们分辨不出文明人是真正出于好意还是另有企图，文明对他们来说就是诡诈难猜的意思……

普南人个子颇小,眉目比其他婆罗洲原住民清秀且和气,脸上没有长屋民族常有的肃杀之气。这大概因为一生都在丛林中游猎,难得遇上人类,一旦在丛林中遇上了,双方都会很兴奋地热情交谊,也没有猎人头的习惯,无边无际的丛林使他们心胸宽广,因此普南人显得面善。他们的少女尤其长得可爱,大眼睛黑白分明,笑容纯真,带一点羞意,才十三岁已亭亭玉立,曲线玲珑。大概在十五岁以前,她就会出嫁了。由于营养差、生育多、生活辛苦,她们过了二十岁已经老态初露,能活到四五十岁就算是高寿了。

这一家普南人只停了一会,就从离燕洞不远的树林底下一条不明显的小路走下去。那个小孩子时时回头来看我,那位少女也偶尔回头,只是她的眼波一遇见我,又立即害羞地转过头去。只几分钟,那一家普南人就消失在浩瀚如海的雨林里。我心中颇觉怅然,也许再过不了多久,普南人就真的会永远自地球上消逝⋯⋯

酋长告诉我,普南人的收入来自采集燕窝、檀香、犀鸟头(雕刻材料),主要是与华商或肯雅族人以物易物。此外,他们也从猎获的猿猴中收集珍贵的猴结石,它是取自一种长尾猴胃中的绿色结石,另外他们也会从豪猪胃中收集黄褐色结石。华商收购这两者价钱都很高,据说有很好的去毒清火的药效。

在回隆·萨长屋途中,酋长告诉我一个传说中的普南人风俗:当某年雨季特别长,雨又特别大时,丛林里的食物会变得极端缺乏。这时,普南族的老人们必须爬到一棵大腿般粗的高树上去,然后由几个健壮的男人用力摇动树木。如果老人家掉下来,就会死掉;如果不掉下来,表示他还健壮得值得扶养下去。这很像昔日的爱斯基摩人,在食物缺乏的冬季,为了减少食物的消耗,好让年幼的家人可以活下去,老人会自动走进冰天雪地中,让风雪来了结残生⋯⋯

自然摄影

最后的普南族

出草猎头行

随着卡扬族人采燕窝回来后,老酋长把我当自己人看待。无论我问什么,他都乐于回答,尤其在他喝了几杯我送的烈酒之后。(奸诈的文明人!)于是,我慢慢把话题引上卡扬族猎人头的风俗上。

"您见过猎人头的情景吗?大酋长!"我轻声问,唯恐触怒他。

"何止见过!"他眼神突然一亮,声音变得兴奋起来说,"我亲手砍过人头啊!"

"英国殖民政府不是很早就颁布禁猎人头令了吗?那时你还是小孩子吧?怎么后来长大还有机会猎人头呢?"我说出了心中的疑问。

"当时我们都认为那个禁令是荒谬的,或是误传的,因为两个部落之间的猎人头战斗,除了双方面对面订约盟誓以外,第三者没有权力可以禁止战斗的进行!"老酋长笑着说,"后来我们认为,殖民政府的禁令只在禁止我们猎白人的人头而已!"

"你们为什么喜欢猎人头?"我问。

"砍过人头才算成人,才成为男子汉,才让人看得起啊!"老酋长笑着说,"真正的原因还是为了女人!"

"女人?"我吃了一惊,接口问道,"人头跟女人有什么关系?"

"女人喜欢人头,喜欢砍过人头的男人。"老酋长回头望望坐在门边上半身全裸的老妇人说,"女人认为她们的长发,要沾过敌人鲜血的手来抚摸,才会长得更黑、更柔、更美。"

"没有猎过人头的男人会被族人视为懦夫,"门边的老妇人一面用她那满是刺青的双手整理她那斑白的长发,一面笑着说,"他就永远娶不到老婆!"

"人头也是我们祭神的必需品!"酋长接口说,"每当我们迁移新地时，就需要新的人头来祭神，以保新领地的丰收！"

"所以猎的人头越多，越受族人的尊敬！"老酋长又说，"不管是正面砍杀，还是暗算、突袭，只要猎获人头即可。就像你们文明人猎钱一样，不管是用骗用抢还是用血汗赚来的，反正只要有钱就有地位……"

就我所知，原始社会猎人头的行为，表面上是为了求爱，求地位，求丰收，但在整个部落的意义上是为了求生存，因为猎人头可以顿挫敌人的扩张力从而拓展自己部落的领地，并能减少自己部落所受到的威胁。这是在长期的原始生活中学得的生存经验。因此，他们从小就被灌输猎头的教育，孩子打牙牙学语开始，他的祖母就这样唱着催眠曲：

好好听着，

我的小饭篮啊！

给我们信心，

给我们复仇，

给我们许多人头，

好挂满炉边上的木钩！

为了多知道一些猎人头的情形，我在老酋长又喝下两杯烈酒之后，要求他把当年的猎人头战争在他嘴上再"打"一遍，他欣然同意了。在酒喝得不够多时，他是不肯讲的，因为现在族里的年轻人一直以他们先人猎人头习俗为耻，谁提到猎人头时，就会像触到他们的疗疮一样，愤怒地跳叫起来。

以下是老酋长的叙述，我在天主教牧师的帮助下，才能记下来：

"那一年，我刚满16岁（推算应在1920年左右）。由于两年连续歉收，部落里食物匮乏，族人都蕴蓄着一股愤怒又害怕的情绪，老一辈的族人纷纷传说是因为三年前，两位族人在寻找新处女地时，被邻近的部落猎去了人头,而本族没有替他复仇,现在必须去猎两个敌对部落的人头来举行大祭,这样天灾才能停止。

"于是猎人头的队伍组成了,巫师开始每天求神保佑出草的战士,同时观察一种常在墓地出没的伊夕鸟,用它的飞向预卜吉凶。这种鸟如果在我们出草的路上,从左飞到右,那表示吉兆,可以即日出猎,如果相反,就得一直等下去。

"我荣幸地被选为出草战士之一,那时心情兴奋一如正要搏斗的公鸡。我们焦躁地等了三天,吉兆终于出现。第四天的清晨,战士们出发了,一共有六十名,其中有二十几名是渴望得到女人青睐的未婚男人。

"我们利用密林潜行前进,直到太阳偏西的时候,才到达离敌人长屋不远的地方。战士们潜藏在密林中,一如埋伏的花豹……

"我的叔叔和我被派去刺探敌人部落的情形……我们来到敌人取水的溪边,躲在灌木丛中窥伺,观察长屋的大小、方向、构造、通路等……

"显然敌人并未发觉,整个长屋一片悠闲,炊烟弥漫。男人在长屋竹台上三五成堆地围坐聊天,孩子在大人附近追逐游戏,成群的猎狗趴在人们的旁边……

"太阳落下去时,我们回到了密林里。叔叔向战士们叙述长屋的情形,然后由酋长分配战斗的任务,同时仔细地吩咐遇见什么样的状况,要如何应付,后退时如何相互掩护……

"我们静静埋伏着,有经验的战士都靠着树打盹,初次出草的年轻战士却紧张、兴奋得直冒汗,双手直抖个不停,想到一举猎头成功就可娶得美娇娘,每个年轻战士的脑海中都各自浮现心上人的模样……

"天黑一阵子之后,我们吃了丰盛的竹筒饭,喝了几口香甜的米酒。酋长一声令下,战士像土狼一样悄悄列队出林。在叔叔引导下,潜行来到敌人的长屋附近。长屋透着几盏幽黯的油灯,长长的屋宇像一列小山横列,静得有些可怕。我们依稀可以看见竹台上有一个站哨的人影,在长屋附近也许还会有一个放哨的敌人。我们派出四个最有经验的战士去刺杀放哨的敌人……

"大概过了舂一筒米的时间,四个战士回来了。前面的一个战士提了一颗血淋淋的人头,所有的战士一看到人头,霎时变得热血沸腾起来。酋长随即拿出一个米饭捏成的小偶像,当众折断偶像的头,沉声说道:'敌人的脖子就是这般脆弱!上吧,勇敢的人,族里的女人正等着你们带回人头!'……

"战士们像一群饥饿的猎狗,无声无息地涌向敌人的长屋。等到竹台上放哨的敌人发觉时,我们已有多人攀上长屋——长屋分三层,底层很高,通常用来饲养家畜,第二层是住家,第三层是仓库。哨兵敲响了大铜锣,洪亮的锣声震动了黑夜,群狗吠吼着,小孩哭号着,女人尖叫着,男人吆喝着,地板被踩得隆隆似雷声。整个长屋骚动起来,就像一窝被封住出口的虎头蜂巢……

"我们的战士冲进了长屋,战斗在微光中展开。我在混战中砍杀了一个敌人,随即割下他的人头。这时,敌人的战士也很快聚集一起。在这短短时间里,我们一共砍下五颗人头。酋长随即下令撤退,我把人头放进背上的藤袋里,随队后撤。但有三位贪功的年轻人犹自恋战,结果其中两人被敌人用矛刺死,只救回一人……

"当我正要退出长屋时,我发现一个女人蹲藏在屋角的卷席后面。我把她拉出来,扛在肩上,她尖叫着,踢打着。我在其他人掩护下退出长屋,随即朝事先约定的方向退去,那里有十来个老战士接应我们。不久,敌人的长屋点起了通亮的火把,这时我们已退到安全距离了……

"我们一共砍了六个人头,掳获了两个女奴。我们自己损失了三个人,另外五个人受了轻伤或重伤。我们退回来并不直接回部落,我们绕了许多地方,用来迷惑敌人和被杀死者的灵魂,免得他们追踪而来。

"回到部落附近,酋长先派一个战士去宣告凯旋的佳音,于是长屋里众锣齐鸣,最后战士在妇女齐声高唱着欢迎英雄凯旋的战歌声中回到部落……这种豪壮的英雄凯旋之歌足以激起男人的英雄气概,以及潜在心中深处的野性。这时,那些没有出草的年轻战士以及少年们的情绪激动得简直像疯了一样,纷纷抽出长刀对树乱砍,有的在地上打滚、吼叫、跳跃,恨不得立刻出草,不惜一切代价去猎取人头……

"六颗人头整齐地排放在席上,三枝白木雕成的矛插在人头前,每一根矛代表一个我们战死的战士。

"妇女们开始围着头颅跳着欢乐之舞,那些家里死了战士的女人则一面跳一面鞭打头颅泄恨,接着年轻的战士出场跳战斗舞。长屋陷入一种欢乐得近于疯狂的气氛……三日三夜的连续欢乐之后,巫师行过祭神大礼,长屋才慢慢平静下来……这些人头最后都由猎获者的女人保管,挂在火炉上,每日的烟火会把它熏得漆黑,而每次宴会上都要把头骨重新取下来,在女人唱颂男人当年的勇猛的歌声中,将头颅一个一个在手中传递过去,最后女人们齐声反复喊唱着:'给我们人头,给我们人头!给我们更多的人头!'……"

老酋长讲完了故事,似乎也累了,闭上了眼,沉湎在往日的光荣时光里,隔了一会儿,他唱起了古老的战歌:

握长刀,
驾长舟,
夷平敌人的长屋。
左手提着头颅,
右手牵着女奴,
在族人的赞歌中,
凯旋回到我们的领土……

老酋长的歌声逐渐变成了呢喃吟哦,最后头一斜,睡着了,偏西的阳光照在他那古铜色多皱而微有笑意的脸上。他的眼角挂着一颗晶莹的泪珠,散发着生不逢时、英雄已老的寂寞与无奈。

猎人头曾是人类历史中真实存在的残酷一幕,这一幕的确应该退出历史的舞台。"文明人"一直称这些猎人头民族为野蛮人,但比起"文明人"的战争,比起高棉的赤柬、南美的极右军人、乌干达的阿明、黎巴嫩的难民营大屠杀,这些猎人头民族还没有资格称得上野蛮哩!在特定的历史时期,"文明人"有时是更残酷、更无人性的超级野蛮人。

夜里下起了典型的热带地形雨,雨势汹汹,雷电交加,隆隆之声回荡长屋。我躺在卡扬族的客房里久久不能入眠,恍惚间,仿佛听到了卡扬族妇女扬声合唱着:"给我们人头!给我们人头!给我们更多的人头!……"然后热血沸腾的战士们,抽出了雪白的长刀,两眼发红地冲出了长屋……

我想起1979年初,我在北吕宋山区探险,到达伊朗葛族保留区边缘的达布小镇时,几个在那里经商的华人都警告我,在山野里要格外小心,因为仅仅在一年多以前,有两个在那里开垦的菲律宾平地人被伊朗葛族猎去了人头,成了祭品。我以为这是距今最近的猎人头消息,不想在1985年的11月,在台北的开封街一家旅馆里,也有人在光天化日下被猎去了人头。

自然摄影
出草猎头行

沧桑华人泪

12月27日下午,我搭一艘华人的便船回到隆·拉玛小镇,这些华商是到各个长屋去向卡扬族人、肯雅族人贺节的,华商的贸易全靠这些原住民。

我住进一家李姓华人开的小客栈,当晚去走访在长屋认识的华人富商,听他们叙述华人在巴兰河上的经营史。他们都是六七十岁以上的人,当初他们利用长舟从下游溯流而上与原始民族贸易,慢慢地,觉得货物老是运上运下非常不便,就把当初仍是密林的隆·拉玛开辟出来,建立了最初的货栈,由此渐渐形成小村乃至小镇。这已经是五十多年前的小事了,现在这些华商都成了小富翁。想当初,他们一贫如洗地从中国大陆到南洋各地谋生,能有今天的财富可以说是很幸运了,其他贫穷的华人仍充斥南洋各角落。我在南洋各地旅行探险多年,发现不管怎样的穷乡僻壤、荒山恶水,不管怎样危险的战区、游击区、叛乱区,我都遇见过不畏艰险、做着发财梦的同胞。

12月28日一早,我搭上华人经营的长船往中游去。在船上,我遇见一位八十多岁的客家老乡,他告诉我一个他孩提时代从老一辈听来的故事,用它来叙述中国人在南洋的历史地位,颇为传神。故事转述如下。

在很久很久以前,红毛番(荷兰人)来到文莱后不久(公元1610—1623年),派出探险队,欲到传说中盛产金银的巴兰河上游去调查,结果探险队被沿河的猎头族拦阻追杀,失败而返。第二次派出火力更强的探险队去,仍然为熟悉地形的猎头族所阻。荷人无计可施,当时有久居文莱的葡萄牙人献计荷兰人说:"要到巴兰河上游,只要找唐老爷帮忙就行得通!"

在一番威胁利诱与请托之后,这位中国老爷终于点头了,于是第三支探险队在唐老爷指定的日子出发了。结果一路畅行无阻，顺利地到达上游，然后又平安地回来。荷兰人百思莫解，到底这位中国老爷有什么神通，可以降服善战的猎头族呢？

原来唐老爷的商船，每年都要上溯巴兰河好几趟，他所载运的贸易品全是沿河长屋部落最喜爱的。只要唐老爷在出发前几日，用小船把商船要来的消息，用锣声送出去，那么在唐老爷的商船来贸易期间，整条巴兰河谁也不敢杀人，不然各部落的酋长都会严厉惩罚那些妨碍贸易的冒失鬼。因此，只要中国老爷要来的锣声一经传开，沿河的猎头族都会备妥交易物，眼巴巴地等候着商船的出现。

由这个故事，可以略窥几百年前华人在南洋经营贸易的盛况。

另外，这位客家老乡也讲了一个流传在婆罗洲华人的故事。这个故事在史书上只有简略的记载，老人的故事则具体得多。大意是这样：在清朝乾隆时，广东梅县人罗芳伯，性豪迈，任侠好义，广结各路英雄。某年秋天，率众南渡到婆罗洲发展，来到了三巴（Sambas），见其草丰林茂，遂辟草莱，建村镇，并与苏丹结好。后来当地人反叛苏丹，苏丹委罗芳伯征之，大败当地人。芳伯乘势扫平附近诸地，苏丹割东万律与之。芳伯据其地，自称大唐客长，建都万律，时约1778年。另有芳伯之部将吴元盛，征服达雅国（达雅即伊班人），被尊为达雅王。后来荷兰人势力侵入，这两个华人建立的政权都被剿灭。

时至今日，在东马来西亚（即沙巴与沙捞越两州，称为东马来西亚），华人成为人数最多的种族，大约占东马来西亚总人口的40%。而其他民族，伊班人为25%，马来人占15%，杜森族（又称卡达山族）占10%，其他各族占10%。华人虽然是最大的民族，但在政治上深受压迫，一件件专门箝制华人的法律与规章，不断地颁布。在街上随便问一个读过几天书的华人，他都可以吐一池子苦水给你听。但有什么办法呢？自私自利的华人自己太不争气了。

我在东南亚出入多年，因而知道，那些用来对付华人的法律规章，永远是不肖华人代当地政权设计的点子。反正一句话：整华人的永远是华人。

在马陆地镇的市场小食摊上，我遇见了一位中年华人，他很感慨地对我说：对华人最好的机会是1962、1963年。当时英国正从东南亚的殖民地撤出，马来西亚正筹组大马来西亚联邦，要沙巴与沙捞越加入联邦，但两地的人民则倾向独立，而且邻国印尼（辖有婆罗洲南部）、菲律宾都大力反对。然而，英国与马来西亚用武力与计谋强迫两地加入。于是许多有志之士加入了反抗的战争，并且得到印尼的支援，只可惜敌不过英国兵的船坚炮猛与善战。接着印尼国内又爆发内乱，而东马当地的华商又为了自己的私利靠向英国与马来西亚一边，终致独立失败。他的一些同学朋友，都进入丛林打游击，后来有的被杀，有的被关。最教人受不了的是，杀他们、捕他们、出卖他们的都是受雇于马来西亚军部、情报部的华人……

他说，如果沙巴、沙捞越独立，将可能成为第二个、第三个新加坡。如今，有钱的华人纷纷将子女送到国外（澳大利亚、加拿大），走不掉的人只好逆来顺受。反正华人有一套祖传功夫——忍耐。也有年轻人，愤而加入帮派，久而久之又沦为敲诈华商的集团。

听了他的诉苦，我能说什么呢？华人在马来西亚联邦约占总人口的40%，但在政治上的影响力只有10%，而代表华人的马华党，一年半以来，却一直闹着窝里反。最让人瞧不起的是，马华党的内斗不是为了华人的利益，也不是为了马华党的利益，而是为了区区几个高级干部的争权夺利！

华人在南洋经营数百年，他们所流的血、泪与汗，直可濡湿南洋的大地。悲惨的华工辛酸史，数不胜数。史上可知的大屠杀达数十万人，晚近印尼的排华（1965），缅甸的排华（1967—1968），马来西亚的排华（1969），死难的华人都数以万计。也许正如柏杨讲的，假设聪明的华人能团结起来,其他的民族都没得活了,这是天命吧!

长船顺着弯弯曲曲的巴兰河如箭射下,想起数百年来,华人在这条河上冒险犯难,无不是为了钱财。这正是中国穷苦的写照,我真希望享受到富裕的这一代台湾年轻人,出现在世界上那些值得探险的地区,写下华人探险史新的一页。就像"老巫师"刘其伟[1]教授,一生多次深入世界各地的蛮荒,即使在他七十岁高龄之后,仍然两度深入婆罗洲雨林探险,我这次到婆罗洲就承蒙他指点不少。我衷心期待能有机会与刘老一道探险,为他做一次详细的记录。他是中国近代不可多得的探险英雄。

自然摄影

沧桑华人泪

---

[1] 刘其伟,我国台湾著名画家、人类学家,以探险和探索原始艺术著名。

寻访伊班友人

我搭长船顺流而下,到了前几天我来上游时在客船上认识的那位伊班友人的长屋部落。长船靠了浮木排成的临时码头,让七八位年轻的伊班人上船。他们都是度完假,要回到城市去工作。我想起那位可爱的伊班友人,临时起意想去造访他,于是匆匆忙忙背起了背包,在长船刚启动的时候,迅速地跳下长船,落在舷外的浮木上。长船随即驶开向下游而去,使我毫无反悔的余地。

沿着浮木走到河边,再循另一株凿有缺刻的倒木爬到河岸上,岸上有许多老人和小孩正专心而热烈地朝着渐远去的长船挥手。直到长船消失在河湾里,他们才注意到我的存在,同时用好奇的眼光看着我。

"有人会讲英文吗?"我用英文问。

所有的人都怔怔地望着我。

"有人会讲英文或国语吗?"我用马来话问。这里所说的国语是马来语的意思。

"等——"一个小男孩有点脸红地用马来话的单字对我说,然后头一转,往长屋的方向奔去。

过了几分钟,小男孩又跑了出来,后面跟着一位长头发的姑娘。

"我会说一点点英文,我能为你做什么?"这位姑娘带着羞意轻声说。

她的大眼睛黑白分明,虽然皮肤黑了一点,但显得结实健美,带着一种纯朴又原始的美丽。

我不知道那位伊班朋友的名字,只好把那一天的事说了一遍。她回头去问一位耳朵上穿有两个大耳洞的老人。老人深思了一会儿,又用指头数了数,嘴里喃喃地自言自语。一会儿他点点头说:"达曼·沙波，达曼·沙波！"

达曼·沙波的意思是沙波的爹。伊班人习惯在某人有了孩子以后，用孩子的名字前加上达曼来呼唤某人，某人原来的名字也从此被人遗忘；如果是妇人，则在孩子名字的前面加上伊奈，而她本人的名字也渐被人遗忘。

老人刚闭上嘴，小孩子们立刻掠身向前，领着我向长屋连奔带跑地拥去。那位伊班姑娘则跟在我身后，帮我拿着卡扬酋长送给我的吹筒和吹箭。

"你怎会讲英语？"我一面走一面问这位伊班姑娘。

"两年多以前，我曾在米里市替一位修女做助理，工作了将近一年，她常教我英语会话。"她以缓慢、发音不准的英语夹杂着一两个马来话回答我说，"现在，很少讲，忘得差不多了。"

这座长屋与河岸平行，长有二百多米，比其他我所见到的长屋高。年代似乎也蛮久。比起隆·拉布的卡扬族长屋来，这座伊班长屋就显得老旧不堪了。想来这座长屋的领地里没有燕窝出产。

小孩子领我到长屋的第一间，这是招待客人的地方。

一位光着上身、眼神灼灼逼人的老人迎了上来，他身上的刺青尤其引人注目，手上、肩上、颈间都刺着图案式的刺青。老一辈伊班男人的刺青是婆罗洲诸族中最有名的。

长发姑娘用伊班话向老人说了一会儿，老人随即延客入房，并表示欢迎我的来访。姑娘告诉我，他是这座长屋的酋长。

走进客厅里，长藤椅上坐着一位穿着颇体面、貌似华人的中年男子。酋长用马来话为我介绍，果然是华人——江先生，在沙捞越出生的客家人，他能操流利的马来语与伊班话。

江先生告诉我，他年轻时，在巴兰河上跑单帮，与伊班人混得非常熟悉。后来他到文莱去工作，有二十年不曾来过。这次利用年假，到巴兰河寻访故友，发现以前的好友已经成为酋长了。

过了一会儿,那位长头发姑娘又来到客厅,还带了一位妇人。酋长告诉我,我的友人达曼·沙波上山去了,要过几天才会回来,这位妇人是达曼·沙波的太太,名叫伊奈·沙波(意思是沙波的娘)。

这位伊班妇人肤色颇白,身体很壮,圆圆的脸,笑容可掬。为了见客,还特地穿上马来礼服。

我送了一个玛瑙手镯、一对耳环、一只电子表和一包糖果给她,都是台湾带来的,她乐得直笑。因为彼此言语不通,就打发她走。她一面退出客厅一面念念有词地说个不停。江先生告诉我,那位妇人如是说:"感谢尊贵的客人,带给我意外的喜悦。这世界上还有什么其他值得欢喜的事,比这种意外之喜更使人快乐呢?"

既然我那位伊班友人不在家,我想搭下一班船离开,我就要求酋长准许我参观他的长屋。于是在酋长与江先生陪伴下,我顺着长屋的长廊慢慢前进。长廊下挂有许多吊床,有孩子在吊床上睡觉,有大人坐在吊床上,两脚垂地一摇一荡地聊着天,也有年轻的男女围在一处玩扑克牌。

长屋的人非常好客,知道我们要搭中午时分的船离去,早已提早为我准备了午餐。江先生说,到长屋做客,你只要把行李随便放在哪一家的门前,那一家的人一定会为你准备餐食,这是丛林民族好客的天性。

午餐虽然不是什么好菜,但对他们来说是很丰盛了:一个鸡蛋,一块腌山猪肉,一碗某种树的嫩叶。这些通常是在节庆时才拿出来的啊!

吃过午饭,我背起背包准备走了,江先生也要与我同行。这时伊奈·沙波突然走上来,双手奉上一串东西,说是要送给我的。我接过来一看,是一串珍贵的蜻蜓珠。这种蜻蜓珠历史相当悠久,一向为这些原始民族所珍视,现在她既然拿来送我,接受与否真叫我为难。江先生催我快快收起,否则伊奈·沙波会以为我不喜欢。真是却之不恭啊。原始民族不会像文明人那样贪得无厌,接受你的盛情,也会以相等的情意回赠。

中午时分，往下游的长船来了，酋长、伊奈·沙波和一大群孩子在岸上挥手相送。我发现那位长头发姑娘脉脉含情地站在椰子树荫下，黑白分明的大眼睛正燃烧着青春的热情和梦想。

长船迅速地驶走，长屋渐离渐远，岸上那一群纯真善良的老少伊班人仍然猛烈地挥着手……

长船飞驶向下游，我的巴兰河之旅也结束了。每次我从蛮荒的原始民族回来，总对文明人更深一层失望。十几年来，我与不少的原始民族接触过，甚至生活在一起蛮长的时间。起先我都有那种想引导他们进入文明的念头，但是接触久了之后，我发现正好反过来，文明人应该去向他们学习，从他们那里得到宝贵的教训和启示。数千年来，文明人梦想着伊甸园、世外桃源、理想国、大同世界的到来，可越是文明，人类变得越贪婪无情，离理想国也越远。但我发现，理想国的许多气质，例如发表意见的自由，对他人权利的尊重，兄弟般的友爱，甘苦荣辱与共的气度……反而很容易在未开化的原始民族那里找到。这不正值得我们这些自视甚高的文明人反省吗？

探险亚马逊河

亚马逊河用这样奇幻的壮丽的风景,

欢迎我这来自地球另一边的朝圣者。

给安琪儿的情书

在我们长长的一生中，总要遇到许许多多的人，男男女女，老老少少，有的令我们爱，有的令我们恨，有的让我们喜，有的让我们惧。来到身边的人，我们很少仔细体会相遇的意义，也很少真正认识他们是什么人。直到我年过半百，才顿悟这些人全是我的天使，全是应我殷勤相邀来参与我的人生戏剧的演出，是来成就我将人生过得精彩的天使。但以前我不明了，纵使有人告诉我，我也不会相信。这让我纠缠在爱恨情仇中，上演着比电视八点档连续剧还难看的戏码，回顾起来还真让我羞愧。不过现在我明白了，我开始学习用感激之心来看待我的天使们，他们全是来让我体验真、善、美、爱、慈悲、慷慨、宽容、感动等等的天使。

年轻时，感情丰沛会写情书，可是年长之后就不能写吗？是因为少了热情，画地自限？我倒觉得正好相反。年长时的你有更多的人生经历与智慧，更能写出动人心弦的情书。这次我到亚马逊河去探险，有很多的河上旅途时间，我就想到用写情书的方式来报导这次探险，写信的对象就是我的天使们。如果你是我的读者，你读到了这篇文章，你也是我的天使，因为你成就了我的作家梦，你激励了我去创造更精彩更有深意的人生旅程，我也借此回报你，分享我的经历，并表达我的感激。

既然是情书，就是人世间的产物，所以也就回归到人间剧本中来，但它只是形式，因此请不要拘泥在世间男女狭窄的巷弄中。所有的天使综合起来，他们是男神，也是女神。既然是神，实际上就是中性的，根本不在乎有没有性别……

  天使，英文叫作Angel，音译成中文叫作安琪儿，我就用"她"当名字，这样比较像一个收信的"人"。

自然摄影

给安琪儿的情书

                徐仁修 Silencio

蓄势待发的旅程

亲爱的天使，安琪儿：

此时我坐在马瑙斯（Manaus）河港码头停泊的一艘大船的顶层甲板上，正是黄昏天，虽然不再有炙人的赤道艳阳，但曝晒了一整天的空气，依然热如温泉，让人不得不脱去上衣打赤膊。头顶上成群的美洲灰头秃鹰乘着热气流盘旋，河上渡船来往，相隔十几千米的河对岸，现在成了紫黑色的地平线，火红的暮云，以及一大块被夕阳穿透成橘黄色的云堆，将像海一样宽阔的河面染成紫红。

码头上的工人忙着将刚从货船上卸下来的香蕉背运到岸上的货车，几个穿得很少的女人站在岸边的角落里向路过的男人抛着媚眼，小贩向正要上船的旅客兜售冰淇淋和其他零食，码头上几个赤膊的男人围着一处炸香蕉、炸鱼的小食摊……

我所乘坐的船名叫"裘伊斯姑娘号"（Lady Joyce），这是一艘蛮大的船，长25米，宽6.5米，共有三层甲板。第一层甲板是所有工作人员住宿之处，外加小厨房及一张长方形餐桌；第二层是旅客起居处，有四个小房间、两个小卫浴和一张长方形餐桌，甲板中央空间占去这层的三分之二，是用来挂吊床的；第三层甲板是露天的，长凳子紧靠着围栏。此时，一艘小加油船靠着"裘伊斯姑娘号"为她加油，工人们则忙着搬运我们船上要用的日用品、水、瓦斯等。在往后的十五天，这艘船将归我和段世同先生指挥，作为探险的基地营；另外，它还配有一艘快艇、两条小舟和一条独木舟。等物品装妥，人员到齐，我们就要踏上探险的航程。

盘旋的秃鹰渐歇，红日缓缓西沉，岸灯初亮在这薄暮时分。安琪儿呀，我看见两三个刻意打扮、衣着少得不能再少的"流莺"悄悄走动，浑身是汗的码头工人用低俗的话挑逗着这些洒过香水的女人，而女人则不屑地抛出白眼,斥骂着"酒鬼!穷光蛋!"。

岸边鱼市场的喇叭播放着巴西流行的歌曲,歌声从大小船只的马达声中突围而出,歌者的声音热情又有些悲伤,与周遭的情景相当和谐,酝酿出一种特殊的异国河港氛围。那歌词更适合出船的水手与远行的旅人。亲爱的安琪儿,她是这样唱的:

向前走,情人,只要有真心就不用频频回头。
真爱让你不会走得太远太久,也不会让我担心你爱上异国的小妞。
我知道,我的美丽与温柔,正是你无法挥别的乡愁。
所以啊,你不会走得太远太久……

天空渐渐暗沉,金星越发明亮,港边山丘上的教堂也因灯光而凸显出来。只可惜,晚祷的钟声在许多年前就已沉寂,这是有耳朵的生物的损失。安琪儿,你想想,那优美悦耳的钟声响彻河港,催眠着初歇的秃鹰,为启航的船只送去祝福,为归来的旅人致上欢迎回家的温暖,这是多么温馨愉悦的画面与气氛。

旁边一艘比"裘伊斯姑娘号"略小的轮船慢慢驶离,一位几乎赤膊、穿着短裤的孕妇在码头默然挥手相送。亲爱的安琪儿,此景突然让我想起年轻时在尼加拉瓜蛮荒白牛农场工作时常听的一首民谣。当时牧工达尼罗经常伴着吉他唱得动人心弦,后来我将它译成中文:

当我离开故乡,到远方去流浪,
亲爱的姑娘,你是否依然等我,
在哈瓦讷的海港?
每当黄昏之际,
总会飞回一只白鸽,
回报我的思念与无恙。

啊！亲爱的姑娘，
耐心地等我，我即将归航，
我只是去远方流浪，
你永远是我最爱的姑娘。

随着夜色的加深，归港的船只也增加不少，使得空气满含令人不快的柴油味。原本我希望尽快离开这里，油早已加满，水亦灌足，货也已装上船，可是船上的随行及工作人员总是到不齐。负责这次探险的总管名叫培雷洛（Perero），是一个大腹便便的中年人，一直上上下下地点货、寻人。晚上八点半之后，厨师、译员终于到了，却发现轮机长和两个水手不见了。属下向总管报告：他们两个领到预发的工资，送钱回家去了。

安琪儿，你听来好像事情很简单，问题是轮机长有三个老婆，并且分住在不同的地方……至于那位单身的水手，培雷洛忧心他跑去喝酒，甚至跟"流莺"上岸去了……此情此景，让我想起金银岛的故事。亲爱的安琪儿，你猜这些上岸的人最后会不会被杀了，然后是独眼汉，或铁钩手，或瘸子，或邪里邪气的人来顶替？现在，"裘伊斯姑娘号"颇有史蒂文孙最有名的小说《金银岛》中，大船"希斯布纽拉号"启航前的诡异气氛。

下弦月东升，水手回来了，船的引擎也发动了，现在只等轮机长一到即可启航。亲爱的安琪儿，你必定知道我此时的兴奋与不安——离开马瑙斯市后，要半个月才会回来。昨天我们与中介人戴大伟先生、培雷洛先生及向导讨论路线时，就嗅到了血腥味：亚马逊河上游有诸多亡命之徒——哥伦比亚的叛军、秘鲁的光明游击队、私枭、毒枭、玩命的淘金客、河盗以及食人族……为了避开可知的危险地区，我们谨慎地选了路线，但万一有什么三长两短，亲爱的安琪儿啊，你就公布我留下的遗书吧！

如果我就此一去不返，亲爱的，这必是我写人生剧本时所创作的最完美的结局，请不要来找我，适时的结束是好戏重要的条件之一，我不想让原来精彩的戏码变成歹戏拖棚[1]。对我这个曾拥有高潮迭起的人生，有着传奇经历的人来说，选在地球最大的江与最广的热带雨林中画下人生之旅的句点，让肉体在这样壮丽浩瀚之地回归大自然，是一种完美与神圣。若真如此，我此生要讲的最后一句话是："谢谢你，亲爱的安琪儿。我爱你，我们后会有期！"

2002.8.27　下弦月升起时，
Silencio写于马瑙斯河港

自然摄影

蓄势待发的旅程

---

1 指坏戏、烂戏占着摄影棚，一拍就是几百集。

有一位天使让我美梦成真

亲爱的安琪儿：

晚上十点钟，"裘伊斯姑娘号"终于驶离马瑙斯河港，迎着上升的下弦月朝东北航去。亚马逊河发源自安第斯山，向东北流入大西洋，由此可知，我们的船是向下游驶去，行一小段之后，再折入支流朝东南上溯。

夜航在这地球第一大江上，激人豪情。江面宽如海，真的是一条海河，河面窄则十千米，宽则三四十千米。高大的热带雨林密布两岸，从江心望去，两岸都成了朦胧的地平线。亲爱的安琪儿，这样宽阔的大江，可不是我们两个住在蕞尔小岛台湾的人所能想象的啊！

我和同行的段世同先生坐在顶层甲板的前端，共赏江月，谈诗聊史。

段世同也是我的天使。要不是他，我的亚马逊河之旅就无法这样快这样顺利地展开。认识段世同是很殊胜的缘分，也是灵魂所做的邀请与安排，就像你与我的相遇啊！

2001年11月18日，我在中正机场候机楼等着飞往新加坡再转飞澳大利亚的飞机。我放下背包时，看见对面椅子上一位浓眉大眼的年轻人正凝神看我。我回他一个点头微笑，他突然站起并走过来说："你一定是徐仁修！"我点点头，脑中拼命在找寻记忆：我是否认识他或见过他？我上前与他握手。

"我一定要认识你！"他笑着说，"你改变了我对人生的想法。"

就这样，我们邂逅了。这位一天到晚飞来飞去的年轻人，通过机舱长让我们可以相邻而坐，飞往新加坡；到了新加坡，他用他的贵宾卡请我到贵宾室。如此，我们聊了将近五个小时才分手，他向西飞往印度，我朝南飞往澳大利亚。

段世同，我呼他段老弟，今年30岁，台大历史系毕业，并在"海军陆战队"的两栖侦搜营蛙人队服了两年可堪自傲却不能再来的兵役。安琪儿，你知道我年轻时也有一小段时间在蛙人队待过，很能分享他所挺过的那些不人道的训练经历。

段老弟读过我那套由远流出版公司出版的荒野探险丛书，渴望能像我一样到第三世界去旅行探险的生活。但他念的是历史，与我有些不同；我学的是农业，可以在第三世界以热带农业专家的身份一面工作，一面深入荒野。所以段老弟跑去法商公司做业务员，一方面学语言以及与外国人做生意，同时也有机会旅行与积蓄旅费。亲爱的安琪儿，你知道，他也是一个有心人呀！

两年后，他转到通讯科技公司，担任国际市场开发的业务员，足迹遍及南亚、中东以及南美，而且成绩斐然，深受公司器重。

当我们在新加坡分手时，他问我，今后最想去探险的地方是哪里。我毫不犹豫地说："亚马逊河！""也许我们可以一起去。"他说。

段老弟去过巴西五趟。我在2001年底从澳大利亚回到台湾，段世同不但已加入我创办的荒野保护协会，也收集了许多有关亚马逊河的资料。2002年4月，段老弟来告诉我他的计划，他想辞掉工作去法国念书，并赶在10月开学前抵达巴黎，所以打算8月去亚马逊河，9月底从巴西转飞法国。

现在我们美梦成真，在异国的大江上共赏江月，同赴世界最大的热带雨林探险。这真的是人生中巧妙的安排啊！

夜航在这大江之上，亲爱的安琪儿，你猜，最能让我们同时想起的诗人是谁？是苏东坡。他的《念奴娇•赤壁怀古》深深触及我们两个人的心底：

大江东去，浪淘尽，千古风流人物。故垒西边，人道是，三国周郎赤壁。乱石穿空，惊涛拍岸，卷起千堆雪。江山如画，一时多少豪杰。

遥想公瑾当年，小乔初嫁了，雄姿英发。羽扇纶巾，谈笑间，樯橹灰飞烟灭。故国神游，多情应笑我，早生华发。人生如梦，一尊还酹江月。

苏东坡写赤壁怀古时也正是我这个岁数——早生华发。可是我是否能像他那样，多情应笑我呢？不同年纪对于明月所触起的多情又有什么不同呢？亲爱的安琪儿，容我告诉你一些我年轻时的故事吧！

1968年，我在马祖服兵役。那年中秋节，我正在排球队集训，队里还有诗人黄道成、拉小提琴的许清政，我们在中秋满月下写诗、写歌、谱曲。我写了《中秋饮》，后来发表在《马祖日报》上，许清政当场为其中的第一段谱了曲，我还记得那段小诗：

斟一杯盈盈的月光
高举向东方
姑娘 让我敬你一杯
愿今夕的优美
长驻于你焕发的容颜

今夜唱起这首老诗旧歌，觉得它仍然非常适合送给我亲爱的天使啊！

有时我想，我还有年轻时的浪漫情怀吗？我还能写情诗吗？我还有热情吗？我还有赤子之心吗？如果岁月与伤痕让我失去了这些，亲爱的安琪儿，你会是让我失而复得的天使！

此刻我在月夜的亚马逊河上，想起了年轻时写的情诗。亲爱的安琪儿，我不禁要问自己：三十多年前的情怀今夜是否依然？岁月让我失去了什么，又让我得到了什么？

是的，我将在那段小诗之后加上一段：

斟一杯浩浩河水

再一尊还酹江月

天上　人间

愿今夕的明月

长照这多彩多姿的世界

自然摄影

有一位天使让我美梦成真

亲爱的安琪儿，你察觉到我的变化吗？

2002.8.28

凌晨的江上　Silencio

北新奥林达镇上空的秃鹰

亲爱的安琪儿：

　　船上的第一个夜晚对我来说是夜长梦多，虽然才睡了四个小时。我有一个舱房——不如说是一个大箱子，它宽1.4米，长2米，塞入宽0.8米、长1.85米的双层小木床。一旦睡上床，要翻身就得施展瑜珈术，感觉很像睡在棺材里（世界上好像还没有出现上下层棺材的设计）。空间非常狭窄，一旦风向转变或停船而没有风吹进舱房，舱房立刻就闷热起来。安琪儿，我想你也不会喜欢那样的感觉。

　　凌晨一点半上床，我很快睡着了，做了很多零碎得难以记清的梦。醒来时，觉得自己似乎睡了很久，可是房门外仍然是一片银色月光斜照，看看表，才三点。

　　此时，"裘伊斯姑娘号"已从亚马逊转入主支流，变成逆水上溯。船速变慢，风向也变了。舱房闷热难耐，我不得不转到船中央的吊床去睡，那里有风，吊床轻晃如摇篮。我很快又睡着了，碎梦依然不断。醒来时又是睡很久的感觉，但是甲板右侧仍然浸满月光，看看时间，是凌晨四点。吊床让我必须蜷曲着睡，弄得我有些腰酸背疼，于是又钻回"棺材床"。

　　五点整，我再度从支离破碎的梦中醒来。房门外的月光不见了，我翻身下床出门。我看见大地微明，天空含紫，东方泛着幽红，江岸沉雾贴地，大船行驶在梦幻的水彩画中。

　　慢慢地，江岸上的热带雨林大树剪影呈现在紫红的幽光和横陈的雾带前，宽阔的江面反映出一片神秘的紫红。亲爱的安琪儿呀，我真希望你能亲眼看见亚马逊河用怎样奇幻壮丽的风景，迎接我这来自地球另一边的朝圣者！

　　此刻，我也明白被谪贬蛮荒的苏东坡为何会写下"九死南荒吾不恨，兹游奇绝冠平生"。我想，那些爱大自然、爱探险旅行的人，像徐霞客、马可•波罗、约翰•缪尔等都会会心微笑。亲爱的安琪儿，你同意这种想法吗？

大地渐明，两岸景色益显清晰，偶尔可见小小的木屋与兽槛，这都是该地区已成为牧场的象征。雨林中的乔木、灌木都已被砍除，只留下巨木和棕榈树。巨木太大难以锯倒，棕榈树结的果实可以卖钱，也可以让牛群拥有躲避赤道艳阳直射的树荫，这是它们得以保留的原因。

多年来，我在第三世界的旅行深深让我觉得，经济开发就像一颗超级炸弹，爆炸中心的威力最大，树木全被夷平，成为都市，往外威力递减，留下的树木渐多。安琪儿呀，开发让一些人活得比较方便、富足，却让更多的人成为物质的奴隶，终生都摆脱不了债务。

多年前，有一位听众在我的演讲会上问我："为什么吃素？"亲爱的安琪儿，你还记得我的回答吗？当时我为了节省时间，绕过大部分理由，只用《瓦尔登湖》作者亨利•戴维•梭罗那充满智慧与幽默的话回答他："我不愿为吃下肚的那块牛排做牛做马！"

但是，安琪儿呀，在梭罗谢世140年后的今天，经济更发达了，却有更多更多的人投入到做牛做马的行列……

早上十点以后，气温开始攀升，我注意到两岸的小木屋以及新垦地，这些刺眼的大地伤口渐渐增多了，我知道，"裘伊斯姑娘号"正航向另一个炸弹炸过的中心。近十一点，北新奥林达镇（Nova Olinda Do Norte）鲜白的房舍沿着浊黄的江水临河排列，与湛蓝天空中几朵雪白的云相呼应，显得格外醒目。

北新奥林达镇人口近五千，是这条支流最大的市镇，地方政府、警察局、中学都设于此处。巴西即将大选，总统、国会议员、州议员全都要改选，即使这偏远的小镇，候选人也不会错过。亲爱的安琪儿，当你看到街市上、码头上到处是候选人脑满肠肥的大肖像时，不知会怎样大笑！

我们将在此停靠几个小时，一方面要利用当地的卫星通信与马瑙斯联系，一方面要等另一条独木舟到来，它要配属"裘伊斯姑娘号"使用。同时，我们的主向导阿尔伯特·加西亚也将在这里与我们会合。

利用这个空档，我和段老弟上岸走走，并分搭两辆出租车绕一下这个小镇。为什么要两辆出租车？亲爱的安琪儿，你可不要把它想成台湾的出租车，它只是两辆摩托车罢了。这种motor taxi由穿着红色或蓝色背心制服的年轻人载客，在镇上绕一圈大约新台币10到20元。当然，我们外国人就要30元。

这个镇很干净，房舍、街道十分整洁，因为腹地广、人口少，每一家的庭院蛮宽。一大群秃鹰一直在市镇上空的白云蓝天间盘旋，时而扩散如漩涡，时而又内缩成"鹰柱"。我发现，只要有人住的地方就会有秃鹰，而且从秃鹰的数目也可以推测该村镇的人口多寡。秃鹰是非常重要的清道夫，牧场的死牛死猪，当地居民屠宰牲畜所丢弃的内脏、头尾、四肢，全靠秃鹰来清除，这也是为什么人口数与秃鹰数成正比，因为这与消费量有关。

下午三点，小独木舟抵达，挺着大肚子的向导头领艾伯特·贾西亚也上了船，"裘伊斯姑娘号"在气温近40℃的骄阳下缓缓驶离北新奥林达镇，逆水上溯。

此刻，我坐在船栏边的长凳上写信给我的天使，如此炎热的天气除了昏睡或转移注意力，还真难熬。段老弟在吊船上昏睡着，额上、胸上的汗珠此滚彼落。从台湾飞到巴西的时差所造成的生理影响余威犹存，这也是我夜晚时睡时醒、碎梦串串的原因。

2002.8.28 炎热的午后
在逐渐驶离文明的"裘伊斯姑娘号"船上 Silencio

自然摄影

北新奥林达镇上空的秃鹰

食人鱼和"现代梭罗"

亲爱的安琪儿:

　　热带的太阳真的会炙人成伤,即使是在下午四点半,阳光已斜射却依然让人皮肤发疼,但此时又是拍风景照的好时刻,我总是着沙漠头巾遮阳,坐在顶层甲板的最前方拍照,欣赏不断变换的亚马逊河风光。那情景就如同你在看360度电影一样,船不断地前进,两旁景致也随之后退,前方远处的景物逐渐向你飞近,就像电影上用ZOOM镜头慢慢将远景拉近。

　　夕阳西落时分,"裘伊斯姑娘号"来到汇口村,这里是水色浊黄的芬地内利河(Rio Fontinel)与流淌深咖啡色河水的卡努曼河(Rio Canuman)的交汇之处,两股不同颜色的水在此相混成褐色的水流,那景况有如咖啡加牛奶的颜色。许多亚马逊江豚就在这水流交汇之处觅食,不时三三两两并排露脊换气,弄开一大朵水花。

　　大船右转驶入卡努曼河,进入印第安保留区,这表示我们进抵少被破坏的亚马逊河原始热带雨林了。这里河宽如大湖,两岸相距总在一万米以上,最不可思议的是江中心竟然有大树的树顶穿水而出,有的已枯,有的枝叶扶疏。向导头领艾伯特•贾西亚说,亚马逊地区的旱季已经开始到来了,江水的水位正逐日下降,这些大树原本都淹在水里,现在渐渐露出水面;到了11月,河水将只剩一千米宽,其余部分都会成为树林。亲爱的安琪儿,你能想象我们的"裘伊斯姑娘号"正行驶在森林顶上吗?这是多么不可思议呀!

　　在暮色渐拢中,船朝上游行驶,我们要去保留区的部落接一位很有名的猎人,他要带领我们到雨林的更深处去。

　　晚上十一点,留着小胡子的猎人马寇士上船了。原以为他会是一位印第安人,不料竟有百分之四十的葡萄牙血统,娶了一位印第安姑娘,所以住在保留区里,以种植木薯、钓鱼、打猎维生。大船继续彻夜航行,清晨四点停泊在一处小河与大河交汇之处。段老弟和我在马寇士与两位水手陪同下,搭快艇逆小河上溯,这里穿水而出的小乔木变多了,形成林泽的奇异景象。

曙光渐现,暗紫的天空快速地转成满天红霞,河面映出天空的霞红,上下天光共一色,小艇像刀子一般切开水中的红色天空。天渐明,七彩金刚鹦鹉成双成对聒噪地划过晨空,但其他鸟声并不多。不久,一艘渔船从上游航来,马寇士认为这渔船已经惊扰了林中动物,遂返回大船,"裘伊斯姑娘号"起锚航向另一处。

沿河风景越来越绮丽,林泽处处,呈现出亚马逊河支流独特的风景。近午时,大船在一处幽静美丽的河心下锚,马寇士和艾伯特一起乘快艇到附近的几条小河去探看。原本我想利用这段时间小憩一下,但周遭风景怡人,河水诱人,于是从船上纵身跃入河中。可是才游离船身三十米,心中就觉得毛毛的。亲爱的安琪儿,你知道为什么吗?

当然是食人鱼!当时我正舒服地游着,突然听到船上的水手笑着叫道:"又钓到一条了!"我回头去看,一条比巴掌大一点的鱼挣扎着被拉上甲板,我大声问道:"什么鱼?"

"比拉尼亚(pirana)!"水手也大声回话。比拉尼亚就是食人鱼。

我赶紧游回船,因为他们只花了十分钟就钓起四五条,想来就令人不寒而栗。亲爱的安琪儿,你一定也在电视上看过食人鱼只花几分钟就把一头牛吃得只剩骨架的情景。我可是历历在目啊。我在马瑙斯餐厅看过它们白森森、像牛排刀一般锋利的三角形牙齿,与大白鲨的牙齿可说是一模一样。

事实上,亚马逊河流域有近三十种食人鱼,从最小不过三指大到大得像滑板。一种名叫犬鱼(*Hydrocynus goliath*)的食人鱼,其牙齿竟然像狗的犬齿一般尖长。不过,水手们没有人下水游泳,并非因为怕食人鱼，而是怕一种小小的"钻穴鱼"，巴西人叫它"candiru"，据说它会钻入人的肛门、阴道，而且一路用它那细小却锋锐的牙齿咬进去，往往让人来不及送医就因失血过多而死。但马寇士告诉我，那是一种极小的鲶鱼，真的会钻人的孔穴，进去不久就会因缺氧而死，但死前的挣扎会促使它用利齿乱咬，最后卡死在组织中，这时必须开刀才能把鱼取出。这整个过程实在令人不寒而栗。

我们的翻译杰夫告诉我，亚马逊河有些支流有水蝎子，他有一次在上游被螫伤，结果昏迷了六天，全身因皮下渗血而呈蓝色（黑青）。

水中不敢久待，我和段世同改划独木舟到附近游荡，不料竟翻船，把附近几条江豚吓得跳到半空中。安琪儿呀，如果你目睹我们狼狈的情形，大概也会像那些没良心的水手一样，笑得直跳起来。

午餐时，探勘人员返回大船，他们发现几条支流都有人在盗伐大树，遂决定继续往上游去；猎人马寇士要引我们到他的一位朋友安东纽先生开垦的地方去。

下午两点多抵达了安东纽的垦地，"裘伊斯姑娘号"将停泊在紧靠垦地的河湾。安东纽是一位"现代梭罗"，带着妻子和两个小孩，从北新奥林达镇来此开垦。他说他厌倦都市里永远被债务逼着过日子的生活，电费、水费、电话费、邮资、交通费、税金，甚至上厕所、丢垃圾都要付费……精神上简直成了奴隶。他开垦、种木薯和水果、自建房子、钓鱼、打猎、采集林中的可食植物，过着日出而作、日入而息的单纯生活。

亲爱的安琪儿，中国人用家徒四壁来形容一个人穷到见底，而此刻我正坐在安东纽那"家无四壁"的大房子里写信给你。安东纽是难得集大富与赤贫于一身的奇人，虽然家无四壁也无家具，但四周延伸无限的美丽风景，毫无阻碍地进到屋子里，成为房子的墙壁，无论从哪一个角度吹来的雨林凉风及芬多精，都直接流过房子的任何角落，世界上有哪一栋豪宅能与之相比？

　　安东纽的生活给我很大的感触。亲爱的安琪儿呀，为什么物质越文明，人却越是过得身不由己？如果安东纽先生不仅仅是为了谋生，而是要有更高的思想与生活体验，就像梭罗那样，那么这深长丰饶的河流、浩瀚神秘的热带雨林，必能在安东纽深入大自然的生活中结晶出更多可以给现代人启示的智慧！

　　待会儿太阳偏西时，我将进入雨林里拍摄，今晚也会夜拍。夜晚可以发现较多的动物，也较容易接近去拍摄。

2002.8.29　15：00

在安东纽风景直接进房的木屋里　　Silencio

自然摄影

食人鱼和"现代梭罗"

雨林奇妙夜

亲爱的安琪儿：

　　此刻，我坐在大船的餐桌上写信给你。我刚淋过浴，把昨夜热带雨林加在我身上的热与寒冲走，觉得浑身舒爽。人的感觉总是相对的，若非昨夜的辗转反侧，就不会有现在的舒畅。此时早上十点半，温度30℃，对许多人，尤其是在空调屋中的人来说，是不舒服的。人生中大部分的感觉多具有相对性与比较性，这就是大师们面对所有的感觉都可以甘之如饴的原因，而各种感觉都可以丰富人生的经历，对人生有益。但我对左手中指的疼痛却仍难释然，左手中指现在肿得像香蕉一样粗，这是热带雨林探险的代价之一。安琪儿，让我慢慢告诉你昨夜的经历……

　　昨日下午两点整，我们一行十人背着宿营装备离开大船，在安东纽先生的引领下进入森林。此处的森林是几十年前热带雨林被伐之后长出的次生林。热带雨林下的地表土层非常浅薄贫瘠，原始林一旦被伐，再生的次生林就长得缓慢且稀疏。我们进入的次生林，树高不过五六米，树隙大，强烈的阳光火热地加温，林中又纹风不动，热得像烤箱一般。气温是38℃，众人皆汗如雨下，大伙纷纷卸去上衣，打着赤膊，一路纵队前进。亲爱的安琪儿，如果你看见这一列队伍，一定会以为是遇见了百年前的贵族探险队，他们有的背水，有的扛食物，有的驮着吊床……就是为了伺候我和段世同两个人啊！

　　离河渐远，动物的足迹渐多，马寇士与安东纽不断指出鹿、野猪、巴西貘以及美洲豹留下的踪迹。其中一处血迹斑斑、兽毛散置一地，马寇士判断是今天清晨美洲豹在这里吃掉了一只赤鹿。赤鹿类似台湾山羌，是小型鹿科动物。

　　林中野生动物虽然不少，但我们完全无法看见它们，大部分野兽在我们踏入森林那一刻就已逃之夭夭。亚马逊河地区猎人很多，野生动物非常畏惧人类，即使最常见的猿猴也难以得见。亲爱的安琪儿呀，你知道吗，竟然还有许多猎人连猴子也照样射杀来吃！野兽不多，昆虫倒是有一些，而且都是蛮奇特的，例如怪模怪样的毛虫、雌雄外观差异极大的蝴蝶，最多的是大蚁窝及大蜂窝……

在炽热的疏林里穿行，近似在酷热的沙漠中行进，段世同说他打橄榄球也没流过这么多汗。花了一个半小时穿过次生林进入原始雨林，阳光被浓密的树冠层挡住，使得雨林倏然幽暗如晨昏。气温虽然略为降低，但闷热依然，只是少了强光直接的炙晒。我们又走了一个小时，马寇士总算找到适合扎营的地方。

众人放下行李，拔出长刀。不过十几分钟，地表的藤蔓、野草、灌木就被清理一空。不久，吊床也在树干间张挂起来。扎营完成时是下午五点半，接着，营火生起，厨师开始准备晚餐。这时才发现他们竟然把我和段世同的食物遗忘了，更惨的是我的换洗衣物也被留在船上。我心想，只不过是一晚，忍一忍就过了。安琪儿，我后来发现，还真难忍啊！我们为了不让摄影及录音器材离身，不得不把次要的东西交给随行人员，结果他们竟然摆了这个乌龙。

天黑后，我背起夜间摄影器材朝雨林更深处去。林中依然闷热如日间，在散热与防蚊防虫之间反复就是我们"天人交战"的实情，幸好林中稀奇古怪的夜间动物转移了我们的注意力，螽斯、叶斯模拟着枯叶或绿叶，模样可怕的蛛蝎在树干上横行。最惊人的是，我发现了一种很大的萤火虫，它有一盏火红的萤火，不熄地在林中快速飞行，好像火流星一般。我在同行队友的协力帮助下捕获了一只，细看之下，它竟然不是萤火虫而是叩头虫。这一寸长的鞘翅目昆虫竟然进化出这样的发光能力，实在不可思议。更令我吃惊的是，它身上共有三处可发出光来，胸背后端两侧各有一个小圆点，可以发出带绿色的荧光，胸部的第一节则发出较大的火红色光。所以当它在林中稍高处快速飞行时,就像前几年在合欢山出现的火流星一般。这荧光叩头虫是目前所知的地球上发光最亮的昆虫。

大自然真是无奇不有。亲爱的安琪儿呀,我每多进一次热带雨林,就对大自然、对生命多一分敬畏与赞叹啊!

不久,我在一棵比我略高的灌木上发现了一只斑节树蛙。它爬树枝的方式非常像猕猴,四肢交互上爬,像走路那样,只是速度快得像跑步。它的模样相当可爱,但我始终觉得它与我们一般所见的树蛙有点不同。我注视它良久,就是无法说出哪里不同,于是慢慢地剔除那些相同的部分,最后发现它的眼睛有些怪。亲爱的安琪儿,我还是无法指出它的眼睛为什么让我觉得怪。

注视着它的眼睛,我突然觉得它的眼睛比较像蛇而不像蛙,我终于发现是瞳孔的问题。当它瞳孔眯起时,不像一般的蛙那样呈水平状,而是像蛇的瞳孔那样呈垂直状。好笑吧,安琪儿!就这么"一线之差"让我觉得它怪怪的!

树蛙附近另一棵灌木上,我看见一束绳索成圈地绕在枝叶上。我起初以为是水手遗落的绳子,但多年的自然观察经验又让我直觉"它"可能是蛇。等我手电筒的光聚焦到它身上时,我终于看见它的头——一条如假包换的藤蛇,细长如藤。

大概是强光惊扰到它,它开始慢慢移动。但它实在是太长了,头已移到另一条枝子上,下半截仍然盘在原处。它的身子比我的尾指还细,但身长却超过两米。又是一种令人不可思议的生物!

亲爱的安琪儿,你一定会问:"它为什么需要这样长的身体?"

地球上所有的生物会长成它们独特的造型,基本上都是为了生存。以藤蛇为例,它以小鸟、蜥蜴为主食,这些动物夜间常栖宿在细枝的尾端,如果有天敌前来捕食,一定会触动枝条,它们可以立刻逃走。但藤蛇身子细长,可以从另一枝条或邻树探身过去捕食而不惊动猎物。

晚上十点半，我们结束夜间拍照回到营地，全身汗水湿透，除了随行的两位猎人，余众早已鼾声四起。我除了往肚里灌水外，食欲全无，也无水可浴，无衣可更，身上仅着的一件又汗湿如洗，只好脱下挂在树枝上晾着，就这样光着上身跨上吊床。热带雨林的气温现在已降到令人舒服的温度，夜鸮与鸣虫合奏着催人入睡的旋律，我也在疲惫中睡去……

自然录音

听取鸮声一片

半夜因梦见自己掉入冰冷的河中而惊醒。亲爱的安琪儿，我发现自己真的是被冷醒的：雨林的气温已降至21℃，加上湿气重，又无衣可穿，无毯可盖。不只我一个人觉得冷，除了三个大胖子外，其他人全都冷得缩成一团，把吊床的两边往内卷，变成一条避债蛾毛虫。

除了冷，我还觉得饿，饥寒交迫让我很难再入睡，白脸宝冠雉悠远如法国号的啼声让这里的雨林充满独特的气氛。我小心翼翼地坐起，用手电筒照射吊床附近的地面，蛇、蝎子喜欢出现在林中清除灌木后的地表。果然，我发现了两只雨林蝎。我避开它们，翻身落地，再仔细清理登山鞋内部，免得有生物躲在里头。

我接好录音机，开始收录白脸宝冠雉的鸣声。但在灵敏的麦克风里，我听见几个大胖的鼾声如潮如雷，只好放弃，再回到吊床上当避债蛾。

清晨五点，我再度醒来。林中依然幽暗如夜，而冷凉更甚，晨鸟纷鸣如市集。我把闷缩成蛹的段世同唤醒，也叫起一位猎人，一道离营去拍照、录音。

途中遇见一个很大的胡蜂蜂巢，巢内发出嗡嗡沙沙的怪响。我把麦克风靠近巢去录音，结果，麦克风刚装妥，一只守卫蜂突然冲过来，在我中指根部螫了一针，刹时让我痛彻心肺，转身逃开。虽然我用尿液来中和，但这是一种含有费洛蒙的蜂毒，尿液全然无效。亲爱的安琪儿呀，我就这样看着自己的中指变成全世界长得最快的香蕉，更惨的是，我还得冒着再被螫的危险去把麦克风收回来。

随着太阳升高，温度也逐渐回升。当我们来到次生林的疏林，淙淙汗水一下子就把体内累积一夜的湿冷全逼出体外。一对对颜色鲜艳的蝴蝶倒吊在阳光照到的叶尖或树干上交尾。昨天它们还是单身的时候，是非常敏感而难以靠近拍照的，但现在成双成对，一方面行动不便，另一方面色胆包天，所以我可以从各角度去拍它们。

　　当段世同发现另外有几对蚱蜢也在交尾时，他一脸疑惑地说："热带雨林的昆虫一定要用交尾来表现热情吗？"他忘了此时正是亚马逊河百花欲放的早春啊！

　　在疏林中，猎人发现了几棵当地人称为"米粒"（Miri）的树木。它的果实转紫色时吃起来有如枣子，虽然很小，但味道甚佳。我坐在树下品尝这野味，这是昨日午餐以后的第一次进食，它的滋味却让我越吃越饿……

自然摄影

雨林奇妙夜

　　　　　　　　　　　　　　　2002.8.30　10：30　Silencio
　　　　　　　　在安东纽家前面河湾的泊船上等待午餐上桌

误入"死亡之域"

亲爱的安琪儿:

现在是午夜过后不久,往常此时,船上的人都早已入睡,今天却不寻常。众人挤在第一层甲板的餐桌上,但他们并没有什么事需要讨论。有几个在玩纸牌,几个在喝咖啡,除了一位全副武装的值班水手外,众人周围都放着猎枪和大砍刀。这些爱聊天的巴西人突然静默下来,气氛就变得有点诡异。其实,入夜后不久,我就觉得船上的人都显得不安,原本该是虫鸣蛙叫热闹非凡的岸树竟然寂静得有些怪异,原本每天夜晚都有千百只虫蛾飞绕的船灯,现在竟然一只飞虫,甚至蚊子也没有……这里正如段世同说的:"这是什么奇怪的鬼地方!"

昨天中午,我们的"裘伊斯姑娘号"驶离了安东纽家的河湾,安东纽先生要带我们到上游一个风景如画、有瀑布和奇岩的地方。大船在下午四点半进入一片长着小树的宽广林泽,我们必须泊船于此;再往上游水道弯曲狭窄,只能行驶快艇。

当大船停妥、一切就绪后,我们发现这地方有些怪异,偌大的湖面波平如镜,竟然没有一条鱼跳,附近的树上连一只鸟也没有,四周寂静得令人不安。

我观察了岸上的景观,决定晚上要到疏林里去做夜间摄影,于是派马寇士和他带来的朋友先去探路,我则在安东纽的陪伴下,驶快艇进入林泽去观察。

这大片林泽的树属于细枝型的灌木群,它将水域隔成弯曲狭长的水道,我们在迷宫般的水道觅路前进,绕了半天。亲爱的安琪儿,我们发现竟然又回到原点,你说怪吧!虽然大家都默不作声,但彼此心中都觉得事有蹊跷,只是不敢明言。我觉得这片林泽非常像梁山泊,外人很难闯入。那些迷宫般的树群和纵横水道,简直像武侠小说中困敌的阵式,内藏五行八卦的巧妙。

我看天色已近黄昏,遂吩咐回到大船,上岸探路的猎人也回至岸边。他们面色都很凝重,表示从未见过这样寂静的森林,好像所有的野生动物都被妖怪吃掉了似的。马寇士说,他怀疑我们是否闯入了传说中的"死亡之域"。

我把安东纽叫过来,问这里到底是什么地方。他老实地说,他从未来过此地,只在几年前听一位印第安老人说过,沿这条河而上,会到达一个叫作"坎比拉拿辣"(Canpiranara)的大林泽;如果能穿过林泽找到一条清水溪上溯,会到达一个有大瀑布且满布奇岩的美丽地方。

我问懂十几种印第安语的翻译员杰夫,在印第安语里,"坎比拉拿辣"是何意思?他说,虽然在各族之间此语的含义有些不同,不过都与"秘境""生死交界之域""幻境"或"魔域"相关。亲爱的安琪儿,马寇士口里传说中的"死亡之域"在我脑中回荡着,"坎比拉拿辣"听来更像是咒语啊!

原本被厚云遮住的夕阳,突然在丘陵线上挤出一隙,射出火红的光辉,把水域染成一片血红,幻化成有如魔域一般。杰夫说,五年前,就像此刻的血红黄昏,他和几个爱探险的法国贵族在亚马逊河上游的一个大湖,看见一条大水怪的剪影:几十米长,头是方形的,还有长长的须。杰夫认为那是一种龙。

随着夕阳的沉落,水域的颜色也不断变幻:血红、深红、赭红、紫红……紫、灰紫……轮机长和两位年轻的水手自告奋勇划着独木舟往水域去,他们带着钓具,想求证是否真的没鱼。天黑时,他们两手空空地回到大船。最令他们讶异的是,大小钓饵竟不曾被任何鱼咬过。船长和轮机长在亚马逊河航行一二十年,从未遇见这等怪事,让大家更觉毛毛的。

晚餐后,段世同和我在杰夫、安东纽、马寇士及其猎人朋友伴同下，上岸进行夜间摄影，却在一片疏林高草中团团转，走了一个小时什么也没发现，连一只最常见的蚱蜢也没有。本来是要穿过这片疏林高草进入森林的，但不知怎的，带路的猎人最后竟又绕回岸边，令人又好气又好笑。不过，我终于在丘陵顶端的灌木间发现了一只大乌龟，仔细一看却是死掉的。我注意到它的壳以及它停留的地面都是黑色的，显然是被火烧死的；再观察土壤及附近，我推测这里曾经遭遇大火，所以这里只有疏林高草而没有大树。但我没有把我的想法告诉大家。

回到船上，余众竟无人睡觉，全聚在餐桌边讨论今天遇见的怪事。杰夫、我和段世同在淋浴之后就上床睡了，难得今晚没有蚊子，可以大开舱门睡觉。

好梦方酣之时，担任联络人的戴大伟先生摇醒我，他说杰夫刚刚看见鬼魂上船，要我去一下第一层甲板。

杰夫正向船上的人说，他刚才被一群鬼魂摇醒，鬼魂告诉他，这里是不祥之地，最好尽速远离。但，安琪儿，你知道的，我不信鬼，因此，我开始详问杰夫。情形是这样的：杰夫感觉有人摇他的吊床惊醒他，他看见一群微微发光的人状形体围着他。据杰夫自己说，他的眼睛弱视，但却是天生的阴阳眼，所以看得见别人看不见的东西，难怪自他上船后就把整条船弄得鬼影幢幢。据这些鬼魂告诉杰夫说，他们以前就住在这河阶台地上，有一天，突然从空中飞落超巨大的火球，让整个小村及附近的森林在刹那间消失得无影无踪，同时在炸开的地方形成这一大片沼泽，这就是坎比拉拿辣。

杰夫接着说，两年多前，亚马逊河上游也有一个村庄，突然在一夕之间消失不见，后来环球电视台的记者前去探访，却只发现一大片焦土；有科学家推测，该村是被陨石击中，陨石带来的大量闪电焚毁了村庄……

杰夫又说，在亚马逊河上游"黑河"（Rio Negro）的支流，有一个村落因突然发生地陷而凭空消失……总之,亚马逊河是一个非常特殊又奇怪的地方,什么样的怪事怪物都有。

  晚安了,亲爱的安琪儿。我不会把杰夫看见的鬼魂放在心上;我知道"心怎样想,相就怎样现",我不会被"心"所制造的假象玩弄。四十岁以后,我不再为"死"所惊,更不会为鬼魂所吓,我心中有神,也有天使,怎还会在乎鬼魂?晚安了,我要进入梦乡去,在梦中,距我的安琪儿总是最近最近……

2002.8.31 Silencio

  凌晨一点,夜泊Canpiranara,在鬼魂环绕的船上

自然摄影

误入"死亡之域"

大胆尝"祭果"

亲爱的安琪儿：

"裘伊斯姑娘号"正以全速驶离"坎比拉拿辣"林泽，船上的人终于卸下凝重的神色，有了轻松的笑脸。他们全都回望那片奇异又怪诞的地方，这一天一夜里怪事连连，不断冲击他们绷得紧紧的神经……

今早，天未明我就醒了，我发现船上的人大多不曾合眼，除了两个趴在餐桌上、流了一摊口水的船员。破晓后，我吩咐水手准备快艇，想再试试穿越林泽去寻找流着清水的支流。在众人全副武装的陪护下，我和段世同再度驶快艇进入林泽，但迷宫似的水道依然困住我们。后来，马寇士用大砍刀砍除了一丛灌木，快艇终于驶入新的水道，不过曲折依旧，让我们饱尝"山重水复疑无路，柳暗花明又一村"的滋味。最后，我们进入一片枯木稀疏出水的神秘林泽，奇形怪状的枯枝从水中伸出水面，在幽红的晨光中，好像无数挥臂呼救的手臂。众人眼光中透露出的恐惧在"死亡之域"中互相传染着。亲爱的安琪儿，境由心生，可一点也不假！

我们穿过枯木林泽后，终于看见一个小河口，这就是那条流着清水的支流。这时，快艇突然慢下来，但引擎转速依旧，表示它是在空转。

驾艇的轮机长说，有一个零件坏了，无法将引擎的动力完全传到推进的螺旋桨去，必须回到大船去检修。我觉得颇为失望，不过众人却都松了一口气，面露喜色。

现在快艇变成慢艇，还得众人用桨帮忙划动。回程半路，我看见不远处长着灌木的山丘上，散布着几丛盛放着紫红花的矮乔木，远远望去就像盛开的盆花摆置在山丘上，显眼、美丽又有些神秘。

我遂要求把快艇停靠过去，我打算上岸去拍这些花和风景。但那眯着眼的胖子杰夫突然把望向山丘的眼光转到我脸上，说："小心！这些是大地祭祀鬼魂的祭花！"

"何以见得？"我以怀疑的语气问道。

"徐先生，这一路上我们不曾看见这种花，不是吗？"杰夫仍然眯着眼，以坚定的语气说，"它独独出现在这块天火烧过的地方可不是偶然，看，它就像摆在坟前的盆花！"

亲爱的安琪儿，杰夫的话丝毫不能改变我上岸的决定，我要轮机长和一位水手把"慢"艇开回大船去检修，修好之后再来接我。

这满开着铃铛紫花的矮乔木是我这辈子从未见过的，我从各个角度去拍摄。此时，我又瞄见稍下方一棵小乔木正开着喷射状的白花，这也是我生平第一次见到，是豆科植物，属于合欢这一类。附近还有一些桑寄生，开着小巧的红花，相当引人注目。

拍摄桑寄生时，我瞥见几棵灌木上结着累累的紫黑色小果实，拾起细看，正是昨日在安东纽家后疏林中吃过的野果——"米粒"。我尝了一粒，甜而细腻，正要呼唤大家来吃，却见众人都以奇怪的眼神注视我，好像在等着看我吃后是立即倒毙，还是抱着肚子大叫"好疼"，或者打算目送我冲入林中去拉肚子。

于是我故意捧着肚子装出痛苦的表情，却大声叫着："好吃！好吃！"

他们因为被看穿心意而有些不好意思。原来，这些家伙早就发现了"米粒"野果，比昨日的还大一倍，但因为杰夫说它们是祭祀鬼魂的祭果，所以没人敢吃。

"鬼魂早就吃过了。"我轻松地说，"你们看，我吃了也没事，说不定鬼魂还乐于我们来分享呢！"说着，我又放一粒野果入口。

安东纽首先采取行动。毕竟，这位丛林隐士如果有太多禁忌，不早就吓死，也早就饿死了。他的取食终于引得这群因尚未吃早餐而饥肠辘辘的"灾民"一拥而上……

我们正在大快朵颐，突然听见快艇的引擎声驶近。一会儿，轮机长和水手就走上岸，加入捡拾"玛纳"的行列。玛纳是以色列人出埃及进入沙漠时，从天降下的食物，就是"天粮"的意思。

"怎么修得这样快？"杰夫问。

"说也奇怪，"轮机长说，"一靠近大船，快艇就恢复正常了。你说怪不怪？"

轮机长刚说完，那些捡拾野果的人忽然动作一致地停下来，显然他们又被这桩怪事震慑住了。"就是嘛，"我说，"只要不进入清水支流就不会有事！"

捡拾野果的动作立刻又接续下去……

回到船上，我找来马寇士商量，决定到原住民保留区去。离开这里并非是害怕鬼魂，而是因为没有多少可拍摄的生物。但，亲爱的安琪儿，船上很多人可不这么想，你只要看"裘伊斯姑娘号"如何以全速驶离就知道他们在想什么，简直就是落荒而逃。

这些年来，我常在第三世界国家旅行，我发现在越偏远越蛮荒的地方，人对于鬼魂就越恐惧。恐惧的心总是随时随地吸引或制造它所恐惧的事或物出来。亲爱的安琪儿，我发现，恐惧是对人类最大的刑罚！

2002.8.31　午时　Silencio

在以全速驶离Canpiranara的船上

进入原住民保留区

亲爱的安琪儿：

"裘伊斯姑娘号"正停泊在阿拉利亚河（Rio Araria）中段芬地内利小村前，总管培雷洛上岸采购补给品，待会儿我们要开一次船上会议，好决定下一站要前进的地方。这两天来，我们的探险并不顺利……

昨天中午离开"死亡之域"，下午两点半到达安东纽的家，告别这位家无四壁的亚马逊隐士。看着他站在水边朝我们挥手，我和段世同一起猜测他此时的心情，我们都希望他能有《三国演义》卷头词的豁达与情怀：

滚滚长江东逝水，浪花淘尽英雄。
是非成败转头空，青山依旧在，几度夕阳红。
白发渔樵江渚上，惯看秋月春风。
一壶浊酒喜相逢，古今多少事，都付笑谈中。

也许，我们对安东纽有太多浪漫的想象了。事实上，台湾那么多受过高等教育的人，能够"惯看秋月春风"的，大概不会超过我的手指加脚趾的数目。亲爱的安琪儿，你还记得吗？那年中秋，我们一票朋友相聚促膝夜谈，每个人分别谈要赚多少钱才足够。他们虽然有自知之明，没有提出天文数字，可是我仍认为他们有因缺少安全感而生出的贪婪；而我报的数目是——无缺，就是当我有所需要时，不会匮乏。我自知，我所需很少。

这半辈子我这样想也这样相信，我真的一直没有匮乏，也所剩不多。就像这趟亚马逊河之旅，我根本没有余钱，但就在我得知需要多少旅费时，突然有两个公司向我购买照片和自然录音，这样就有了三分之二的旅费，只差飞机票的费用。当我正想去找出版社或杂志社商量用预支稿费或版税来付机票时，段世同却及时打电话告诉我：机票有了！原来他两年多当国际业务员在全世界飞来飞去，积存了二十几万英里的飞行里程，联合航空要送他两张巴西来回的机票，而且是"商务机票"……亲爱的安琪儿呀，我真的深深体会到"心想事成"这回事。这也验证了：当你准备好了，诸天都会来帮忙。

"裘伊斯姑娘号"在下午四点驶入卡努马河（Rio Canuma），不久就进入了原住民保留区，这里林相完整而茂密。

入夜之后，有很多飞蛾、甲虫飞到船上，都是稀奇古怪或者颇为出名的生物。我们的大船夜航在江心，距两岸至少都有两三千米，这些看来不起眼的虫子，竟然能飞越宽阔的江面来到船上，真让我觉得不可思议！

午夜，大船靠岸停泊。杰夫告诉我，这片原住民保留区最大的部落已经到了。我们计划天明之后再上岸进入部落去拜会头目，这个部落的名字叫作瓜达（Guata）。

夜里风大，船一直摇晃不停，众人睡得很沉，这也是我到巴西之后睡得最好的一晚。睡梦中，我被一声霹雳惊醒，翻身下床，发现天色微明，一场热带雷雨正在发酵。不久，大雨倾盆泼下，水手们七手八脚地把"裘伊斯姑娘号"两边的挡雨棚放下。闪电连连，雷声轰隆。有几次，闪电就劈在离船咫尺的岸上，令人触目惊心。暴雨把大地上的一切景物都弄得朦胧模糊……亲爱的安琪儿，我终于领教了亚马逊河惊天动地的暴雨！

半个小时雨就停了，虽未雨过天青，却有一股宁静。我走上甲板，环视我们停船的位置。昨晚深夜抵达，完全不清楚泊船的环境，现在才发现这是一处非常幽美的河湾，水流缓慢，有江渚拱卫，离主河道有四五百米之遥。

早餐后，培雷洛在马寇士的陪伴下，上岸入村去拜访酋长；不久，他们返船，只带回要我们等待的消息。但我久候毫无音讯，遂要杰夫陪我进入部落。这个部落大约有四五百人，七八十户人家。村子可算干净，也没有想象中贫穷，还有好几户人家装设了"小耳朵"，可以收看全世界许多重要的电视台（世同发现，这些"小耳朵"，也就是卫星天线，正是他卖到巴西的台湾产品）。据说，有好几个欧洲的民间组织帮助他们。

我注意到，有些村人的五官很像东方人，那是纯原住民；混血儿大多是与葡萄牙人混的。当他们发现我们是外来客时，纷纷拿出手工艺品来兜售，有种子做的项链、手镯，原木做的发钗、雕饰，还有藤蔓、棕榈编的小箩筐和篮子……

穿过村子的中央广场及矗立的天主教堂，来到村子的末端，进入酋长家。这是一栋木造的高脚屋，屋子分两间，内间是厨房、餐厅和贮物间，外间是空空荡荡的客厅，客人皆席地而坐。晚上，放下吊床，外间就是全家的卧房；有客人来，只要加挂吊床即可；人多了，内间也可以挂吊床。只是，我和段老弟都在思考：夫妻敦伦要在哪里进行？

婆罗洲的长屋部落也是全家睡一个房间，当夫妻要行房时，他们就走到长屋旁另外建立的独立小木屋去，通常会有好几栋。若发现已经有人捷足先登，他们会在外头安静等待。他们把这种事当作好的和神圣的事，所以也不会有丝毫不好意思。

我们刚在木屋里坐下，一位相貌平庸、身高只有一百五十厘米的矮个子中年人走了出来。他裸着上半身，下身穿一条短裤，经过杰夫介绍才知道他就是酋长。这让我们有些失望。在我们的想象中，酋长应是很有威严的，比如身上挂着兽骨、头插羽饰……而这位酋长与我们台湾邻居的阿伯、阿叔实在太相像了。

我身上刚好带着一个冷光（LED）的小电筒，遂当作礼物送给他，并道明来意。聊了一会儿，他起身带我们到村子中央广场边的一个会议亭去；接着，一位具有浓厚葡萄牙血统的中年男子来了，杰夫向他简要报告我们前来想拍自然生态之事。他听完，与酋长在一旁嘀咕了半天，最后告知我们：他们必须召开部落会议才能决定，要我们先回船上等结果。了解此人身份之后，我就知道事情恐不乐观——酋长只是名义上的头目，实际权力在此人手中，而我们竟没有把礼物带上来献给他。培雷洛、艾伯特、马寇士等人事先都没有把部落的状况告知我，所以错过了建立关系的机会。

果然，一个多小时后，部落里的人上船来告知，请我们回到北新奥林达镇去申请许可证。这就是我们对这里的情况不够了解，没有事先做好规划所付出的代价，最后我们在近午时启航离去。

午餐时，培雷洛及艾伯特告诉我，部落的人要求我们给五十加仑汽油、一百公斤白米及三百颗猎枪子弹，这样就可以做特别安排。培雷洛拒绝了，他觉得许多原住民被一些自觉有罪恶感的白人团体惯坏了，变得贪婪，常对前来关心、协助他们的人做狮子大开口的要求。我在圣保罗市时就听客家崇正会的朋友说，基督教的路竹会医疗团到亚马逊原住民部落去义诊时，也一样遭到狮子大开口的勒索，否则不让医疗团进行义诊。部落的掌权者怀疑医疗团一定有其他目的，他们不相信人会千里迢迢来到亚马逊雨林深处毫无条件地为他们义诊与服务。昔日白人的掠夺可是记忆犹新。

从出发以来，事情一直不如我们想象的那样顺利，就连船上的人员彼此都还在调整相处的方式，一半以上的人是培雷洛用最低廉的工资雇来的乌合之众。中国人说"一回生，二回熟"，还真是至理名言。当年我去婆罗洲探险，也是直到第三次才顺利地进入巴兰河上游。亲爱的安琪儿，或许你还记得我在《赤道无风》里经历的有趣故事。

安琪儿呀，无论探险还是旅行，都让我学会了随遇而安，以及享受旅途上所有不经意的遭遇。我深深知道，一切所谓的意外，都是巧妙的安排。现在这段挫折却让我多了一种新的经验：在地球另一边陌生的江上，回顾与思念我人生旅途上出现来助我的安琪儿，带着甜美、兴奋及一点寂寞与忧伤的复杂心情。虽然早已了悟到世间一切均是无常，但习性上难免会像苏东坡的心境那样："但愿人长久，千里共婵娟。"

2002.9.1　16：00　Silencio
在阿拉利亚河上

自然摄影

进入原住民保留区

蟒蛇湖奇遇记

亲爱的安琪儿：

培雷洛上岸到芬地内利小村购买补给品，带回两大布袋的鹿肉、貘肉及野猪肉，但没有买到我要的任何蔬果。我随即召开一个商讨会，决定下一步我们该往何处去，我对离此处大约一天航程的马德拉河（Rio Madera）很好奇。

"马德拉"是木材的意思，表示那里的林木一定大而多。但向导头领艾伯特·贾西亚说，那条河上游产沙金，许多淘金客在上游活动，而这些人大多是亡命之徒，颇危险。

在圣保罗时，何建功先生安排我拜会客家崇正会的几位干部，其中五位先生曾在亚马逊河淘金，他们叙述了各自的历险故事：经常面临暴徒的威胁，他们的枪也从不离身，正如早年人们在美国西部一样；大部分人都得过可怕的疟疾，来自美浓镇的钟春郎先生还得过三次；有一位孙先生，父子都因淘金而命丧亚马逊河。崇正会的梁会长特地拿出两块他留下作纪念的金块供我拍照。

亲爱的安琪儿，唯一让我觉得遗憾的是，这些勇敢的客家人深入蛮荒险地，却未留下任何能让我们对亚马逊河多一些了解的记录。我们的联络人戴大伟先生曾在亚马逊河上游近玻利维亚的河上淘金多年，最后只留下了两处枪击疤痕以及一句警语："黄金非吉祥物，少碰为妙。"我在许多蛮荒陌地都遇见过勇敢的华人，像婆罗洲巴兰河上游猎人头族的长屋，菲律宾民多罗岛的偏荒海角，以及战火频频的苏禄群岛，山贼出没的西爪哇，甚至是西里伯海盗船扬帆的香料群岛，寻找生机的华商从不缺席。可惜他们的目标只有一个：发财！而没有更高一点目标的探索，也错失了许多的发现。

马寇士要带我们去一个非常特殊的地方——蟒蛇湖（Largo de

Sucuriju）。单听名字就很有吸引力，我们采纳了他的建议。于是，"裘伊斯姑娘号"再度全速航行，下午五点在一个叫新沙诺久欧的小村河岸泊船。马寇士上岸去联络，一刻钟后回来，要我和段世同立刻随他下船前往蟒蛇湖。

我们步行在水退不久、地面仍然泥泞的树林，来到淹水未退的大林泽，马寇士的朋友已经备下两条独木舟等我们。乘着独木舟在幽暗如魔域的大林泽间静悄悄地前进，天空正酝酿着热带阵雨，使得林泽更加幽深和恐怖。

当我们终于穿过大树形成的林泽，进入蟒蛇湖时，天色已黑，电光频闪，大雨倾盆而落。安琪儿呀，你知道吗？大雨滴打在身上真的会疼。马寇士奋力将独木舟划入一处湖湾，舍舟登岸，到岸丘上一座烤木薯粉的茅亭避雨。

刚擦去脸上的雨水，闪电中，我看见另一艘独木舟靠岸，一位胖妇人带着两个小孩也来避雨。马寇士的朋友与妇人打招呼。两个小孩很小，一个大概三四岁，另一个瘦高的小女孩大约九岁或十岁，起先我以为她是男孩子，因为她的头发剪得很短，直到小一点的孩子喊她"姐姐"，我才知道她是女孩。

两个小小孩都长得甜美可爱，只是弟弟肚子大大的，显然有蛔虫。此时雨正滂沱，闪电时时映出魔域般的紫色天空，成群的沼泽大蚊像敢死队一般透过衣服咬我们。三四岁的那个小朋友只穿短裤、裸着上半身，姐姐也只多着了小背心，大雨中吹着冷冷的湖风，他们冷得双手环胸御寒。大蚊猖狂，妇人自顾卷着纸烟、点火、吸吐着……我看了心里隐隐作痛。比起台湾一些被过度照顾的孩子，他们实在太穷太苦了……

亲爱的安琪儿呀，我好想哭，看着他们缩着身体紧靠往那尚有余温的大灶，我忍不住蹲下去抱那个小小孩。闪电中，他的眼神是如此的纯真，因我的拥抱而有笑容及一点害羞，我将裤袋中仅留的几粒糖果送给了他们。

半小时后,大雨渐歇,大家再次登上独木舟。我吩咐猎人随妇人小舟之后,以手电筒送她们横渡黑暗的湖心,回到对面湖湾的家。到达之后,我发现那是徒有四壁的小木屋。小女孩走过来与我握手道别,我借机把以前在川藏边界旅行时所买的印有咒语的银戒指送给她,这戒指先前一直被我遗忘在相机背包口袋内,我在准备这趟旅行时才又找到了它。

别过孩子,我们继续湖上的探险。天地漆黑一片,只有在闪电时,才得以看清湖的四周。我们在林泽与水域间无声地缓缓划行,同时用探照灯寻找野生动物。亲爱的安琪儿,林泽边那一对对反射着红光的鳄鱼眼睛实在令人心生寒意,还有在枝叶间缩成一大坨的棕红色蟒蛇冷冷的眼神,岸边重一公斤左右的大赤蛙头抬得高高地望着我的灯光……

此时,湖面蒸腾着大雨后的薄雾,闪电中呈现如地狱般的鬼魅幻境。几点萤火虫时隐时闪的绿光有如鬼火,偶尔闪过薄雾间,轻涌的湖浪映出曲折的萤火反光;不时一声泼剌,是鱼儿跃水而出,或猎人用鱼叉刺中湖鱼的声响。夜鸮勾魂般的低沉鸣声好像呼唤着我的名字,从林泽大树上遥遥传来。雨林大赤蛙像打嗝一般轮番应和,然后又突然静默下来,大地复归神秘……我们仿佛漂荡在阴阳交会的幽冥水域间。

我们在湖域林泽间随意飘荡、漫游、拍照,不知时光之流逝。寻找夜间动物时,我突然瞥见后方远处,一点幽幽橘红火光贴着水面,在薄雾中悄然地直直向我们飘来,呈现出非常诡异的景象。

火光渐近,神秘的微光中剪出一个妇人的侧影,坐在独木舟的舟首轻轻划桨。独木舟再靠近些,我又稍微看清楚点儿:舟中央点着一盏油火——然后,安琪儿呀,我发现独木舟后半好像躺着一个人,用一大块布覆盖着,可能是病人、伤员,也可能是尸体……

这是一个令人不寒而栗的鬼域魅境,段世同和我都被这一幕景象震慑住了……幸好我不信邪,很快就镇静下来,瞧着会发生什么事。

独木舟笔直地靠近来。突然,覆布抽动,布下的人弓身坐起,慢慢褪下的覆布上端露出一个人头来。亲爱的安琪儿呀,竟是那亭下避雨的小女孩,正对着我甜甜一笑,而舟首划桨的人也转脸向我,正是那卷纸烟的妇人。她操舟靠近,微笑着伸手递过来一个保温杯说:"这是娅娜达(Henada)请你们喝的热咖啡……"娅娜达是小女孩的名字。

我探手接过杯子,发现只是微温,我知道是保温杯不保温了。我和段老弟在黑夜的湖上啜饮着渐渐变凉、既苦又甜的黑咖啡……

递返空杯,我用葡萄牙语道了声"谢谢"。妇人一摆桨,独木舟无声地飘开,小女孩再度躺下,覆布从脚慢慢拉至下颌,我赶忙拿起相机按下快门,一阵湖风忽然吹来,油火乍然熄灭,人、舟一下子都消失在黑夜的薄雾里,无声无息……

我和段老弟都觉得我们做了一个相同的诡异之梦。亲爱的安琪儿呀,我现在坐在泊于江边的大船睡舱中,船上众人均已沉睡,可是我却毫无睡意,我要为你记下这场奇遇,唯恐明朝醒来,梦已难寻。

2002.9.2 凌晨两点
心中清明又好像有点迷糊的Silencio

自然摄影

蟒蛇湖奇遇记

蚊子大军猛如虎

亲爱的安琪儿：

自"裘伊斯姑娘号"启航以来，我自觉身体状况越来越好，每天睡得不多，精神、体力却不错——像今天，我凌晨两点才睡，早上五点一刻就被唤醒，也没有感到疲倦。五点半，我们离船，随即上了独木舟，欲从另一片林泽进入蟒蛇湖，但独木舟却一再受阻于巨大的倒木，显然马寇士的朋友阿累克西很久没有走这条路了。最后我只好舍舟登陆，进入未遭水淹的森林，看看能不能拍到蟒蛇——既然来到蟒蛇湖，如果拍不到蟒蛇可就遗憾了。

这片森林看来还算原始，但有好几棵巨木已被伐去盖房子或做独木舟。林中草木茂盛，枝蔓障蔽不易通过，可以听见各种奇怪鸟鸣及猕猴的尖叫声，但都在茂密的树冠层，只闻其声而难见其貌。昆虫相并不丰富，只看到几只白色的展翅蜡蝉和一些椿象。

自然录音

奇怪的鸟鸣

正在领路的阿累克西突然停下脚步说："地面有一条蛇。"我以为是发现蟒蛇了，但啥也没看见。最后，他才指出一条约拇指粗、酷似一段枯树枝的蛇，还真难为阿累克西竟然没有一脚踩到它。

林中潮湿闷热，有如土耳其蒸气浴室，每个人都汗如雨下。就在这难耐的时刻，马寇士发现了蟒蛇！一条比手臂略粗的棕红色蟒蛇正缓缓沿着树干而上，最后钻入密叶遮掩的枝干间消失。

不久，阿累克西发现了一条体型更大、在枝干上盘成堆的红蟒。马寇士说，它的体色是极具隐藏性的保护色，如果它在树林地上盘成堆，就好像一地落叶，等粗心大意的猎物走近，它就一口咬住，再用身体将其勒毙；他的一只猎犬就是被这种大红蟒吃掉的。后来，马寇士射杀了那条肚子鼓得太大而无法远逃的蟒蛇，为猎犬报了仇。

在湿热的雨林中钻行了三个小时，我们全身湿透、精疲力竭，就像吃了败仗又落水的公鸡,终于在早上十点一刻返抵大船。此时船上也迅速燠热起来,天空蒙盖着薄薄的云层,大地好像被封闭的锅炉,江面上的艳阳反光更是火上加油,空气凝滞不动,气温节节上升。

正午时,气温直逼40℃,我被迫每隔半小时就得淋浴一番以降低体温。到了午后,气温更高,段世同从昏睡中醒来,直喊头疼,这是气温过高造成的。船上已经有三个人病倒,另外两个也出现不舒服的反应,他们都说是受到"死亡之域"或"鬼魂"的影响。其他未生病的人也说身体怪怪的,心里毛毛的,只有翻译——胖子杰夫,仍然每天大吃大睡,保住他二百多斤的体重,只是他一直不换洗衣服,身上散发着一股令人掩鼻的酸腐味。只要他加入我们的谈话,我和段世同就会悄悄地移到上风处——我们终于明了"占上风"的重要。

下午四点,我们再度搭乘独木舟,穿过大树密生的幽深林泽,进入蟒蛇湖。我终于看清此湖的面貌:岸树环绕,湖岸曲折嵌住一泓波平如镜的湖水,很难与昨夜薄雾轻拢、波光树影摇晃如鬼魅幻境之湖联想成一处。

越湖登岸,正是小女孩妲娜达的家。她从丘岸上走下来欢迎我们,并请马寇士把一只很大的乌龟从一艘废弃的独木舟中抱出来。这是今早她请她爸爸从湖边水草间抓来送给我的,她知道我想拍各种野生动物。

这是一只非常怪异的大乌龟,至少重十公斤,头颈奇大而长,鼻子细如管,在头部前方探出,眼睛却小如绿豆,背部龟甲呈众多花样突起。我突然想起来,这是枫叶龟,我在台湾的水族馆见过小一号的,只有拳头大,而这只却大如脸盆。它只出现在亚马逊河流域的沼泽。它在水草间不动时,嘴巴附近的肉糜状组织会轻轻摇曳,引诱小鱼前来咬食,再突然张口捕食小鱼。

它的怪模样会让第一次见到的人吓一跳,我只能用不可思议来形容它。我在湖中也拍到另外两种乌龟,一种是红头小乌龟,一种是大如脸盆的黄龟，名叫亚马逊巨河龟。此外，还发现了一条一米多长的红龙鱼，在台湾有上百万身价，此处却是居民餐桌上常见的食用鱼。

别过妲娜达，我们鱼贯走入小木屋后的森林。这里已非原始热带雨林，主要树种是高大的巴西栗和棕榈。巴西栗是相当有名的树木，坚硬的果实如垒球般大，有的甚至大如排球，其内长有许多大颗粒的种子，可榨油出售且价钱不错，所以很少被砍伐，就像那些棕榈树一般。

正当我捡拾巴西栗及棕榈果观察时，小径灌木上一朵大红花吸引了我的目光，这是亚马逊河流域相当出名的野花，我在不少介绍亚马逊河的书和杂志文章里都看到过——野西番莲。它鲜艳的大红色，不只引人注目，也让人觉得它热情洋溢。另外有一种属于鸭跖草类的植物，花朵竟像一只停下来吸蜜的粉蝶，两枝高高竖起的花蕊就像蝴蝶的触须，只能用惟妙惟肖来形容。

阳光西斜，林中一下子就幽暗下来，沼泽大蚊开始出动。随着暮色加深，大蚊越来越多，越来越凶，打蚊声此起彼落，后来变成行军的鼓声，并越发急促。

因为闷热，我们仅着背心或打赤膊，正合了蚊子的心意。它们就像采用蚊海战术的敢死队，朝任何裸露的皮肤俯冲；蚊香、防蚊液，简直就像信号弹，吸引了更多大蚊加入攻击的行列。我几乎无法完成拍照的动作，只要一停下来调焦距，立刻就有好多只蚊子朝手、脸叮咬。

为我打光的段世同，更是无法让光柱保持一秒钟的稳定——他必须不断地抖动，才能使蚊子无法降落。他几番开口，随即有蚊子乘机飞入他的嘴里。他也因此得到一个灵感：把台湾那些胡说八道的政客以及不负责任的媒体记者送到这里来，让蚊子叫他们闭嘴。

走在我前面的马寇士更惨。他裸背上的蚊尸与血迹成了屠城现场，背后够不着打不到的地方，几十只蚊子挤在那里吸血。亲爱的安琪儿，那情景就好像一团排列整齐等待指挥官前来检阅的士兵。我在颤抖的灯光中拍完一条毒蛇后，不得不下令撤退，众人立刻沿来路狂奔逃命而去，好像美洲豹就在后面追赶。

一行人逃至小女孩姮娜达家，他们也被成千成万的沼泽大蚊围困，正用一种熏木闷烧出烟来驱蚊，人则躲在烟幕里。我以手电筒照射，烟幕外成群飞舞的大蚊蔚然成为另一种烟雾……我问他们蚊群是否天天如此凶恶，答案竟然是——是，除了刮大风的日子。过了午夜，蚊子通常就逐渐离去。

我虽然躲在烟幕中，但还是有蚊子利用风向改变或有人走动而出现缝隙时，乘隙来叮。不过十分钟，我们就被蚊子及熏烟打败，落荒而逃；这些孩子却得夜夜面对如此可怕的环境。事实上，世界有一半以上的儿童是处在极恶劣的环境里：我在非洲难民营里看见的成千成万骨瘦如柴的儿童，在第三世界的许多都市角落目睹的那些浑身脏臭、眼神无助的饥饿街头游童……世界为何如此的不公？在发达国家，有那么多成人、儿童因为吃得太多而需要减肥，真是罪过啊！

我真希望联合国会有一项条文规定：所有的政客在从政前，要先被送到这里来过二十四小时，体会穷人的生活，美国政客要住四十八小时，巴西政客则要待上一星期。想想看，巴西资源如此丰饶，面积这般广大，却陷人民于这般境况，就是因为政客们自私又贪婪。安琪儿呀，你知道吗？单单圣保罗市就有好几百万贫民啊！

我们这群被蚊子大军击溃的败兵，迅速逃回船上，但令人惊讶的是，船上的人员竟然狼狈得好像是木马屠城记的劫后余生者，原来他们也被蚊子大军围攻。

本来，马寇士明天要带我们去探访另外一个名字叫作卡拉帕纳（Carapana）的湖——亲爱的安琪儿，carapana就是"蚊子"的意思，单听湖名就叫我们的蛙人段世同裹足了。以前蛙人队早上跑步时，要一面跑一面喊"蛙人队，不怕死"，我想现在我们要喊："蛙人队，不怕死，就是怕蚊子！"

我们估量情势，决定远离蚊子老巢以保存体力和情绪，马寇士提议带我们到另一条河的印第安保留区去。他有一位很要好的老朋友，也是他孩子的教父，住在保留区的一条支流边，到那里就不必理会须部落头领核准这件事。最后"裘伊斯姑娘号"在众人的欢呼声中以全速航行，脱离蚊子大军的围困。

2002.9.2 23：00
在欢庆逃离蚊子大军的Lady Joyce号上

自然摄影

蚊子大军猛如虎

林泽漫游

亲爱的安琪儿:

"裘伊斯姑娘号"已在幽静的伊加拉贝河(Rio Igarapé)一处美丽的林泽旁停泊两天了。此刻是近午时分,我独自下河游了一阵,天气实在太热了。段世同划独木舟去林泽游荡,今天他说什么也不肯下水——打昨天下午目睹船员钓了一桶食人鱼上船,他就再也不肯下水了。他怕手指被咬去一只半截,以后就不能数钞票,更怕被咬去重要部位,以后不能生孩子……

前天深夜,我们远离蟒蛇湖,连夜驶入瓜亚拉河(Rio Guajará),上溯至另一原住民保留区,凌晨三点泊船于伊加拉贝河河口岸边的一户人家——马寇士的好朋友路易斯的家。天亮后,五十来岁、面貌温和的路易斯先生上船来,引导"裘伊斯姑娘号"上溯伊加拉贝河,然后把船泊在一处树木高大、河水清澈的小林泽旁。这里方圆几十千米内渺无人烟,最重要的是没有蚊子!

我现在终于明白为什么有些河流蚊子很多,有些就很少。亲爱的安琪儿,蚊子的多寡可全看河水的颜色而定,如果是土黄色蚊子就多;如果是茶红色就没有蚊子,跟水的酸碱度有关。茶红色水(水深时就呈黑色)多来自雨林的泥炭沼泽林区,酸碱度达pH4.6,酸度较高,蚊子的孑孓无法生存;土黄色水(水深时呈浊黄色)则源自冲积台地,水中含泥或沙,酸碱度在pH5.5以上,适合孑孓生存,所以蚊子众多。

泊船后不久,路易斯的儿子雷内与一位猎人驾一艘配有引擎的舢板,曳来一条独木舟。大船上的猎人立即分三组随雷内一起沿河而上,要寻找一处生态较丰富的森林,好让我上岸去摄影及录音。正午时,探路的人纷纷归船,午餐后大伙简单交换了意见,并决定了路线。

　　日照偏西时,我们上了快艇,往上游行去。日落时,我们在一处高大的雨林靠岸,等天色昏暗下来才正式展开夜间的摄影。

　　这片林子虽然是原始的热带雨林,但安琪儿呀,动物相并不如我想象中那样丰富,不过物种都非常奇怪。我们发现有落叶螽斯、枯叶螽斯、棘刺蟋蟀、猫头鹰蝶。最有趣的是一只蜘蛛,脚下提着一张四方形的网,埋伏在草枝上,静静守在那里,一有猎物经过,它便将网罩向猎物,将它网住,就像渔民撒网捕鱼一样。这位守株待兔的陆上渔翁,不但要有极大的耐性,还要有耐饿的本事。我在天刚暗时看见它提网埋伏,深夜返船的路上,看见的仍然是同一个画面——一无所获。

　　昨天一大早,我在年轻猎人雷内的陪同下,驶快艇上溯伊加拉贝河,亲自探察更上游的生态状况,伊加拉贝是"小"的意思,这条"小河"在我们眼中可不小,河宽大约八十米,我们泊船的地方深度在二十米以上。从"裘伊斯姑娘号"泊船处往上而去,河中大小树穿水而出,形成非常优美又奇幻的风景。越往上去,河中树木渐多渐密也渐大。亲爱的安琪儿,想象一下我们搭小艇在长着奇形怪状树木的林泽弯曲前进的情景:白领鱼狗(或称白领翡翠)的鸣声不断,巨嘴鸟哨声连连,边叫边飞,白腹雨燕在河上的枯木间穿掠追逐,此情此景像不像伊甸园?我们在这里巧遇半夜到上游去钓鱼的路易斯,他钓获两条重约四五公斤的狗鱼,这种鱼因长着像犬齿般的尖锐利牙而得名。

　　路易斯又告诉我,他在天刚破晓时听到两声枪响,可能是马寇士打猎有所获。马寇士也是半夜跟另一位猎人出发到上游去探勘并顺便打猎的。因为林泽中的树木越来越密,快艇不易通过,于是我们与路易斯结伴返回大船。

　　早上十点刚过,马寇士扛着一只被他猎杀的鹿回来,我心头一阵难过。可是，安琪儿呀，船上竟响起一片欢呼！新鲜的鹿肉早已让他们食指大动。

下午两点半，我们带着野外摄影装备，驾快艇并拖了两条独木舟，冒着41℃的高温，上溯伊加拉贝河；到了快艇不易穿越的林泽，改划独木舟继续往上游去。

独木舟静悄悄地划过林间水面，浓烈的探险氛围刺激着我和段世同的感官，不只让我们耳聪目明，也令全身细胞呈亢奋的状态。亲爱的安琪儿，这也是探险的迷人之处。

"徐大哥，快过来！"另一条独木舟上的段世同压低声音说，"一条美丽又可怕的大毛毛虫！"

马寇士轻巧地把独木舟划过去，我朝段世同指的树干看去，是一条拇指般粗、约十五厘米长的大毛毛虫。它全身黑底饰以黄色环纹斑节，头颈为橘红，尾端有红色针状肉刺，表明它是一种天蛾的幼虫，只是无法查出到底是什么天蛾，也可能是首次被发现。翻译杰夫曾花五个月之久，陪同一位美国昆虫学家在亚马逊河上游采集昆虫，最后发现了近五百种新物种。

这只天蛾幼虫对人类相当敏感。我一靠近，它立刻快步爬向树干背面，等独木舟好不容易绕到树背，它又爬回原处。如此几回捉迷藏，弄得独木舟绕着树团团转，最后不得不招来另一条独木舟迷惑它，让它爬到我埋伏的一边，这才好不容易拍到一张。马寇士看我这般辛苦，一伸手将那毛虫抓在手上，问我："你要怎样拍？我请它配合好了！"弄得我啼笑皆非。

我们继续静静地划着独木舟在幽深的林泽中漫游，找寻各种特别的生物。在如此静谧幽暗的地方慢慢行动，亲爱的安琪儿，我觉得时间感有些错乱，时光好像突然凝结不动，一下子却又觉得快似物换星移，时光如梭。恍惚间，又传来段世同压低的声音："徐大哥，快过来，雷内发现一只怪鸟！"

马寇士立刻巧妙地操桨让独木舟斜着靠过去，段世同朝一深色树干指指点点。但我并没有看到鸟，却看到一只灰白色的大蛾。我请马寇士向那棵树靠近，那蛾突然挥翅，从我头上飞过，扑翅声清晰可闻。难怪段世同误会，它飞起来真的像是一只大鸟！

我要马寇士以林泽其他树木做掩护，慢慢靠近，终于认出这是一只南美大夜蛾。亲爱的安琪儿，想不到我们竟然看见全世界翅展最宽的蛾——锯翅波纹鬼夜蛾，展翅宽达三十厘米左右。

我曾在昆虫博物馆见过它的标本，而眼前可是活生生的，我和段世同想必是首先见到它飞翔的台湾人。它相当机警，每当我靠近，闪光灯一闪，它就飞走，但并不飞远，只是换一棵树。操舟的马寇士充分表现人舟一体的技巧，我因此可以一再追着它拍摄。

就在发现鬼夜蛾的地方附近，我们舍舟登岸进入高大的雨林。才走一小段，最前面的雷内就突然停步，指着前面一棵大树干说："蛇！"

一条细长、翠绿的蛇正曲折地挂在树上，它似乎已经发现我们，转脸盯着我们一行人。当我拿着相机慢慢靠近去拍摄时，它的脖子开始鼓起来警告我，雷内则在后面拉着我，让我不要靠近，他说有好多蛇会飞窜起来咬人。

我发现亚马逊河的猎人都很怕蛇，他们对蛇一律是敬而远之。想来，必定有好多关于凶毒之蛇的传说，他们也很难区分哪些蛇有毒或无毒，因为亚马逊河的蛇多达数百种，真不知该如何辨识，何况还有很多蛇未曾被人记录！

天色很快就暗下来，我们的探照灯也亮了起来，在墨黑的林中，光束像利剑一般挥来挥去。我终于在棕榈叶上发现一条全身柔软如棉绳的棕色大眼蛇，它看起来一点也不凶，但，亲爱的安琪儿，这些"勇敢"的猎人还是照例站得远远地看着我靠近去拍照。按照雷内的说法："总得有人活着出去告诉大家，我们是怎样被毒蛇咬死的。"

后来，我们在林中深处又发现了一条在灌木枝叶上睡眠的大眼蛇，身上有白色环纹，头上有橘色宽横斑。我猜与先前所见的大眼蛇同种，只是花纹更多，许多蛇的幼蛇都有较多斑斓花纹。

我靠得很近去拍它，几乎与闪光灯的乍然一闪同时，它飞窜般弹跃逃去。我终于见识到猎人说的蛇会"飞窜咬人"这件事，只是它是被吓得朝反方向飞窜逃去而已。

夜间摄影的高潮是我发现了一只腹部透明的草黄色树蛙，从腹部我们可以透视它的肚肠与血管，它就是中南美洲热带雨林所特有的玻璃蛙，数量极少。几年前，我和游登良先生在尼加拉瓜的高地热带雨林旅行时，曾听一位德国生物学家谈及，当时我们花了数晚找寻而未获，现在终于出现在我的镜头前……亲爱的安琪儿呀，你必能体会我按下快门时的兴奋啊！

2002.9.5　Silencio

近午时，在幽静的伊加拉贝河上

刺客毛虫与子弹蚁

亲爱的安琪儿：

　　半夜一场风雨袭来，大船摇晃个不停，吊床也摇动得很厉害，气温更是一下子降了下来。我从吊床钻进棺材般的船舱小床，这已是留在伊加拉贝河的第三个晚上，总算让我拍到许多特别的生物，昨天下午与晚上的经历很值得与安琪儿分享……

　　昨天午餐时，马寇士猎获了一只很大的白脸宝冠雉返船。这是雉类的一种，比一般雉鸡更适应树上的生活。其特征是雄鸟的头顶有冠羽。它的气管特别长，先伸长到腹部，再折回胸部，差不多是其他雉类的两倍长，可用来放大声音，因此鸣叫声可以穿透树林，传得特别远，好吸引远处的雌鸟。但这次却把马寇士吸引去了……它也是亚马逊热带雨林特有的鸟类，这几天我们远远听见它在清晨啼个不停，声音低宏悠远，有如法国号，听来很悦耳。亲爱的安琪儿，我很想学它的鸣声给你听，可惜我没有那样长的气管，一出声，水手们就大笑不已，最后还塞起耳朵来！

　　午后四点半，我们仍如昨日一样，驶快艇到上游，再改划独木舟进入林泽。今天，我们又有了新的发现，首先是一只蜥蜴，也是进入亚马逊河之后发现的第一只蜥蜴。

　　就在我拍摄蜥蜴时，我瞥见其后的树干上有一块非常奇异的东西，好像是一大片地衣，但在泡水的沼泽森林里，树干上是不可能有地衣的。于是我请马寇士把独木舟划过去，舟越靠近，这片假地衣就越让我觉得恐怖——亲爱的安琪儿，最后我竟然全身起了鸡皮疙瘩。那是由一群长满棘毛的大毛虫紧密排成的怪物，它们排得非常奇妙而有智慧。第一，它们的头都朝外，没有一条把尾巴暴露在外；第二，身体的侧边也不暴露，所以上下两端的几条毛虫是头朝外以扇形排列的，如此就把群体的身体全保护在内；第三，整体远观像地衣，近看却像是大蜈蚣或大食鸟蛛那样可怕的动物。

这些所谓的低等动物怎么会有这样高明而又复杂的防御战术呢？其实，它们单独一只像尾指般大，全身棘毛，颜色又怪异，就足以令其他动物怯步，再加上运用二十九条聚集排出令敌人丧胆的诡异阵式，真是既不可思议，又令人叹为观止。亲爱的安琪儿，你现在该会更理解我为何觉得达尔文的进化论漏洞百出。我认为，生物的演化范围是很狭窄的，就像"生命"这样神秘、奥妙、高明的设计，怎么可能仅由"偶然"合成？

这种可怕的毛虫叫刺客毛虫，曾令巴西全国人民陷入恐惧中。此毛虫属于刺蛾科，原产于亚马逊热带雨林中，过着不为人知、与世隔绝的生活，但随着人类开发热带雨林而散布出去。1992年，巴西南部南里奥格兰德州的一位少女，手掌不小心碰触到刺客毛虫，三天后死亡。医生发现她全身内出血，血液无法凝固，甚至脑内也出血，造成脑死。此案造成全国惊恐，因为昆虫学家发现刺客毛虫已经散布全国，更令人害怕的是，刺客毛虫的毒没有解药！此后，陆续有人因此死亡或受到严重伤害。直到1996年，一位医生利用毒液给马注射后，取得抗毒血清，伤亡才开始减少。

刺客毛虫就如同艾滋病、埃博拉病毒、新型噬肉菌一样，都是热带雨林自古以来就存在的，但因为人类破坏热带雨林而散布出去，结果造成不可收拾的局面。单是以上简单的理由，亲爱的安琪儿，我们对神秘的热带雨林要保持敬畏与保护之心，至于其他更重要而复杂的理由，则更不在话下。

天色渐暗时，我们登岸进入另一片雨林，一路上动物很少，偶有发现也是前两天见过的，最后绊住我们前进脚步的竟是我们完全没有想到的生物。我在夜间进行拍摄时，常是段世同打灯光为我照明，今夜也是如此。当我正拍摄一只腹部呈艳红，上半身呈黑色的刺椿若虫时，段世同突然跳起来大叫："好痛！"

他用另一只手快速地拍打小腿，接着又叫"哇"，竟丢下探照灯，两手用力拍打双腿。我拾起探照灯照他的腿，发现他裤子上爬了不少蚂蚁，再一看，才发现这些蚂蚁是可怕的子弹蚁。此时，段世同又拍，又跳，又叫，有几只已经爬上腹部了，而地面上还有更多……我们正身陷子弹蚁阵中。

我大喊："快跑！"众人往前窜逃。脱离子弹蚁阵后，大家围过来帮段世同清除身上的子弹蚁。它们攻击时不只用嘴咬，还用有毒液的针螫，难怪段世同要叫痛了。我立刻要他用尿液擦涂，几分钟后，疼痛果然缓和了，尿液显然有效；尤其是在热带雨林待了一阵子，尿液浓度提高，正好可以"以毒攻毒"。

马寇士告诉我，亚马逊许多印第安部落在男人行成年礼的过程中，就是要能忍受子弹蚁的叮螫，才能过关。

经过一阵折腾，我们决定结束拍照回船，但最精彩的节目才上演一半哩！经过子弹蚁阵竟是唯一的归路，这可令段世同有些心寒了——那几处针刺的疼痛还未全消，眼下又得重蹈覆辙。此时马寇士告诉世同说，子弹蚁会记仇，经子弹蚁阵时，子弹蚁只会对他发动攻击。我赶紧安慰他，他受过两年的蛙人训练，死都不怕，子弹蚁阵还不致让他宁死不归。最后我们一行六人鱼贯疾跑，我居首，段世同排第三，冲入三十米长的子弹蚁行军阵……我冲到阵中央就听见身后的段世同大叫："又来了！哇，好痛！"我也大叫回应："不要停，快跑！"终于冲过子弹蚁阵，大家又纷纷围上来帮忙清除攀到段世同身上的"忍者刺客"——登山鞋上竟然紧紧咬着好几只，小腿上的裤筒有几只，大腿上还有三四只，腰上也被刺下一针。奇妙的是，我们其他五个人身上却一只也没有。段世同又躲到一边挤出他最后一滴尿。幸好后来没有再遇上子弹蚁，否则他就要向别人借尿了。回到船上，段世同幽默地说，他的蛙人口号现在是这样的："蛙人队，不怕死！

就怕子弹蚁跟蚊子！"他也终于领悟我在讲述自己婆罗洲探险经历的《赤道无风》里说的，我那位卡达山族猎人向导最怕的动物为什么是子弹蚁了。

　　船上的猎人都相信子弹蚁是会记仇的动物，亲爱的安琪儿，我是知道真正原因的。子弹蚁螫下时，会把一种费洛蒙和甲酸一同留在皮肤内外，其他子弹蚁一嗅到费洛蒙，会像接到命令一般，朝发出费洛蒙的地方冲跳过去攻击。这现象与胡蜂的攻击行为非常类似。令许多人不解的是，为什么子弹蚁可以那么迅速地爬上小腿、大腿甚至腰部？原来，在行军觅食途中，子弹蚁中的护卫蚁常守在路两侧的草木上，一有状况，他们就从草木叶上弹跳过去，有的落在大腿，有的在小腿……

　　亚马逊河探险旅程才刚过一半，船上一半的人已经病倒，都是喉咙痛、发烧、咳嗽，我想感冒病毒正在船上蔓延。幸好不是瘟疫，否则我们这艘满载乌合之众的"裘伊斯姑娘号"，说不定会上演"叛舰喋血记"！

2002.9.6 2002 Silencio
凌晨两点，在风雨飘摇的船舱中

自然摄影

刺客毛虫与子弹蚁

亚马逊女战士

亲爱的安琪儿：

　　半夜袭来一场撼动大船的风雨，到了天亮，大地却平静如常，好像啥事也没发生过。除了多几片落叶，水面波平如镜，河上因空气变凉而蒸腾着既薄且淡、似有若无的低雾。当日出的金光斜斜泻落，薄雾被照射得明显而生动起来，从被晨光染成橘黄的水面涌起，摇曳生姿。亲爱的安琪儿呀，在我注视下，朝阳用神奇的魔法将伊加拉贝河一下子幻化成神话般的仙境美景。

　　早餐后，我吩咐起锚，"裘伊斯姑娘号"缓缓切开幽深平静的伊加拉贝河，告别路易斯一家人，转进了瓜亚拉河。近午时，船进入阿巴加西斯河（Rio Abacaxis），"阿巴加西"意即菠萝，但沿河未见菠萝，不知是不是因为沿河的岸树上长有很多属于菠萝科的附生植物而得名。

　　午后两点，船抵达一个傍河的村子，名字也叫阿巴卡西，它是此河上游最大的村子，人口大约三百多。船靠岸暂泊，总管培雷洛上岸去添购巴西寻常人家不可或缺的粮食——木薯粉，猎人头领贾西亚则上岸去找一位当地的猎人朋友。我和段世同走上甲板欣赏风光，发现离船不远的河边有好几位妇女正在浣衣，还有村童游泳戏水。我取出相机拍摄这些亚马逊河居民的生活，发现这些棕红肤色的妇女个个肩宽胸壮如男人。亲爱的安琪儿，她们让我想起希腊神话中的亚马逊女战士。

　　希腊神话里有一段故事叙述，在高加索到小亚细亚一带，有一个女人国名为亚马逊，她们是战神阿瑞斯和和谐女神哈耳摩尼亚的后裔，个个骁勇善战，骑马射箭、刀斧枪击样样精通；传宗接代则借助别国男子，产下男婴立即溺死，如生下女婴，幼年时就将右乳房切除，以免妨碍日后拉弓及掷枪。

16世纪的大探险时代，西班牙人弗朗西斯科·皮萨罗灭了秘鲁的印加王国后，为了继续寻找黄金之乡，派遣弟弟龚萨雷率探险队越过安第斯山脉向东寻去。探险队到达亚马逊河上游的纳波河支流，受粮食不足所阻，于是改由副队长奥雷利亚纳率一小队向下航行。途中，小队遭到河岸上长发裸体原住民以强弓射击，他们以为遇上了传说中的亚马逊女战士，于是将此河命名为亚马逊河。

正当我拍摄这些居民时，光线突然暗了下来，接着竟下起大雨，粗如石子的雨滴落在水面弄出朵朵水花，浣衣的女人无人起身离去避雨，其中两位竟然跳入河中游泳，戏水的孩子也玩得更加起劲……

片刻之后雨就停了。亚马逊河流域正步入旱季，下大雨的时间越来越短，范围也越狭窄，各支流的水位逐日下降。雨停后，我离船到村子走走，顺便拍摄木薯粉的制作过程。它的制作并不困难，先把木薯去皮，再碾碎磨成粉状，压出粒状丢入沸水煮熟，捞起晒干成木薯粒，装成一袋袋出售。如果再加盐、油与佐料炒过，就是farinha，通常被加入汤或米饭中，或者直接放入口中嚼食。我吃过一次，亲爱的安琪儿，它差点让我的牙齿碎裂，因为它硬如石子。我想这些亚马逊女战士的后裔不止身强力壮，一定也还有一口大钢牙吧！

我刚返回船上，贾西亚也回来了，他说有一位猎人一会儿要来接我去一片比较原始的雨林，看看有没有我要拍的生物。我刚把装备收拾好，一艘小艇就靠停在"裘伊斯姑娘号"船舷边，马寇士、杰夫、段世同和我随即跳了过去。

这位猎人长得高大又斯文，名叫巴布罗，他现在不常打猎了，经营木薯粉生意。虽是小本经营，但他已是阿巴加西村数一数二的富人——当然不能用我们的标准来看，他不过拥有一栋木屋、一艘木制艇和一个炒木薯的大铁锅。村民收获的生木薯都卖给他，我上岸时就看见一家人正忙着削木薯皮。

小艇转入村旁的卡巴西里欧河，上溯约半小时到了一片茂密的林子前，舍艇登岸，我们沿着一条越来越不明显的小径进入林里。林中幽暗，地面有些潮湿，周遭也颇为安静，我们无声地鱼贯前进。

终于，我发现了第一个目标——一个六角形的蜂巢，造型很像太空站，有未来感，每个角都是独立对外的通道。一群蜂则在顶端列队注视着我，我的闪光灯让它们显得有些紧张。

不久，段世同发现另一个较小的蜂巢，形状很像宇宙飞船，依据蜂巢材质以及蜂的外形，它与六角形的蜂巢应为同种。杰夫待在亚马逊河不少年了，这还是他第一次见到，一直嚷着要我多拍几张，要寄给他带过的一位美国昆虫学家鉴定，说不定发现了新物种。亲爱的安琪儿，还记得四年前我在中美洲尼加拉瓜热带雨林中拍到的形如飞碟的野蜂巢吗？蜂真是伟大的建筑师啊！人类对热带雨林所知仍十分有限，此趟亚马逊探险之旅，我想一定会拍到一些新发现物种。即使在2002年，外国探险家进入亚马逊雨林四百年后，竟然又有两种新种狨猴被发现。那么，身材娇小、行踪隐秘、生态习性奇异、种类庞杂的昆虫，就更不在话下了。

走在前头的马寇士突然吹出一声鸟鸣哨音，表示发现了奇异物种要我赶快过去。我加快脚步，蹑手蹑脚地跟上；他指着一棵树的枝干，我看了好一会儿，原来有几只好小的狨猴正在缓慢前进，透过长镜头，方才确认是有名的松鼠猴。它们的身材如松鼠般迷你，非常有趣，每每行动几下就趴在树干上闭眼睡觉，但往往只睡一两分钟，就又开始机灵地活动起来，十分逗趣。

松鼠猴身材小巧、动作敏捷，在光线暗、枝叶茂密的林中移动，镜头很难捕捉，幸好它常停下来打盹，我才能逮到机会拍摄。

此趟探险旅行要拍到动物生动的照片十分困难，因为没有太多时间可以等待，能够惊鸿一瞥，运气就算不错了，就像我常看见灿烂的蓝闪蝶在雨林中飞闪，却只能欣赏而无法拍摄。有时我在晚上找到它倒挂树叶底下睡觉,但双翅合起,把宝石蓝遮藏在翅间,只露出棕褐花纹的底色,怎么也无法拍到它闪闪发亮的蓝翅。亲爱的安琪儿,探险旅行中能拍到几张好照片,可是运气加经验以及上苍的恩宠啊!

这个林子的甲虫相十分丰富、特殊,不仅我未曾见过,很多书本上也查不到,有的颜色艳丽,有的图案怪异,有的造型奇特,这些生物能在生存竞争激烈的环境中存活下来,都有一套求生的绝活。

我们走了一个半小时才回头,不久竟迷路了,因为一只突然窜出的鼷鹿吸引着我们追踪,以致偏离了路径,回头竟找不到先前走过的路。在这广袤幽深的林中,只要几个转折,方向感就会全失,所以我们总是一面前进,一面做些小记号,但此次紧急追踪无人做记号,弄得迷了路。幸好马寇士经验丰富,终于找到了我们途中遇见的巧克力汁树,当地的男人调皮地戏呼它为奶汁树。马寇士当时用尖刀在树皮上挖一小洞,乳白色的树液立刻汩汩不绝地流出,他以手指沾着乳汁吸食,我跟段世同则干脆把嘴凑上去直接吮吸——是微甜、淡淡的巧克力味。马寇士说,这种树是猎人充饥解渴的救生树。从雨林返回河上的大船,突然一阵骤雨袭来,迎面江风冷凉,吹得浑身汗湿的我们直打寒战,幸好路程不远。

晚餐后,我们再度出发到下午曾探看的森林进行夜间摄影,找到一条大而怪异、青色略带荧光的毛虫。此外,还发现一只美丽又有些卡通味的独角白唇螽斯,也是我和杰夫从未见过的,简直像"假的"一样,配色与模样真的只有神来之笔可以描绘。

返回"裘伊斯姑娘号"时已近午夜。今晚船上气氛有点诡异,不但灯火通明,上岸的木桥梯收起,还有水手在暗处守夜。找来培雷洛询问,才知不久前这里有夜泊货船遭河盗洗劫。我开玩笑道:"可能是亚马逊女战士干的。"段世同大笑说,果真如此,他自愿被劫去当压寨男人!

2001年,绿色和平组织在亚马逊河的监视船遭到河盗洗劫,他们挺身反抗，结果两人阵亡，其中一位是曾得过世界帆船大赛冠军的新西兰籍选手。

亚马逊河是一个充满危险的地方，不只自然环境恶劣——雨林、沼泽、大水、湿热；生物也令人不易招架——疟蚊、子弹蚁、毒蛇、野蜂；更可怕的是人——河盗、游击队、食人族……

晚安，安琪儿。我要休息了，前头还有很长的旅程等着我们！

2002.9.7　凌晨一点，Silencio
在阿巴加西斯河上

自然摄影

亚马逊女战士

"裘伊斯姑娘号"上的有趣成员

亲爱的安琪儿：

　　日上三竿，"裘伊斯姑娘号"收起缆绳离开，沿着阿巴卡西斯河往下航，个把小时后转入乌卡利河（Rio Ucaria），不久再折入巴拉古尼河（Rio Paracuni），来到耶稣圣心村（Sagrado Corasao de Jesus），大船停靠在离村约两千米的马寇士朋友家前。

　　耶稣圣心村也是新移民村，有许多正在兴建中的小木屋。这几年巴西经济每况愈下，很多都市贫民回流乡村，或进入亚马逊河的未开发地区拓垦，造成继伐木、放牧、淘金之后对亚马逊河的另一次大破坏。我去过的林子里，总有一些最大、最直、最珍贵的巨木被伐去建房子，部分移民家里还备有猎枪和电锯，俨然热带雨林的大杀手……亲爱的安琪儿，你能感受到站在高达六七十米被支解的巨木间的心痛吗？他们只取最好的部分，而把三分之二都弃置了，就像渔民捕猎鲨鱼，只割取鱼翅后就丢弃尸体一样，令人触目惊心。

　　午后两点，我们开快艇前往上游一块高大的原始雨林，这片林子虽然离小村很远，大树还是逃不了遭盗伐的命运。林梢有些大鸟活动鸣叫，我不准马寇士捕猎，弄得他有些坐立难安。猎人看见猎物那种心痒我可以理解，但我不希望因为我们的造访，为热带雨林带来杀戮。

　　走在闷热的林中，我发现身体越来越倦怠，四肢也变得无力；按按喉咙，觉得疼痛，是发炎了。可能是这些时日睡得少，体力消耗太多，日夜温差又大，再加上"裘伊斯姑娘号"好几个人正感染伤风——他们认为是鬼在作怪，我说鬼才相信——被传染所致。

　　亲爱的安琪儿，今晚是我探险途上首次没上岸做夜间拍照，我想让身体稍微休息一下，也借此谈谈"裘伊斯姑娘号"上几个有趣又重要的成员。

这次亚马逊河之旅大多由戴大伟先生居中安排与联系，他个子不高，温文儒雅，能说多种语言和方言：普通话、客家话、闽南话、潮州话、广东话、西班牙语、葡萄牙语、德语、英语、日语，还有几种印第安语。他出生于西班牙，在日本接受中学教育，大学回台大念国际贸易，毕业后到美国留学，后随他人到南美洲发展，曾在秘鲁与玻利维亚投资淘金，也在非洲尼日利亚做过药材生意。这些暴利事业与暴力永远绑在一起，黑道、白道、杀手、土匪全都混战成一团，最后他"金盆洗手"，退隐江湖，在亚马逊河流域的马瑙斯市娶了一位美丽的巴西混血姑娘，经营起木材贸易，并为想到此地建厂的华人提供各种申请服务。

不过我和段世同对戴先生的了解十分有限，他讲话常常绕圈子，每次只讲三分，有时聊了许久，我还是不知道他要说什么；不过他很热情，也很尽职，若不是有他在马瑙斯市为我们张罗，此次就不易成行。亲爱的安琪儿，他也是我的天使啊！

"裘伊斯姑娘号"上最重要的人物要属总管培雷洛了，我们此趟探险，从船、船家、保镖、翻译、向导、猎人到补给品，全由他一手包办。他是一个很有戏剧性或者说非常小说式的人物。我对他的第一印象是："怎会有这样大的肚子？"简直就像怀有三胞胎且即将临盆似的，只有日本相扑力士可堪比拟。

他经常用手拉扯他那只能遮住三分之二肚子的运动衫下缘，让人觉得他好像经常处于忸怩不安的状态。他生得浓眉大眼，但左眼却因年轻时打架受伤，眼皮下垂一半；每次与我讲话时，他的左眼皮偶尔会伴随拉扯衣服的动作，突然像窗帘一样升起来几秒钟，然后又垂下，更具戏剧效果。

培雷洛有一半意大利血统，双下巴相叠下坠，只在下颌鼓起一个肉瘤般的圆突，很像河流中的小孤岛。下半张脸长着不很密却很粗的胡子，其中靠近圆突部分已转成花白，很像水流经过孤岛两边时泛起的白色水花。他的浓眉与大眼常皱缩成一堆，从未见他笑过，整张脸看来很像变形的大苦瓜。

培雷洛身高只有一米六左右，体重却超过二百六十斤，每当他从下层船舱登上我住的第二层甲板时，可以从木梯发出的沉重声响知道他正努力往上爬，然后梯口逐渐浮出一张苦瓜脸。当他胸口以上浮现后，动作突然停止，好似要与我直接说话，但他是有教养的人，不会这样半途开口，于是我会看到他小心翼翼地扭转身子，好让他的大肚子可以挤过方形的梯口……

培雷洛年轻时是柔道选手，当过混混、保镖，近中年当起大货车司机，现在则改行当旅游承包商，我们是他的第一笔生意，这也使他的表情变得严肃、不安，甚至冷漠。亲爱的安琪儿呀，培雷洛简直就像银幕上走出来的黑手党教父！

培雷洛自从肚子大起来后，就再也没有直接看见过自己的脚掌。戴先生说培雷洛除了有家室外，还有一位苗条又清秀的年轻女友。聪明绝顶的段世同听了以后始终纳闷："培雷洛怎样去完成床上那不可能的任务？"他说，如果旅程结束时他仍未想出答案，一定要去请教老江湖的戴先生。亲爱的安琪儿呀，看来世间许多事是不能用想的，也与聪明与否无关，老祖宗不是说过嘛，船到桥头自然直。

安琪儿呀，你能想象这样的生手承包如此高难度的探险之旅，经常发生急得团团转的事吧？整个旅程就像他看自己的身子——只能看见上半部，下半部全靠摸索啊！也因此我们才有机会进入死亡之域以及蟒蛇湖，看来冥冥中自有安排。

杰夫是我们的翻译，原本名单上是一位金发美女，老江湖的戴先生见过之后坚持把她换了。戴先生说，进入蛮荒地，黄金与美女都会招来灾祸，所以杰夫在"裘伊斯姑娘号"离港前一小时才受聘上船。倒是段世同觉得有些遗憾，说不定会发生惊险、刺激、香艳、精彩的电影或小说情节呢。我说，杰夫来了也不错，弄得满船都是鬼，人心惶惶，不也很精彩刺激吗？

杰夫血统复杂，有四分之一印第安血统，其他四分之三则包括许多其他种族——反正按照现代人类基因研究的说法，推论所有人类都来自非洲。杰夫自小弱视，却有阴阳眼，他今年刚满三十岁，已在亚马逊地区担任翻译与向导十年了，曾带过美国《国家地理》杂志和探索频道的摄影队，以及一些著名的探险队。他说了许多亚马逊河的惊险故事，比电影情节还要让人惊奇，但大多无法求证，我只有姑妄听之。戴先生则说，只要故事新鲜精彩，真假就不必计较了。

不过杰夫所说食人族的故事倒是真实事件。他有一位同为探险向导的好朋友，1999年8月带领美国探险队时，在靠近哥伦比亚的亚马逊河上游支流遭食人族攻击，他一边掩护探险队逃走，一边想出面与食人族沟通，因为他与该部落有数面之缘。但不知发生何事，向导就此下落不明。后来，亚马逊河向导协会派出一位与该族有深厚渊源的老向导与该族联系，最后老向导只带回那位失踪向导的头颅，其余都被吃掉了……

我们的保镖有一位是自边防军退下来的，他说过去几年，也有两位边防军人被吃掉！

船上还有一位可爱的人物，就是船长富兰西纳多，他很沉默却常微笑，除了对水手、轮机长下指令外，很少说话，他是一位中型的结实胖子，外形像极了卡通人物小熊维尼，段世同认为作者一定是以他为模特儿画的。我特别拍了几张照片，让我亲爱的天使们看看！

上岸做夜间拍照的段世同在午夜前回来了，收获并不多，但带回一只看起来很恐怖的毛虫。他用树枝扰动它时，它的身子突然扬起，段世同的手掌立刻感到刺痛，旋即红肿，看来它的毒毛飞到段世同手掌上起了作用。幸好段世同即刻用尿液擦拭，总算没有恶化。

2002.9.7　Silencio
写于巴拉古尼河夜泊时

热情沸腾的毛埃斯镇

亲爱的安琪儿:

经过一夜沉睡,黎明醒来觉得倦意已消,发炎的喉咙也正常了。走出船舱,发现"裘伊斯姑娘号"倚靠的河岸有一大片看来生态相当丰富的野地。杂草、灌木、小乔木以及几棵结实累累的腰果散生其间。我背起摄影装备,请水手放下上岸的木桥;日出时,我走进野地,惊飞了几只蚱蜢。我在小灌木上发现了一只样子有些像《西游记》里小妖怪的螳螂,只是它很机警,相机的快门声立刻让它躲入枝叶中不见踪影。正当我继续找寻时,却发现有一片略红的嫩叶片正在慢慢移动,弯下身子仔细观察,竟然又是一只螳螂,我心中暗叫一声:"宾果!"因为它是亚马逊河独有的一种螳螂学名 *Acanthops falcataria*,我赶紧按下快门,但闪光灯却惊飞了它,我注视它飞落在腰果树的小枝上,却怎样也找不着了。几分钟后,我终于发现它的诡计,于是退后一步,拍下那枝子,想让我亲爱的天使们也来玩这自然界的捉迷藏,看看那只了不起的螳螂到底躲在哪里。

就在此时,我瞄到腰果树干上有宝石蓝光闪了一下,我转脸目不转睛地盯着树干。果然,蓝光又闪了一下,我终于发现了一只亚马逊小蓝闪蝶正在做日光浴。此时它警觉性不高,活动力也小,我慢慢趋前选了个好角度拍下一张双翅微张的照片。有趣的是,当我靠着树干拍照时,我镜头旁的一片树皮突然动了起来;我以为是树皮被我触落,奇怪的是那片树皮竟往上移动。亲爱的天使啊,那是一只很难被发现的树皮蟗斯,它的颜色、形状可说是完全融入树皮了,连四周边缘也紧贴树皮,以免产生阴影而露出"虫"脚,真是巧妙有如神造。

早餐后,我盼咐启航,今天将直航到毛埃斯镇(Maués)。船上的燃油、瓦斯、食物即将告罄,尤其是我和段世同的食物,三餐都是一条炸食人鱼，我们常常原封不动地退回去，然后以煮木薯浇面汤（一把面条煮一大锅汤）加西红柿酱来充饥。为了保持体力，就算难吃也只好往肚里倒，原本为我和段世同准备的粮食，行程未过半就被无所事事的水手、杂役偷吃光了。段世同用梁山泊中花和尚鲁智深的话来形容我们的伙食——"简直可以淡出鸟来！"——还真传神。

今天风大凉爽，河浪三级，坐在第二层甲板的凉椅上欣赏两岸风光，看江豚围猎，象鱼翻浪，令人心旷神怡。船上的人员个个笑逐颜开，他们说马卫斯的女人美丽又热情，看来他们的病已经好了一半。

马卫斯是人口一万左右的小镇，在巴西却相当出名，因为这里出产一种特用作物——瓜拉纳（Guaraná）。瓜拉纳是一种藤本植物，本是印第安原住民用来提神的饮料，不但营销全巴西，还外销许多国家。我在超市看见各种不同品牌的瓜拉纳汽水、果汁、果冻……不仅有促进血液循环和新陈代谢的功效，据说还能提高性功能——对于这点，船上的水手们可是言之凿凿。

马卫斯终于在望了，河边、河里尽是赤条条的人，我们正巧遇上马卫斯一年一度的夏日节庆。船才一靠岸，船员们一转眼全都不见了。我和段老弟随着杰夫上岸观"光"，今天镇上除了老人外，全都穿着泳装，只要跟随穿比基尼的女郎就可以到达庆祝会场。此镇颇以瓜拉纳为傲，不但到处标记，候选人也充分利用它。最好玩的是连垃圾车也漆着瓜拉纳，说不定他们孩子的胎记也是瓜拉纳呢！

来到庆祝会场，正是热情沸腾的时刻，河滩上搭了大舞台，台上几对男女正热舞着。我们走入挤满一概身着泳装的观众群，却引来大家侧目，因为我们是全镇穿衣服最多的人。幸好此时台上的舞姿一下子又把大家的目光吸引过去，化解了我们的窘境。

河滩浅水里也泡着晒得棕红的男男女女，我因忙着拍照，不久就与段世同失散了，我和杰夫到处找不到他。我提议先行回船，反正段老弟可以找到回船的路。杰夫说，因为瓜拉纳与热情女人，很多欧美自助旅行者来到马卫斯就再也不愿离开，就如同老鼠掉到米缸里，赶也赶不走。他们不断试着不同配方的瓜拉纳，也不断更换身边的女人……杰夫说他一定要找到段世同，免得他也掉入米缸里……亲爱的安琪儿，我可一点也不担心段世同，除了子弹蚁跟蚊子，他可啥也不怕。

回船的路上，我们进入一家艺术品店去看看当地艺术家的作品以及工艺纪念品，也顺便找找当地原住民的音乐。没想到热情的店主人知道我们是生态保护主义者，立刻为我们介绍一位名叫马卡（Maca）的歌手，还播放马卡的歌。店主为我们放了一首《疟蚊》。歌词如下：

今天，谁在保护亚马逊？
它的大名叫疟蚊。
如果不是这些小虫虫，森林早被人烧成灰烬。
拯救热带雨林，好像只剩疟蚊。
马拉利亚蚊万岁！
愿你多如天上的乌云，
用再大的网子也抓不到，
最强的杀蚊液亦无效。
亚马逊的超级保卫者，
噢，就是马拉利亚蚊。

马卡的曲子作得好，唱得也不错，歌词更是有见地——我们在蟒蛇湖的经验可以证明。我和段世同各买了一张CD，马卡热情地签名并要求与我们合影留念。可惜风潮唱片公司为我出版的几张CD没带来，否则我还可以反过来卖给他。

走回泊满船只的河港，兴高采烈的水手正在岸边的大芒果树下吹嘘着各自的见闻与艳遇，看来伤风痊愈了，我担心他们现在要中暑流鼻血了。

"裘伊斯姑娘号"的右边紧紧泊了一艘同样大小的船，船上十几对身着泳装的男女随着音乐跳着撩人之舞，其中两对在靠近我们船的围栏上热吻，全然无视这群从蛮荒之地冒出来的野男人。五点整，所有的补给品都上了船，油也添足了，在偏西的阳光下，"裘伊斯姑娘号"缓缓离开了正陷入夏日狂欢的马卫斯镇，但船员的心与眼神，还留在小镇。

不久，大船转入博雅维斯塔杜拉莫斯河（Boa Vista do Ramos），意思是"好看的树枝"。亲爱的安琪儿，我将它译成"美枝河"，"美枝"可是台湾人常用的女性名字。

在夕阳下欣赏河上的人捕鱼，是此刻水手们冷却心头热火的清凉剂……

2002.9.8 Silencio
在夕阳无限好的美枝河上

自然摄影

热情沸腾的毛埃斯镇

鳄口余生拍树懒

亲爱的安琪儿：

"裘伊斯姑娘号"探险行程的最后一个目的地是普列玛沼泽（Purema），这是一个民间自发的生态保护区，同时得到世界自然基金会（WWF）的协助。它就位于亚马逊河主河道附近，有一道隙口相连，我们把大船泊在隙口附近的河湾，改乘快艇穿过隙口进入沼泽。

隙口一带枯木横陈，沙丘杂草一片。表面看不出有何出奇，但一穿过狭窄的隙口，景观突然开阔起来，各种水鸟在沙洲、水草间纷纷抬起头来，几只在沙丘上晒太阳的中型鳄鱼缓缓滑入水里。快艇放慢速度，好让我拍摄各种鸟类，黑腹树鸭、多种鸢和鸬鹚、巨嘴鸟、鹦鹉、夫妇雀、白领翡翠、美洲蛇鹈……还有我一直想拍却不易拍到的南方垂翼鸽以及黄翅水雉。亲爱的安琪儿呀，我都在这里将它们一一摄入镜头。

由于中间为一些林泽大树所隔，普列玛沼泽看起来好像不大，进去之后才发现很广。现在许多大树正在开花，再加上水边的青草正绿，整个沼泽好像一个大公园般。

我们到普列玛沼泽最大的目的是找寻树懒，它是中南美热带雨林的特产。安琪儿，你是知道的，我在影片中和书上多次为它奇特的模样所吸引，所以打进入亚马逊河雨林就一直找寻。但要在高大、茂密的雨林中找到它简直有如大海捞针，十几天来未曾见到任何踪影。杰夫建议我们到普列玛来找，他说这里的树林被沼泽隔成一簇簇或一排排，我们可以沿树林外缘慢慢找，他以前带的德国摄影队在此找到过。

我们就这样用极缓的速度驶过一棵棵大小乔木，寻找树干上的

"树瘤"，因为树懒大多时间是抱着树干休息，它的颜色和形态与树瘤、树突一模一样。亲爱的安琪儿，你还记得吧？这跟我们在婆罗洲寻找狐猴是同样的情况。

我们也非漫无目的地搜寻，树懒最爱吃一种"号角树"（Cecropia）的叶子，只要看见这种树，我们便找得更仔细。一下午毫无所获，太阳也逐渐西落，就在我们以为落空之际，段世同突然大叫："有了！"他指向一棵叶片落尽的木棉树，靠近枝梢的一小团树瘤。

果然是一只埋首抱树呼呼大睡的雄三趾树懒，听见我们的声音后，开始慢慢往下移动，然后停在下一个较大的分枝上，再次装它的树瘤。它现在停的位置根本无法拍照，杰夫决定请驾快艇的水手长内几纽爬上树把树懒请下来。

我反对这种做法。亲爱的安琪儿呀！你是知道的，这违反我的原则；我也担心吓着树懒。但杰夫保证无害，他起码请过二十只以上的树懒，可以信赖他，再加上段世同实在非常想仔细看看这么奇特的哺乳类动物，最后我同意了。

内几纽身手敏捷，不消一会儿就上达树冠了，可是他突然大叫："这家伙死抱着树干，爪子有劲又尖锐，根本动不了它！"

杰夫解下快艇的缆绳传到树上去。"让绳子垂到树懒的胸前，过一会儿它就会抓住绳子。"杰夫正说着，树上的水手兴奋地叫道："它自己往下移动了！"

"快把缆绳递过去让它抓着！"杰夫大声指示。

不久，缆绳垂了下来，一只双手紧抱着绳子的树懒垂到前往接应的段世同胸前，它的两腿大大张开，想抱住段世同这个大树干，弄得他左闪右躲，幸好杰夫及时接手过去。

树懒是哺乳类中形态及生态都很独特的动物，分为二趾与三趾两类，仅分布于美洲热带雨林。它动作缓慢，一天可睡16至20小时，所以被称为Sloth，意为"懒惰"。它头部能旋转270°，动作虽缓却又善于游泳，为避免被鱼咬，长毛下还有一层软厚的内层毛。雨季时，长毛上会因藻类滋生而呈绿色，让它更添保护色。树懒动作迟缓有其道理：它的血液循环、新陈代谢极慢，体温也较一般哺乳动物低，还可随环境上下调整约10℃。其寿命可长达二十岁。

树懒的长相只能用"怪模怪样"来形容。亲爱的安琪儿呀，有时我觉得造物主像顽童一样，往往在创造工作之余，制作出一些特别奇妙的物种来自娱。这些年来，我多次深入热带雨林探险，总是被许多出乎意料的绝妙物种所折服，这也是热带雨林那样吸引我的原因！

目送这只树懒在夕阳余晖中像分解动作一般慢慢地往上爬，它的模样突然让我想起外星人E.T.。亲爱的安琪儿，我敢打赌，史蒂芬•斯皮尔伯格一定是以树懒为原型创造E.T.的！

热带的夜幕降得很快，我们兴奋的心情还未平复，沼泽已是夜色沉沉。萤火虫东闪西亮，跟天上的星光在水镜中争辉；树蟾在泽边的禾草间鼓噪；夜鸥像巫婆般不死心地呼唤，一声接着一声；大鳄鱼的红眼睛在手电筒光柱中好似鬼眼一般慑人。普列玛沼泽的夜晚既热闹又神秘，我将这一切全都录摄在我心中……

新月落下时，我们到达了隙口，这是回返"裘伊斯姑娘号"停泊处最具挑战的关卡，水急而深浅不一，快艇的推进器非常难操控，常常得把螺旋桨提离水面以免打中水里的枯木沉树，所以杰夫和段世同一人一边用桨助划，同时探测水深和木头，我则在艇首以手电筒照明。

就在我们奋力进进退退时，我的手电筒照射到隙口前面的水道中，一双橙红色的大圆眼睛正对着我们。杰夫倒抽了一口气说："亚马逊巨鳄！它这样巨大，根本没有天敌，它大概不会让路给我们！"

但在这黑夜的隙口急滩，水道弯曲又狭宽不定，根本不能后退，否则很可能翻船。如果翻船，亲爱的安琪儿，那时附近所有的巨鳄就都会接到邀请，所以我们只有硬着头皮继续前进。既然非冒险前进不可，我也备好了闪光灯和相机，想在靠近时冒险拍下一张它或我的纪念照。

双方一寸一寸地靠近，它依然不动如山……坐在艇首的我，慢慢看见它的头竟然跟旁边的枯木干一般粗。我打算艇首一过枯木，可以看见它整个头时，立刻按下快门。就在众人万分紧张，艇首渐近巨鳄并将越过枯木，我也从相机中看见它一半的大头时，艇后的螺旋桨突然击中水里的一根沉木，发出"砰"的一声巨响，整艘快艇也一下向前跳离水面，然后重重地落下，正好落在巨鳄的大头正前方约一米的地方，这下子终于吓到大鳄鱼了。它一下往后把整个身子弹起，高过了我的头，然后斜斜落入水中，溅起一片水幕……我们可以说同时被对方吓了一大跳……

杰夫说这条鳄鱼身长至少在五米以上……我事后越想越可怕，螺旋桨打中沉木让快艇弹起时，如果把我整个人向巨鳄弹去，那么，亲爱的安琪儿呀，我先前留下的遗书就可以派上用场了！

普列玛沼泽丰富的生态深深吸引着我，虽然前一夜才经历了鳄口余生，可是到了天亮已余悸无存，我们又驾快艇穿越隙口进入沼泽。就在此时，我瞧见右前方一条巨鳄刚从沙洲上滑入水中，然后无声地将头上的两只眼浮在水面，拖着那五米长的身子，在波平如镜的水面朝着浮草那边划出一个大V字形的水纹，我直觉它就是昨夜的巨鳄，也许等在那里想看看吓到它的是何方神圣吧！我想对于已经备妥遗书的家伙，它也觉得还是少惹为妙——不是有句闽南话的俗谚吗："敢死，鬼都怕！"

有了昨天找树懒的经验，今天我们的运气不错，一共又找到三只。我发现它们的毛皮颜色多少有些差异，而且都会选择与毛色较相近的树干栖息。

拍完树懒，快艇从沼泽进入锡尔维斯（Silves）湖，我们要到对岸的锡尔维斯镇拜访普列玛协会的人员。锡尔维斯湖大得简直就像海，在热带艳阳下产生有如海市蜃楼一样的幻境……

我们的到访让这个建于1660年的古镇一下子热闹起来，大家纷纷走出门来看陌生人。我则被古老的教堂以及山头的耶稣像吸引，这尊圣像是仿里约热内卢那尊著名的耶稣像而建的。

拜访过普列玛协会的办公室，我捐了一百美元表示我对他们的敬佩与支持，随即匆匆跳上快艇。我们要在太阳落下前穿过隙口，免蹈昨日覆辙，而最重要的则是全船的人都归心似箭，他们已在互相调侃快要变成同性恋了。今晚将彻夜航行，预计明日黄昏以前可以返抵马瑙斯市，我们将略事休息整补，再开始另一段探险之旅。我们身上被蚊子、蚂蚁、蜂所螫咬的红肿已是星罗棋布且奇痒无比，我一直提醒段世同不可去抓，因为很容易感染。三年多前，太鲁阁的游登良先生随我去中美洲圣幻河探险时，因难忍身上的奇痒而抓抠，结果上百个红肿花了两年时间才痊愈，我则一个多星期就痊愈了。但是段世同有时实在痒得受不了，就借苏东坡说的"忍痛易，忍痒难"作为他抓痒的理由，这时我才真正明白"抓狂"的意义！

晚安了，亲爱的安琪儿！

2002.9.10　Silencio
在归航Manaus的亚马逊河上

自然摄影
鳄口余生拍树懒

第二趟走"江湖"

亲爱的安琪儿:

结束了"裘伊斯姑娘号"半个月辛苦的探险之旅,我们在马瑙斯市只休息了两天,又在9月13日这个黑色星期五踏上了一艘较小的船——"新弗朗西斯科号"(Novo S. Francisco)。大概是日子不吉利,马瑙斯河港显得冷冷清清,我想大多数人因为没有自信心,把许多不可知的事归之于运气、鬼怪,所以日子、数字都变成了征兆或禁忌。我正好相反,亲爱的安琪儿,你是知道的,我认为一切发生的事都自有其神圣与完美的意义。对于真正明白事理的人来说,正如佛家说的:"日日是好日,处处开莲花。"

这是第二趟走"江湖"。人说"一回生,二回熟",这趟旅行要比第一趟便宜一半以上。当然,船也小了,人也少了,杰夫现在是总管兼向导,船家是他的朋友。船的长度约十五米,宽近四米,只有两层甲板,没有舱房,我们住在第二层甲板,前半部有遮阳的船顶,挂了两张吊床。亲爱的安琪儿,这个空旷之处,就是我们未来五天生活、睡觉的地方。船长和轮机长是一对三十岁左右的兄弟,水手则是一位更年轻的小帅哥,身兼大厨。这艘船较小,马力也小,船员年轻,船上不时响着巴西的流行音乐。

十点整,"新弗朗西斯科号"启航,沿黑河逆水上溯。黑河河水棕红,因为水深所以看起来呈黑色。这种水的水温较高,酸碱度在pH4.6左右,孑孓很难生存。这对我们来说可是好消息,表示这趟旅行不必深受蚊害之苦。

船行至黑河中央,只见远处有一小小浮物,载浮载沉。亲爱的安琪儿,不知为什么我直觉那是一只蜥蜴,段世同用望远镜细看,果然没错。我请船长将船靠过去,是一只一米多长的鬣蜥。杰夫说,它跟我们一样正要渡河到对岸去。我觉得渡过十几千米宽的河,对它而言实在太辛苦了,就想请它搭便船。我们的水手试着用藤篮捞接它上船时,它却毫不领情,一扭身子潜入水中消失了。看来它一点也不相信人类,在它们的印象中,人类想必是可怕的动物。亲爱的安琪儿,人类进步的物质文明若给其他生物造成了生存的威胁,这就象征着人类精神文明的退步!

我们一共遇见三只鬣蜥过江,我想可能是旱季到了,它们的食物将发生变化,趁着水位仍高时到对岸食物丰富的地方去度旱季。亲爱的安琪儿,我在许多介绍亚马逊河生态的书里均未见提及鬣蜥过江,杰夫说,我可能是第一个发现及拍摄到鬣蜥过大江的人,这让我还真有些飘飘然!人类真是莫名其妙的动物,总是在追求第一,寻求被肯定,被看见,因此而走火入魔的人大有人在。对此,我觉察已久,也努力摆脱,只是要完全去除执念谈何容易,砍了执念的枝干却难以除根。所以小时候的家庭教育、学校教育、社会教育有多重要啊!一旦错误的价值观被种植下去,它的危害既深且广,即使之后发现了,想要连根拔除,花十倍的气力与时间,都无法立竿见影。

船抵对岸已过晌午,靠在一处河湾休息并让大厨有时间为我们做一顿大餐。他足足花了两个小时准备,我很想违背良心,用慈悲心来称赞他的手艺,但,亲爱的安琪儿呀,我实在说不出口,我若说了简直成了骗子!好吃与否还可以有口味之差,但饭菜都没煮熟,实在令我和段世同难以下咽。身为台湾人,我们实在太幸福了,那么多的南北口味、中外名菜与糕点,以及全世界最多样可口的廉价水果……现在我们却在亚马逊河上,想尽办法要把"食物"咽下,以便有体力可以继续探险旅程……

下午四点过后,赤道艳阳威力略减,"新弗朗西斯科号"继续沿岸上行,亚马逊河的春天已然降临,岸树绽放茂盛的花朵,远望美丽极了。亲爱的安琪儿,此景令我们想起《桃花源记》中那落英缤纷的景致。我们坐在甲板上欣赏着天色与风景的变换,觉得自己真幸运,有健康、有胆量、有机会来到地球另一边的蛮荒大江上,欣赏这样的美景,也庆幸自己会写点文章,会拍些照片,可以与我亲爱的安⋯⋯分享。

暮色渐浓,新月与金星在我的注视下逐渐加强亮度⋯⋯船驶入一处有船屋的河湾林泽边停泊,这是一位名叫拿道⋯⋯的猎人的住处,今夜他要带我们进入附近的雨林。

晚饭后拿道上船来,他是一个外表很有特色⋯⋯人,眼神锐利如美洲豹。我们在他的引领下进入林泽旁的森林⋯⋯夜间拍照,但生物不多,十点返船。

次晨,我在冷凉且露水湿重的破晓时分被⋯⋯夫唤醒,拿道已经把独木舟划到"新弗朗西斯科号"旁等我们。⋯⋯匆匆抓起相机就跳入舟身外侧写着"Pensamento"("沉思")的⋯⋯木舟,它随即静悄悄地滑入晨鸟激鸣的林泽。途中遇见一群小不⋯⋯的松鼠猴,但林中仍然十分幽暗,难以拍照。

二十分钟后,我们登陆进入雨林,拿道要带我去找一群名叫"Monk Angi"的长卷毛猴,但我们在⋯⋯中绕了一个小时仍无所获。拿道说可能是这里的食物已经熟落,所⋯⋯猴子转移到别处去了;他上个月带美国《国家地理》杂志的摄影⋯⋯来,整整一星期,每天都能在这林子里看见它们。

当我们走上丘顶准备进入另一⋯⋯的雨林时,右方一棵大枯木突然在这无风的晨光中排山倒海地倒下,发出雷劈般的轰隆声,整个林子也仿佛摇动起来。枯木倒地是热带雨林中常常发生的事,尤其在刮风或暴雨时,所以在雨林下面休息或过夜要慎选地点。不过,像今晨这种无风的大晴天,竟然发生巨木倾倒,是我们前所未见的,不知道是哪一只白蚁或蛀虫咬了那最后一口?!也幸好它早几分钟倒下,如果等我们走到坡下才倒，亲爱的安琪儿，我大概连说再见的机会也没有了。

一路上没有发现多少动物，反而植物相特别丰富，几种不同的大树正在开花，有的一树花球，有的红如喷火，都相当罕见。另外一棵干生果正结着如枇杷般的果实——珍珠铃野果，我曾在婆罗洲热带雨林中见过，巴西人唤它"Goiaba-de-Anta"。拿道说这是貘（Tapir）最爱吃的食物。此外，还有一种巨藤，藤身好似由许多细藤编成，直达雨林的树冠层，看起来奇异而壮观。另有一种扁藤，藤身好似巨豆荚，我也曾在婆罗洲见过。

拿道指着小径边一株较小的树藤。我本以为它只是普通的树藤而已，可是拿道用他的大砍刀一挥，藤身断面立刻渗出白色的乳汁，汩汩不绝。这是另一种野外求生植物。

近午时，我们走回停舟的林泽边，就在我想收起望远镜头时，瞥见一棵灌木里有小影子晃动了一下。我慢慢接近细瞧，拍到了绿头莺。这种莺小而美，种类繁多，颜色多变。正当我回头时，头上横枝有一对黑顶蓝莺飞落。好运似乎接二连三，此时，林泽边的拿道正学着鸟鸣声，这引起了我的注意。

借着灌木的掩护，我慢慢挪到拿道的身后。他指向一棵最近岸边林泽中的树，我的眼光顺着那树往上寻去，突然看见树干上一团如燃烧中的火把。天啊！亲爱的安琪儿，那竟是一只令人惊艳的红金刚鹦鹉，我已冀望多时想拍摄它而不可得。上一趟"裘伊斯姑娘号"之旅时，多次见它在黄昏的天空成双成对聒噪地高高飞过，只能望鸟兴叹，而现在，它就在眼前五六米！

它的颜色如此鲜艳，造物主好像借它的羽毛来展示色彩之美。被我相机连拍的声音惊动，它突然粗粝地大叫一声，像一团火球腾弹而起，翅膀挥了两下就消失在林泽树隙间……亲爱的安琪儿，直到此时我才发觉自己已屏息太久，忍不住喘息起来。

有趣的是，这么美艳的鸟，鸣声却如此难听，拿道用"鬼号"来形容。大自然还真公平，外表美丽的鸟，其鸣声往往不悦耳，而鸣声动人的则外表多不出色，这就像美丽的花通常不香，而香气四溢的花总是细小或花色不显眼……

2002.9.14　午时，Silencio
在上溯黑河的"新弗朗西斯科号"上

自然摄影

第二趟走"江湖"

会发笑的树蛙

亲爱的安琪儿:

亚马逊河已进入旱季半个多月了,较小的支流水位也开始下降,气温则越来越高。昨天中午我们泊船在贾卡列·乌坝(Jacare Ubal)的小村旁,等待一位当地的向导,他要带我们到一处很大的原始热带雨林去,那里是他的猎区,较少被破坏。

午后的气温直线上升,到下午一点已超过41℃,有风拂动时还可勉强忍受,但风一停,就热得如置身烤炉中。段世同直叫头疼,我也觉得头胀,遂跳入河中冷却热火的身心。段世同见我游了一圈仍无事发生,也从船上一跃而下。就这样,我们热得受不了就跳河,凉快了就上船,如此数回,才熬过45℃的高温。杰夫说,这几年气候改变非常剧烈,在10月、11月时,午后气温常高过50℃,每个人都得泡在水里度过火热的日子。亲爱的安琪儿,幸好我们没有遇上超过50℃的高温。

下午四点十分,向导马可终于姗姗来到。他是位24岁的年轻人,有很浓的原住民血统,个子不高,却精壮而活力十足,几乎整天都裸着上半身,皮肤棕红,脸上常带着稚子般的笑容,完全看不出已是两个孩子的父亲。

我们把装备弄上马可驾来的独木舟,随即溯河进入林泽。水位逐日低落,离最高水位已有两三米的落差,有些小乔木、大灌木已经从水中露出树顶或树冠了,较高大的乔木树干上出现了水位节节下降的印迹。那些树冠下方的枝桠离水后,出现一些圆形的黑色刺状物,看起来好像是另一种榴莲,又像是蚁窝。杰夫说是淡水珊瑚,但我认为不是,因为珊瑚是动物,离水稍久就会死掉,而这些球状物离水长达半年以上,到了雨季,它们又继续生长,所以显然是藻类或地衣类。马可说,雨季时有多种小鱼会以这刺状球作为庇护所。

午后五点，到达林泽尽头。舍舟登岸，进入高大茂密的热带雨林，沿着猎径往深处行去。林中气温仍高，又湿闷无风，走了不久，我们也都像马可那样脱下上衣打起赤膊。幸好没有凶蚊，只有几只吸血马虻紧随。它刺吸时有如蜂叮，所以往往没有吸到血就被人打死了。亲爱的安琪儿，它既然叫马虻，就不该来吸人，以致死得冤枉。

行走约半个小时，马可放下背囊说："在这里扎营！"他用砍刀清理了营地，一会儿，吊床也挂了起来，开始生火。林中枯木甚多，只是满含湿气，不易将火点旺，马可洒了几次汽油才生起火堆；另外削了一根尖头的枝条，穿过一条重约两公斤的鱼，将之斜插在火堆上烤。我在菲律宾的民多罗岛时，常在珊瑚礁上用这样的方法烤刚射上来的鱼。今天这条鱼叫丹巴鲫（Tanpaqui），是亚马逊河流域公认的最好吃的鱼，段世同一直赞不绝口。

暮色渐拢，营火摇曳，烤鱼滋滋作响，烟味与鱼香驱走了林中淡淡的湿霉味……

不久，幽暗中划过第一道发光叩头虫的流星火，渐渐地，"流星火"的数量增加了，有的在林梢掠过，有的斜斜向下射去，或从远处沿着小径直直向我急速飞来。亲爱的安琪儿，当它越过头顶，我不止可以听到它急速振翅的嗡嗡声，它所发出的火光，也让我隐约可以看见它那扬得高高的翅鞘。

"流星火"像是方向不可预测的四射烟火，为热带雨林热闹又神秘的夜晚拉起序幕。蛉虫鸣声幽幽响起，树冠层上窸窣作响，偶尔爆出一两声粗粝怪异的夜鸟鸣叫，远处时时传来蜘蛛猴凄厉的尖叫……

晚餐虽是船上带来的剩饭，却因为有烤丹巴鲫而变得丰富。饭后，我们沿着猎径走向雨林更深处做夜间拍摄，虽然昆虫数量还算不少，但大多已拍过，只有黑头白身蚱蜢及雄鸡尾蜡蝉比较特别，尤其是后者。亲爱的安琪儿，它的尾巴上有一束像雄鸡尾羽的白蜡丝，还有那火红的脸部，都让见过的人啧啧称奇。我在一些有关亚马逊河生

自然录音

雨林铃虫

态的画册上，曾看过它的丽影，今天终于有缘相会。

　　沿途各种奇怪的夜鸟鸣声不断，有些低沉如野兽的咆哮，让人为之驻足，有的鸣声近似发不动的引擎声，令人莞尔。另有一种鸟发出一段如箫的旋律，亲爱的安琪儿，我们赫然发现其旋律竟与"沧海一声笑"完全一样。世界之大，真是无奇不有。

　　回到营地已近午夜，这次进入雨林过夜可是有备而来，有足够的换穿衣物，以及配备蚊帐的吊床，所以我很快就睡着了。夜半睡梦中，背部感到刺痛而惊醒，我发现身上新冒出不少红肿包。仔细检查，原来是吊床上有草蜱（类似犬猫身上的蜱虫），此外也发现有螨咬的红肿。亲爱的安琪儿，在"裘伊斯姑娘号"之旅时，我已经被各种虫子咬了上百个肿包，现在一夜又多了四五十处之多，正如段世同说的"旧恨未消，又添新仇"。这些肿包大如一元硬币，中央有一粒小水泡，令人奇痒难忍，如用手抓，就会痒上加痒，红肿加剧，甚至造成感染而变得更难治疗。

自然录音
雨林之夜交响乐
（之一）

自然录音
雨林之夜交响乐
（之二）

自然录音
鸟之旋律

　　被咬得烦躁难眠，我干脆坐在吊床上细细感受热带雨林的夜半风情。半圆的月已偏西，斜斜的月光从树冠层的树隙间泻下，如霜的天空剪出雨林树木高大的剪影，叩头虫的流星火偶尔急急穿过林梢，绿色闪动的萤火虫，一闪一闪慢慢地、忽高忽低地游荡林间。虫声、蛙声、夜鸟声，还有赤鹿的吠叫，交织成一首动人的雨林夜曲。也听到一些轻轻的、从吊床边走过的脚步声，我问被我唤醒的马可：这些脚步声是谁发出的？

　　他听了一阵后说："有野猪、鹿……"隔了一会儿，他指着一种非常轻的蹬音说："这是美洲豹！……"

　　马可随即呼呼熟睡过去，我仍然欣赏着、倾听着这热带雨林的一切……当睡意渐渐涌上，远处突然传来一串轻笑声，将我的睡意惊走。

　　我起先以为是自己的幻觉，但隔了一会，笑声再度传来。亲爱的安琪儿，我确定这是真实的笑声，而且是年轻女子的笑声，在这夜半雨林深处听来非但不悦耳，反而有如女鬼的魅笑，令人不寒而栗。

但，安琪儿，你知道我不信鬼，它吓不到我。难道有原住民在这里活动？我如此怀疑着。

听着那恐怖的笑声，我再也忍不住，把睡得像猪一样的杰夫摇醒。这位好好先生被我惊醒后也听到了那年轻女子的笑声。

"那是谁的笑声？"我轻声问。

"在告诉你答案前，"杰夫神秘地说，"我要先讲一个不久前发生的真实事件，这样你就会知道究竟是谁在深夜里笑得有些……有些淫荡……"

大约两年前，杰夫带一个美国的亚马逊河生态旅行团，团员都是中年夫妻。有一天，他们在丛林饭店的小木屋过夜，一位住在独立木屋的太太到一百多米外的饭店大厅去买风景明信片，二三十分钟后，当她回到离木屋不远的地方时，竟然听见木屋里有年轻女子的笑声传出……

她在木屋外驻足了一会儿，笑声再次响起。妒火中烧的她一脚踢开房门冲了进去，只见先生斜躺在床上看书。太太尖叫道："别装了！把那女人叫出来！"

就这样，夫妻的吵架声惊动了众人，最后杰夫被请来帮忙调解，尤其是那一脸无辜的丈夫，他的清白完全掌握在这位丛林福尔摩斯神探的手上。

杰夫要求众人安静地坐着，然后熄去所有灯火。片刻之后，年轻女子的笑声再度出现。反复几次，持探照灯的杰夫终于逮到了元凶。亲爱的安琪儿，你能想象吗？罪魁祸首竟是一只大树蛙！

最后，我在马可的帮助下拍到了会发笑的树蛙（*Ra Risonia*）。

天色渐渐亮了。早安，我的安琪儿，今天因为笑蛙的出现，而有了一个好的开始！

自然摄影

2002.9.15　Silencio

黎明时分，在林中的吊床上

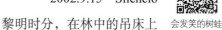

会发笑的树蛙

雨林音乐会

亲爱的安琪儿:

自然录音
吼猴晨啼

自然录音
晨鸟众鸣

在破晓时分,我们再度深入雨林。远处吼声阵阵,有时像风的呼啸,有时像猛虎出柙的咆哮。这种吼声往往会吓坏第一次听见的人,幸好我早有经验,知道是吼猴的晨啼。吼猴身材不大,但它的吼声可以传到数里之遥,很值得学声乐的人学习。

一路上,马可为我们分析昨夜野兽留下的痕迹,包括赤鹿、貘、鼠鹿、美洲豹,当然最多的还是野猪。晨鸟的鸣叫逐渐多了起来,最后嘈杂有如市场,我们也遇见早起的蜘蛛猴和黑吼猴,但它们都很机警,很难拍到好照片。于是,我们躲在一棵大树背后静静地吃早餐——这种等待的方式,印第安原住民称为"静猎"。突然,两只红吼猴出现在小沼泽对岸的树上。最幸运的是,此时一只野猪出现在树林下,离我大概只有十几米,它正在啃食地上的落果……

这里的大树很多,有些正在长新叶,有的正要开花。走路棕榈像八爪鱼一样夹在树林间,起雾时,真的会让人产生它在移动的错觉;有些植物则正在进行它的绞杀阴谋,表面上看来却像是两棵树正在缠绵!

宝蓝色的垂豆也到了成熟期,豆荚裂开反卷,蓝色的豆子悬垂在外,显得分外醒目。网叶树的细网状叶片,让阳光得以从网孔中照射至底下的叶片,增加光合作用的效率。一种野牡丹科植物有意将叶柄膨大成空室,以吸引一种蚂蚁搬进来住,住进来的蚂蚁会帮忙把啃食树叶的毛虫赶走,达到互利的目的。

此外,沼泽边有一种外表好似万年青的植物,它的花是我从未见过的奇特形式——那枝像佛焰花序的花茎中,另开出黄色的小花……热带雨林的物种实在多到难以胜数,真的是令人叹为观止!

回程上，段世同找到一对长相怪异的竹节虫，两只大眼睛长在它长脸的最上方，离嘴远远的，就好像孩子画竹节虫，画好之后才发现忘了画眼睛，于是提笔再补上去，因为是随意补画，结果画错位置，成了怪模怪样。

气温逐渐升高，蝉声四起。我们刚好有机会趋近一只金边熊蝉，它的警觉性很高，我才按了两下相机，它立刻冲天飞起，同时洒下一泡尿。

翻飞的大蓝闪蝶，交尾中的绿点树皮螳螂，以及在树干上、地面上来回奔波的切叶蚁，再加上激鸣震耳的蝉声，让人觉得整个雨林繁忙又生动，充满无限的生命力。

因为粮食带得太少，我不得不结束拍照返回独木舟，最后回到"新弗朗西斯科号"时，已是近午时分。

午后又是奇热。亲爱的安琪儿，这几个小时是一天中最难熬的时刻。午后两点，气温突破42℃，杰夫建议上岸到附近的贾卡列•乌坝小村走走。午后的村庄静悄悄的，显得有些寂寥。没有人影走动，连村犬和鸡都躲在树荫下，对于我们的出现一点反应都没有，好像这是它们的午休时间，对一切访客都不加理睬。后来我发现稍远处的足球场有几个少年在踢足球，杰夫问他们村里的人都去了哪里，少年指向小教堂边一栋矮脚屋。我们慢慢踱到那木屋去，发现全村的人都在屋里看足球赛电视转播。这里尚无电力供应，只有这家有自己的发电机，也只在最重要的时刻，就是有足球大赛转播时才发电。从这些小地方可以看出巴西人对足球的热爱，像这样偏远的小村都有不错的足球场，难怪巴西可以五次夺得世界杯冠军。

电视里的球赛正精彩，没有一个人转脸看我们，直到上半场终了，才有人注意到我们的出现。房间虽小，却至少挤着三四十名村民，其中一位站起来跟我们打招呼，那人正是马可。他要大家挪位子给我们三个外人，我谢绝了他们的好意，房里的汗臭味不是我和段世同所能忍受的。

我们在村中四处逛逛，最后回到船上，继续靠跳河来度过难熬的火热时光。三点半，马可看完球赛返回"新弗朗西斯科号"，船终于可以启航了。我们要去稍上游的Anavilhanas——这个词是原住民话，意思是"很多岛"，我将它译为群岛。其实它共有四十个岛，其中最长的岛有22千米。

傍晚，我们进入群岛间的一个矮林泽边泊船过夜。亲爱的安琪儿呀，这是一个明月如霜、好风似水的美好夜晚，附近动物极多，整个晚上音响动人，树蛙、泽蛙、夜鹰、鸮鸥、蛉虫等的鸣声交响，间中偶尔穿插着鱼儿跳出水面的啪剌声……其中只有一种声音我不熟悉，它每隔几分钟就从近船的水面传来，有时会接连两声，像是河马在吐气。当那声音与杰夫的鼾声相遇，竟共鸣成了一种吟哦之声。我拿起探照灯搜寻，想知道那到底是什么动物发出的声音。我知道江豚、鳄鱼、水蟒都不会弄出这样的声响，后来终于发现竟然是海牛。亲爱的安琪儿，它们一家四口整晚就在"新弗朗西斯科号"附近嚼食水草，当它们把鼻子露出水面换气时，就会发出很大的吐气声。

自然录音

雨林树蛙轮唱

杰夫上来唤醒我们时，天色仍然漆黑，半圆的月早已西沉，我们打着头灯着装，准备摄影器材，在破晓时分驾着独木舟驶往群岛间一片较为稀疏的林泽。这是一处拍鸟的好地方，以Atobia树为主。这种树的叶片较大，但树身不高，大约只有四至六米，很少超过十米。雨季时，这些树都淹没在水中，现在水位渐低，高一点的已露出树顶，有的正挣扎着伸出几片树叶或小枝。林泽中也零散立着一些露出水面的乔木或枯木。亲爱的安琪儿，你大概很难想象我们的独木舟正划行在森林的顶端。有趣吧！？

铅色的天空逐渐转红，忙了整晚的小夜鹰正做最后的努力，灵敏地翻飞在江上拦截虫子。天明后，它们就会躲入短草间的地面或落叶上昼寝。

　　林泽中的确有很多鸟,三只红头啄木鸟分别在不同粗细的枯枝干上敲着晨鼓,发出不同频率的鼓声,动听极了;红胸黑鹂、黄雀、长尾鸫、鸬鹚、秃鹰……分别站在较高的Assombria树上。马可很小心地划着独木舟,两年前他曾在低水位时与一条将近六米长的巨鳄狭路相逢,差点翻船。杰夫也说,旱季末期,水位会很低,所有的鱼和鳄鱼都聚集在浅水里,大鳄鱼多到好像这里是摆满木头的木材厂……亲爱的安琪儿,那情景想起来就让人起鸡皮疙瘩。

2002.9.16　Silencio

在黑河的Anavilhanas群岛间

自然摄影

雨林音乐会

归航归航

亲爱的安琪儿：

　　船上的食物越来越少，水果、面包及面条等都已告罄，只剩粗饼干和木薯粒，这表示探险的行程也渐近尾声。

　　离开群岛，"新弗朗西斯科号"从黑河最宽的地方驶向对岸。这里两岸相距32千米，亲爱的安琪儿，想想看这是一条多大的河啊！亚马逊河出海口的宽度更达三百多千米，到对岸去往往要搭小飞机，飞行时间也超过一个小时。我们斜线越河，花了近三个小时才到达对岸，进入一个河湾；这里有两条河，北边的叫镜河（Rio Espelho），南边的叫冷水河（Rio Araras），它们在此汇流入黑河。

　　我们驶入冷水河，在一个名为瀑布湾的岸边泊船。冷水河的水温比黑河等其他亚马逊河支流低5℃以上，主要是因为它的河水来自地底的涌泉。既然名叫瀑布湾，理应有瀑布，但现在河水水位尚高，把瀑布淹没了，要到旱季11月以后，水位低落，离我们停船处上方不到一百米的地方，才会出现一个落差约五六米高的瀑布。因为景色宜人，水温较低，当旱季高温时，许多受不了酷热的人会专程来泡冷水河的凉水。

　　午后，凉风从冷水河的上游轻轻吹来，此趟旅行我们首次不必靠跳河来度过炎热的午后。我们划独木舟溯冷水河去探看水道与森林，今晚我们将到这一带做夜间摄影。

　　冷水河的河道狭窄弯曲，岸边的枯木常横倒阻住水道，划了一个多小时，独木舟就无法再前进。就在此时，马可在林泽一棵小乔木的树干上发现一只地衣白的大树蛙，大小约是我手掌的三分之二。它紧贴在树皮上，像极了一片树干上椭圆形的灰白地衣，只有像马可这样有经验的猎人才能发现它。

我涉水过去拍摄，但受到枝条、灌木、长草的阻扰，马可建议我把它抓到靠河的大树上。于是我在勉强拍下它高明的伪装术后，就伸手去抓住它。亲爱的安琪儿呀，此时它却突然张口，发出了一声酷似婴儿的哭叫声："哇——"这突如其来的惨叫声把我吓了一大跳，让我不觉松了一下手，树蛙瞬时挣脱，顺势跳到树干上。一旁的马可见状，立刻用他挂在脖子上的毛巾盖住树蛙，并用毛巾将它包起来带回独木舟边，放在河岸上。亲爱的安琪儿，另一件不可思议的事发生了：本是地衣白的树蛙竟然一下子就变成深褐色，与它所处的湿土环境颜色相近。我刚按下快门，它反应奇快地跃上旁边的一棵树的树干，以四肢交叉的方式快速往上"跑"。担心它会跑掉的段世同快速伸手抓住它，它又是"哇"的一声哭叫。这回换段世同吓了一跳而松手，因为经过一阵忙乱，他已忘掉这树蛙会大声哭叫这回事。这树蛙的叫声无论音质与音量都几乎和婴儿的哭叫声一模一样，难怪会吓着我们。

这种蛙正常的鸣声像一串快速敲击的小鼓，所以名叫鼓蛙；先前我曾听过，当时以为是夜行鸟。另有一种叫声近似鼓蛙的，只是鼓声常中断，仔细听来很像一再试着发动却失败的摩托车，所以被戏称为破摩托蛙。

晚餐后，我们再度划独木舟溯冷水河。独木舟缓缓无声地滑过卡布阿布树与度古迈棕榈夹道的小河，小翡翠、水鼠、丽大蜓、螳螂、绿叶螽斯等一一出现在探照灯的光束中。虫声幽幽响起，耳边时时传来小蝙蝠扑翅飞过的声音，夜鸦遥遥如呼似唤，似乎回应着船桨划过水面发出的声响。

黑暗的林中突然传来一串犬吠。我问马可深夜林中怎还有猎犬活动，是有住家，还是原住民在打猎？

马可忍不住地笑着说："不是狗，是树蛙，叫吠蛙！"

我以为犬吠蛙只出现在墨西哥及危地马拉，原来亚马逊河也有类似种。

自然录音

吠蛙声起

自然录音
众蛙合唱

吠蛙不止鸣叫如狗吠,而且音量也不亚于小狗。亲爱的安琪儿,我发现热带雨林好多种树蛙鸣叫的音量都很大,可能是因为同种蛙的数量很少,而雨林又高又密,音量非得这样大,求偶的情歌才得以传到远处的雌蛙耳中。

独木舟继续无声地划入更上游,远处隐约传来笑声。随着独木舟的前进,那串串笑声也越来越清晰,是年轻女人嘻嘻的轻笑,但此刻在这藤蔓纠葛、枝叶垂水的黑夜林中,听来可一点也不浪漫。亲爱的安琪儿呀,那笑声就像山泽女妖勾魂摄魄的魅笑……虽然我和段世同明知是笑蛙的鸣叫,但仍然感到毛骨悚然。

回到"新弗朗西斯科号"时已近午夜,这是我亚马逊河探险之旅的最后一个夜晚。躺在顶层甲板上,月明星稀,皎洁的月光照在波平如镜的水面,让环绕水岸的热带雨林显得更加深沉神秘。回首这趟探险之旅,真是百感交集。身上虫螨留下的红痒印迹有如繁星点点,酷热的气候与辛苦的生活使我瘦了近三公斤,我庆幸这样的日子即将结束,但另一方面却又觉得若有所失。何年何月我才能再来一探亚马逊河更深更远的上游?那时亚马逊河是否依然丰饶神秘?原始热带雨林是否依然无恙?而那时我还会有像现在这样的体力与毅力吗?我知道我们的身体总是好逸恶劳,所以,当我懈怠时,亲爱的安琪儿,千万要记得推我、踢我、激励我!这使我想起赵宁先生为《八千里路云和月》所写的歌词,很贴切地道出我此时的心声:

你是清晓待发的帆
我是天涯漂泊的岚
我要痴痴地缠在你后面
催你向前
岁岁月月
日日年年

是的，亲爱的安琪儿呀，请时常记得，在我停顿时，催我向前！

我轻轻地闭上眼，专注地接收来自四面八方的声音。鼓蛙、吠蛙、大泽蛙的鸣叫声、鸥鸦的呼唤声、小夜鹰的振翅声、夜行鸟的咕哝声、野猪的尖叫声，以及一些我们无法知晓的诡异声远远近近地传来，与近四五个星期以来听过的各种雨林音响，在我似睡未睡、似梦非梦间，逐渐融合成一曲撼人心弦的壮阔交响乐……然后，一切乐音渐渐远去，吉他优美的琴音悄悄浮现，我听见亲爱的安琪儿伴着吉他，幽幽唱着贝利（T. H. Bayly）谱写的名歌《往事难忘》（*Long Long Ago*），欢迎我的归航：

请给我讲那甜蜜的老故事，往事难忘，往事难忘；
请给我唱那好听的老歌曲，往事难忘，不能忘。
你已归来，我不复再悲伤，让我忘记，你背我久流浪。
我相信你爱我仍然一样，往事难忘，不能忘！

这河上旅行的最后一晚，我整夜做着归航的梦，清晨醒来时，正好欣赏到红霞满天，染红了河面。小夜鹰在我头上做最后一场飞行特技表演，总是随时大角度地改变它的飞行方向。红霞由红变橘，随即转金黄、柠檬黄，再逐渐呈奶黄、米白；然后，小夜鹰失去了踪影。旭日东升，初阳斜照水面，只一会儿，水面蒸腾起水汽，遇见昨夜的冷空气立刻凝成一层涌动飘渺的橘黄色薄雾，让湖面风景变得有些迷离与魔幻；尤其是岸树在水面的倒影，既像抽象画，又像渲染的水彩画。

我呆望着这近一个月来常见的晨景，突然感到依依不舍。这些独特的亚马逊河景致即将成为回忆，过程中的一切酸甜苦辣都将化为人生美好的经历，饿蚊、火蚁、毛虫、毒蜂、血蛭、凶螨、饥蝉在我们身上留下的斑斑红肿，虽曾让段世同和我抓狂，现在却好像是勋章一般挂在凯旋者的身上。这么多的苦难现在都过去了，我们收获了丰富精彩的人生经历。亲爱的安琪儿呀,借由这次探险之旅,我们互相激励、提醒、安慰、分享,细细品尝人生之旅的各种滋味,最后,这一切都将转化成甘美的生命回忆!

"新弗朗西斯科号"以全速往下游的马瑙斯市航行,船上的人都归心似箭了吧!望着大江如海,我不知何时竟轻轻唱起二十几天前"裘伊斯姑娘号"启航时唱的歌,那是我年轻时在尼加拉瓜翻译的民谣。亲爱的安琪儿,就让这首歌作为我对你的心意:

当我离故乡,到远方去流浪
亲爱的姑娘,你是否依然等我
在哈瓦讷的海港?
每当黄昏之际,总会飞回一只白鸽,
回报我的思念与无恙。
啊,亲爱的姑娘,
耐心地等我,我即将归航,
我只是去远方流浪,
你永远是我亲爱的天使,安琪儿!

自然摄影

归航归航

2002.9.17

在黑河以全速归航的"新弗朗西斯科号"上,Silencio

后　记

　　探险途上听到许许多多有关亚马逊河神秘不可思议的故事，探险结束之后，在马瑙斯市，听一位边防军人述及过去两年多，有三位同胞在上游的雨林中被食人族吃掉了。回到圣保罗市，再去拜访客家崇正会的几位淘金勇士，他们非常热情地要代我安排日后再去深入采访。厄瓜多尔的侨领游步惠伉俪盛情邀我从厄瓜多尔进入亚马逊河最上游。杰夫则邀我从秘鲁进入，去他祖父母的部落，去接触更原始的原住民……

　　这一切，都让我怦然心动……

印度寻虎记

出林老虎略斜瞪了我们一下。

与它目光在望远镜头中相接的刹那,

我全身一震,

有些微的不寒而栗,

那眼光仿佛可以穿心而直入灵魂。

发现老虎最好的办法是借着其他野生动物的行为,特别是叶猴的活动。因为叶猴无论是休息、进食、玩耍或移动,都会派斥候猴进行侦查或警戒。

老虎来了

之字行上坡的黄土路升到山岭上，做了一个大弧形右转，把焦黄的干燥树林切分开来，我们搭乘的野生动物观赏车在向导的指示下突然停止，车子所带动而高扬的沙尘，从后方向前把我们无声地盖了起来，直到尘埃落定，我们才看见向导不知何时已站了起来。他对着车上二十位荒野保护协会的游侠，用手指在嘴上比了一个"｜"字，大家极有默契地安静下来。

方才在坡下时，我们就听见坡上叶猴发出犬吠般的警告声，向导当下就告诉我们：叶猴发现老虎了。

现在我们停在坡上，叶猴的吠叫清晰地从右边杂生着长草及灌丛的疏林里传来。向导告诉我们，叶猴对每种具有攻击它们能力的动物都会发出警告声，例如山猫、蟒蛇、鳄鱼、熊、花豹、老虎……唯独对老虎，总是发出最急躁而又高亢的叫声。

现在也传出另一种短促的吠叫声，向导说印度斑鹿也发出老虎出现的讯号。同时我也听见东西击地的声音，那是水鹿以前脚蹬地发出的警讯。

我们的周遭是木枯草黄的干燥林，满眼尽是焦黄，正是最适合老虎隐身的颜色。它只要站在几株稀疏焦赤的灌木或草丛后，是很难很难发现的。大家终于明白，老虎为什么具有这种颜色与花纹的皮毛。

我们全都竖耳倾听，朝着干燥林瞪大眼睛，周遭的氛围变得死寂又有些紧张。我们从早上六点半进入印度蓝桑坡国家公园（Ranthambhore N.P.）寻找老虎已经过了三个半小时，我们很难直接发现老虎，最好的方法是借着其他野生动物的行为，特别是叶猴的活动。因为叶猴无论是休息、进食、玩耍或移动，都会派斥候猴进行侦查或警戒。

举例来说，如果它们在地面活动，表示附近没有老虎。或者它们在树上，却是在进食或者悠闲地休息，而小猴嬉戏，这也表示没有老虎。如果它们紧张地朝下或前方注视，而斥候猴开始吠叫，那就表示可能有老虎出现了。

此外，像水鹿、印度斑鹿、蓝牛羚、瞪羚、野猪、印度孔雀都可作为找寻老虎的指标动物。当然，老虎留在土路车辙上的脚印，也透露着老虎的讯息。例如，老虎多久之前走过这里？是大是小？是雌是雄？从中向导都可以一一分析出来。

昨天下午，我们寻找了四个小时，除了脚印外，可说全无所获。荒野游侠千里迢迢来到印度观光是有些原因的：2002年，荒野保护协会与统一7-11公司合作，为保护亚洲老虎基金会募款，共募得新台币六百多万元。当时除了我之外，协会的伙伴还没有人见过野生老虎，现在这群荒野游侠就是来印度一偿夙愿的。大家的期待令我和向导都倍觉压力，虽然野生动物、特别是野虎是如此的可遇不可求。

今天早上已过了3个小时，除了看见一只公虎沿着土路巡逻一小段的脚印及一只母虎在土路上坐着休息所留下的印痕外，全无动静。

14个月前，我第一次来蓝桑坡，就很容易地看见两只老虎，尤其在我们归路上而天色渐暗时，一只老虎突然现身让众人吓了一跳，令人切身感受到猛虎的威猛与不可测。但这14个月来，印度发生了很大的变化，老虎大量遭到盗猎集团的猎杀，例如离印度首都新德里最近的萨里斯卡老虎保护区在2005年夏天，被证实区内所有的老虎消失了……而14个月前我来时，蓝桑坡有傲人的37只老虎，但2005年年底的调查显示，只剩20只，表示一年里有17只老虎被谋杀了。

此案经印度当局大规模调查发现，所有的虎皮，都高价走私进入西藏，被藏族富人缝成藏袍的内里，只有在袍子的开口、袖口、领口能翻折到虎皮袍表，让人可以看见他穿着虎皮袍——既避邪、保暖、华丽，也代表财富与身份。

1988年夏天，我旅行到后藏的日喀则，在访问过扎什伦布寺之后，前往郊外前班禅十世的宫寓参观，远远就看见高大的宫门上绘着两只老虎。这当然不是偶然，除了班禅生肖属虎外，也有多层深意。

青藏高原上并不产虎，不过我在马可·波罗游记中读到一段叙述他在经过西藏东南打箭炉（又称康定）时，描述当地康巴藏人以獒犬猎虎的情景。这表示藏东南以前产虎，只是不知到今天还有吗？不过我推测早就绝迹了吧！

这几年印度老虎被加剧盗猎之事，好几年前就有民间的老虎保护专家提出控诉，只是印度保护区当局刻意隐瞒事态的严重性。荒唐的是，局长不但不详加调查也不加强保护，唯一的行动竟是从此禁止该名专家进入保护区。直到近两年，以陷阱红外线摄影，终于证明萨里斯卡老虎保护区的老虎已然绝迹时，一切都已太迟了。

高悬的冬日太阳终于把清晨冰冷的空气晒得暖烘烘，今天一大早我们进入蓝桑坡时，不但冷而且罩着雾。当我们来到那著名的蓝桑坡湖时，第一道日出的光箭正射入沉雾，使得湖水以及周遭几座建于公元9世纪至今仍残存的石砌宫墙、亭台，连同杂生其间的高耸棕榈树若隐若现，大地沉寂，有如地球诞生的第一个早晨。

寂静中，偶尔轻轻传来孔雀从藏身的树上飞下的振翅声与落地声，然后大地又归于沉寂。或偶尔轻响起叶猴在树上移动造成的枝叶弹擦声，随后复归死寂。突然稍远处一棵果实正成熟的野枣树上，红翅绿鸠发出一小段呜呜如哭的鸣声，好像宣告某种东西的到来，或某种改变即将发生……

我们仿佛置身幻境中，徘徊在既神秘又诡异，在明与暗、在响与寂、在虚与实、在梦与醒、在消失与存在、在过去与未来、在生存与死亡之间的过渡地带……

昨天傍晚，我们一样停车在此湖边，但情景却与今晨完全相反。这个古老的人工湖，无论清晨或黄昏都让人无限感动……

"老虎来了！"突然向导无预警地以压抑又有些亢奋的声音说，并以手势指着左后方的树林。

他把我正坠回昨日黄昏无限美景中的注意力拉回到此时当下，我举起装着望远镜头的相机，凝望着树林。只是焦黄的大地以及林中交织的枯叶干枝，给了老虎绝佳的保护色，我只能全神观察何处有枝影轻动。

正当大家用凝神又狐疑的眼光注视着枯寂无声的干林，向导突然从喉咙深处发出"来了！"的轻闷声，接着一只庞然大虎从远比我们想象的更近的疏林走出来，令大家吃了一惊。

出林老虎略斜眼瞪了我们一下。与它目光在望远镜头中相接的刹那，我全身一震，有些微的不寒而栗，那眼光仿佛可以穿心而直入灵魂。

它沿着林缘走了一小段，我们中那些发愣的人此时才回过神来，开始猛按相机。而我用的镜头太长了，只能拍特写，我赶忙更换镜头。

老虎的步子并不快，但步伐很大，全身肌骨匀称而姿形优美，虎纹起伏如浪，透着一种野性之美与一股慑人的气势。转眼间它已穿过左前方的稀疏灌丛，大步转入车道朝前而去。我们后方一辆载着几位欧洲游客的小吉普灵活地驱车尾随，我们也随后追去。

它威风又优雅地沿着土路前进，完全不把我们放在眼里。不只如此，它突然停步，略曲后肢，竟然洒起尿来，好像是故意对着我们这群跟屁虫表示不悦与不屑。

它继续大踏步前进，前方林中传来叶猴发出的略颤抖的尖叫，以及斑鹿群奔逃的脚步声。

"老虎正在巡逻它的地盘！"向导在老虎离开土路走入右前方的林中消失后，以兴奋的语气向仍然沉醉在与老虎奇妙邂逅的伙伴说。

对他而言，能令他的游客看见野虎，是他最大的成就。而我，也可放下心中的一块石头了。所有的伙伴洋溢着兴奋与满足的情绪，能如此近距离地欣赏野生老虎，自有一种非常特殊的感受。

我们中，有很多人在童年时的许多夜晚，都是在老虎的"威胁"下过的。"别闹！老虎来了！""老虎来了，安静！""乖乖睡，不然老虎就来了！""闭上眼，嘘！老虎来了！"在我童年时，大人总是这样吓唬孩子。

过去，几乎整个中国大陆都有老虎存在，中华民族有很长的一段生活是在老虎威胁下度过的，所以小孩子戴虎头帽避邪，包公用虎头铡处决坏人。《水浒传》中，武松打虎也成了中国文学史上的一段佳话。当年武松打虎的山东景阳冈，现在是游人如织的观光热点……

从以上我们可以推测昔日老虎在中国大陆的分布与活动，这些数以万计的中国华南虎，到了晚近大概全都自野外消失了，因为已有25年没有人在野外看到野虎的记录了，可想而知是凶多吉少。2007年秋，网络上突然传闻陕西林业厅有人拍到野生华南虎的野地照片，煞时轰动整个中国。可惜不久还是被曝光，是造假！还连累稍后中国航天员上太空也被怀疑是造假。

中国和印度相邻，往昔都生存着许多野虎，但到了21世纪初的今天，中国野虎已近乎绝种，而印度尚有三至四千头。为什么会有如此大的差异呢？这应与政治、与宗教信仰、与人民对大自然的态度有很大的关系。

在中国大陆，虎鞭被视为壮阳圣品，虎骨被认定为治风湿及关节炎的良药，这两者造成老虎直接被杀害。二十几年前，台湾地区还有当街杀虎贩卖虎骨、虎肉的情形，并上了国际媒体而沦为被全世界谴责与讥笑的对象。

中国从清朝末年列强入侵，导致全国动乱，又历经国民革命、军阀内战、抗日战争、解放战争，中国有将近一百年的动荡，人民生活极苦。为了生存,只有向大自然索取生活必需品,结果造成老虎直接被杀,或老虎的食物——其他野生动物大量减少,或栖地的破坏与缩小。这些都直接或间接让老虎走上灭绝之路。

印度则正好相反,他们笃信印度教,全国有超过60%的人民吃素,他们不会视野生动物为可猎杀的食物,所以大部分的人不会直接与老虎竞争食物,让老虎有足够的食物可以活下去。这点让我们这群荒野的伙伴感触颇多。我们在印度拉贾斯坦省(Rajastain)的旅途上,常可以看见斑鹿、水鹿、蓝牛羚、瞪羚、野猪、猴子、孔雀等野生动物。

英国人殖民印度之初,当时估计印度约有五万头老虎,但英国人见猎心喜,开始以猎杀老虎作为最刺激的上流社会游戏,到1947年英国人结束殖民离开印度时,老虎只剩约五千头。所以,老虎是英国殖民印度最大的受害者之一,这句话可是非常公道。我在印度看到许多旧画、老照片,记述当年英国人骑着大象猎老虎的画面。

印度独立时尚有约五千头老虎,到了21世纪大概尚有三千至三千五百头。虎数量的减少主要在于栖地破坏与缩减,而老虎又需要极广大的栖地,一头老虎往往需4～20平方公里以上的领地。老虎常为栖地而打斗,也因此受伤或致死。有的幸能全身而退,却被迫进入农牧地并以放牧的牛羊为食,而不堪重大损失的百姓则以毒饵回敬。

近十几年中国经济崛起,导致虎鞭、虎骨、虎皮黑市价格暴涨,造成印度盗猎集团的猖獗。某种程度上,老虎成了中国经济崛起的祭品。

公元2005年年底,印度破获了猎虎集团一案,在首都新德里逮捕了印度最恶名昭彰的主谋山萨昌德。有趣的是,他被捕当时正在庙里祈祷,也许是求神庇佑他可以盗猎更多老虎而又能逍遥法外吧!

旅途上,我们多次经过拉贾斯坦省的大城小镇,看见人、车、动物彼此穿梭来往，牛车、马车、骆驼车、脚踏车、脚踏三轮车、摩托三轮车、小汽车彼此擦肩而过，象夫骑着彩绘华丽的大象靠着街边前进，圣牛成群卧在马路中央的分隔线上悠哉地反刍，让我深深觉得印度是真正众生平等的地方，这里还存在着野生动物的天堂。昨天黄昏，我就在蓝桑坡的山间湖泊区瞥见了伊甸园……

昨天下午，我们两点半开始找寻老虎，一直到日头西斜皆无所获。在归途上，向导嘱司机绕经那个山中湖泊——在最干旱的季节，老虎常在此捕猎前来喝水的动物。

当车子越过丘顶，从乱林中穿过而下到开阔的小盆地，一片多彩多姿的安详湖水突然展现在我们眼前，冉冉西下的冬日斜阳以有些浓艳的光线彩染着湖光山色、岸树或剪影，或明暗对比强烈地环抱着湖水，成带状的岸草泛着金黄，湖面金光银鉴，间杂着深红色的槐萍以及棕黄的挺水植物。最不可思议的是，为数众多的野生动物正悠闲地在日渐变浅的湖中觅食。水鹿群和众多的各种雁鸭、白冠水鸡、小鸊鷉……在水深及膝的湖中觅食，野猪、彩鹬则在浅水区，湖水退去的泥滩上有成群的孔雀、斑鹿徜徉，岸树上有叶猴懒洋洋地晒着冬日最后的阳光，天空中燕鸥飞椋，茶隼时时振翅定点俯视。这是一幅现代版的伊甸园活画面！

太美了，以至我心中有些淡淡忧伤，也有些隐隐作痛。这是荒野极致的美，也是我多年旅行地球各角落寻找、记录各种荒野之美的一种。但每当我亲睹这样的荒野，心中又会升起一些想法：它还能存在多久呢？为什么台湾、大陆少有这样的场景呢？这些想法总令创立荒野保护协会的我，泪水夺眶而出。那是忧伤与感动的混合品，所有的优美形容词都难以传神表达此时眼前的美好，除了泪水……是的，天地有大美而不言！

自然摄影

老虎来了

虎口余生

落日半陷地平线,动物开始离开湖区。它们夜间的视力远不如老虎,不能停留在空旷的地方,必须进入树林或林缘,当有状况时,林中枝条草叶都会发出声音,让它们可以得到预警而逃脱,林中逃窜也远比空地容易。

一踏上湖边的滩区,动物立刻呈现着警戒和些许不安的惧意,这时最怕岸边长草中躲着要突击它们的老虎。现在,只要一个小小的声响,都会吓得它们狂奔回水中,要一直等到确定没事,才会再度踩着戒惧不安的小步,成列上岸,然后慢慢步入林中。

这些动物经过我们车子附近时,大多在望我们一眼之后就不再注意我们。它们都知道,人这种动物不是它们的直接敌人,它们最怕的是老虎。想来"老虎来了!"真的是它们的噩梦源头,是幼兽的"虎姑婆"。

不过现在正进入老虎的"结婚季",它们花许多时间在求偶、"比武招亲"、巡逻、标记号,或在树林里"度蜜月",并不是一个好的观虎季节。但对其他野生动物来说,老虎无心猎食可是一段美好时光,它们也乘此时举行选偶大会,雄孔雀的长尾巴才长到一半就已开始相互挑衅,公水鹿对着草木擦拭着尖角准备上擂台,雄斑鹿把树木当作假想敌来练习推挤、击、刺。

14个月前,那是2004年11月下旬,我在印度雨季结束一个多月时,首次来到蓝桑坡,进园时已经是下午四点了,我们直接来到向导认为最有机会看见老虎的地方。那是一条正逐渐断流的溪旁,那里已经停有两辆观赏车,一车是欧洲游客,一车是印度的记者考察团,正安静地看着溪对岸沙滩上一只睡觉的老虎。车上的一位英国人小声告诉我,他们在这里看老虎睡觉已经两个多小时了,老虎除了偶尔翻身外，全无动静。

由于天色渐晚，两辆车先后在我们停下后不久就开走了，独留我们继续替睡觉的老虎守卫。这时夕阳西落，那位有经验的向导莫卡西突然小声说："精彩的戏码才要上演，他们就离席，太可惜了！"他一面说，一面指指我们左后方的树林。不知何时，那里站着四只母水鹿，安静地朝四际张望。

"它们现在要到溪里喝水，却没有发现老虎。山谷风从下方往上吹，所以水鹿嗅不到老虎的味道！"莫卡西继续轻声说，"水鹿要在天黑前喝足水！"

水鹿开始朝溪边移动，每走几步就停下来东张西望一会，可以看出它们的戒惧和小心。而溪对岸河滩上的睡虎，不知何时已变成伏虎，早已摆好埋伏与准备突击的姿势。

领头的母水鹿终于到达溪水不再流动的水塘边，岸上的三只水鹿则仍留在长草间警戒与观望，而母水鹿在迟疑一会儿后低下头去喝水了。

它每喝几口就抬头四瞧，然后再低头续喝。就在此时，一只胡狼从森林中疾奔而出，突击一只正走向河边的雄孔雀，受惊的孔雀粗粝地大叫一声，并奋力扑翅飞起，吓得群鹿向前奔跳，却让正低头喝水的母水鹿以为老虎从河岸上朝它扑来，竟不顾一切跃入水塘，冲向对岸。

当水鹿破水过溪奔上岸时，埋伏的老虎猛然窜出，水鹿斜向右边闪避，老虎从左后跃扑上水鹿后半身，两只大虎掌由背上环抱鹿的两肋。这是完美的一击，水鹿只要被抱住，就很难死里逃生。

车上已经有人为水鹿画十字祈祷，有人念阿弥陀佛，不过也有冷静的摄影师只管拼命按相机，甚至期待拍到血腥的画面。

但说时迟那时快，鹿背上的猛虎正张口下咬，却突然后滑，叭的一声掉了下去。是溪水救了母鹿一命。

原来是水鹿全身浸水而致皮毛俱湿，当虎掌落下而张爪欲刺入鹿皮时，母鹿前冲的差速加上皮毛湿滑，竟使虎爪无法深入皮肉，导致老虎往后滑落，跌了一个狗吃屎，母鹿因而脱身。我拍到了虎爪在鹿腰背上的四道爪痕。

跌地的老虎顺势再往前追跃，但母鹿已经离它有一个身子的距离。老虎身子猛缩猛胀，爆冲追去，水鹿也全力奔跃逃窜。就这样，它们一前一后冲入树林，消失了！

我们静静倾听了几分钟，树林一片静悄悄。向导吞了一下口水说："母鹿脱逃成功！"

车上爆出一片欢呼，有人相互击掌，有人双手合十。好像没有人同情老虎，为老虎挨饿叫屈，难道这就是人类特有的怜悯心吗？可是当人们在餐桌上大块吃肉时，这种怜悯心又跑到哪里去了？！

每次我带伙伴到野外做自然观察时，总要强调，尽管仔细观察，尽情欣赏，切不要介入，因为人很容易为表相所惑而投射自己的情感好恶进去，我们很少有知识、够智慧能看入那残酷的表面下，实是大自然的一种深沉的慈悲。即使是达尔文，也只看到了小景浅相——弱肉强食、适者生存。

我认为达尔文只观察到不同动物个体彼此间的生存关系就下了他的结论，他没有思考与观察动物族群之间的生存关系。事实上，不同动物在族群之间并非竞争而大多是互相帮忙，是一种双赢的共生共荣的关系。若非如此，大自然不会如此欣欣向荣，物种不会如此丰富多样。

表面上一只老虎猎食一头鹿是残酷的，但老虎可以淘汰老的、病的、弱的，使有好基因的鹿遗传下去，也使传染病不会扩散导致鹿群绝灭。此外，老虎使鹿的口数不会过度扩张导致粮草不足，甚至破坏草原及森林，最后致使鹿群因为食物不足整群饿毙……从这些观点来看，老虎可以帮助鹿群的永续生存与草木的欣欣向荣，而鹿群也同时帮忙了老虎的永续生存……这是何等智能与完美的巧妙设计啊！

　　如果我们从这角度去观察大自然，像植物与植物，植物与动物，动物与动物间这些错综复杂又巧妙的共生关系，人类就能寻得如何对待生命、对待人类以及对待大自然的智慧，也才能体会华严经讲的"万物一体"的终极实相。我们都是相同材质打造的，因为构成万物的基本粒子都是同样的粒子，所有的生物体都含有大量的水分子，正如《生命的答案，水知道》这本书说的，不同生物体内的水分子彼此间是可以透过化学、物理等神秘管道互通磁场、信息的，而所有的生命之间也是有神秘的联结的；事实上，生命是一体的，就如同我们的身体由无数相同及不同的细胞组成，各细胞的联结组成了我们奇妙的身体、生命，而地球上无数相同及不同的生物联结组成了大自然，所有的生物都美好，大自然才会美好。有这样的认知与智慧，永续地球的丰饶与美丽，以及建立人间净土、天堂也才有可能。如果仍固执地认定生命就是生存竞争，那么人间就会充满着各种大大小小的斗争与战役，就像今天的世界一样——哀鸿遍野。

自然摄影

虎口余生

虎式的道别

第三天,我们一早再进入蓝桑坡。这也是这趟旅行中我们最后一次进入蓝桑坡了,因为已经看过老虎,不必再一心一意只找寻老虎,也就更能发现其他的动物与欣赏风景。

蓝桑坡位于海拔不高的山区,从公园口,只要十分钟车程就可以离开山区进入半沙漠的平原。其纬度与台湾一样,但气候却差异颇大,因为拉贾斯坦位于印度次大陆的内陆地区,又是半沙漠,气候十分极端。每年6至10月是雨季,11月至5月是滴雨不下的旱季。雨季时,河川会暴涨,山路难行,草木茂盛而难以看见野生动物,所以每年6至9月是封园期。旱季初期,也就是11月至2月,天气凉爽,草木凋零,最适观察野生动物,3至5月气温往往高达40~50摄氏度,高温令人昏沉难受,不利旅行。

此时是1月下旬,白天气温怡人,晚上因受辐射影响而略为冷凉,但也很少低于10摄氏度,只是清晨坐在敞篷车上迎风疾驶,才觉寒风刺骨,但朝阳一升,气温随即回升。

我们的车子沿着溪谷到达一个水塘附近,这谷中长着高大不落叶的印度榕树。这样的环境是蓝桑坡旱季时最凉爽的地方,也是各种动物避暑之处,老虎就常睡在这样的树下,或浸泡在水塘中。像这样的谷地,蓝桑坡还颇有几处。

我们停车时,正有一只斑鹿小心翼翼地步入溪塘中喝水,它每喝一口就立刻抬头四际张望,低头时是最容易被猎杀的时刻,因为老虎常躲在岸边树荫下或溪床中枯黄的长草里,总利用鹿低头喝水时冲出,等鹿抬头时,已无法及时逃脱。

此时,一只叶猴从山壁下来,蹲坐在溪石上喝水。同样地,它也是喝一口水就抬头。这些野生动物几乎时刻都活在恐惧中,我很能体会联合国宪章为什么开宗明义:"人类应有免于恐惧的自由。"

但人类终究还是不知不觉让自己活在恐惧中,因为人类有太多形形色色的恐惧——对物质、名位、权力、情爱的患得患失,对生、老、病、死无知的担惊受怕。这一切都让许许多多的人在潜意识中就充满着恐惧。所以,要知道一个人是不是开悟,是不是大师,只需看他还有没有恐惧。因为具有看穿这物质世界各种幻象的智慧,才可能从幻象中解脱出来而免于所有不同形式的恐惧。

正当我陷入沉思时,有一位同行的荒野游侠突然说话:"那好像是猫头鹰?!可是,怎么这样大?"

我顺着他的手所指的方向看去,就在我们车子正前方一棵大榕树的树干上,一只大猫头鹰呆站着睡觉。而且不止一只,在另一侧的分干上也有一只。

我初步判断是黄渔鸮,只有它才有这样大的身材。在台湾它可是非常稀有的鸟类,我只在乌来桶后溪远远地看过一眼,那时还以为那是一只蹲坐的猕猴呢!

我拿出望远镜细瞧,发现它很像却不是黄渔鸮,因为它的眉斑不像黄渔鸮那样明显。我翻开图鉴对照,它是褐渔鸮,大小及生态习性都近似黄渔鸮。它们大概是堂兄弟吧!

它也注意到我们的出现,偶尔会勉强睁一下迷糊的大眼睛来瞧一瞧我们,然后又因为眼皮太重撑不住,怦然落下而阖眼……

我在另一株树的树梢上发现了一个很大的蜜蜂巢,蜜蜂已离去,只留下剔透美丽的空巢。旱季里,蜜蜂很难在野地生存,采不到蜜维生,只好迁移到有灌溉的平原,那里油麻花正盛开着。

向导指着蜂巢树的树干,要我们注意树皮上的动物爪痕。那是想爬到树梢去吃蜂蜜的熊,抓痕清晰地留在树皮上。

向导指挥司机走一条岐路,来到临河谷的山岭上,从这里我们可以欣赏到宽阔的风景。一条河切开群山,较平坦的地形上长着树形优美的落叶疏林，树间长着矮灌丛和干黄的禾草，河谷陡峭的山壁则为耐旱的仙人掌所盘踞，河湾的外侧则是榕树的大本营。

我们从山岭的另一边下去，来到一片较小的沼湖。湖中有水鸟悠游，一群彩鹳在浅水漫步，几只孔雀在渐干的泥滩上觅食；一条沼泽鳄在泥岸上打瞌睡、晒太阳，对我们的打扰颇为不悦，怦然把大嘴张开。

蓝桑坡国家公园里还颇有一些鳄鱼，这些沼泽鳄怎样来到这半沙漠的拉贾斯坦？又如何活下来？处在这样隔离封闭的小天地间会逐渐丧失它的基因多样性，有可能导致它们无法永续生存。

向导告诉我们，当雨季老虎猎食不易时，饥饿的老虎也会突袭上岸晒太阳的鳄鱼。

当我们穿过一片树形较高大的干燥林时，我发现一群红领鹦鹉在枝干间飞来飞去，好似飞行特技表演。我心知，事出必有因，请司机停车让我们欣赏，也弄清原因。我注意到，树干的另一边枝上，有一只印度树鹊正在啄食一只它捕获的小老鼠，这群鹦鹉尝试要把树鹊赶走，想来树鹊有可能也会偷偷猎食鹦鹉的幼雏，才会导致群鸟如此紧张。

印度树鹊是相当大胆的鸟，当我们在一处休息站停车上厕所时，一群树鹊就飞到车上跟我们要食物吃，并敢于直接从人手上把面包叼走。

就在众人喂食树鹊而惊叹声连连之际，我瞄到金光一闪。我的眼波追踪而去，那光停在一棵印度楝树的树干上，竟是一只极为亮丽的雄大金背啄木鸟，那背上的橄榄黄以及头顶的鲜红羽冠，让我联想到系着红头巾的印度人。

大金背啄木鸟平常并不易见到，但今天它好像特别是来向我们这群爱护自然生态的荒野志愿者致意，竟在我们周遭的树干间不断地变换位置，好像怕我们中有人因为车上座位位置不好而看不清楚似的。

它总飞停在树干下方的位置，再由下往上跳升，并时时停下来啄敲树皮，发出"克！克！"之声。如果它在同一处敲击久一点，表示有些状况了，我们往往会看到它揪出一条小虫，一口就吞下肚。

后来它飞入落尽叶片的林子而消失，留下我们几十双惊艳的眼睛仍在树间一愣一愣地徘徊。

印度的野鸟如此地不惧人类真令我们这些台湾荒野游侠惭愧。以同样的鸟为例，台湾野鸟与人保持的距离是印度的一倍以上。也就是说，在野鸟的心目中，台湾人对它们的友善程度，只有印度人的一半……看来台湾的生态保护任重道远，我们这些荒野游侠还有很长的路要走，很多事要做……

蓝桑坡在公元9世纪时，有一个藩王在这里建立了宫城，沿着山崖上建的石头城墙至今已超过一千年仍然矗立不倒，它可以阻挡来自沙漠的敌人仰攻，而城内有山中湖泊，旱季也不致缺水，的确是一个建立宫城的好地方。后来历史不知如何发展，蓝桑坡变成了一个国王狩猎的猎场，最后成为万兽之王——老虎的居所与猎场。我看过约十几年前拍的纪录片，老虎在尚存的阁楼宫廊里活动的情形，这动物之王看来比人的国王更威风又更自在。

在一处伸入湖中的小半岛上，有一座石宫废墟，那里住着湖中之王——鳄鱼，有一条约五米长的沼泽鳄就在石宫前晒太阳，离它几米外，几条身材小一点的鳄鱼好像臣子、兵士一样守卫着它，几只美丽的孔雀，仿佛穿着华丽的宫女扶侍其间。

若从印度轮回的观点来推测，说不定昔日的王朝今天以动物王朝的形式再现了。但我想，动物的王比人类的王要好太多了，它们只要吃饱了就不对其他动物有威胁，可是人类的王，胃口奇大，永远没有餍饱的时候，脾气、习性总难以捉摸，甚至有的还有精神上的疾病，因而毁国屠城。

出园的时间只剩40分钟，我们必须准时到达公园口，大家都有点依依不舍，同行的荒野游侠除了我大概这辈子不会再出现在蓝桑坡了，此时每个人的眼光也放出更多的光芒，所以有人在阴暗的林下发现了两条神出鬼没的狞猫。向导说，平常根本无法发现它，只有这段交配期而成双成对活动的时候。这种耳尖上长有一束特殊感应毛的山猫，平常以夜行居多，以鸟和小型哺乳类动物，如鼠、兔、雉鸡、鹌鹑等为食。

狞猫在印度自然生态的地位就如同石虎在台湾自然生态的地位，但石虎已是严重濒临绝种的动物，而狞猫还活跃于印度的大自然。

车子突然停了下来，大家立刻把四处寻找动物的眼光投到向导身上，他朝右前两点钟的方向指指。"啊，是老虎！"我不禁脱口轻语。一头老虎正在森林的石块间睡觉。

立刻，按相机的声音像乱枪打鸟般响起。一会儿，老虎抬起头来看我们，一脸无奈的表情，并开始舔自己的前脚。一阵子之后，好似听见我们的呼唤般，慢慢站了起来，然后朝我们右边踱步而来。

老虎非常合作地在车子正右方停下来，然后面对着我们坐下，离我们不过三四十米左右。它凝视我们一会儿，随即好像看懂导演的手势般开始做动作：双脚前伸，身体往后拉弓，伸了一个暖身的懒腰，再正坐对着镜头。并在了解我们的意思之后，打了一个大哈欠，把虎牙全露出来，好像我们是牙医师。

接着它把视线从我们身上移开，落向车子右后方远处的一群正在啃草的斑鹿身上，眼睛眯了眯，似乎在估算距离。然后它好像打好了主意，朝我们右后方走过去，停在乱藤荫下，身子前低后高，摆出下山虎的姿态，凝视着斑鹿。也许盘算成功的机率不高，掉转头，并顺势看了我们最后一眼，大步地走入森林，消失在斑驳的林荫里！

"这是虎式的道别吧？！"我轻声向那些仍沉浸在这奇特又令人满足的仪式里的伙伴说。车子倏然发动，扬尘前进，我听见林子里的叶猴大声啼叫着："老虎来了！老虎来了！"

在夕阳无限好的景致中，我回头向蓝桑坡作最后的巡礼。是的，我们这群荒野游侠非常珍视台湾大自然的绿意盎然之美，但也懂得欣赏异域大地另一种枯寂之美。我们羡慕印度有众多的大型野生动物，但也总以台湾的生物多样性而骄傲！我们荒野游侠也会把对自然之爱，从小岛推向全世界，就像我们为保护亚洲虎募款一样。

再会了，老虎的王国——蓝桑坡！

自然摄影

虎式的道别

寻访天堂鸟

为了寻找红羽天堂鸟与威氏天堂鸟,

我们徒步在雨林中溯溪前往拍摄营地。

棕榈为主的雨林宛如仙境。

宁波克蓝泥炭沼泽林

天堂鸟又叫极乐鸟、凤鸟,从名字上看就非常吸引人。看见这名字的人都会情不自禁想知道:什么样的鸟儿配得上这么殊胜的名字?它长什么样子?生存在哪里?生活在什么样的环境中呢?

我拍摄亚洲热带雨林生态至今33年,亚洲重要的热带雨林大多到过,大多的生物也都拍到了,唯有巴布亚岛(旧称新几内亚)以及岛上的天堂鸟仍然像"天堂"一般遥远而神秘……

2011年夏末,我终于踏上朝圣般的探险之途。这是经过一年繁复的联络与交涉才得以成行,且要归功于领队黄俊贤先生的费心及耐心。即使如此,行程在最后一刻也差一点取消,因为原订的出发日竟然遇上伊斯兰教的开斋节,旅程上许多配合的项目都停摆或取消。又经过一番折腾与反复联系,重新敲定了出发日子。就在一切就绪时,一位队员的家人收到巴布亚正处于动乱的消息,据说该地治安极差因而强烈要求他退出。又几经求证知道,动乱仅发生在东巴布亚,而我们是要去西巴布亚!巴布亚岛在"二战"之后不久,被切成东西两半,东半独立成巴布亚共和国,西半划归印度尼西亚,称为伊利安查亚省(最近改为巴布亚省和西巴布亚省)。

我第一次听到"新几内亚"时还是小学生,那时大约八九岁,也是"二战"结束,日本人离开台湾后的第九年。那是炎热夏天的一个晚上,大人们略有些散乱地围坐在老旧客家三合院的小晒谷场上纳凉聊天。那时我听见父亲用略带兴奋的语气告诉大家,村里的木匠陈天来先生历经九死一生从新几内亚终于回到故乡。

"二战"末期,日本政府从台湾征调许多青年到南洋当军夫,指定有两个以上儿子的家庭必须征调一个出征。原来陈家被征调的是弟弟,但哥哥陈天来觉得弟弟矮小瘦弱,一定不堪征途劳累与危险,自愿代替弟弟出征。后来有很多台湾军夫就此客死异乡,当时陈天来随日军到达最艰困的新几内亚岛,才几个月就被美军击溃,未死的人就流落在环境极端恶劣的新几内亚热带丛林里。

我稍长时曾去拜访天来伯,在那满是木头香味的工作室里听他叙述新几内亚的状况。那时我十七八岁,正开始编织我的探险梦。他说新几内亚是个可怕的地方,丛林食物稀少,丛林深处有食人族,他们只能在浅处游荡觅食,而且必须数人结队同行,落单者往往被饥饿群众杀害以充饥。他则以各种昆虫及蚯蚓果腹,饿到受不了时甚至还曾烹煮捡到的一只破皮鞋来救命。

我很好奇,皮鞋怎么吃?他说只要将皮鞋的牛皮割下,再用水煮,每隔一段时间把滚水倒掉,再加水续煮。如此直到牛皮呈软胶状,即可食用。天来伯在丛林中躲了六年多才知道大战早已结束,最后走出丛林向荷兰殖民政府投降,然后由美军送回台湾。

2011年8月23日清晨6点,我离开了家门,直到次日早晨6点飞机才降落于巴布亚省的首府查亚普拉市。这段直线距离并不算远的旅程,却耗去了一天一夜,主要是没有直飞的航班。我们必须先向西南飞四个小时到印度尼西亚首都雅加达,然后再搭晚上九点半的班机,向东飞九个小时,也就是说,我们是以之字形飞抵的,多绕了一大段路。150年前,与达尔文齐名的博物学家华莱士在这一带的岛屿采集动物标本时,往往要花上个把月的时间进行痛苦的航行,相比之下,我们现在又何其舒适与快速!

阿尔费雷德·拉塞尔·华莱士,是我最景仰的博物学家之一,他不但博学、热带雨林经验丰富,还谦冲为怀,对近代的自然科学有举足轻重的影响。我在婆罗洲的沙捞越拍摄热带雨林生态时,有不少次是尾随他曾走过的路径,也去过他曾停驻整理标本的老屋凭吊。这次我们要去的一个名叫卫吉欧的海岛,华莱士为采集红羽天堂鸟曾在此住了近三个月(1860年7月至9月)。想到这点就让我兴致高昂！

步下飞机时，旭日正洒下第一道金色的热带阳光，把那造型独特的贾拉布亚机场建筑从它背后高高耸起两千米的塞克洛普斯山脉剪影出来，让它变得更有特色，也更具异国情调。机坪上停了近十架客机，全都是螺旋桨飞机，让我们好像正在做"回到过去"的时光之旅。

来接我们的是位有一半华人血统的年轻女士丽可小姐，她与她的比利时先生伊文承接我们探险的旅程。我们先被接到一家壮观却陈旧的大饭店（显然生意不好而疏于维修与管理），饭店坐落在塞克洛普斯山脉的山脚，占地宽广，花园草木扶疏，游泳池就嵌在其中，四周是带有巴布亚民族风格的水泥客房。就在这家饭店上方的山麓上，正是"二战"期间从菲律宾撤退来到这里建立反攻基地的麦克阿瑟将军的司令部。

我们商借那没什么客人的饭店大厅来整理及分装行李，不准备带入丛林的装备将暂时寄放在这里。我们从雨林出来时将会在这里住一宿。而在我们整装的同一时间，丽可小姐去衙门帮我们办理在巴布亚的旅行许可证。印度尼西亚政府以相当严格的手段统治巴布亚省，街道上随处可见来自爪哇的军人，外人来到巴布亚得申请特别旅行证，文件上没有载明的地点，一律禁止进入。

其实，这里距爪哇岛近两千公里，民族不同，文化更是天差地别，竟然由爪哇政府统治。这是西方殖民政府对殖民地所造成的无数悲剧中的最后一个也是最大一个。我要引用多次进出巴布亚的澳大利亚知名动物学家、探险家提姆·富兰纳瑞（Tim Flannery）在他那本名著 *Throwim Way Leg* 一书中的观察，他写道：

"说来也真是造化弄人，居然会让一个泰半是爪哇人的国家来统治伊利安查亚。就算你再努力找，只怕也找不出更扞格不入的两种文化了……爪哇人的礼教观念非常发达，身体大部分都遮盖得密密实实的，不接受过度暴露的衣着，但是大部分的巴布亚人却认为半裸是完全可敬的状态。更有甚者，巴布亚西部山地的男人还十分骄傲地把阳具给凸显出来，长长的阴茎套顶端经常还装饰了美冠鹦鹉挺立的羽毛，以免别人忽略了他们那挺直的土褐色套子。

"爪哇人害怕森林，居住在城镇里最自在。他们尽管标榜身体清洁的重要，却是任意污染河川。巴布亚人视森林为家，许多人根本不在乎身体沾上泥巴，却依照习俗小心地保护森林、河川的环境卫生。巴布亚人对统治企图有强烈反感。爪哇人的土司儿子可以对辖下农人为所欲为，但是没有一个巴布亚人会让别人骑在他头上。

"两种文化有如此多的差异，也就难怪会导致社会紧张，除非这两种文化能学会尊敬彼此，找出双方的共通点，否则紧张的局面势必会升高，终至爆发冲突，这就可能要面对一场难以收拾的内战。这场内战若真的开打，只怕东帝汶的战争都要相形见绌。"

早上十点，我们分乘三辆四轮驱动车出发了。出城不久，道路沿着圣塔尼湖北岸往南行驶，但见湖湾沿岸与湖中小岛有许多小小的村落，房屋都是传统的茅草屋顶，掩映在面包树、椰子树、露兜树以及其他果树间。今早，我在正降落的飞机上就注意到这个美丽的淡水湖，以及这些如世外桃源般的原始村庄。这个大湖出产身长可达三米的圣塔尼淡水锯鳐。

行走了一百多公里的土路，近午时，我们在一个村庄的小自助餐店停下来用餐。主要的饭菜可以发现有中国料理与爪哇菜的背景，小菜则是印度尼西亚风味。这里受过教育的人都会讲印度尼西亚话，刚好我还会讲印度尼西亚话，在沟通上没有问题。看来印度尼西亚在这里的统治很有成效，逐渐在语言、经济、治安上取得了一定的成就。我们也去拜访了村长。他是过去这里部落酋长的儿子，因而能继承村长一职。伊文说我们要去的雨林就在他的辖下，是这个部落的猎场，我们付了一些费用给村长。

从村庄出来，我们游继续朝西行驶。半个多小时后，车子在土路的尽头停下。这是一个房舍简陋、屋宇疏疏落落的贫困小村，名叫宁波克蓝。村路的两旁散立着如蘑菇般略倾斜的高脚小木屋。不知何时，从那无遮的大窗口，悄悄探出许多妇女、小孩黝黑不清的大小脸孔。只能依稀看见每一张暗色的脸庞上，都出现一排上下分开的白牙，及一对露出四周眼白的大眼睛，诉说着她们的好奇。这些村人正是典型的巴布亚人种，观察他们的肤色、五官、头发、身材，我觉得巴布亚人身上呈现着澳大利亚原住民及非洲黑种人的基因融合而成的外观。

在停车的稍前左方有一栋接近完工的木造的简陋新房子，这是村长为村民聚会特地建造的。现在有将近三十个脚夫等在那里，要把所有的装备及补给搬运到雨林深处的基地营去。出发时，搬运工形成一列浩浩荡荡的壮观队伍，还真让我哑然失笑，完全是昔日西方贵族探险家的排场。要是19世纪在这附近采集标本的华莱士看见这场面，一定会摇头叹气，只是他不会知道我们的任务比他的工作难得多。

午后的天空酝酿着雷雨，大地纹风不动，雨林中变得格外滞闷湿热，林下泥泞不堪的小径，滑溜得让我们身体失衡，有时又让登山鞋深陷其中而拔不出来。但看那些打赤脚或穿破雨鞋的原住民，扛着重物轻轻松松走在前头，转几个弯之后，一下子通通都不见了。1858年4月，华莱士在离此地不远的多雷村采集标本时，也遇上了同样的情形。他在著名的《马来群岛自然考察记》中写道："当地的小径乏人照料，往往成为植物覆盖的绿色隧道……淤泥满径，令人生畏。这对赤身的巴布亚人而言毫不碍事，他踩过泥浆后，遇到下一条小溪就又干干净净了；但是对于穿长靴与长裤的我，每天早上跋涉及膝烂泥是最令人难受的。"

昨晚，在飞机上众人皆一夜难眠，今天也出现精神委靡、身体倦怠的状态。我们一下飞机就忙个不停，又经过近三个小时颠簸车程的折磨,现在一下子来到这样极端湿热的环境,还真难以适应:有人头疼,有人胸闷,有人闪腰,有人伤足,而疲惫不堪是大家的共同心声。在林中小径每转一道弯,我们都渴望看到营地就在前方,但小径也仿佛故意跟我们过不去,一再地让我们的希望落空,而弯道更是百转千回,令我们觉得路途遥远得简直是无止无尽。

大家在这漫漫无趣的丛林小径上赶路,我是唯一仍然忙着不停拍照的人。一路上有许多与亚洲热带雨林不同的昆虫与植物吸引着我,所以我是殿后的人。经常拍完照才发现自己单独一人置身在旷野或密实的林中,我得拔脚向前跑追一程,直到听见前方有声响或人影。这使我备感辛苦疲累。但路上许多生物,都是我第一次见到,我得赶快拍下,多年的雨林探险经验让我学会了一招:先拍到再说,因为以后不一定能再见到。

在我远远落后的小径上,前头突然出现了一小组当地的原住民猎人。其中一位年轻人的肩上扛着一只不小的母水鹿,显然是用陷阱捕获的,母鹿依然活着。这让我相当震惊,因为在数据记录上显示,巴布亚除了野猪外没有其他大型的哺乳动物。在华莱士,以及提姆·富兰纳瑞的书中也都这样记载,但我眼前却是一只活生生被原住民自雨林捕获的水鹿,完全颠覆了生物地理学的记录,值得好好查个清楚。

当漫漫苦路一再戏弄逐渐无力的脚步,垂头无语走在前头的伙伴突然叫了一声,原来茂密的林冠竟然露出一片天空。当我们的鼻子嗅到一股烧木材的烟火味时,大家立刻明白:基地营到了!我们的苦瓜脸一下子像展瓣开放的马来西亚国花——朱槿花那样的灿烂。

基地营是一片约半公顷的林间空地,除保留了几棵大树外,其他的所有草木皆清除一空。营地四周密密包围着高耸的雨林巨树,在西边空地与森林相接的是一条无声的小溪。营帐已经在小径的入口两侧搭建起来,右侧搭了四顶大帐篷,两顶是我们的睡觉帐,一顶是我们的工作帐,一顶是用餐帐。左侧有厨房、食物存放帐以及三顶睡觉帐。原本我们在这里只要住四晚，然后转往阿尔法克山去拍另外两种天堂鸟，但临行前却听闻阿尔法克山那边发生部落纠纷，很有可能演变成部落战争，这时进入当地的外人就常成为当地部落不分青红皂白顺便攻击的目标。最有名的例子是1961年，从事人类学研究的迈克尔·洛克菲勒，来到阿尔法克山的雨林拍摄原住民生活纪录片时突然失踪了。迈克尔来自美国著名的洛克菲勒家族，他的父亲纳尔逊·洛克菲勒于1974年至1977年担任美国副总统。这当然是大新闻，一时间"巴布亚新几内亚"这个名字大量出现在当年全世界的报纸上。印度尼西亚政府立刻派出军警进山找寻，但个把月过去了却毫无所获，该失踪事件于是成了最著名的无头公案。

多年后，迈克尔·洛克菲勒的母亲与纳尔逊·洛克菲勒离了婚，亲自组了搜寻队前来巴布亚找寻失踪的爱儿。花了好几个月，动员了数千人次，最后有队员访问到一位住在阿尔法克深山雨林部落的老人。那带着高耸阴茎套的老战士回忆说，当年那个时间点，正是部落间发生大战的时候。有一天他们误杀了两个白种人，为了避免他们的灵魂回来报复，就按照部落的传统，把他们吃了！巴布亚与亚马逊河的蛮荒地带是目前世界上尚残存食人族的地方。这两个地名在一般人眼里都含有野蛮之意，其实巴布亚要比亚马逊更不为外人所知，也更加神秘。

1980年我曾到印度尼西亚爪哇岛，并在那里工作了一年多，有一次与公司的总经理聊天聊到洛克菲勒的儿子在印度尼西亚巴布亚失踪之事，他说那是小洛克菲勒为了拍摄部落战争的纪录片，挑拨两个部落开战，但交战双方最后发现真相，就把唆使者宰来吃了。我对这位爱国者一厢情愿毫无根据的卸责之说存疑，因为当年事发之后，曾动员大批人力寻找与打听，但一点点的蛛丝马迹也没有，而隔了这些年后竟传出这种说法，令人难以相信。

我们视原始人为野蛮人，难道所谓的现代人就比较文明，比较高尚？发明大规模的毁灭性武器来抢夺别国的资源，对贫民、灾民、难民的哀号置若罔闻，对于被奴役被残暴对待的妇人小孩视若无睹，为了个人的物欲享受，完全不顾他人死活，残忍地破坏大自然及污染环境……这就是我们现代人的文明？这些所谓的食人族被文明世界视为野蛮人，他们不过为自己的生存并依照世世代代的生活方式而行动。在他们眼中，我们才是真正的野蛮人：用可笑的借口残杀无辜的族群，只因为信仰之神的名字不同。也会因为种族不同，或皮肤颜色有别而屠城灭国，我们现代人彼此竞争更像食人族，我们掠夺的手段也更残酷、更野蛮，规模也更大。

人类的精神文明到底是进步还是退步，常令我迷惑！我年轻时在菲律宾的民多罗岛丛林里有许多与原始的莽远族相处的岁月，他们单纯直接的心，常令狂妄高傲的我羞愧不已。他们给我许多振聋发聩的启示，我把那些经验纪录在我的探险旅行书《季风穿林》[1]里，那已是三十多年前的事。不过在这21世纪的今天，热带雨林深处仍存有许多原始部落也是一种奇迹。巴布亚新几内亚正是这样的地方，千百年来没有多少变化，与半世纪前小洛克菲勒失踪时也没有多少不同。我们当然也不想成为一个古老风俗的现代牺牲品，因此我们不得不取消阿尔法克山的行程，并决定要在这营地多留几天，这样也较有机会拍到更精彩的照片。

晚上领队伊文·毛洛为我们做了简报。他是比利时人，三十来岁，仍是一副娃娃脸，已在巴布亚住了十一年。他的观鸟功力极高，摹仿鸟鸣更是惟妙惟肖。他十一年前来巴布亚观鸟，不但爱上天堂鸟，也爱上丽可·魏江小姐，就此结为夫妻而居留巴布亚。丽可小姐有一半华人血统，她的祖父姓魏，从中国来到巴布亚讨生活，后来娶了印度尼西亚人，生了她父亲。外祖父姓江，也娶印度尼西亚女子，

---

[1] 《季风穿林》曾作为单行本出版，现已作为一章纳入本书。

生了丽可的母亲。丽可夫妻以承接欧美的观鸟团维生，他们曾带过世界著名的英国BBC摄影队成功地拍摄天堂鸟，因而知名于鸟界。

我们按照伊文的建议，决定明天分成两组进行拍摄。这大片森林属于热带低地雨林，共栖息有三种天堂鸟，分别是国王天堂鸟、十二线天堂鸟以及小极乐鸟。前两种出现在离营地大约20分钟路程的地方。小极乐鸟则栖息在步行至少一个半小时的泥炭沼泽林。每一个拍摄地点只能容下最多三个人，我们不得不分成两组来进行，体力稍好的先行前往较远的雨林拍小极乐天堂鸟。

我们在巴布亚雨林的第一个夜晚，颇出乎我的意料之外：虫声幽幽，萤光飘忽，安静得一点也不像在热带雨林里；与虫声吵杂刺耳的婆罗洲雨林大异其趣，也与亚马逊河雨林那种蛙声诡异，胸光叩头虫点着一把红光两点萤光，嗡嗡飞过头上的情景更是不同。只有偶尔枭鸟低沉的呼唤，提醒我们这是巴布亚的雨林深处。

我的身体相当疲惫，但精神却蛮亢奋，导致我睡得很不好，尤其那用弯曲又粗细不一的木棍搭设的摇晃窄床，连翻身都有些困难。整个晚上总是时睡时醒。伊文来叫我们起床时是清晨四点半，大地仍是一片漆黑，只见厨帐烧饭的柴火红光闪耀中，依稀有人影晃动。

五点整，我们要去远处拍照的三人组先行上路，天仍未亮，只好打着手电筒出发。除了有一位向导随行外，我们每个人有一位工人背负摄影器材。小径难行不亚于昨日，后半段泥泞更深，路径也变得不明显，走起来颇为吃力，突起的树根时时绊住脚步，泥泞的水洼则陷住鞋子。

终于，树缝间的天空呈现微微的亮光，各种林鸟开始此起彼落地鸣唱，然后越来越响亮，最后变成雨林清晨大合唱。众多鸟声中我分辨出的有凤冠大鹦鹉（也有人称之为白金刚）、犀鸟、果鸠……但其中一种鸣声高亢，介于动听与难听间来回拉锯的群鸟合唱声，是我从未听过的陌生鸟鸣。向导说，那是小极乐鸟们正在唱情歌。

果鸠低沉的鸣声相当令人难忘，在茂密的雨林中非常具有穿透力，那短促又低沉的三节音极像在呼唤人的名字。再仔细听，竟然是呼叫我们同行的胡老先生："胡老师！"要知道，我们平常就这样称呼他。

小极乐鸟响亮的鸣声听来就在我们的稍前方，但这最后一小段路却有怎么走也到不了头的感觉。我们的身子东倒西歪、摇摇晃晃，不是因为我们体力不佳或平衡感差，而是因为我们已进入泥炭沼泽林。这是泥浆泥水终年浸泡地面的雨林，雨季时水深及膝，旱季时是一片泥泞。我们之所以选择八月来，正因为八月是旱季。大树为了适应这种沼泽地带的环境，树根几乎都发展成板根的形态，如此树根方能呼吸及协助支撑根系入土不深的高大树身。从板根的高度我们约略可以推测雨季时泥水浸泡的深度，在较低洼的地方有许多板根高达七八十厘米，很难跨过去，我们只能绕路避开如矮墙挡路的板根。

近年受到全球气候变迁的影响，雨季旱季都乱了。现在应该是旱季，却隔一两天，甚至每天，就会下一场大雨，使得我们脚下仍是一洼一洼的积水和泥泞。突出或暗藏在浊水下的树根，总把我们绊得步履踉跄。最惨的是前方树顶上响亮的天堂鸟鸣声，完全吸住了我们的目光和注意力，更使得我们走路有如勉强撑住身子，奋力维持不倒的醉汉，正在无目的地胡乱行走。

终于来到向导等待的大树下，他指示我们从树冠的横干间往树的最高处望上去。几经调整，好不容易我才在大树的树梢上瞧见几团像烟火闪动的亮光。向导压低嗓子小声说："雄的小极乐鸟们正在纷飞鸣叫，努力要吸引母鸟前来这棵树上欣赏它们的舞姿，然后从中选择老公。"

我环视了一下拍照的环境，只能用倒抽一口冷气来形容我们失望的心情。大树如此之高，视线如此之窄，相机的长镜头架上去又几近90度的仰角，操作困难又费力，而枝叶遮挡，更是难以克服。我得先介绍读者诸君认识热带雨林，大家才能体会我们遇见的困境。

典型的热带雨林由于植物各具空间，高低不同，呈现了一种垂直的分布现象。研究热带雨林的生态学者按照植物的生长及生物的活动，将热带雨林分为五层来描述雨林的形态。

第一层称为草木层，是雨林的最下层。这一层由蕨类、草本植物、树苗、蕈菇、落叶及根系组成。这一层只有上层渗漏的些微阳光照射下来，因此大白天里也黯然有如清晨或薄暮时分。据估计，照射雨林的阳光只有百分之一二到达这一层。虽然阳光如此之少，但这一层的草本植物往往开出或鲜艳、或奇香、或奇臭的花朵，也唯有如此独特突出，才能吸引传布花粉的昆虫到来。

第二层叫灌木层，在地面1到7米之间，这一层以灌木、乔木的幼木、草蕨、芭蕉或赫蕉，以及一些棕榈科、姜科等植物为主。

第三层名为下木层，离地7至15米之间，正是我从底下一抬头可见的一层，这一层由小乔木、棕榈或树蕨组成。

第四层是树冠层，也称林冠，又称顶层或华盖。这是热带雨林的表面层，由大部分乔木的树冠相连成约略等高的绵延树冠层，其高度约在20至35米间。

第五层叫作外露层或露出层，这层指少数特别高的巨木，从林冠钻出头来，像鹤立鸡群般。这孤立突兀的高个子，有充足的阳光、风、雨，是雨林中环境变化最大的部分。

现在这些小极乐鸟就是出现在外露层近30至40米高的树冠上，也被底下的树干及枝叶东遮西掩。沉重的摄影器材以及垂直的角度，让我们不易操作，更捕捉不到想要的镜头。而且我们今天显然来晚了，舞蹈已近尾声，不久这些鸟儿就一哄而散，只留下一两只求偶不成的公鸟，近似歇斯底里地尖叫。过了一会儿，我发现站在较高枝干的一只公鸟，竟然用喙将它附近枝上的叶片一片一片摘落。我以为它用这种方式向母鸟展示自己的力量，后来我终于明白：它显然认为这些叶片妨碍了母鸟欣赏它曼妙的舞姿而必须加以清除。这算是增加舞台视觉效果的办法吧！也难怪这棵大树的树叶会比旁边的大树稀疏许多。

就这样，整个早上小极乐鸟就在附近的几棵大树树冠隐密处此起彼落地鸣叫，但我们却看不见它们的身影。随着气温升高，蚊子越来越凶也越来越多，我们身体四周飞舞的蚊子好像我们正在冒着烟，也很像圣人头上的光晕。我们的驱蚊喷雾剂好像变成招引蚊子前来的信号：愈喷，蚊子聚得愈多。

还有一种极小的昆虫也给我们造成许多困扰，这是一种从天而降的小蚂蚁。这种小蚂蚁大概是被吹过树顶的风刮落，而且吹落的机会似乎不少，我们身上常感受到它们令人无法忽略的存在。它像幽灵似的在你专心拍照时，突然在身体某处狠狠地咬上一口，一股针刺般的灼痛立刻传来，你不得不放下所有手头的工作去对付它，那种痛让人稍忍一秒钟都受不了。可恶的是，我们完全无法预防，只能消极地逆来顺受然后再图报仇，结局是在皮肤上留下一丘发痒的小红肿。但这小红肿与晚上睡觉时螨虫在我身上留下的红肿相比，那只是小巫见大巫。

当伙伴们耐心等待天堂鸟好戏再上场时，我一个人进入了雨林的更深处做自然观察。我们六个人一起来巴布亚雨林拍照，他们五个人完全是为了拍天堂鸟，但我不是，天堂鸟只是我拍的项目之一。我到过亚马逊河雨林探险，也走过中美洲的圣幻河雨林，并多次深入亚洲的几个重要雨林区，但这是我第一次有机会来到华莱士线以东的亚澳区热带雨林。150年前，华莱士在多年旅行亚洲热带群岛后，发现这些众多岛屿的动植物分类其实有着一条隐形的分界线，也就是从菲律宾群岛东方，向南划一条线，延伸经婆罗洲与苏拉威西岛之间的海峡，再向南，经巴厘岛与龙目岛间的海峡，这条线的两边有绝然不同的动物种类。这是伟大的发现，启动了后来的生物地理学研究。这条生物地理线就被后人称为华莱士线。巴布亚岛就在线以东属于亚澳区，我很想见识此岛的热带雨林跟旧大陆亚洲区的热带雨林在生态上有多少差异。所以往后的日子，除了天堂鸟固定出现的时间外，我大多时间是在雨林里到处漫游观察拍照，就是为了更深入观察巴布亚的热带雨林。这样紧凑又长时间的专注工作，给我带来不小的后遗症，这是后话了。

巴布亚的热带雨林在结构上与地球上其他地区的热带雨林没有什么不同，但是仔细观察就会发现植物的种类相当不同，特别是大乔木。在这片低地泥炭沼泽林，我注意到棕榈植物特别多。最引我注目的就是著名的走路棕榈，它可以长到20至30米高，它那棕榈科植物特有的丛聚大伞状叶就挤在雨林其他大树的树冠层间，仅仅抢到几坪有阳光的小空间而存活下来，那情景就像下雨时街头人群中的小孩子，用力把他的小伞在众伞间撑开。最不可思议的是，支撑伞叶的主干非常高耸、苗条又光滑，但从主干一半的高度也就是十几米至二十米的地方，却分长出几十条向下斜伸入地面如高跷的长支干，就像站立的八爪鱼一般。它洁亮又众多的枝干辐射而下，在阴暗幽深的雨林中相当显眼，也很魔幻。这完全是为了避免苗条且还在长高的主干倾倒或折断，同时又可以让根系向外扩张，这样就能取得更多的养分。当新长的支撑干从高处向下方生长，此时它悬空在半空中，让人看起来就好像它正提脚向前走一样，也因此被称为走路棕榈。

热带雨林的树木为了争取到足以活下去的阳光，从小就把生命的能量用在长高上。我们清楚地看见这些正在长高的幼木全都纤细、高拔，它们只有尽快窜高到达树冠层去抢得一席阳光，才有活下去的机会，而大部分的幼木最后是到不了树冠层就夭折了。这些枯死幼木的养分往后又转移到其他大树去，森林因此千年万载能永续丰饶且茂密。如果把枯木移走，把大树砍伐运走，也等于是把森林的养分运走，森林就会变得贫瘠，而林木也会越来越小也越来越稀疏，最终变成赤地。亚马逊河的热带雨林正是被人类如此对待，很多原本茂密的雨林正一步一步走向裸露的赤地,现在婆罗洲特别是沙捞越也正热烈地上演着各种悲剧,巴布亚现在也似乎不落人后地急起直追。

现代文明人总把枯木视为无经济价值之物,至多当作柴火罢了,但若从自然生态的角度来看,枯木可是重要极了:它是森林养分的仓库,它是许多鸟类,例如五色鸟、鹦鹉、猫头鹰、犀鸟等挖建巢穴的不二选择地点。它也是不少哺乳类,像松鼠、飞鼠、眼镜猴建造栖洞的地方,更是许多甲虫生儿育女的唯一地方,是啄木鸟觅食的仅有场所,是许许多多不同品种蘑菇立足生长的唯一场所。

除了走路棕榈,还有一种棕榈树也令人印象深刻,它位于下木层,大约十几米高,但它的伞叶却奇大无比。有一天午后突然下起雨来,但因为天气实在太闷热潮湿,我们都不愿穿雨衣(穿上雨衣就汗如雨下,且更加难受)。向导知道后,就让工人带着砍刀走进森林,一会儿搬了三片大棕榈叶回来,不消几分钟就为我们搭建了一座避雨亭。可想而知,这棕榈叶有多大。大叶片有利于拦截从树冠层漏泄下来的少许阳光,这是大叶棕榈在雨林树冠下能生存的秘密。

露兜树也颇有可观之处。它枝叶壮硕,占据了下木层的不少空间。台湾的露兜树又称林投。个头跟这里的比起来简直是小巫见大巫。这种露兜树是台湾林投树的大哥,不但个子大上一两倍,果实更是大上好几倍。台湾林投果非常像菠萝,这里的则像冬瓜。它的果实是森林动物爱吃的食物,无论果鸽、大鹦鹉、犀鸟,或者树袋鼠、袋貂等。我在熟果的下方地面,总能看见动物扒食掉下的许多鲜红色落果。原来整串果实的外表虽呈黑色,但个别的果粒除了朝外的部分为黑色,其他面却是鲜红色。几天后,我在回程的路边,看见村庄里的菜果摊上卖这种果实,推测它显然是可食的,只可惜那时正在赶路,无暇停车探问。回想当时在森林里竟然没有试吃,想来觉得真有些遗憾。这也让我警觉,我是不是马齿渐长,对于尝试新事新物的好奇心减少了?

后来我在提姆·富兰纳瑞的书里读到跟这果实有关的纪录，他说："平野上长满了像棕榈一样的山地露兜树，这些参天巨树大约三十米高，皮带似的树叶呈放射形，根部却像高跷，细细长长的，乍看之下真有说不出的怪异。这些树都是清除森林时留下的，很多显然年龄古老。这些树的果实是山民最珍贵的作物，经过烟熏之后，可以保存数星期乃至数月之久。每当露兜树结果，山民就会一心一意地忙着大啖油滑的果实，有些观光客就戏称此种现象为'露兜疯'。"

在雨林里，由于树冠层很高，枝叶又茂密，我很难发现哪一棵大树开花，或者哪一棵大树结了什么果，通常我都是从地面的落花落果来探知树冠上开花结果的情形。这个时节地面落果甚多，各种大小形状以及颜色都有，几乎都是我在婆罗洲雨林不曾见过的。落花较美、较明显的有两种。最多的是穗花棋盘脚。那鲜红的花朵落在阴湿的地面，仍让人无法忽略它的存在。这树种在亚洲分布非常广，在台湾的湿地也不难看见，它的种子有浮水构造，所以是靠漂流来传播。另外一种是锦葵科的小乔木，它的花朵朱红而形大，虽然落花不多却因此导引我看见盛开的美丽花树。

第二天轮到我们这一组拍十二线天堂鸟及国王天堂鸟。十二线天堂鸟是神秘又奇异的鸟儿，它出现的时刻是破晓前到破晓后的短短几分钟。此时光线黯淡又是近乎90度的仰角，很难拍到满意的照片，但它尾巴长出十二条黑色的丝线的确是怪异。我看过一张摄影家在光线不错时拍到的照片，身上有金属的蓝、绿、紫以及栗红。有这样美丽的羽毛却选在黎明黯光下求偶，靠我们人类有限的眼睛实在很难明白它怎样炫耀它羽色的光彩。我想，雌鸟眼睛的结构一定与人类不同。华莱士曾近距离欣赏它并描述说："整个背与双肩都是艳青铜绿色，翅膀与尾部则是最璀璨的紫色，全身的羽毛都有一种细致的丝光……下腹是艳丽的鹅黄色……尾部左右各伸出六根约十英寸的纤细黑线，组成十二线天堂鸟极为特殊与奇幻的装扮。"

十二线天堂鸟就出现这么几分钟，随即消失无踪，我们等了一个多小时，音讯全无。这时伊文用完早餐回来，遂带领我们到附近一棵枝叶半被藤蔓遮蔽的大树下，这是国王天堂鸟栖息之处。伊文花了些时间才在树冠的藤蔓下找到正在休息的国王天堂鸟。不愧是国王，那金黄色的喙、火红的背羽、雪白的胸腹，即使站在那样阴森无光的暗处，仍然散发着高贵不凡的气质。

　　它偶尔理理毛，偶尔晾晾翅，偶尔举脚抓抓痒，或者打一下盹。有时又突然挺高身子，好像是在瞭望又似在倾听，偶尔它也嘹亮地鸣叫几声，很难令人相信这么高亢的啼声竟是发自个头只有六英寸半的小小鸟儿。就这样它在暗处耗去了个把小时，然后毫无预警地，突然像一道火红的电光从藤蔓间射出，刹那间消失在林海里，我们的眼睛只看见一道红色闪光罢了。

　　三种天堂鸟都见到了，可是我依然没有拍到一张差强人意的照片，这正是我说我们的摄影会比当年华莱士采集标本还要辛苦些的原因，因为他一发现天堂鸟就用散弹枪把鸟击落，完全不用考虑角度或光线等情况。我们不只要把照片拍得清楚、生动，还要有视觉吸引力，最好还隐含有生态环境、知识或故事。这么一张不错的生态照片，需要好多条件配合得恰到好处才能获得。例如，你得有丰富的野外摄影经验、自然生态知识、好的摄影器材与摄影技术等，还要有适当的光线、角度、个人的体力、耐性、艺术素养以及灵性层次等，处处都决定一张照片的广度与深度。现代的数字相机比起过去传统胶卷相机进步何止百倍，但真正的生态摄影佳作仍是难能可贵。现在有好多人拍野鸟，使用的镜头越来越长，也越来越昂贵，但他们拍到的所谓好照片，只是更近更大罢了，充其量只能算图鉴照片。为什么那么多人尤其是华人选择拍摄鸟类？他们的动机探讨起来非常有趣。

　　在华人圈里，拍摄野鸟已经有些走火入魔了，有发烧友以第一个人拍到某种鸟正在下蛋沾沾自喜，有的把某稀有鸟种拍到爆框而自鸣得意。许多人拍鸟是因为这比较有机会成名，有这种动机的人往往成了为目的而不择手段的生态破坏者。亲近大自然原本可以提升灵性，这些人却成了大自然里的窃贼，所以佛教的修行重点在觉察自己的起心动念。心念错了，原本的美事随即便成了丑恶之事。

趁着只爱拍摄天堂鸟的伙伴耐心等待国王回宫，我又深入雨林去漫游，我把焦点放在昆虫上，特别是蝴蝶上。巴布亚有多种蝴蝶以硕大、美丽与独特扬名于世，例如鸟翼蝶，特别是展翼达28至30厘米的亚历山大鸟翼蝶，或是展翼达20厘米的维多利亚鸟翼蝶，全世界喜欢昆虫或蝴蝶的人士几乎没人不知无人不晓。此外，令人眼花缭乱的多种眼环蝶，出现在林荫深处的神秘小灰蝶，艳丽无比的几种凤蝶……可惜这里大型的蝴蝶，像凤蝶、鸟翼蝶、粉蝶一般多出现在树冠层上，那里有它们的蜜源植物或产卵所需的幼虫食草。偶尔瞥见它们像流星一般高速掠过树梢或营地的上空，我只能遗憾地长叹一声。

在这雨林中比较容易发现的蝴蝶是眼环蝶，它的双翼颜色近于白色，中间镶嵌着对比明显的深色饼图案。虽然林下幽暗，却相对地引人注目。它有相当强的领域性，大部分时间几乎只在领地里活动，时常停在一二米高的叶片上，每当有其他蝴蝶进入领域，它会立刻起飞追赶。有几次，我看见它神勇地冲向飞掠进犯的敌人，结果那是一只小鸟，幸好眼环蝶是中大型蝴蝶，才没有变成肉包子打狗。

在雨林中漫游的日子增多之后，我发现眼环蝶翼上的深色大眼纹可分成好几种。原来有好几个不同品种的眼环蝶，有两个环的，有四个环的，有六个环的，有的环环相离，有的环环相连，而眼环里头有的嵌着小眼环的，或者是点缀小白点的，或是小蓝点的，也有好几个点的……它们品种虽多，但食物却大同小异，以树液及发酵的果汁为主。这也是它们不必像凤蝶那样在树冠层上飞来飞去寻找花蜜的原因。有一次，我追踪一只眼环蝶，竟拍摄到它前往参加一场盛大的流水席：十几只眼环蝶聚在一株粗大的藤干上，埋头忙着吸食从树皮伤口渗出的树液，蝶儿来来往往好不热闹。

有一天中午，我远远望见一只体形相当大、颜色也鲜明的蝴蝶，从树梢飞降营地尽头的几棵小乔木。原本快速的飞行突然放慢下来，然后沿着枝叶外缘时上时下地缓缓而飞。这是母蝶找寻产卵地点时典型的飞行方式，我初步判断那是一只正要产卵的母鸟翼蝶。

我抓起相机冲了过去，到快接近小乔木时，我借着溪边的几棵野芭蕉隐藏自己，然后慢慢地靠近。经过多次的耐心与努力，再加上老天的帮忙，终于拍到了！这是一只金绿鸟翼蝶波塞冬亚种的雌蝶。当我发现拍下的影像颇为完美时，兴奋得双手有些发抖。这使我想起当年华莱士第一次捕到此种雄蝶时的心情："当它曼妙地飞近时，我不禁兴奋地发抖，更无法相信一网罩下就手到擒来。我从网中将它取出，仔细端详那横幅达七英寸的天鹅绒般乌黑色与灿绿色双翅、金黄蝶身及猩红色胸部，一时陷入失魂状态。"

如果此时我拍到的是雄蝶，我也铁定会像华莱士一样失魂。

有了这次拍到雌蝶的经验，这几棵小乔木就成了我常常注意和观察的焦点。希望有那么一回，可以看到艳丽光彩的雄蝶翩翩降临。可惜事与愿违，直到我离开这片雨林，依然从未见着。

倒是有一次，我又见到一只雌蝶前来小乔木觅处产卵。我当然不会放过机会，只是我接近之后才发现它的颜色老旧暗淡。我正要放弃，却见它一直在一片大叶子正前方，以几乎定点的方式飞行，那表示它要在那片叶上产卵了。我想，好吧，拍一张产卵的照片也不错。可是，它似乎迟疑了一会儿后又飞走了。这时我突然看见，就在那张大叶片上有一只好大的黑色毛虫。我立刻明白过来，这大毛虫是金绿鸟翼蝶的幼虫。这是非常意外的收获。在野外要找到鸟翼蝶的幼虫，比看到成蝶要难上许多。真的可以说：踏破铁鞋无觅处，得来全不费工夫。

我也观察到，出色的佳美凤蝶一天会有好几次出现在营地周边，但总是沿着森林边缘的小溪上方快速又匆忙地飞过。我几次冲向前去用乱枪打鸟的方式拍摄,但始终无法获得稍微满意一点的照片。有一天好运终于降临,两只雄佳美凤蝶在小溪上方狭路相逢,情敌相见分外眼红,竟在空中缠斗起来。刚好我相机在手,生动的佳美凤蝶飞行版照片总算手到擒来……

随着我们在雨林日子的增加,对天堂鸟的活动状况也愈来愈能掌握,唯一难以克服的仍是镜头垂直仰角的问题,如此拍到的天堂鸟几乎都是腹部的方向,很难展现天堂鸟那不可思议的美,特别是小极乐天堂鸟。后来我找到它们进食的大树,仰角稍好而且其间有一空隙遮掩略少,只要它们飞进这空间,我就有机会拍到。我有几张飞行的照片是这样拍到的。其实小极乐鸟最精彩的是它的求偶之舞,很可惜我无法拍到好照片,只能现场纯欣赏——往往我瞄见几只雄鸟各据一枝条,纷纷展开并摇摆它全身的饰羽,像一朵盛开的艳丽花朵迎风颤动。这就表示有雌鸟光临这棵舞台树,而所有的雄鸟立刻使出浑身解数来吸引雌鸟。雌鸟观赏一会儿后,会飞到它觉得不错的雄鸟所据的枝条上,这雄鸟立刻在枝条上左右小步快速移动,同时身子前后摆动把羽毛扬得更开也更为灿烂。雄鸟借着左右移动的舞步,逐渐把身子靠近雌鸟。如果几次接近而雌鸟没有闪躲,雄鸟会利用靠近时以翅膀抚触它。数次后它若仍未离去,这已明确传达芳心暗许,雄鸟随即跳到雌鸟的背上,仅仅几秒就完成了周公之礼。伊文告诉我,几乎所有的雄天堂鸟都会这种双脚小步又快速移动的舞步,这突然让我想起迈克尔·杰克逊当年让全世界年轻人为之疯狂的舞步——太空漫步,与小极乐鸟的舞步极为神似。我相信,迈克尔创出太空漫步舞蹈的灵感来自天堂鸟。

我常在演讲时告诉听众:"艺术家、文学家、科学家、哲学家、修行者要常到荒野大自然里去,那里蕴藏着宇宙生命存在的真理与无限的灵感——看看浩瀚的太空,想想日月星辰无暇的运行,望望彩虹

自然录音

长臂猿啸

的完美,极光的神秘;瞻仰高山的壮丽,海洋的壮阔,沙漠的广瀚;细观动物难以想象的造型,鸟类、蝴蝶的无限色彩,花朵的令人惊艳;倾听雷声的震撼,吼猴传遍山谷的惊人共鸣,长臂猿穿透雨林的啸声……大自然万物之间共生共荣的生命传奇,处处都给我们无止无尽、取之不竭的启示!"

十二线天堂鸟出现的时间非常短暂,而且总是在曙光初现的黎明。我只见到一次公鸟现身在大枯树最高的秃枝顶上,它转身几次后,就以小舞步顺着枝条快速上下移动。不过才来回几趟,一只雌鸟突然无声地飞降到秃枝下方。欣赏了雄鸟卖力演出一会儿,它就快速飞离,雄鸟旋即随后展翅尾随飞去。结局如何,不得而知。十二线天堂鸟是我们最常讨论的话题之一,因为连续拍了几天还是没有人说得出那尾羽间细细长长的十二条线有怎样的魅力可以吸引母鸟。

国王天堂鸟求偶的情况非常不好,它除了到雨林里去觅食外,常躲在树冠的阴暗处奋力鸣唱,但始终没有母鸟出现。所以,穿着华丽的国王也难得现身在它专属的舞台上——几条悬垂在树冠外侧的细藤条。向导说,根据最近的观察,这里已经有两个多月没有雌鸟出现,因而他担心,是不是地球气候的转变,也开始影响到天堂鸟的生理以及生态环境。

要拔营的前一天下午,我从雨林漫游回来,我发现还有一些时间,于是跑到国王天堂鸟栖息的大树去碰碰运气。那时,原本罩着云层的天空竟然挪移出一道缝隙,露出已偏西的太阳,泻下金色的光线,让原本十分幽暗的树冠豁然亮了起来。突然,我瞥见一道红光,从右边的大树闪射过来,停在悬垂在树冠外缘的藤条上。我从长镜头中发现,那正是令我们望穿秋水而贵气逼人的雄国王天堂鸟。

它沿着专属的藤条舞台垂直往上快速爬升,这里正是它跳求偶舞的舞台。今天没有美女欣赏,它根本无心跳舞,反而是心事重重往上行去,也时时无精打采呆呆驻足几秒钟,好像沉醉在往日美好的快乐时光里。它金色的喙、火红的背、雪白的胸腹、一双蓝色的脚，以及尾后插着两支与身体等长的宝蓝色球拍状饰羽，无论造型、颜色、搭配，都让人惊艳。最奇特的是，它那小而亮的眼睛上方一道细而黑的垂直眼线，让它浑身渗着一种奇特的神秘与贵气。这也是为什么马来语叫它Burong Raja（君王之鸟），而华莱士则形容它是绝美的化身。

现在它孤伶伶地在这林海中，等待着一只雌鸟投来欣赏它的目光而不可得。未来这片雨林还会有这神秘又美丽的小小鸟儿跳舞歌唱吗？会不会以后真的变成"此鸟只应天上有，人间无法再见到"？这使我想起华莱士在一个半世纪前，亲眼目睹国王天堂鸟后形容它为"自然界许多可爱物种中最完美者之一"时，写下先知般的预言，也是后来自然生态保护者经常引用的一段警讯：

"我想到从遥远的年代以来，这个小生物依循自然法则，代代繁衍；在这片漆黑黝暗的森林中出生、成长和死亡，没有一个文明人曾注视过它的活泼朝气，或为它浪掷的美丽感到惋惜……如此精致的生物终其一生都只能在这片狂野蛮荒、注定永远无法开化的地区，展示它的绝美魅力，这让人不胜悲哀。但另一方面，万一文明人抵达这些偏远的岛屿，而将道德、学术和物理知识带进这片幽深的处女森林中时，我们几乎可以确定，文明人将破坏自然界有机与无机间原本良好的平衡关系，即使他能欣赏这种生物的完美结构和绝伦之美，却将导致它的消失和灭绝。"

这真是先知的预言。华莱士的预言今天正在各地发生，面对这样的惨状，我们却束手无策。我写文章、演讲、办生态照片展、带人们做自然观察，但效果有限。我在1995年创办以儿童自然教育为宗旨的荒野保护协会，总算看到了一点希望，但我的忧虑是：大自然还有多少时间留给我们？

我从长镜头里看着国王天堂鸟脸朝内，不疾不徐地沿着藤条往上行去，偶尔转一下身子。我觉得它是特地为我转身，因为只有此时，我才有机会拍出它的美丽倩影与神秘贵气的容颜。虽然无法拍到那梦幻的霓裳羽衣之舞,可是在它悲伤又失落的时候,它已经给了我最大的礼物。我满怀感激目送它逐渐黯然的身影,慢慢隐入枝叶与藤蔓交互掩映的阴暗里。

我蛮喜欢拍昆虫,但在这里我没有太多的时间与精力去找它们。蚊子、蚂蚁、螨、鹿虻在我身上留下的丘疹越来越多,过敏反应也愈加严重。通常我出野外,晚上是我拍昆虫、两栖爬虫类以及夜行哺乳动物的时候,但在这雨林里睡不好,吃不好,白天在林中活动又极耗体力,到了夜晚再也无余力夜拍。此外,我也发现夜晚的虫声不多,像螽斯、叶斯、蟋蟀鸣声稀疏,而蛙声更是寥落,反而枭鸺低沉的鸣声成了这片雨林夜晚的主唱。也就是说夜晚的吸引力,相当不足以让我不顾一切地去行动。

有一个深夜,我睡不着,就带着相机到营地附近的林子转转。一个多钟头,只看到两只大叶螽斯若虫、三只小甲虫、一只飞落地面的叶斯,以及两只毫不出色的小树蛙。

每天晚上,替计算机、相机充电而启动小发电机时,灯光吸引来的蛾类也不多,种类亦极普遍。只有一晚,有一只体型颇大而尾翅极长的天蚕蛾飞来停在营帐的支柱上,引起了小小的骚动。昆虫相不丰,两栖爬虫稀少,或许与季节或地域有关。当年华莱士在离此不甚远的多雷村采集时,虽然采集到的昆虫还算多但不怎么美,他也记录说道:"多雷并非一处好采集地……蝴蝶也极罕见。"

倒是白天我在林中漫游时,常见到两种极为漂亮的日行性蛾类,在昏暗的林间做短距离飞行,亮丽的体色相当引人注目。其中一种较为大型,颜色是深浅不同的蓝,以同心半弧形相间的色带分布,后翅尚有小尾突。我觉得它就是摹仿凤蝶的飞蛾。蓦然这只拟蝶凤蛾让我想起那只几番引我追逐而不可得的英雄翠凤蝶,它背上亮丽的金属蓝闪,远远地就紧紧吸住了我的目光。只是它的警觉性极强,飞行速度又快,追逐的结果往往是我望蝶消失而长叹。仅有一次,我在黄昏的归径上,巧遇它在一株小乔木的枝叶间缓慢飞行,且不时地试着要停下来。我知道它正在寻觅可以安全过夜的地方。这是千载难逢的机会,我立即掩身接近。我在十几米外举起相机,刚刚按下快门,它几乎同时腾空闪电般飞走。虽然我以每秒十张的速度连拍,却只有前两张勉强拍到它的影像。

这只拟蝶凤蛾警觉性很差,飞行速度也不够快,我很容易就拍到它的尊容。但最令我意外的是,帮我背摄影器材的工人,他一伸手,竟从一片大树叶下方抓获了一只活生生的拟蝶凤蛾。

另外一只日行性蛾更为出色,浅绿、蓝、浅蓝、深蓝相间的身体,周边蓝纹围绕的透明翅膀,并在翅基部与身体相连的地方置入一团火焰般的颜色,让它变得格外醒目。我知道,这是一只模拟大熊蜂的天蛾。大熊蜂用这种鲜艳的颜色警告掠食动物:少来惹我,免得两败俱伤。

一天夜里,营地飞来一对交尾的拟蜂蛾,交尾时间长达数小时仍未结束。我们那位比利时领队伊文不平地说:"小极乐鸟以嘹亮的声音唱出动听的情歌,以灿烂的羽毛与巧妙的舞步跳着曼妙的求偶之舞,忙了半天,交尾时间只有几秒钟。而这蛾子不歌不舞却数小时,太不公平了……"

我笑着回他说:"美好的爱在于质量,而不在于时间长短。当然,对人类来说,时间若长一些,那就更完美了。"同行的伙伴都纷纷点头称是。

在沼泽林子里,最常见的昆虫是一种尾腹艳红的火焰蜻蜓,它的红是一种发亮的荧光红,你的眼睛根本无法忽视那颜色亮丽逼眼的小小虫子。在靠近小溪的附近,也常见到两种颜色不同的善变蜻蜓,在水上或溪边彼此追逐、互抢地盘,让静静的小溪生意盎然。

拍摄着美丽的巴布亚蜻蜓,让我想起昆虫界最有成就之一的前辈马骏超先生。他是世界昆虫界的泰斗，尤其是膜翅目昆虫，全世界无法鉴定的标本最后都送到他这里来。他告诉我一个他在巴布亚采集昆虫时发生的有趣经历：一群赤身的巴布亚原住民围观一个拿着长柄"鱼捞网"、在溪边朝空中挥来挥去的外国人。原住民一定以为这个人是疯子，鱼明明在水里，而这疯子竟朝空中挥网。

马先生为了释疑，就把刚刚网住的蜻蜓取出给大家看，同时从口袋里取出一毛钱，也就是说要收购蜻蜓。众人脸上都露出惊喜的表情，显然大家都明白他的意思：一只蜻蜓一毛钱。

第二天一大早，他听到他暂住的房子前面人声鼎沸，以为那天是原住民的特别日子，他们正举办热闹的庆典。他出门一看，但见几十位不着衣物、仅带着高挺阴茎套的原住民挤在门前的小广场上，每个人手里都捏着几只蜻蜓。但令他啼笑皆非的是，这些原住民为了不让蜻蜓逃走，竟把每一只蜻蜓的翅膀都扯断了，完全失去做标本的价值。最后，他还是一一付钱收购。他说："若不收购，我担心，我的手臂会像那些蜻蜓的翅膀一样被折断。"

我跟马骏超先生见面虽然只有半天的时间，但他对我的人生却起了关键的作用。那时我从大学毕业到农林厅的种苗繁殖试验场从事蔬菜育种的研究以及台湾野生兰花的调查与采集，但我对摄影、写作、探险以及蛮荒大自然更有兴趣。当时我的上司、场长庄纾先生为此特别介绍我去见马骏超先生。庄场长说，也许这位了不起的昆虫学家能为我指点迷津或找到机会。

当时马先生刚从美国农业部退休回到台湾，定居在台北内湖，但仍兼任联合国粮农组织及美国农业部的昆虫顾问，并在自家建了昆虫研究室。他请了十几位研究助理来协助，每天忙着鉴定从全世界寄来的疑难昆虫标本，同时每天得审阅几十篇来自世界各国请他指教的论文与研究报告。

我专程登门请教，马先生热情幽默又见闻广博，彼此相谈甚欢，他也明白我的想法。然后他领我参观他的无数藏书以及好几万份研究报告，最后他引我去见识十几位正埋首显微镜下绘图的助理。马先生告诉我说："学术研究是一件辛苦又寂寞的工作，能辛苦有成的科学家可以说凤毛麟角。你对大自然，对摄影，对写作有无限热情，你可以善用这些天赋，做大多数研究者都无法涉足的境界，像法布尔，他的贡献有哪几位昆虫学家能及呢？"他的一席话让我更清楚自己要走的路。

有一年，我听昆虫学家陶家驹先生说起一则有关马先生的故事：台湾发现了一只从未见过的寄生蜂，台湾大学昆虫系也无法鉴定，于是将标本寄到东京帝国大学昆虫研究所请求帮忙鉴定。隔了一段时间，东京帝国大学把标本寄回，并附了一封信为无法鉴定致歉，信末介绍一位必定有能力鉴定的人士：台北内湖的马骏超博士。从这个例子可以知道，即使马先生在国际上如此知名，但在台湾的学术界却没有得到应有的重视与尊敬。这是典型的近庙欺神，实在不该出现在以求真为最高准则的学术界。

多少年来，每次当我用镜头对准蜻蜓时，就会想起马骏超先生，想起他在巴布亚采集蜻蜓的有趣故事。想不到四十年后我也来到巴布亚的雨林。此刻，我用相机镜头朝着蜻蜓对焦，更让我无限地怀念马骏超先生，也不知道他是否健在。

我也在营地旁的灌木间发现几只模样奇特的棘蛛，它们背上有蛮特别的图案，总会吸引人趋前去看个清楚。我总共找到三种不同品种的棘蛛。

当热带太阳升高而林下气温逐渐上涨时，我常看见有条纹背、蓝尾巴的丽纹石龙子，在有阳光照射到的灌木叶片或枝条上，轻巧地觅食或静静享受雨林地面层难得的阳光。它那蓝中带青的尾巴在阳光下闪烁着金属光泽，煞是好看，它的外表看起来极像台湾的丽纹石龙子，不知是否为同一种。另外，我还在一棵树干上，拍到一只前半身绿色其余部分灰褐色的石龙子。

一天中午，我自雨林回到营地，浑身是汗。我随即跑到小溪边以木桩围成的简陋浴台去冲凉，不过那里已经有捷足先登者：一只大河龟正在那里行日光浴。读者诸君应能体会我在探险的时光里，为什么总是相机不离身，因为随时都有机会遇见从未见过的生物。例如，就在这淋浴的地方，我不只拍到河龟，还拍到了游蛇、鼓蜓、绿闪白斑小灰蝶等。

在森林漫游时，我也拍到几种特别的鸟，例如几种果鸠、犀鸟、凤冠白鹦鹉等。有一天午后，一位工人在营地溪边的一棵树干上，发现了一只非常小的绿色鸟儿，它竟然可以沿着树干垂直上下行走。它的身长不会超过十厘米，比麻雀还小。意外的是，我们就这样拍到全世界最小的鹦鹉：棕脸侏鹦鹉。

在雨林工作了几天，当伙伴们都拍到天堂鸟后，他们开始觉得倦怠而极思离开这不舒服的环境。同行的伙伴中有三位是老板，一位是耳鼻喉科医生。他们平常过着优渥舒服的日子，能在雨林挺这么多天，可是完全冲着美丽的天堂鸟。现在目的已完成，虽然只是低标，但已十分了不起。

同行的伙伴有一位是八十岁的"年轻人"胡得槩先生。从行动、身材以及对摄影的热爱，他绝对称得上是年轻人。他近年去了三趟南极，一趟北极，那就更不用说其他生态丰富的地区，例如非洲、印度、南美等。当然，我们也可以推测他不仅身体好，事业也必然相当成功，让他可以无忧无虑地旅行。我们都希望八十岁时可以像他一样在地球的角落旅行、探险及拍摄。八十岁了仍然可以适应巴布亚热带雨林的极端环境，从不喊苦，也不叫累，害我们累得半死也不敢抱怨。

想起一个半世纪前，华莱士在如此恶劣的环境下停驻了四个月之久，让我由衷地佩服他的热情与耐性，我们才不过住了七天，已经觉得难熬。华莱士工作了四个多月,历经疟疾、感冒及痢疾,甚至一位十八岁的手下就这样病死了。最后他这样写道:"我渴望离开新几内亚之情,不亚于当初渴望过来之迫切。"我现在完全可以理解华莱士的感受与心情。我们不过才待了七八天,后两三天已经有伙伴觉得度日如年。

第八天的午后,我们完成第一阶段的拍摄,就此拔营离开雨林,伙伴们的脚步变得轻快,一路谈笑风生,与来的时候可说是判若两人!

自然摄影

宁波克蓝泥炭沼泽林

威吉欧岛

结束第一阶段的拍摄,我们终于回到文明世界。第二天一早,我们从贾亚普拉搭机飞往巴布亚岛西北端的索龙市。在这里略事补给,随即搭一条小型客货两用船,花了三个小时,越过风浪不太平静的海峡。海水时时从船首的窗缝及仓门上方的间隙穿越进来,有时大浪铺天盖地,整艘船没入浪花里。想当年,华莱士从邻近的密枝岛驾帆船驶往威吉欧岛,竟然花了四十天,并受尽风浪及海流的折磨,还让两个水手流落荒岛一个多月。

自然录音

浪滚石

我们的小船从滚滚激浪里脱身,最后驶入风平浪静的海湾中。直到此时,大伙凝重的表情才逐渐有了笑容。海湾内侧的小村遥遥可望,几十户的茅草房子静静沿岸排列。村中间一座基督教小教堂旁竖立着一座明显的白色大十字架,让我们清楚地知道这是信仰基督教的村子,好像是村民用它来表达他们的信仰,相信眼前海湾内的平静是基督的庇佑。印度尼西亚百分之九十的人民信仰伊斯兰教,几乎所有的村庄甚至角落都可见或大或小的清真寺,像这样只见十字架与基督教堂而不见清真寺的情景,仅见于巴布亚及其附近的一些岛屿。

这个村子叫瓦卡布,不知道是不是1860年华莱士停驻了三个月的木卡村,他在书上这样写道:"木卡村位于威谷岛南岸,只有一些简陋的屋舍,有些建于水上,有些在岸上,零星分布在跨浅海湾约半英里的区域内。"当年,此岛名叫威谷岛,现在叫威吉欧岛。会不会以前的木卡村,现在叫瓦卡布村?我问了水手,后来也问了村民,他们不知有木卡村这回事!

我们不远千里来到威吉欧岛,完全是为了红羽天堂鸟和威氏天堂鸟。全世界也只有威吉欧岛有这两种天堂鸟,当年华莱士驾小帆船,历经风浪也吃尽苦头来到威吉欧岛,就是为了采集红羽天堂鸟。他就是在木卡村中他暂住的小屋旁的榕树上，见到他生平第一只活生生的、他形容为"华丽非凡"的红羽天堂鸟。

船慢慢靠向一座伸入浅海的木造小码头，在附近戏水的村童见到许多外人的到来，仿佛得了人来疯似的，纷纷从离我们最近的另一座更小的木造码头上表演各样式的跳水，并且立刻爬上码头，再表演不同的入水姿势。伙伴们的拍照声更刺激了孩子们的演出。古人说："累死马儿者，路旁小儿也。"现在正好反过来。

我们上岸向驻村警员出示旅行通行证后随即登船离去，航向海湾的更深处。到了我以为的尽头，却是两条河汇流的出海口，原来它被山挡住，只有当船驶近时方能发现。这两条河的水质非常清澈，是因为这个岛是由石灰岩构成的。

船驶入左边较小的河流，沿着垂直的山壁转进一个青翠的山谷，河水变浅了，船勉强停泊在一棵伞形大树下。我们在这里下船，停留五天后将溯溪两公里到山脚的基地营。

这山谷非常优美，清澈的溪水从尖峰交错间蜿蜒流出，高大的岸树林画出了河流的曲线，陡峭的岩壁规范了水流的方向，风景如诗如画。我们踩着不深的溪水，好像武陵探源的渔人，又像五岳寻仙不辞远的行者，好奇地东张西望，享受着世外桃源的柳暗花明。工人们卸下所有的装备，将分成几趟运到营地，船则回到索龙市，五天后再来接我们。

朔溪途中，我们惊飞一对野鸭。它们全身白底而翅膀上一条绿色纵带贯穿至黑色的翼尖，是我从未见过的。我问了几个到全世界拍摄野鸟的伙伴，他们也是首次看见，查了鸟类图鉴书也不见其影。我也见到几只鸟翼蝶，匆匆沿着岸树树冠层上方飞过。

营地在一座高约二百米的陡山前，离河流不过四五十米的地方。有趣的是，在营地的另一侧也有一条没头没尾、深而窄的蓝色小溪流经营地旁的树林中。要不是向导指给我们看，我们也许不会发现这条隐藏在密林里的神秘溪流。这条没头没尾的奇特又美丽的小溪，倏然从地底冒出，流了五六十米又突然隐入山壁下消失不见。水色如此青蓝，正说明了威吉欧岛的地质属于石灰岩。石灰岩是一种胶结紧密而质地较软的岩层，这样的地层容易形成陡峭的尖峰（例如，桂林的山峰），也容易形成垂直的峡谷（例如，台湾的太鲁阁峡谷）。同时，石灰岩也极易为水融蚀而形成洞穴，造成像婆罗洲姆禄国家公园中可以停放七架波音747飞机的鹿洞，以及长达40千米的地下河流。我相信，威吉欧岛有很多像我们营地旁突然出现的神秘伏流以及洞穴。

石灰岩山的山坡陡峭无法堆积土壤及养分，甚少高大的乔木，这给棕榈树提供了大量的生长机会。棕榈树没有分枝，叶片集中，也没有主根，所需立足的土壤不多，遂形成山腰以上主要的植被是高耸的棕榈树，只有在山脚及山谷才有典型的热带雨林。这些地貌与植被组成了威吉欧岛独特又美丽的风景。当山岚涌起，或云雾在山谷间飘移时，高高的棕榈树剪影在虚无缥缈的白纱中，让人有如置身仙境！

威吉欧岛有两种天堂鸟，一为红羽天堂鸟，一为威氏天堂鸟。拍摄的地点就在营地后面的山上，到红羽天堂鸟求偶之树的路程大约二十分钟，到威氏天堂鸟的栖地大约半个小时，而彼此相距步行在一刻钟左右。我们一如往例分成两组，我分配到的第一个行程是拍红羽天堂鸟。

我们必须在天亮以前到达拍摄地点，因此得摸黑爬陡峭的小路。幸好装备有工人背负，而沿路可闻红羽天堂鸟高亢激动的鸣声，仿佛是欢迎我们，也好像是为我们加油似的，终让我得以按时到达求偶之树。

天色微亮时，我才发现求偶之树挺立在山脊上，两边都是陡坡，我们只有一处拍摄点，也就是从那棵大树底下垂直往上拍。这与我们拍小极乐鸟时遭遇的是同样的问题，也同样地困难。

等到光线亮到可以拍摄时，红羽天堂鸟的求偶之舞已近尾声。我勉强拍了几张，第一天总是花不少时间在熟悉鸟儿的生态习性与行为上，同时也在寻找最佳的拍摄地点与角度。等到我一切都就绪时，天堂鸟已纷纷离开飞往谷地觅食去了，只剩下密林中一些我听来相当陌生的鸟鸣，忽东忽西地传来。它们极为隐秘，始终只闻其声不见其影。

太阳渐渐爬高，气温也随之上升，幸好蚊子不多，也没有蚂蚁从天悄悄飞降，只是地面有织蚁活动，有时不小心触怒它，它会用那钳子般的大颚狠狠地咬一下，并深深地陷入肉里。可恶的是，它从此不会再把大颚张开拔出。我们总疼得受不了，就用手拍打它或用手指弹它，最后的结果一定是织蚁的身体不见了，只留下圆圆的头在原处，还有那仍嵌在肉里的大颚，就像订书钉一样。所以我戏称它为订书针蚁。织蚁虽然咬人狠劲十足也令人疼痛难耐，但比起子弹蚁，可就不怎样可怕了，因为子弹蚁是用尾部的毒针叮人，那疼痛可与遭子弹打伤并提。有一次我被子弹蚁螫伤，痛得大叫。我知道最快的解痛办法就是立刻用尿液来擦伤口，但我竟痛得尿不出来。

直到中午，红羽天堂鸟都没有回来，只偶尔遥遥从山谷中传来它们突出的鸣声。偶尔雨林里会响起一段节奏独特而嘶鸣凄厉的蝉声，或远或近地独奏着。蝉声如此稀少，很出乎我的意料之外。我曾在巴拿马的热带雨林被呼天抢地的蝉声弄得头疼欲裂，那情景就像置身在几十把正在疯狂锯树的电锯中间。在婆罗洲的雨林里，整个白天里随时有好几种，甚至十几种的蝉声嘶闹，像救护车蝉、电车关门蝉、开水壶蝉、婴儿哭闹蝉、门铃蝉、奸笑蝉、魔蝉、鬼叫蝉……多到不胜枚举，本来还颇觉有趣，但时间长了就不胜其烦。威吉欧岛的虫声如此稀疏，颇不像热带雨林。

自然录音

求救蝉、异声蝉、苦闹蝉、魔蝉、六点蝉的鸣叫

自然录音

电车关门蝉、婴儿哭闹蝉、魔蝉、救护车蝉的鸣叫

坐在树下等待天堂鸟归来的伙伴逐渐打起盹来，我则把注意力从天堂鸟转到其他生物上。当然，是从我立足的地方开始。也直到此

时，我才发现脚下及周遭正有许多动物忙着觅食。首先入眼的是脚边的雨林地面，一群织蚁正将一只蠹斯五马分尸；蠹斯的各脚尖，触须的尾端各有一只奋力往外拉扯的织蚁。这情景令我想起格列佛的小人国游记中的一幕：格列佛被一群小人固定在海滩上。其实这些蚂蚁是要把蠹斯运回蚁巢，只是众蚁各自往外拉扯，反使蠹斯尸体团团转而无法前进，甚至还时时倒退。大半天后，有些织蚁发现情况不对，于是开始将蠹斯大卸八块，最后有的举着一条小腿，有的三只扛着一条大腿。终于，蠹斯被抬进落叶层下消失了。

中午正照的阳光透过大树的枝叶间隙，泻落几束随着枝叶摇动而变幻不定的光柱，将铺满落叶的地面，弄成斑驳晃动的画面。就在这几道变幻不定的探照灯光束中，偶尔会出现金属的彩色反光吸引着我的注意。我发现，那光泽竟是来自一条石龙子的表皮鳞片反光，把原本不出色的它化妆得美丽抢眼起来。它在落叶间静静埋伏，或无声地缓缓前进。每当它舌头闪动一下，我知道又有一只小虫成了它的美食。在我观察到石龙子的觅食后，我发现石龙子还不少，在我方圆几米的范围内就有四只，有时它们相遇还会大打出手，或者进行一番激烈的追逐。

在离我约五六米远有一丛灌木，在顶叶的深色叶面上，有一淡青色的物体吸引了我的目光。这是多年的自然观察培养出来的敏感。我随即慢慢靠近前去查看，那是一只螳螂的尸体，而一只颇大的红条苍蝇正在吸食螳螂的体液。螳螂以猎食虫类为生，现在自己也沦为别人的食物，猎杀它的动物应该是鸟类或蜥蜴。"螳螂捕蝉，黄雀在后"的寓言故事，在大自然里可是随时都在上演，这种食物链的关系，是大自然生生不息及欣欣向荣的原动力。大自然的食物链井然有序也非常明确，使大自然维持着微妙的动态生态平衡，但人类出现后开始打断这种关系，尤其是在工业革命之后，人类几乎出现在食物链的每一环节并打断了许许多多的环节，直接或间接地造成许多物种的灭绝。

从身体与生理结构上来看，人类是素食为主的杂食性动物（与猿猴近似），但人类凭着进化的聪明大脑改变了食性，进食大量不适合人类的肉类，而为了满足吃肉的欲望，进而大量饲养牲畜。这么多牲畜排出的大量甲烷进入大气层，要经过九至十五年才会分解，造成大气层甲烷的富积，而富积的甲烷与人类制造出来的大量二氧化碳又成了地球暖化的两大凶手。少吃肉乃友善地球之举，因为少吃肉就可以少养牲畜，进而可以减少甲烷的排放量！

下午四点多，这有些沉寂的雨林突然热闹起来，鸟声大作。当然是天堂鸟回到大树舞台了，雄鸟各据枝条放声鸣唱，一起努力要把雌鸟吸引到求偶树上来。如此热烈的情歌合唱之后，旋律倏然一变，雌鸟终于来了——虽然我仍然没有看见雌鸟，但我从雄鸟边叫边展开猩红的饰羽可以推想出来。接着我瞧见离我约二十米高的横干上，雄鸟抖动摇晃着栗红和猩红的眩目羽毛。它虽然缺乏小极乐鸟的下垂金黄长饰羽裙，但颜色的独特之美却别有一种吸引力：头、背与双肩是鲜艳鹅黄色，喉部直达头顶是深色的金属绿，体侧则艳红非凡。最特别的是，中尾羽有一对螺旋下垂的半圆筒状长羽，造型极为优美。华莱士曾描述说："尾部细线状羽毛向下垂，呈现出难以置信的优雅双弧曲线。"

它摇晃羽毛仅仅一会儿就停了下来，然后鸣声与节奏改变了，完全不同于先前大却不甚悦耳的鸣叫声，变而为节奏优美而声音动听的鸣声。如此乐音一直持续到天色昏暗之时。我不能辨物，只好依依不舍地下山。当我走下陡坡抵达谷底，仍能听见它们的鸣叫遥遥传来，依稀可以感受鸣声中透出的热情以及藏不住的幽怨。

回到营地，我感觉工人谈话中有股兴奋的调子。原来是酷爱钓鱼的刘老板教工人钓鱼，他们竟然从溪里钓上二十几条比巴掌还大的鱼来，这也意味着晚餐有鲜鱼可食。只是我从昨晚开始觉得胃有些闷痛，而此刻似乎更疼了。我想，也许是我不适应十几天来异于平常的食物吧！

第三天下起小雨，正好轮到我拍威氏天堂鸟。虽然我的胃痛没有丝毫改善，不过还不至于影响到我的行动。天色微亮，我已躲入作为隐蔽的草棚子。今天的拍摄完全不同于之前镜头仰成直角的困境，而是略为向前倾。原来威氏天堂鸟的求偶舞台是倒伏在隐蔽棚前斜坡上的枯木，其中有条稍粗的干枝，距离我只有七八米，那就是它演出的舞台。这里拍照的不利点是让镜头伸出去的孔洞很小，镜头能上下左右转动的角度非常有限，我们每个人都只能祈祷天堂鸟出现在自己的镜头角度内。

虽然下着毛毛细雨，光线也十分阴暗，但威氏天堂鸟的响亮叫声，却不断从右边离掩蔽棚很近的密林中传来，只是不在我们的视角里。不久，左近的林子里也传来同样的鸣叫，看来有两只公鸟出现。它们的鸣声听起来很奔放，好像是欢庆美好的日子到来，又像是呼唤遥远的情人，如此足足鸣唱了二十几分钟才戛然停止。周遭一下子寂静下来，只剩下树叶尖端累聚的水滴滑落打在下层树叶上发出滴滴答答的声音。

寂静的时光显得特别漫长，狭窄阴湿的草棚里活动空间小，而蚊子却不少。不舒服地窝在阴湿闷热如墓穴的狭小空间中等待，简直就是蹲苦牢，而时光却长得仿佛无止无尽。原来，时间在科学上是绝对的，对于人世却是相对的。时间之长或短，很多时候只是一种感觉，一种情绪：一秒一分可以感觉很长，而一辈子却恨其太短，完全是依你的心是喜悦还是痛苦，是精彩还是无聊而定。此刻我把无聊的等待转到思考光阴的问题上，时间对我而言就消失了。有这么一个故事：禅师问门徒，从甲地到乙地最快的方式是什么？"快跑！""坐船！""骑马！"……徒弟们纷纷回答。禅师大笑说："不对！是找一个你最喜欢的伴侣同行。"说得真有道理啊！

我想，世人都觉得人生苦短，所以纷纷找一个可以共同演出烂戏的伴侣同行，一起演出既不精彩又一再重复的人间八点档连续剧，这样才能把人生变得又臭又长。

伙伴打蚊子的声音把我拉回到威吉欧岛的雨林中，我开始把专注力放在倾听大地的声响上。我发现在水珠滴落声中，竟悄悄掺着黄胸翡翠鸟的串串鸣声，有时又传来一阵白色凤冠鹦鹉聒噪的叫声。大自然真公平，美丽的鸟儿鸣声大多十分难听，鸣啼悦耳的小鸟，其羽色总是暗沉。例如，炫丽的孔雀，灿烂的金刚鹦鹉，它们奇美，但啼声好像鬼叫般吓人，而鸣声婉转动人的画眉鸟，其羽毛却如干叶腐木。当然，也有极少数的例外，像小极乐鸟或红羽天堂鸟多变化的鸣声有时唐突，有时却十分悦耳。

自然录音

台湾画眉对鸣与筒鸟

聆听着大自然的声音，我突然听见轻微的扑翅声。我从侧边的一个摄影孔看出去，正好瞄见一道彩虹之光闪过，然后看见一只斑斓多彩的鸟儿停在与我眼等高的枝条上。我惊呼一声，大家立刻一阵忙乱，相机传出对焦的转动声，接着机关枪般的快门声响起。

这就是大大有名的威氏天堂鸟！我在图鉴上见过，现在就真真实实地站在离我大约十米的枝上。我还是难以相信这是真的，因为它美得太不可思议：淡紫蓝色的绒毛头顶，金黄的肩膀，火红的背，栗色的体侧，绿色的胸腹，蓝色的脚，最奇妙的是一对紫色向后凸卷成水平圆圈的尾羽。当年鸟类采集者从原住民那里得到这一对尾羽，辗转送到大英博物馆，馆里的鸟类专家在研究之后认定为是伪造的——他们认为，自然界里不可能有这种结构与这样形态的鸟羽。由此，我们知道它有多独特，又有多稀奇！

它在细雨纷飞中缩着脖子，显得有些无精打采，只偶尔震动并甩甩身上的雨滴。这阴沉的上午，一切都失去了光彩与生气，除了饥饿的蚊子。

雨终于停了，威氏天堂鸟开始大声鸣叫，好像是为天气的好转叫

自然录音

天堂鸟的鸣叫

好。突然，鸣声中断，几乎同时，它化成一道彩光飞落在倒木上，速度快到我只能把它形容为光。它近在我眼前并侧对着镜头，美得令人难以置信，简直是一种诡异的美丽，一种只应天上有的神美；把这么多种鲜艳的色彩巧妙地涂布在一只如此小巧的鸟身上，太不可思议了！这哪里是大自然单独完成的旷世杰作？这是超伟大的艺术家才能做得到的啊！我立刻启动相机的快门，而它几乎同时也化成一道光消失在雨林里。我赶忙检查拍到的照片，哇，至少有一张是清楚美丽的！现在我可以在屏幕上放大来欣赏，这更让我相信地球的物种是创造与演化共同完成的。

它这一离开又把雨林无边无尽的沉寂留给我们。直到中午，工人送来午餐，天堂鸟也未曾回来。当年华莱士来到威吉欧岛时，威氏天堂鸟尚未被发现，也就是华莱士并未见过这独产于威吉欧岛的威氏天堂鸟。如果他看到的话，又会怎样来描述它的神奇之美呢？

在漫长的等待中，我们会时时从空下的摄影孔注意前面的状况对。这时我感到有些尿意，想趁天堂鸟未再现身时到草棚后面的林子去。我轻推开遮蔽它们的棕榈叶，然后先探出头去瞧瞧外头的情况，竟发现右边的林缘枝条上站着因沉闷而缩成一团的天堂鸟。看来它已经在那里很久了，而我们却丝毫未曾察觉。

我按下的连续快门声似乎给了它一点刺激，它挺直了身子，突然展翅飞落它专属的舞台。但我来不及对焦，它就跳落靠近倒木的地面，然后一转身，竟奔跳至倒木下。那里正是树干向上弯曲所形成的空间，隐约可见它蹲伏在里头。我以为那是它避雨的地方，可是它只停了十几秒就又跳出到亮处来。它鼓了鼓羽毛，并把胸羽鼓得与地面成水平半圆状，好像它套了一条大的围兜，原本看起来棕褐色的胸羽，在受光照后竟呈美艳的翠绿色。一会儿，它又毫无预警地腾空而起，极快地飞越树林不见了！

这晚，我发现我的胃痛转成肠子痛，这情形有点怪。我猛然想起这是盲肠发炎的症状！我赶忙用手指压右下腹盲肠的位子，果然立刻感觉到疼痛，真的是盲肠发炎。我有些懊恼自己的粗心，没有在第一时间觉察，竟然晚了两天。这也难怪，距离我最后一次得盲肠炎已超过二十年了。1988年夏天，距我出发前往西藏的前四天早上，我感觉胃部异常疼痛，到了晚上转成肠子痛，拖到次日早上觉得有些发烧才去看医生。检查结果是盲肠炎，白细胞已飙升到一万两千多。医生说最好立即开刀，免得转成腹膜炎就危险了。但是一旦开刀，我的西藏之旅就泡汤了——几经一年的安排，才拿到大陆边防旅行许可证，我绝不轻言放弃。

我打电话请教台湾最著名的中医之一的董伯生大夫。他要我赶快过去，他说中国历来没有开刀，也没有因为盲肠炎而死一堆人。我抵达时右腹已痛得身子直不起来，董医生先为我在阳灵穴扎一针，接着我发现腹痛大为减轻而身子也可以直立了。他取了一罐大黄牡丹皮汤要我按时服用。两个小时后我开始泻肚，到了晚上症状大为减轻，烧也完全退了，最后我准时出发前往西藏。

1988—1990年间，我在垦丁的森林里拍摄台湾猕猴，也数度得了盲肠炎，都是服用中药治好的。我从1991年开始进行严格的素食，连蛋与牛奶都不食，从此盲肠炎未再犯过，到此时已有二十年了，难怪我没有注意到病的复发。不过我出外旅行都会带些大黄牡丹皮汤备用，现在竟在这蛮荒丛林里派上用场。

深夜我开始跑厕所，位置在左边的森林里，离营地超过五十米。当我如厕时，我听见十五米之外的一棵树的枝条轻微地摇晃了一下，我知道那绝对是有夜行动物正在活动。我正好带着强力手电筒，相机也随身，就蹑手蹑脚缓缓靠近。这是一棵果实累累的巨果榕，有两只夜蛾正在一串下垂的榕果上吸食汁液。我上前用闪光灯拍了两张，突然我觉得上方串串果实间有东西出现，我抬眼看见一个奇怪的的脸孔在离我不过三米的上方正面对着我，圆圆的眼睛睁得大大的注视我,眼神带着些狐疑与怯意。我被它吓了一跳,因为实在太近了。

它的脸看起来有些像猴子,但巴布亚不产猴子。我脑中搜索有关这里的哺乳类。树袋鼠?不像!突然,袋貂的名字浮现出来。这时它已后退消失在累累果实后面。我顾不得密密的蕨类及藤蔓绊脚,奋力排开阻挡转到树的另一边去,终于可以清楚地看见它:全身米黄底,黑色的块状斑纹分布其间,有一条长长的可以卷握的尾巴。这应该是有袋类的斑袋貂,可卷握的尾巴表明它是树上活动的动物,圆圆的大眼睛让他适合夜晚活动。1860年7月至9月,华莱士在这岛上停驻期间有以下的记述:"因为当地物质缺乏,根本无物可售。再加上天气恶劣不利捕鱼,我们只好靠自己射杀的几只勉强可下咽的鸟维生,偶尔也有袋貂入餐,这是栖息在这座岛上除了猪以外的四足兽类。"即使到了现代,向导告诉我,斑袋貂遇见原住民,一样沦为食物。

它在我的灯光照射下变得有些呆滞,让我能好整以暇地拍它,但实在觉得对不起它,按了几下快门,赶忙关灯离开。想不到盲肠炎让我得以拍到斑袋貂,真的是塞翁失马,焉知非福。多年的探险与旅行让我觉察到,不经意的遭遇,往往是旅途上最精彩的部分,我也学到随遇而安的态度。其实,人生之旅也是这样啊!

次日早上,病症并没有减轻,但也没有恶化。唯一令我有些忧心的是我带的药很少,服过两次后,药量所剩不多。我决定在营地休息,或在附近拍些昆虫,特别是蝴蝶。我在树林里看到有几种小灰蝶,颜色都相当华丽引人。

中午时分,营地旁的大树上飞来几只觅食的红羽天堂鸟,时时发出响亮的鸣声,叫得我心痒痒的。伙伴们都上山拍天堂鸟去了,我竟然在营地睡觉,拍摄小虫,心情颇为郁闷。不过当年华莱士更凄惨,他因为脚伤好几个星期不能出门,他说:"好几个星期过去了,这伤仍不见好转，逼得我几乎发狂；因为天气终于放晴了，眼见大型蝴蝶打门前飞过，待在屋内真是吊足胃口。何况这里可是新几内亚呢！一个我不太可能再来的地方，一个不曾有博物学家驻扎的地方，一个比地球其他地方分布更多新奇、美丽生物的地方。"我的心情也是这样：威吉欧岛可是一个我不可能再来的地方。

午休时，我发现好像是一只小菱蝗钻进我的蚊帐里，虽然我的老花眼让我看不清楚，但我是依据他的体形及颜色来推测，而且它从睡垫弹跳到侧面蚊帐时的动作，可以说八九不离十是菱蝗。我伸手准备把它抓起来扔出帐外，就在此时，它的前半身竟分了岔，我立刻警觉到这不是菱蝗。我赶忙挂上老花镜看个清楚，竟然是一只小蝎子，螯上正夹着一只小飞虫。原来它那一弹跳是跳上去抓虫子。后来我在附近发现不少蝎子，特别是在我们常坐着聊天及穿鞋的横干上。

下午两点半，我再也按捺不住，唤了工人背上我的装备，忍着疼痛，辛苦地走上湿滑陡峭的山径。

我在接近威氏天堂鸟的路上遇见正要转移到红羽天堂鸟求偶树的伙伴，这表示我可以独享这威氏天堂鸟的雨林栖地而稍解腹部的疼痛。人一辈子里有这样的一个机会，来到这世上没有几人能到的蛮荒热带雨林，已经极为难能可贵，竟然还可以独自与威氏天堂鸟共处，这可是上苍无限的恩宠。

我独自静静地坐在一棵大树下端的板根上，欣赏着这全世界独存于这威吉欧岛的非凡之鸟，它正忙着清理它的舞台；把落在舞台附近地面的落叶一一叼弃场外，以免减低舞台的视觉效果，这舞台是这片偌大绿色林海中唯一不是绿色的一块地盘。

我也看见鸠鸽类中身材最大的冠鸠一家，无声地从附近走过。这群头上插花挂枝的大鸟，一点也不像鸽子，体型、动作及习性更像雉鸡，也难怪昨天瞄见它的陈老板坚持认为他看见的是雉鸡，虽然我指出那是冠鸠。

冠鸠离开后不久,正在换毛的八色鸫来到我前方的落叶堆扒土找虫子,然后边觅食边走到我身旁,完全没有注意到我的存在。除了鸟声及远处偶尔难得的幽幽蝉鸣,这是我这辈子到过的最静谧的热带雨林,给我一种安宁与祥和的感觉。1974年,我第一次进入中美洲尼加拉瓜的热带雨林,深深为雨林的神秘与丰富着迷,探索与保护热带雨林也成了我人生重要的志业之一。三十多年来,我漫游过地球上许多热带雨林,拍下的照片也有几十万张,但每一次都给我那么多新的惊奇与发现。每多一次进入雨林,就让我对生命及大自然的神秘与完美多一分敬畏与赞叹。多少世人一辈子在寻找真理,寻求悟道,而真理与道都在我们身边的大自然里,却有那么多的人要从大师的话里,从一再翻译与转述的难懂资料中获得。不仅舍近求远,而且获得的常是不知所云的二手传播,真令人惋惜。为什么不亲身接触、直接体验?为什么不能直接与苍天对话而要透过代理人?这不是一种剥削吗?难道上苍耳聋,抑或不懂我们的语言?上帝不是万能?天主不是无所不在?

我在暮色苍茫中下山,觉得腹部越来越疼,全身倦怠而且开始发烧了。这是很糟糕的现象,表示盲肠炎变严重了。下午勉强上山,超过了身体的负荷,爬山时更直接压迫到发炎肿胀的盲肠,再加上这些天被各种虫螨叮咬产生颇严重的过敏,引起了奇痒而造成睡眠的不足,而长时间耗体力的工作,都让自体免疫力大为下降,使现在病情更加严重了。同行的蔡医生过来为我诊治,他非常担心会转成腹膜炎,那就极度危险,因此他建议我最好在盲肠破裂前就动手术切除。

蔡医师虽是专业耳鼻科,但当年服兵役时曾帮马祖居民做过盲肠手术,技术上没有问题。问题是,在这蛮荒丛林里什么设备都没有,总不能用菜刀动手术吧!我们讨论的初步结论是一面服抗生素,一面继续吃大黄牡丹皮汤。另外我也服用止痛与退烧剂,这至少可以让我舒服许多。

夜深时，发烧与疼痛都加剧了，我也逐渐进入半昏迷状态……恍惚间，我发现自己飘到蚊帐上方，可是我又看见自己的身体躺在蚊帐里。我是否正处在濒死中？

很可能是！但我没有一丝的恐惧，反而充满一种平静与轻松的感觉。我这辈子都在奔波中做自己喜欢做的事，如果就此长眠休息也不错。我这一生过得也蛮精彩，就算现在死了，也不会有什么遗憾！反正我人生路上已经写过两次遗书，一次在非洲的卡拉哈里沙漠，一次在亚马逊河，当时没有派上用场，现在还是管用！如果我就此长眠在威吉欧岛雨林深处，也是相当完美的发生。这里正是我长期关怀与欣赏的地球热带雨林，这里的雨林依然原始美丽，而且周遭还有两种天堂鸟飞来飞去，这是活生生的地球天堂，能在此安眠可是莫大的福分。

我俯视自己正安详地躺着，看来有些陌生。我也看见伙伴们在另一营帐前围在一起讨论着事情，个个表情凝重。奇怪的是，我正想知道他们讨论什么，我发现我已经在他们上方，原来他们正商量着要怎么应变我所发生的紧急状况，也纷纷提出许多办法。

我努力想告诉大家不要担心，对我来说，所有的发生，都自有其完美，也都自有其深意，我都可以怀着感恩来欢喜接受。我也想告诉蔡医生，不用紧张，以免真需要开刀时开错边。人有机会跟死亡开玩笑，千万别错过，你不只不会有什么损失，反可能让死神乐得告诉你生命根本没有死亡的秘密。可是他们完全感受不到我的存在，也听不到我讲的话。我觉得一阵睡意涌上，我一定太累了……

半夜两点，蔡医生过来看我时，我醒了过来，高烧与疼痛被西药止住了，我也开始跑厕所。最妙的是，我又在巨果榕树上发现一只小型哺乳动物，不过它的动作快速敏捷，我勉强拍到一张照片，它就跳到邻树的黑暗枝叶间去了。我猜测是一只黑扫尾貂。

自然录音

天堂鸟、果鸽与鹦鹉众鸟齐鸣

自然摄影

威吉欧岛

天亮时,昨晚派去瓦卡布村子联络的向导回来了,他找到可以接驳的长舟,将把我们从溪的下游送到停在海湾里原先送我们来威吉欧岛的那条船上,它已经在昨天傍晚抵达,因正值退潮,只能停泊在较深的海湾里。大家立刻收拾行李与装备,我找了一根木杖撑着身子先行上路,以减少对腹部造成的压迫。我涉水慢慢顺溪而下,我听见红羽天堂鸟的高声鸣叫自密林遥遥传来,这是送行也是告别。我没有长眠于此,表示还有很多的热带雨林等着我去探索,还有很多的事等着我去做。我举杖向威吉欧岛的雨林祝福:愿所有的生物永续生存,未来到此的人类依然可以欣赏到美丽神奇的天堂之鸟!